Manual da Força Aérea: rasura Sobrevivência
Departamento da Força Aérea
Press, 1990.)
tranquilo
Talvez eu altere a coisa toda. Mate as duas cria
Assassinar seria uma palavra melhor. Chad corren
tentando fugir, quase conseguindo chegar à porta
frente onde Karen aguarda, até que um canto do ha
repente dá um salto e mói o menino no meio. Ao me
tempo, Navidson, na cozinha, vai atrás de Daisy.
hega uma fração de segundo atrasado e seus dedos
arram o ar, seus olhos raspando a pálpebra atrá
Daisy enquanto ela cai e morre. Deixar os dois
sentirem essa experiência. Que o seu narcisis
ossa definhar
tre um novo objeto ao redor do qual possa definhar
á-los no infanticídio. Afogá-los em sangue.
Um ou o outro
Um depois do outro
The Connaught
Praça Car
Londres
2,147
8. Tentarei decolar.
9. Avião muito danificado.
10. Local de provável pouso.
11. Confirmado.
12. Necessito de gasolina e/ou óleo.
CB040955
BANCROFT
V. 3
140252

Mark Z. Danielewski

Casa de Folhas

por

Zampanò

introdução e notas de

Johnny Truant

tradução de
Adriano Scandolara

2ª edição

DARKSIDE

Este romance é uma obra de ficção. Qualquer referência a pessoas, eventos, empresas, organizações e locais reais tem a única intenção de dar um senso de realidade e autenticidade à ficção. Outros nomes, personagens e acontecimentos são produtos da imaginação do autor ou são usados ficcionalmente, assim como estão ficcionalizados eventos e acontecimentos que envolvem pessoas reais e não ocorreram ou ocorrerão. — Editores

Nota desta edição

<u>4 cores</u>

- A palavra casa é em azul; ~~minotauro~~ e todas as ~~partes tachadas~~ são em vermelho.
- Uma única linha tachada no Capítulo XXI está em roxo.
- paletas xxxxxxx e coloridas.

<u>2 cores</u>

- Toda casa é em azul ou ~~partes tachadas~~ e minotauro em vermelho.
- Sem braile.
- Paletas coloridas ou preto e brancas.

<u>Preto e Branco</u>

- Não se usa cor nas palavras casa, minotauro ou nas ~~passagens tachadas~~.
- Sem braile.
- Paleta preto e branca.

<u>Incompleto</u>

- Sem cor.
- Sem braile.
- Alguns elementos em Amostras, Apêndices e Índice podem sumir.

Sumário

PREFÁCIO

A primeira edição de Casa de Folhas teve distribuição independente e não continha o Capítulo 21, o Apêndice II, o Apêndice III, nem o Índice Remissivo. Nenhum esforço foi poupado para fornecer as traduções adequadas e citar corretamente todas as fontes. Caso não tenhamos sido bem-sucedidos nessa empreitada, pedimos desculpas desde já e ficaremos felizes em corrigir, em edições subsequentes, todos os erros ou omissões que sejam trazidos à nossa atenção.

— Os Editores

Não é para você.

Introdução

Ainda tenho pesadelos. Na real, rola tanto pesadelo que eu já devia ter me acostumado a esta altura. Mas não me acostumei. A bem da verdade, ninguém se acostuma com pesadelo.

Por um tempo, experimentei todas as pílulas imagináveis. Qualquer coisa que desse um jeito no medo. Excedrin PM, melatonina, L-triptofano, Valium, Vicodin e alguns membros da família dos barbitúricos. A lista é bem extensa, quase sempre combinada e muitas vezes misturada a doses de bourbon, a umas duas tragadas no bong, arranhando o pulmão, e por vezes até mesmo àquela sensação vaporosa de invencibilidade que só a cocaína dá. Nada ajudou. Acho que dá pra presumir que ainda não existe laboratório sofisticado o suficiente pra sintetizar o tipo de produto químico de que eu precisava. Que leve o Prêmio Nobel quem inventar essa belezinha.

Tô tão cansado. O sono vem me espreitando faz muito tempo, tempo demais até pra eu conseguir me lembrar. Inevitável, acho. Infelizmente, a ideia não me empolga muito. Digo "infelizmente", porque teve uma época em que eu gostava mesmo de dormir. Na real, eu dormia o tempo inteiro. Foi antes de o meu amigo Lude me acordar às três da madruga e me chamar pra colar na casa dele. Quem sabe, se não tivesse escutado o telefone tocar, tudo não seria diferente agora? Eu penso muito nisso.

A bem da verdade, Lude me falou do velho mais ou menos um mês antes daquela noite desastrosa. (Faz sentido falar disso? astros? Certamente não tinha nada rosa aí. Ou será que foi exatamente isso?) Eu andava agoniado atrás de um apartamento depois de algumas dificuldades com o proprietário que me acordou certa manhã crente de que era o Charles de Gaulle. Fiquei tão atordoado com essa que, antes que pudesse pensar duas vezes, já tinha dito que, na minha modesta opinião, ele não parecia nem um pouco com um aeroporto, embora a ideia de um 757 aterrissando nele não me parecesse nada ruim. Fui posto na rua de pronto. Poderia ter relutado, mas o lugar era um hospício e fiquei feliz em cair fora. Pelo visto, o Carlinhos de Gaulle botou fogo no lugar na semana seguinte. Disse à polícia que bateu um 757 lá.

Nas semanas seguintes, enquanto eu pulava de sofá em sofá, de Santa Monica a Silverlake, caçando um apartamento, Lude me falou do velho que morava no prédio dele. Ele tinha um apartamento no primeiro andar que dava pra um pátio amplo, com um puta matagal. Supostamente, o velho teria contado ao Lude que iria morrer logo. Na hora nem me liguei, embora não fosse exatamente o tipo de coisa que você esquece. Só me pareceu que o Lude tava de sacanagem comigo. Ele gosta de exagerar. Uma hora encontrei uma quitinete em Hollywood e me acomodei à minha rotina mortificante de aprendiz num estúdio de tatuagem.

Era o final de 96. As noites eram frias. Eu tava tentando superar uma mulher chamada Clara English que me disse que preferia namorar alguém no topo da cadeia alimentar. Por isso a forma que achei pra demonstrar minha devoção ferrenha à sua memória foi cair de quatro por uma stripper que tinha um desenho do coelhinho Tambor tatuado bem embaixo do fio dental, a centímetros de sua buceta depilada ou, como ela gostava de falar: "O Lugar Mais Feliz do Mundo". Nem preciso dizer que Lude & eu passamos as últimas horas do dia sozinhos, procurando novos bares, novos rostos, dirigindo sem a menor prudência pelos cânions, esforçando-nos ao máximo pra derrubar os céus da meia-noite de tanto falar merda. Nunca rolou. Derrubar o céu, digo.

E aí o velho morreu.

A partir das informações que pude reunir, ele era americano. Apesar de que, como eu ia descobrir depois, quem trabalhava com ele percebia um sotaque, mas nunca deu pra distinguir ao certo de onde era.

Atendia por Zampanò. Era o nome que usou pra assinar o contrato de aluguel do apartamento em vários dos fragmentos que encontrei. Jamais achei qualquer tipo de identificação, como passaporte, carteira de motorista ou outro documento oficial que insinuasse que, sim, ele era Uma-Pessoa-Real-&-Contabilizada.

Sabe-se lá de onde vinha, na verdade, esse nome. Talvez fosse autêntico, talvez inventado, um <u>nom de plume</u> ou — meu favorito, pessoalmente —
um <u>nom de guerre</u>.

Pelo que Lude dizia, Zampanò tinha morado por muitos anos no prédio e, embora fosse reservado na maior parte do tempo, nunca deixava de aparecer de manhã e de tarde pra dar uma passeada no pátio, um lugar selvagem com mato até o joelho e, na época, habitado por mais de oitenta gatos de rua. Aparentemente os gatos gostavam pra caramba do velho e, por mais que não lhes desse nada, eles se esfregavam nas pernas o tempo todo antes de saírem correndo de volta ao centro daquele lugar empoeirado.

Em todo caso, Lude havia ficado até tarde na rua com alguma mulher que conheceu no estúdio. Tinha acabado de passar das sete quando enfim voltou, cambaleante, ao pátio e, apesar da ressaca severa, pôde ver de cara o que faltava lá. Direto Lude voltava pra casa de manhã e sempre trombava o sujeito dando uma volta no perímetro daquele matagal todo e, de vez em quando, parava pra descansar num banco desbotado pelo sol antes de dar mais uma volta. Uma mãe solteira que acordava toda manhã às seis também reparou na ausência de Zampanò. Ela foi trabalhar, Lude foi pra cama, mas, quando anoiteceu e o velho vizinho ainda não tinha dado as caras, o Lude e a mãe solteira foram falar com Flaze, o administrador do condomínio.

Flaze é metade hispânico, metade samoano. É meio que um gigante, pode-se dizer. Tem 1,93 m, 112 kg, virtualmente zerado de gordura corporal. Vândalos, viciados, o que você puder imaginar, era só chegarem perto do prédio que o Flaze pulava pro lado deles que nem um pitbull criado numa casa que na real era uma boca de fumo. E não pensem que ele achava que tamanho & força queria dizer invencibilidade. Se os intrusos tivessem um ferro, ele mostrava sua própria coleção de armas, que conseguia sacar mais rápido que o Billy The Kid. Mas assim que Lude deu voz às suas suspeitas quanto ao velho, o pitbull Billy The Kid perdeu o rebolado. De repente o Flaze não conseguia nem achar as chaves. Começou a murmurar algo sobre ligar pro proprietário do prédio. Depois de vinte minutos, Lude tava tão de saco cheio dessa enrolação que se ofereceu pra tratar da coisa toda. Flaze encontrou as chaves no ato e, com um grande sorriso, as colocou na mão estendida de Lude.

Flaze me disse depois que jamais tinha visto um cadáver antes, e não havia a menor dúvida de que ia ter um cadáver lá, e o Flaze não lidava bem com isso. "A gente sabia o que ia encontrar", me disse. "A gente <u>sabia</u> que o sujeito tava morto."

A polícia encontrou Zampanò igual Lude o encontrou, de bruços no chão. Os paramédicos disseram não ter nada de incomum, é assim mesmo, uns oitenta e poucos anos e poft, inevitável, o sistema cai, as luzes piscam e já era, mais um corpo no chão cercado de objetos que não significam grandes coisas pros outros, só pra quem não vai poder levar nadinha pro outro lado. Ainda assim, era melhor do que a prostituta que os paramédicos tinham visto outro dia. Ela tinha sido despedaçada num quarto de hotel, e partes dela usadas pra pintar as paredes e o teto de vermelho. Comparado com aquilo, essa cena aqui era quase de boa.

O processo todo levou um tempão. Entra e sai de polícia, paramédicos cuidando do corpo, pelo menos pra se certificar que o velho tinha mesmo empacotado; os vizinhos — inclusive o Flaze, por uns instantes — metendo a cara pela porta, para dar uma espiada, especular ou só captar pedaços de uma cena que talvez um dia se parecesse com o seu próprio fim. Quando tudo acabou, já era bem tarde. Lude tava sozinho no apartamento, o cadáver tinha sido levado embora, os oficiais tinham ido embora e até mesmo o Flaze, os vizinhos e outros xeretas diversos — todo mundo tinha ido embora.

Não tinha vivalma à vista.

"Puta que pariu, oitenta anos, sozinho naquele muquifo", o Lude me disse depois. "Não quero terminar assim. Sem mulher, sem filho, ninguém mesmo. Nem um puto de um amigo." Eu devo ter dado risada, porque de repente Lude se virou pra mim. "Ei, Jaguara, não pense que só porque você é jovem e tem a pica grossa que isso te garante qualquer coisa não, porque não garante merda nenhuma. Olha pra você, trabalhando num estúdio de tatuagem, apaixonado por uma stripper que se chama Tambor." E numa coisa ele acertou mesmo: Zampanò não tinha parentes, nem amigos e mal e mal um centavo na conta.

No dia seguinte o proprietário anunciou a notificação de abandono do imóvel e, uma semana depois, após declarar que o conteúdo do apartamento valia menos de 300 dólares, chamou uma empresa de caridade pra levar tudo embora. Foi nessa noite então que o Lude fez a sua descoberta pavorosa, logo antes de os rapazes da Goodwill ou coisa que o valha chegarem com suas luvas e carrinhos.

Quando o telefone tocou, eu tava no meu quinto sono. Fosse qualquer outro, eu ia bater o telefone na cara, mas Lude é um bom amigo, a ponto de conseguir, de fato, me tirar da cama às três da madruga pra ir à Franklin Avenue. Ele tava esperando do lado de fora do portão, com um brilho perverso no olhar.

Eu devia ter dado meia-volta ali mesmo. Devia ter imaginado que ele tava aprontando alguma coisa ou pelo menos devia ter sentido as consequências pairando no ar, no horário, no olhar de Lude, em tudo isso e, puta que pariu, eu devo ter sido meio imbecil pra não ter me ligado nos sinais todos. O modo como as chaves de Lude chacoalhavam, que nem sinos feitos de ossos, enquanto ele abria o portão principal; as dobradiças gemendo do nada, como se estivéssemos adentrando, não um prédio cheio de gente, mas alguma cripta antiga e forrada de musgo. Ou o modo como palmilhamos o corredor úmido, enterrado pelas sombras, as lâmpadas lá em cima, orladas de lantejoulas de luz que agora eu podia jurar que eram obra de aranhas cinzentas e primitivas. Ou, provavelmente e mais importante de tudo, o modo como Lude sussurrava quando me falava das coisas, coisas que eu não dava a mínima na época, mas que agora, agora, bem, minhas noites seriam um tanto mais breves se não tivesse que me lembrar delas.

Você já se flagrou fazendo uma coisa no passado e aí, não importa quantas vezes você traga a lembrança à tona, você ainda quer gritar pra, de algum jeito, redirecionar a ação, reordenar o presente? É assim que me sinto agora, assistindo a mim mesmo enquanto me deixava arrastar, estupidamente, pela inércia, pela minha própria curiosidade ou seja lá mais o quê, e deve ter sido algo mais, embora o que exatamente não faço ideia, talvez nada, talvez nada seja tudo — uma combinação bem sem sentido de palavras, "nada seja tudo", mas eu gosto mesmo assim. Não importa, em todo caso. O que quer que bote ordem no caminho de todos os meus ontens teve força o suficiente, naquela noite, pra me fazer passar diante de todos aqueles que dormiam, seguros, à margem dos vivos, trancafiados por trás das portas firmes, até que eu me flagrasse no fim daquele corredor, diante da última porta da esquerda, uma porta indistinta, aliás, mas ainda assim uma porta que dava pro mundo dos mortos.

Lude, claro, não tinha se ligado nas características perturbadoras de nossa pequena jornada aos fundos do prédio. Ele vinha me relatando, ruminando na real, o que tinha rolado depois da morte do velho.

"Duas coisas, Jaguara", Lude murmurou enquanto o portão se abria. "Não que faça muita diferença." E até onde sei, ele tinha razão. Essas coisas têm muito pouco a ver com o que vem depois. Eu as incluo só porque são parte da história em torno da morte de Zampanò. Espero que você consiga encontrar sentido em algo que eu posso até representar, mas ainda não consigo entender.

"A primeira coisa peculiar", Lude me disse, subindo na frente o breve lance de escadas. "Eram os gatos." Aparentemente nos meses anteriores à morte do velho, os gatos tinham começado a desaparecer. Todos tinham sumido quando ele morreu. "Eu vi um deles decapitado e outro com as tripas na calçada. Mas a maioria só sumiu."

"A segunda coisa peculiar, você mesmo vai ver", disse Lude, baixando ainda mais a voz, conforme passávamos pelo apartamento do que parecia ser um pequeno conciliábulo de músicos, todos atentos com seus fones de ouvido, passando um baseado.

"Bem do lado do corpo", Lude continuou. "Eu encontrei essas ranhuras no chão de madeira, uns 15 ou 17 cm de comprimento. Bem esquisito. Mas, já que não tinha sinal de trauma físico no corpo do velho, a polícia deixou quieto."

Ele parou. Estávamos na porta. Isso agora me faz estremecer. Na época, acho que eu não estava nem aí. É provável que estivesse perdido num devaneio com a Tambor. Aposto que você vai ter um troço com o que vou dizer, mas tô pouco me lixando, teve até uma noite em que aluguei Bambi pra assistir e fiquei de pau duro. Esse era o tamanho do meu tesão por ela. A Tambor era outro nível e certeza que ela dava um cacete na Clara English. Talvez naquele momento eu tivesse até pensando no que ia rolar se as duas saíssem no soco. Uma coisa é certa, porém, que quando o Lude mexeu o ferrolho e abriu a porta do Zampanò, eu perdi esses sonhos de vista.

A primeira coisa que me atingiu foi o cheiro. Não era um cheiro ruim, só incrivelmente potente. E não era uma coisa só também. Era de uma complexidade extrema, em camadas, pátina sobre pátina de odores, progressiva, cuja fonte real já tinha evaporado muito tempo atrás. Na hora quase me derrubou, era tanta coisa, enjoativo, amargo, podre, pungente até. Hoje em dia nem lembro mais do cheiro em si, só da minha reação. Ainda assim, se eu precisasse dar um nome, diria que era o cheiro da história humana— um composto de suor, urina, merda, sangue, carne e sêmen, mas também de alegria, tristeza, ciúmes, raiva, vingança, medo, amor e muito mais. Tudo isso deve soar meio ridículo, ainda mais porque as habilidades do meu nariz não são o que importa aqui. O que importa, porém, é que tinha um porquê desse cheiro ser complexo.

Todas as janelas tavam fechadas com prego e calafetadas. A entrada da frente e as portas pro pátio, tudo impermeabilizado. Até os dutos de ventilação tinham fita crepe em cima. Mesmo assim, esse esforço peculiar pra eliminar qualquer ventilação no apartamento minúsculo não culminava em grades nas janelas ou múltiplas trancas nas portas. Zampanò não tinha medo do exterior. Como já disse, ele andava por ali no pátio e parece que era destemido o bastante até pra desbravar o sistema de transporte público de LA pra de vez em quando dar um pulo na praia (aventura de que até eu tenho medo). Eu chuto agora que ele havia lacrado o apartamento pra reter melhor as várias emanações de suas coisas e de si mesmo.

No que diz respeito às suas coisas, elas abrangiam todo um espectro: mobília puída, velas nunca usadas, sapatos arcaicos (esses em particular tinham um aspecto triste & ferido), tigelas de cerâmica, bem como potes de vidro e caixotes de madeira cheios de tachinhas, elásticos, conchas, fósforos, cascas de amendoim, mil tipos diferentes de botões com cores e formatos elaboradíssimos. Um caneco de cerveja arcaico que não encerrava nada além de frascos de perfume usados. Pelo que descobri, a geladeira não tava vazia, mas tampouco tinha comida. Zampanò tinha entupido ela com livros estranhos e pálidos.

É claro que tudo isso já foi levado embora. Faz tempo. O cheiro também. Tenho só uns registros mentais espalhados: um isqueiro Zippo surrado com "Patente Pendente" carimbado na base; o arame retorcido que parecia uma minúscula escada espiralada de metal, levando ao interior de um soquete de luz, sem nenhuma lâmpada; e, por algum motivo desconhecido — que lembro com mais clareza do que todo o resto —, um tubo de brilho labial muito velho, com a resina que parecia âmbar, toda craquelada. Essa descrição não é precisa; mas também não se deixe enganar a ponto de achar que eu não tô me esforçando pra ser preciso. Admito que tinha outras coisas pra me lembrar desse local, só que elas não parecem relevantes agora. A meu ver, era só tranqueira, e o tempo não tinha sido capaz de nenhuma alquimia econômica aqui, o que também não importava muito, porque Lude não me chamou pra fuçar nesses detalhes peculiares e — pra usar uma daquelas palavras difíceis que eu ia aprender nos meses que se seguiram — desenraizados da vida de Zampanò.

Não deu outra, bem como o meu amigo descreveu, no chão, praticamente no centro exato, tinha quatro marcas, todas maiores do que minha mão, pedaços irregulares de madeira arrancados por algo que nenhum de nós se dava ao trabalho de imaginar. Mas também não era isso que Lude queria que a gente visse. Ele apontava pra alguma outra coisa que nem sequer me chamou a atenção quando vi pela primeira vez a sua forma implacável.

Verdade seja dita, eu ainda tava com dificuldades pra desviar o olhar do chão dilacerado. Cheguei até a esticar a mão pra tocar as farpas salientes.

O que é que eu sabia então? O que é que sei agora? Pelo menos parte daquele horror, que eu levei comigo às quatro da manhã, agora está diante de você, à sua espera, assim como tava à minha espera naquela madrugada, mas na época não tinha estas parcas páginas de apresentação.

Como descobri, havia resmas e resmas. Emaranhados infinitos de palavras, por vezes retorcendo-se até ganharem sentido, por vezes rumando ao nada, com frequência partindo-se ao meio, sempre se dividindo em outras partes com que só fui me deparar mais tarde — em velhos guardanapos, as margens rasgadas de um envelope, e teve até um verso de selo postal; era tudo, qualquer coisa, menos vazio; cada fragmento completamente coberto pelo rastejar de anos e anos de proclamações em tinta; escrito em camadas, riscado, corrigido; manuscrito, datilografado; legível, ilegível; impenetrável, lúcido; rasgado, manchado, fitado; algumas partes nítidas e claras, outras apagadas, queimadas ou dobradas e redobradas tantas vezes que as dobras obliteravam trechos inteiros de sabe deus o quê — sentido? verdade? engano? um legado profético ou lunático ou nada do tipo? e no fim obtendo, designando, descrevendo, recriando — você que encontre suas próprias palavras; as minhas já acabaram; ou ainda não, mas por quê? e tudo isso pra dizer — o quê?

O Lude não queria nenhuma resposta, mas, de algum modo, sabia que eu, sim. Talvez fosse por isso que a gente era amigo. Ou talvez eu esteja errado. Talvez ele precisasse da resposta, mas soubesse que não seria ele quem a encontraria. Talvez seja esse o motivo real de nossa amizade. Mas provavelmente tô errado de novo.

Uma coisa é certa, mesmo sem tocar naquilo, ambos começamos lentamente a sentir seu peso, sentindo algo aterrorizante em suas proporções, seu silêncio, sua imobilidade, embora quem olhasse pudesse ter a impressão de que tinha sido enfiada quase de qualquer jeito em um canto. Hoje já acho que, se alguém tivesse dito cuidado, a gente ia ter escutado. Sei que eu tive um momento de certeza de que o seu pretume absoluto era capaz de qualquer coisa, talvez até mesmo de rasgar e dilacerar o chão, assassinando o Zampanò, assassinando a gente, talvez até assassinando você. E então o momento passou. O maravilhamento e o modo como algo inimaginável é às vezes sugerido pelo inanimado de repente desapareceram. Aquela coisa se tornou apenas uma coisa.

Por isso eu trouxe ela pra casa.

Nessa época — e essa época já faz muito tempo — era possível me encontrar virando doses de uísque no La Poubelle, aniquilando meu ouvido interno no Bar Deluxe ou jantando no Jones com alguma ruiva peituda que tivesse conhecido na Casa do Blues, enquanto nossa conversa saltava loucamente das boates que a gente conhecia bem às boates que a gente queria conhecer. Eu estava cagando pras palavras do velho Z. Todos aqueles sinais que acabei de relatar logo sumiram à luz dos dias subsequentes ou talvez jamais tivessem existido, pra começo de conversa, tendo passado a existir apenas em retrospecto.

A princípio, foi apenas a curiosidade que me levou de uma frase a outra. Com frequência passavam uns dias até eu pegar outro pedaço de papel mutilado, talvez até mesmo uma semana, mas ainda assim eu voltava, uns dez minutos, talvez vinte, admirando as cenas, os nomes, as pequenas conexões que começavam a se formar, padrões mínimos que evoluíam naqueles filetes de tempo livre.

Nunca parei pra ler por mais que uma hora.

É claro que a curiosidade matou o gato, e embora a satisfação supostamente o tenha trazido de volta, ainda tem aquele pequeno problema com o locutor do rádio me dizendo cada vez mais e mais coisas sobre informações inúteis. Mas eu não me importava. Apenas desliguei o rádio.

E então uma noite olhei pro relógio e descobri que sete horas tinham se passado. Lude tinha me ligado, mas nem ouvi o telefone. Não foi pequena minha surpresa quando encontrei a mensagem dele na secretária eletrônica. Tampouco foi a última vez que perdi a noção do tempo. Na verdade, foi acontecendo mais e mais, dezenas de horas num piscar de olhos, perdidas nos entremeios de tantas frases perigosas.

Lenta mas seguramente, eu fui ficando cada vez mais desorientado, cada vez mais desligado do mundo, uma coisa triste e horrível repuxando nas beiradas da minha boca, vindo à tona em meus olhos. Parei de sair à noite. Parei de sair. Nada me distraía. Sentia que estava perdendo o controle. Algo terrível tava pra rolar. Algo terrível, em algum momento, acabou de fato rolando.

Ninguém conseguia falar comigo. Nem a Tambor, nem mesmo o Lude. Preguei as janelas, joguei fora as portas do banheiro e do closet, impermeabilizei tudo, e trancas, ah sim, comprei um monte de trancas, correntes também e um monte de fita métrica, pra pregar direto no chão e nas paredes. Sua aparência lembrava, suspeitamente, a de cruzes triunfais perdidas, de metal, ou as costelas frágeis de uma nave alienígena, vendo de um outro ângulo. Porém, diferente de Zampanò, o xis da questão aqui não era o cheiro, mas o espaço. Eu queria um espaço fechado, inviolável e, mais que tudo, imutável.

Nisso, pelo menos, as fitas métricas deviam ter ajudado.

Não ajudaram.

Nada ajudava.

Acabo de preparar um chá no minifogão. Meu estômago tá zoado. Até mesmo esse negócio com leite e mel mal me desce, mas preciso de algo quente. Estou num hotel agora. Minha quitinete já era. Muita coisa hoje já era.

Eu nem consegui lavar o sangue ainda. Também não é só meu. Ainda tenho um pouco grudado nos dedos. Vestígios na camisa. "O que aconteceu aqui?", eu não paro de me perguntar. "O que foi que eu fiz?" O que você teria feito? Eu fui direto pegar a arma, botei as balas e então tentei decidir o que fazer com elas. A função óbvia era atirar. Afinal, é pra isso que as armas servem — pra atirar nas coisas. Mas em quem? ou no quê? Eu não fazia ideia. Tinha gente e carros do lado de fora da janela do hotel. Pessoas noturnas que eu desconhecia. Carros noturnos que nunca vi antes. Podia ter atirado neles. Podia ter atirado em todos eles.

Em vez disso, fui vomitar no closet.

É claro, só posso culpar a minha própria e imensurável burrice por ter parado aqui. O velho deixou várias pistas e avisos. Eu fui otário e ignorei tudo. Ou talvez seja o contrário: será que, em segredo, eu gostava disso? Pelo menos eu devia ter tido alguma porra de pressentimento daquilo em que tava me metendo ao ler este bilhete, escrito exatamente um dia antes de ele morrer:

5 de janeiro, 1997

> Quem quer que encontre e publique esta obra adquirirá todos os seus direitos. Peço apenas que o meu nome esteja em seu devido lugar. Talvez você possa até mesmo prosperar. Se, porém, descobrir que os seus leitores são menos compreensivos e então optar por descartar toda essa empreitada logo de cara, nesse caso posso sugerir que beba bastante vinho e dance pelas ruas na sua noite de núpcias, pois você já é próspero de verdade agora, quer o saiba ou não. Dizem que a verdade resiste ao teste do tempo. Não consigo pensar em conforto algum maior do que saber que este documento reprovou nesse teste.

O que, na época, não significou absolutamente nada pra mim. É certo que a última coisa que eu ia fazer era pensar que essas palavrinhas vagabundas iriam me fazer parar num hotel de merda saturado com o fedor do meu próprio vômito.

Afinal, como logo descobri, todo o projeto de Zampanò é de um filme que nem existe. Pode procurar, eu procurei, mas não importa o quanto procure, jamais vai encontrar O Registro Navidson em cinemas ou locadoras. Além do mais, a maioria das frases dos famosos foi inventada. Tentei entrar em contato com todos. Os que se dignaram a responder me disseram que jamais ouviram falar de Will Navidson, que dirá de Zampanò.

Quanto aos livros citados nas notas de rodapé, boa parte é fictícia. Tiros no Escuro, de Gavin Young, por exemplo, não existe, nem As Obras de Hubert Howe Bancroft, Volume XXVIII. Por outro lado, virtualmente qualquer imbecil pode ir na biblioteca e pegar O Conhecimento Antigo dos Glossários Latinos Medievais, de W. M. Lindsay e H. J. Thomson. Rolou mesmo uma "rebelião" na missão Skylab de 1973, mas La Belle Niçoise et Le Beau Chien é uma invenção, tanto quanto, presumo, a história sangrenta de Quesada e Molino.

A essa lista se somam ainda os meus próprios erros (e não há dúvida de que sou responsável por vários deles), além dos erros de Zampanò que não consegui identificar ou corrigir, e você logo vai reparar que de repente tem muita coisa aqui que não dá pra levar tão a sério.

Em retrospecto, também me dei conta de que provavelmente tem um grande número de pessoas que seriam mais qualificadas do que eu pra tratar da obra, pesquisadores com doutorado da Ivy League e mentes maiores do que qualquer Biblioteca de Alexandria ou a Internet. O problema é que essas pessoas ainda tavam em suas universidades, ainda tavam na internet e longe de Whitley quando finalmente morreu um velho sem amigos ou parentes.

Zampanò — e só agora comecei a entender — era muito engraçado. Mas o seu senso de humor era daquele tipo duro, seco, sussurrado entre soldados, todas as piadas enterradas sob a superfície, o riso não mais que um tique no canto da boca, contadas enquanto esperam juntos no posto avançado, e se dão conta aos poucos de que o socorro não vai chegar a tempo e que, ao cair a noite, não importa o que tenham feito ou tentem dizer, a matança recairá sobre todos eles. Um amanhecer carnicento pros abutres.

Sabe, a ironia é que não faz a menor diferença se o documentário no cerne deste livro é ficção ou não. Zampanò sabia, desde o começo, que o que é ou não real não importa aqui. As consequências são as mesmas.

Posso imaginar, de repente, aquela voz arranhada que nunca ouvi. Os lábios mal se abrindo em um sorriso. Os olhos fixos na escuridão.

"Ironia? A ironia não pode jamais ser algo além de nossa própria Linha Maginot; o ato de traçá-la é, em sua maior parte, puramente arbitrário."

Não surpreende então que o velho fosse incrivelmente eficaz quando o assunto era sabotar o próprio trabalho. Citações falsas e fontes inventadas, no entanto, nem sequer chegam aos pés da piada maior.

Zampanò escreve o tempo todo sobre ver as coisas. O que vemos, como vemos e o que, por outro lado, não podemos ver. De um jeito ou de outro, acaba sempre voltando a assuntos como luz, espaço, formas, linhas, cores, foco, tom, contraste, movimento, ritmo, perspectiva e composição. Nada disso surpreende quando consideramos que a obra de Zampanò é centrada em um documentário chamado O Registro Navidson, feito por um fotojornalista ganhador do Prêmio Pulitzer, cujo objetivo era, de algum modo, capturar o tema mais difícil de todos: a visão da escuridão em si.

No mínimo, esquisito.

A princípio achei que Zampanò fosse só um cara meio mórbido, o tipo que faz Comichão e Coçadinha parecer Calvin e Haroldo. O seu apartamento, porém, não chegava nem perto de qualquer coisa imaginada por Joel-Peter Witkin ou as revelações rotineiras dos jornais. Sem dúvida o apartamento era eclético, mas não chegava ao grotesco e nem mesmo ia muito além do ordinário, até que você, claro, espiasse mais de perto e percebesse — ei, por que alguém tem todas essas velas e não acendeu nenhuma? Por que é que não tem relógio, nenhum relógio nas paredes, nem mesmo no canto da cômoda? E qual é a desses livros estranhos e pálidos, e por que diabos não não tem uma única lâmpada no apartamento todo, nem na geladeira? Bem, esse era, claro, o maior gesto irônico de Zampanò; o amor ao amor, escrito pelos mal-amados; o amor à vida, escrito pelos mortos; todo esse linguajar de luz, cinema e fotografia, e desde meados dos anos cinquenta que ele não enxergava nada.

Ele era cego que nem um morcego.

Quase metade dos livros que tinha tava em braile. Lude e Flaze confirmaram que, ao longo dos anos, o velho havia recebido numerosas visitas durante o dia que liam pra ele. Algumas vinham de centros comunitários, do Instituto Braile ou eram só voluntárias da USC, UCLA ou Santa Monica College. No entanto, nenhuma das pessoas com quem falei disse que o conhecia bem, embora não fossem poucas as dispostas a dar opinião.

Uma das alunas acreditava que ele era louco, de hospício. Outra, uma atriz, que passou um verão lendo pra ele, era da opinião de que Zampanò era um romântico. Ela chegou certa manhã e o encontrou "num estado terrível".

"A princípio achei que estivesse bêbado, mas o velho nunca bebia, nem mesmo um gole de vinho. Também não fumava. Na verdade, vivia uma vida bem austera. Em todo caso, não estava bêbado, só muito deprimido. Ele começou a chorar e pediu pra eu ir embora. Fiz um chá pra ele. Lágrimas não me assustam. Depois ele me disse que era coisa do coração. 'Só uma velha dor de cotovelo', ele disse. Fosse lá quem fosse, ela devia ser muito especial. Ele nunca me disse o nome dela."

Como descobri, Zampanò tinha sete nomes que mencionava vez ou outra: Beatrice, Gabrielle, Anne-Marie, Dominique, Eliane, Isabelle e Claudine. Pelo que entendi ele só trazia os nomes delas à tona quando tava inconsolável, quando alguma coisa o arrastava de volta a um tempo obscuro e confuso. Pelo menos havia algo mais realista em ter sete amantes do que uma Helena mitológica só. Mesmo aos oitenta, Zampanò queria a companhia do sexo oposto. Não era coincidência que todo mundo que lia pra ele era mulher. Ele admitia abertamente: "não há conforto maior em minha vida do que os tons relaxantes aninhados nas palavras de uma mulher".

Exceto, talvez, as suas próprias palavras.

Zampanò era, em essência – pra usar outra palavra difícil – um grafomaníaco. Ele rabiscou e rabiscou até o dia de sua morte e, embora tenha chegado perto algumas vezes, nunca conseguiu terminar nada, muito menos a obra que descrevia, sem reservas, como ou sua obra-prima ou sua queridinha, sua preciosa. Mesmo na véspera do dia em que não apareceu no pátio poeirento, ele passou horas ditando longos trechos discursivos, corrigindo as páginas escritas anteriormente e reestruturando um capítulo inteiro. Sua mente nunca parava de explorar novos territórios. A mulher que o viu pela última vez comentou que "o que quer que fosse que não conseguia resolver bem em si mesmo não permitia que ele se acomodasse. Até que a morte deu um jeito".

Se você tiver um pouco de sorte, vai ignorar este trabalho todo e reagir como Zampanò esperava, vai dizer que esta obra é desnecessariamente complicada, um texto obtuso a ponto do absurdo, prolixo – palavras suas –, ridiculamente concebido, e você vai acreditar em tudo que diz e então vai deixar de lado — mas mesmo aqui, só essa expressãozinha, "de lado", já me faz estremecer. Será que existe mesmo alguma coisa que a gente de fato deixe de lado? — e você vai tocar sua vida, comer, beber, ser feliz e principalmente dormir bem.

Mas também tem uma boa chance de o contrário acontecer.

Disto tenho certeza: a coisa não rola na hora. Você termina tudo e é isso, até que vem um momento, talvez depois de um mês, talvez depois de vários anos. Você vai estar doente ou perturbado ou profundamente apaixonado ou silenciosamente incerto ou até mesmo contente pela primeira vez na vida. Não importa. Do nada, além de qualquer causa imaginável, você vai perceber de repente que as coisas não são, de modo algum, como você percebia. Por algum motivo, você não vai mais ser a pessoa que acreditava ser. Vai detectar mudanças lentas e sutis acontecendo ao redor e, o que é mais importante, mudanças em si mesmo. Pior, você vai perceber que tudo sempre mudou, como um tipo de cintilância, uma vasta cintilância, só que sombria, como um quarto escuro. Mas não vai entender nem como, nem o por quê. Vai esquecer o que foi que fez você ver as coisas assim pra começo de conversa.

Os antigos refúgios — televisão, revistas, filmes — não vão mais proteger você. Pode até tentar rabiscar num diário, num guardanapo, talvez nas margens deste livro. É aí que você vai descobrir que não dá mais pra confiar nas próprias paredes que você considerava seguras. Mesmo os corredores que você já percorreu centenas de vezes vão parecer mais compridos, bem mais compridos, e as sombras, todas as sombras, parecerão mais profundas, bem, bem mais profundas.

Então, assim como eu, você pode tentar encontrar um céu tão cheio de estrelas que seja capaz de cegar você de novo. Só que céu nenhum vai ser capaz de cegar você agora. Mesmo com toda aquela magia iridescente lá em cima, seu olho não vai mais se fixar na luz, não vai mais traçar constelações. A única coisa que vai ocupar você é a escuridão e você vai observá-la por horas, dias, talvez até anos, tentando em vão acreditar que você é algum tipo de sentinela indispensável, designado pelo universo, como se fosse capaz de mantê-la à distância só de observar. A coisa vai piorar tanto que você vai ter medo de desviar o olhar, vai ter medo de dormir.

Aí não importa onde você esteja, num restaurante cheio de gente ou numa rua desolada ou até mesmo no conforto de seu lar, você vai se observar desmontando cada certeza que já orientou a sua forma de viver. Vai se ver saindo da frente conforme se dá a invasão da grande complexidade, que vai dilacerar, pedacinho por pedacinho, todas as negações que você concebeu com tanto carinho, não importa se de forma deliberada ou inconsciente. E então, pro bem ou pro mal, você vai se tornar incapaz de resistir, por mais que ainda tente, lutando com todas as suas forças a fim de evitar encarar a coisa que mais teme, aquilo que é, aquilo que será, o que sempre veio antes, a criatura que você é de verdade, a criatura que todos somos, enterrada na escuridão inominável de um nome.

E aí vão começar os pesadelos.

— Johnny Truant,
31 de outubro, 1998
Hollywood, CA

Muss es sein?

O Registro Navidson

I

I saw a film today, oh boy...

— The Beatles

Por mais que entusiastas e detratores possam continuar a esvaziar dicionários inteiros na tentativa de descrevê-la ou ridicularizá-la, a "autenticidade" continua sendo a palavra mais provável a suscitar debates. Na verdade, essa obsessão-mor — para validar ou invalidar os rolos e fitas — invariavelmente traz à tona uma preocupação colateral e mais generalizada: se, com o advento da tecnologia digital, a imagem abriu mão ou não de seu monopólio incontestável sobre a verdade.[1]

Em sua maior parte, os céticos dizem que o projeto todo não passava de uma farsa, mas admitiam, com relutância, que *O Registro Navidson* era uma farsa de qualidade excepcional. Infelizmente, dentre aqueles que aceitam sua legitimidade, muitos também juram serem verídicos os avistamentos de OVNI em tabloides. Claramente não é fácil parecer crível quando, depois de professar a veracidade do filme, o assunto da conversa logo muda para o porquê de Elvis ainda estar vivo e, provavelmente, passando seus invernos nas ilhas de Florida Keys.[2] Uma coisa é certa: qualquer polêmica em torno do vídeo de Billy Meyer sobre discos voadores[3] já foi suplantada pela casa em Ash Tree Lane.

Embora muitos continuem a dedicar quantidade substancial de tempo e esforço para as antinomias do fato e da ficção, representação ou artifício, documento ou pegadinha, os materiais mais interessantes dos últimos tempos tratam exclusivamente da interpretação dos eventos dentro do filme. A direção parece mais promissora, embora a casa em si, assim como o leviatã de Melville, pareça resistir a tentativas de somatória.

Assim como o seu tema, *O Registro Navidson* em si não é fácil de encaixar — seja por categoria ou edição. Se alguém o catalogar como conto gótico, mito urbano folclórico contemporâneo ou meramente uma história de fantasmas, como alguns já o chamaram, o documentário acabará, cedo ou tarde, escapulindo dos limites de qualquer um desses gêneros. Há coisas importantes demais em *O Registro Navidson* que fogem das fronteiras. Onde se pode esperar horror, o sobrenatural ou os paroxismos tradicionais de medo

[1]Esse assunto recebe um tratamento mais cuidadoso no Capítulo IX.

[2]Cf. Daniel Bowler, "Ressurreição em Ash Tree Lane: Elvis, o Natal Passado e Outras Não Entidades", publicado em *A Casa* (Nova York: Little Brown, 1995), p. 167-244, em que ele examina a contradição inerente a qualquer pretensa ressurreição, bem como à existência do local.

[3]Ou também, nesse sentido, sobre as Fadas de Cottingley, a fotografia Kirlian, a pensografia de Ted Serios ou a fotografia que Alexander Gardner fez dos soldados unionistas.

e pavor, descobre-se uma tristeza perturbadora, uma sequência de isótopos radioativos ou até mesmo riso, por conta de um episódio dos *Simpsons*.

No século XVII, o maior topógrafo dos mundos satânico e divino que a Inglaterra já viu avisou que o inferno não era nada menos que "regiões de dor, medonhas trevas / Onde o repouso e a paz morar não podem, / Onde a esperança, que preside a tudo, / Nem sequer se lobriga", fazendo assim eco às palavras copiadas pelo mais famoso turista do inferno: "*Dinanzi a me non fuor cose create/ Se non etterne, e io etterna duro./ Lasciate ogni speranza, voi ch'entrate*".[4]

Mesmo hoje há muitas pessoas que têm a sensação de que *O Registro Navidson*, apesar de todos os seus refinamentos existenciais e alusões contemporâneas, continua a refletir esses exatos sentimentos. Na verdade, alguns poucos intelectuais ávidos já começaram a tratar o filme como um aviso em si mesmo, perfeitamente adequado para se pendurar logo acima dos portões de escolas como as ciências arquitetônicas, Popomo, o consequencialismo, o neoplasticismo, a fenomenologia, a teoria da informação, o marxismo, a biossemiótica, para não dizer nada da psicologia, da medicina, da espiritualidade New Age, da arte e até do neominimalismo. Will Navidson, porém, permanece firme em sua insistência de que o documentário deve ser entendido em seu sentido literal. Como ele mesmo afirma, "...tudo isso, não o interprete como sendo qualquer coisa *que não* isso. E se um dia você se flagrar passando pela casa, não pare, não desacelere, só continue em frente. Não tem nada lá. Cuidado".

Considerando como o filme termina, não é surpreendente que mais do que algumas pessoas tenham decidido prestar atenção a seu conselho.

O Registro Navidson não apareceu, a princípio, como é hoje. Há quase sete anos, o que veio à tona foi "O Corredor de Cinco Minutos e Meio" — uma ilusão de ótica de cinco minutos e meio que vai pouco além das habilidades de um recém-graduado da escola de cinema da NYU. O problema, é claro, era a afirmação que acompanhava o filme, alegando que era tudo real.

Em um plano-sequência, Navidson, que não chega a aparecer, foca por um momento em uma porta na parede norte de sua sala de estar antes de sair da casa pela janela ao leste dessa porta, onde ele quase tropeça no canteiro de flores, então redireciona a câmera do chão para as ripas de madeira brancas no exterior e vai para a direita, voltando para dentro da casa rastejando e passando por uma segunda janela, agora a oeste da porta, onde podemos ouvi-lo gemer de leve ao bater a cabeça no batente, o que faz com que as pessoas no cômodo deem risada, estas sendo presumivelmente Karen,

---

[4]Este primeiro trecho vem do <u>Paraíso Perdido</u>, de Milton, livro I, versos 65-67. O segundo é do <u>Inferno</u>, de Dante, Canto III, versos 7-9. Em 1939, um sujeito chamado John D. Sinclair, da Oxford University Press, traduziu o italiano do seguinte modo: "Diante de mim nada havia sido criado exceto as coisas eternas, e eu perduro eternamente. Abandonai toda esperança, vós que entrais".[5]

[5]Como parte dos esforços para reduzir possíveis confusões, as notas de rodapé do sr. Truant aparecerão em fonte Courier, enquanto as de Zampanò aparecem em Times. Gostaríamos de apontar também que jamais conhecemos o sr. Truant pessoalmente. Todas as questões em torno de sua publicação foram tratadas por correspondência ou, em raras ocasiões, pelo telefone. — Os Editores.

seu irmão Tom e seu amigo Billy Reston — mas, assim como Navidson, eles também não aparecem diante da câmera —, antes de enfim nos levar de volta ao ponto de partida, fechando completamente o círculo em torno da porta e provando, além de qualquer sombra de dúvida, que os únicos destinos possíveis para aquela porta seriam as camadas de revestimento ou isolamento térmico, sendo aí que as risadas param, pois a mão de Navidson aparece em cena e abre a porta, revelando um corredor estreito e escuro de, pelo menos, três metros, o que leva Navidson a retomar suas investigações, mais uma vez levando-nos a outra circum-ambulação em torno dessa estranha passagem, entrando e saindo pelas janelas, apontando a câmera para o lugar aonde o corredor deveria levar, mas sem encontrar lá qualquer coisa além do seu próprio quintal — nenhuma protuberância de três metros, apenas roseiras, uma arma de brinquedo enlameada e o ar translúcido do verão — em essência, um exercício de descrença que, apesar de suas boas intenções, ainda assim leva Navidson de volta àquele corredor impossível, até que, conforme a câmera começa a se aproximar, ameaçando agora adentrá-lo, Karen chega e dá uma bronca, "Você não ouse entrar lá de novo, Navy", ao que Tom acrescenta, "É, não é uma ideia das melhores não", assim detendo Navidson no limiar, mas ele ainda consegue colocar sua mão lá dentro, que depois ele retrai e inspeciona, como se ele e só ele visse que poderia ter mais alguma coisa para apalpar lá, enquanto Reston queria saber se seu amigo de fato encontrou alguma coisa de diferente, e Navidson fornece a resposta seca que também serve como conclusão, embora brusca, a esse curta-metragem bizarro: "Está gelado ali".

A disseminação do "Corredor de Cinco Minutos e Meio" parece ter se dado apenas por conta da curiosidade. Ninguém nunca o distribuiu oficialmente, por isso jamais apareceu em festivais de cinema ou círculos de filmes comerciais. Em vez disso, cópias em VHS eram passadas de mão em mão, uma série de gravações progressivamente mais degradadas de um vídeo caseiro que revelava uma casa realmente bizarra com pouquíssimos detalhes visíveis sobre os donos ou mesmo sobre o autor da obra.

Menos de um ano depois, outro curta veio à tona. E foi ainda mais procurado do que "O Corredor de Cinco Minutos e Meio", resultando em algumas buscas fervorosas atrás de Navidson e da própria casa, todas as quais, por um motivo ou outro, foram malsucedidas. Diferentemente do primeiro curta, este não era um plano-sequência, o que levou muitos à especulação de que os oito minutos que constituem a "Exploração #4" seriam, na verdade, parte de um todo muito maior.

A estrutura de "Exploração #4" é bastante descontínua, incômoda e, como a sua edição grosseira deixa claro, apressada. A primeira cena flagra Navidson no meio de uma frase. Ele está cansado, deprimido e pálido, "... dias, eu acho. E, eu... eu não sei". [Ele bebe alguma coisa, não fica claro o quê.] "Na verdade, eu gostaria de botar fogo nisso. Mas minha cabeça não está boa o suficiente para tanto." [Risos] "E agora... isso."

A cena seguinte salta para uma discussão entre Karen e Tom sobre se os dois vão ou não "atrás dele". Nessa altura, não fica claro quem é a pessoa a quem eles se referem.

Há várias outras cenas.

Árvores no inverno.

Sangue no chão da cozinha.

Uma cena de uma criança (Daisy) chorando.

Então volta para Navidson: "Nada além desta fita que eu já revi mais do que o suficiente, é mais uma memória do que qualquer outra coisa. E eu ainda não sei: ele tinha razão ou só estava louco?"

Então mais três cenas.

Corredores escuros.

Salas sem janela.

Escadas.

E então uma outra voz: "Estou perdido. Sem comida. Ficando sem água. Não tenho o menor senso de direção. Ai, Deus..." Quem fala é um homem barbado, de ombros largos e olhar frenético. Sua fala é rápida e ele parece estar sem fôlego: "Holloway Roberts. Nascido em Menomonie, Wisconsin. Bacharel da Universidade de Massachusetts. Tem alguma coisa aqui. Está me seguindo. Não, está me *perseguindo*. Estou sendo perseguido faz dias, mas, por algum motivo, não me atacou. Ela espera, espera alguma coisa. Não sei o quê. Holloway Roberts. Nascido em Menomonie, Wisconsin. Não estou sozinho aqui. Não estou sozinho".

É assim que termina esse estranho sumário que, como revelou o lançamento de *O Registro Navidson*, estava um tanto incompleto.

Então não teve mais nada durante dois anos. Poucas pistas sobre quem eram aquelas pessoas, embora, após um tempo, certos fotógrafos da comunidade jornalística tenham reconhecido o autor como ninguém menos que Will Navidson, o fotojornalista premiado que ganhou o Pulitzer pela sua foto da menina moribunda no Sudão. Infelizmente essa descoberta produziu apenas alguns meses de especulações fervorosas antes que o interesse acabasse se dissipando, dada a ausência da mídia, de corroboração, de dados quanto à localização da casa ou, nesse sentido, qualquer comentário do próprio Navidson. A maioria das pessoas desconsiderou a questão toda como sendo apenas algum tipo de farsa esquisita ou, por conta da sua presunção incomum, um avistamento de OVNI aberrante. Em todo caso, as fitas deterioradas de fato circulavam e, em alguns meios acadêmicos da moda, começou um debate: será que era um filme sobre uma casa mal-assombrada? E o que Holloway quis dizer quando afirmou que estava "perdido"? Como pode, afinal, alguém passar dias perdido em uma casa? Além do mais, o que é que alguém com as credenciais de Navidson estava fazendo ao criar dois curtas estranhos como esses? E, de novo, tudo isso era artifício ou realidade?

É certo que o que sustentou boa parte do debate era um pouco de elitismo cultural à moda antiga. As pessoas falavam sobre os filmes de Navidson porque tinham tido a sorte de assisti-los. Lee Sinclair suspeita ser bem provável que a maioria dos professores, alunos, artistas do SoHo e cineastas de vanguarda que falaram — e até mesmo escreveram — com tanta propriedade sobre as fitas jamais tivesse sequer visto um único frame delas: "Simplesmente não existiam tantas cópias assim disponíveis".[6]

Embora "O Corredor de Cinco Minutos e Meio" e "Exploração #4" tenham sido chamados, respectivamente, de "um teaser" e "um trailer", também são, por si só, momentos cinemáticos peculiares. Em um nível puramente simbólico, ambos oferecem um vasto potencial para análise: a compressão do espaço, o poder da imaginação em descomprimir o espaço, a casa como lugar-comum para o ilimitado e incognoscível etc. etc. Em um nível estritamente

[6]Lee Sinclair, "Degenerado", in *Dub, Dub do Século XX*, organizado por Tony Ross (Nova York: CCD Zeuxis Press, 1994), p. 57-91.

visceral, ambos fornecem amplos sustos e curiosidades. Porém, o aspecto mais perturbador quanto aos dois filmes é a sua habilidade de nos convencer de que tudo aconteceu de verdade, o que pode, em parte, ser atribuído aos elementos verificáveis (Holloway Roberts, Will Navidson et al.), mas podemos dizer que isso se deve principalmente ao despojamento da produção — a ausência de maquiagem, de trilhas sonoras caras, de planos filmados com gruas. Exceto pelo enquadramento, a edição e, em alguns casos, as legendas,[7] virtualmente não há espaço para intrusões criativas.

Quem teria suspeitado que, quase três anos após "O Corredor de Cinco Minutos e Meio" começar a aparecer em VHS, a Miramax viria a lançar, sem alarde, *O Registro Navidson*, com cópias limitadas, pronto para abalar públicos onde quer que fosse. Desde a sua première em Nova York e Los Angeles, que completou três anos no último mês de abril,[8] *O Registro Navidson* já foi exibido em todo o país. Embora longe de ser um blockbuster, o filme continua gerando receita e interesse do público. Periódicos especializados em cinema publicam resenhas, críticas e cartas frequentes. Livros inteiramente dedicados ao *Registro Navidson* aparecem agora com alguma regularidade. Diversos professores incluíram *O Registro Navidson* como parte obrigatória do currículo de seus seminários, enquanto muitas universidades afirmam que dúzias de alunos, de uma variedade de departamentos, vêm completando suas teses de doutorado sobre o filme. Há comentários e referências frequentes nas revistas *Harper's*, *The New Yorker*, *Esquire*, *American Heritage*, *Vanity Fair*, *Spin*, além de programas de madrugada na TV. O interesse no estrangeiro foi igualmente intenso. O Japão, a França e a Noruega já responderam com prêmios, mas até hoje o misterioso Navidson ainda não chegou a dar as caras, que dirá aceitar qualquer um desses prêmios. Mesmo os tagarelas irmãos Weinstein seguem estranhamente reticentes quanto ao filme e seu criador.

A revista *Interview* citou uma frase de Harvey Weinstein que diz, "Ele é o que é".[9]

O Registro Navidson agora já faz parte da experiência cultural do país, porém, apesar do fato de que centenas de milhares de pessoas já o viram, o filme continua um enigma. Alguns insistem que ele deve ser legítimo, enquanto outros acreditam que seja um truque à altura da transmissão radiofônica da *Guerra dos Mundos*, de Orson Welles. Outros não deram a mínima e admitem que, em todo caso, *O Registro Navidson* é uma história bem contada. Mas muitos ainda nem sequer ouviram falar dele.

Hoje, diante da improvável perspectiva de algum tipo de resolução ou revelação pós-lançamento, a obra de Navidson parece destinada a obter o status de filme cult. Por si só, sua qualidade narrativa já há de garantir uma boa dose de popularidade nos anos vindouros, mas sua específica estranheza serve para afastar permanentemente o interesse do público mais amplo.

---

[7]Possivelmente interpretativas, ainda mais no caso dos murmúrios indistintos de Holloway, cujas legendas aparecem como onomatopeias incompreensíveis ou apenas pontos de interrogação.

[8]`i.e. 1993.`

[9]Mirjana Gortchakova, "A Fachada", in *Gentleman's Quarterly*, v. 65, outubro de 1995, p. 224.

II

Os esforços dos homens de gênio, embora erroneamente direcionados, quase nunca falharam ao se transformarem, por fim, em sólidos benefícios para a humanidade.

— Mary Shelley

O Registro Navidson contém, na verdade, dois filmes: aquele feito pelo próprio Navidson, que é o que todos lembram, e o filme que ele se determinou a fazer, o qual pouquíssimas pessoas jamais detectaram. Embora sejam eclipsadas pelo produto final, as intenções originais do cineasta fornecem um contexto de partida para repararmos posteriormente nas propriedades peculiares da casa.

De muitas maneiras, o trecho inicial do *Registro Navidson*, filmado em abril de 1990, continua sendo uma de suas sequências mais perturbadoras, dada sua eficácia em se abster até mesmo da menor premonição sobre o que em breve acontecerá em Ash Tree Lane.

Nem mesmo uma única vez nos minutos iniciais vemos a menor indicação de que Navidson saiba qualquer coisa sobre o pesadelo iminente que ele e toda sua família estão prestes a enfrentar. Ele é um completo inocente, e a natureza da casa, pelo menos durante um breve período, está além de sua imaginação, que dirá suas suspeitas.

É claro que nem todo mundo está de acordo com esse julgamento. O dr. Isaiah Rosen acredita que "Navidson é uma fraude desde o primeiríssimo frame, e seu fingimento inicial coloca a obra inteira em risco".[10] Rosen presume que o começo é apenas um caso de "péssima atuação" da parte de um homem que já tem o restante do filme em mente. Por consequência, Rosen seriamente menospreza a importância das intenções iniciais de Navidson.

Com muita frequência, grandes descobertas são o resultado não planejado de experimentos ou explorações visando à obtenção de resultados inteiramente diferentes. No caso de Navidson, é impossível ignorarmos seu objetivo primário, sobretudo porque serviu como o progenitor ou, no mínimo do mínimo, como a "origem aproximada" de tudo que aconteceu depois. As presunções de Rosen[11] o levaram a descartar a causa em prol do resultado, perdendo de vista, assim, a relação complexa e satisfatória que existe entre as duas coisas.

---

[10] Dr. Isaiah Rosen, *Performances Imperfeitas: Uma Consideração dos Atores na Obra de Navidson* (Baltimore: Eddie Hapax Press, 1995), p. 73.

[11] `Não é a primeira e definitivamente não é a última vez que Zampanò dá a entender que O Registro Navidson existe.`

"É engraçado", Navidson nos diz logo no começo. "Eu só queria fazer um registro de como Karen e eu compramos uma casinha no interior e da nossa mudança, junto de nossos filhos. Meio que pra ver como as coisas andam. Sem violência, sem fome, sem moscas. Só muita pasta de dente, jardinagem e coisas do dia a dia. Que foi como eu ganhei a bolsa do Guggenheim e da NEA Media Arts. Talvez por conta do meu passado, o público esteja esperando algo diferente, mas eu só pensei que seria legal ver como as pessoas se mudam para um lugar novo e começam a habitá-lo. Como elas vão chegando, talvez criando raízes, interagindo e, com sorte, entendendo-se um pouquinho melhor. Pessoalmente, eu só queria criar uma basezinha aconchegante para mim e minha família. Um lugar onde poderíamos tomar limonada na varanda e assistir ao pôr do sol."

Que é quase literalmente o que acontece no começo do *Registro Navidson*, onde vemos Will Navidson relaxando na varanda de sua pequena casa em estilo antigo, clássico, desfrutando de um copo de limonada e assistindo ao sol transformar os últimos minutos de luz do dia em ouro. Apesar das alegações de Rosen, não há nada em Navidson que pareça particularmente malicioso ou falso. Tampouco parece estar atuando. Na verdade, o que vemos é um homem surpreendentemente simpático, esbelto, atraente e aos poucos avançando pelos seus 40,[12] determinado de uma vez por todas a ficar em casa e explorar o lado mais ameno da vida.

Nisso ele obtém sucesso, pelo menos a princípio, fornecendo relances do interior da Virgínia, a vizinhança rural, as colinas purpúreas surgidas das franjas da noite, antes de deixar essas cenas iniciais para trás e se concentrar mais detidamente no processo da mudança para a casa em si, desenrolando tapetes orientais azuis-claros, organizando e reorganizando a mobília, abrindo caixotes, trocando lâmpadas e pendurando quadros, um dos quais contém uma de suas próprias fotografias premiadas. Desse modo, Navidson não apenas revela como cada cômodo é ocupado, mas também o modo como cada um deu suas próprias contribuições pessoais.

A certa altura, Navidson faz uma pausa para entrevistar seus dois filhos. A composição dessas cenas é, também, impecável. Filho e filha banhados na luz do sol. O enquadramento contrapõe seus rostos, iluminados por essa luz morna, ao frescor do plano de fundo, com o gramado e as árvores verdejantes.

Sua filha de cinco anos, Daisy, aprova o novo lar. "É legal aqui", ela diz entre risadinhas tímidas, embora não pareça tão tímida ao comentar que ali não tem lojas como a "Bloomydales".

Chad, três anos mais velho que Daisy, está um pouco menos à vontade e chega até mesmo a ser sério às vezes. Muitas vezes suas respostas foram mal interpretadas por aqueles cientes de como o filme termina. É importante perceber, porém, que neste ponto da história Chad ainda não tem a menor ideia do que o futuro reserva. Ele está meramente expressando as angústias típicas de um menino da sua idade que acabou de perder as raízes na cidade e de ser transplantado para um ambiente vastamente distinto.

Pelo que ele diz a seu pai, a coisa de que mais sente falta é o barulho do trânsito. Parece que o ruído feito pelos caminhões e táxis criava para ele um tipo de canção de ninar noturna. Agora ele tem dificuldade em pegar no sono no completo silêncio.

"Mas e o som dos grilos?", Navidson pergunta.

Chad balança a cabeça.

---

[12]Em seu artigo "Anos Daqueles", na *The New Republic*, v. 213, 20 de novembro, 1995, p. 33-39, Helmut Kereincrazch situa a idade de Navidson em torno dos 48.

"Não é a mesma coisa. Sei lá. Às vezes é só silêncio... sem barulho nenhum".

"E isso te assusta?"

Chad faz que sim com a cabeça.

"Por quê?", pergunta o pai.

"Parece que tem alguma coisa ali esperando."

"Quê?"

Chad dá de ombros. "Sei lá, papai. Eu só gosto do som do trânsito."[13]

É claro que essa visão pastoral de Navidson quanto à mudança de sua família está longe de refletir o ímpeto mais complicado e significativo por trás do projeto — a saber, sua relação caduca com a companheira de longa data, Karen Green. Embora ambos estivessem perfeitamente contentes sem se casarem no papel, as constantes convocações de Navidson para trabalhar no exterior criaram uma alienação cada vez maior entre os dois, além de incontáveis dificuldades pessoais. Após quase onze anos de saídas constantes e breves retornos, Karen deixou evidente que Navidson precisava abandonar seus hábitos profissionais ou perderia sua família. No fim, sem conseguir tomar uma decisão, ele chega a um meio-termo ao transformar a reconciliação em assunto para um documentário.

Nada disso, porém, fica aparente de imediato. Na verdade, é preciso fazer um esforço amnésico voluntário para esquecer as sequências mais convincentes que vêm depois, se quisermos detectar as valências mais sutis em operação entre Will e Karen; ou, como Donna York colocou, "o modo como eles falam um com o outro, o modo como cuidam um do outro e, claro, também o modo como eles deixam de fazer essas coisas".[14]

Navidson, conforme descobrimos, começa o seu projeto montando uma série de câmeras Hi 8 em torno da casa e equipando-as com sensores de movimento para que se liguem e desliguem sempre que alguém entra ou sai dos cômodos. Com exceção dos três banheiros, há câmeras em todos os cantos da casa. Navidson também tem sempre à mão duas Arriflex 16 mm e seu arsenal de câmeras 35 mm de costume.

Em todo caso, como bem se sabe, o projeto de Navidson é bastante rudimentar. Não é nada que lembre, por exemplo, os sistemas de vigilância constante de circuito interno instalados em bancos locais, nem o equipamento extravagante e os múltiplos operadores de câmera necessários para gravar o *Real World* da MTV. A empreitada inteira teria todo o jeito de filme caseiro, na melhor das hipóteses, se não fosse pelo fato de que Navidson é um fotógrafo de talento excepcional, dotado da compreensão de como um sexagésimo de segundo é capaz de criar uma imagem que vale mais que vinte e quatro horas de gravação contínua. Ele não tem interesse em mostrar tudo ou tentar capturar algum tipo de visão católica ou, de outro modo, mítica. Em vez disso, ele caça momentos, pérolas de particularidade, um telefonema inesperado, um acesso de riso, algum pedaço de uma conversa que possa despertar em nós uma fagulha de emoção e talvez até mesmo um pouco de compreensão humana.

Via de regra, os fragmentos praticamente mudos que Navidson seleciona revelam aquilo que uma glosa mais explícita só seria capaz de tangenciar. Há dois casos desses que parecem especialmente sublimes e, por serem tão breves e fáceis de deixar passar, vale a pena reiterar seu conteúdo aqui.

---

[13]A questão das longas descrições narrativas no que é, supostamente, uma exegese crítica é tratada no Capítulo 5; nota 67. — Eds.

[14]Donna York, "Em Dupla", in *Redbook*, v. 186, janeiro de 1996, p. 50.

No primeiro caso, vemos Navidson subindo até o alto da escada com um caixote cheio de coisas de Karen. Seu quarto está ainda amontoado com abajures embrulhados em plástico-bolha e valises diversas, abertas, além de sacos de lixo cheios de roupas. Não tem nada pendurado nas paredes. A cama ainda não foi feita. Navidson encontra um pequeno espaço em cima da escrivaninha para aliviar seu fardo. Ele está quase saindo, quando um impulso invisível o detém. Do caixote, ele tira a caixa de joias de Karen, abre a tampa de chifre, entalhada à mão, e remove a bandejinha interior. Infelizmente, a câmera não flagra o que ele vê ali.

Quando Karen entra, carregando um cesto abarrotado de lençóis e fronhas, Navidson já voltou sua atenção para uma velha escova de cabelo, ao lado de uns frascos de perfume.

"O que é que você está fazendo?", ela pergunta de imediato.

"Olha que bacana", ele diz, tirando um grande tufo de cabelos loiros dela dos dentes da escova e jogando-o no lixo.

"Me dá isso aqui", Karen exige. "Presta atenção, um dia você vai ficar careca, e aí vai se arrepender de ter jogado isso fora."

"Eu não", Navidson responde com um sorrisinho.

É desnecessário descrever longamente os múltiplos modos como esses poucos segundos demonstram o carinho que Navidson tem por Karen,[15] exceto para destacar como, apesar de seu sarcasmo e aparente desleixo pelas coisas dela, a cena em si representa o exato oposto. Por meio do uso da imagem e edições sofisticadamente controladas, Navidson acabou, com efeito, preservando o cabelo dela, questionando o seu próprio comportamento e talvez, de algum modo, contradizendo seu próprio comentário, o qual, como apontou Samuel T. Glade, poderia se referir a "presta atenção", "ficar careca" ou "se arrepender", ou todas as três coisas ao mesmo tempo.[16] Melhor ainda, Navidson permitiu que a ação e a sutileza da composição representassem os sentimentos profundos em ação, sem o incômodo de algum *voice-over* mal pensado ou uma trilha sonora manipuladora.

Ainda alinhado a essa abordagem, o segundo momento também dispensa glosas ou sugestões musicais dissimuladas. A concentração de Navidson está simplesmente direcionada a Karen Green. Outrora modelo da Ford Models em Nova York, ela desde então deixou de lado a vida de ensaios de moda em Milão e Bailes de Máscara venezianos para criar seus dois filhos. Considerando o quanto sua beleza transparece nas fitas pavorosas das Hi 8, não é de se surpreender que os editores tenham, tantas vezes, dependido de cenas com seus lábios fazendo biquinho, suas maçãs do rosto proeminentes e olhos castanhos esverdeados para vender suas revistas.

No começo, Navidson entrega a Karen uma Hi 8 com o pedido de que ela trate a câmera como um diário. Suas gravações — as quais Navidson prometeu ver apenas após filmar a película toda e apenas se ela concordasse — revelam uma mulher de 37 anos preocupada com sua saída da cidade, com o envelhecimento, com sua silhueta e com a própria felicidade. Em todo caso, apesar de seu conteúdo puramente confessional, não foi uma das cenas

[15]Cf. "O Aparato do Coração", de Frances Leiderstahl, in *Science*, v. 265, 5 de agosto, 1994, p. 741; Joel Watkin, "Caixa de Joias, Perfumes e Cabelo", in *Mademoiselle*, v. 101, maio, 1995, p. 178-181; e também o artigo, mais irônico, de Hardy Taintic, "Cartas de Teor Adulto e Joias de Família", *The American Scholar*, v. 65, primavera 1996, p. 219-241.

[16]Samuel T. Glade, "Presságios & Sinais", in *Notas do Amanhã*, Lisbeth Bailey (org.) (Delaware: Taema Essay Publications, 1996).

do vídeo-diário, mas sim um momento que a flagra com a guarda baixa, capturado em uma das Hi 8 da casa, que demonstra a dependência, quase desconcertante, que Karen tem de Navidson.

Karen está sentada com Chad e Daisy na sala de estar. As crianças estão no meio de um projeto de fabricação de velas caseiras que envolve várias caixas vazias de ovos, uma dúzia de pavios compridos, um balde de gesso de Paris e um pote cheio de cera Crystal. Usando uma tesoura de cabo vermelho, Daisy corta os pavios em pedaços de 8 cm e então os pressiona contra uma caixa de ovo, a qual Chad, por sua vez, preenche com uma camada de gesso, ao que se segue uma camada de minúsculas bolinhas de cera. O resultado é algum tipo de vela com gosma de sobra, boa parte da qual vai parar nas mãos das crianças. Karen ajuda a tirar os cabelos do rosto da filha, a fim de evitar que ela mesma tente isso e acabe ficando com gesso no rosto. Porém, embora Karen se esforce para que Chad não faça os moldes transbordarem ou para que Daisy não se machuque com a tesoura, ela ainda não consegue resistir à vontade de olhar para a janela de minuto em minuto. O som de um caminhão que passa faz com que ela desvie o olhar. Mesmo sem som, o peso de uma centena de segundos sempre a leva a virar a cabeça.

Embora seja claramente apenas uma questão de opinião, o olhar de Karen parece ao mesmo tempo perdido e "transbordando de amor e saudade".[17] Quanto aos motivos, podemos encontrar uma resposta parcial quando o carro de Navidson encosta na garagem. Karen nem sequer tenta conter sua sensação de alívio. Num instante ela salta dali, da minifábrica de velas, e corre pela sala. Segundos depois — sem dúvida, pensando em sua imagem —, ela volta.

"Daisy, não mexa na tesoura até eu voltar."

"Mamãe!", Daisy reclama.

"Você me ouviu. Chad, fique de olho na sua irmã."

"Mamãe!", Daisy dá um grito ainda mais alto e agudo.

"Daisy, a mamãe também quer que você cuide do seu irmão."

Essa frase parece acalmar a menininha, e ela de fato sossega, prestando atenção em Chad, orgulhosamente, enquanto ele continua cortando pavios.

Por estranho que pareça, quando Karen chega até Navidson no hall de entrada, ela já conseguiu, com efeito, mascarar toda a avidez em vê-lo. Sua indiferença é extremamente instrutiva. Nessa contradição peculiar que serve como tecido conector em tantas relações, é possível observar que ela ama Navidson quase no mesmo grau em que não acha espaço para ele em sua vida.

"Ei, o aquecedor d'água pifou", ela consegue dizer-lhe.

"Quando foi que isso aconteceu?"

Ela aceita o beijo breve que ele lhe dá.

"Eu acho que ontem à noite."[18]

---

[17]Max C. Garten, "100 Looks", in *Vogue*, v. 185, outubro 1995, p. 248.

[18]Eu levantei hoje de manhã para tomar um banho e adivinha só? Acabou a porra da água quente. Foi uma descoberta das mais perversas, ainda mais quando você depende desse despertador molhado, dado que eu estava imensamente desidratado depois da longa noitada de bebedeira em que eu e o meu fiel escudeiro, o Lude, nos metemos na noite passada. Pelo que eu lembro agora, de algum modo a gente foi parar nessa birosca lá na Pico, e logo depois a gente estava conversando com umas minas de chapéu preto de caubói, supostamente perdidas com seu próprio blend

de fundir a cuca de euforia – cortesia da Herbal Ecstasy –, e isso nos levou a botar um pouco de Êxtase Verbal nelas também, o que, pelo visto, levaria a uma noite toda de risadinhas da parte delas.

Eu esqueço agora como foi exatamente que a gente conseguiu fazer a coisa engrenar. Acho que o Lude começou fazendo um corte de cabelo nela, sacando sua tesoura, que ele sempre tem à mão, como eu acredito que um velho pistoleiro sempre tem à mão seu revólver Colt – e lá foi ele, cortando madeixas & franjas, e estava ficando bom pra cacete, mas, bem, ele é profissa, né, e tudo isso no escuro ainda por cima, num banquinho de bar, cercado por dúzias de sabe-se-lá-quem, dedos & aço clicando, pequenos tufos de cabelo caindo no meio da bagunça ao redor, as meninas todas nervosas até verem que ele realmente é foda e aí logo todas começam a pedir, "depois faz em mim" & "estou querendo", o que já era piada pronta, por isso Lude & eu em vez disso comentamos alguma outra coisa, desta vez sobre alguma aventura demente que eu supostamente tive na época que fui pugilista clandestino. Beleza que eu nunca tinha nem ouvido falar disso, nem o Lude. O Lude inventou a parada e eu fui na onda.

"Ah, para, elas não querem ouvir essa história", eu disse com o máximo de relutância que conseguia fingir, dadas as circunstâncias.

"Não, Jaguara, aí que você se engana", Lude insistiu. "Você precisa contar."

"Muito bem", eu disse, começando então a lembrar, diante de todo mundo ao meu redor, como eu tinha descido de uma barca em Galveston na solitária idade dos meus 19 anos.

"A bem da verdade, eu estava fugindo", improvisei. "Vocês entendem, eu ainda devia uns mil dólares ao meu Capitão, um russo doido, por conta de uma aposta que eu perdi em Singapura. Ele queria me matar, por isso precisei praticamente sair correndo de lá até Houston."

"Não esquece de falar dos pássaros", Lude disse, com uma piscadela. Ele estava de sacanagem comigo, só para dar uma emoção.

"Claro", eu murmurei, tentando enfiar uma explicação ali. "Esse barco que eu estava tinha uma carga de tâmaras e quilos de haxixe e um número impressionante de pássaros exóticos, tudo ilegal, óbvio, mas eu lá sabia disso? Não era algo que me afetasse. E de qualquer jeito, eu não ia ficar pra ver no que ia dar. Então eu cheguei em Houston e a primeira coisa que me acontece, algum mané chega e tenta me assaltar."

Lude franziu a testa. Claramente não ficou feliz com o que eu fiz com os seus pássaros.

Eu o ignorei e continuei.

"Esse sujeito veio direto pra mim e me disse para dar todo o dinheiro pra ele. Eu não tinha um tostão furado, mas, de qualquer jeito, aquele safado filhadaputa não estava armado ou coisa assim. Então eu dei nele. E ele foi pro chão. Mas não por muito tempo. Um segundo depois, ele levanta de novo e, sabe duma coisa? Ele tinha um sorriso na cara e aí aparece esse outro sujeito com ele, bem maior, sorrindo também e vindo apertar a minha mão, me dando parabéns. Eles passaram o dia todo procurando por um pugilista clandestino, duzentos dólares por noite, é o que eles pagavam, e pelo visto eu tinha passado no teste. O filhadaputa safado era o olheiro. Seu parceiro se referia a ele como Saco de Pancada."

A essa altura as meninas estavam se amontoando em torno de Lude & de mim, mandando ver nos drinks e no geral entrando no ritmo da história. Cuidadosamente, eu fui conduzindo-as ao longo daquela primeira noite, descrevendo o ringue com o chão de terra batida cercado por hordas daquela gente que vinha apostar uns dólares para ver uns caras quebrarem — se quebrarem e quebrarem os outros. Luvas não eram uma opção nesse tipo de luta. Por milagre, eu saí dessa vivo. Consegui, de verdade, ganhar minhas primeiras duas lutas. Alguns hematomas, um corte na bochecha, mas saí com meus duzentos dólares e o Saco de Pancada bancou umas costelas assadas e cerveja, até me deixou apagar no seu sofá. Nada mal. Por isso continuei. Na verdade, teve mês que eu estava lá duas vezes por semana.

"Vocês veem a cicatriz no supercílio dele—" Lude apontou, fazendo para as meninas um daqueles gestos sabe-tudo, com a cabeça, completamente exagerados.

"Foi assim também que você quebrou o dente da frente?", uma menina com um alfinete de rubi no chapéu de caubói deixou escapar, mas assim que ela disse isso, deu para ver que ela se sentiu mal por mencionar meu incisivo arrebentado.

"Já já chego lá", eu disse com um sorriso.

Por que não enfiar o dente nessa história também?, pensei.

Após umas três, quatro semanas, eu continuei, já tinha grana o suficiente para pagar o Capitão e sobrava até uns trocos para mim. Eu estava cansado da coisa toda, em todo caso.

As lutas eram bem ruins. "E, por acaso, eu consegui ganhar todas", acrescentei. Lude deu um riso de deboche. "Mas ter que ficar o tempo todo de olho nesses tipos que nem o Saco de Pancada & seu parceiro, isso era o pior. Além do mais, pelo visto, o lugar que eu estava ficando era, digamos, uma casa de tolerância, cheia dessas meninas tristonhas, que entre uma e outra atracada sem sentido vinham me falar das coisas mais simplórias e inconsequentes. Eu gostava quando estava na barca, mesmo com o Capitão e suas tendências homicidas.

"Bem, na minha última noite, o mané me puxa de lado e sugere que eu aposte minha grana em mim mesmo. Eu lhe disse que não queria, porque eu podia perder. 'Você é burro pra caralho, hein, moleque', ele cuspiu pra mim. 'Você tem ganhado até agora.' 'Pois é', eu digo. 'E daí?''Bem, descobre aí. Não é porque você é bom nisso. Foi tudo armação. Eu encontro um otário por aí e pago cinquenta pratas pra ele vir pra cima e se jogar no chão. A gente tira uma puta grana com as apostas. Você ganhou na semana passada e na semana anterior e vai ganhar esta noite. Só estou tentando te ajudar aqui.'

"Aí, sendo o moleque burro que eu era, eu apostei toda a minha grana e entrei no ringue. Quem vocês acham que estava lá me esperando?"

Eu dei a todas as pessoas ali uma chance de bolarem, cada uma, sua própria resposta, enquanto virava meu copo de cerveja, mas ninguém tinha a mais puta ideia de quem eu ia enfrentar. Nem o Lude conseguiu acompanhar. Claro que tudo depende de como você encara a coisa: ele também estava com a mão na bunda de uma menina que tinha uma turmalina no chapéu de caubói, ao mesmo tempo em que ela, pelo que me parecia, também acariciava o interior das coxas dele.

"No meio de todos aqueles fodidos de Houston, todos eles gritando as cotações, gritando valores, lambendo as gengivas para tirar o sangue, estava o Saco de Pancada, com faixas nos punhos e nem sinal de um sorriso ou o menor vestígio de reconhecimento no olhar. Rapaz, eu te digo, ele era na verdade um F.D.P. cruel e sem o menor remorso. Me derrubou duas vezes no primeiro round. No segundo eu quase não consegui levantar.

"Aquele mês inteiro, ele e o parceiro dele passaram aumentando a minha cotação, aí quando o Saco de Pancada — e a essa altura a aposta nele era a que pagava mais — me massacrasse, eles sairiam de lá com uma pequena fortuna. Possivelmente fugindo. Já eu, com meus 19 anos, burro, chegando em Galveston após três meses em alto-mar, ia perder todo meu dinheiro e parar no hospital. Ou pior ainda. Já que as lutas tinham apenas três rounds, eu só tinha mais um round para reagir. Seu parceiro me jogou um balde de água gelada na cara e mandou voltar lá e botar um fim nisso.

"Cheguei cambaleante, sacudi a cabeça e falei alto, o bastante pra ele conseguir me ouvir, mas não alto demais a ponto de achar que eu estava tentando vender alguma coisa, e eu disse que era uma pena porque eu tinha planos de usar meu dinheiro pra comprar uma carga de um negócio lá que rendia pelo menos mil por cento do valor na rua.

"Bem, no round seguinte, o último round, devo dizer, o Saco de Pancada me quebrou o dente. Eu apaguei. O plano original deles era se livrar de mim, mas meu truquezinho deu certo. Depois do que o parceiro dele me ouviu dizer, que eu tenho certeza que ele compartilhou com o Saco de Pancada, eles me arrastaram, jogaram uísque na minha goela na sua caminhonete e começaram a me encher o saco perguntando o que era esse negócio que eu tinha falado, tentando descobrir o que era que rendia mil por cento.

"A essa altura eu estava todo ferrado, com medo e não era pouco medo, não, medo que eles fossem fazer algo perverso de verdade se descobrissem que eu estava de tramoia com eles. Ainda assim, se eu ficasse em Houston provavelmente seria linchado pelos apostadores que, a essa altura, já deviam ter descoberto a marmelada, o que pra eles só poderia significar uma única coisa (e todas as explicações foram levadas pro túmulo): o Saco de Pancada & seu parceiro e eu éramos os culpados. Eu precisava pensar rápido. Além disso, eu ainda queria meu dinheiro de volta, então—"

A essa altura até o Lude estava envolvido na história. Todo mundo estava. As minas lá, todas encantadas e sorrindo e se apertando cada vez mais, como se, ao me tocarem, talvez pudessem descobrir se eu falava sério. Lude sabia que era pura baboseira, mas não tinha ideia de onde eu estava indo. Para falar a verdade, nem eu sabia. Então me esforcei ao máximo.

"Eu levei os sujeitos até a barca. Não tinha ideia ainda do que faria depois que chegasse lá, mas sabia que o navio ia partir com a maré alta na manhã seguinte, por isso a gente tinha que correr. Por sorte, a gente chegou a tempo e eu fui seco atrás do Capitão. Assim que me viu, ele me pegou pelo pescoço. De algum modo, com a minha respiração entrecortada, eu consegui contar pra ele do Saco de Pancada & seu parceiro e a grana deles — toda a minha grana, boa parte da qual era, em essência, a grana do Capitão. Isso fez o desgraçado prestar atenção. Alguns minutos depois, ele foi até a dupla lá, serviu pra eles umas canecas de café cheias de vodca e, com seu sotaque incompreensível, começou a tagarelar sobre aquele valor da purinha da Nova Guiné.

"O Saco de Pancada não fazia a menor ideia do que era que o idiota estava falando. Nem eu, na verdade, mas uma hora e duas garrafas de vodca depois, ele chegou à conclusão de que o Capitão devia estar falando de drogas. Afinal de contas, o Capitão não parava de falar de euforia, exploradores espanhóis e o paraíso, mas se recusou a mostrar ao Saco de Pancada nem sequer o menor teco de qualquer coisa tangível que fosse, aludindo vagamente aos fiscais da alfândega e a ameaça constante de confisco e cadeia.

"Agora, aí que está. Enquanto ele tagarelava, chegou essa van com um sujeito que ninguém jamais viu antes, nem jamais verá depois, e ele vem e dá mil dólares pro Capitão, pega um caixote e vaza. Assim mesmo, do nada. E, rapaz, isso bastou. Sem nem examinar o que estava comprando, o Saco de Pancada entrega pra ele cinco paus. O Capitão, que era um homem de palavra, imediatamente carrega cinco caixotes na caminhonete do Saco de Pancada.

"Certeza que o mané iria inspecionar a mercadoria ali mesmo, só que, de repente, ao longe, a gente começa a escutar barulho de sirene de polícia ou da patrulha portuária ou uma merda dessas. Não estavam atrás de nós, mas o Saco de Pancada & seu parceiro ainda assim se assustaram e vazaram o mais rápido possível.

"Mesmo depois de zarparmos, o Capitão ainda dava risada. Mas eu não. O desgraçado não quis me dar um centavo do meu dinheiro. Pela sua lógica — e sua explicação, que ele me deu com aquele sotaque incompreensível dele —, eu lhe devia dinheiro por salvar sua vida, além de ter que me levar até lá na Flórida, onde eu enfim acabei indo parar, e quase morri nas águas geladas de um lugar chamado Orelha do Diabo, mas isso já é outra história totalmente diferente.

"Ainda assim, não foi tão ruim, ainda mais quando eu penso de vez em quando no Saco de Pancada & seu parceiro. Digo, fico imaginando o que foi que eles fizeram, o que eles disseram, quando finalmente abriram os caixotes e encontraram aquela caralhada de pássaros. Mais de cinquenta aves-do-paraíso.

"Alguns meses depois, eu lembro de ter lido sobre como a Polícia de Houston prendeu uns suspeitos de tentar descarregar um monte de aves exóticas no zoológico."

E foi assim que acabou a história ou pelo menos a história que eu contei naquela noite. Talvez não palavra por palavra, mas quase.

Infelizmente nada aconteceu com as meninas. Elas foram embora, noite adentro, com suas risadinhas. Nenhum telefone, nenhum encontro, nem mesmo o nome delas, e eu saí disso me sentindo burro e triste, meio como uma garrafa térmica quebrada — de boas por fora, mas por dentro só o vidro estourado. E o porquê de eu estar falando sobre isso, nem eu sei. Nunca nem vi uma ave-do-paraíso. E certeza que nunca lutei boxe, nem estive numa barca. Na verdade, só de olhar para essa história, eu já fico meio nauseado de repente. Digo, o quanto ela é falsa. Isso meio que não me cai bem. É como se houvesse alguma outra coisa, alguma coisa além disso tudo, uma história maior à espreita no ocaso, que, por qualquer motivo, eu não consigo enxergar.

O que esses dois momentos revelam é o quanto Will e Karen precisam um do outro, porém é difícil para eles lidar com esses sentimentos e comunicá-los.

Infelizmente, os críticos não foram tão compreensivos. Após o lançamento do *Registro Navidson*, nem a reputação de Karen, nem a de Will conseguiram escapar ilesas. Karen, em particular, foi dizimada por uma rajada acusativa de vitupérios vinda dos tabloides, de resenhistas renomados e até mesmo de uma irmã com a qual havia perdido contato. Leslie Buckman chuta o pau da barraca quando chama Karen Green de "cadela desalmada, simples assim. Uma modelo da alta costura, não muito mais inteligente do que um radiador, que cresceu crente de que a vida girava em torno de donos de boate, cocaína e limites de cartão de crédito. Vê-la

---

De qualquer forma, não era minha intenção vir parar no meio dessa confusão toda. Eu estava contando do chuveiro. É com isso que eu queria lidar. Como você provavelmente sabe, perceber que acabou a água quente é uma descoberta particularmente desagradável, pelo simples fato de que é algo de que você não se dá conta de imediato. Você precisa deixar a água correr por um tempo e, embora ela continue gelada, uma parte de você se recusa a acreditar que ela não vai mudar, ainda mais se esperar um pouco ou abrir o registro um pouco mais. Então, você continua esperando, mas não importa quantos minutos passem, você ainda não vê nada de vapor, nem sente calor nenhum.

Talvez um banho gelado me fizesse bem. A ideia me passou pela cabeça, mas eu já estava com frio demais para tentar até um banho rápido. Não sei nem por que eu estava com tanto frio. Até que estava quente na minha casa. Ainda mais quente lá fora. Nem mesmo meu casacão marrom de veludo cotelê ajudava.

Mais tarde eu flagrei uns funcionários nos fundos mexendo no aquecedor d'água. Um deles, que assoou o nariz num pano velho, coberto de tattoos, um Manson crucificado nas costas, me disse que de noite já estaria tudo resolvido. Não estava.

Eu tenho certeza que você deve estar se perguntando: será que é só coincidência que esse meu perrengue com a água gelada também aparece neste capítulo?

Não mesmo. Zampanò só escreveu "aquecedor". A palavra "d'água" quem acrescentou lá — fui eu.

Eis uma confissão aí, hein?

Ei, não vale, você chorou.

Ei, ei, vai se foder, digo eu.

Eita, que raiva que eu estou agora. Claramente pisei num calo aí, mas não sei como, por quê, nem o quê. Juro que não acredito que seja só por conta de uma história tosca inventada ou um aquecedor (d'água) vagabundo.

Não é um sentimento que dê pra empatizar.

Ah, se alguma coisa aqui fosse verdade. Que sorte a nossa acabar como um saco de pancada e ainda encontrar uns caixotes cheios de aves-do-paraíso.

Neste caixote aqui a gente não deu esta sorte, não.

Deixa correr a água fria.

Uma hora ela começa a esquentar.

Não é?

tagarelar sobre o seu peso, seus filhos e o quanto ela precisa de Navidson me fez querer vomitar. Como é que ela pode dizer que ama um homem quando é incapaz de qualquer coisa que lembre, de longe, um compromisso? Já falei que ela é uma cadela desalmada? E também é uma piranha".[19]

Buckman não está sozinha em sua opinião. Dale Corrdigan também apontou que Karen era tudo menos uma dona de casa adorável: "Karen sequer abriu mão do comportamento promíscuo que marcou sua segunda década de vida. Ela só se tornou mais discreta".[20]

Em retrospecto, as especulações furiosas em torno às infidelidades de Karen parecem ser motivadas principalmente por uma cultura machista, ainda mais quando se considera que pouca atenção foi dada ao papel de Navidson em seu relacionamento. Como já foi dito por David Liddel, "Se ele tem chifres, quem garante que não tem cascos?".[21] Infelizmente, em contraposição ao tratamento enviesado oferecido pela mídia, Navidson não hesita em incluir constantemente em seu filme as provas de seus próprios defeitos, nesse sentido. Na verdade, em tempos recentes, muitos passaram a questionar a precisão de seu autorretrato, observando que Navidson pode ter ido longe demais em seus esforços para pintar a si mesmo sob um aspecto menos favorável.[22]

Navidson não apenas revela, por meio de Karen, Chad e Daisy, que passou a última década aperfeiçoando sua carreira na arte do distanciamento, uma década ao longo da qual tirar uns dias, de repente, para ir filmar barcos de pesca no Alasca era uma coisa que sua família precisava engolir, mesmo que uma viagem de três dias aos poucos evoluísse para semanas e até mesmo meses, como também admite, por meio das filmagens, que carregava consigo suas próprias obsessões alienantes e intensamente particulares.

Pelo visto, porém, o primeiro indício dessas ruminações mais taciturnas partiu não dele, mas de Karen. Os primeiros registros de Navidson do vídeo-diário gravado em sua Hi 8 são tão tranquilos e inofensivos que raramente, ou nunca, aludem a problemas mais profundos. É só Karen quem, olhando direto nas pequenas lentes, traz o problema à tona.

"Ele falou da Delial de novo", ela diz, num tom de voz extremamente sobressaltado. "Eu avisei que, se ele não for me contar quem ela é, é melhor não mencionar seu nome de novo. Parte disso tudo de a gente ter se mudado para o sul era para deixar o passado e tudo isso para trás. Ele tem se comportado, mas acho que não consegue controlar seus sonhos. Na noite passada, eu não dormi muito bem. Estava com frio. Estamos no meio de maio, mas parecia que eu estava deitada num freezer. Levantei para pegar uma coberta e, quando voltei, ele falava dormindo: 'Delial'. Simples assim. Do nada. E tenho certeza que ele disse o nome dela duas vezes. Quase gritou."

Pelo visto, Karen não foi a única que ficou no escuro quanto a Delial. Nem mesmo amigos e colegas de profissão no fotojornalismo que ouviram Navidson mencionar esse nome receberam qualquer tipo de explicação. Ninguém tinha a menor ideia de quem ela era ou o porquê de ela assombrar seus pensamentos e conversas como se fosse um albatroz.[23]

---

[19]"O Léxico da Mentira e os Ardis Femininos", de Leslie Buckman, publicado em *Tudo em Nome do Feminismo: uma Coletânea de Ensaios*, Nadine Muestopher (org.) (Cambridge, Massachusetts: Shtrön Press, 1995), p. 344.

[20]Dale Corrdigan, "Blurbs", *Glamour*, v. 94, abril de 1996, p. 256.

[21]"Uma Dupla Chifruda", de David Liddel, *Utne Reader*, julho/agosto 1993, p. 78

[22]Ascencion Gerson, "A Vaidade do Desprezo de Si", in *Ensaios Reunidos sobre Autorretratação*, Haldor Nervene (org.) (Honolulu: University of Hawaii Press, 1995), p. 58.

[23]Desde essa revelação, tem havido uma proliferação de material sobre o assunto. O Capítulo XIX trata

Dito isto, embora a primeira sequência certamente aponte para várias tensões subjacentes à família Navidson-Green, destacadas neste capítulo, é crucial não perdermos de vista a sensação dominante de exultação evocada naqueles primeiros minutos de abertura. Após algumas noites, Chad deixa de ter problemas para dormir. Após uns dias, o dedo machucado de Daisy cicatriza. O aquecedor também era fácil de consertar. Nós até mesmo vemos o casal desfrutar de um momento específico em que podem brincar de enroscar e desenroscar os dedos das mãos, quando enfim Will abraça Karen, enquanto ela, soltando um suspiro comovente, repousa sua cabeça no ombro dele.

Na verdade, é raro observarmos esse grau radiante de otimismo em qualquer obra da atualidade, que dirá no cinema, em que cada frame está repleto de promessas e esperança. Navidson claramente aprecia essas impressões bucólicas e quase idílicas de um novo mundo. É óbvio que não se deve esquecer o papel da nostalgia em moldar a edição final, ainda mais quando se considera que, dentro de um ano, esses pedaços acabaram sendo tudo que Navidson deixou para trás — Karen e as crianças meros borrões correndo escada abaixo, o pontilhismo das pegadas do seu animalzinho flagradas no gramado orvalhado, ou a própria casa, uma cintilância indefinida, acomodada em silêncio na esquina entre Succoth e Ash Tree Lane, banhada na luz da tarde.

---

exclusivamente disso. Cf. Chris Ho, "O que há em um nome?", *Afterimage*, v. 31, dezembro, 1993; Dennis Stake, *Delial* (Indianapolis: Bedeutungswandel Press, 1995); Jennifer Caps, *Delial, Beatriz e Dulcineia* (Englewood Cliffs, N.J.: Thumos Inc., 1996); Lester Breman, "Apenas um nome", in *Ebony*, nº 6, maio 1994, p. 76; e Tab Fulrest, *Antigas Devoções* (Berkeley: University of California Press, 1995).

III

Não é por acidente que um fotógrafo
se torna fotógrafo, assim como não é que
um domador de leões se torna domador de leões.

— Dorothea Lange

וַיֹּאמֶר מֹשֶׁה אֶל־הָאֱלֹהִים מִי אָנֹכִי כִּי אֵלֵךְ אֶל־פַּרְעֹה
וְכִי אוֹצִיא אֶת־בְּנֵי יִשְׂרָאֵל מִמִּצְרָיִם׃

— Êxodo 3:11[24]

Por que Navidson? Por que não outra pessoa?

Quando o grande florentino chora, "*Ma io perchè venirvi? o chi 'l concede? / Io non Enëa, io non Paulo sono*",[25] o rival de Homero o chama

---

[24]"Então Moisés disse a Deus: 'Quem sou eu, que vá a Faraó e tire do Egito os filhos de Israel?'" — Eds.

[25]Dante de novo. De novo traduzido por Sinclair. Canto II, versos 31-32: "Mas eu, por que devo eu ir lá, e quem o concede? Não sou Eneias, não sou Paulo".

Eis uma pergunta que venho fazendo a mim mesmo esses dias. Exceto a parte do Eneias/Paulo.

A resposta simples que eu sei: Lude me acordou às três da madruga para ir ver as tralhas de um morto lá.

É claro que a coisa toda não é tão simples assim. Tipicamente, quando Lude me liga tarde da noite, é porque tem alguma festa que ele quer ir. É o tipo de cara que acha que "sublime" é uma marca de bebida. Talvez ele tenha razão.

Não que importe, mas alguém uma vez me disse que o nome real do Lude era Harry, talvez tenha sido ele mesmo, mas ninguém que eu conheça jamais o chamou assim.

Lude conhece todos os bares, todas as boates e os leões de chácara de todo bar e boate. Hollywood sempre foi como leite materno para Lude. A língua materna. Sei lá. Diferentemente de mim, ele nunca precisou aprender a traduzir, interpretar ou aprender qualquer coisa em LA. Ele só sabe. Sabe quais são os drinks, os endereços e, mais importante de tudo, ele geralmente sabe a diferença entre as mulheres que estão por aí para papear e aquelas que estão a fim de algo um pouco mais interessante, o que sempre interessa o Lude.

Apesar de ter um nariz já descrito em termos de "parece que

tomou uma surra de uma colmeia de abelhas", Lude está sempre cercado de mulheres muito atraentes, o que é basicamente a regra para hair stylists – e fotógrafos – ainda mais quando eles são bons no que fazem, e o Lude é desses. Belas mulheres sempre se sentem atraídas por homens que elas acham que serão capazes de mantê-las bonitas.

Ao longo dos últimos dois anos, ele e eu passamos um bom tempo vagando por essa cidade esquisita. Ambos nos damos muito bem com a madrugada, seu sabor triste nos agrada, e nunca atrapalhamos os sonhos um do outro, embora tudo o que o Lude queira é mais grana, festas melhores e minas mais bonitas, enquanto eu quero outra coisa. Já não sei ao certo como chamar isso, só sei que é uma sensação espaçosa, ensolarada e flutuante, e sei que não sai barato.

Provavelmente nem deve ser de verdade.

Sabe-se lá por que foi que Lude e eu acabamos virando amigos. Acho que o principal é que ele reconhece que eu sempre topo qualquer presepada que ele tiver em mente e ele curte a companhia. E, claro, em público, Lude gosta de me dar um monte de oportunidades de histórias, invariavelmente girando em torno da vida desconjuntada que eu tive. Ele ainda fica impressionado – e, por sua vez, gosta de impressionar os outros – com o fato de que aos 13 anos eu fui trabalhar no Alasca e quando fiz 18 minha casa era um bordel em Roma. Mais que tudo ele adora as histórias. Ainda mais quando eu conto para as minas que a gente encontra (eu já tratei um pouco disso com a treta toda do boxe e as aves-do-paraíso e o mané lá chamado Saco de Pancada). Mas são só histórias. O modo que eu conto, digo. Na verdade eu tenho várias delas.

As minhas cicatrizes, por exemplo.

Tem algumas variações dessa história. A mais popular é que eu passei uns dois anos em uma Seita de Artes Marciais Japonesas, composta inteiramente de coreanos que moram em Idaho, e aí no último dia da minha iniciação em sua irmandade já defunta eles me fizeram pegar uma panela wok de metal escaldante usando apenas meus antebraços descobertos. No passado o wok costumava ser aquecido em um forno; recentemente eles passaram a encher com carvões em brasa. A história é puro caô, ou devo dizer, ca-wok – desculpa, eu sei, eu sei, eu preciso aprender a andar antes de correr, desculpa mais uma vez; digo, não que eu não estivesse me desculpando na primeira vez ou na segunda, mas – você entende, é difícil bater boca diante desses contornos todos de carne derretida.

"Mostra pra elas os seus braços, Johnny", Lude diz, com aquele seu jeitão que é o mais exagerado e descarado possível.

"Ah, pelo amor. Bem, beleza, só desta vez", e eu arregaço a manga esquerda e, sem pressa, arregaço também a direita.

"Ele entrou naquela seita em Indiana."

"Idaho", eu corrijo. E por aí vai.

Tenho certeza de que a maioria das mulheres sabe que é bobagem, mas, bem, pelo menos isso serve para entretê-las. Também acho que é meio que um alívio não ter que ouvir a história real. Digo, você enxerga todo o horror que vem subindo dos meus pulsos até os cotovelos e tem que respirar fundo e se perguntar, será que eu quero mesmo saber o que aconteceu aqui? Pela minha experiência, a maioria das pessoas não está a fim disso. Elas geralmente desviam o olhar. Minhas histórias, na verdade, ajudam a desviar o olhar.

de covarde e manda se mexer, porque os poderes superiores acabaram desenvolvendo um interesse pessoal em sua salvação.

Para o cartógrafo do inferno, a resposta tem um quê de satisfatório. Para Navidson, porém, não há qualquer resposta. Durante a "Exploração #4", ele chega a se perguntar, em voz alta, "Como foi que eu vim parar aqui, caralho?". A casa responde com um silêncio retumbante. Nenhuma atenção divina. Nem mesmo um guia amaurótico.

Houve quem sugerisse que os horrores com os quais Navidson se deparou naquela casa eram meras manifestações de sua própria

---

Talvez até mesmo me ajudem nisso.

Mas acho que não tem nada de novo aí. Todos nós criamos histórias para nos proteger.

Estamos em março agora. Final de março. Três meses se passaram desde que Lude me ligou naquela noite. Três meses desde que eu trouxe de arrasto um baú preto, sem nada de mais, que, como eu logo descobri, era daqueles velhos baús de caixeiro-viajante, com fundo de madeira de cedro, construído em Utica, NY, agradecimentos especiais à C. M. Clapp Company, completo, com fechos enferrujados, alças de couro podres e uma vida inteira de digressões e decepções.

Até hoje, já contabilizei mais de duzentas cartas de rejeição de vários periódicos literários, editoras e até mesmo algumas palavras de desencorajamento de professores proeminentes de universidades da Costa Leste. Ninguém queria saber das palavras do velho — exceto eu.

O que posso dizer? Coisas abandonadas são o meu ponto fraco, coisas extraviadas, coisas esquecidas, qualquer coisa velha que, apesar da luz do progresso e tudo o mais, ainda assim siga desaparecendo diariamente como as sombras ao meio-dia, idas não anunciadas, falecimentos jamais chorados, bem, deu pra entender.

Como um terapeuta já me disse — um terapeuta cuja especialidade era Jovens Transviados, devo acrescentar: "Você gosta dessas merdas, porque faz você se lembrar de si mesmo". Eu mesmo não conseguiria dizer de forma mais precisa, ou seca, do que isso. Também não discordo. Parece que acertou na mosca e provavelmente tem tudo a ver com o fato de que, quando eu tinha 10 anos de idade, meu pai morreu e, quase nove anos depois, minha mãe shakespeariana doida se foi também, uma história que eu já vivi e não estou muito a fim de recontar aqui.

Ainda assim, por qualquer motivo, e isso o meu Terapeuta de Jovens Transviados jamais conseguiu explicar, aceitar a sua análise nem sequer alterava o que eu já sentia.

Acabei de olhar o baú. A primeira vez que eu o vi, digo, quando descobri o que tinha dentro, fiquei abismado. Era tipo olhar o cadáver do velho. Agora é só um baú. Claro que eu também lembro de ter pensado em jogá-lo fora quando chegasse o fim de semana. Isso foi antes de eu começar a ler. Muito antes de eu começar a somar dois mais dois aqui.

Você sabe que esta ainda é a resposta simples.

Acho que na complicada eu não estou a fim de entrar.

psiquê atormentada. O dr. Iben Van Pollit, em seu livro *O Incidente*, alega que a casa inteira é uma encarnação física da dor psicológica de Navidson: "Muitas vezes eu me pergunto como as coisas teriam se desenrolado se Will Navidson tivesse, como podemos dizer, feito um pouquinho de faxina".[26]

Embora Pollit não seja o único a afirmar a profunda influência da psicologia de Navidson sobre a natureza daqueles cômodos e corredores, poucos acreditam que ele mesmo teria conjurado o espaço. O motivo é simples: Navidson não foi o primeiro a morar naquela casa e encontrar seus perigos. Como mais tarde revelou Alicia Rosenbaum, a corretora imobiliária da família Navidson, a casa em Ash Tree Lane teve não poucos moradores, numa média de 0,37 proprietário a cada ano, a maioria dos quais acabou traumatizada de um jeito ou de outro. Considerando que a casa foi supostamente construída lá em 1720, teve um bom número de pessoas que dormiram e sofreram em meio àquelas paredes. Se a casa de fato fosse o produto de agonias psicológicas, haveria de ser o produto coletivo das agonias de todos os seus habitantes.

Não é nenhuma grande coincidência que, em algum momento, alguém com uma câmera e gosto pelo perigo surgisse nesse Salão do Hidromel e confrontasse o terror à sua porta. Felizmente para os públicos de todo o mundo, esse alguém possuía talentos visuais extraordinários.

Os tormentos de Navidson podem não ter criado a casa, mas, no fim, acabaram por moldar o modo como ele a enxergou.

A infância de Navidson foi bastante miserável. Seu pai era um vendedor de St. Louis que trabalhava para uma cadeia de grandes corporações de eletrônicos, levando a família toda de um lado a outro no Centro-Oeste do país a cada dois ou três anos. Também era alcoólatra e dado a surtos violentos e sumiços por longos períodos de tempo.[27]

A mãe de Navidson não era muito melhor. Logo abandonou a todos para seguir carreira de atriz e acabou indo morar com uma série de produtores não muito produtivos. Supostamente, em suas próprias palavras, tudo que ela queria era "trazer a casa abaixo". O pai de Navidson morreu de uma falência congestiva do coração, mas sua mãe simplesmente desapareceu. A última vez que ela foi vista foi em um bar de Los Angeles, fumando cigarros e falando sobre o luar e o porquê de ter tanto luar em Hollywood. Will e seu irmão

---

[26]Lamentavelmente, a propensão de Pollit a fazer trocadilhos e piadas com frequência prejudica o que seria, de outro modo, uma análise lúcida. *O Incidente* (Chicago, Adlai Publishing, 1995, p. 108) é exemplo notável de uma erudição brilhante e uma síntese exemplar do trabalho de reflexão aliado à pesquisa. Há também algumas ilustrações ótimas. Infelizmente quase todas as conclusões a que ele chega estão erradas.

[27]Michelle Nadine Goetz lembra como, em certa ocasião, o pai de Navidson subiu no capô do carro recém-adquirido da família, usou uma garrafa térmica para quebrar o para-brisa, depois entrou de volta na cozinha, pegou uma panela com costela de porco fritando e a arremessou na parede (vide a entrevista com Goetz publicada em *The Denver Post*, 14 de maio, 1986, B-4). Terry Borowska, que costumava trabalhar de babá, cuidando dos dois irmãos, se lembra de como, de vez em quando, o pai de Navidson desaparecia, por períodos às vezes de até cinco semanas, sem contar à família aonde estava indo ou quando iria voltar. É inevitável que, quando ele voltasse de fato — tipicamente após a meia-noite ou de manhã cedo, sentado na sua caminhonete, esperando que eles acordassem, pois havia ou perdido ou deixado sua chave em casa —, haveria alguns dias de calor humano e reconciliação. Mais tarde, porém, Tony Navidson acabava voltando a ter suas próprias variações de humor e necessidades, o que forçou Will e Tom a perceber que era melhor eles ficarem longe do pai. (Vide a entrevista com Borowska publicada em *The St. Louis Post-Dispatch*, 27 de setembro, 1992, D-3, coluna 1).

gêmeo Tom jamais tiveram notícias dela depois disso.[28]

Porque o enorme narcisismo dos seus pais privou Will e Tom de exemplos dignos, ambos os irmãos aprenderam a se identificar com a ausência. Por consequência, mesmo quando alguma coisa de benéfico entrava fortuitamente em suas vidas, sua reação imediata era tratá-la como algo temporário. Quando viraram adolescentes, já estavam acostumados a um estilo de vida descontínuo, marcado por ameaças constantes de abandono e a falta de qualquer estabilidade emocional. Infelizmente, este "acostumados a" aqui é, na verdade, sinônimo de "traumatizados por".[29]

Talvez um dos motivos pelos quais Navidson se apaixonou tanto pela fotografia seja o modo como ela confere permanência a momentos que tantas vezes eram muito fugazes. Em todo caso, nem mesmo dez mil fotógrafos seriam capazes de garantir um mundo seguro, e por isso, embora Navidson possa ter trabalhado duro, assumido grandes riscos e se tornado cada vez mais bem-sucedido, por fim ele acabou se deixando enganar ao sentir que seu trabalho poderia servir para compensar o amor de que foi privado quando criança, junto à sensação definitiva de segurança que esse amor confere.

Por esse motivo, devemos mais uma vez revisitar Navidson em sua varanda, seu olhar fixo, seus dedos delicados em torno de um copo de limonada. "Eu só pensei que seria legal ver como as pessoas se mudam para um lugar novo e começam a habitá-lo", ele anuncia com calma. "Como elas vão chegando, talvez criando raízes, interagindo e com sorte entendendo-se um pouquinho melhor. Pessoalmente, eu só queria criar uma basezinha aconchegante para mim e minha família." Uma reflexão das mais inócuas e lacônicas, porém que contém em si uma palavra particularmente irritante.

Por definição, "base" significa um alojamento, militar ou não, que, embora internamente seguro, tem como função primária fornecer proteção contra forças exteriores hostis. Essa sempre pareceu ser uma escolha bizarra de palavras para descrever uma casinha no interior da Virgínia,[30] mas ela

---

[28]Uma coletânea de entrevistas pessoais com Adam Zobol, Anthony Freed e Anastasia Cullman. Setembro, 8-11, 1994.

[29]A dra. Rita Mistopolis, em seu livro *Coração Negro, Coração Azul* (Provo, Utah: Brigham Young University Press, 1984, p. 245), descreve a seriedade da privação emocional:

> Não é difícil compreender como as crianças que sofreram de fome ou desnutrição precisam de boa alimentação e muito cuidado para a recuperação de seus corpos, de modo a poderem ter uma vida normal. No entanto, se a fome for severa o bastante, o dano será permanente e elas sofrerão de deficiências físicas para o resto de suas vidas. Do mesmo modo, crianças que foram privadas de cuidados emocionais requerem cuidado e amor para restaurarem seu senso de segurança e autoconfiança. Porém, se o amor for mínimo e os abusos constantes, o dano será permanente e as crianças sofrerão de deficiências *emocionais* para o resto de suas vidas.

[30]Keillor Ross, em seu artigo "Zoneamento Legal", para a *Atlantic Monthly*, v. 278, setembro 1996, p. 43, procura não descartar a possibilidade de ironia: "Afinal, Navidson acabou de se mudar dos limites extremamente populosos de Nova York e agora faz graça com o aspecto relativamente ermo desse subúrbio". É um bom argumento, o de Ross, exceto pelo fato de que Navidson é um homem que compreende o significado da palavra "base" e o seu tom parece ser direto demais para implicar qualquer tipo de gracejo.

lança luz no porquê de Navidson ter empreendido esse projeto, para começo de conversa. Mais do que bater umas fotos e registrar eventos diários com algumas Hi 8, Navidson queria usar as imagens para criar uma base contra a transitoriedade do mundo. Não é de se admirar, portanto, que ele tenha achado impossível abrir mão de sua ocupação profissional. Em sua mente, abandonar a fotografia significava se submeter à perda.

Revisitemos, portanto, nossas duas perguntas iniciais:

Por que Navidson?

Considerando a história praticamente pré-adâmica da casa, era inevitável que alguém *como* Navidson viesse a adentrar aqueles cômodos, cedo ou tarde.

Por que não outra pessoa?

Considerando seu próprio histórico, talento e origens, emocionalmente falando, apenas Navidson poderia ter ido tão fundo quanto ele foi e ainda assim conseguido trazer de volta essa visão.[31]

[31]Zampanò. Este capítulo apareceu, pela primeira vez, como "Uma Questão de Porquê", em *LA Weekly*, 19 de maio, 1994.

IV

Na verdade, senhor, quanto a esse assunto,
eu mesmo não acredito em metade da história.

— Diedrich Knickerbocker

No começo de junho de 1990, a família Navidson pegou um voo com destino a Seattle, por conta de um casamento. Quando voltaram, algo na casa tinha mudado. Embora tivessem passado apenas quatro dias fora, a mudança foi imensa. Não era óbvia, porém — como, por exemplo, quando ocorre um incêndio, um roubo ou ato de vandalismo. Pelo contrário, era um horror atípico. Ninguém podia negar que houve sim uma intrusão, mas foi tão aberrante que ninguém sabia como reagir. Em vídeo, vemos Navidson quase achando graça, enquanto Karen simplesmente leva as duas mãos ao rosto, como se estivesse prestes a rezar. Seus filhos, Chad e Daisy, ignoram e saem brincando, dando risada, sem se dar conta das implicações mais profundas do que aconteceu.

O que ocorreu se resume a uma estranha violação espacial que já foi descrita por diversos termos — a saber, "surpreendente", "incômodo", "perturbador", mas acima de tudo "insólito". Em alemão, "insólito" se diz "*unheimlich*", palavra a qual Heiddeger, em seu livro *Sein und Zeit,* julgou digna de algumas reflexões:

> *Daß die Angst als Grundbefindlichkeit in solcher Weise er-schließt, dafür ist wieder die alltägliche Daseinsauslegung und Rede der unvoreingenommenste Beleg. Befindlichkeit, so wurde früher gesagt, macht offenbar, »wie einem ist«. In der Angst ist einem »unheimlich«. Darin kommt zunächst die eigentümliche Unbestimmtheit dessen, wobei sich das Dasein in der Angst be-findet, zum Ausdruck: das Nichts und Nirgends. Unheimlichkeit meint aber dabei zugleich das Nicht-zuhause-sein. Bei der ersten phänomenalen Anzeige der Grundverfassung des Daseins und der Klärung des existenzialen Sinnes von In-Sein im Unterschied von der kategorialen Bedeutung der »Inwendigkeit« wurde das In-Sein bestimmt als Wohnen bei...,*

Vertrautsein mit... Dieser Cha-rakter des In-Seins wurde dann konkreter sichtbar gemacht durch die alltägliche Öffentlichkeit des Man. das die beruhigte Selbst-sicherheit, das selbstverständliche »Zuhause-sein« in die durchschnittliche Alltäglichkeit des Daseins bringt. Die Angst dagegen holt das Dasein aus seinem verfallenden Aufgehen in der »Welt« zurück. Die alltägliche Vertrautheit bricht in sich zusammen. Das Dasein ist vereinzelt, das jedoch als In-der-Welt-sein. Das In-sein kommt in den existenzialen »Modus« des Un-zuhause. Nichts anderes meint die Rede von der »Unheimlichkeit«.[32]

---

[32]Declara Martin Heidegger em *Sein und Zeit* (Frankfurt Am Main: Vittorio Klostermann, 1977), p. 250-251.[33]

[33]E aqui temos a tradução, graças ao trabalho de John Macquarrie e Edward Robinson, em Ser e Tempo, de Heidegger, Harper & Row, 1962, página 233. Foi um saco para achar:

> Na angústia, se está insólito. Com isso se exprime a indefinição peculiar em que se encontra o Dasein na angústia, de acordo com a expressão: o nada e o "em lugar nenhum". Mas aqui "insólito" também significa "não-sentir-se-em-casa" [das Nicht-zuhause-sein]. Em nossa primeira indicação do caráter fenomenal do estado básico do Dasein e em nosso esclarecimento do significado existencial do "Ser-em", por oposição ao significado categórico de "interioridade", o Ser-em foi definido como "habitar ao lado de . . .", "estar familiarizado com . . .". Esse caráter do Ser-em a seguir se tornou visível, de modo mais concreto, por meio da publicidade cotidiana do impessoal, que traz uma certeza tranquila — o "Estar-em-casa", com toda sua obviedade — ao cotidiano comum do Dasein. Por outro lado, conforme decai o Dasein, a angústia o traz de volta de sua absorção no "mundo". Dá-se o colapso da familiaridade cotidiana. O Dasein se singulariza, mas como Ser-no-mundo. O Ser-em entra no "modo" existencial do "não-sentir-se-em-casa". É só isso o que se diz quando falamos do "insólito".

O que só serve para provar a existência do crack lá no começo do século XX. Certeza que esse velho babão deve ter se viciado em fumar pedra para começar a sair por aí falando esse nível de baboseira sem sentido. O mais louco ainda é que eu venho me perguntando se acaso não tem algo nesse trecho que na verdade acabou me afetando, o que eu sei que não procede exatamente, ainda mais porque isso implicaria ter algum sentido aí na verdade, e eu acabei de dizer que não tem.

Sei lá.

A questão é que, quando eu copiei o alemão na semana passada, estava tudo certo. Então, ontem à noite eu encontrei a tradução e, hoje cedo, quando fui trabalhar, eu já não estava me sentindo nem um pouco normal. Provavelmente é só coincidência — digo, que haja algum tipo de conexão entre o meu estado de espírito e O Registro Navidson ou mesmo essas frases arcanas que passaram a existir graças à pena de um ex-nazista chapado com sabe-se lá o quê. Mais do que provável, deve ser alguma coisa completamente diferente, cuja raiz real se encontra em minhas flutuações já estranhas de humor, mas acho que são bastante recentes também, oscilando entre o pensamento ilusório e alguma agonia particular até não dar mais. Não faço a mais puta ideia.

das-Nicht-zuhause-sein

[não-sentir-se-em-casa.]

Esta parte é definitivamente verdadeira.

Hoje em dia, eu trabalho de aprendiz num estúdio de tatuagem na Sunset. Atendo o telefone, marco as sessões e cuido da limpeza. Qualquer idiota faz isso. Na verdade, é um trampo reservado para idiotas. Nesta tarde, porém, como posso explicar?, alguma coisa estava bem errada. Eu estou bem errado. Não consigo fazer porra nenhuma. Fico encarando toda aquela tinta que a gente tem, a variedade selvagem de cores, que vai desde root beer, meia-noite e vermelho-cochonilha a malva, castanho claro, lilás, azul-turquesa, amarelo-milho e até pelican black, todas as tintas alinhadas naquelas tampas de plástico, como minúsculos dedais transparentes — e as agulhas também, meus olhos flagram todas aquelas pontas cuidadosamente preservadas que a gente tem às centenas, a maioria delas tamanho 12, muitas solitárias, mas várias em grupos de duas, três, quatro, cinco, seis e sete agulhas, e tem até uma bucha 14.

Depende do que você precisa.

Não sei do que é que eu preciso, mas sem qualquer motivo visível eu venho me afundando terrivelmente. Não aconteceu nada, absolutamente nada, mas ainda tenho problemas para respirar. O ar no Estúdio é sabidamente carregado de suor, álcool isopropílico, Benz-all, todas aquelas soluções para o limpador ultrassônico, até o da solda, mas não é isso também.

É claro que ninguém repara. Meu chefe, um grupo de seus amigos e até mesmo um novo aliciado que acabou de gastar 150 dólares para fazer uma rosa, todo mundo continua papeando, e papeando bem alto também, mas nunca é o suficiente para abafar o som mais importante de todos, aquele zumbido insistente de uma máquina de tatuagem "J" original, registrando mais outra centena de agulhadas por minuto nas covinhas de alguma bunda gorda.

Eu vou pegar um copo d'água. Saio no corredor. Foi um erro. Eu devia ter ficado perto de onde tem gente. O conforto da companhia e tudo o mais. Em vez disso, estou sozinho, repassando um rápido checklist mental: intoxicação alimentar? (meu estômago está bem) abstinência? (faz vários meses que não dou um tiro nem tomo uma bala, tudo bem que eu não fumei meu baseado ainda esta manhã — meu ritual de sempre –, mas sei que o THC não cria nenhuma dependência física duradoura). E então da porra do nada, tudo começa a ficar substancialmente mais escuro. Não preto que nem breu, só para constar. Nem mesmo aquele escuro de quando falta luz. Mais tipo uma nuvem passando sobre o sol. Melhor, uma tempestade. Mas não tem tempestade nenhuma. Nuvem nenhuma. É um dia ensolarado e, em todo caso, eu estou para dentro.

Eu queria que fosse só isso. Só uma leve diminuição da iluminação e um pouco de dificuldade para respirar. Ainda assim dava para botar a culpa num fusível queimado ou algum flashback aberrante de droga. Mas então as minhas narinas se irritam com o cheiro de algo amargo e horrível, algo inumano, fedendo à podridão dos anos, que me diz com a linguagem da náusea que eu não estou só.

Tem alguma coisa atrás de mim.

Claro que eu nego.

É impossível negar.

Quero vomitar.

Para ter uma ideia melhor, experimente o seguinte: concentre-se nestas palavras e, o que quer que você faça, não deixe os olhos passarem do perímetro desta página. Agora imagine, logo além da sua visão periférica, alguma coisa atrás de você, talvez ao seu lado, talvez até mesmo à sua frente, mas logo onde você não enxerga, algo que está silenciosamente se aproximando de você, tão silenciosamente que tudo que você ouve é o silêncio. Encontre aqueles bolsões de ausência de som. É ali que a coisa está. Bem neste momento. Mas não olhe. Mantenha os olhos aqui. Agora respira fundo. Vá em frente, respire ainda mais fundo. Só que desta vez, quando você começar a expirar, tente imaginar a rapidez com que a coisa toda vai acontecer, como ela vai atingir você, o número de vezes em que ela vai rasgar sua jugular com os dentes ou será que são garras?, não se preocupe, esse detalhe em particular não importa, porque antes de ter tempo de sequer processar o fato de que você devia estar se mexendo, devia estar correndo, devia pelo menos estar sacudindo os braços – sem a menor sombra de dúvida você devia jogar este livro longe –, não vai ter tempo nem pra gritar.

Não olhe.

Eu não olhei.

Claro que eu olhei.

Eu olhei rápido pra caralho, tão rápido que eu devia ter acabado usando um daqueles colares cervicais.

Minhas mãos suavam frio. Meu rosto queimava. Quem sabe o quanto de adrenalina eu despejei no meu sistema. Antes de me virar, tive a exata sensação de que já tinha me virado e, naquele instante, flagrado de relance alguma besta tremenda agachada nas sombras, os músculos a um passo de aproximarem aquela grande massa, as garras protuberantes estendendo-se lentamente, escavando o piso de linóleo, enquanto os olhos se dilatam, além do razoável, obliterando completamente a íris e, à luz daquela chama cada vez mais ampla, a fornalha reluzente como testemunha, uma _camera lucida_, comigo em silhueta, como se fosse um teatro de sombra com uma Mão me contorcendo de cabeça para baixo, é isso mesmo?, ou estou me confundindo?, de qualquer modo, registrando enfim o sinal pelo qual ela devia estar esperando: eu mesmo me dar conta do que era exatamente que me aguardava desde o princípio – exceto que, quando eu finalmente me viro, num movimento brusco típico do cagão com merda na cabeça que eu sou, logo descubro apenas um corredor deserto, ou será que era um corredor apenas recentemente deserto?, essa coisa, fosse lá o que fosse, era óbvio, estava além do alcance da minha imaginação ou, a bem da verdade, até das minhas emoções, e teria partido rumo às alcovas das trevas, mergulhado nos cantos & assoalhos, rachaduras & tomadas, até mesmo nas paredes. As luzes estão normais agora. O cheiro é só lembrança. Meus dedos ainda tremem e eu ainda sigo respirando à base de grandes golfadas de ar, enquanto rodopio que nem um pião idiota, rodopiando sobre o nada, olhando para todos os lados, embora não tenha absolutamente nada, nada em lugar nenhum.

Achei de verdade que eu fosse cair e então, tão repentinamente quanto fui possuído por este medo, ele me abandonou e tudo voltou a ficar sob controle.

Quando entrei de novo no Estúdio, as coisas ainda estavam tortas, mas pelo menos pareciam manejáveis.

O telefone estava tocando. Nove vezes, no mínimo, meu chefe anuncia. Deixou bem claro que está irritado. Ficou ainda mais irritado quando expressei a minha surpresa diante da sua capacidade de contar.

Atendo antes que ele comece a me pentelhar por conta do meu comportamento.

A ligação era para mim. Lude estava no Vale em algum orelhão, com informações importantes. Aparentemente, há algumas coisas relevantes rolando em alguma boate relevante. Ele me diz que pode botar meu chefe na lista VIP e quaisquer comparsas que eu considerar dignos. Claro, eu digo, mas ainda estou abalado e rapidamente me perco nos detalhes quando percebo que acabei de esquecer outra coisa também, uma coisa muito importante que, por volta da hora em que eu desligo, não importa o quanto eu me esforce, já não consigo mais lembrar o que eu queria lembrar quando passou pela minha cabeça da primeira vez.

Ou será que era isso mesmo?

Talvez nem sequer tivesse passado pela minha cabeça. Talvez tivesse apenas roçado por mim, como alguém que passa num quarto escuro, o rosto tomado por sombras, meus pensamentos perdidos em alguma outra conversa, mas algo nos movimentos dela ou seu perfume me parece perturbadoramente familiar, mas é impossível dizer o quanto é familiar ou não, porque quando me dou conta de que é alguém que eu deveria conhecer, ela já foi embora, desapareceu em meio à algazarra, para além do bar, levando consigo qualquer chance de reconhecimento. Mas não foi embora. Ainda está aqui. Abraçando as sombras.

Será que foi isso?

Eu estava pensando numa mulher?

Não sei.

Espero que não seja importante.

Mas tenho um pressentimento aterrorizante de que é.

Em todo caso, não importa o quão longe Heidegger possa ter ido aqui em sua análise, ele esquece de apontar que *unheimlich,* quando usado como advérbio, significa "sinistramente", "estranhamente", "bastante" ou "um montão de". O tamanho sempre foi uma pré-condição para o estranho e o perigoso; o que é avassalador, excessivo ou grande demais. Portanto, aquilo que é insólito ou *unheimlich* não é nem de casa, nem protetor, nem reconfortante, nem familiar. É uma coisa alienígena, exposta e perturbadora ou, em outras palavras, a descrição perfeita para a casa em Ash Tree Lane.

Em sua ausência, o lar dos Navidson havia se tornado alguma outra coisa e, embora não seja exatamente sinistra ou mesmo ameaçadora, a mudança ainda assim serviu para destruir qualquer noção de segurança ou bem-estar.

No andar de cima, no quarto do casal, descobrimos junto de Will e Karen uma porta branca com uma maçaneta de vidro. Só que ela não dá para o quarto das crianças e sim para um espaço que se parece com um closet. Porém, diferente de outros closets na casa, faltam tomadas, soquetes, interruptores, prateleiras, um suporte para pendurar coisas ou até mesmo detalhes de acabamento no gesso. Em vez disso, suas paredes são perfeitamente lisas e de uma cor preta quase pura — quase, porque tem um leve tom acinzentado na superfície. O espaço todo não deve ter mais de um metro e meio de largura por um e vinte de comprimento. Do lado oposto, uma segunda porta, idêntica à primeira, leva ao quarto das crianças.

De imediato, Navidson se pergunta se eles por acaso não se atentaram para esse cômodo. Isso, a princípio, parece ridículo, até considerarmos que o impacto de um fato tão implausível pode levar qualquer pessoa a questionar suas próprias percepções. Karen, porém, consegue desenterrar algumas fotos que mostram claramente apenas a parede do quarto, sem porta.

A pergunta seguinte é se é possível ou não que alguém tivesse invadido e, em quatro dias, construído aquele anexo peculiar. No mínimo, improvável.

O pensamento final é se alguém apareceu e o desvelou. Tudo que essa pessoa teria feito seria instalar as duas portas. Mas por quê? E, já que estamos aí, para citarmos Rilke: *Wer?*[34]

Navidson de fato verifica as Hi 8, mas descobre que os sensores de movimento jamais foram acionados. Nas fitas, constam apenas sua saída e seu retorno. Quase uma semana inteira foi eliminada sem deixar vestígio, e vemos apenas a família partindo de uma casa, onde aquele estranho espaço interior não existe, para voltar uma fração de segundo depois e se deparar com o recinto, quase como se sempre tivesse estado ali.

Considerando que a descoberta se deu à noite, a investigação dos Navidson precisou esperar até de manhã. E, assim, enquanto Chad e Daisy dormem, nós observamos Karen e Will submetidos a uma noite de inquietação. Hillary, o husky siberiano de um ano de idade, e Mallory, o gato malhado, estão cada um de um lado da televisão Sony 24 polegadas e ignoram o novo closet, a oscilação de luz do tubo ou o zumbido dos autofalantes — Letterman, novas relações sobre o caso Irã-Contras, reprises,

---

[34]Que se pode traduzir perfeitamente como "Quem?", o que por acaso eu encontrei nesse poema, "Orfeu, Eurídice, Hermes". O livro se chama Poesias Selecionadas de Rainer Maria Rilke, edição e tradução de Stephen Mitchell. 1989. Vide a página 53, Vintage International.

o trânsito de informações que garante a todos que o resto do mundo ainda está lá, continuando como de costume, apesar das duas novas portas abertas, que fornecem ampla visão para um novo espaço de trevas, do quarto dos pais ao quarto das crianças, onde uma pequena luz noturna na forma da nave estelar Enterprise pisca como se fosse uma Estrela Polar.

É uma bela cena. Na verdade, a composição e o equilíbrio elegante de cores, para não falar do contraste exuberante entre claro e escuro, são tão sofisticados que chegam a nos distrair temporariamente de quaisquer questões sobre a casa ou os eventos que se desdobram lá. Parece um exemplo perfeito do talento sem igual de Navidson e demonstra por que tão poucas pessoas, se tanto, seriam capazes de realizar o que ele realizou, especialmente perto do fim.

No dia seguinte, Karen e Will vão atrás da explicação mais racional: eles adquirem, na imobiliária, as plantas do imóvel. Como era de se esperar, essas plantas não são os planos reais da construção. Foram desenhadas em 1981, quando os ex-proprietários pediram permissão do conselho de zoneamento do município para construir um puxadinho. O puxadinho, porém, acabou nunca sendo construído, uma vez que os donos logo venderam a propriedade, alegando que precisavam de "algo um pouquinho menor". Embora o projeto, tal como aparece na planta, não mostre nenhum cômodo ou closet, ele confirma sim a existência de um estranho vão, de quase um metro e vinte de largura, entre os dois quartos.[35]

Alicia Rosenbaum, a corretora imobiliária responsável por vender a casa aos Navidson, é vista diante da câmera dando de ombros, perplexa, quando Karen lhe pergunta se ela tem qualquer ideia de quem poderia ser responsável por "esse ultraje". Incapaz de dizer qualquer coisa de útil, a sra. Rosenbaum enfim lhe pergunta se querem chamar a polícia, o que, curiosamente, é o que acontece.

Naquela tarde, chegam dois policiais, que examinam o closet e tentam esconder o fato de que *esta* há de ser a chamada mais esquisita que eles já atenderam. Como diz o xerife Axnard, "Vamos registrar o boletim de ocorrência, mas, fora isso, não sei o que mais podemos fazer. Acho que é melhor ser vítima de um carpinteiro doido do que de algum ladrão". Até Karen e Navidson acham alguma graça nisso.

Tendo exaurido todas as opções, Navidson retorna às plantas da casa. A princípio, tudo parece bem inocente, até ele pegar uma fita métrica. Meio de bobeira a princípio, ele começa a comparar as dimensões indicadas nas plantas com as medidas que ele mesmo tira. Não demora para ele perceber que as contas nem sempre fecham. Na verdade, tem algo muito errado aí. Navidson repetidamente puxa e solta a sua trena, uma Stanley Power Lock, de 7,6 metros, acima das páginas azuis espalhadas sobre a sua cama até enfim murmurar, em voz alta: "É melhor que seja um caso de alguém ruim de conta".

Um corte incongruente de cena nos mostra um intertítulo: **6 mm**.

Do lado de fora da casa, Navidson sobe uma escada até o segundo andar. Não é uma subida fácil, ele confessa, enquanto explica um problema de pele complicado do qual sofre desde a infância e que agora estourou de novo nos dedos dos pés. Fechando os olhos de leve por conta do que podemos presumir que seja uma dor moderada, ele alcança o último degrau, onde, usando uma fita de fibra de vidro Empire

---

[35]No Apêndice II-A, o sr. Truant fornece um esboço dessa planta no verso de um envelope. — Eds.

de trinta metros, munida de uma alavanca, começa a medir a distância entre a extremidade do quarto do casal e a extremidade do quarto das crianças. O total chega a nove metros e 99,4 centímetros, corroborados pelas plantas da casa — uns dois centímetros para mais ou para menos aí. A parte enigmática vem quando Navidson mede o espaço interno. Ele cuidadosamente registra o comprimento da área recém-encontrada, o comprimento dos dois quartos e o multiplica pela largura das paredes. O resultado é tudo menos reconfortante. Na verdade, é impossível.

Exatamente dez metros.

A largura do interior da casa parece exceder a largura da casa, tal como medida por fora, em seis milímetros.

Certo de ter calculado errado, Navidson faz um furo nas paredes externas a fim de medir sua largura com precisão. Por fim, com auxílio de Karen, ele amarra a ponta de uma linha de pesca até o limite da parede externa, passa a linha pelo buraco perfurado, a estende pelo quarto do casal, o quarto das crianças e enfim a passa pelo buraco na parede oposta. Ele verifica tudo duas vezes, confere se a linha está reta, tensionada e nivelada, e então faz a marca. A medida ainda é a mesma.

Exatamente dez metros.

Usando a mesma linha, Navidson vai lá fora, estende a linha de um lado da casa até o outro, descobrindo que ela tem seis milímetros a mais do que devia.

Exatamente.

Uma coisa é o impossível quando considerado como puro conceito intelectual. Afinal, não há nenhum grande problema na possibilidade de ficar perplexo diante de uma gravura de Escher e depois fechar o livro. É outra coisa totalmente diferente quando você se vê diante de uma realidade física que a mente e o corpo não conseguem aceitar.

Karen se recusa a reconhecer o fato. Uma Eva relutante, que prefere tangerinas a maçãs. “Eu não ligo”, ela diz a Navidson. “Pare de furar as minhas paredes.” Inabalável, Navidson prossegue em sua busca, embora as tentativas subsequentes de medir a casa continuem a revelar a anomalia de seis milímetros. Karen fica cada vez mais quieta, o humor de Navidson se torna mais soturno, e as crianças, reagindo como cata-ventos bem azeitados, respondem a essa mudança no clima parental escondendo-se em outras partes da casa. Um sentimento de frustração se insinua na voz de Navidson. Não importa o quanto se esforce — e Navidson tenta seis vezes consecutivas em seis segmentos consecutivos —, ele não consegue eliminar aquela minúscula fração de espaço. Passa-se outra noite e os seis milímetros ainda sobrevivem.

Embora as narrativas em filmes e na ficção muitas vezes dependam de reações praticamente imediatas, a realidade é mais insistente e dotada de uma paciência maior, infinitamente (num sentido literal) maior. Assim como os efeitos de um veneno insidioso podem levar anos para se manifestar num lençol freático, as consequências do impossível não são tão instantâneas ou aparentes.

Manhãs são sinônimo de suco de laranja, o *New York Times*, a Rádio Pública Nacional, discussões sobre o direito das crianças de comer cereais com açúcar. A lavadora de louças geme, a torradeira estala. Vemos Karen vasculhar os classificados enquanto Navidson brinca com seu café. Ele põe açúcar, leite, mexe tudo, mexe de novo e depois, como se nem pensasse nisso, põe mais açúcar, um pouco mais de leite. O líquido chega à borda e então, por uma fração, excede até mesmo esse limite. Mas não entorna. Detém-se — um volume de café traçando um arco trágico sobre a porcelana, preservado pela física da tensão superficial, a rima de alguma mágica impronunciável, mas, como todos sabem, os milagres do café nunca duram muito tempo. Esse despertador matinal oscila, se divide e então subitamente transborda, agora um Nilo de cafeína, errante em meio a vidros e política, até não ser mais que um borrão marrom no jornal matinal.[36]

Quando Navidson desvia o olhar da cena, Karen o está observando.

"Eu liguei para o Tom", ele diz.

Ela compreende o suficiente do que ele está dizendo para não responder.

"Ele sabe que eu sou maluco", continua. "E, além do mais, construir casas é o trabalho dele."

"Você conversou com ele?", ela pergunta com cuidado.

"Deixei mensagem."

O próximo intertítulo diz apenas: **Tom**.

Tom é o gêmeo fraternal de Will Navidson. Nenhum dos dois teve muito a dizer ao outro ao longo de um período de mais de oito anos. "O Navy foi bem-sucedido, o Tom não", Karen explica no filme. "Houve bastante ressentimento ao longo dos anos. Eu acho que sempre teve, exceto quando eles moravam juntos. Era diferente naquela época. Eles meio que cuidavam mais um do outro."

---

[36]Aquele trecho todo do "volume de café traçando um arco trágico" até o "jornal matinal" dava para cortar, fácil, fácil. Você nem sentiria falta. Eu provavelmente não sentiria também. Mas isso não muda o fato de que eu não consigo. Me livrar dele, digo. O que se ganha em economia não dá para compensar com o que se perde de Zampanò, o velho em si, que entra um pouco mais em foco, ainda mais quando se tem digressões assim.

Não posso lhe dizer exatamente o porquê, mas esses dias eu fico cada vez mais abalado pelo fato de que tudo que Zampanò tinha já desapareceu, incluindo a tigela de nozes de areca deixada na prateleira ou a espingarda surrada com as iniciais RLB debaixo da cama – o Flaze se apropriou dessa belezinha; a espingarda, digo, não a cama – ou até mesmo aquele botão de rosa branca curiosamente preservado escondido na gaveta do criado-mudo. A essa altura, todo o apartamento já foi esfregado com Clorox, repintado, provavelmente alugado por outra pessoa. Seu corpo está ou apodrecendo embaixo da terra ou reduzido a cinzas. Nada mais dele resta, além disso.

Por isso, vocês entendem que, da minha perspectiva, ter que decidir entre o velho Z ou a sua história seria uma escolha artificial, talvez até mesmo perigosa, uma escolha que eu obviamente não fico confortável em fazer. Do modo como entendo, se houver algo que você ache irritante – pode ir em frente e pular. Eu estou cagando e andando para o modo como você lê isto aqui. Esses trechos tergiversantes ficam, assim como suas expressões esquisitas e até mesmo os pontos deturpados no enredo. Tem coisa demais em jogo. Pode ser uma decisão equivocada, mas foda-se, eu que decido.

O próprio Zampanò provavelmente teria insistido em fazer correções e edições, pois era o crítico mais feroz de si mesmo, mas passei a acreditar que os erros, especialmente os erros por escrito, muitas vezes são as únicas marcas deixadas por uma vida solitária: sacrificá-los é perder os ângulos da personalidade, a charada da alma. Nesse caso, uma alma muito velha. Uma charada muito velha.

Dois dias depois, Tom chegou. Karen o recebe com um grande abraço e uma Hi 8. É um homem amigável, um gigante corpulento, dotado de uma habilidade natural para divertir. As crianças gostam dele de cara. Adoram sua risada, para não falar nada de suas batatas do McDonald's.

"Meu próprio irmão, com quem eu não falo há anos, me liga às quatro da manhã e diz que precisa das minhas ferramentas. Vai entender."

"Isso quer dizer que você é da família", Karen lhe diz, alegre, abrindo caminho para o escritório de Navidson, onde ela já separou toalhas limpas, preparando o esconderijo.

"Geralmente quando você precisa de um nível é só pedir para o vizinho dar um pulo na loja de ferragens. É a cara do Will Navidson ligar, em vez disso, para Lowell, Massachusetts. Onde é que ele está?"

Pelo visto, Navidson foi até a loja de ferragens pegar umas coisinhas.

No filme, o primeiro reencontro de Tom e Navidson gira em torno de qualquer coisa menos a relação entre os irmãos. Em vez de tratarem de quaisquer questões interpessoais, nós os encontramos, ambos, amontoados em cima de um nível automático Cowley, se revezando em examinar a casa, alinhando a abertura a quase um metro acima do chão, sua visão de vez em quando interrompida quando Hillary ou Mallory passam correndo em torno das camas das crianças em alguma cena de pastelão. Tom acredita que eles vão conseguir dar conta dessa discrepância de seis milímetros realizando uma medida perfeitamente nivelada.

Mais tarde, no quintal, Tom acende um baseado. A droga claramente incomoda Navidson, mas ele não diz nada. Tom sabe da opinião negativa de seu irmão, mas se recusa a alterar seu comportamento. Com base na linguagem corporal e no modo como ambos evitam olhar um para o outro diretamente, para não falar nada do silêncio entre suas palavras, os últimos oito anos continuam assombrando-os.

"Ei, pelo menos entrei para o AA agora", Tom diz, enfim, exalando uma corrente de fumaça. "Nem uma gota de álcool há mais de dois anos."

À primeira vista, seria difícil acreditar que aqueles dois homens teriam qualquer grau de parentesco, que dirá serem irmãos. Tom já fica contente se tiver um jogo passando e um lugar macio para sentar e assistir. Navidson malha todos os dias, devora volumes esotéricos inteiros de textos críticos e constantemente liga o mundo ao seu redor a uma única coisa: a fotografia. Tom se vira, Navidson prospera. A Tom, apenas o ser; a Navidson, o devir. Porém, apesar dessas diferenças óbvias, qualquer um que consiga ir além do sorriso largo de Tom a ponto de considerar seus olhos há de encontrar ali poços profundos de tristeza. E é assim que sabemos que os dois são irmãos, porque, tal como os de Tom, os olhos de Navidson partilham das mesmas águas.

De qualquer modo, o momento e a oportunidade para algum tipo de cura fraternal desaparecem quando Tom faz uma descoberta importante: Navidson se enganou. O interior da casa excede o exterior não em 6, mas em 7,9 milímetros.

Não importa quantos blocos de notas, guardanapos ou margens de jornais eles preencham com anotações ou equações, essa fração continua em aberto. Um fato incontornável se encontra em seu caminho: a medida exterior *precisa* ser igual à medida interna. A física depende de um universo infinitamente centrado em um sinal de igual. Como disse certa vez o autor científico, e por vezes teológico, David Conte: "Deus, para todos os intentos e propósitos, é um sinal de igual e, pelo menos até agora, algo em que a humanidade sempre foi capaz de acreditar era que a soma do universo fecha".[37]

Nisso os dois irmãos concordam. O problema deveria ser suas técnicas de medida ou algum outro fator de mitigação imprevisto: a temperatura do ar, instrumentos mal calibrados, chãos retorcidos, alguma coisa, qualquer coisa. Mas, após passar-se um dia e meio, sem solução, ambos decidem buscar ajuda. Tom liga para Lowell e adia suas obrigações como construtor. Navidson liga para um velho amigo que dá aulas de engenharia na UVA.

De manhã cedo, no dia seguinte, ambos os irmãos partem para Charlottesville.

Navidson não é o único que tem contatos na vizinhança. A amiga de Karen, Audrie McCullogh está vindo de lá de Washington, D.C., para botar o papo em dia e ajudar a construir umas estantes. Portanto, assim que Will e Tom saem, determinados a encontrar uma resposta, as duas velhas amigas deixam esse enigma de lado, batem algumas vodcas com tônica e desfrutam a cadência do trabalho com suportes de metal e tábuas de pinheiro.

Edith Skourja escreveu um impressionante ensaio de quarenta páginas intitulado *Charadas Sem* sobre esse episódio. Embora a maior parte do texto se concentre naquilo que Skourja chamou de "a postura política" das duas mulheres — Karen enquanto ex-modelo; Audrie enquanto agente de viagens —, há um trecho em particular que fornece uma perspectiva elegante sobre os porquês e os modos como as pessoas confrontam perguntas sem resposta:

> Charadas: são causa de deleite ou tormento. Seu deleite se encontra nas soluções. As respostas fornecem momentos brilhantes de compreensão perfeitamente adequados para crianças que ainda habitam um mundo onde as soluções estão logo disponíveis. Implícita no formato da charada encontra-se a promessa de que o resto do mundo há de se resolver com a mesma facilidade. E assim as charadas confortam a mente da criança, que fica perplexa diante da quantidade avassaladora de informações e tantas perguntas subsequentes.
>
> O mundo adulto, porém, produz charadas de uma variedade distinta. Elas não têm respostas e são, muitas vezes, chamadas de enigmas ou paradoxos. Ainda assim, a velha sugestão da forma da charada corrompe essas perguntas ao fazer ecoar de novo a mais fundamental das lições: a de que deve haver uma resposta. A partir daí vem o tormento.
>
> Não é atípico encontrarmos adultos que odeiem charadas. É possível que haja toda uma variedade de motivos por trás dessa reação, mas um dos mais significativos é a rejeição da crença adolescente em respostas. Esses adultos costumam ser os mesmos que dizem "vê se cresce" e "enfrente os fatos". Eles

[37]Cf. David Conte, "Dentro do Esperado", in *Maclean's*, v. 107, n. 14, 1994, p. 102. Cf. também Martin Gardner, "O Paradoxo da Área Desaparecida", que saiu na sua coluna de "Jogos Matemáticos" na *Scientific America*, maio de 1961.

se ofendem com as incongruências das charadas do passado, as que têm respostas, quando comparadas com as atuais charadas sem resposta.

Fazemos bem em considerar as origens das palavras para "charada". Em inglês, *riddle* vem do inglês antigo *rǣdelse*, que significa "opinião, conjuro", um termo aparentado de *rǣdon*, também do inglês antigo, que significa "interpretar", o qual, por sua vez, pertence à mesma história etimológica do verbo "ler", *read*. A charada é uma variação da leitura, o que nos faz pensar na natureza participativa desse ato — o de interpretação — que é tudo que resta para o mundo adulto diante do que não tem solução.

O verbo *read* vem do latim *reri*, "calcular, pensar", que não é apenas o progenitor de *read*, mas também de *reason*, "razão", ambos os quais derivam do grego *arariskein*, "encaixar". Além de nos dar a "razão", *arariskein* também fornece um irmão improvável, o latim *arma*, que significa "armas". Parece que, para se "encaixar" no mundo ou encontrar sentido nele, é preciso estar munido ou da razão ou de armas. Charmosamente, Karen Green e Audrie McCullough fazem esse "encaixe" com uma estante de livros.

Como bem sabemos, em algum momento todos irão recorrer tanto à razão quanto às armas. Pelo menos por enquanto — antes das explicações, antes de se derramar sangue —, bastam uma furadeira, um martelo, uma chave de fenda Phillips.

Karen se refere a seus livros como "um recém-descoberto conforto diário". Ao montar uma fortaleza para seus livros, ela fornece um equilíbrio agradável entre o conhecido e o desconhecido. Aqui vemos uma parede morna, sólida, colorida, com volume atrás de volume contendo história, poesia, álbuns de fotografia e literatura popular. Embora a ironia possa vir mais tarde a engolir este momento, por ora ele permanece desprovido de qualquer comentário e, por isso, é um retrato da inocência. Karen simplesmente retira da estante um álbum de fotos, como qualquer um poderia retirar, e faz com que todos os livros caiam como dominós ao longo da prateleira. Porém, em vez de caírem no chão, eles param ali mesmo, arrancando um sorriso das duas mulheres e este comentário profundo de Karen: "Nada melhor para segurar os livros do que duas paredes".

Lições de uma biblioteca.[38]

[38]Edith Skourja, "Charadas sem", in *Charadas com resposta*, organizado por Amon Whitten (Chicago: Sphinx Press, 1994), p. 17-57.

A análise de Skourja, sobretudo no que diz respeito à inocência inerente ao projeto de Karen, lança alguma luz sobre o valor da paciência.

Walter Joseph Adeltine argumenta que Skourja forma uma parceria desonesta com o segmento da construção da estante: "Charada isso — Charada aquilo — que bela merda. Não se trata de um confronto com o desconhecido, mas um caso de pura negação".[39] O que o próprio Adeltine nega é a necessidade de encarar alguns problemas com paciência, esperar em vez de afobar-se. Ou, como escreveu Tolstói: *Dans le doute, mon cher... abstiens-toi.*[40]

Gibbon, enquanto trabalhava em seu *Declínio e Queda do Império Romano*, costumava sair para fazer longas caminhadas antes de sentar para escrever. Caminhar era um modo de organizar seus pensamentos, concentrar-se

e relaxar. O ato de construir a estante, para Karen, servia o mesmo propósito dos retiros de Gibbon ao ar livre. A maturidade, como descobrimos, tem tudo a ver com a aceitação do "desconhecer". É claro que o desconhecer não é capaz de prevenir, nem de longe, o caos que se aproxima.

Tum vero omne mihi visum considere in ignis Ilium:
Delenda est Carthago.[41]

---

[39]Walter Joseph Adeltine, "Merda". *New Perspectives Quarterly*, v. 11, inverno 1994, p. 30.

[40]Algo tipo, "Na dúvida, meu querido, não faça nada". Guerra e Paz, de Liev Tolstói, 1982, Penguin Classics in New York, p. 885.

[41]Sabe duma coisa? Latim está muito além das minhas capacidades. Consigo encontrar gente que fala espanhol, francês, hebraico, italiano e até alemão, mas a língua romana não está exatamente viva nas ruas de LA.

Uma menina chamada Amber Rightacre sugeriu que pudesse ter a ver com a destruição de Cartago.[42] Foi ela quem traduziu e forneceu a fonte da citação do Tolstói acima. Eu nunca nem li Guerra e Paz, mas ela sim e, saca só, ela leu para o Zampanò.

Acho que dá pra dizer de um jeito meio torto que o velho nos apresentou um ao outro.

Enfim desde aquele episódio no estúdio de tatuagem, eu não tenho saído mais que nem antes, mas pra dizer a verdade não estou mais convencido de que tenha acontecido qualquer coisa que seja. Não paro de me encurralar com perguntas: será que eu sofri algum tipo de surto descapacitante, digo in-? Ou será que eu que inventei tudo? Talvez tenha ficado meio criativo com a ressaca residual ou minha pressão tenha caído por levantar muito rápido e me deixado meio tonto?

Qualquer que seja a verdade, venho passando cada vez mais e mais tempo solucionando as charadas que são os trechos do Zampanò — solucionar também tem a ver com dissolver, como quem dissolve pó ou cinzas; uma certa universitária me ensinou isso. Eu não só encontrei diários entulhados de bibliografias e etimologias serpenteantes, bem como estranhos, sei lá como chama, pequenos aforismos??? epifanias???, também esbarrei num bloco de notas apinhado de nomes e números de telefone. As leitoras do Zampanò. Fácil, fácil, mais de cem, mas logo descobri que não raro os números não existiam mais e pouquíssimos nomes tinham sobrenomes e, por algum motivo, os que tinham não estavam na lista telefônica. Deixei algumas mensagens em secretárias eletrônicas e aí, em algum ponto da terceira página, a senhorita Rightacre respondeu. Eu lhe contei da herança que ele me legou e ela concordou, na hora, em me encontrar para beber alguma coisa.

Amber, pelo visto, era uma mulher e tanto; parte francesa e parte indígena, com cabelo naturalmente preto, olhos azuis escuros e uma barriga linda, longa e reta e magra, com um fino fio de prata, um piercing, em seu umbigo. Uma tatuagem de arame farpado azul & vermelho circundava seu tornozelo. Se Zampanò estava ciente disso ou não, ela era uma visão que ele deveria se arrepender de não poder ver.

"Ele adorava se gabar do quanto não tinha estudado", Amber me disse. "'Nunca nem fiz segundo grau', dizia. 'Bom, isso faz de mim uma pessoa mais inteligente que você.' A gente conversava assim às vezes, mas na maior parte do tempo, eu só lia para ele em voz alta. Ele insistia no Tolstói. Dizia que eu lia Tolstói melhor que qualquer outra, acho que era porque eu me virava bem com os trechos em francês, já que eu vim do Canadá e tal."

Depois de algumas doses, a gente partiu para o Viper. Lude estava ali pela porta e nos levou para dentro. Muito para a minha surpresa, Amber se agarrou no meu braço enquanto subíamos as escadas. O que tínhamos em comum parecia ter criado um laço surpreendentemente forte. Lude ouviu o que tínhamos para falar por um tempo, se apressando a cada pausa para acrescentar que foi ele quem encontrou a coisa lá, na verdade, ele que tinha me ligado, e que ele já tinha visto Amber pelo prédio algumas vezes, mas por nunca ter se dado ao trabalho de ler o texto ele não podia tratar das particularidades de nossa conversa. Amber e eu estávamos absortos em um mundo diferente, uma história mais profunda. Lude conhecia a peça. Ele pediu uma bebida na minha conta e aí foi procurar outra coisa para se entreter.

Quando finalmente cheguei no assunto de pedir a Amber para descrever Zampanò, tudo que ela disse era que ele era "imperceptível e sozinho, embora não tão solitário, eu acho". A primeira banda começou e paramos de conversar. Depois, Amber foi quem continuou a conversa, chegando mais perto, seu cotovelo raspando no meu. "Nunca tive a impressão de que tivesse família", continuou. "Eu perguntei uma vez – e lembro disso com clareza – eu perguntei se tinha filhos. Ele disse que não tinha mais. Então acrescentou: 'É claro, vocês são todas minhas filhas', o que era esquisito porque só tinha eu lá. Mas o modo como ele me olhou com aqueles olhos vazios–" ela estremeceu e logo cruzou os braços como se tivesse ficado com frio de repente. "Era como se aquele apartamentinho minúsculo dele de repente estivesse cheio de rostos e ele pudesse ver todos, até mesmo falar com eles. Isso me deixava desconfortável de verdade, como se estivesse cercada de fantasmas. Você acredita em fantasma?"

Eu disse que não sabia.

Ela sorriu.

"Eu sou virginiana, e você?"

Pedimos mais uma rodada, a próxima banda começou, mas não ficamos para ouvir até o final. Enquanto íamos até a casa dela – por acaso, ela morava ali perto, subindo a Sunset Plaza, na verdade –, ela voltava o tempo todo para o assunto do velho, um vestígio de sua própria obsessão que se mesclava com a deriva de seus pensamentos.

"Então. Não tão solitário", ela murmurou. "Quer dizer, com todos os fantasmas, eu e as outras filhas, quem quer que sejam, apesar de que, na verdade, hmmmm eu esqueci uma coisa, não sei por quê, quer dizer, foi o motivo de eu ter parado de ir lá. Quando ele piscava, suas pálpebras, é meio esquisito de falar, mas elas ficavam juntas um pouco mais de tempo além do tempo da piscada, como se ele estivesse conscientemente fechando os olhos ou prestes a dormir, e eu sempre me perguntava por uma fração de segundo se elas iam abrir de novo. Talvez não, talvez ele quisesse dormir ou até mesmo morrer, e olhar para o seu rosto nesses momentos, tão sereno e pacífico, me deixava triste, e eu acho que eu vou ter que desdizer o que eu disse antes, porque com os olhos fechados ele não parecia só, nessas horas ele parecia solitário, terrivelmente solitário, e isso me deixava triste de verdade e me fazia me sentir solitária também. Parei de visitá-lo depois de um tempo. Mas, sabe duma coisa, ficar sem visitá-lo me fez sentir culpada. Acho que ainda me sinto culpada de tê-lo abandonado assim do nada."

Paramos de falar sobre Zampanò, então. Ela mandou um bipe para sua amiga Christina que demorou menos de vinte minutos para chegar. Não teve nenhuma apresentação. Só sentamos no chão e começamos a cheirar carreiras de cocaína numa capinha de CD, viramos uma garrafa de vinho e depois a usamos para brincar do jogo da garrafa. Elas se beijaram primeiro, depois as duas me beijaram, e aí esquecemos da garrafa, e eu consegui até esquecer do Zampanò, esquecer disso e do quanto aquele ataque no estúdio de tatuagem tinha me deixado nervoso. O beijo dois-em-um já bastou, um conforto, um calor, talvez temporário, talvez falso, mas ainda assim reconfortante, e os meus risinhos e os delas, os nossos, dos três, rindo, risinhos dementes e uma gargalhada e ainda mais beijos vindo, e eu lembro de um breve instante então em que, do nada, eu vi meu próprio pai de repente, uma lembrança rara, mas estranhamente serena, como se eu contasse com sua aprovação quanto ao que eu estava fazendo, do jeito que ele mesmo sempre dava risada e brincava, sempre rindo, entregando-se à tranquilidade, ainda mais quando voava alto subindo grandes correntes de luz, queimando platôs distantes de bistre & sálvia, arremessando-o como um anjo, muito acima da terra vermelha, no fundo do vazio cintilante, o céu gentil que nunca o deixou na mão, preservando seu apego à juventude, às regras e à generosidade, seu avião quase, mas não exatamente, ultrapassando seus gritos de alegria, uhul, seguindo-o em suas curvas bruscas ao vento, seguido por uma ascensão quase vertical até os ângulos do sol, e eu mal tinha oito anos e ainda estava com ele e sim, <u>foi</u> este o pensamento que oscilou loucamente em minha cabeça, um breve instante de comunhão, que me possuiu com calor e uma tranquilidade atemporais, me fazendo sorrir de novo e relaxar como se a memória por si só pudesse alçar o coração como o vento alça as asas, e assim eu retomei os beijos com entusiasmo ainda maior, acariciando e, depois, devorando seus lábios escurecidos, escurecidos de vinho e amor fugaz, uma antiga lembrança que o amor havia prometido, mas nunca levado a cabo, até que havia beijos demais para se contar e lembrar, e a memória

O projeto de Karen é um dos mecanismos contra o insólito ou aquilo que "não é de casa". Ela permanece vigilante e disposta a permitir que as dimensões bizarras da casa gestem dentro de si. Desafia o irregular com a introdução da normalidade: a presença da sua amiga, as estantes, a conversa pacífica. Nesse quesito, Karen age como a coletora quintessencial. Ela se mantém próxima à residência e, embora não se aventure para coletar frutas e cogumelos, ela acumula de fato pequenos pedaços de sentido.

Navidson e Tom, por outro lado, são os clássicos caçadores. Eles selecionam as armas (ferramentas; razão) e rastreiam sua presa (a solução). Billy Reston, segundo suas esperanças, é quem vai ajudá-los a conquistar seu objetivo. É um homem durão, de humor frequentemente ácido e mais parecido com um sargento do que com um professor adjunto da universidade. Ele também é paraplégico, tendo passado quase metade da sua vida numa cadeira de rodas de alumínio. Navidson mal tinha vinte e sete anos quando conheceu Reston pela primeira vez. Na verdade, foi uma fotografia que os reuniu. Navidson havia sido enviado para um trabalho na Índia, tirando fotos de trens, trabalhadores ferroviários, engenheiros,

---

do amor acabou não sendo amor nenhum, precisava ser substituída, um substituto que nossos corpos encontraram, e quando os risinhos pararam, e as gargalhadas foram se esvanecendo, e a escuridão se abateu sobre todos nós e entregamos nossa infância de graça e morremos e as camisinhas cobriram o chão e a Christina vomitou na pia, e a Amber deu um risinho e me beijou mais um pouco, mas daquele jeito que diz que é hora de ir embora.

E por isso agora, dias depois, enquanto eu dou forma a esses momentos aqui, vou reencontrando o que o meu êxtase brevemente ocultou de mim; a lembrança como uma cobertura permanentemente alçada acima de tudo que vem antes e proibindo-as de tal forma, todas elas, as boas lembranças, não importa o quanto sejam diferentes, o quanto sejam exultantes, eclipsadas pelo trailer dobrado pela rodovia, o trator alojado na vala de pedra, os ombros expostos, a fumaça oleosa subindo noite adentro, nem sequer mitigada pela garoa fininha, o incêndio em si rastejando em meio aos tanques de gasolina perfurados, despindo a tinta, derretendo os pneus e enegrecendo o vidro quebrado, o para-brisa golpeado de dentro, cada linha irregular contando a história de um coração partido que nenhum menino de 10 anos jamais deveria ter que lembrar, que dirá ver, mesmo que seja apenas em meios-tons, a tinta, toda ela, de novo e de novo, enfim reunida nas pontas delicadas dos seus dedos, como se ao passá-los sobre a foto impressa no jornal, pudesse de algum modo fazer voltar atrás os detalhes da morte, atenuar o táxi onde o homem que ele viu, e que amava como um deus, agonizava e morreu sem dizer palavra, ilegível ou não, deus nenhum, e assim com a dissolução do céu negro o azul retorna. Mas ele nunca retornou. Ele vasculhou os jornais, um atrás do outro, quando os oficiais responsáveis pela custódia de crianças órfãs decidiram que tinha algo seriamente errado com ele e o mandaram embora, até ter certeza de não haver mais imagens dele na imprensa e de que toda a tinta, tudo que restava do seu pai, havia sido lavada de minhas mãos.

[42]Como parte dos esforços para oferecer a tradução mais literal possível, as duas frases em latim dizem o seguinte: "Quando, na verdade, toda Troia parecia à minha vista afundar-se em chamas" (Eneida, II, v. 624) e "Cartago deve ser destruída". — Eds.

o que quer que fisgasse sua atenção. O propósito da obra era capturar os clamores da indústria nos entornos de Hyderabad. A imagem que acabou estampando as páginas de não poucos jornais, no entanto, foi a fotografia de um engenheiro afro-americano tentando desesperadamente fugir da queda de um cabo de alta voltagem. O cabo havia sido cortado quando um operador de guindaste inexperiente errou o vagão de carga e colidiu, por acidente, com um poste elétrico. A madeira se partiu na hora, arrebentando ao meio um dos cabos de força, que se abateram sobre o indefeso Billy Reston, cuspindo faíscas e chicoteando no ar como se fossem Nag ou Nagaina.[43]

Essa mesma fotografia está pendurada na parede do escritório de Reston. Ela captura a mescla de medo e descrença no rosto de Reston, no instante em que ele se flagra, de repente, correndo para tentar salvar a vida. Num momento ele estava casualmente inspecionando a área, pensando no almoço, e, no momento seguinte, estava prestes a morrer. Sua passada é larga, os dedos do pé tentando empurrá-lo, tirá-lo do caminho, as mãos procurando alguma coisa, qualquer coisa, em que ele possa se apoiar e fugir. Mas já é tarde. A forma serpenteante o cerca, rápida demais em seus movimentos para se poder fugir dela assim, de última hora. Como apontou Fred de Stabenrath, em abril de 1954, "*Les jeux sont fait. Nous sommes fudidé*".[44]

Tom dá uma boa olhada em sua foto em preto e branco 11 x 14. "Essa foi a última vez que eu tive pernas", Reston lhe diz. "Logo antes de aquela cobra horrenda arrancá-las na base da mordida. Eu odiava essa foto, mas depois meio que me tornei grato por ela. Agora, sempre que alguém entra na minha sala, ninguém precisa pensar em me perguntar como foi que eu acabei aqui nessa carruagem. As pessoas podem ver por si mesmas. Obrigado, Navy. Seu cretino. O próprio Rikki-Tikki-Tavi de Nikon."

Em algum momento o assunto morre, e os três homens começam a falar do que importa. A resposta de Reston é simples, racional e exatamente o que ambos os irmãos vieram ouvir: "Não há a menor dúvida de que o problema é o seu equipamento. Vou ter que verificar o material do Tom pessoalmente, mas estou disposto a apostar dinheiro da universidade de que deve ter alguma coisa aí meio avacalhada. Tenho algumas coisas que vocês podem pegar emprestado: um nível Stanley Beacon e um medidor de distância a laser". Ele dá um sorrisinho para Navidson. "O medidor é da Leica. Isso vai botar esse fantasma de volta à cova rapidinho. Senão, eu vou lá e meço o lugar pessoalmente e vou cobrar vocês pelo meu tempo também."

---

[43]Nag e Nagaina eram os nomes das duas cobras em O Livro da Selva, de Rudyard Kipling. Por fim, ambas foram derrotadas pelo mangusto Rikki-Tikki-Tavi.

[44]Fred de Stabenrath supostamente exclamou esta frase antes de ser mo [xxxxxxxxxxxxxxxxxxxxxxxx
xxxxxxxxxxxxxxxxxxxxxxxxxxxxxxxxxxxxxxxxxxxxxxxxxxxxxxxxxxxxxxxxxxxxxxxxxx
xxxxxxxxxxxxxxxxxxxxxxxxxxxxxxxxxxxxxxxxxxxxxxxxxxxxxxxxxxxxtrecho faltandoxxxxx
xxxxxxxxxxxxxxxxxxxxxxxxxxxxxxxxxxxxxxxxxxxxxxxxxxxxxxxxxxxxxxxxxxxxxxxxxx
xxxxxxxxxxxxxxxxxxxxxxxxxxxxxxxxxxxxxxxxxxxxxxxxxxxxxxxxxxxxxxxxxxxxxxxxxx
xxxxxxxxxxxxxxxxxxxxxxxxxxxxxxxxxxxxxxxxxxxxxxxxxxxxxxxxxxxxxxxxxxxxxxxx][45]

[45]Zampanò enterrou o resto desta nota de rodapé sob uma mancha particularmente escura de tinta. Ao menos eu pressuponho que seja tinta. Talvez não seja. Talvez seja outra coisa. Mas não importa na verdade. Na maioria dos casos, eu consegui recuperar o texto perdido (vide o Capítulo 9). Aqui, porém, eu fracassei. Cinco linhas se perderam, junto com o resto do sr. Stabenrath.

Os dois, Will e Tom, dão uma risada, talvez com a sensação de estarem sendo meio bestas. Reston balança a cabeça de um lado para o outro.

"Se quer saber, Navy, acho que você tem tempo livre demais. Provavelmente seria melhor se você simplesmente saísse e levasse sua família para uma longa viagem de carro."

No caminho de volta, Navidson aponta a Hi 8 para um horizonte cada vez mais escuro.

Durante um tempo, nenhum dos dois irmãos diz uma só palavra.

Will é o primeiro a romper o silêncio: "Engraçado como foi preciso só uma fração de centímetro para nos reunir de volta num carro, os dois juntos".

"Bem estranho."

"Obrigado por ter vindo, Tom."

"Como se houvesse a menor chance, de verdade, de que eu fosse dizer não."

Uma pausa. De novo, Navidson se pronuncia.

"Eu quase fico me perguntando se eu não me embrenhei nessa coisa toda de medir tudo só para ter algum pretexto para ligar para você."

Apesar de seus esforços, Tom não consegue segurar a gargalhada: "Você sabe que eu odeio lhe dizer isso, mas há motivos mais simples que você poderia ter bolado".

"Você que está dizendo", Navidson responde, balançando a cabeça.

A chuva começa a cair no para-brisa e raios rebentam pelo céu. Dá-se outra pausa.

Desta vez é Tom quem rompe o silêncio: "Você já ouviu a piada sobre o sujeito na corda bamba?".

Navidson dá um sorrisinho: "Fico feliz em ver que algumas coisas nunca mudam".

"Ei, desta vez é verdade. Tem esse sujeito de uns 25 anos andando na corda bamba, atravessando um desfiladeiro profundo. Enquanto isso, do outro lado do mundo, um outro sujeito de 25 anos recebe um boquete de uma mulher de 70 anos, mas, saca só, num exato momento passa pela cabeça dos dois homens o exato mesmo pensamento. Você sabe qual foi?"

"Não faço ideia."

Tom dá uma piscadinha para o seu irmão.

"Não olhe pra baixo."

E então, conforme uma tempestade começa a assolar as Virgínias, uma outra tempestade, com a mesma facilidade, se dissipa e some em uma enxurrada de piadas ruins e histórias do passado.

Ao confrontarem a disparidade espacial da casa, Karen havia se fixado em coisas familiares, enquanto Navidson saíra para buscar uma solução. As crianças, porém, simplesmente aceitaram o fato. Elas corriam pelo closet. Brincavam nele. Habitavam-no. Negavam o paradoxo, engolindo-o por inteiro. O paradoxo, afinal, são duas verdades irreconciliáveis. Mas as crianças ainda não conhecem as leis do mundo o suficiente para temer as ramificações do irreconciliável. É certo que não existe qualquer associação primal com anomalias espaciais.

Assim como ocorre com a engenhosa sequência de abertura de *O Registro Navidson*, ver essas duas crianças felizes fazendo bagunça é uma experiência igualmente perturbadora, talvez por esse estado de ingenuidade ter, para nós, um apelo tão grande, tão sedutor, em oferecer uma solução simples para o enigma. Infelizmente, a negação também significa ignorar a possibilidade de perigo.

Essa possibilidade, no entanto, parece irrelevante, ao menos temporariamente, quando cortamos para a cena em que Will e Tom carregam o equipamento de Billy Reston até o andar de cima, e a autoridade de suas ferramentas rapidamente sobrepuja qualquer sensação de ameaça.

Só o fato de vermos os dois irmãos usarem o nível Stanley Beacon para estabelecer a distância que precisarão medir já nos comunica uma sensação de conforto. Ao voltarem as atenções ao medidor Leica, é quase impossível não esperar, pelo menos, algum tipo de resolução para esse problema tão frustrante. Na verdade, quando Tom cruza os dedos, no instante em que o laser Classe 2 enfim dispara um pontinho vermelho que atravessa a largura da casa, esse gesto consegue representar, sucintamente, nossas próprias simpatias com os irmãos.

Porque os resultados não são imediatos, acabamos esperando junto à família enquanto o computador interno calibra a dimensão. Navidson captura esses segundos em 16 mm. Sua Arriflex, com o foco automático pronto e ligada gravando, grava em 24 frames por segundo, enquanto Daisy e Chad se sentam em suas camas, no fundo, Hillary e Mallory espreitam em primeiro plano, perto de Tom, enquanto Karen e Audrie se encontram mais à direita, perto das estantes recém-instaladas.

De repente, Navidson deixa escapar uma exclamação de alívio. Parece que a discrepância finalmente foi eliminada.

Tom espia sobre o seu ombro, "Adeus, senhor Milímetros".

"Mais uma vez", Navidson diz. "Mais uma vez. Só para garantir."

Estranhamente, uma leve corrente de ar encanado insiste em fechar uma das portas do closet. O efeito é sinistro, porque, cada vez que a porta fecha, nós perdemos as crianças de vista.

"Ei, dá para você botar alguma coisa para segurar a porta aberta?", Navidson pede a seu irmão.

Tom se volta às estantes de Karen e busca o livro mais volumoso que consegue encontrar. Um romance. Assim como aconteceu com Karen, o ato de retirá-lo causa um efeito dominó imediato. Só que, desta vez, conforme os livros caem uns sobre os outros, os últimos não param com a parede, como aconteceu antes, mas caem, em vez disso, no chão, revelando pelo menos trinta centímetros entre o fim da prateleira e o gesso.

Tom nem repara.

"Desculpa", ele murmura e se abaixa para pegar os livros espalhados.

Que é exatamente o momento em que Karen dá um grito.

V

Raju comemorava a intrusão — servia
para aliviar a solidão do lugar.

— R.K. Narayan

É impossível fazermos a devida apreciação da importância do espaço em *O Registro Navidson* sem primeiro considerarmos a significância dos ecos. Porém, antes mesmo de nos prestarmos a uma brevíssima análise de sua presença literal e temática no filme, é necessário distinguirmos entre os ecos que reverberam dentro da própria palavra.

Em termos gerais, o eco tem duas histórias coextensivas: a mitológica e a científica.[46] Cada uma delas fornece uma perspectiva levemente distinta sobre o significado inerente da recorrência, sobretudo quando a repetição é imperfeita.[47]

Para ilustrar as múltiplas ressonâncias encontradas no eco, os gregos conjuraram a história de uma bela ninfa da montanha. Seu nome era Eco e ela cometeu o erro de ajudar Zeus em uma de suas conquistas sexuais. Hera descobriu e a castigou, tornando impossível para Eco dizer qualquer coisa exceto as últimas palavras que lhe fossem ditas. Logo depois, Eco se apaixonou por Narciso, cuja obsessão consigo mesmo fez com que ela definhasse até restar apenas a sua voz. Em outra versão menos conhecida desse mito, Pã se apaixona por Eco. Eco, porém, rejeita suas investidas amorosas, ao que Pã, sendo o deus da civilidade e boas maneiras, a dilacera em pedaços, enterrando-a toda exceto por sua voz. *Adonta ta melê.*[⊕] Em ambos os casos, o amor jamais concretizado resulta na total negação do corpo de Eco e a quase negação de sua voz.[48]

Mas Eco é uma insurgente. Apesar das restrições divinas que lhe foram impostas, ela ainda consegue subverter o veredito dos deuses. Afinal, suas repetições estão longe do digital, muito mais próximas do analógico. Eco colore as palavras com vagos vestígios de tristeza (o mito de Narciso)

[46]David Eric Katz propõe um argumento que defende uma terceira história: a epistemológica. É claro que não é verdadeira a implicação de que as categorias atuais de mito e ciência ignoram a reverberação do conhecimento em si. O tratamento que Katz dá à repetição, no entanto, ainda é bastante satisfatório. Particularmente impressionante é a lista de exemplos dada na Tabela iii. Cf. *O Terceiro Ao Seu Lado: Uma Análise do Eco Epistemológico*, de David Eric Katz (Oxford: Oxford University Press, 1982).

[⊕]*Adonta ta...* = Seus membros ainda cantantes.[47]

[47]`Repare que por sorte Zampanò rabiscou a lápis nas margens deste capítulo muitas das traduções para essas citações em grego e latim. Eu aproveitei e transformei em notas de rodapé.`

[48]Ivan Largo Stilets, *Mitologia Grega de Novo* (Boston: Biloquist Press, 1995), p. 343-497; e também as *Metamorfoses*, de Ovídio, III. 356-410.

ou acusação (o mito de Pã), jamais presentes nos originais. Como reconhece Ovídio nas *Metamorfoses*:

> *Spreta latet silvis pudibundaque frondibus ora protegit et solis ex illo vivit in antris; sed tamen haeret amor crescitque dolore repulsae; extenuant vigiles corpus miserabile curae adducitque cutem macies et in aera sucus corporis omnis abit; vox tantum atque ossa supersunt: vox manet, ossa ferunt lapidis traxisse figuram. Inde latet silvis nulloque in monte videtur, omnibus auditur: sonus est, qui vivit in illa.*[ª]

Para repetirmos: sua voz tem vida. Ela possui uma qualidade ausente no original, que revela como uma ninfa pode devolver uma história diferente e mais significativa, apesar de contar a mesma história.[49]

[ª]Eloquentemente traduzido por Horace Gregory: "Assim foi ela rejeitada, / Esconde o rosto, os lábios, a culpa, entre as árvores / Mesmo as folhas, e habita as grutas da floresta / Onde com dor funesta nutre o seu amor / Até que este, insone, em sombra transforma o seu corpo / A princípio vincado e lívido, então vento / E ossos, feitos em rochas desgastadas, dizem, / Resta a voz. Na floresta desaparecida, / Longe dos costumeiros vales e colinas, / Escutam-na os que clamam. Sua voz tem vida." *As Metamorfoses*, de Ovídio (Nova York: A Mentor Book, 1958), p. 97.

[49]O prodígio literário Miguel de Cervantes compôs este trecho emocionante em seu *Dom Quixote* (Parte Um, Capítulo Nove):

> ...la verdad, cuya madre es la historia, émula del tiempo, depósito de las acciones, testigo de lo pasado, ejemplo y aviso de lo presente, advertencia de lo por venir.[51]

Muito mais tarde, um discípulo das armas cujo brio ainda estava por ser testado teve o raro prazer de conhecer o extraordinário Pierre Menard num café em Paris, após a segunda guerra mundial. Segundo relatos, Menard havia dado uma explicação de seu desgosto distinto por biscoitos Madeleine, mas jamais mencionou o trecho (e eco do *Dom Quixote*) que havia escrito antes da guerra e lhe rendido uma boa quantidade de fama literária:

> ...la verdad, cuya madre es la historia, émula del tiempo, depósito de las acciones, testigo de lo pasado, ejemplo y aviso de lo presente, advertencia de lo por venir.

Essa variação sofisticada do trecho de autoria do "leigo engenhoso" é densa demais para podermos analisar aqui. Basta dizer que as nuances de Menard são delicadas a ponto do quase indetectável, mas se você falar com o Moldureiro, há de ver imediatamente o quanto tais nuances são assombradas pela tristeza, pela acusação e pelo sarcasmo.[50]

[50]Exatamente! Como caralhos é que alguém fala de uma "variação sofisticada" quando os dois trechos são exatamente iguais?

Tenho certeza que o fato de que era tarde da noite ajudou, ao qual acrescento a luz fraca do meu quarto e minha falta de sono, em que eu pego no sono, mas não descanso de verdade, se é que isso é possível, mas deixa eu falar, sentado aqui, sozinho, acordado sem mais nada além desse estranho murmúrio, como se ouvisse as preces dos penitentes — dá para saber que é uma prece, mas você não consegue pegar as palavras — ou, melhor ainda, ouvindo alguém praguejar amargamente, percebendo que tem um monte de coisa errada sendo lançada ao mundo, mas ainda sem conseguir pegar as palavras, eu assim, ouvindo do meu jeito e comparando do jeito dele os dois fragmentos em espanhol, ambos escritos em folhas de papel pardo, ou não, não está certo, não é pardo, é mais tipo, ai sei lá, sim pardo, mas na minha luz falha parecia quase colorido ou a memória de uma cor, de algum modo violenta, ou perto disso, ou nada disso, conforme eu ia relendo e relendo os dois trechos de novo e de novo, tentando detectar pelo menos um acento ou letra diferentes, querendo detectar pelo menos um acento ou letra diferentes, ficando quase desesperado em minha busca, porém repetidamente descobrindo apenas a perfeita similitude, mas como é que isso é possível, né? se fosse perfeito não seria semelhante seria idêntico, e sabe duma coisa? Esta frase já é caso perdido, não consigo terminá-la, não sei como—

Eis a questão: quanto mais eu me concentro nas palavras, mais distante sinto que estou do meu quarto. Sem ideia de onde estou também, até que de repente nas beiradas da minha língua, quase na minha garganta, eu começo a sentir o gosto de algo extremamente amargo, quase metálico. Começo a me engasgar. Não engasguei, mas certamente engasgaria. Então senti o cheiro daquela mesma coisa horrível que eu detectei do lado fora do Estúdio, no hall. Suave pra cacete a princípio até que eu tive certeza de ter sentido o cheiro e aí não era mais nada suave. Um monte de podreira de repente foi sendo enfiado no meu nariz, lentamente escorrendo pela minha garganta, fechando-a toda. Eu comecei a vomitar, pedaços molhados de vômito voando por toda parte, saindo de mim aos jatos rumo ao chão, lambuzando as paredes, até este papel. Só que eu só tossia. Eu não tossia. Eu limpei minha garganta de leve e o cheiro sumiu e o gosto também. Eu estava de volta no meu quarto, procurando algo naquela luz falha, inquieto e desorientado, mas nem de longe sendo feito de trouxa.

Eu coloquei os fragmentos de volta no baú. Percorri o perímetro do quarto. Um copo de bourbon. Um trago num baseado. Lá vamos nós. Que venha a brisa. Mas quem estou tentando enganar? Ainda consigo ver o que está acontecendo. Minha linha de defesa não apenas fracassou, como fracassou há muito tempo. Não me peça para defini-la também, nem explicar por que é necessária ou mesmo contra o que ela está me defendendo. Não faço a mais confusa ideia.

Disto eu tenho certeza, porém: estou sozinho em territórios hostis sem a menor ideia do porquê de eles serem hostis ou como voltar aos refúgios seguros, um Antigo Refúgio, um refúgio perdido, a temperatura caindo, a hora arfando & atirando-se rumo a uma escuridão profunda, enquanto o meu próprio Guia amaurótico, diante de mim, ri, ele ri às gargalhadas, na verdade, perdido em sua própria ladainha, completamente fora de si, fora de foco também, zônulas de Zinn, entre outras coisas, tendo se arrebentado muito tempo atrás, que nem corda de piano, privando-me de qualquer modo seguro de determinar aonde diabos estou indo, embora neste momento pareça seguro apostar que estou indo direto pro inferno.

[51]O que Anthony Bonner traduz como: "...a verdade, cuja mãe é a história, que é a rival do tempo, depósito das ações, testamento do passado, exemplo e aviso do presente, advertência do futuro.". — Eds.

Ao seu próprio modo atordoado, John Hollander entregou ao mundo uma bela e estranha reflexão sobre o amor e o anseio. Ler seu maravilhoso diálogo sobre o eco[52] é encontrar o seu autor no meio da calçada, perfeitamente parado, em pé, com os olhos ensandecidos por uma cascata de cálculos internos, os lábios encenando algum discurso ininteligível, inaudível aos numerosos alunos que passam correndo por ele, reparam em sua aparência insana e, com alguma razão, dão-lhe muito espaço enquanto fogem para a aula de outro professor.[53]

Hollander começa com um catálogo virtual de ecos literais. Por exemplo, o latim "*decem iam annos aetatem trivi in Cicerone*" encontra eco no grego "*one!*"[♂] Ou "*Musarum studia*" (latim), descrito pelo eco como "*dia*" (grego).[☿] Ou a rejeição de Narciso, "*Emoriar, quam sit tibi copia nostri*", ao que Eco responde com "*sit tibi copia nostri*".[€] Na página 4, ele chega a fornecer uma gravura retirada de *Neue Hall — und Thonkunst* de Athanasius Kircher (Nordlingen, 1684), que ilustra uma máquina de ecos artificiais projetada para trocar "*clamore*" por quatro ecos: "*amore*", "*more*", "*ore*" e enfim "*re*".[♃] Hollander também não para por aí. Seu pequeno volume está repleto de exemplos de transfiguração textual, mas, como parte de um esforço para evitar repetir o livro todo, que sirva como exemplo final este diálogo angustiante:

Chi dara fine al gran dolore?
L'ore.[∞]

Embora *A Figura do Eco* encontre um prazer especial nesses jogos de palavras inteligentes, Hollander é mais esperto do que isso e não limita sua análise a esses termos. Eco pode sobreviver nas metáforas, em trocadilhos e no sufixo — *solis ex illo vivit in antris* —,[Ω] mas sua amplitude se estende para além dessas paredes literais. Por exemplo, o *bat kol* rabínico significa "filha da voz", o que em hebraico moderno serve mais ou menos como equivalente para a palavra "eco". Milton bem o sabia: "Deus assim o comanda; e é o seu mando / De sua voz a filha única".[55] Wordsworth idem: "grave Filha da Voz de Deus". Citando o *Mythomystes* (1632), de Henry Reynold, Hollander evidencia a apropriação religiosa do antigo mito (página 16):

> Que este *Vento* é (de accordo com o supradicto Jâmblico, por consenso do que affirmam seus pares *Cabbalistas*) o Symbolo do Alento de Deus; e o Echo seu alento divino, ou Espirito, reflectido acêrca de nós; ou (como o interpretam)

[52]Cf. John Hollander, *A Figura de Eco* (Berkeley: University of California Press, 1981).

[53]Kelley Chamotto faz menção a Hollander em seu ensaio, "Meio de Frase, Meio de Fluxo" in *Gloriosa Gárrula Grafomaníaca*, organização de T. N. Joseph Truslow (Iowa City: University of Iowa Press, 1989), p. 345.

[♂]"Passei dez anos em Cícero" "Asno!"

[☿]"O estudo das Musas" "as divinas".

[€]Narciso: "Eu morro, mas não te dou poder sobre mim". Eco: "te dou poder sobre mim".

[♃]"Ó Clamor" volta como "amor", "atraso", "hora" e "rei".

[∞]"Quem poderá pôr fim a essa grande tristeza?" "O passar das horas".

[Ω]As cavernas rochosas da literatura.[54]

[54]"Daquela época em diante, ela passou a habitar cavernas solitárias." — Eds.

[55]John Milton, *Paraíso Perdido*, IX, 653-54.

> a *filha da voz divina*; arrojada e diffusa, por meio do esplendor beatifico, pela Alma, é hum facto precisamente digno de nossa reverencia e adoração. Este *Echo* recahe n'um Narciso ou tal Alma (impura e viciosamente affectada) como humiliação, e refrea os ouvidos à voz Divina ou cerra seu coração contra as Inspirações divinas, por meio do enamorar-se não de si mesmo, mas meramente de sua propria sombra . . . torna-se, destarte, cousa terrena, debil e inefficaz, digno sacrifficio apenas ao sempiterno olvido . . .

Eco, portanto, assume de repente o papel de mensageira de deus, uma versão feminina de Mercúrio ou talvez até mesmo de Prometeu, calçando as sandálias alígeras, a lamparina em mãos, e descendo à humanidade afortunada.

Em 1989, porém, o renomado teólogo Hanson Edwin Rose realizou uma revisão dramática dessa interpretação. Numa série de palestras dadas em Chapel Hill, Rose referiu-se à "Grande Enunciação de Deus" como "O Maior de Todos os Big Bangs". Após discutir, profundamente, a diferença entre o *davhar* hebraico e o *logos* grego, Rose fez uma análise cuidadosa do capítulo 1, versículo 1 de São João — "No princípio era o Verbo, e o Verbo estava com Deus, e o Verbo era Deus". Foi uma performance de virtuose, mas que certamente teria sido relegada a prateleiras poeirentas já sobrecarregadas com o fardo de mil anos de discursos de seminário, se não houvesse resumido suas ruminações com esta conclusão incendiária e até hoje infame: "Olhe para o céu, olhe para si mesmo e lembre-se: somos apenas os ecos de deus e deus é Narciso".[56]

O pronunciamento de Rose nos remente a uma outra meditação igualmente importante:

> Por que deus criou um universo dual?
> Para que pudesse dizer
> "Sede não como eu sou. Eu sou só."
> E fosse ouvido.[57]

Não há tempo ou espaço para fornecermos um tratamento adequado à complexidade inerente a este trecho, além de apontarmos o modo como o que ele diz é devolvido — ou ecoado, figurativamente — não com uma palavra de fato, mas o mero entendimento de que foi recebido, escutado ou, como o texto declara, explicitamente, "ouvido". O que o trecho omite, sem dúvida de propósito, é como se pode chegar a um tal entendimento.

É interessante que, apesar de sua capacidade maravilhosa de observação, *A Figura de Eco* contém um erro perturbador, ao realizar uma modulação poética sobre uma voz que ressoou, ela própria, há mais de um

[56]Hanson Edwin Rose, *Mitos Criacionistas* (Detroit, Michigan: Pneuma Publications, 1989), p. 219.

[57]`Estes versos me soam familiares, mas não faço a menor ideia do porquê ou de onde os escutei.`[58]

[58]Embora, no fim, nossas tentativas não tenham sido bem-sucedidas, nenhum esforço foi poupado para determinar quem escreveu os versos acima. Pedimos desculpas pela inconsistência. Quem puder fornecer uma prova legítima de autoria será creditado nas reedições futuras. — Eds.

século. Enquanto discute o poema "O Poder do Som", de Wordsworth, Hollander cita, na página 19, os seguintes versos:

> A vós, Ó Vozes, Sombras,
> Sinais da voz — aos cães e clarins das caçadas
> A voltar dos penhascos e prados rochosos
> Da arcada, *grata,* celestial ressuscitadas —
>
> [Grifos meus, para ênfase]

Talvez seja somente um erro tipográfico cometido pelo editor. Ou talvez o editor estivesse apenas transcrevendo, com zelo, um erro cometido pelo próprio Hollander, que não era apenas pesquisador, mas também poeta, e que, nesse pequeno deslize em que um "a" substitui um "u" e um "s" milagrosamente desaparecidos, revela sua própria relação ao sentido do eco. Um significado do qual Wordsworth jamais partilhou. Consideremos o texto original:

> A vós, Ó Vozes, Sombras,
> Sinais da voz — aos cães e clarins das caçadas
> A voltar dos penhascos e prados rochosos
> Da arcada, *grutas,* celestial ressuscitadas —[59]
>
> [Grifos meus, para ênfase]

Embora a poética de Wordsworth retenha as propriedades literais e permaneça dentro da jurisdição canônica do Eco, a de Hollander encontra alguma outra coisa, não exatamente "religiosa" — o que seria hiperbólico — mas "compassiva", o que, enquanto eco da humanidade, sugere o mais profundo retorno de todos.

Afora essa recorrência, alteração e comensurada referência simbólica, os ecos também revelam o vazio. Porque os objetos sempre abafam ou impedem a reflexão acústica, apenas lugares vazios são capazes de criar ecos de uma nitidez duradoura.

Ironicamente, um espaço oco apenas faz aumentar a qualidade sinistra de alheamento inerente em qualquer eco. O atraso e a repetição fragmentada criam uma noção de haver um outro que habita um lugar necessariamente deserto. É estranho como algo tão insólito e alheado do próprio eu, até mesmo fantasmagórico, como alguns sugeriram, possa conter, ao mesmo tempo, um certo conforto resiliente: a garantia de que, mesmo que seja imaginário e, na melhor das hipóteses, o produto de uma parede, ainda assim existe algo lá fora, algo para se prender na face do nada.

Hollander está equivocado quando escreve, na página 55:

> O aparente ecoar de palavras solitárias . . . [nos] lembra . . . que pode ser que o eco acústico em lugares

[59]William Wordsworth. *Os Poemas de William Wordsworth*, organização de Nowell Charles Smith, M.A., vol. 1 (Londres: Methuen and Co., 1908), p. 395. Relevante também, em algum grau, é a carta de Alice May Williams aos observadores do Monte Wilson (CAT. #0005) em que ela escreve: "Crieo que o céu se abre & se fecha em certos períodos, Quando se vê todas as nuvens cobrindo o céu até acima & além. Estas nuvens se chamam. Persianas, gelosias e varandas. Às vezs o céu se abre abaixo". Cf. *Ninguém Pode Ter o Mesmo Conhecimento Duas Vezes: Cartas ao Observatório Monte Wilson* (West Covina, Califórnia: Society for the Diffusion of Useful Information Press, 1993), p. 11.

> vazios seja um emblema auditivo bastante comum, por mais que cheire a romances góticos, ao isolamento e muitas vezes à solidão involuntária. Tal é, sem dúvida, o caso dos ecos naturais que se conformam ao papel mitográfico zombeteiro, não afirmativo, do eco. Em um salão vazio que deveria ser confortavelmente habitado, os ecos de nossas vozes e movimentos zombam de nossa própria presença no espaço oco.

Não é por acidente que os corais que cantam os salmos são quase sempre gravados com amplo efeito de *reverb*. A divindade parece ser definida pelo eco. Não importa se são os Meninos Cantores de Viena ou monges distantes em algum CD no topo das paradas, o santo é sempre do pau oco, um vazio cuja província ele parece sempre habitar. O motivo para isso não é dos mais complexos. Um eco, embora implique uma enormidade de espaço, ao mesmo tempo também o define, o limita e até mesmo temporariamente o habita.

Quando uma pedra cai no poço, é gratificante ouvi-la fazer aquele *glub* final. Se a pedra, porém, apenas deslizar pela escuridão e desaparecer sem qualquer som, o efeito é perturbador. No caso de um eco verbal, a palavra enunciada age como a pedra e a repetição subsequente como o "glub". Nesse sentido, falar pode resultar numa forma de "ver".

Apesar de todos os seus méritos, o livro de Hollander dedica apenas cinco páginas à física do som de fato. Embora aqui não seja o lugar para nos demorarmos nas belas e complexas propriedades do reflexo do som, para chegarmos até mesmo a uma compreensão vaga do formato da casa de Navidson, é de importância crucial reconhecer como as leis da física, *in tandem* com a herança mítica do eco, servem para ampliar a força interpretativa do eco.

A habilidade descritiva do audível pode ser facilmente designada pela seguinte fórmula:

⊙ Som + Tempo = Luz Acústica

Como bem sabe a maioria das pessoas versadas nos efeitos tecnológicos deste século, distâncias exatas podem ser determinadas cronometrando-se a duração da ida e retorno do som entre o objeto que o deflete e seu ponto de origem. Esse princípio serve como base para todos os radares, sonares e ultrassons usados todos os dias ao redor do mundo por controladores de tráfego aéreo, pescadores e obstetras. Ao usarem ondas sonoras ou eletromagnéticas, pode-se produzir blips visíveis numa tela, que indicam um 747, um cardume de salmões ou o vago batimento do coração de um feto.

É claro que a ecolocalização jamais pertenceu exclusivamente à tecnologia. Animais dos gêneros *Microchiroptera* (morcegos), *Cetacea* (botos e odontocetos), *Delphinis delphis* (golfinhos), bem como certos mamíferos (raposas voadoras) e pássaros (guácharos), todos se valem do som para criar imagens acústicas precisas. Porém, diferentemente de seus pares humanos, nem os morcegos nem os golfinhos exigem uma tela intermediária para interpretar os ecos. Eles apenas "enxergam" o formato do som.

Os morcegos, por exemplo, criam imagens de frequência modulada [FM] produzindo sinais de frequência constante [0,5 a 100+ ms] e sinais FM [0,5 a 10 ms] em sua laringe. Os ecos produzidos como resposta são então traduzidos na forma de descargas nervosas pelo córtex auditivo, o que permite ao morcego não apenas determinar a velocidade e direção de um inseto (por meio da interpretação sináptica do efeito Doppler), como localizá-lo pontualmente com a precisão de até uma fração de milímetro.[60]

Como apontou Michael J. Buckingham em meados da década de 1990, imagens realizadas pelo olho humano não são nem ativas, nem passivas. O olho não precisa produzir um sinal para ver, nem precisa de um objeto que produza um sinal para ser visto. O objeto precisa meramente de iluminação. Com base nessas observações, a fórmula supracitada reflete uma compreensão mais precisa da visão, com o seguinte refinamento:

⊙ Som + Tempo = Toque Acústico

Como murmura Gloucester, "Eu o vejo sentindo".[61]

Infelizmente, falta aos humanos o hardware neural sofisticado presente nos morcegos e baleias. Os cegos precisam confiar na luz débil da ponta de seus dedos e na forma dolorosa de uma topada nas canelas. A ecolocalização se resume à avaliação grosseira de simples modulações do som, seja na forma de uma bengala batendo no chão ou no grave e sombrio bater de asas de uma única e simples palavra — talvez uma palavra saída de seus lábios — arremessada pelos corredores vazios muito após a meia-noite.[62]

---

[60]Cf. D. R. Griffin, *Ouvindo no Escuro* (1986).

[61]*Rei Lear*, IV, vi, 147.

[62]Você não precisa apontar, logo para mim, a natureza intensamente pessoal desta passagem. Francamente, eu teria recomendado pular este trecho todo passando o blá-blá-blá do eco, exceto por estas seis linhas, especialmente o finalzinho "— talvez uma palavra saída de seus lábios—", que conjura, pelo menos para mim, uma daquelas profundas reações penetrantes, o tipo que erra por pouco um dos ventrículos, o velho abrindo caminho à frente – apalpando à frente –, pelas paredes, mais uma noite, um progresso lento e tedioso, mas que, de algum modo, começa a ceder, a história de sua própria criatura de treva, que me pega de completa surpresa, uma investida súbita em um dos momentos mais tediosos, as mandíbulas arreganhadas, as garras retráteis, e só para você entender o que eu quero dizer, eu considero ". . . muito após a meia noite" uma garra e "corredores vazios", outra.

Não se preocupa o Lude não engoliu essa também mas pelo menos pagou umas rodadas.

Duas noites atrás, estávamos dando uma olhada no Sky Bar, torrando dinheiro que nem doido com as bebidas, mas o Lude só conseguia dar umas tossidas pesadas e depois umas risadas bem coronárias, tipo "Jaguara, garras são feitas de osso, igual um andaime é feito de aço".

"Claro", eu respondi.

Mas fazia muito barulho lá e a multidão não deixava escutarmos nada direito. E embora eu quisesse acreditar no básico do que o Lude dizia, eu não conseguia. Havia alguma coisa de muito medonha nas enunciações do velho. Eu sentia uma terrível empatia por ele, vivendo naquele lugarzinho minúsculo, permeado pelo cheiro do tempo, piscadelas inúteis contra a escuridão. A palavra saída dos lábios dele – saída dos meus, talvez até mesmo dos seus – piorava ainda mais, ressonando dentro de mim como se fosse um sonho medonho, várias e várias vezes, modulando de leve, armando devagar as minhas próprias defesas até surgir algo inteiramente distinto, até que a música dessa recorrência destacasse minhas próprias cicatrizes, criadas há muito tempo, mais de duas décadas atrás, e usando mais do que uma garra, um estilete ou até mesmo uma antiga Samuel O'Reilly de 1891, e essas cicatrizes rasgadas, arrebentadas, sangrando e vacilantes – pois são as primeiras de todas as suas cicatrizes –, o tipo que apenas as barras de um ECG podem fazer lembrar com clareza, uma história mais precisa, ainda que incompleta, ondas Q defletidas para baixo, o que deve ser considerado o começo do complexo QRS, contando a história de um infarto anterior, aquela resistência medonha e o inevitável abandono, o fracasso que precipitou tudo isso para começo de conversa, provavelmente logo após um labirinto em chamas mas ainda anos à frente da Outra perda, uma violência horrível, antes da chegada da grande Baleia, antes do arrastar-se final, um movimento, a máquina derrapante, torcendo-se e tombando – ele mesmo queimando – anos antes do longo repouso, chegando pelo seu próprio caminho, seu próprio pesadelo, talvez até mesmo nas dobras de mais um sono desprotegido (assim que eu gosto de imaginar), asas prateadas fragmentando-se e então se espalhando como escamas de peixes arremessadas na corrente de jato, acima das nuvens e todas as aventuras épicas ainda sugeridas naquelas fronteiras delicadas, aninhadas pela luz – Outras Terras – varrendo o mundo como um sussurro, uma mão, por mais que as escamas de salmão ainda escorreguem pelas palavras com a mesma facilidade que os prismas de sal apanhados, sempre escorregam pelos dedos, cintilando, chovendo, confusos, e pouco importa o quanto é espetacular, é eternamente incapaz de evitar sua queda, caindo pela prata, o salmão, longe do ouro e da miríade de jogos contidos naquela palavrinha, sugerindo que poderia ter sido até mesmo ouro espanhol, o que não faz diferença, no entanto, ainda revirando-se em remem-, morrendo e -orado, talvez? ou nunca, sob uma luz diferente e sem despertar desta vez, antes do impacto, mas tendo passado por ele dormindo, o choque contra o chão, em velocidade terminal também, o golpe, a quicada, Que tipo de código de emergência aérea essa marca significava? a oposição de Ls? Incompreendido? Provavelmente é só o X marcando o ponto: Incapaz de Prosseguir – então naquele segundo arco pavoroso e naquela segunda descida, após o som, a percepção do que o Sono acabou de entregar, aquela aia sangrenta, desta vez seus dedos laboriosos encontram-se úmidos numa deformação fervente, vazando nas mutilações do parto, desalmada e blasfema, preta e suja de placenta, essa criança-trocada mal concebida e imunda, o que ninguém mais além dele poderia evitar, mas poderia até mesmo tê-lo causado em vez disso, e meu também, esse trauma jamais enfrentado, levando-o à consciência com um grito, nem mesmo uma palavra, um grito, e mesmo isso jamais foi ouvido, então não um grito, mas sim a apanhadura da vida, apanhada só pela vontade, nem ligar para o 911, sem qualquer ligação, apenas sua própria incompreensão da realidade que havia irrompido no salão, o silêncio então de uma mulher e um filho único, descrito ao longo de uma hora de agonia, é o que basta para abandonar, arruinado, sangrando, dilacerado, distorcido, mutilado, rasgado e moribundo também, permanentemente

O estudo da acústica arquitetônica se concentra no jogo produtivo entre o som e o design de interiores. Considere, por exemplo, o modo como um espaço fechado naturalmente amplia a pressão do som e aumenta a frequência. Embora seja geralmente difícil calcular as frequências de ressonância, também chamadas de *eigenfrequencies*, é fácil determiná-las no caso de uma sala perfeitamente retangular com paredes duras e lisas. A seguinte fórmula descreve as frequências de ressonância [*f*] em uma sala com comprimento *L*, largura *W* e altura *H*, onde a velocidade do som é igual a *c*:

$$f = {}^{c}/_{2} \left[({}^{n}/_{L})^2 + ({}^{m}/_{W})^2 + ({}^{p}/_{H})^2\right]^{1/2} \text{ Hz}$$

Repare que, se L, W e H forem iguais a ∞, *f* será igual a 0.

---

vitimado, mas faz tantos anos, anos que se passaram sem conta, sem serem vistos, reminiscentes de outra forma argêntea, tão distante e ainda assim tão cara, presa a uma corrente fria de ouro, anos a fio, este punhado de uma vida ferida, a debater-se, por fim recuperando-se sozinho até que em algum momento como uma semente concebida, nascida e crescida, a história de sua batida ferida sobrevivendo o bastante para destruir e devorar, pela simples contagem de sua queda, toda sua esperança, seu lar, seu único amor, a mera cor de sua carne e o tutano escuro de seus ossos.

"Cê tá bem Truant?", Lude perguntou.

Mas eu via um brilho estranho por toda parte, confinado às oscilações de um tom amarelo, como se a visão da minha retina de repente incluísse, junto às bênçãos refletoras da luz, um conluio fantasmagórico de cheiro & som, registrando todas as possibilidades de malefícios, toda ameaça, todo movimento, apesar de todos os sorrisos e encontros e a barulheira toda.

Mil e uma garras possíveis.

Claro que o Lude não viu. Era cego. Talvez tivesse razão, até. Passamos de carro pela Sunset e logo dobramos ao sul, rumo aos flats. Uma festa em algum lugar. Uma reunião importante de viciados em bala e cocainômanos. Lude jamais teria a sensação de como os "corredores vazios muito após a meia-noite" podem cortar a sua carne, mas não tenho certeza de que ele mesmo já não foi cortado ainda assim. Não é porque você não viu o corte que automaticamente está livre da parte do Ei-Eu-Tô-Sangrando-Aqui. Mas para sentir é preciso se importar e, quando a gente chegou ao pátio iluminado por uma luz azul e descobrimos que tinha uma motocicleta cuspindo óleo e bolhas no fundo da piscina enquanto na prancha acima dois homens enfiavam flocos de gelo nas narinas ensanguentadas de uma mulher, sem blusa, de sutiã quase transparente, eu sabia que o Lude jamais seria capaz de se importar muito com os mortos. E talvez tivesse razão. Talvez seja melhor algumas coisas a gente deixar intocadas. Claro que ele não conhecia os mortos como eu os conheço. E assim, quando ele sumiu com uma garrafa de Jack da cozinha,eu me esforcei ao máximo para acompanhá-lo. Obliterar minhas próprias cáries e covas.

Mas quando raiou a manhã, apesar da minha dor de cabeça e o vômito na camisa, eu sabia que tinha fracassado.

Dentro de mim, um longo corredor escuro já acariciava a outra música de uma única palavra e o que é pior, apesar dos divertimentos químicos, continuava a crescer.

Junto às frequências de ressonância, o estudo do som também leva em consideração a acústica de ondas, a acústica de raios, a difusão e um nível de pressão em estado estacionário, bem como a absorção do som e sua transmissão pelas paredes. Uma análise cuidadosa da dinâmica envolvida na absorção do som revela como as ondas sonoras incidentes se convertem em energia (no caso de material poroso, o arranjo sob a superfície dos interstícios traduz as ondas de som em calor). Em todo caso, acima e além dos detalhes de oscilações de frequência e flutuação de volumes — a física do "alheamento" —, o mais importante é o atraso do som.[63]

A bem da verdade, o ouvido humano é incapaz de distinguir uma onda sonora da mesma onda se ela retornar em menos de 50 ms. Portanto, para qualquer um conseguir ouvir uma reverberação, é preciso um certo espaço. A 20 graus Celsius, o som viaja a aproximadamente 344 m/s. Uma superfície reflexiva deve estar a, pelo menos, 17 m para que uma pessoa possa perceber que sua voz foi duplicada.[64]

Em outras palavras, ouvir um eco, não importando se os olhos estão abertos ou fechados, é já ter "visto" um espaço considerável.

O mito faz de Eco uma questão de anseio e desejo. A física faz de Eco uma questão de distância e projeto. No que diz respeito à emoção e à razão, ambas as alegações são precisas.

E onde não há Eco, não há descrição do espaço ou amor.

Há apenas silêncio.[65]

---

[63]Provavelmente há de se prestar maior atenção aos sabins e à Perda de Transmissão, tal como descrito pela fórmula PT = 10 log/1 τ dB, onde τ = um coeficiente de transmissão, de modo que um PT alto indica um forte isolamento acústico. Infelizmente, seria possível escrever vários longos volumes só sobre o som em *O Registro Navidson*. O mais estranho é que, com a única exceção do artigo de Kellog Pequity sobre impedimento acústico na casa de Navidson (*Science*, abril de 1995, p. 43), nada mais foi escrito acerca deste tema particularmente ressonante. Sobre o tema de coeficiência acústica, porém, cf. Ned Noi, "O Verso de Eco", in *Science News*, v. 143, 6 de fevereiro, 1993, p. 85.

[64] Superfícies paralelas criarão um eco *flutter*, mas muitas vezes uma distância de 16 mm (5/8 de polegada) já serve para evitar as múltiplas repetições.

[65]Tem mais alguma coisa agindo aqui, algum tipo antitético de raciocínio e fornecimento de evidências, mas e a luz?, tudo isso para mim fez sentido uma certa hora perto da meia-noite ou pelo menos chegou perto de fazer sentido. O problema é que o Lude interrompeu meus pensamentos quando chegou e após muita discussão (para não falar nada das doses de tequila e um belo corte de cabelo) me convenceu a dividir com ele um saco de cogumelos e apesar de ter passado mal violentamente no corredor de um 7-Eleven (eu; não ele) me levou a um after onde eu logo me engracei com uma morena de olhos verdes (a Lucy) que não tinha a menor intenção de deixar que a nossa dança terminasse na boate e até mesmo naquela dança afótica, retorcendo os lençóis, no chão do meu quarto, seus próprios traços, aquelas pernas pálidas, braços macios, as clavículas traçando a sombra de (—não consigo escrever essa palavra—), invariavelmente se tornaram envolvidos e permanentemente??? confundidos, a ponto da total substituição??? com as imagens de uma mulher que não tinha nada a ver com ela; imagens mais ou menos novas, ou então nada novas; mas que por motivos que eu desconhecia continuaram a persistir como um centro para os meus pensamentos; ela—

—encontrada pela primeira vez na companhia de Lude e do meu chefe num lugar que meu chefe gosta de chamar de O Fantasma. O problema é que na cabeça dele O Fantasma se refere na verdade a dois lugares: o Garden of Eden, em La Brea, e o Rainbow Bar Grill, na Sunset. Como ou por que isso aconteceu, é impossível dizer. Nomenclaturas privadas parecem se desenvolver rapidamente em círculos fechados e bem definidos, embora, verdade seja dita, apenas quando o tempo estava bom é que éramos bem definidos, e fechado deve ser entendido aqui num sentido mais ou menos amplo.

Como é que dá para saber, vocês podem perguntar, qual é o lugar a que ele se refere quando menciona O Fantasma?

Não dá.

Você acaba indo parar em um ou no outro. Mas nem sempre é o Rainbow. Sabe, o modo como o meu chefe define o Fantasma varia de acordo com o dia, dependendo geralmente do seu humor e apetite. Por consequência, esse "mais ou menos amplo" que eu mencionei acima deve ser riscado e reescrito como "muito, muito amplo".

Em todo caso, o que eu estou prestes a contar para vocês aconteceu numa daquelas raras noites em que todos nós de fato nos reunimos. Meu chefe estava tagarelando sobre a sua época como junkie em Londres e como ele contemplou a sobriedade e como eram essas contemplações. Em algum momento engatou uma digressão e entrou numas histórias intermináveis sobre suas experiências na Faculdade de Artes em Detroit, — o tempo todo falando, "Olha só, meu negócio com esse negócio todo do tempo era na verdade um negócio artístico ou coisa assim" — que foi então que eu peguei meu bloco de desenhos, porque não importa o que você tire desse papo besta dele, seu trabalho era impecável. Ele era um dos melhores, e todos os nativos tatuados aqui sabiam.

Verdade seja dita, eu venho esperando para ter essa chance já faz um tempo, doido para receber essa perspectiva dele fora do Estúdio sobre o meu trabalho, e quanto trabalho! — desenhos diligentes esboçados ao longo dos meses, com a intenção de um dia ganharem vida na pele, cada imagem cuidadosamente embrulhada e enroscada nas cores de cinabre, limão, céladon e índigo, encarnadas nas escamas de dragões, na madeira de antigas cruzes, escudos ostentados por gerações e deixados de lado na umbra oleosa de sangue & sombra, para não falar nada das árvores sem vida que prevalecem contra céus indiferentes ou navios colossais dormentes em sedimentos pré-históricos, quilômetros abaixo até mesmo da mais vaga sugestão de luz — pelo menos é como eu os descrevia —, cada um deles meticulosamente traçado em papel vegetal, crepitando como uma fogueira sempre que tocados, uma multidão de páginas, as quais meu chefe brevemente examinou antes de me devolver.

"Melhor fazer um curso de datilografia", ele resmungou.

Bem, que legal, eu pensei.

Pelo menos estava claro agora qual seria meu próximo passo.

Algum ato de violência se fazia necessário.

E foi assim que, antes que outra sinapse pudesse disparar na massa ruim do meu cérebro labiríntico, ele já estava apagado no chão. Ou, devo dizer, era seu corpo mutilado que estava no chão. Sua cabeça em minhas mãos. Desenroscada como se fosse a tampa de uma garrafa. Não foi tão difícil quanto eu pensei que seria. A primeira volta foi definitivamente a mais difícil, sendo necessário quebrar as vértebras cervicais e arrebentar a medula espinhal, depois disso, mais seis voltas mais ou menos, e, voilà – a cabeça tinha saído. Mel na chupeta. Agora vamos pro boliche.

Meu chefe deu um sorriso. Disse olá.

Mas não estava sorrindo, nem dizendo olá para mim.

De algum modo, ela já estava ali, em pé, na frente dele, falando com ele, lembrando coisas, tocando seu ombro, até piscando para mim e para o Lude.

Uau. De repente. Do nada.

De onde ela chegou? Ou, já que estamos fazendo essas perguntas, quando?

Claro que meu chefe não me apresentou. Só me deixou lá, boquiaberto. Eu não conseguia mais nem me imaginar arrancando a cabeça dele pela segunda vez se isso significasse perdê-la de vista. Que era uma coisa que eu não queria que acontecesse.

Por sorte, depois daquela noite, ela começou a aparecer direto no Estúdio, sempre usando aqueles óculos escuros de margarida e todas as vezes me pegando completamente desprevenido.

Ela ainda me deixa doido. Só de pensar nela agora eu já fico perdido, perdido no seu cheiro, no seu jeito e em tudo que ela conjura dentro de mim, uma invasão louca de sandice & luxúrias estranhamente abafadas, sensações sublimadas numa rapidez maior do que o que eu posso acompanhar, seu cabelo sempre me lembrando o vento de um deserto reluzente & dourado, ardendo sob o sol quente de agosto, seus quadris como os litorais do norte, os peitos subindo e descendo sob seu moletom azul do modo como faz o oceano após passar uma longa tempestade (ela sempre fica meio sem fôlego depois de subir os lances de escada que dão no Estúdio). Basta olhar para ela, mesmo agora, pelos vitrais da minha mente, que eu quero ir embora, viajar com ela, sabe-se lá para onde, algum lugar, meu desejo subitamente orientado por algo mais profundo, até mesmo desconhecido, que se derrama em mim, vindo de alguma reserva peculiar, traçando os pensamentos da viagem que faríamos, nossos pulmões cheios, arranhados pelo ar dos pinheiros, deixando algo desagradável para trás, algo que queima, na verdade todo o litoral, dezenas de milhares de hectares de floresta, é um só incêndio, mas a gente já está indo embora, fugindo, somos livres, nossas mãos machucadas pela força que fazemos para nos segurar – não sei a quê, mas ainda assim nos seguramos – e as bochechas marcadas por vento & lágrimas; e agora que eu penso nisso acho que a gente está de moto, uma Triumph?, não é essa que o Lude sempre fala que quer comprar?, subindo e buscando ares mais frios e ao mesmo tempo mais claros, e eu não sei nada de moto que dirá como pilotar uma. E lá vamos nós de novo. Ela faz isso comigo. Como eu disse, me deixa doido.

"Olá?"

Essa foi a primeira palavra que ela me disse no Estúdio. Não foi tipo um "Oi" também, mais um "Olá, tem alguém em casa?", por isso a interrogação. Eu nem estava olhando na direção dela quando ela falou, só encarando com o olhar vazio o meu bloco de desenho de papel vegetal igualmente vazio, provavelmente pensando algo parecido àqueles pensamentos abobados e ridículos que eu acabei de relatar, sobre viagens e incêndios florestais e motos, me lembrando dela, embora ela estivesse bem ali à minha frente, a apenas alguns metros de distância.

"Ô, cuzão", meu chefe gritou. "Segura a calça dela, porra. Você tem problema?"

Era preciso tomar alguma providência quanto a ele.

Mas antes que eu pudesse arremessá-lo contra a janela de vidro na rua lá embaixo, ela sorriu e me entregou suas havaianas rosa-choque e a calça de moletom Adidas. Meu chefe teve sorte. Aquela criatura magnífica havia acabado de salvar sua vida.

Grato, eu recebi as suas roupas, segurando-as pela ponta dos dedos como se fossem as vestes sagradas concedidas a mim pela própria Virgem Maria. A parte difícil, para mim, era tentar não ficar encarando demais as pernas dela. Bem complicado. Quase impossível, ainda mais com ela daquele jeito, em pé ali de fio dental preto, seus pés descalços suando no chão nu.

Eu me esforcei ao máximo para sorrir de um jeito que escondesse o meu maravilhamento.

"Obrigado", eu disse, com a impressão de que deveria me ajoelhar.

"Obrigada eu", ela insistiu.

Aquelas foram a segunda e a terceira palavras que ela me dirigiu na vida, e uau não sei por quê, mas sua voz disparou na minha cabeça como uma sinfonia. Uma grande sinfonia. Uma porra de uma grande e melodiosa sinfonia. Sei lá o que eu estou dizendo. Sei merda nenhuma de sinfonias.

"Qual seu nome?" O total agora chegava ao número impossível de seis palavras.

"Johnny", murmurei, ganhando prontamente mais quatro palavras. E gratuito assim.

"Muito prazer em conhecer", ela disse de um jeito que parecia um salmo. E embora claramente gostasse do efeito que tinha sobre mim, ela deu as costas com uma piscadela, deixando-me sozinho para refletir e talvez rezar.

Pelo menos eu tinha recebido dez palavras dela, "olá obrigada eu qual seu nome muito prazer em conhecer". Caralho, dez palavras. Uau. Uau. Uau. E embora possa ser difícil para vocês acreditarem, eu estava emocionado de verdade. Mesmo após ela sair do Estúdio, mais ou menos uma hora depois, eu ainda estava considerando seriamente a ideia de pedir a todas as grandes religiões para que a deificassem.

Na verdade eu estava tão envolvido em pensar nela que houve um momento em que nem sequer consegui reconhecer meu chefe. Eu não tinha absolutamente a menor ideia de quem ele era. Só fiquei encarando e pensando comigo mesmo, "Quem é esse mutante imbecil e como diabos ele veio parar aqui?", o que, pelo visto, eu não pensei não e sim disse, em voz alta, por acidente, o que causou todo tipo de desgraça depois, mas não vale a pena falar disso agora.

Breve nota aqui: se você achar que essa minha queda — barra — tesão é difícil de aguentar; se você nunca teve uma experiência parecida, pois se conforme com o fato de que você tem um pacote de comida de micro-ondas no lugar do coração e talvez devesse pensar em se enfiar num micro-ondas e ligá-lo na potência máxima durante uma hora, no mínimo, o tipo de coisa que, se você pensar mesmo, só serve para mostrar o tipo de idiota que você é, porque o micro-ondas é pequeno demais para caber qualquer pessoa, que dirá você.

Segunda breve nota: se este último parágrafo não se aplica a você, pode pular e avançar até a próxima parte.

Quanto ao nome real dela, isso eu ainda não sei. Ela trabalha de stripper em algum lugar perto do aeroporto. Tem uma dúzia de nomes. Na primeira vez que ela entrou no Estúdio, era para retocar uma de suas tatuagens. "A um centímetro da minha buceta perfeitamente depilada", ela anunciou, como se nada fosse, adicionando depois, meio se fazendo de modesta, pondo dois dedos sob o fio dental e puxando-o de lado, sem necessidade de piscar desta vez: "O Lugar Mais Feliz do Mundo".

Basta dizer que o segundo em que eu vi aquele coelhinho foi o segundo em que eu comecei a chamá-la de Tambor.

Admito que parece meio estranho, até para mim, me dar conta de que, mesmo após quatro meses terem se passado, ela ainda não sai da minha cabeça. O Lude certamente não entende. Primeiro — porque eu me apaixonei por uma stripper: "'comer uma stripper' e 'se apaixonar por' são coisas muito diferentes, Jaguara. A primeira coisa é algo que você deve fazer o máximo que puder. A segunda é algo que você não deve fazer nunca, nunca"; e, segundo — porque ela é mais velha que eu. "Se for cair de quatro por uma stripper", ele aconselha. "Que seja pelo menos por uma mais nova. Elas são mais sexy e menos arriadas." O que é verdade, ela tem uns bons seis anos a mais que eu, mas o que eu posso dizer? Estou arrebatado; eu amo o quanto ela parece nunca ter perdido o encanto por esse festival que é a vida, sem a menor reserva ou a mais remota vergonha sobre quem ela é ou o que ela faz, sempre tagarelando sem parar, contando ao meu chefe da sua criança, que já tem 3 anos de idade, seus namorados, o troco a mais que ela tira batendo punheta para os clientes, seus onze anos de sobriedade, suas palavras sempre acabam dando aquela impressão que dá quando a gente acorda bem acordado, tudo nela acorda a cada momento, vívida diante do mundo e suas oportunidades excêntricas, uma súbita sagração da primavera, a primavera da Tambor, embora a primavera já não seja prima, mas ainda vera, coelhinho levantou a lebre, e agora abril afana abril se ufana abril engana, enganado o bobo na casca do ovo, e mais uma vez, este ano varonil, eu o bobo enganado no primeiro de abril.

É, eu sei, eu sei. Essa porra já está ficando ridícula.

Pior ainda, eu sei que vai continuar assim durante anos, talvez décadas.

E, apesar disso, saca só, até hoje eu jamais dirigi uma palavra a ela. Também não tenho uma explicação decente para o meu silêncio. Talvez seja o meu chefe e o seu olhar de cão de guarda. Talvez seja ela. Suspeito que seja ela. Toda vez que nos visita (mas admito que não foram muitas visitas), é uma coisa avassaladora. Não importa que ela me dê uma piscadela e até mesmo uma risada a plenos pulmões quando eu a chamo de "a Tambor", "Oi Tambor", "Tchau Tambor", as únicas palavras que eu consigo encontrar, ela ainda existe para mim de verdade apenas como uma estranha mescla de devaneio e do limiar do dia presente, e com isso quero dizer que é um tipo de ícone ou idílio, sem passado ou futuro, por algum motivo proibida para mim, mas inacreditavelmente, talvez inaceitavelmente sedutora, sua imagem como uma marca permanente, fixada dentro de mim, mas não é uma coisa nova, mais como se sempre estivesse lá, embora eu saiba que não é o caso, e desde a noite passada chegou a se envolver, a se misturar e por fim substituí-la completamente com a (—não consigo escrever a palavra—) da—

—os olhos faiscantes da Tambor, seus lábios desejosos, seus gemidos arrasadores de coração, aqueles que eu imaginei, uma lista contínua, tão minuciosa e perturbadora que muito depois, quando eu catei os lençóis, úmidos de sexo, gelados de repouso, eu não sabia quem estava ao meu lado (———), e vendo esta estranha, o receptáculo dos meus sonhos, eu me retirei para o banheiro, para o chuveiro, para minha mesa, com alarde e desprendimento o suficiente para lhe comunicar um pedido bastante injusto, mas coitada dela que o ouviu e se vestiu sem dizer palavra, pediu uma escova de cabelo sem o menor sorriso e foi embora sem me dar um beijo, deixando-me sozinho para que eu retornasse a este trecho onde descobri os princípios de uma sensação há muito tempo tomada de mim e espalhada, e desviando-me rumo ao que eu acho que acabou sendo mais uma digressão incorrigível.

Talvez quando eu terminar eu lembre o que é que eu queria dizer, para começo de conversa.[66]

[66]O Sr. Truant se recusou a fornecer qualquer comentário adicional sobre este trecho em particular. — Eds.

Como revelam a fita e o filme, no mês após a expansão das paredes que encerram as prateleiras, Billy Reston fez várias viagens até a casa, onde, apesar de todos os esforços em contrário, seguiu confirmando a impossibilidade espantosa de uma dimensão interior maior que a exterior.

Navidson engenhosamente captura a frustração mental de Reston ao enfatizar os impedimentos físicos que seu amigo precisa enfrentar dentro de uma casa que não foi projetada para deficientes. Como a área em questão é a suíte principal, Reston precisa subir as escadas toda vez que deseja inspecionar a área.

Na sua primeira visita, Tom se voluntaria para tentar carregá-lo.

"Não será necessário", Reston resmunga, descendo de sua cadeira de rodas sem o menor esforço e se arrastando até o segundo andar usando apenas os braços.

"Bacanas seus bíceps, hein, brother..."

O engenheiro está apenas um pouco sem fôlego.

"Pena que você esqueceu a sua cadeira", Tom acrescenta, com um tom seco na voz.

Reston olha para cima descrente, um pouco surpreso, até mesmo um tanto chocado, então dá uma gargalhada.

"Muito bem... e vai tomar no cu."

No fim, é Navidson quem leva a cadeira de rodas para cima.[67]

Ainda assim, não importa quantas vezes Reston siga rodando do quarto das crianças à suíte principal, nem o quanto ele examine cuidadosamente o estranho espaço do closet, as prateleiras ou várias ferramentas que Tom e Will

[67]Ontem eu consegui falar com a Maus Fife-Harris pelo telefone. Ela é candidata a um doutorado em Literatura Comparada na UC Irvine e aparentemente sempre reclamou dos vastos trechos narrativos que o Zampanò insistia que ela anotasse. "Eu lhe dizia que esses trechos eram inadequados para uma obra crítica e que, se ele fosse meu aluno, eu iria tirar nota por isso. Mas ele só dava risada e continuava. Me perturbava um pouco, mas o sujeito não era meu aluno e era cego e idoso, então por que me incomodar? Mas ainda assim eu me incomodava, por isso sempre reclamei quando ele pedia para escrever mais um novo pedaço narrativo. 'Por que você não me dá ouvidos?', eu perguntei certa vez. 'Você está escrevendo igual calouro.' E ele respondeu — eu lembro disso distintamente: 'Nós sempre estamos procurando doutores, mas às vezes temos sorte de encontrar um <u>bixo</u>.' E então ele riu de novo e seguiu em frente." Se querem saber, é um bom modo de reagir, inclusive a este livro todo.

tentaram usar para medir a casa, ele continua incapaz de fornecer uma explicação razoável para aquilo a que se refere como "um maldito estupro espacial".

Por volta do mês de junho — como indicam as datas na fita Hi 8 —, o problema permanece sem solução. Tom, porém, se dá conta de que não pode ficar mais tempo lá e pede a Reston que o leve até Charlottesville, onde pode arranjar uma carona até Dulles.

É uma manhã ensolarada de verão quando observamos Tom sair da casa. Ele dá um breve beijo de despedida em Karen e então se ajoelha para dar de presente a Chad e Daisy um par amarelo-neon de pistolas de plástico, daquelas que atiram dardos.

"Lembrem-se, crianças", ele diz, com a voz severa. "Não atirem um no outro. Mirem nas coisas frágeis e caras".

Navidson dá um longo abraço no seu irmão.

"Vou sentir saudades, cara."

"Você tem telefone", Tom dá um sorrisinho.

"Ele toca, até", Navidson acrescenta, sem perder tempo.

Embora não haja dúvida de que o tom desse diálogo é jocoso e talvez até mesmo levemente agressivo, o que mais importa não foi dito. O modo como as bochechas de Tom ardem com um onda súbita de rubor. Ou o modo como Navidson tenta, rapidamente, tirar algum cisco do olho. Certamente a longa cena de Tom arremessando sua bolsa esportiva no porta-malas de Reston e dando tchauzinho para a câmera nos revela o afeto que Navidson sente por seu irmão.

Curiosamente, após a partida de Tom, a comunicação entre Navidson e Karen começa a sofrer uma deterioração radical.

Um silêncio incomum recai sobre a casa.

Karen se recusa a falar sobre a anomalia. Ela prepara café, liga para sua mãe em New Jersey, prepara mais café e acompanha o mercado imobiliário nos classificados.

Frustrado pela sua indisposição em discutir as implicações de sua estranha moradia, Navidson se retira para o escritório do andar inferior, onde revê fotografias, fitas e chega até — como revelam certas cenas — a compilar uma lista de possíveis especialistas, agências do governo, jornais, periódicos e programas de televisão que eles poderiam querer contatar.

Em uma coisa, pelo menos, ele e Karen concordam: os dois querem que as crianças fiquem longe da casa. Infelizmente, nem Chad nem Daisy tiveram uma oportunidade real de fazer novos amigos na Virgínia, por isso ficam só eles, brincando no quintal, gritando, berrando, cutucando-se com os dardos de plástico até se afastarem cada vez mais longe na vizinhança, durante intervalos cada vez maiores de tempo.

Nem Karen, nem Navidson parecem perceber isso.

A alienação das crianças enfim se torna aparente ao casal durante uma noite de meados de julho.

Karen está no andar de cima, sentada na cama brincando com um baralho de tarô. Navidson está no andar de baixo, no escritório, examinando vários slides que voltaram do laboratório. Na TV, as notícias sobre a anulação do veredito no caso Oliver North. No fundo, podemos ouvir Chad e Daisy soltando gritos estridentes sobre alguma coisa, suas vozes atravessando a casa, a música forçosa de sua brincadeira que ameaça tornar-se uma briga a qualquer instante.

Com uma exímia aplicação da técnica de *cross-cutting*, Navidson representa como é que ele e Karen reagem ao momento seguinte. Karen puxa mais uma carta do baralho, mas em vez de somá-la à cruz que aos poucos se forma diante de suas pernas cruzadas, a imagem oculta paira no ar, sem ser vista, congelada entre seus dois dedos, os olhos de Karen já distraídos, concentrando-se num som, um novo som, quase fora de alcance, mas que ainda assim chega a seus ouvidos. Navidson está bem mais perto. Os gritos das crianças lhe dizem, num instante, que elas passaram dos limites.

Karen acabou de começar a descer as escadas, chamando Chad e Daisy pelo nome, seu pânico e agitação crescem a cada passo, quando Navidson sai em disparada do escritório e corre até a sala de estar.

É quase impossível não captar as implicações aterrorizantes dos gritos das crianças. Nenhum cômodo da casa tem um comprimento maior do que sete metros e meio, que dirá quinze, dezessete metros, e apesar disso as vozes de Chad e Daisy fazem eco, cada chamado encontrando uma resposta inteiramente à parte.

Na sala de estar, Navidson descobre os ecos que emanam de um corredor escuro, sem porta, que apareceu do nada na parede oeste.[68] Sem hesitar, Navidson mergulha nele atrás das crianças. Infelizmente a câmera Hi 8 da sala não pode acompanhá-lo, e Karen menos ainda. Ela está parada no limiar, congelada, incapaz de se obrigar a adentrar a escuridão rumo ao vago bruxulear de luz que a espera lá dentro. Por sorte, ela não precisa esperar muito. Navidson logo reaparece com Chad e Daisy, um em cada braço, ambos ainda segurando uma vela caseira, seus rostos iluminados como se fossem duendes em uma noite de inverno.

Este é o primeiro sinal da invalidez crônica de Karen. Até o momento nunca houve a menor indicação de que ela sofresse de uma claustrofobia paralisante. Por volta do momento em que Navidson e as duas crianças já estão sãos e salvos na sala de estar, Karen está ensopada de suor. Ela abraça e se agarra nelas como se tivessem acabado de evitar, por pouco, algum destino terrível, mas nem Chad nem Daisy parecem perturbados por sua pequena aventura. Na verdade, os dois querem voltar lá. Talvez por conta da perturbação evidente no rosto de Karen, Navidson concorda em proibir a entrada, pelo menos temporariamente, nesse novo anexo da casa.

Karen não larga de Navidson pelo resto da noite. Mesmo após os dois entrarem embaixo das cobertas, ela ainda não larga a sua mão.

"Navy, promete para mim que você não vai entrar lá de novo."

"Vamos ver se o corredor vai estar lá ainda de manhã."

"Vai estar, sim."

Ela deita a cabeça no peito dele e começa a chorar.

"Eu te amo tanto. Promete para mim, por favor. Por favor."

Não dá para saber se é esse rubor duradouro de terror que ainda colore as bochechas de Karen ou se é sua carência absoluta, tão notavelmente distinta de sua postura frequentemente apática, mas Navidson a envolve em seus braços como se ela fosse uma criança e dá sua palavra.

Desde o lançamento de *O Registro Navidson*, Virginia Posah vem escrevendo longamente sobre os anos de adolescência de Karen Green.

---

[68]Tem um problema aqui no que diz respeito à localização de "O Corredor de Cinco Minutos e Meio". Inicialmente, a entrada era para ser na parede norte da sala de estar (página 4), mas agora, como vocês podem ver, a posição foi alterada. Talvez seja um erro. Talvez haja alguma lógica. Não faço a mais puta ideia. As suas suposições são tão válidas quanto as minhas.

Um pequeno volume de Posah, intitulado *Poço dos Desejos* (Cambridge, Massachusetts: Harvard University Press, 1996), é uma das poucas obras que, embora baseadas na experiência de Navidson, ainda conseguem se sustentar com base nos próprios méritos, para além da relação com o filme.

Tendo estudado um leque impressionante de autoras, que vão desde Kate Chopin, Sylvia Plath, Toni Morrison, a *Autobiografia de uma menina esquizofrênica: a história real de "Renee"*, os livros de Weetzie Bat, de Francesca Block, até *O Resgate de Ofélia,* de Mary Phipher, e, mais importante, *Uma voz diferente: psicologia da diferença entre homens e mulheres da infância à idade adulta*, de Carol Gilligan, que foi um marco na área, Posah já dedicou centenas de horas à pesquisa sobre os primeiros anos de vida de Karen Green, analisando as forças culturais que moldaram sua personalidade, por fim desvelando uma diferença notável entre a criança que ela foi e a mulher que enfim se tornou. Em sua introdução (página xv), Posah fornece uma breve visão geral:

> Quando Diderot disse à jovem Sophie Volland, "Você vai morrer aos quinze", ele poderia estar se referindo a Karen Green, que de fato aos quinze morreu.
>
> Ver Karen criança é uma experiência quase tão fantasmagórica quanto a da própria casa. Velhas filmagens de família capturam seu ardor atlético, seus sorrisos sem reservas, o espírito de menina moleca que a leva a correr pelo leito lodoso de um lago recém-drenado. Ela é esquisita, meio desajeitada, mas raramente demonstra vergonha, mesmo quando coberta de lama.
>
> Ex-professores afirmam que ela com frequência expressava um desejo de ser presidente, física nuclear, cirurgiã e até mesmo jogadora de hóquei profissional. Todas as suas escolhas refletiam uma autoconfiança inabalável — um indício notavelmente salutar para uma menina de treze anos.
>
> Além de ter um desempenho fenomenal nas atividades do colégio, ela também era excelente nas extracurriculares. Adorava planejar festas surpresa, trabalhar em produções escolares e, em certas ocasiões, chegou mesmo a enfrentar um valentão da escola com socos e tudo. Karen Green era uma menina exuberante, corajosa, encantadora, independente, espontânea, meiga e, mais que tudo, destemida.
>
> No ano em que completou seus quinze, tudo isso tinha desaparecido. Agora ela mal falava na sala. Recusava-se a participar de qualquer evento da escola e, em vez de discutir seus sentimentos, curvava-se ao mundo com um sorriso duro e treinado até chegar à perfeição.
>
> Aparentemente — se podemos acreditar em sua irmã —, Karen passou todas as noites do seu 14º ano praticando aquele sorriso na frente de um espelhinho de cabo de plástico. Tragicamente, sua criação acabou revelando-se impecável e, embora seu comportamento quase afônico devesse ser alarmante para qualquer professor ou conselheiro mais experiente, ele foi invariavelmente recompensado pelo prêmio pírrico da popularidade escolar.

Posah prossegue discutindo os aspectos culturais e as consequências da beleza, mas esses detalhes em particular são os mais perturbadores, sobretudo à luz do fato de que pouco dessa história aparece no filme.

Considerando a cobertura substancial presente em *O Registro Navidson*, descobrir uma omissão tão gritante é motivo para inquietação. Apesar da enorme quantidade de gravações caseiras obviamente disponíveis, as calamidades do passado ainda assim não aparecem, por algum motivo. A vida pessoal de Karen, para não falar nada da vida pessoal dele, claramente incomodava demais a Navidson, a ponto de ele não conseguir retratar, no filme, nenhuma das duas coisas particularmente bem. Em vez de mergulhar nas questões patológicas da claustrofobia de Karen, Navidson optou por manter o foco estritamente na casa.[69]

---

[69]Felizmente, alguns anos antes de *O Registro Navidson* ter sido feito, Karen participou de um estudo que prometia avaliar e possivelmente tratar seus medos. Após o filme ter se tornado um tipo de fenômeno, esses resultados vieram à tona e acabaram sendo publicados em diversos periódicos. A *Anomic Mag*, de Berkeley (v. 87, n. 7, abril, 1995) oferece o relato mais abrangente desse estudo, no que diz respeito a Karen Green:

> . . . Paciente #0027-00-8785 (Karen Green) sofre de ataques severos de pânico ao confrontar espaços escuros e fechados, geralmente desconhecidos e desprovidos de janelas (e.g. um quarto escuro em um prédio estranho). Os ataques são caracterizados consistentemente por (1) aumento dos batimentos cardíacos (2) sudorese (3) tremores (4) sensação de sufocamento (5) sensação de engasgo (6) angina (7) tontura severa (8) desrealização (sentimentos de que a situação não é real) e enfim despersonalização (sentir-se desconectada de si mesma) (9) culminando em um intenso medo de morrer. Cf. DSM-IV "Critérios para Ataques de Pânico" . . . Diagnóstico — paciente sofre de Fobia Específica (previamente referida como Fobia Simples); do tipo Situacional. Cf. DSM-IV "Critérios Diagnósticos para 300.29 Fobia Específica" . . . Dado o fracasso, até o momento, de técnicas cognitivo-comportamentais para modificar as perspectivas sobre os estímulos causadores de ansiedade, a paciente foi considerada uma voluntária ideal para os estudos correntes de farmacoterapia . . . Inicialmente a paciente recebeu entre 100-200 mg/dia de Tofranil (Imipramina). Por não ter demonstrado melhora, essa dosagem foi substituída por um bloqueador beta-adrenérgico (Propranolol). Um aumento nos relatos de pesadelos vívidos a levou a substituir a receita, mais uma vez, pela IMAO (Inibidora da Monoaminaoxidase) Tranilcipromina. Ainda insatisfeita com os resultados, a paciente mudou para a ISRS (Inibidora Seletiva de Recaptação de Serotonina) Fluoxetina, comumente conhecida como Prozac. A paciente respondeu bem e logo demonstrou um aumento em sua tolerância à exposição intencional a espaços escuros e enclausurados. Infelizmente houve um ganho de peso moderado e uma disfunção orgástica que a levaram a abandonar o estudo . . . A paciente aparentemente confia, no momento, em seus próprios mecanismos de defesa à fobia, preferindo manter distância de espaços enclausurados e desconhecidos (i.e. elevadores, porões, closets estranhos etc. etc.), embora, eventualmente, quando os ataques se tornam "mais frequentes" . . . ela retorne ao Prozac por breves períodos de tempo . . . Cf. o artigo de David Kahn, "Fobias Simples: O Fracasso da Intervenção Farmacológica"; cf. também os resultados da paciente na Escala de Ansiedade de Sheehan, bem como a Escala de Fobia de Sheehan.[70]

É claro que, na manhã seguinte, Karen já tomou seu desespero nas mãos e o moldou até transformá-lo numa pose de indiferença com a qual já estamos familiarizados.

Ela não parece se importar ao descobrir que o corredor não desapareceu. Mantém os braços cruzados, sem agarrar a mão de Navidson, nem fazer carinho nas crianças.

Sem dizer quase nada, ela se retira da companhia da família, ao mesmo tempo em que, com um sorriso, mantém a fachada de participação.

Virginia Posah está correta. O sorriso de Karen é trágico, porque, apesar de seu significado, ele consegue permanecer absolutamente belo.

O Corredor de Cinco Minutos e Meio d'*O Registro Navidson* tem leves diferenças em relação à cópia pirata que circulou em 1990. Uma das coisas é que, além de uma cena contínua de circum-ambulação, há uma seleção mais ampla de cenas que confere à cobertura da sequência um caráter mais fluido e minucioso. Outro motivo é que o corredor encolheu. Isso é impossível de observar na cópia em VHS, porque não há como comparar, mas então fica perfeitamente nítido que o corredor cuja profundidade passava de vinte metros agora tem um pouco menos de três.

O contexto também altera "O Corredor de Cinco Minutos e Meio" de forma significativa. Há uma presença mais forte do casal Navidson com seus amigos, e o modo como eles interagem com a casa acrescenta maior profundidade a esse enigma que aos poucos vai evoluindo. Suas personalidades quase dão a impressão de que há uma multidão ali, e eis que de repente também, com um corte súbito, voltam Tom do Massachusetts e Billy Reston de Charlottesville, e o professor da UVA mais uma vez aparece rondando a periferia do enquadramento, incapaz de tirar os olhos do estranho e obscuro corredor.

Diferentemente de *Além da Imaginação*, no entanto, ou qualquer outro entretenimento semelhante em que o entendimento do fenômeno chega rápido e mastigadinho (i.e. Esta é claramente uma porta para outra dimensão! ou Esta é uma passagem para outro mundo — com instruções!), o corredor não oferece qualquer resposta. O monolito em *2001* parece ser o análogo cinematográfico mais adequado, inegavelmente presente, mas virtualmente inviolável à interpretação.[71] De forma semelhante, o corredor também permanece desprovido de sentido, embora, claro, não sem efeito. No que Navidson ameaça adentrá-lo de novo, para inspecioná-lo melhor, Karen reitera seu pedido e seu aviso anteriores com uma voz bruscamente mais aguda.

Embora o relato pareça suficientemente completo, admite-se que há um ponto específico que ainda causa absoluta perplexidade. Outras publicações repetem *ipsis litteris* a frase ambígua, mas são incapazes de esclarecer o sentido exato dessas oito palavras: "eventualmente, quando os ataques se tornam 'mais frequentes'". Parece evidente a implicação, ao menos, de que as vicissitudes na vida de Karen, sejam quais forem, afetam sua sensibilidade ao espaço. Em seu artigo "(Côn)juge", publicado na *The Psychology Quarterly* (v. 142, n. 17, dezembro de 1995, p. 453), a dra. Celine Berezin observa que "os ataques de Karen, que eu suspeito que derivem de uma traição sofrida no começo da adolescência, aumentam proporcionalmente com o nível de intimidade — ou até mesmo a ameaça de uma intimidade em potencial — vivenciado com Will Navidson ou até mesmo com seus filhos".

Conferir também a obra de Steve Sokol e Julia Carter, *Mulheres Que Não Conseguem Amar: quando o medo de uma mulher a faz fugir do compromisso e o que um homem inteligente pode fazer quanto a isso* (New Hampshire: T. Devans and Company, 1978).

[70] Cf. Amostra Seis.

[71] Considere a obra "Passagem do Verão", de Drew Bluth, in *Architectural Digest*, v. 50, n. 10, outubro de 1993, p. 30.

A tensão que se segue não é apenas temporária.

Navidson sempre foi um aventureiro, disposto a arriscar sua segurança pessoal em nome de suas conquistas. Karen, por outro lado, permanece a típica pessoa responsável, sendo categoricamente oposta a correr riscos, ainda mais aqueles que possam ameaçar sua família e sua felicidade. Tom também é avesso a perigos, preferindo entregar o problema para outra pessoa, idealmente um policial, bombeiro ou outro oficial pago pelo Estado. Sem som ou movimento, apenas pela sua presença, o corredor cria um sério abismo que divide a casa dos Navidson.

Bazine Naodook sugere que o corredor emana uma "força criadora de conflitos": "São aquelas paredes sebosas, irradiando ruindade, que manobram Karen e Will para que entrem em mais uma briga sem sentido".[72] O argumento de Naodook revela uma mente das mais tediosas. Ela sente a necessidade de inventar alguma "força sinistra" inexistente para dar conta de toda a má vontade entre o casal, em vez de reconhecer a perigosa influência que o desconhecido naturalmente exerce sobre todos.

Passam-se algumas semanas. Karen se indaga ainda sobre a experiência, em privado, mas não diz muito. A única indicação de que o corredor de algum modo invadiu seus pensamentos é o seu interesse recém-descoberto pelo Feng Shui. No filme, conseguimos distinguir alguns títulos jogados aqui e ali pela casa, incluindo *Os Elementos do Feng Shui*, de Kwok Man-Ho e Joanne O'Brien (Element Books: Shaftesbury, 1991), *Manual de Feng Shui: Um Guia Prático à Geomancia Chinesa e Harmonização de Ambientes*, de Derek Walters (Aquarian Press, 1991), *Feng Shui: Decoração de Interiores*, de Sarah Rossbach (Rider, Londres, 1987) e *I-Ching: ou o Livro das Mutações*, 3ª edição, tradução de Richard Wilhelm (Routledge & Kegan Paul, 1968).

Há um momento especial de ternura quando Chad se senta com sua mãe na cozinha. Ela está ocupada determinando o número Kua (um cálculo baseado na data de nascimento) de todos da família, enquanto prepara, com grande cuidado, um sanduíche de mel e manteiga de amendoim.

"Mamãe", Chad diz, com uma voz baixa, após um tempo.

"Hmm?"

"Como que eu faço pra virar presidente quando crescer?"

Karen desvia o olhar, até então fixado no caderno. De forma bastante inesperada e com a mais simples das perguntas, seu filho consegue comovê-la.

"Você estuda muito no colégio e continua o que está fazendo, aí você vai poder ser o que quiser."

Chad sorri.

"Quando eu for presidente, posso fazer você ser a vice?"

Os olhos de Karen brilham de tanto carinho. Deixando de lado seus estudos de Feng Shui, ela chega até Chad e lhe dá um beijo na testa.

"Que tal Secretária de Defesa?"

Enquanto tudo isso acontece, Tom faz valer sua estadia instalando uma porta para fechar o corredor. Primeiro ele monta o batente de madeira usando algumas das ferramentas que trouxe de Lowell e mais outras alugadas da loja de ferragens local. Então ele pendura uma única porta revestida com chapa de aço galvanizada, bitola 24, cujo desempenho acústico é classificado segundo o código ASTM E413-70T-STC 28. Por fim, mas de forma não menos importante, ele instala quatro fechaduras

[72] Bazine Naodook, *A Parede do Bodhi do Mal* (Marina Del Rey: Bix Oikofoe Publishing House, 1995), p. 91.

de segurança Schlage, com quatro chaves separadas e codificadas por cor: vermelho, amarelo, verde e azul.

Por algum tempo, Daisy lhe faz companhia, mas é difícil determinar se o que a deixa mais transfixada é o próprio Tom ou o corredor. Em certo momento ela caminha até o umbral e deixa escapar um gritinho, mas a voz é abafada e se dissipa no corredor estreito.

É visível o quanto Tom parece aliviado quando enfim fecha a porta e vira as quatro trancas. Infelizmente, ao virar a última chave, o som que a acompanha lhe parece familiar. Ele agarra a cahve vermelha e tenta de novo. Conforme a tranca se encaixa na fechadura de segurança, o clique resultante cria um eco inesperado que não é nada bem-vindo.

Devagar, Tom destranca a porta e olha lá dentro.

De algum modo e por algum motivo, a coisa tinha crescido de novo.

Navidson abre a porta ele mesmo, em períodos intermitentes, e encara o corredor, às vezes usando uma lanterna, às vezes apenas encarando a escuridão em si.

"O que que eu faço com uma coisa dessas?", Navidson pergunta a seu irmão certa noite.

"Se muda", Tom responde.

Infelizmente, mesmo com aquela escuridão antinatural agora trancafiada atrás de uma porta de aço, Karen e Navidson continuam dizendo muito pouco um ao outro, seus próprios sentimentos sendo-lhes tão impenetráveis quanto o significado do corredor em si.

Chad acompanha a mãe numa viagem à cidade em que ela procura vários objetos de Feng Shui que prometem transformar a energia do lar, ao passo que Daisy segue o pai pela casa enquanto ele corre de um cômodo a outro, falando no telefone com Reston, um tom de voz veemente, tentando elaborar algum modo viável e aceitável de investigar esse fenômeno que os espreita na sala de estar, até que enfim, no meio disso tudo, ele põe a filha nos seus ombros. Infelizmente, assim que Karen retorna, Navidson desce Daisy de volta ao chão e se retira ao seu escritório para continuar as discussões sozinho.

Conforme as tensões domésticas vão se revelando mais pesadas do que ele é capaz de suportar, Tom se refugia na garagem, onde trabalha um pouco na casa de bonecas que começou a construir para Daisy,[73] até precisar fazer uma pausa, escapando até o quintal para se chapar e se bronzear ao sol, caminhando pontualmente pelo pedaço do gramado que o corredor deveria, para todos os intentos e propósitos, ocupar. Antes que muito tempo se passe, Chad e Daisy já estão, ambos, se acomodando ao lado desse grande urso que ronca embaixo da árvore e, embora tentem amarrar os cadarços dos seus sapatos um no outro, fazer cócegas nas suas narinas com longas folhas de capim ou usar um espelho para refletir o sol no seu nariz, é notável como Tom mantém a paciência. Ele quase parece gostar do quanto os dois aprontam, resmungando, bocejando, entrando na brincadeira, prendendo os dois com um mata-leão, Chad e Daisy dando risadas histéricas, até que os três caem exaustos, tirando uma soneca ao pôr do sol.

Considerando-se a complexidade da relação entre Karen e Navidson, sorte a nossa que a nossa interpretação não é o único caminho para compreender os seus problemas. Alguns de seus respectivos pontos de vista e sentimentos constam no vídeo-diários.

[73]Cf. Lewis Marsano, "O Abrigo de 1865 de Tom", in *This Old House*, setembro/outubro, 1995, p. 87.

"Sexo, sexo, sexo", Karen sussurra para a câmera portátil. "Quando a gente chegou era como se tivéssemos acabado de nos conhecer. As crianças saíam e a gente trepava na cozinha, no chuveiro. Até na garagem. Mas desde que a coisa no closet apareceu, eu não consigo mais. Não sei por quê. A coisa me deixa aterrorizada."

Sobre esse mesmo assunto, Navidson oferece uma perspectiva semelhante: "Quando nos mudamos para cá, a Karen parecia uma universitária. A qualquer lugar, a qualquer hora. Agora de repente ela não se deixa ser tocada. Eu vou dar um beijo, e ela praticamente começa a chorar. E tudo começou quando voltamos de Seattle".⌜⌟

Mas a divisão entre os dois não é apenas física.

Karen de novo: "Será que ele não enxerga que se eu não quero que ele entre lá é porque eu o amo? Não precisa ser nenhum gênio para ver que tem algo muito ruim naquele lugar. Navy, você não vê isso?".

Navidson: "A única coisa que eu quero fazer é entrar lá, mas ela bateu o pé e não deixa, e eu a amo, por isso não faço, só que, olha... isso está me matando. Talvez seja porque eu sei que a coisa toda gira em torno dela, os seus medos, as suas ansiedades. Ela sequer considerou as coisas que me preocupam".

Até que finalmente a falta de intimidade física e de compreensão emocional leva os dois a lançarem seus ultimatos, expressos em segredo.

Karen: "Mas vou dizer uma coisa, se ele entrar lá, eu vou embora daqui. Com as crianças e tudo".

Navidson: "Se ela continuar me dando esse gelo, pode apostar que eu vou entrar lá".

Então, uma noite no começo de agosto, ______________[74] e ______________, ambos igualmente famosos, vieram para um jantar. Foi uma completa coincidência que os dois estivessem em D.C. ao mesmo tempo, mas nenhum deles parece se incomodar com a presença do outro. Como disse ______________, "Amigo do Navy é amigo meu". Navidson e Karen conhecem os dois há alguns anos, por isso é uma noite leve e cheia de histórias divertidas. Claramente Karen e Navidson apreciam a oportunidade de relembrar um pouco os bons tempos, quando as coisas pareciam bem menos complicadas.

Talvez um tanto deslumbrado diante de convidados famosos, Tom fala muito pouco. Oportunidade para tomar vinho não falta, mas ele prefere ficar só na água, embora peça licença uma vez ou outra para ir fumar um baseado lá fora (muito para a surpresa e deleite de Tom, ______________ vem fumar também.)

Conforme a noite avança, ______________ faz graça com a nova vida doméstica de Navidson: "Acabou a época do Navy Doidão, hein? Ficou para trás de vez? Eu me lembro de quando você farreava a noite toda, gravava a manhã inteira e depois passava o resto do dia revelando filme — nem que fosse num closet só com um balde e uma lâmpada, se precisasse. Aposto que vocês não têm nem um quarto escuro para revelar filme aqui". Isso

---

⌜⌟Também não parece ajudar o fato de que Navidson e Karen têm, ambos, em sua biblioteca, os livros *Medo de Voar*, de Erica Jong (Nova York: Holt, Rinehart & Winston, 1973), *O Livro Definitivo do Sexo: o guia de uma terapeuta aos programas e técnicas para melhorar seu relacionamento e transformar sua vida*, de Anne Hooper (DK Publishing, 1992), *Guirlandas Partidas*, de X. Y. (Seattle: Town Over All Press, 1989), *1001 Segredos do Sexo Que Todo Homem Deve Conhecer*, de Chris Allen (Nova York: Avon Books, 1995), bem como os *1001 Segredos do Sexo Que Toda Mulher Deve Conhecer*, de Chris Allen (Nova York: Avon Books, 1995).

[74]Zampanò forneceu as lacunas, mas nunca as preencheu.

acaba sendo demais para Navidson suportar: “Olha só, ______________, se você quer um quarto escuro, eu vou lhe mostrar um quarto escuro”. “Nem pense nisso, Navy!”, Karen grita, de imediato. “Por favor, Karen, são nossos amigos”, Navidson diz, levando as duas celebridades até a sala de estar, onde ele as instrui para que olhem pela janela para que possam ver com os próprios olhos que lá fora há apenas um quintal comum. Satisfeito pelo fato de que eles não conseguem entender como pode haver qualquer coisa além de árvores e o gramado do outro lado da parede, ele busca as quatro chaves coloridas dentro do antigo elmo decorativo do hall de entrada. Todo mundo já está meio bêbado e o humor geral é amistoso e tranquilo, a ponto de parecer impossível perturbá-lo. E é claro que tudo muda quando Navidson destranca a porta e revela o corredor.

______________ dá uma olhada naquele lugar escuro e se retira para a cozinha. Dez minutos depois, ______________ não está mais lá. ______________ dá um passo até o limiar, aponta a lanterna de Navidson para as paredes e para o teto e então se retira para o banheiro. Pouco tempo depois, ______________ também não está mais lá.

Karen fica tão enfurecida com o incidente todo que obriga Navidson a dormir no sofá, ali com seu “amado corredor”.

Não é surpresa nenhuma que Navidson não tenha conseguido pegar no sono.

Ele passa mais de uma hora se virando de um lado para o outro até enfim se levantar e buscar sua câmera.

O intertítulo diz: **Exploração A.**

O horário na câmera portátil de Navidson indica que são exatamente 3:19 da manhã.

“Podem dizer que eu sou impetuoso ou só curioso mesmo”, nós o ouvimos murmurar enquanto calça seus pés doloridos com um par de botas. “Mas dar uma olhadinha não vai fazer mal.”

Sem qualquer cerimônia, ele destranca a porta e desliza pelo limiar, levando consigo apenas uma Hi 8, uma lanterna MagLite e sua Nikon 35 mm. São poucos os comentários que ele faz: “Frio. Nossa, está frio de verdade. As paredes são escuras. Parece o closet lá de cima”. Dentro de alguns segundos, ele chega ao fim. O corredor não pode ter mais do que uns vinte metros de comprimento. “Só isso. Nada mais. Não é nada de mais. É por causa disso que eu e a Karen andamos brigando.” Só que, no que Navidson se vira, ele descobre, de repente, uma nova entrada à direita.   Não estava lá antes.

“Mas que p…?”

Navidson cuidadosamente aponta sua lanterna para esta nova escuridão e descobre um corredor ainda mais comprido. “Este aqui tem, fácil… eu diria, uns 30 metros”. Alguns segundos depois, ele passa por um corredor ainda maior que surge à sua esquerda. Tem pelo menos 4 metros e meio de largura e um teto de bem mais de 3 metros. Seu comprimento, no entanto, é impossível de estimar, pois a lanterna de Navidson acaba sendo inútil contra a escuridão à frente, e a luz desaparece sem nem chegar perto de determinar um ponto final.

Navidson insiste e entra cada vez mais fundo na casa, passando, após algum tempo, por vários portais que levam a passagens ou câmaras alternadas. “Aqui tem uma porta. Sem tranca. Hmmm… uma sala, não é muito grande. Vazia. Sem janela. Sem interruptor. Sem tomada. Voltando pro corredor. Deixando a sala. Parece mais gelada agora. Talvez seja eu que estou esfriando. Aqui tem outra porta. Destrancada. Outra sala. De novo, sem janela. Continuando.”

A lanterna e a câmera correm pelo teto e pelo chão numa harmonia frouxa, penetrando pequenas salas, alcovas ou espaços que lembram closets, embora não tenha camisa nenhuma pendurada neles. Ainda assim, não importa o quanto Navidson avance nessa passagem em particular, sua luz não chega nem perto de tocar o sinal de pontuação prometido pelas linhas convergentes de perspectiva, avançando e avançando e avançando, produzindo um espaço atrás do outro, um fluxo constante de cantos e paredes, todos ilegíveis e perfeitamente lisos.

Por fim, Navidson para em frente a uma entrada muito maior do que o resto. Seu arco se curva muito acima de sua cabeça e se abre a um negrume inviolável. A lanterna encontra o chão, mas não encontra qualquer parede e, pela primeira vez, nem teto.

Só agora começamos a ver o quanto a casa de Navidson é grande de verdade.

Algo deve ser dito aqui sobre a mão de Navidson. Dentre todas as gravações que ele faz pessoalmente, é raro observarmos a menor hesitação, tremor ou movimento brusco, nem mesmo um caso de enquadramento ruim. Sua câmera, não importa quais sejam as circunstâncias, consegue enxergar o mundo — até mesmo este mundo — com uma firmeza notável, bem como uma sensibilidade estética altamente refinada.

As comparações tornam aparentes de imediato os talentos de Navidson. A fita de Holloway Roberts é virtualmente impossível de assistir: enquadramentos tortos, fora de foco, tremores, iluminação ruim e por fim o esquecimento diante do perigo. As fitas de Karen e Tom, igualmente, refletem sua inexperiência e só podem ser levadas em consideração pelo seu conteúdo. Apenas as imagens das cenas de Navidson capturam a estranheza inerente a esse local. É inegável que a experiência de Navidson como fotojornalista lhe confere uma vantagem acima dos outros ao focalizar algo tão aterrorizante quanto ameaçador. Mas, é claro, tem mais coisas aqui do que apenas a coragem para parar e focalizar. Existe também a coragem de enfrentar e moldar a questão de forma extremamente original.[75]

---

[75]Cf. Liza Speen, *Imagens do Escuro*; Brassaï, *Paris à Noite*; o histórico carinhoso das salas que se encontra em *Bonnettstown*, de Andrew Bush; a obra de O. Winston Link e Karekin Goekjian; bem como algumas fotografias de Lucien Aigner, Osbert Lam, Cas Oorthuys, Floris M. Neusüss, Ashim Ghosh, Annette Lemieux, Irèna Ionesco, Cindy Sherman, Edmund Teske, Andreas Feininger, John Vachon, Tetsuya Ichimura, Sandy Skoglund, Yasuhiro Ishimoto, Beaumont Newhall, James Alinder, Robert Rauschenberg, Miyaka Ishiuchi, Alfred Eisentaedt, Sebastião Ribeiro Salgado, Alfred Stieglitz, Robert Adams, Sol Libsohn, Huynh Cong ("Nick") Ut, Lester Talkington, William Henry Jackson, Edward Weston, William Baker, Yousuf Karsh, Adam Clark Vroman, Julia Margaret Cameron, George Barnard, Lennart Nilsson, Herb Ritts, Nancy Burson ("Sem título, 1993"), Bragaglia, Henri Cartier-Bresson ("Place de l'Europe"), William Wegman, Gordon Parks, Alvin Langdon Coburn, Edward Ruscha, Herbert Pointing, Simpson Kalisher, Bob Adelman, Volkhard Hofer ("Natural Buildings, 1991"), Lee Friedlander, Mark Edwards, Harry Callahan, Robert Frank, Aubrey Bodine, fotógrafa do Baltimore Sun, Charles Gatewood, Ferenc Berko, Leland Rice, Joan Lyons, Robert D'Alessandro, Victor Keppler, Larry Fink, Bevan Davies, Lotte Jacobi, Burk Uzzle, George Washington Wilson, Julia Margaret Cameron, Carleton Watkins, Edward S. Curtis, Eve Arnold, Michael Lesy (*Viagem Mortífera ao Wisconsin*), Aaron Siskind, Kelly Wise, Cornell Capa, Bert Stern, James Van Der Zee, Leonard Freed, Philip Perkis, Keith Smith, Burt Glin, Bill Brandt, László Moholy-Nagy, Lennart Arthur Rothstein, Louis Stettner, Ray K. Metzker, Edward W. Quigley, Jim Bengston, Richard Prince, Walter Chappell, Paz Errazuriz, Rosamond Wolff Purcell, E. J. Marey, Gary Winogrand, Alexander Gardner, Wynn Bullock, Neal Slavin, Lew Thomas, Patrick Nagatani, Donald Blumberg, David Plowden, Ernestine Ruben, Will McBride, David Vestal, Jerry Burchard, George Gardner, Galina Sankova, Frank Gohlke, Olivia Parker, Charles Traub, Ashvin Mehta, Walter Rosenblum, Bruce Gilden, Imogen Cunningham, Barbara Crane, Lewis Baltz, Roger Minick, George Krause, Saul

Leiter, William Horeis, Ed Douglas, John Baldessari, Charles Harbutt, Greg McGregor, Liliane Decock, Lilo Raymond, Hiro, Don Worth, Peter Magubane, Brett Weston, Jill Freedman, Joanne Leonard, Larry Clark, Nancy Rexroth, Jack Manning, Ben Shahn, Marie Cosindas, Robert Demachy, Aleksandra Macijauskas, Andreas Serrano, Les Krims, Heinrich Tönnies, George Rodger, Art Sinsabaugh, Arnold Genthe, Frank Majore, Gertrude Käsebier, Charles Négre, Harold Edgerton, Shomei Tomatsu, Roy Decarava, Samuel Bourne, Giuseppe Primoli, Paul Strand, Lewis Hine, William Eggleston, Frank Sutcliffe, Diane Arbus, Daniel Ibis, Raja Lala Deen Dayal, Ralph Eugene Meatyard, Walker Evans, Mary Ellen Mark, Timothy O'Sullivan, Jacob A. Riis, Ian Isaacs, David Epstein, Karl Struss, Sally Mann, P.H. Emerson, Ansel Adams, Liu Ban Nong, Berencie Abbot, Susan Lipper, Dorthea Lange, James Balog, Doris Ulmann, William Henry Fox Talbot, John Thomson, Phillippe Halsman, Morris Engel, Christophe Yve, Thomas Annan, Alexander Rodchenko, Eliot Elisofon, Eugène Atget, Clarence John Laughlin, Arthur Leipzig, F. Holland Day, Jack English, Alice Austen, Bruce Davidson, Eudora Welty, Jimmy Hare, Ruth Orkin, Masahiko Yoshioka, Paul Outerbridge Jr., Jerry N. Uelsmann, Louis Jacques Mandè Daguerre, Emmet Gowin, Cary Wasserman, Susan Meiselas, Naomi Savage, Henry Peach Robinson, Sandra Eleta, Boris Ignatovich, Eva Rubinstein, Weegee (Arthur Fellig), Benjamin Stone, André Kertész, Stephen Shore, Lee Miller, Sid Grossman, Donigan Cumming, Jack Welpott, David Sims, Detlef Orlopp ("Sem título"), Margaret Bourke-White, Dmitri Kessel, Val Telberg, Patt Blue, Francisco Infante, Jed Fielding, John Heartfield, Eliot Porter, Gabriele e Helmut Nothhelfer, Francis Bruguière, Jerome Liebling, Eugene Richards, Werner Bischof, Martin Munkacsi, Bruno Barbey, Linda Connor, Oliver Gagliani, Arno Rafael Minkkinen, Richard Margolis, Judith Golden, Philip Trager, Scott Hyde, Willard Van Dyke, Eileen Cowin, Nadar (Gaspard-Félix Tournachon), Roger Mertin, Lucas Samaras, Raoul Hausmann, Vilem Kriz, Lisette Model, Robert Leverant, Josef Sudek, Glen Luchford, Edna Bullock, Susan Rankaitis, Gail Skoff, Frank Hurley, Bank Langmore, Carrie Mae Weems, Michael Bishop, Albert e Jean Seeberger, John Gutmann, Kipton Kumler, Joel Sternfeld, Derek Bennett, William Clift, Erica Lennard, Arthur Siegel, Marcia Resnick, Clarence H. White, Fritz Henle, Julio Etchart, Fritz Goro, E.J. Bellocq, Nathan Lyons, Ralph Gibson, Leon Levinstein, Elaine Mayes, Arthur Tess, William Larson, Duane Michals, Benno Friedman, Eve Sonneman, Mark Cohen, Joyce Tenneson, John Pfahl, Doug Prince, Albert Sands Southworth e Josiah Johnson Hawes, Robert W. Fichter, George A. Tice, John Collier, Anton Bruehl, Paul Martin, Tina Barney, Bob Willoughby, Steven Szabo, Paul Caponigro, Gilles Peress, Robert Heinecken, Wright Morris, Inez van Lamsweerde, Peter Hujar, Inge Morath, Judith Joy Ross, Judy Dater, Melissa Shook, Bea Nettles, Dmitri Baltermants, Karl Blossfeldt, Alexander Liberman, Wolfgang Tillmans, Hans Namuth, Bill Burke, Marion Palfi, Jan Groover, Peter Keetman ("Mãos de Porcelana, 1958"), Henry Wessel Jr., Syl Labrot, Gilles Ehrmann, Tana Hoban, Martine Franck, John Dominis, Ilse Bing, Jo Ann Callis, Lou Bernstein, Vinoodh Matadin, Todd Webb, Andre Gelpke ("Chiffre 389506: Inkognito, 1993"), Thomas F. Barrow, Robert Cumming, Josef Ehm, Mark Yavno, Tod Papageorge, Ruth Bernhard, Charles Sheeler, Tina Modotti, Zofia Rydet, M. Álvarez Bravo, William Henry Jackson, Peeter Tooming, Betty Hahn, T. S. Nagarajan, Meridel Rubenstein, Romano Cagnoni, Robert Mapplethorpe, Albert Renger-Patzsch, Stasys Zvirgzdas, Geoff Winningham, Thomas Joshua Cooper, Erich Hartmann, Oscar Bailey, Herbert List, Mirella Ricciardi, Franco Fontana, Art Kane, Georgij Zelma, Sergei Mikhailovich Prokudin-Gorskii, Mario Sorrenti, Craig McDean, René Burri, David Douglas Duncan, Tazio Secchiaroli, Joseph D. Jachna, Richard Baltauss, Richard Misrach, Yoshihiko Ito, Minor White, Ellen Auerbach, Izis, Deborah Turbeville, Arnold Newman, Tzachi Ostrovsky, Joel-Peter Witkin, Adam Fuss, Inge Osswald, Enzo Ragazzini, Bill Owens, Soyna Noskowiak, David Lawrence Levinthal, Mariana Yampolsky, Juergen Teller, Nancy Honey, Elliott Erwitt, Bill Witt, Taizo Ichinose, Nicholas Nixon, Allen A. Dutton, Henry Callahan, Joel Meyrowitz, Willaim A. Garnett, Ulf Sjöstedt, Hiroshi Sugimoto, Toni Frissell, John Blakemore, Roman Vishniac, Debbie Fleming Caffery, Raúl Corrales, Gyorgy Kepes, Joe Deal, David P. Bayles, Michael Snow, Aleksander Krzywoblocki, Paul Bowen, Laura Gilpin, Andy Warhol, Tuija Lydia Elisabeth Lindström-Caudwell, Corinne Day, Kristen McMenamy, Danny Lyon, Erich Salomon, Désiré Charnay, Paul Kwilecki, Carol Beckwith, George Citcherson ("Navios a Velejar em uma Geleira", 1869), W. Eugene Smith, William Klein, José Ortiz-Echagüe, Eadweard Muybridge e David Octavius Hill, August Sander (*Antlitz der Zeit*), Herbert Bayer, Man Ray, Alex Webb, Frances B. Johnston, Russell Lee, Suzy Lake, Jack Delano, Diane Cook, Heinrich Zille, Lyalya Kuznetsova, Miodrag Djordjevi, Terry Fincher, Joel Meyerowitz, John R. Gossage, Barbara Morgan, Édouard Boubat, Horst P. Horst, Hippolyte Bayard, Albert Kahn, Karen Helen Knorr, Carlotta M. Corpon, Abigail Heyman,

Marion Post Wolcott, Lillian Bassman, Henry Holmes Smith, Constantine Manos, Gjon Mili, Michael Nichols, Roger Fenton, Adolph de Meyer, Van Deren Coke, Barbara Astman, Richard Kirstel, William Notman, Kenneth Josephson, Louise Dahl-Wolfe, Josef Koudelka, Sarah E. Charlesworth, Erwin Blumenfeld, Jacques Henri Lartigue, Pirkle Jones, Edward Steichen, George Hurrell, Steve Fitch, Lady Hawarden, Helmar Lerski, Oscar Gustave Rejlander, John Thomson, Irving Penn e Jane Evelyn Atwood (fotografias de crianças da Escola Nacional para Jovens Cegos). Para não dizer nada de Suze Randall, Art Wolfe, Charles e Rita Summers, Tom e Pat Leeson, Michael H. Francis, John Botkin, Dan Blackburn, Barbara Ess, Erwin e Peggy Bauer, Peter Arnold, Gerald Lacz, James Wojcik, Dan Borris, Melanie Acevedo, Micheal McLaughlin, Darrin Haddad, William Vázquez, J. Michael Myers, Rosa & Rosa, Patricia McDonough, Aldo Rossi, Mark Weiss, Craig Cutler, David Barry, Chris Sanders, Neil Brown, James Schnepf, Kevin Wilkes, Ron Simmons, Chip Clark, Ron Kerbo, Kevin Downey, Nick Nichols; também Erik Aeder, Drew Kampion, Les Walker, Rob Gilley, Don King, Jeff Hornbaker, Alexander Gallardo, Russell Hoover, Jeff Flindt, Chris Van Lennep, Mike Moir, Brent Humble, Ivan Ferrer, Don James, John Callahan, Bill Morris, Kimiro Kondo, Leonard Brady, Fred Swegles, Eric Baeseman, Tsuchiya, Darrell Wong, Warren Bolster, Joseph Libby, Russell Hoover, Peter Frieden, Craig Peterson, Ted Grambeau, Gordinho, Steve Wilkings, Mike Foley, Kevin Welsh, LeRoy Grannis, John Bilderback, Craig Fineman, Michael Grosswendt, Craig Huglin, Seamas Mercado, John Heath "Doc" Ball, Tom Boyle, Rob Keith, Vince Cavataio, Jeff Divine, Aaron Loyd, Chris Dyball, Steve Fox, George Greenough, Aaron Loyd, Ron Stoner, Jason Childs, Kin Kimoto, Chris Dyball, Bob Barbour, John Witzig, Ben Siegfried, Ron Romanosky, Brian Bielmann, Dave Bjorn, John Severson, Martin Thick (vide sua fotografia profunda de Dana Fisher aninhando um chimpanzé resgatado de um açougueiro no Zaire). Doug Cockwell, Art Brewer, Fred Swegles, Erik Hans, Mike Balzer, John Scott, Rob Brown, Bemie Baker, William Sharp, Randy Johnson, Nick Pugay, Tom Servais, Dennis Junor, Eric Baeseman, Sylvain Cazenave, Woody Woodworth, e claro J.C. Hemment, David "Chim" Seymour, Vu Ngoc Tong, William Dinwiddie, James Burton, Marv Wolf, London Thorne, John Gallo, Nguyen Huy, Leonidas Stanson, Pham Co Phac, Kadel & Herbert, Underwood & Underwood, James H. Hare, Tran Oai Dung, Lucian S. Kirtland, Edmond Ratisbonne, Pham Tranh, Luong Tan Tuc, George Strock, Joe Rosenthal, Ralph Morse, Ho Van De, Nguyen Nhut Hoa, Nguyen Van Chien, Nguyen Van Thang, Phung Quang Liem, Truong Phu Thien, John Florea, George Silk, Carl Mydans, Pham Van Kuong, Nguyen Khac Tam, Vu Hung Dung, Nguyen Van Nang, Yevgeny Khaldei, To Dinh, Ho Ca, Hank Walker, Tran Ngoc Dang, Vo Due Hiep, Trinh Dinh Hy, Howard Breedlove, Nguyen Van Thuan, Vu Hanh, Ly Van Cao, Burr McIntosh, Ho Van Tu, Helen Levitt, Robert Capa, Ly Eng, Mathew Brady, Sau Van, Thoi Huu, Leng, Thong Veasna, Nguyen Luong Nam, Huynh Van Huu, Ngoc Huong, Alan Hirons, Lek, George J. Denoncourt II, Hoang Chau, Eric Weigand, Pham Vu Binh, Gilles Caron, Tran Binh Khuol, Jerald Kringle, Le Duy Que, Thanh Tinh, Frederick Sommer, Nguyen Van Thuy, Robert Moeser, Chhim Sarath, Duong Thanh Van, Howard Nurenberger, Vo Ngoc Khanh, Dang Van Hang, James Pardue, Bui Dinh Tuy, Doug Clifford, Tran Xuan Hy, Nguyen Van Tha, Keizaburo Shimamoto, Nguyen Van Ung, Bob Hodierne, Nguyen Viet Hien, Dinh De, Sun Heang, Tea "Moonface" Kim Heang, Lyng Nhan, Charles Chellappah, The Dinh, Nguyen Van Nhu, Ngoc Nhu, John Andescavage, Nguyen Van Huong, Francis Bailly, Georg Gensluckner, Vo Van Luong, James Denis Gill, Huynh Van Dung, Nguyen Than Hien, Terrence Khoo, Paul Schutzer, Vo Van Quy, Malcolm Browne, Le Khac Tam, Huynh Van Huong, Do Van Nhan, Franz Dalma, Kyoichi Sawada, Willy Mettler, James Lohr, Le Kia, Sam Kai Faye, Frank Lee, Nguyen Van Man, Joseph Tourtelot, Doan Phi Hung, Ty Many, Nguyen Ngoc Tu, Le Thi Nang, Nguyen Van Chien, Doug Woods, Glen Rasmussen, Hiromichi Mine, Duong Cong Thien, Bernard B. Fall, Randall Reimer, Luong Nghia Dung, Bill Hackwell, Pen, Nguyen Duc Thanh, Chca Ho, Jerry Wyngarden, Vantha, Chip Maury, J. Gonzales, Pierre Jahan, Catherine Leroy, Leonard Hekel, Kim Van Tuoc, W.B. Bass Jr., Sean Flynn, Heng Ho, Dana Stone, Nguyen Dung, Landon K. Thorne II, Gerard Hebert, Michel Laurent, Robert Jackson Ellison, Put Sophan, Nguyen Trung Dinh, Huynh Van Tri, Neil K. Hulbert, James McJunkin, Le Dinh Du, Chhor Vuthi, Claude Arpin-Pont, Raymond Martinoff, Jean Peraud, Nguyen Huong Nam, Dickey Chapelle, Lanh Daunh Rar, Bryan Grigsby, Henri Huet, Huynh Thang My, Peter Ronald Van Thiel, Everette Dixie Reese, Jerry A. Rose, Oliver E. Noonan, Kim Savath, Bernard Moran, Kuoy Sarun, Do Van Vu, Nguyen Man Hieu, Charles Richard Eggleston, Sain Hel, Nguyen Oanh Liet, Dick Durance, Vu Van Giang, Bernard Kolenberg, Sou Vichith, Ronald D. Gallagher, Dan Dodd, François Sully, Kent Potter, Alfred Batungbacal, Dieter Bellendorf, Nick Mills, Ronald L. Haeberle, Terry Reynolds, Leroy Massie, Sam Castan, Al

Conforme Navidson dá o seu primeiro passo, atravessando aquele imenso arco, ele de repente se encontra a uma distância muito grande da iluminação morna da sala de estar. Na verdade, sua exploração desse espaço nos lembra a fé sombria que se exige de qualquer exploração das profundezas do mar, conforme o facho da lanterna nada arranha exceto o negrume invariável.

Navidson mantém a atenção concentrada no chão à frente e, sem dúvida pelo ato contínuo de olhar para baixo, o chão começa a assumir um novo significado. Ele já não pode mais ser considerado garantia de nada. Talvez tenha alguma coisa repousando embaixo dele. Talvez esteja prestes a abrir uma fissura profunda.

O silêncio imutável de repente se apressa a substituir aquilo que o aniquilou por um momento.

Navidson fica paralisado, sem saber ao certo se ouviu ou não, de verdade, alguma coisa rosnar.

"É melhor eu dar um jeito de encontrar meu caminho de volta", ele sussurra enfim, um sussurro que, embora provavelmente dito como um gracejo, de repente o pega desprevenido.

Navidson faz meia-volta rapidamente. Horrorizado, percebe que não consegue mais enxergar o arco, que dirá a parede. Já está além do alcance de sua lanterna. Na verdade, não importa aonde aponte a lanterna, a única coisa que consegue enxergar é uma escuridão negra como petróleo. Pior ainda, sua volta dada em pânico e a subsequente ausência de qualquer referência no terreno tornam impossível lembrar a direção de onde ele veio.

"Ai, deus", ele deixa escapar, criando estranhos ecos à distância.

Ele se vira de novo.

"Ei!", grita, gerando uma multidão de ês, então se vira a 45 graus e berra "Caralho!", ao que se segue um longo momento de silêncio, antes de ele ouvir um vago alho correndo pelo escuro. Após várias voltas, ele descobre que um "sem estresse" dito bem alto devolve um s com o mínimo de atraso. Esta é a direção na qual ele decide seguir. Dentro de um minuto, o facho da sua lanterna encontra algo além da escuridão.

Apertando o passo de leve, Navidson encontra a parede e a segurança que ele identifica ali. Agora está diante de outra decisão: direita ou esquerda. Desta vez, antes de ir a qualquer lugar, ele põe a mão no bolso e tira uma moeda de um centavo, depositando-a no chão diante dos seus pés. Confiando nesse indicador espacial, ele caminha para a esquerda durante um tempo. Após mais um minuto sem conseguir encontrar a entrada, ele volta até a moeda. Agora ele vai para a direita e bem rapidamente encontra uma passagem, só que esta, como vemos, é muito menor e tem um formato

---

Chang, Philip R. Boehme. E, por fim, Eddie Adams, Charles Hoff, Larry Burrows e Don McCullin ("Soldados americanos cuidando de uma criança ferida no porão de uma casa à luz de velas, 1968").[76]

[76]Alison Adrian Burns, outra das leitoras que atendiam o Zampanò, me disse que esta é uma lista inteiramente aleatória. Com a possível exceção de Brassaï, Speen, Bush e Link, Zampanò não tinha grande familiaridade com fotógrafos. "A gente só escolheu os nomes a partir de alguns livros e revistas que ele tinha por aí", contou-me Burns. "Eu descrevia uma ou outra imagem e ele me dizia se era para incluir ou não. Algumas vezes só me falava para escolher uma página e apontar. Bem, tudo que ele quisesse fazer. Era para isso que eu estava lá. Mas às vezes ele só queria me ouvir falar da cena de LA, o que estava rolando, o que não estava, o glamour todo, os nomes de boates e bares. Esse tipo de coisa. Até onde eu sei, essa lista nunca foi posta no papel."

diferente do que tinha aquela pela qual ele passou originalmente. Ele decide continuar caminhando. Mais um minuto passa sem que ele encontre o arco, e então ele para.

"Pensa, Navy, pensa", ele sussurra para si mesmo, sua voz levemente marcada pelo medo.

De novo, aquele vago rosnado retorna, reverberando pelas trevas como se fosse um trovão.

Navidson logo dá meia-volta e retorna à passagem. Só que agora ele descobre que a moeda deixada para trás, que deveria estar pelo menos trinta metros mais para a frente, está diretamente diante dele. Ainda mais estranho, a passagem não é mais aquela passagem, mas o arco pelo qual ele estava procurando.

Infelizmente, ao passar por ele, Navidson imediatamente vê o quanto são drásticas as alterações sofridas ali. O corredor agora é muito mais estreito e logo termina em um T. Não tem a menor ideia de qual o caminho a seguir e quando um terceiro rosnado ecoa pelo espaço, desta vez ainda mais alto, ele entra em pânico e começa a correr.

Sua corrida, porém, dura apenas alguns poucos segundos. Ele logo se dá conta de que seria uma atitude inútil e até mesmo perigosa. Recuperando o fôlego e se esforçando para acalmar seus nervos à flor da pele, ele tenta elaborar um plano melhor.

"Karen!", ele grita, enfim, e uma enxurrada de arens são engolidos num instante diante dele. Ele tenta "Tom!", rapidamente apanhando os ons antes que desapareçam também, mas antes que isso aconteça, ele detecta, por um momento, no último -om, um tom mais agudo, misturado com sua própria voz.

Ele aguarda um momento. Sem ouvir mais nada, ele grita mais uma vez: "Estou por aqui!" e dá origem ao som tropeçante de quis reverberando e sumindo, até que enfim no penúltimo deles um grito agudo retorna, o grito de uma criança, chamando seu nome, atraindo-o para a direita.

Ao gritar "Estou aqui" e acompanhar os quis que cantam nas paredes, Navidson começa aos poucos a encontrar o seu caminho atravessando uma série incrivelmente complexa e muitas vezes desnorteante de viradas. Por fim, após voltar várias vezes e tomar diversas escolhas equivocadas, por vezes descendo rumo a territórios ainda mais perturbadores de silêncio, a voz começa a se tornar perceptivelmente mais alta, até que, por fim, Navidson passa por uma esquina, certo de ter encontrado a saída. Em vez disso, no entanto, ele encontra apenas mais escuridão e um silêncio agora ainda maior. Sua respiração se torna mais agitada. Ele não tem certeza do caminho a seguir. É óbvio que está com medo. E então, com um passo brusco, ele entra à direita, atravessando uma passagem baixa, onde descobre um corredor que termina em uma luz quente e amarela, um abajur, com uma pequena silhueta em pé no meio da passagem, trazendo seu pai de volta com um choro.

Ao surgir na segurança de sua própria sala de estar, Navidson imediatamente apanha Daisy em seus braços e lhe dá um forte abraço.

"Eu tive um pesadelo", ela diz com um gesto seriíssimo da cabeça.

Assim como acontece com a Avalanche Khumbu na base do Monte Everest, onde os seracos e abismos azuis vão mudando de modos inesperados ao longo do dia e da noite, Navidson foi o primeiro a descobrir como esse lugar parece mudar constantemente. Diferente da avalanche, porém, não há nem mesmo a mais tênue fratura nas paredes. Absolutamente nada visível a olho nu fornece um motivo ou mesmo evidência dessas alterações terríveis que podem, em questão de momentos, reconstituir um caminho simples de modo a se tornar extremamente complicado.[77]

---

[77]"nada visível a olho nu fornece um motivo" – uma frase bem adequada para descrever o que aconteceu.

E pensar que meu dia tinha começado muito bem, na verdade.

Acordei após ter um quase sonho molhado com a Tambor. Ela fazia uma dança doida meio Margaretha Geertruida Zelle, atirando véu colorido atrás de véu colorido, mas estranhamente sem que eles nunca caíssem, os véus em vez disso esvoaçavam como camadas translúcidas de tecido envolvendo-a continuamente, ao mesmo tempo em que ela se despia deles cada vez mais, permitindo apenas vislumbres de seu corpo, sua pele lisa, sua boca, sua cintura, sua – ah sim, também tenho um vislumbre daquilo, e chego perto dela, atravessando todas essas interferências, certo de que, com cada passo que eu dou, logo a terei, afinal, ela quase tirou tudo, não, ela já tirou tudo, seus joelhos se abrem, apenas mais alguns véus e poderei vê-la, não só partes e pedaços, mas ela toda, não mais perturbado por toda essa bobagem, na verdade eu já estou lá, o que significa que estou prestes a entrar nela, o que aparentemente basta para estourar o fusível, desligar o interruptor, proibir aquela conclusão sublime tão antecipada, cegando-me no fluxo solar que inunda o meu quarto pela janela.

Puta que pariu.

Eu me levanto e vou me aliviar no chuveiro. Pelo menos a água está quentinha e tem vapor o suficiente para embaçar o espelho. Depois disso eu pego meu cachimbo e acendo um. Acorda & Embrasa. Banho & Brasa, melhor. Meia tigela de cereal matinal e uma dose de bourbon depois, e eu já estou lá, minha brisa amiga tendo finalmente chegado. Estou pronto pro serviço.

É fácil achar lugar para estacionar. Lá na Vista. Eu dou uma corridinha até a Sunset, até subo correndo as escadas, praticamente pulando a placa de Atendimento Apenas Com Horário Marcado. Por que pulando? Porque, no que eu entro no Estúdio, eu sei que não me atrasei nem um minutinho, o que geralmente não é o caso comigo. A expressão no rosto do chefe revela o quanto este é um feito estarrecedor. Estou pouco me lixando pra ele. Quero ver a Tambor. Quero descobrir se ela está mesmo usando aqueles tecidos diáfanos de arco-íris com os quais eu sonhei.

Claro que ela não está lá, mas isso não me desanima. Ainda estou otimista de que ela vai vir. Se não hoje, foda-se, o amanhã está logo ali.

Um sentimento que quase dá vontade de cantar.

Imediatamente eu me sento no balcão lateral e começo a trabalhar, até porque não quero ter que lidar com o meu chefe, o que poderia ameaçar meu bom humor. Ele chega, pigarreando. Vai falar, vai arruinar tudo, só que de repente vem e penetra aquele material calcário que ele insiste em chamar de cérebro a ideia de que eu estou construindo suas preciosas buchas, e é tiro e queda, essa revelação o proíbe de abrir a matraca e ele me deixa em paz.

Buchas são basicamente agrupamentos de agulhas usadas para sombrear a pele. Elas precisam ser agrupadas porque uma única ponta resulta em uma marca não muito maior que este ponto final, ".". Bem, talvez um pouquinho maior. Em todo caso, vão cinco agulhas no que chamam de uma 5, depois sete para as 7 e por aí vai – todas são soldadas na base, juntas.

Eu gosto, de verdade, de fazer isso. Tem algo de agradável em me concentrar nos detalhes sutis, em toda a precisão necessária, constantemente verificando para garantir que, sim, de fato as agulhas estão niveladas, no arranjo correto, prontas enfim para serem fixadas com pontos de uma solda quente. Depois eu reverifico minha reverificação: os pontos não podem ficar próximos demais, nem distantes demais, nem tortos, de modo algum, e só aí então, se eu ficar satisfeito, e eu geralmente fico — mas preste atenção que "geralmente" nem sempre quer dizer "sempre" — aí eu esfrego as hastes e as coloco de lado para esterilizá-las depois no ultrassom ou na autoclave.

Meu chefe pode achar que eu não desenho merda nenhuma, mas sabe que eu construo uma bucha melhor que qualquer um. Ele me chama a atenção o tempo todo por conta dos meus atrasos, minha tendência de viajar & tagarelar e também para as chances mínimas, claro, de que algum dia eu vá tatuar qualquer coisa que seja — "Johnny, nada do que você faz (balançando a cabeça), ninguém nunca vai querer ter isso na pele, a não ser que seja doido, mas deixa eu te falar um negócio, Johnny, os doidos nunca têm dinheiro pra pagar" — mas sobre a minha habilidade de construir buchas de agulhas eu nunca o ouvi reclamar nem uma vez.

Em todo caso, as horas passam voando. Eu termino um lote de buchas 5 — a opção favorita do meu chefe — quando ele finalmente abre a boca, mandando eu pegar uns frascos de tinta preta e roxa e encher umas tampas também. A gente guarda o material num depósito nos fundos. É um espaço de tamanho considerável, cabe uma pequena mesa de trabalho lá. Tem que subir uns oito degraus bem íngremes para alcançar. É ali que a gente guarda o material sobressalente, e temos isso de sobra para tudo, só lâmpada que não. Por algum motivo, faz um tempo que meu chefe não compra nenhuma lâmpada sobressalente. Hoje, claro, eu ligo o interruptor e FLASH! BLEM! POP!, digo, apaga isso, é só a lâmpada do depósito que queimou. Eu tento apagar e acender a luz de novo, como se esse ato insistente, bastante repetitivo e a esta altura inútil fosse capaz de ressuscitar a luz de fato. Não é. O interruptor tornou-se desprovido de qualquer sentido, o que me obriga a seguir tateando no escuro. Eu deixo a porta aberta para conseguir enxergar direito, mas ainda demora um pouco para eu negociar com as sombras antes de localizar as tampas e a tinta.

A essa altura, já passaram os efeitos deliciosos do meu sonho, para não dizer nada do barato suave, cortesia do álcool e da verdinha do Oregon, mas eu ainda continuo pensando na Tambor, aceitando aos poucos o fato de que ela não virá visitar hoje. Isso me deixa substancialmente mais baixo astral, até eu me dar conta de que não tem como ter certeza. Afinal, ainda tem metade do dia pela frente. Não, ela não vem. Eu sei. Consigo sentir aqui dentro. Tudo bem. Amanhã — ah, foda-se.

Eu começo a encher as tampinhas com tinta roxa, concentrando-me na sua textura, aquele tom estranho, imaginando que consigo de fato observar o pulso rápido de sua largura de banda. São pensamentos burros e, como que para confirmar o sentimento, a escuridão se atira sobre mim. De repente, o filete de luz sobre as minhas mãos parece afiado o suficiente para me cortar. Afiado de verdade. É eu me mexer e ele me corta. E aí eu me mexo e adivinha só? Começo a sangrar. A laceração não é profunda, mas alguma coisa importante foi atingida e começa a vazar sobre a mesa e o chão. Perdendo-se.

Não tenho muito tempo.

Só que eu não estou sangrando, apesar da minha respiração difícil. Bem difícil. Não preciso pegar no meu rosto para saber que estou suando em bicas, o suor desce pela minha testa, pinga das minhas pálpebras, escorre pela minha nuca. Gelado que nem as mãos. As mãos dos mortos. Tem algo terrível acontecendo aqui. Dando errado demais. Vaza daqui, penso. Quero vazar. Mas não consigo me mexer.

E então, como se tudo isso não fosse nada além de um prelúdio sinistro, é aí que dá merda de verdade.

Volta aquele gosto horrível, pungente que nem ferrugem, embrulhando a minha língua.

Pior, não estou mais sozinho.

Impossível.

Não é impossível.

Desta vez é algo humano.

Talvez não.

Dedos extremamente compridos.

Um som de algo chupando. Chupando os dentes, os dentes lacerando as gengivas.

Não sei como eu sei isso.

Mas já é tarde demais, já vi os olhos. Os olhos. Não têm o branco dos olhos neles. Nunca vi isso. O modo como brilham, eles brilham vermelho. E aí vem na minha direção, desdobrando-se devagar do canto, uma carne demente, mas eu entendo. Os olhos estão cheios de sangue.

Só que eu só estou olhando para sombras e prateleiras.

Claro que estou sozinho.

E então, atrás de mim, a porta se fecha.

O resto, despedaçado. Um grito, um uivo, um rugido. Tudo está se distorcendo ou estilhaçando. Não faz sentido. Tem um barulho terrível de algo batendo. O ar fede tanto que está rançoso. Pelo menos isso não é mistério nenhum. Eu sei qual é a fonte. Ah, se eu sei. Eu me caguei. Me mijei também. Não consigo acreditar. Tem urina ensopando as minhas calças, matéria fecal escorrendo pela parte de trás das minhas pernas, estou envolvido nisso, preciso correr e me esconder disso, mas ainda não consigo me mexer. Na verdade, quanto mais eu tento fugir, menos consigo respirar. Quanto mais eu tento me segurar, menor a minha concentração. Tem algo saindo de mim. Partes de mim.

Tudo se desmonta.

Histórias ouvidas, mas jamais lembradas.

Letras também.

Palavras preenchem minha cabeça. Fragmentando-se como morteiros. Estilhaços, como sílabas, voando por toda parte. Sílabas terríveis. Afiadas. Partidas. Viajando em velocidades homicidas. Rasgando tudo de um modo muito, muito ruim, talvez até irreparável.

Não.

Sumo.

Qual.

Li.

Zé.

Eram?

Incoerente — sim.

Sem sentido — receio que não.

O formato de um formato de um formato de um semblante (dis) simulado diante dos meus olhos se apeia. A quebra da ameia, baleada. Que nem um gavião. Mais um Maldon ou Maldon nenhum, em dias nevados, ou sem neve nenhuma, muito além da fronteira da consciência razoável. Assim que se sente quando se tem medo de verdade. Mas é claro que não é. Nada disso é capaz de se aproximar da realidade daquele medo, pois no meio de toda essa loucura, que nem o som de um coração ou outro estouro blasfemo, desesperado & moribundo, batendo, não, esmurrando a parede ínfima de meu ouvido interno, ínfima como um papel, na verdade, tentando estilhaçar lá dentro aquilo que já se estilhaçou há muito tempo.

Eu devia ter morrido.

Por que é que ainda estou aqui?

E conforme essa pergunta surge — concisa, em ordem, devidamente acentuada —, eu vejo que estou me segurando àquela bandeja carregada com todas as tampas e frascos de tinta preta e roxa. Não só isso, como eu também já estou andando o mais rápido possível e passando pela porta. A porta está aberta mas não fui eu que abri. Dou uma topada com o dedão. Estou caindo pelas escadas, tropeçando em mim mesmo, arremessando a bandeja no ar, as tampas, a tinta tudo isso, flutuam acima de mim agora, enquanto minhas mãos, independentemente de qualquer coisa que eu pudesse pensar em sugerir, vêm tentar proteger minha cabeça. Alguma coisa sibila e arranha a minha nuca. Não importa. Vou caindo, de cabeça, num mergulho escada abaixo, os oito degraus bem íngremes, um borrão louco, que me deixa reparar passivamente nos pontos de dor conforme vão acontecendo: ombros, quadril, cotovelos, embora ao mesmo tempo eu mantenha a vaga consciência de toda aquela tinta caindo em cima de mim como uma chuva ruim, espirrando ao meu redor, por toda parte, me cobrindo, até a bandeja me acertando, mas não dói, as tampas se espalham pelo chão e é claro que vem o auê depois, que diz ao meu chefe, diz pra todo mundo, quem mais estivesse lá — o quê? não que tenha acabado, ainda não acabou, ainda não.

Todo fôlego foi tirado de mim na base da porrada. Jamais vai voltar. É aqui que eu morro, penso. E é verdade, estou possuído pela premonição do que serei, o que há de ser, minha asfixia inevitável. Pelo menos é o que eles verão, meu chefe e companhia, que vêm correndo até os fundos, atraídos pela barulheira & bagunça. O que não conseguem enxergar porém é o presságio visto nessa queda, a minha queda, no que eu estou encharcado de tinta preta, minhas mãos completamente cobertas, e eu vejo que o chão é preto e — você já antecipou essa parte ou devo ser mais explícito — preto no preto; por um instante de cegueira eu pude ver minha mão sumir, na verdade eu sumi por inteiro, um show foda de ilusionismo, a já antecipada dissolução de si mesmo, perdido sem contraste, escorregando no esquecimento, até que no meio de uma resfolegada eu flagro uma imagem do meu reflexo na parte de trás da bandeja, o fantasma no

Depois de levar a filha de volta para a cama, Navidson encontra Karen, em pé, na entrada do seu quarto.

"Que que foi?", ela murmura, ainda sonolenta.

"Volta pra cama. A Daisy teve um pesadelo, só isso."

Navidson começa a descer as escadas de volta.

"Desculpa, Navy", Karen diz, com uma voz baixa. "Desculpa eu ter ficado tão brava. Não é culpa sua. É só que essa coisa me assusta. Volta pra cama."

E, tal como confidenciado mais tarde, em duas entradas diferentes dos vídeo-diários, naquela noite, pela primeira vez em semanas, os dois fizeram amor de novo, e seus relatos abrangem um espectro de descrições que vão desde "suave" e "reconfortante" até "o de sempre" e "muito satisfatório". Seus corpos conseguiram consertar o que jamais suas palavras haviam sequer tentado e, pelo menos por um breve intervalo, eles se sentiram próximos outra vez.

Na manhã seguinte, com a harmonia agora restaurada, Navidson não consegue encontrar a coragem para contar a Karen de sua visita. Felizmente, o fato de ele ter quase se perdido dentro de sua própria casa tirou, pelo menos por ora, um pouco do seu apetite pela escuridão. Ele promete deixar essa investigação inicial para Billy Reston: "Depois a gente chama o *New York Times*, o Larry King, quem quer que seja, e a gente se muda. Fim da história". Karen responde à oferta com beijos, pegando na sua mão, um tipo de estabilidade que mais uma vez retorna a suas vidas.

---

caminho: parece que eu desapareci, mas ainda não. Meu rosto está sujo de roxo, bem como meus braços, o que fornece um contraste que portanto me define, me marca e por ora pelo menos me preserva.

De repente consigo respirar e a cada inspiração o terror rapidamente se dissipa.

Meu chefe, porém, está cagado de medo.

"Meu Jesus amado, Johnny", ele diz. "Você está bem? Que aconteceu?"

Você não vê que eu me caguei todo, eu penso em gritar. Mas agora vejo que isso nunca aconteceu. Exceto pela tinta que mancha minhas pernas, as calças estão sequinhas.

Eu resmungo alguma coisa sobre uma dor no meu dedão.

Ele interpreta que eu estou bem e que eu não vou tentar processá-lo sentado em uma cadeira de rodas.

Mais tarde um cliente aponta para o arranhão comprido e ensanguentado na minha nuca.

Eu não consigo responder.

Mas agora me dou conta do que devia ter dito — no espírito do escuro; no espírito da escadaria—

"Não Sumo Qual Li Zé Eram"

O que quer dizer—

"Eu não sou o que costumava ser."[78]

[78]Embora essas digressões do sr. Truant possam parecer impenetráveis, não são desprovidas de lógica. O leitor que deseja interpretar por conta própria o que diz o sr. Truant pode ignorar esta nota. Aqueles, no entanto, que têm a sensação de que podem se beneficiar de uma compreensão melhor de seu passado talvez desejem seguir em frente e ler o obituário do seu pai no Apêndice II-D, bem como as cartas escritas por sua mãe internada no Apêndice II-E. — Eds.

Ainda assim é um meio-termo longe do satisfatório. Como registra Karen em sua Hi 8: "Falei pro Navy que eu vou ficar até darem uma primeira olhada aqui, mas também já liguei para a minha mãe. Quero ir embora assim que possível".

Navidson, para sua própria câmera, confessa: "Eu me sinto cretino de ter mentido para a Karen. Mas acho que não é razoável da parte dela esperar que eu não vá investigar. Ela sabe quem eu sou. Eu acho...".

Nessa altura, a porta do escritório se abre e entra Daisy, num vestidinho vermelho e dourado, que começa a puxar as mangas da camisa do pai.

"Vem brincar comigo, Papai."

Navidson ergue Daisy até o seu colo.

"Tudo bem. Do que você quer brincar?"

"Não sei", ela dá de ombros. "De redor."

"O que é redor?"

Mas antes que ela possa responder, ele começa a fazer cócegas no pescoço dela, e Daisy se dissolve em estouros de alegria.

Apesar da tremenda quantidade de material gerada pela Exploração A, ninguém jamais comentou a brincadeira que Daisy quer fazer com o pai, talvez porque todos presumam que seja só um pedido para brincar "ao redor" dali ou simplesmente um neologismo infantil.

Mas, de novo, "redor" soa como uma criança pronunciaria, errado, a palavra "corredor".

E também é um eco.

VI

Falta-lhes [aos animais] uma identidade simbólica e a autoconsciência que a acompanha. Eles meramente agem e se deslocam por reflexo na medida em que são impulsionados por seus instintos. Quando fazem uma pausa, a pausa é apenas física; em seu interior, são anônimos, e mesmo seus rostos não têm nome. Eles vivem num mundo sem tempo, pulsando, por assim dizer, num estado mudo do ser... O conhecimento da morte é reflexivo e conceitual, e os animais são poupados de terem-no. Vivem e desaparecem da mesma forma impensada: alguns minutos de medo, alguns segundos de angústia, e acabou. Mas viver uma vida inteira com o destino da morte assombrando os seus sonhos e até mesmo os dias mais ensolarados — isso é uma outra coisa.

— Ernest Becker

Enquanto o espaço pragmático dos animais é uma função de instintos natos, o homem precisa aprender qual a orientação de que ele necessita para poder agir.

— Christian Norberg-Schulz

Quando Hillary, o husky siberiano de pelagem cinzenta, aparece no final do *Registro Navidson*, ele não é mais filhote. Passaram-se uns bons anos. Alguma coisa, eternamente vigilante, tornou-se residente em seus olhos. Ele pode ser brincalhão com aqueles que conhece, mas quando um estranho chega perto demais, invariavelmente ouve um rosnado que surge das profundezas de sua garganta, algo semelhante a um trovão distante, que lhes serve de aviso.[79]

Mallory, o gato malhado, desaparece por completo, e não se faz qualquer menção ao que acontece com ele. Seu desaparecimento permanece um mistério.

Uma coisa, porém, é certa: a casa teve um papel muito pequeno nas histórias de ambos os animais.

O incidente se deu no dia 11 de agosto de 1990, uma semana após Will Navidson explorar, em segredo, o corredor. Na televisão da cozinha, o som estourado de desenhos matinais de sábado, Chad e Daisy mastigando seu café da manhã e Karen lá fora, fumando um cigarro, falando no telefone com Audrie McCullogh, sua cúmplice na construção da prateleira. O assunto do momento é Feng Shui, o que também não resolveu. "Não importa quantas tartarugas de cerâmica ou patos, peixinhos dourados e dragões celestiais de madeira ou leões de bronze eu bote nesse diabo de casa", ela reclama. "A energia continua horrível. Preciso encontrar uma vidente. Ou um exorcista. Ou um agente imobiliário bom de verdade." Enquanto isso, na sala de estar, Tom ajuda Navidson a tirar fotos do corredor usando uma luz estroboscópica.

De repente, de algum lugar da casa, soam, altos e misturados, um berro e um latido. No instante seguinte, Mallory entra gritando na sala de estar, com Hillary mordendo a sua cauda. Não é a primeira vez que eles se envolvem nessa rotina. A única exceção é que, nessa ocasião, após correrem para cima e para baixo no sofá, tanto o cachorro quanto o gato disparam direto para o corredor e desaparecem na escuridão. Navidson provavelmente teria ido atrás deles se não tivesse ouvido, no mesmo instante, os latidos do lado de fora no jardim, acompanhados pelos gritos de Karen, que o acusa de ter deixado os animais escaparem num dia em que deviam ter ficado para dentro.

"Mas como assim?", ouvimos Navidson pronunciar, em voz alta.

E, sem dúvida, Hillary e Mallory estão no quintal. Mallory subiu numa árvore e Hillary uiva com grandiloquência diante dessa proeza.

Ao confrontarmos um fato tão assombroso, é surpreendente que esse evento tenha sido tão pouco discutido. Bernard Porch, em seu tratado de quatrocentas páginas sobre *O Registro Navidson,* dedica apenas um terço de frase ao assunto: ", (estranho como a casa não tolera a presença de animais".[80] Mary Widmunt nos deixa essa pergunta complicada: "Então qual é a dos animais de estimação?"[81] Mesmo o próprio Navidson, investigador consumado, jamais revisita o problema.

Quem sabe o que ele teria descoberto se o fizesse.

Em todo caso, Holloway logo chega e qualquer compreensão que se pudesse obter analisando a estranha relação entre os animais e a casa é deixada de lado em prol da sondagem humana.[82]

Notas de fim

[79]Cf. Selwyn Hyrkas, "O Fim da Vida Urbana", in *Interview*, v. 25, outubro de 1995, p. 54.

[80]Bernard Porch, *No Fim das Contas* (Cambridge: Harvard University Press, 1995), p. 1.302.

[81]Mary Widmunt, "O Eco do Escuro" in *Já Me Vou* (Baton Rouge: Louisiana State University Press, 1994), p. 59.

[82]Estranho como Zampanò também evita comentar a incapacidade dos animais de vagar por aqueles corredores. Acredito que haja uma grande significância nessa descoberta. Infelizmente, Zampanò jamais retorna à questão e, por mais que eu quisesse lhes oferecer minha própria interpretação, estou um pouco chapado e bêbado pra cacete, tentando determinar o que foi que me botou, pra começo de conversa, nessa bebedeira em particular no caminho para casa.

O motivo é que a Tambor visitou o Estúdio hoje.

Desde que caí das escadas, as coisas mudaram por lá. Meu chefe agora pisa em ovos comigo, todo pianinho e distante, seu comportamento provavelmente retoma o de sua época de junkie. Até os amigos dele mantêm distância, todo mundo, na maior parte do tempo, me deixa em paz para desenhar e soldar, apesar de que tenho desenhado menos esses dias, digo, com todo este tanto que eu estou escrevendo. Em todo caso, a Tambor de fato esteve lá algumas vezes, mas a minha incompreensível timidez persiste e me proíbe de conseguir conjurar uma eventual frase inteligível. Recentemente, porém, tive essa ideia maluca: decidi me arriscar e mostrar essa coisa meio abobada que eu escrevi sobre ela – sabem, aquela coisa toda sobre o litoral do norte e o sol de agosto e o cheiro dos pinheiros, até a parte da Lucy. Coloquei num envelope e fiquei carregando comigo até ela passar e aí eu entreguei para ela sem dizer nada.

Não sei o que eu esperava, mas ela abriu na hora e leu ali mesmo e aí deu risada e então meu chefe pegou e meio que fez uma careta – "Agora olha só quem que é o mutante imbecil", disse, estremecendo – e deixou por isso mesmo. A Tambor me entregou as suas havaianas e calça de moletom Adidas e se esticou na cadeira. Eu me senti um grandessíssimo idiota. Lude havia me avisado que eu estaria assinando meu certificado se mostrasse para ela. Talvez eu seja de fato. Acreditei de verdade que seria capaz de comovê-la de algum jeito absurdo. Mas ouvi-la rir daquele jeito me fodeu todo. Eu devia era passar longe desses voos da imaginação e me ater às minhas histórias inventadas de sempre.

Me esforcei ao máximo para me esconder nos fundos, mas tinha medo de ir longe demais por causa do depósito.

Então, pouco antes de sair, a Tambor veio e me entregou seu cartão.

"Me liga qualquer hora", ela disse com uma piscadela. "Você é bonitinho."

Minha vida mudou num instante.

Foi o que eu pensei.

Contei pro Lude. Ele me disse para ligar logo para ela.

Eu esperei.

Então reconsiderei a ideia e adiei.

Por fim, aos exatos 22 minutos depois das três da manhã, eu disquei. Era um beeper. Mandei meu número.

Ela é stripper, eu pensei. Strippers vivem na madrugada.

Passou-se uma hora. Comecei a beber. Ainda estou bebendo. Ela não ligou. Não vai ligar.

Eu me sinto um defunto. Hillary e Mallory, que súbita inveja deles. Me pergunto se Navidson também tinha. Aposto que Zampanò os invejava. Preciso sair daqui. O Zampanò gostava de animais. Longe. Todos aqueles gatos com quem ele conversava no meio do matagal daquele pátio. De manhã. De noite. Tantas sombras se esgueirando debaixo daquele lugar poeirento como os anos, os seus anos, será que os meus anos serão assim também? certamente não serão tantos, não como os dele, anos e anos, sempre se esfregando nas suas pernas, e eu vejo tudo agora com clareza, anúncios estáticos de que sim! hmmm, como é chocante eles ainda estarem lá, desconectados, mas vitais, o modo como as lembranças revelam sua vida simplesmente dando as caras, correndo de debaixo das sombras, patas!-pat-pat-patas-patas!, parando para se esfregar contra as nossas pernas, zap! fagulhas senis talvez mas ah sim ainda estão aí, e eu penso, será que outro ano perdido encontrou uma resolução musical? — mas não me deixem fugir muito de mim, ainda são afinal de contas apenas gatos, sombras quadrúpedes, comedoras de ratos, caçadoras de poeira, Felis catus, que não têm muita coisa para lembrá-los de si mesmos ou até mesmo de seus amanhãs, ainda mais quando o presente incandesce de brincadeiras, suas caçadas e seu medo, um clarão reluzente a ser perseguido (o sol uma estrela nas costas de um nada), um corte escuro do qual fugir (há sempre predadores . . .), o jogo lépido de coisas ocultas e asas visíveis lançadas sobre a grande vela negra de cones e bastonetes, fina e fracionada, uma aliança de luz, a arca por um instante, ecoando no escuro e o Outro, harmonizando com os truques-de-creque-breque-crique de cada folha partida de relva, cada galho extraviado, e assim lançado pela sombra e pela vaga esperança de cores rumo a uma rapsódia de movimentos e sentido, por mais que momentâneos, as pupilas se dilatando, mais dilatadas ainda, e escuras, recebendo-a toda ou até mesmo mais, embora contemplando-a ainda apenas em parte, até que no frenesi da recepção, essa sombra arranha-poeira, temente a gaviões se perde numa insanidade temporária, saltando, pulando, atirando-se atrás de tudo, como se possuída (e está); como se esse tipo de resposta física pudesse aproximar o mundo testemunhado, mas não pode, embora pouquíssimo importe a ponto de barrar a tentativa — tudo isso é para dizer, no fim, que são apenas gatos, mas ainda assim gatos com os quais se pode antes conversar em seu próprio inventar e vagar, eles somem que nem os gatos de Kilkenny, assim como apareceram no começo, saindo do nada para depois voltar ao nada, contos de alguma grande história que jamais veremos, mas imagine só um dia (o que no cinza de vésperas mais gentis hão de se revelar ser mais do que qualquer um de nós necessitava; "basta", gritaremos, "basta!" nossos estômagos satisfeitos, nossos corações satisfeitos, nossas idades satisfeitas, uma satisfação e uma satisfação maior e ainda maior satisfação; e como vamos dar risada e esquecer como a imaginação nos deixou) espreitando de volta naquele lugar, onde há cevada, relva, funcho e trigo urbanos, ou apenas palha, a palha dourada, a palha e a foice onde — Ei! Ei! Ei-ei! Foi-se a era de outrora já, já já, foi-se, foi-se já era. Mas e quanto aos cães você pergunta? Bem, não há cães exceto pelo pequinês, mas essa é outra história, que eu não quero, nem posso, contar. Mas está escuro demais e difícil e falta veleidade, caso vocês não tenham reparado eu estou num estado de espírito cheio de veleidades (inconsequente) no momento, falando (rabiscando?) sem rumo coisas estranhas sobre gatos, curtindo todas as regras nesta Escola da Veleidade, a brincadeira toda, — Aonde Fui? O Que Sussurrei? Quem Encontrei? — o gracejo e a deriva, conforme saio para pensar agora, viajando na real, a noção dos oitenta ou mais gatos poeirentos de Zampanò (sem nenhum motivo relevante/em particular), o que só pode significar, de forma implícita que não, quem não tem cão não pode caçar com gato, por conta de toda essa poeira, tanta, no chão, no mato, no ar, assim portanto/ ergo/ doravante (.·.): sem cachorro, sem pequinês, só o pátio, o pátio de Zampanò, num louco dia de um meio-dia perdido, tornado selvagem pelos anos e saltos e sol, embora o dia seguinte possa flagrar Zampanò em outro lugar, longe do sol, este sol, arremessado de bruços no chão sujo, sem a menor ideia, "Sem trauma, morreu de velho", diriam os paramédicos, mas jamais poderiam explicar — ninguém poderia — o que encontraram perto de onde ele foi encontrado, eram quatro garranchos, com quinze ou vinte centímetros de comprimento e um centímetro de profundidade, lascando a madeira, deixados por alguma coisa assom-brosa, uma assinatura na caligrafia do aço ou uma garra cruel, não Papai Noel, Zampanò morreu depois do natal, afinal, mas não era nenhum mito também, pois eu vi as marcas impossíveis perto do baú, toquei-as, cheguei até a ficar com farpas nas pontas dos meus dedos, um pouco de sua tristeza e luto, mais tarde retiradas com um alfinete, posso jurar que ainda estão apodrecendo sob a minha pele, lembrando-me dele, de um modo peculiar, assim como as outras farpas que eu ainda carrego, mas que entram ainda mais fundo, jamais tendo sido proces-sadas pelo corpo, mas bem o oposto, foram incorporadas <u>ao</u> corpo, agora há muito tempo enterradas, calcificadas e fundidas aos meus próprios ossos, guiando-me para ainda mais longe do gracejo morno dos anos, lembrando-me de dias mais frios, Onde Eu Deixei a Morte ou acreditei tê-la deixado — estou viajando — nublada nos tons do cinza dezembrino, lembrando nomes — eu viajei — varridos na geada e chuva de Ohio, governadas por um homem cuja barba era mais grosseira que o couro de um cavalo e as mãos mais duras que chifres, que me chamou de besta-fera porque eu era seu filho embora ele não fosse meu pai, o que é mais uma outra história, outro lugar que eu quero evitar e por isso estou aqui, pois tenho certeza de que há lugares que você também procurou evitar, apesar de que ela enfim me contou, em parte pelo menos, como ela saiu do apartamento do velho ao anoitecer, tendo suportado horas de um discurso sobre o conforto, a morte e a lenda, para não falar nada de mães & filhas e pintinhos & pererequinhas e pais & filhos e gatos & cães, tudo isso a perturbou, a entristeceu, a confundiu e assim a deixou completamente despreparada para a memória que estava prestes a encontrar, sendo trazida de volta bruscamente de sua infância em Santa Cruz, mesmo enquanto tenta se reorientar em um ambiente já conhecido e uma rotina confortável de uma longa caminhada de volta a seu carro — estava chovendo antes; canivetes, na verdade; mas não na Franklin com a Whitley — de repente reparando no peso antinatural de uma sombra que escapa do ocaso queimado, só que não era nenhuma sombra, mais tarde traduzida como a visão de uma criatura enorme que invadiu a curva de uma noite do norte da Califórnia, como a sombra que ela viu se escondendo na última curva da escada do Zampanò, vindo também na direção dela, levando-a assim a entrar em pânico e debater-se rumo aos confortos oferecidos por um bar local — ou aquela escalada noturna do portão do prédio do Zampanò — longe de toda aquela treva, até que depois de muitas horas e drinks ela finalmente adormeceu, sua ressaca no dia seguinte — "graças!", disse ela — deixou-a apenas com uma lembrança fugaz de alguma coisa branca com fumarolas marítimas e um clarão azul aterrorizante, que pelo que me contou era mais do que ela costumava compartilhar, muito embora — e isso ela não compartilhava — soubesse que ainda não era nem metade da história.

E assim agora, na sombra dos eventos inauditos, eu vou observando conforme escurece no pátio do Zampanò.

Toda veleidade já foi embora.

Tento estudar os caminhos da luz com cuidado. Dali do meu quarto. No vitral da minha memória. No fluxo lunar da minha imaginação. O mato, as janelas, cada banco.

Só que o velho não está lá, e os gatos ainda estão desaparecidos.

Alguma outra coisa ocupou o seu lugar. Uma coisa que não consigo ver. Aguarda.

Tenho medo.

Ela tem fome. É imortal.

Pior, nada sabe de veleidades.

VII

Mas tudo isso — a trilha misteriosa, distante e fina como um fio de cabelo, a ausência do sol no céu, o tremendo frio e a estranheza e esquisitice disso tudo — não causou a menor impressão no homem. Não era porque estivesse acostumado. Era um novato naquela terra, um chechaquo, e este era seu primeiro inverno. O problema dele era que não tinha imaginação.

— Jack London,
"Acender uma Fogueira"

Holloway Roberts chega carregando um fuzil. Na verdade, na primeiríssima tomada em que o vemos, ele desce da sua caminhonete carregando uma Magnum Weatherby 300.

Mesmo desarmado, no entanto, Holloway ainda intimidava. É um homem robusto e poderoso, com uma barba espessa e um cenho profundamente vincado. A insatisfação é o que o motiva e, aos 48, ainda tem mais ânimo do que homens com metade da sua idade. Por consequência, quando pisa no gramado do jardim de Navidson, braços cruzados, olhos analisando a casa, abelhas voando perto de suas botas, ele não parece tanto um convidado, mas um conquistador desembarcando em novos horizontes, preparando-se para a guerra.

Nascido em Menomonie, Wisconsin, Holloway Roberts fez carreira como caçador e explorador profissional. Como comenta o escritor Aramis Garcia Pineda, especializado em livros de viagem: "Ele é confiante, sabe liderar e possui uma coragem digna de quem tem colhões de aço. Houve no passado quem ficasse ressentido por conta de sua força e motivação, mas a maioria das pessoas concorda quanto à sensação de segurança que a sua presença transmite — ainda mais em situações de risco de vida — e isso faz valer muito a pena tolerar os aspectos irritantes de sua personalidade".[83]

Quando Navidson disse a Reston que Karen lhe havia pedido, explicitamente, para não explorar o corredor — e presume-se que Navidson tenha então descrito as descobertas que fez durante a Exploração A —, a primeira pessoa a quem Reston recorreu foi Holloway.

Reston havia conhecido Holloway quatro anos antes, num simpósio sobre design de equipamentos para exploração no Ártico sediado na Northwestern University. Holloway foi um dos palestrantes convidados para representar os exploradores. Ele não só articulou com clareza os problemas

[83]Cf. Aramis Garcia Pineda, "Mais Do Que Se Vê À Primeira Vista", in *Field and Stream*, v. 100, janeiro de 1996, pp. 39-47.

dos equipamentos atuais, como também deu atenção ao que era necessário para corrigi-los. Apesar da falta de senso de humor em sua fala, sua concisão deixou impressionados muitos dos presentes, sobretudo Reston, que decidiu pagar-lhe uma bebida. Um tipo de amizade logo se desenvolveu.[84] "Eu sempre o considerei um cara muito firmeza", Reston disse, bem mais tarde, na **Entrevista Com Reston**. "Olha só o currículo dele. Nunca, nem por um momento, duvidei da sua capacidade."[85]

Como se vê, assim que Holloway assistiu à fita de "O Corredor de Cinco Minutos e Meio", que Reston lhe havia enviado, ele ficou mais do que empolgado para participar da investigação.[5½] Dentro de uma semana ele já havia chegado à casa, junto com dois funcionários: Jed Leeder e Kirby "Cera" Hook.

Como descobrimos no *Registro Navidson*, Jed Leeder vive em Seattle, apesar de originalmente ser de Vineland, New Jersey. A bem da verdade, ele vinha tocando uma carreira como caminhoneiro quando um trabalho transcontinental o levou até Washington. Foi lá que descobriu que a natureza não era apenas um mito conjurado nas revistas. Ele tinha 27 anos quando viu a Cordilheira das Cascatas pela primeira vez. Bastou um único olhar. Amor à primeira vista. Largou o emprego na hora e começou a vender equipamento de acampar. Seis anos depois, já estava longe de Vineland e, como podemos ver pessoalmente, sua paixão pela região do noroeste da costa do Pacífico e pela natureza parece ter apenas se tornado mais intensa.

Consumadamente tímido, quase ao ponto da fragilidade, Jed possui um senso de direção que beira o sobrenatural e uma notável resistência física. Até Holloway confessa que Jed provavelmente conseguiria ultrapassá-lo numa escalada sem peso. Quando não está fazendo caminhada ao ar livre, Jed ama tomar café, assistir à mudança das marés e ouvir a Lyle Lovett com sua noiva. "Ela é do Texas", ele nos diz, com uma voz muito suave. "Acho que é lá que vamos nos casar."[86]

Cera Hook não poderia ser mais diferente. Aos 26 anos, é o mais jovem membro da equipe Holloway. Nascido em Aspen, Colorado, ele cresceu nas encostas das montanhas e algares de cavernas. Antes de saber andar, já sabia onde cravar o pitão, e, antes de saber falar, já tinha o vocabulário dos nós debaixo dos dedos. Se podemos falar em prodígios do alpinismo, seria o Cera. Por volta da época em que largou o ensino médio, havia subido mais picos do que a maioria dos alpinistas poderia alegar ter escalado ao longo de toda uma vida. Em um dos seus clipes, ele nos diz que planeja em algum momento fazer a escalada sozinho da encosta norte do Everest. "E isto eu lhes digo, tem um tanto de gente que aposta que eu consigo".

Quando Cera fez 23 anos, Holloway o contratou como guia. Ao longo dos três anos seguintes, Cera ajudou Holloway e Jed a liderar equipes que subiram o Monte McKinley até a Caverna de Ellison, na Georgia, e algum Cwm nepalês. O salário não era grande coisa, mas a experiência valia muito a pena.

---

[84]Leezel Brant, "Amigos Vitalícios de Billy Reston", in *Backpacker*, v. 23, fevereiro de 1995, p. 7

[85]Cf. Amostra Quatro, onde se vê a transcrição completa da Entrevista Com Reston.

[5½]Gabriel Reller, em seu livro *Além do Alcance da Mídia Comercial* (Athens, Ohio: Ohio University Press, 1995) sugere que a aparição do primeiro curta intitulado "O Corredor de Cinco Minutos e Meio" se originou aqui: "É provável que Holloway tenha copiado a fita e dado para alguns amigos, que, por sua vez, a repassaram a outros. Em algum momento, ela acabou indo parar nos meios acadêmicos" (p. 252).

[86]Cf. Susan Wright, "Leeder da Matilha", in *Outdoor Life*, v. 195, junho de 1995, p. 28.

Cera por vezes passava um pouco dos limites. Gosta de beber, transar e, mais do que tudo, se vangloriar do tanto que bebeu e das vezes que transou. Mas nunca se vangloria dos montes escalados. A manguaça e as mulheres são uma coisa, mas "uma encosta rochosa vai ser sempre melhor do que você, e se conseguir descer de lá vivo, você fica contente de ter tido uma boa viagem".[87]

"Mas esta deve ter sido a mais esquisita", Cera mais tarde diz a Navidson, logo antes de realizar sua última exploração pelo corredor. "Quando Holloway me perguntou se eu queria explorar uma casa, achei que ele estivesse maluco. Mas tudo que o Holloway faz é interessante pra mim, por isso eu topei, e é mesmo, esta é *sim* a mais esquisita!"

No dia em que Holloway e sua equipe chegam à Ash Tree Lane, Navidson e Tom estão lá para recebê-los na porta. Karen dá um breve olá e então sai para buscar as crianças na escola. Reston faz as devidas apresentações e depois de todo mundo se reunir na sala de estar, Navidson começa a explicar o que sabe sobre o corredor.

Ele lhes mostra um mapa traçado com base em sua primeira visita. É revelador que isso sequer pareça novidade para Tom. Enquanto Navidson se esforça ao máximo para deixar claro para todos os envolvidos o perigo representado pelo tremendo tamanho do local, bem como a necessidade de registrar em detalhes cada parte da exploração, Tom repassa cópias xerocadas do diagrama do seu irmão.

Jed tem dificuldade em conter o riso, enquanto Cera tem dificuldade em parar de gargalhar. Holloway fica olhando para Reston. Apesar da fita que eles viram, Holloway parece convencido de que Navidson tem mais do que alguns parafusos soltos chocalhando em seu córtex cerebral. Mas quando as quatro trancas enfim são destravadas e a porta do corredor se abre, a escuridão gélida massacra num instante todos os risinhos e piscadelas.

Newt Kuellster suspeita que a primeira vista do lugar causou uma alteração irreparável dentro de Holloway: "Seu rosto perde a cor, algo muito próximo do pânico inunda o seu sistema. De repente ele vê o que a fortuna colocou no seu prato e o quanto isso poderia deixá-lo rico e famoso, e é o que ele quer. Ele quer tudo, imediatamente, não importa o quanto custe".[88] Ao estudarmos a reação de Holloway, é quase impossível negar a seriedade com a qual ele encara o corredor. "Até onde vai?", enfim pergunta.

"É o que você vai descobrir", Navidson responde, medindo o homem, um meio sorriso nos lábios. "Só toma cuidado, porque ele se mexe."

Desde a primeira vez em que os dois apertam as mãos na porta de entrada, fica óbvio para nós que Navidson e Holloway se desgostam mutuamente. Nenhum dos dois dá voz a qualquer crítica em voz alta, mas ambos se eriçam na presença um do outro. Holloway provavelmente se incomoda um pouco pela carreira distinta de Navidson. Navidson, sem dúvida, no seu âmago, fica contrariado por ter que pedir a outro homem que explore sua própria casa. Holloway não facilita nem um pouco essa intrusão. É arrogante e, logo após a pequena introdução de Navidson, começa de imediato a dar ordens.

---

[87]Bentley Harper, "Com Isca e Anzol", in *Sierra*, v. 81, julho/agosto de 1996, p. 42.

[88]Cf. Newt Kuellster, "O Explorador de Cinco Minutos e Meio", in *A Questão Holloway* (San Francisco: Metalambino Inc., 1996), p. 532; além de Tiffany Balter, "Desaparecido", in *People*, v. 43, 15 de maio, 1995, p. 89.

Quando era mais novo, Navidson provavelmente mal teria dado atenção ao que disse Karen e partido já para explorar os corredores sozinho — que se dane o perigo. Porém, como já foi discutido, o objetivo da mudança para a Virgínia era consertar o seu relacionamento fragilizado. Karen evitaria depender de outros homens para amenizar suas inseguranças se Navidson conseguisse acalmar sua sede pelo perigo e desse uma chance real à vida doméstica. Afinal, como Karen mais tarde viria a insinuar, ela queria que o lar os aproximasse um do outro.[89] O aparecimento do corredor, no entanto, pôs à prova esses votos informais. Navidson se flagra o tempo todo com essa coceira para abandonar a família em troca daquele lugar, enquanto Karen descobre velhos padrões vindo à tona em si mesma.

Mais tarde, naquele dia, Holloway coloca a mão nas costas de Karen e lhe arranca uma risada com uma frase que a câmera não consegue captar. De imediato, Navidson empurra Holloway de lado com o ombro, revelando, dentre outras coisas, sua força facilmente subestimada. Navidson, no entanto, reserva as balas do seu olhar fuzilante para Karen. Ela dá uma risada, mas a energia intranquila liberada traz à tona as acusações de Leslie Buckman e Dale Corrdigan.[90]

Todavia, mesmo após a interjeição de Navidson, Holloway ainda tem dificuldades em tirar os olhos de Karen. O fato de que ela flerta com ele também não ajuda. Ela é inteligente, uma pessoa extremamente sexual e, assim como Navidson sempre gostou do perigo, ela sempre dependeu dessa atenção.

Karen traz cervejas aos homens, depois eles vão para fora, junto com ela, e acendem o seu cigarro. Não importa muito o que dizem, os olhos dela brilham, então ela dá o seu famoso sorriso e é tiro e queda: logo, todos estão babando por ela.

Navidson confessa na sua Hi 8, "Não consigo expressar o quanto eu gostaria de desviar o septo daquele desgraçado [do Holloway]". E, mais tarde, ele diz, meio enigmático: "Eu devia enxotar ela daqui por isso". Ainda assim, fora esses comentários e o forte empurrão que ele dá em Holloway, Navidson evita demonstrar abertamente qualquer outro sinal de ciúme ou raiva.

Infelizmente ele também evita considerar abertamente o significado desses sentimentos. O mais perto que ele chega disso aparece numa das entradas de seu vídeo-diário em Hi 8 inserida após o seu

---

[89]Cf. Capítulo XIII.

[90]Vide as notas 19 e 20 sobre as infidelidades de Karen. Talvez deva-se reparar aqui que, apesar de suas peregrinações, Navidson é uma figura marcadamente não promíscua. Sua beleza, inteligência e fama não se combinaram num estilo de vida adúltero. Iona Panofsky em "Santos, Pecadores e Fotojornalistas" (*Fortune*, v. 111, 18 de março, 1985, p. 20), atribui o gênio de Navidson à sua "existência monacal". Porém, Ryan Murray, nativo da Austrália, em seu livro *Caminhos Mais Selvagens* (Sydney: Outback Works, 1996), descreve os hábitos monásticos de Navidson como "um sinal claro de ansiedades edipianas mal resolvidas, uma homossexualidade reprimida e uma noção perturbada de si. Considerando o tempo que ele passou longe de casa, combinado com o tipo de ofertas que recebeu das mais provocantes e exóticas das mulheres (para não incluir a de suas diversas assistentes), sua recusa demonstra uma falta nauseante de caráter. Não tem erro: por essas bandas aqui, esse é o tipo que entra num bar sorrindo e sai usando um banquinho como chapéu". Um comentário estranho de se fazer, considerando o quanto Navidson bebeu em todos os bares australianos que visitou e que, em certa ocasião, ao ser atacado por dois bêbados, supostamente enfurecidos por toda a atenção que as garçonetes lhe dispensavam, ambos os embriagados saíram com hematomas e sangramentos (*The Wall Street Journal*, 29 de março, 1985, p. 31, coluna 3).

encontro com Holloway. Diante da câmera, Navidson comenta algo a que ele se refere como "seus pés podres". Como podemos ver claramente, ele tem as ponta dos dedos dos pés inchadas e em alguns pontos a cor é de um vermelho-argila. Além do mais, suas unhas têm umas rachaduras horríveis e mostram-se desfiguradas e amarelas. "Perpetuados", Navidson nos informa, "por um fungo asqueroso que os médicos chamam há duas décadas de E-S-T-R-E-S-S-E". Sentado sozinho na beira da banheira, na qual estão penduradas meias manchadas de sangue, ele espalha um bálsamo sedoso em torno do que ele chama casualmente de "o dedão da luz fantástica". É um dos momentos de maior exposição de Navidson, ainda mais quando se considera sua posição na sequência, o que parece revelar de um modo não verbal parte da ansiedade que os flertes de Karen com Holloway provocaram nele.

Tudo isso se torna bem irrelevante, já que Holloway em breve passará a maior parte de suas horas liderando sua equipe rumo às entranhas daquele corredor afótico.

Com frequência, os tratamentos das três primeiras explorações se concentram nos aspectos físicos da casa. Florencia Calzatti, porém, em seu convincente *O desgaste de uma família americana* (Nova York: Arcade Publishing, 1995) — fora de catálogo —, demonstra como essas invasões começam a privar os Navidson de qualquer coesão existente. É uma análise interessante das variáveis complexas implícitas em todo tipo de intrusão. Infelizmente, a obra de Calzatti não é de fácil compreensão, pois ela propõe seus argumentos usando um idioleto peculiar que não facilita a compreensão para qualquer leitor (e.g. ela nunca se refere a Holloway sem ser pela alcunha de "o estranho"; Jed e Cera aparecem apenas como "os instrumentos"; e a casa é codificada como "o paciente"). Sem dúvida inspirados por Calzatti, um pequeno grupo de outros autores, incluindo o poeta Elfor O'Halloran, continuou a ponderar as dinâmicas introduzidas pela chegada de Holloway.[91]

Sem nos concentrarmos demais nos menores detalhes das filigranas apresentados nessas obras — o que por si só já renderia um livro — vale a pena, por mais breve que seja, rastrear os eventos narrativos das três explorações e relatar, em alguma medida, como eles afetam a família Navidson.

Na **Exploração #1**, Holloway, Jed e Cera entram no corredor equipados com câmeras Hi 8, casacões grossos, chapéus, luvas de Gortex, lâmpadas poderosas de halogênio e um rádio para manter contato com Navidson, Tom e Reston. Navidson amarra a ponta de uma linha de pesca na porta do corredor e então entrega o carretel a Holloway.

"Tem quase três quilômetros de linha aí", ele lhe diz. "Não solte dela."

Karen não diz nada ao ouvir Navidson fazer esse comentário, mas levanta num movimento brusco para ir até o quintal e fumar um cigarro. É particularmente perturbador assistir a Holloway e sua equipe desaparecerem no longo corredor, enquanto Karen, do lado de fora, fica andando de um lado para o outro à luz de um dia de setembro, sem ter a menor ideia daquele

[91]Considere o artigo de Bingham Arzumanian, "O Estranho no Corredor", in *Journal of Psychoanalysis*, v. 14, 12 de abril, 1996, p. 142; Yvonne Hunsucker, "Terapia, Alívio e Introjeição", *Medicine*, v. 2, 18 de julho, 1996, p. 56; Curtis Melchor, "A Mão Cirúrgica", *Internal Medicine*, v. 8, 30 de setembro, 1996, p. 93; e Elfor O'Halloran, "Curas Invasivas", *Homeopathic Alternatives*, 31 de outubro, 1996, p. 28.

espaço que ela repetidamente atravessa, embora não possa, por qualquer razão, penetrá-lo.[92]

Uma hora depois, Holloway, Jed e Cera retornam. Quando as suas fitas Hi 8 são exibidas na sala de estar, nós acompanhamos, junto com todos os outros, como uma série de viradas à esquerda acabam, em algum momento, levando ao corredor aparentemente sem fim que, de novo à esquerda, oferece a entrada àquele espaço imenso onde Navidson quase se perdeu. Embora a perícia de Holloway em filmar essa viagem nem sequer se compare ao domínio evidenciado por Navidson na Exploração A, ainda assim é emocionante acompanhar o trio conforme investigam a escuridão.

Como eles logo descobrem, o vazio acima deles não é infinito. Suas lanternas, muito mais poderosas do que a de Navidson, iluminam um teto a pelo menos sessenta metros de altura. Um pouco mais adiante, a pelo menos quinhentos metros, eles descobrem uma parede oposta. O que pegou todo mundo desprevenido, contudo, é que há uma entrada ainda maior à espera, que se abre a um vazio ainda mais amplo.

Há duas coisas que os impedem de avançar. A primeira — Holloway chegou ao fim da linha de pesca. Na verdade, ele considera por um breve momento deixar o carretel no chão quando vem a segunda coisa — ele ouve o rosnado de que Navidson lhes avisou. Um pouco abalado pelo barulho, Holloway decide voltar a fim de ponderar melhor qual será seu próximo lance. Como previsto por Navidson, eles logo descobrem pessoalmente que as paredes se mexeram (mas não no mesmo grau que ocorreu com Navidson). Por sorte, as mudanças não conseguiram romper a linha de pesca, e os três homens encontram o caminho de volta à sala de estar com relativa facilidade.

A **Exploração #2** ocorre no dia seguinte. Desta vez, Holloway leva consigo quatro carretéis de linha de pesca, vários sinalizadores e alguns marcadores neon. Ele praticamente ignora Navidson e deixa Cera encarregado de manejar a câmera 35 mm, instruindo Jed a coletar raspas das paredes pelas quais eles passam. Reston fornece uma dúzia mais ou menos de potes de amostras.

Embora a Exploração #2 acabe durando mais de oito horas, Holloway, Jed e Cera ouvem o rosnado apenas uma única vez e as mudanças resultantes são irrisórias. O primeiro corredor parece mais estreito e o teto um pouco mais baixo. Embora algumas das salas pelas quais eles passam pareçam maiores, em sua maior parte tudo continuou mais ou menos igual. É quase como se o uso contínuo do espaço detivesse o rosnado e preservasse o caminho percorrido.

Afora sentir-se contrariado no geral pelo que percebe ser uma impostura de autoridade da parte de Holloway, Navidson quase surta ao ouvir as descobertas no rádio. Reston e Tom tentam animá-lo e Navidson, para seu crédito, tenta de fato parecer animado, mas quando Jed anuncia terem atravessado o que ele batizou de a Antessala e entrado no que Holloway começa a chamar de Grande Salão, Navidson passa a ter uma dificuldade cada vez maior de conjurar até mesmo o menor sorriso.

Fannie Lamkins, psicóloga do rádio, acredita que se trata de um exemplo clássico da luta masculina por dominação:

---

[92]Cf. Jeffrey Neblett, "A Ilusão de Intimidade e Profundidade", *Ladies' Home Journal*, v. 111, janeiro de 1994, pp. 90-93.

> Já é péssimo ouvir que o Grande Salão tenha um teto de pelo menos 150 metros de altura com uma largura que poderia passar de um quilômetro, mas quando Holloway diz pelo rádio que eles descobriram uma escadaria no centro que tem mais de sessenta metros de diâmetro e desce, em espiral, rumo ao nada, Navidson se vê obrigado a entregar o rádio a Reston, incapaz de dizer a menor palavra de apoio. Ele foi privado do direito de batizar aquilo que compreende como essencialmente seu.[93]

Lamkins enxerga a disposição de Navidson em obedecer a Karen como um sacrifício do nível de uma escarificação, "embora invisível a Karen".[94]

Após o retorno da equipe de Holloway, Jed tenta descrever a escadaria: "Era enorme. A gente jogou uns sinalizadores lá embaixo, mas não ouviu caírem no chão. Quer dizer, naquele lugar, tão vazio e gelado e quieto e tal, dava para ouvir de verdade um alfinete cair, mas a escuridão simplesmente engoliu os sinalizadores e tudo". Cera assente e acrescenta, com um meneio da cabeça: "É tão fundo, cara, é quase como se fosse que nem um sonho".

Este último comentário, na verdade, não é tão incomum, sobretudo vindo de indivíduos que se flagram diante de vastos espaços tenebrosos. Em meados de 1960, espeleólogos americanos enfrentaram o Sotano de las Golondrinas, um incrível buraco de 332 metros na Sierra Madre Oriental do México. Foram usadas cordas, racks de rappel e blocantes para descer. Mais tarde, um dos espeleólogos descreveu a experiência nos seguintes termos: "Eu estava suspenso em uma cúpula gigantesca com milhares de pássaros em revoada em pequenos grupos perto do vago pano preto de fundo das paredes distantes. Deslocando-me devagar pela corda, tive a sensação de que estava descendo rumo a uma ilusão e que logo viria a me tornar parte dela, conforme as distâncias iam se tornando incontáveis e inteiramente irreais".[95]

Quando Holloway põe as Hi 8 para todo mundo assistir, as frustrações de Navidson o vencem. Ele sai da sala. Não ajuda o fato de que Karen fica ali ainda, inteiramente encantada pela apresentação de Holloway e pelas imagens fantasmagóricas, embora de qualidade duvidosa, de um balaústre, congeladas no monitor. A bem da verdade, é Tom quem a puxa de lado e tenta convencê-la a deixar que Navidson lidere a próxima exploração.

"Tom", ela responde, na defensiva. "Não tem nada impedindo o Navy. Se ele quiser ir, ele que vá. Mas aí eu também vou embora. Esse é o acordo. Ele sabia disso. Você sabe disso."

Tom parece meio chocado com o quanto ela parece estar com raiva, até que Karen dirige a sua atenção a Chad e Daisy, sentados na cozinha, muito empenhados em não fazer seus deveres de casa.

---

[93]Fannie Lamkins, "O Terapeuta de Onze Minutos", KLAT, Buffalo, Nova York, 24 de junho, 1994.

[94]*Ibid.* Florencia Calzatti também entende o ultimato de Karen como um ato de violência, embora o considere, no fim das contas, também valioso: "Um rito necessário para revigorar e fortalecer os laços pessoais do casal". *O desgaste...*, p. 249.

[95]*Planeta Terra: Mundos Subterrâneos*, de autoria de Donald Dale Jackson e dos editores da Time-Life (Alexandra, Virgínia: Time-Life Books, 1982), p. 149.

"Olha para eles", ela sussurra. "O Navy teve uma vida toda de peregrinações e perigos. Ele pode deixar que outra pessoa assuma agora. Ele não vai morrer se abrir mão disso, mas ficar sem ele seria a morte para as crianças. Seria a morte para mim também. Eu quero envelhecer, Tom. Quero envelhecer com ele. É tão ruim assim?"

Suas palavras são claramente tocantes para Tom, que talvez perceba também o vasto impacto que a morte de seu irmão teria sobre ele, igualmente.[96]

Ao rever Navidson, Tom lhe diz para ir atrás do seu filho.

Com base no que é possível dizer a partir do *Registro Navidson*, parece que Chad logo ficou de saco cheio do dever de casa e foi para a rua com Hillary, determinado a explorar sua própria escuridão. Navidson precisou passar quase uma hora procurando-o até enfim encontrá-lo. Chad tinha ido parar no parque, onde encheu um pote com vagalumes. Em vez de lhe dar uma bronca, Navidson o ajudou.

Às dez horas, ambos estavam em casa com potes cheios de luz e as mãos grudentas de sorvete.

A **Exploração #3** acabou durando quase vinte horas. Confiando primariamente nas transmissões de rádio de sua equipe, intercaladas com alguns clipes das Hi 8, Navidson relata como Holloway, Jed e Cera demoram 45 minutos para alcançar a Escadaria em Espiral, depois passam as próximas sete horas descendo seus degraus. Quando param, enfim, o sinalizador que eles soltam ainda assim não ilumina nem faz o barulho de ter chegado ao chão. Jed repara que o diâmetro também aumentou de 60 metros para uns 150. Demora mais de onze horas até eles conseguirem retornar.

Diferentemente das explorações anteriores, essa intrusão os deixou face a face com as consequências da imensidão do lugar. Todos os três homens retornam com hipotermia, exaustos, seus músculos doloridos, seu entusiasmo esgotado.

"Eu estou com um tanto de vertigem", Jed confessa. "Precisei me afastar da beirada e sentar. É a primeira vez que isso me acontece". Cera é mais altivo, alegando não sentir o menor medo, embora, por algum motivo, esteja mais exausto que os outros. Holloway continua sendo o mais estoico, guardando para si mesmo suas dúvidas, acrescentando apenas que a experiência está além do poder de qualquer câmera Hi 8 ou 35 mm: "É impossível fotografar o que a gente viu".[97]

Mesmo após vermos as tomadas caprichadas de Navidson, é difícil discordar de Holloway. A escuridão recriada em um laboratório ou em um aparelho de televisão nem sequer começa a contar a verdadeira história. Não importa se são coágulos químicos que determinam a cor preta ou o cinza no vídeo que tenta uma aproximação da ausência, as imagens permanecem ainda assim bidimensionais. Para acrescentar uma terceira dimensão, fazem-se necessários indicadores de profundidade, o que, no caso da escadaria, significaria mais luz. Os sinalizadores, no entanto, nem sequer iluminam o tamanho daquele buraco. Na verdade, eles logo se extinguem por conta daquilo mesmo que deveriam expor.

---

[96]Os artigos de Bingham Arzumanian e Curtis Melchor ambos ofereceram revelações valiosas sobre a natureza do alinhamento entre Karen e Tom. Cf. Capítulo XI.

[97]Marjorie Preece usa essa fala como mote para as observações poderosas feitas em seu ensaio, "Perda de Autoridade: o Desafio de Holloway", *Kaos Journal*, v. 32, setembro 1996, p. 44. Preece maravilhosamente demonstra o modo como a afirmação de Holloway de que a câmera é impotente dentro da casa "ajudou a estabelecê-lo — pelo menos por um tempo — como o chefe da tribo".

Nosso conhecimento ilumina aquele poço sem fundo, revelando as profundezas, no limite ausentes, em todas as fitas e imagens estáticas — aqueles estranhos *cartes de visites*. É triste que as imagens de Holloway nem sequer possam contar como aproximações daquela brusca vastidão, sobre a qual Rilke escreveu, "*aber da, an diesem schwarzen Felle/ wird dein stärkstes Schauen aufgelöst*".[98]

---

[98]Não faço ideia. Na verdade, o Lude tinha uma amiga alemã chamada Kyrie, uma bela loira que falava chinês, japonês e francês, que bebia cerveja de litro, treinava para triathlon quando não estava jogando squash competitivo, tirava seis dígitos por ano como consultora corporativa e adorava foder. Lude ficou esperto quando eu lhe disse que precisava de uma tradução do alemão e me apresentou.

Como eu descobri, a gente já tinha se conhecido, uns cinco meses atrás, mais ou menos. Na verdade, foi meio complicado. Eu estava dando mole por aí, pulverizado pela bebedeira, horas de bebedeira, na verdade, que pareciam dias de bebedeira, quando esse sujeito monstruoso parou na minha frente, resmungando qualquer coisa sem sentido sobre ser malcriado, algo que envolvia um excesso de falatório com um excesso de gesticulação, então ele gesticulou na direção dela, essa parte do resmungo eu entendi, que falava dela. Ele se referia a Kyrie, claro, que mesmo nessa época já era uma linda loira, que escreveu meu nome em japonês e atribuiu todo tipo de coisas portentosas a ele, coisas que eu esperava liderar ou será que era talvez seguir?, em outro lugar, quando esse cagalhão pré-histórico, fedendo a dinheiro e ignorância, se interpôs, xingando, cuspindo e ameaçando, e tudo isso tão alto na verdade & com tanta maldade que Kyrie precisou se interpor, o que só piorou a situação. Ele se esticou para além dela e me acertou na testa com a parte de baixo da palma da mão. Não foi com força, meio tipo um empurrão, mas forte o suficiente para me empurrar um bocado.

"Ora, quem diria", eu lembro de berrar. "Ele tem polegar opositor."

O monstro não curtiu. Não importava. O álcool em mim já havia despertado e vazado do meu corpo. Eu fiquei lá, todo formigando, uma lucidez perigosa voltando para mim, antigas linhagens conspirando sob o que eu imagino agora ter sido a própria égide de Marte, meus dedos coçando para se fundirem, enquanto embaixo do meu esterno um martelo atingia o sino atemporal da guerra, um chamado às armas, mas durante tudo isso o que me deteve? palavras, eu acho, ou melhor, uma voz, mas não faço a mínima ideia de quem seja.

Ele tinha o dobro do meu tamanho, era maior e mais forte, o que deveria ser um fato importante. Por algum motivo, não era. Tudo indicava que ele iria me rasgar em pedaços, que provavelmente tentaria até pisar na minha cabeça, e ainda assim parte de mim queria pagar pra ver. Por sorte, o álcool voltou. Fiquei cambaleante e aí deu medo.

O Lude gritava comigo.

"Você quer morrer, Truant?"

E foi isso que me assustou.

Porque talvez eu quisesse.

Uns cinco meses depois, Lude marcou para que eu encontrasse a Kyrie na Union. Eu cheguei uma hora atrasado. Tinha uma desculpa. Toda vez que tentava abrir a porta, meu coração começava a acelerar, clamando por uma ponte de safena. Eu precisei sentar e esperar ele parar de bater tanto. Isso demorou uns cinquenta minutos até que eu finalmente desisti, travei a mandíbula e saí correndo noite afora.

É claro que reconheci a Kyrie de imediato e ela me reconheceu. Ela estava começando a se preparar para ir embora quando eu cheguei. Pedi desculpas e implorei para que ela ficasse, dando alguma desculpa esfarrapada sobre a polícia tentando salvar um sujeito no meu prédio que tinha enfiado a cabeça no micro-ondas. Ela estava maravilhosa e sua voz era suave e me oferecia algo que a Tambor havia tirado de mim ao não responder minhas ligações. Ela chegou a escrever num guardanapo o rabisco que havia criado para mim um ano atrás, refletindo meu nome e minha natureza.

Antes que eu pudesse pedir uma bebida, Jack com Coca, ela me disse que o namorado dela estava viajando, trabalhando em alguma construção na Polônia, desalojando sozinho os superpetroleiros presos num dique seco em Gdansk ou coisa que o valha. Era um trabalho sujo, mas alguém tinha que fazer, e o que é pior, ele não iria voltar durante mais algumas semanas. Antes mesmo que eu sequer desse um gole no meu copo, Kyrie estava reclamando das pessoas todas passando por nós e quando eu terminei minha bebida num único gole, ela sugeriu que saíssemos para um passeio no seu BMW Coupé duas portas novinho.

"Claro", respondi vagamente incomodado com a ideia de ir para muito longe de onde eu moro, um incômodo que, como logo percebi, assim que dediquei um segundo para pensar no assunto, era absolutamente absurdo. O que caralhos estava acontecendo comigo? Meu apartamento é uma pocilga. Não tem nada lá para mim. Nem sono. Cochilos tudo bem, mas por algum motivo o sono REM profundo está cada vez mais difícil de conseguir. Definitivamente isso não é bom.

Por sorte, eu estava sob o feitiço dos olhos azuis de Kyrie, quase um iceberg, quase inumanos, lembrando-me de novo – como ela mesma havia apontado – que ela estava sozinha, o Homem de Gdansk a mais de meio mundo de distância.

No estacionamento, eu me acomodei nos assentos anatômicos e logo engoli dois tabletes de Ecstasy.

A Kyrie assumiu o controle a partir daí.

A quase 150 por hora, ela nos levou zunindo até aquele precipício que alguns conhecem como Mullholand, onde venta muito, uma estrada sinuosa nas beiradas das montanhas de Santa Monica, onde ela avançou e foi fazendo um zigue-zague nas curvas, por vezes reduzindo a oitenta, para depois disparar num instante para 150 de novo, rápido, devagar, rápido-rápido, devagar, às vezes uma curva ampla, às vezes mais colada. Ela preferia as mais apertadas, os movimentos bruscos e controlados, da esquerda para a direita, antes de voltar para a direita, só para poder fazer tudo de novo, até que, após um tanto de velocidade, vento e distância que bastasse, mais do que eu estava preparado para esperar, aliás, levando-me a partes da cidade nas quais eu sequer penso muito, que dirá visito, ela entrou, num mergulho, em alguma rua mais lenta, uma alameda de árvores onde a luz não chega, também sem parar por ali, mas indo em frente até por fim encontrar o ponto isolado que estava procurando desde o começo, uma vista da cidade, longe de todos, pedestres ou moradores, e ainda assim diretamente sob um poste de luz, que até onde eu conseguia ver, era o único poste num raio de quilômetros.

Parece que toda aquela luz gaguejante descendo pelo teto solar e inundando o carro a deixou com tesão de verdade.

Não consigo lembrar as coisas imbecis que eu comecei a tagarelar na hora. Sei que não importavam na verdade. Ela nem estava dando ouvidos. Ela só travou o freio de mão, jogou o assento para trás e me mandou deitar em cima dela, sobre aquelas suas calças de couro, calças de couro extremamente caras, aliás, suas mãos guiando as minhas de imediato sobre aquelas dobras macias e levemente azeitadas, posicionando meus dedos sobre o metal reluzente do zíper, pequeno e redondo como uma lágrima, depois murmurou alguma coisa tão inaudível que eu pensei conseguir ouvir seus lábios trêmulos contra o meu ouvido, até ela parecer muito, muito distante — "abre", ela disse, e foi o que eu fiz, de leve, até ela também dizer "puxa", o que eu fiz também, com cuidado, abrindo o zíper, um dente por vez, descendo até embaixo, o mais longo abrir de zíperes em toda a minha vida, de lá de cima, passando seu umbigo perfeitamente oval até a minúscula tatuagem, um sinal em japonês, cujo sentido eu jamais adivinharia, marcando sua lombar, e nem o menor indício de uma calcinha para atrapalhar, o resto dá para adivinhar, mas não subestimem o perigo, apesar de que eu nem acho que era tão perigoso assim, afinal.

A gente nem sequer se beijou, nem olhou nos olhos um do outro. Nossos lábios apenas invadiam aqueles labirintos interiores ocultos em nossos ouvidos, preenchendo-os com a música particular de palavras perversas, as dela em várias línguas, as minhas na cor desbotada de meu único idioma, até que os tons mudaram, e nossas consoantes foram girando e guinchando, então chocalharam mais rápido, hesitaram, correram com força, as sílabas logo derretendo em suspiros ou gemidos encontrando tração em novas palavras ou velhas palavras ou palavras inventadas, até reunirmos nosso fogo e nos recusarmos a aliviá-lo, curtindo demais o idioma obscuro com o qual de repente havíamos nos deparado, tencionando, tensionando, não tanto uma comunicação a bem da verdade, mas uma canalização de nossos rumores desejantes, os dela remontando acredito a Florestas Negras e lobos, os meus a uma forma mais familiar, aquele grande mistério de volta cuja forma eu podia ainda apenas ouvir, o que apesar de nossas luxúrias distintas e gritos individuais ainda continuava a nos impulsionar cada vez mais fundo rumo a tons mais estranhos, nosso desejo mútuo de continuar agarrando o ardor alimentado pelo som, o dela chiando, o meu — eu não ouvi o meu — apenas o dela, provavelmente em contraponto ao meu, um grito agudo, depois um sussurro que recai do nada até virar praticamente um latido, um resmungo, sei lá, não faz mais sentido, e de repente chega de curvas também, tudo é reto, cruzou-se algum limite, onde cada som fraturado já dito acaba por fim compactado em uma única palavra longa e agonizante, que passa fácil das cem letras, até mesmo do trovão, antecipando a entrega inevitável, quando o calor passa enfim a ser demais para suportar, ameaçando queimar, marcar, rasgar tudo, porém tentador o suficiente para nos agarrarmos por pelo menos mais um segundo, estender tudo, se pudermos, como se ao chegarmos tão perto do calor, tão mais envolvidos, fosse possível provar . . .— o que, quando de fato o apanhamos, detemos, postergamos, de fato acabaria sendo demais, afinal, segundos além do necessário, e impossível de se recusar, assim explodindo tudo em pedaços, tremores e temores e no fundo da garganta dela umas mil letras colidindo numa longa queda sem

A resistência à representação, porém, não é a única dificuldade proposta por aquelas câmaras e corredores replicantes. Como Karen descobriu, a casa toda desafia qualquer método normal de se orientar.

Aparentemente, enquanto Karen sofria com a invasão dos exploradores em seu lar, sua mãe havia conseguido obter o telefone de um mestre do Feng Shui em Manhattan. Após uma longa conversa com esse especialista, Karen ficou aliviada em descobrir que estava colocando todos os animais de cerâmica, cristais e plantas nos lugares errados. Ela foi instruída ainda a usar a tábua de Pau Kua, o *I Ching* e o quadrado de Lo Shu, mas com o auxílio de uma bússola. Já que muito do Feng Shui, ainda mais na Escola da Bússola, depende de quais são as direções auspiciosas e ominosas, é crucial se chegar a uma leitura precisa do modo como a casa se situa quanto aos pontos norte, sul, leste e oeste.

De imediato, Karen sai e compra uma bússola — isso enquanto os homens ainda estão no meio da Exploração #2. Ao voltar para casa, no entanto, ela fica assombrada ao descobrir que a agulha da bússola se recusa a parar em qualquer direção específica dentro da casa. Presumindo que estivesse com defeito, ela volta de carro para a cidade e efetua a substituição por outra bússola nova. Aparentemente, desta vez ela a testa dentro da loja. Satisfeita, ela volta para casa e logo descobre que, mais uma vez, a bússola é inútil.[100]

---

qualquer modulação, a profunda ressonância no fundo da minha cóclea e descendo o nervo coclear, um último surto de fúria que descreve em muitos detalhes o formato das coisas que já aconteceram.

Pena que línguas obscuras raramente sobrevivem.

Pois assim que são inventadas, elas morrem, incapazes de muita penetração, qualquer exploração ou até mesmo a menor conexão. Terrivelmente belas, mas inadequadas no geral. Por isso acredito não ser nenhuma surpresa que o que eu lembro agora com a maior lucidez seja, na verdade, bem estranho.

Quando a Kyrie me deixou em casa, ela arrotou.

Na hora eu achei meio bonitinho mas creio que a palavra "devoradora de homens" tenha passado sim pela minha cabeça. Então quando abri a porta, ela desatou a chorar. Tudo que ela poderia ser naquele carro de US$85.000 não conseguia excluir a menininha que ela era. Me falou algo sobre o desinteresse que o Homem de Gdansk tinha por ela, por comê-la, até mesmo tocá-la, fugindo até a Polônia, e então pediu desculpas, culpou as drogas que ainda corriam pelas suas veias e me mandou sair.

Ela ainda estava aos prantos quando arrancou.

No fim, a coisa toda tinha sido tão frenética e rápida e estranha e até mesmo triste, de certo modo, que eu esqueci completamente de perguntar da frase em alemão.[99] Acho que eu poderia ligar para ela (o Lude tem o número), mas por algum motivo nos dias de hoje discar sete que dirá onze números parece um esforço infinito. O telefone está bem na minha frente mas fora de alcance. Quando toca às quatro da madrugada, eu não atendo. Só preciso esticar a mão mas não consigo ir tão longe. O sono nunca chega de verdade. Nem mesmo um descanso. Não existe a menor satisfação mais. A manhã encolhe o espaço mas não deixa mensagem.

[99]"Mas aqui nesta pelagem negra e espessa, o mais forte olhar será absorvido até por por fim desaparecer". Tradução de Stephen Mitchell. — Eds.

[100]Rosemary Park considera o dilema de Karen altamente emblemático da ausência de polaridades

Não importa em qual cômodo ela se encontre, seja na parte da frente ou de trás, no andar superior ou inferior, a agulha nunca para quieta. O norte parece não ter a menor autoridade aqui. Tom confirma o estranho fenômeno e, durante a Exploração #3, Holloway, que até então se fiou apenas nas setas neon e na linha de pesca para demarcar o caminho, demonstra como o mesmo se aplica à bússola usada dentro daqueles corredores cinzentos.

"Puta que pariu", Holloway resmunga enquanto olha para a agulha trêmula.[101]

"Acho que a gente só pode depender agora do seu senso de direção", Cera diz a Jed, com um gracejo, sobre o qual Luther Shepard escreveu o seguinte: "O que só ajuda a enfatizar o quanto se perder lá dentro é um perigo real".[102]

À luz desses novos desdobramentos e preparando-se para a Exploração #4, Tom faz várias viagens à cidade a fim de comprar mais linha de pesca, mais marcadores neon e o que mais puder servir para sinalizar o caminho da equipe. Já que o plano de Holloway é passar pelo menos cinco noites lá dentro, Tom também traz consigo uma quantidade adicional de comida e água. Em uma dessas excursões, ele chega a levar Daisy e Chad no carro. Não há nenhum registro nas Hi 8 de sua viagem, mas o modo como Chad e Daisy relatam a sua mãe os detalhes da sua maratona de compras revela o quanto eles se tornaram próximos do tio.

Infelizmente, Tom também precisa comprar uma passagem de volta para Massachusetts. Exceto durante algumas semanas em julho, faz três meses que ele não trabalha. Segundo as explicações dadas por Tom a Karen e Navidson, "chegou a hora de eu sossegar o rabo e tocar a vida". Ele também lhes diz que chegou a hora de eles acionarem os veículos de comunicação e encontrarem uma casa nova.

A princípio Tom queria sair logo após a Exploração #3, mas quando Navidson lhe implora para ficar durante a Exploração #4, ele concorda.

Reston também decide ficar por ali. Por um breve período, ele considerou tirar uma licença da universidade, mas conseguiu, de algum modo, pegar uma semana de folga em vez disso, apesar do fato de que já é final de setembro e começou o segundo semestre. Ele e Tom estão morando, os dois, na casa, Tom no escritório,[103] Reston no sofá-cama da sala de estar, enquanto Holloway, Jed e Cera — pelo menos até a Exploração #4 — ficam num hotelzinho local.

Com base em todos os vídeos anteriores à Exploração #4, dá para ver que Navidson e Holloway nutrem a expectativa de conquistar um bom tanto

---

culturais: "Neste caso, a incapacidade de Karen de determinar a direção não é uma falha, mas um desafio, exigindo ferramentas mais capazes do que as bússolas e pontos de referência mais precisos do que os campos magnéticos". Vide "Direções Impossíveis", in *Virado do Avesso* (San Francisco: Urban B-light, 1995), p. 91.

[101]Devon Lettau escreve um ensaio divertido, mas desprovido, no limite, de maiores propósitos, sobre o comportamento da bússola. Ele afirma que as minúsculas flutuações da agulha provam que a casa era nada menos que um vestíbulo para a energia pura que, se manejada corretamente, seria capaz de fornecer uma fonte energética ilimitada. Cf. *A Conclusão de Faraday* (Boston: Maxwell Press, 1996). Rosie O'Donnell, porém, oferece uma perspectiva diferente ao fazer o seguinte comentário irônico em *Entertainment Tonight*: "O fato de que Holloway esperou tanto tempo para usar uma bússola só serve para mostrar como os homens — até mesmo exploradores — ainda se recusam a pedir informação".

[102]Vide o capítulo de Luther Shepard intitulado "A Escola da Bússola", in *O Guia Completo de Feng Shui do Registro Navidson* (Nova York: Barnes & Noble, 1996), p. 387.

[103]Neekisha Dedic, em "O Escritório: O Local de Tom", dissertação para a Boston University, 1996, examina o significado do "escritório" em justaposição com os rituais de território, sono e memória.

de fama e fortuna. Mesmo que a equipe de Holloway não chegue ao fundo da escadaria, ambos os homens concordam que sua história há de angariar para eles a atenção nacional, bem como bolsas de pesquisa e oportunidades de palestras. É mais do que provável que a empresa de Holloway vá prosperar, para não dizer nada da reputação de todos os envolvidos.

Essas conversas, no dia anterior à data em que a Exploração #4 está para começar, acabam na verdade unindo um pouco Navidson e Holloway. Ainda há muito de uma vaga tensão entre os dois, mas Navidson consegue quebrar o gelo com Holloway, que gosta da ideia do sucesso, ainda mais a de "entrar para a história", para usar as palavras de Navidson. Talvez Holloway se imagine entrando no seu mundo, o qual ele enxerga como um lugar para aqueles que são queridos, seguros, imortais. Em todo caso, o que esses vídeos curtos não mostram é a paranoia que cresce entre os dois. Como bem sabemos, os eventos futuros acabarão revelando, por fim, o quanto Holloway temia que Navidson acabasse se livrando dele e assim o privasse do reconhecimento que ele passou a vida inteira tentando conquistar, o reconhecimento que a casa parecia prometer.

É claro que Karen não quer saber dessa conversa toda. Ao ouvir o que os homens estavam discutindo, ela se retira para o outro lado da casa, furiosa. Ela tem um claro desprezo por qualquer coisa que possa sugerir uma relação mais contínua e prolongada com as excentricidades daquele lugar. Daisy, por outro lado, mantém-se próxima a Navidson, arrancando casquinhas de ferida nos pulsos, sempre sentando-se nos ombros do seu pai ou, quando não dá, nos de Tom. Chad parece ser o mais problemático. Ele passa cada vez mais tempo lá fora, sozinho, e naquela tarde ele volta para casa com um olho roxo e o nariz inchado.

Navidson interrompe sua conversa com Holloway para descobrir o que houve. Chad, no entanto, se recusa a falar.[104]

[104]O que não é uma boa resposta, mesmo. E você sabe que alterar os detalhes ou mudar de assunto pode ser o mesmo que se recusar a falar. Acho que sou culpado dessas duas coisas já faz um bom tempo, ainda mais da primeira, sempre alterando e realterando os detalhes, lixando as asperezas, removendo as arestas, colorindo a coisa toda ou descolorindo se for o caso, às vezes até fazendo uma entrada aérea, voando com um coro de personagens de desenho animado, com uns balõezinhos de pastelão que dizem Biff! Blam! Pow! e tudo, — desta vez o blam fica — o que talvez tenha algum apelo, não podemos subestimar aqui o fator diversão, mas está tão longe da realidade que poderia muito bem ser mesmo um desenho animado, porque certamente não foi o que aconteceu, nenhum Pernalonga, nenhum Tambor, nenhum Biff! Blam! Pow! também, nada do tipo. E porra, agora eu sei exatamente aonde vou, um lugar que eu já consegui evitar duas vezes, a primeira vez com um esquete improvisado sobre o meu dente, a segunda com aquela corrida rápida até Santa Cruz e os problemas de uma mulher que eu mal conheço, mas aqui estou eu de novo, direto neste momento também, mais uma vez indo seco, que é algo que eu imagino que eu não consiga resistir. Estou resistindo. Talvez não. Quer dizer, eu poderia só parar, ir fazer outra coisa, acender um baseado, meter o pé na jaca. Na verdade, fazer virtualmente qualquer coisa que seja, fora isto, iria me impedir de relatar a história verdadeira por trás do meu dente quebrado, mas não sei se eu quero, não contar a história, digo, não mais. Penso de verdade que me faria bem contá-la, escrevê-la aqui, pelo menos em parte, para que eu

possa ver a verdade dela, ver os detalhes, revisitar aquele gosto, aquela vez, e talvez reavaliar ou reentender ou re- sei lá.

Além do mais, sempre posso queimá-la quando eu terminar.

Depois que meu pai morreu, eu fui de um lugar para o outro passando por um número de lares temporários. Aonde quer que eu fosse, era encrenca. Ninguém sabia o que fazer comigo. Em algum momento – mas demorou um tanto – acabei indo parar com o Raymond e sua família. Ele era um ex-fuzileiro naval que, como já descrevi, tinha uma barba mais grosseira do que couro de cavalo e as mãos mais duras que chifres. Era um total controlador também. E todo mundo sabia que, se eu forçasse a barra, ele estava disposto tanto a morrer quanto a matar, se fosse o caso.

Eu tinha 12 anos.

E o que eu fiz?

Forcei a barra.

Forcei a barra o tempo todo.

Aí uma noite, tarde da noite, mais perto da aurora do que do anoitecer, enquanto o gelo ainda se acumulava do lado de fora das janelas e pavimentos tesselados, eu acordei e me deparei com Raymond agachado em cima da minha cama, usando suas botas pretas cobertas de terra, mascando um pedaço de carne seca, metendo os dedos na minha cara, assassinando qualquer resquício de sonhos com parques e fogueiras.

"Ô, besta-fera", ele disse assim que se viu satisfeito com a morte completa do meu sono. "Vamos botar isto às claras. Você não é de verdade da família, mas mora com a família, tem morado aqui com a gente faz um ano, e isso faz de você o quê?"

Não respondi. Foi um gesto inteligente.

"Isso faz de você um convidado, e ser um convidado significa agir que nem um convidado. Não que nem algum tipo de animal no paiol. Se isso não te serve, então eu vou te tratar que nem um animal e isso há de servir. E o que eu digo sobre o seu comportamento não vale só pra casa. Vale pra escola também. Não quero mais problema. Entendeu?"

De novo eu não disse nada.

Ele se inclinou, chegou mais perto, me obrigando a sentir o cheiro rançoso da carne grudada nos seus dentes. "Se você entendeu isso, então eu e você não vamos se amofinar mais." E isso foi tudo que ele disse, mas ficou um pouco mais de tempo agachado na minha cama.

E no dia seguinte eu briguei no pátio da escola até ficar com os punhos ensanguentados. E depois briguei no dia seguinte e no dia depois. A semana inteira, tinha uns quinze agressores sem rosto correndo atrás de mim assim que tocava o sino, em sua maioria meninos da oitava série, mas tinha uns da nona também, sempre maiores que eu, me dizendo que ninguém da sétima podia responder, mas eu era respondão, retrucava tudo, cai fora, sempre que alguém me enchia o saco um pouco que fosse, e aí enfim me davam porrada por isso, porrada suficiente para me fazer desistir e querer morrer, só me encolher e chorar, chutando o chão, com a cara toda inchada, o saco chutado e costelas surradas, mas sempre vinha alguma coisa que me erguia dali daquela posição fetal, talvez no fim fosse todo o nada que eu tinha para me segurar, e que eu me lançava de novo atrás de quem quer que estivesse vencendo ou quem quisesse vir depois.

Holloway, de sua parte, não permite que as tensões domésticas e estresses concomitantes o distraiam de seus preparativos. Leon Robins, sempre oblíquo, em sua tentativa de propor uma avaliação adequada desses esforços, já foi bem longe, a ponto de sugerir que o termo "Operação" seria, na verdade, mais adequado do que "Exploração":

> De diversas maneiras, Holloway lembra um atencioso cirurgião no pré-operatório. Vejamos, por exemplo, o modo como ele repassa os mantimentos da equipe meticulosamente na véspera da — como eu gosto de chamá-la — "Operação #4". Ele garante que as lanternas estejam todas bem firmes nos capacetes e as Hi 8s estejam devidamente presas ao arreio no peito. Ele

---

Após a décima briga, alguma coisa venenosa de verdade entrou em mim e desligou toda a dor. Nem percebia mais as porradas, nem os cortes. Eu ouvia o golpe, mas não avançava o bastante pelos meus nervos para eu sequer sentir. É como se todos os sensores tivessem estourado. Aí eu não parava de bater, gastando tudo que eu tinha contra aquilo que eu ainda desconhecia.

Tinha esse moleque, devia ter uns 14 anos, me acertou duas vezes e eu achei que eu ia pro saco de vez. Arranhei a cara dele bem feio, o suficiente pra entrar sangue nos olhos, não acho que ele esperava que fosse chegar a tanto. Quer dizer, havia uns fios escorrendo pelo seu casacão e muito na neve e ele meio que congelou, assustado, acho, sei lá, mas eu aparentemente fraturei a sua mandíbula e soltei alguns dos seus dentes, abri três das juntas da minha mão também. Luvas não eram uma opção nèsse tipo de briga.

Em todo caso, foi ele o moleque que me fez ser expulso, mas já que a briga tinha rolado depois da aula, demorou até o dia seguinte para os administradores somarem dois mais dois. Enquanto isso, eu já tinha brigado mais três vezes. Bem durante o intervalo do almoço. Vieram os amigos dele da nona série atrás de mim. Eu não conseguia socar muito bem com as juntas quebradas e eles ficaram me empurrando e chutando. Alguns professores por fim tiraram eles de perto, mas não antes de eu meter o dedão no olho de um dos moleques. Ouvi dizer que ele ficou com o olho ensanguentando durante semanas.

Quando cheguei em casa o Raymond estava me esperando. Sua mulher tinha ligado para ele e contado o que houve. Ao longo da última semana, o Raymond viu os hematomas e cortes nas minhas mãos, mas já que a escola não ligou para casa e eu não dizia nada, ele não disse nada também.

Ninguém me perguntou o que houve. O Raymond só me mandou entrar na caminhonete. Perguntei aonde a gente ia. Só de perguntar ele já ficou puto. Ele gritou para as filhas dele voltarem para o quarto.

"Vou te levar pro hospital", ele sussurrou por fim.

Mas não fomos direto para o hospital.

O Raymond me levou em outro lugar antes, onde perdi a metade do meu dente e muito mais que isso, acho, ali na periferia da cidade, num lugar coberto de gelo, cercado por salgueiros e arame farpado, onde monumentos de ferrugem, que raramente alguém toca, repousam congelados ao lado de cercas e ninguém se aproxima o suficiente para ouvir o grito dos gaviões.

> pessoalmente verifica, reverifica, embala e reembala todas as barracas, sacos de dormir, cobertores térmicos, bolsas químicas de calor instantâneo, comida, água e kits de primeiros socorros. Mais que tudo, ele confirma terem amplas quantidades de marcadores neon, bastões luminosos (doze horas), bastões luminosos de intensidade ultra-alta (cinco minutos), carretéis de 2.800 metros de linha de pesca com suporte para até dois quilos, monofilamentadas, sinalizadores, lanternas adicionais, incluindo uma lâmpada estroboscópica (de gerador manual), baterias sobressalentes, peças sobressalentes para os rádios e um altímetro (que, assim como a bússola, não vai funcionar).[105]

A analogia médica de Robbins pode ser um tanto equivocada, mas sua ênfase no planejamento deliberado e cuidadoso de Holloway nos lembra as demandas técnicas exigidas em sua jornada — seja ela uma "Operação" ou uma "Exploração".

Afinal, passar uma noite em um lugar fechado e sem luz é muito raro, mesmo no mundo dos espeleólogos. Uma exceção é a Caverna de Cristal Lechuguilla, no Novo México. Tipicamente as visitas à Lech duram de 24 a 36 horas.[106] Holloway, porém, espera passar pelo menos quatro ou possivelmente cinco noites explorando a Escada em Espiral.

Apesar dos preparativos detalhados e da determinação contagiante de Holloway, todo mundo ainda está um pouco apreensivo. Cinco noites é muito tempo para se passar em temperaturas congelantes e em completa escuridão. Ninguém sabe o que esperar.

Embora Cera deposite sua fé no senso de direção inequívoco de Jed, o próprio Jed admite um certo nervosismo pré-exploração: "Como eu posso saber por onde ir se eu não sei aonde a gente vai? Quer dizer, sério, onde fica esse lugar em relação a aqui, a nós, a tudo? Onde?".

Holloway tenta garantir que todo mundo esteja o tempo todo ocupado e cria um conjunto simples de prioridades para ajudá-los a manter a concentração: "Estamos tirando fotos. Estamos coletando amostras. Estamos tentando chegar ao fundo das escadas. Quem sabe, se a gente conseguir, talvez até descubra alguma coisa antes que o Navidson comece o auê todo para arrecadar dinheiro e organizar explorações em larga escala". Jed e Cera fazem que sim com a cabeça, sem se darem conta das implicações mais amplas inerentes ao que Holloway acabou de dizer.

Como coloca Gavin Young, mais tarde: "Quem poderia ter previsto que aquelas três palavras 'descubra alguma coisa' seriam as sementes de tamanha e tão infeliz destruição? O problema, claro, é que o 'alguma coisa' que Holloway tentou tão ferrenhamente procurar nunca existiu como tal naquele lugar, para começo de conversa".[107]

[105]Leon Robbins, *Operação #4: A Arte da Medicina Interna* (Filadélfia: University of Pennsylvania, 1996), p. 479.

[106]Cf. O capítulo "A Caverna de Cristal", in *Passagens por Cavernas*, de Michael Ray Taylor (Nova York: Scribner, 1996).

[107]Gavin Young. *Tiros no Escuro* (Stanford: University of California Press, 1995), p. 151.

Diferente das Explorações #1 até a #3, para a Exploração #4, Holloway decidiu levar seu fuzil. Quando Navidson indaga "que diabos" ele pretende fuzilar, Holloway responde: "Só pra garantir".

A essa altura, Navidson já se acomodou com a crença de que é provável que aquele rosnado persistente seja apenas o som gerado quando a casa altera sua disposição interna. Holloway, no entanto, não está de acordo com essa avaliação. Além do mais, como ele insiste em lembrar a Navidson, é ele o capitão da equipe e o responsável pela segurança de todos: "Com todo o respeito, já que sou eu quem vai entrar lá de fato, as suas impressões não têm muito peso para mim". Cera e Jed não têm qualquer objeção. Estão acostumados com Holloway carregando algum tipo de arma de fogo. A inclusão do Weatherby nem sequer é motivo de preocupação para eles.

Jed só dá de ombros.

Cera, no entanto, é um pouco mais rebelde.

"Quer dizer, e se você estiver errado?", ele pergunta a Navidson. "E se o som não vier da parede se mexendo, mas sim de alguma outra coisa, algum tipo de coisa? Você quer deixar a gente indefeso?"

Navidson muda de assunto.

Deixando de lado a questão das armas, outro grande motivo de preocupação que vem à tona é a comunicação. Durante a Exploração #3, a equipe descobriu como a qualidade das suas transmissões se deteriorou depressa. Sem um modo barato de retificar o problema — óbvio que seria impossível comprar milhares de metros de cabo de áudio —, Holloway se contentou em anunciar que eles deveriam se preparar para perder o contato de rádio após a primeira noite. "Depois disso, serão quatro ou cinco noites só a gente. Não é o ideal, mas a gente se vira".

Naquela noite, Holloway, Jed e Cera saem do seu hotelzinho e acampam na sala de estar com Reston. Navidson repassa com Holloway pela última vez qual o modo mais eficaz de lidar com as câmeras. Jed faz uma breve ligação para sua noiva em Seattle e então ajuda Reston a organizar os potes das amostras. Tom, se esforçando para dar alguma animação a Chad, abatido e estranhamente quieto, acaba lendo uma longa história de ninar para ele e Daisy.

De algum modo, Cera acaba sozinho com Karen.[108]

Se a mão de Holloway encostando em Karen já havia incomodado Navidson, é difícil imaginar qual teria sido sua reação se tivesse flagrado esse momento em particular. No entanto, quando finalmente viu a fita, já tinha acontecido tanta coisa que, como ele próprio confessa, Navidson não sentiu nada. "Fico surpreso, eu acho", ele diz na **Última Entrevista**. "Mas não estou com raiva. Só arrependimento. Me faz rir na verdade. Fiquei o tempo todo de olho no Holloway, me sentindo inseguro por causa da sua força e coragem e tudo isso, e nem pensei no moleque (balançando a cabeça). Em todo caso, eu também a traí quando entrei lá pela primeira vez e assim ela me traiu de volta. Todos sempre falam disso de duas pessoas serem perfeitas uma com a outra. Bem, a gente não era, mas de algum modo acabamos juntos e tivemos dois filhos incríveis. Que pena. Eu amo ela. Queria que não tivesse acabado assim."[109]

---

[108]De novo, a obra *O desgaste...*, de Florencia Calzatti, revela-se cheia de *insights* valiosos. Vale conferir, em particular, o "Capítulo Sete: A Gota D'Água", em que ela condena o absurdo completo dos itens de fim de série: "Não existe a gota d'água. Existe apenas água".

[109]Cf. Amostra Quatro, onde consta a transcrição completa da Última Entrevista.

O trecho mostrando Karen e Cera não apareceu na primeira versão do *Registro Navidson*, mas foi aparentemente incluído na edição alguns meses mais tarde. Nem a Miramax, nem ninguém, jamais teceu qualquer comentário sobre essa inclusão. É um pouco estranho que Karen não tenha apagado a fita na filmadora instalada na parede. Talvez ela tenha esquecido que estivesse lá ou planejasse destruí-la mais tarde. Mas também é possível que quisesse que Navidson a visse.

Não importa suas intenções, a cena flagra Karen e Cera sozinhos na cozinha. Ela apanha uma tigela de pipoca, ele serve mais uma cerveja para si. A conversa segue em círculos, tediosamente, em torno das namoradas de Cera, voltando aqui e ali ao seu desejo de se casar *algum dia*. Karen não para de lhe dizer que ele é jovem, que deveria se divertir, curtir a vida, parar de se preocupar com compromisso. Por algum motivo, os dois conversam com um tom de voz muito suave.

No balcão, alguém deixou uma cópia do mapa que Navidson desenhou durante a Exploração A. Karen de vez em quando dá uma espiada nele.

"Você que fez isso?", ela enfim pergunta.

"Imagina, eu não sei desenhar."

"Ah", ela diz, deixando a sílaba suspensa no ar como se fosse uma pergunta.

Cera dá de ombros.

"Não sei, na verdade, quem foi que fez. Achei que fosse o seu velho Navy."

É impossível dizermos, com base no filme, se alguém falou a Holloway, Jed ou Cera para não comentarem com Karen sobre a excursão ilícita de Navidson. Cera, porém, não parece reconhecer qualquer transgressão de limites da sua parte.

Karen não olha mais para o mapa. Só sorri e dá um gole na cerveja de Cera. Os dois continuam conversando, falam mais dos problemas de Cera com mulheres e mais uma rodada de "não se preocupe, continue curtindo, você é jovem". Então, do nada, Cera se inclina e beija os lábios de Karen. O beijo dura menos de um segundo e claramente a deixa chocada, mas quando ele se inclina e a beija de novo, ela não resiste. Na verdade, o beijo vira algo mais que um beijo, no que a fome de Karen quase ultrapassa a de Cera. Mas quando ele derruba a cerveja para chegar ainda mais perto, Karen se afasta, dá uma olhada no líquido que se derrama no chão e logo sai dali. Cera começa a segui-la, mas logo se dá conta, antes de dar um segundo passo, que o jogo já acabou. Ele fica e limpa a bagunça, em vez disso.

Alguns meses depois, Navidson vê o beijo.

A essa altura, Karen já era história, assim como todo mundo.

Nada importava.

VIII

SOS... Um sinal codificado sem fio convocando assistência durante situações de extrema aflição, usado especialmente por navios em alto-mar. A escolha das letras foi arbitrária, por serem fáceis de transmitir e distinguir. O sinal foi recomendado na Conferência Radiotelegráfica de 1906 e adotado de forma oficial na Convenção Radiotelegráfica de 1908 (cf. G. G. Blake Hist. Radio. Telegr., 1926, 111-12).

— Dicionário Oxford

. . . - - - . . .

Billy Reston entra em foco deslizando, sem prestar a menor atenção ao equipamento que Navidson vem montando na sala de estar ao longo das últimas semanas, o que inclui mas não se limita a três monitores, dois toca-fitas 3/4", um videocassete VHS, um Mac Quadra , dois Zip drives, uma impressora colorida Epson, um computador velho, pelo menos seis emissores e receptores de rádio, carretéis pesados de cabos elétricos, cabos de vídeo, uma Arriflex 16 mm, uma Bolex 16 mm, uma Minolta Super 8, bem como lanternas, sinalizadores, cordas e linhas de pesca sobressalentes (que vão desde a Dacron trançada até linhas de aço multifios de até 18 kg), caixas de baterias sobressalentes, ferramentas variadas, bússolas que saltam com as polaridades estranhas na casa e um megafone quebrado, para não falar nada das prateleiras ao seu redor

.

já carregadas de potes de amostras, gráficos, livros e até mesmo um velho microscópio.

Reston, pelo contrário, concentra todas as suas energias nos rádios, monitorando Holloway conforme ele avança pelo Grande Salão. A Exploração #4 está em curso e há de marcar a segunda tentativa da equipe de alcançar o fundo das escadas.

"Estamos te ouvindo bem, Billy", Holloway responde em meio a uma onda de ruído branco.

Reston tenta melhorar a recepção do sinal. Desta vez, a voz de Holloway chega um pouco mais clara.

.

"Estamos continuando a decida. Tentaremos contato de novo em quinze minutos. Câmbio, desligo."

A escolha óbvia teria sido estruturar o segmento em torno da jornada de Holloway, mas é evidente que Navidson não trabalha com obviedades. Ele mantém a sua câmera fixa em Billy, que serve agora como o comandante de base da expedição. Nas imagens granuladas de uma 7298 (provavelmente com uma lente de abertura T-stop), Navidson captura o homem inválido manobrando, como um especialista, sua cadeira de rodas enquanto vai do rádio ao gravador ao computador, sem jamais deixar oscilar sua atenção, centrada no progresso da equipe.

. . . - - - - . . .

Ao se concentrar em Reston no começo da Exploração #4, Navidson fornece o contraponto perfeito ao mundo obscuro pelo qual Holloway navega. Ao nos confinar aos confortos de um lar bem iluminado, temos uma oportunidade para nossas imaginações diversas preencherem a escuridão adjacente com demônios e perguntas. Nossa identificação com Navidson também se torna mais profunda; assim como nós, tudo que ele quer é penetrar em primeira mão o mistério daquele lugar. Outros diretores poderiam ter inserido tomadas do "Campo Base" ou "Posto de Comando",[110] intercaladas com as fitas de Holloway, mas Navidson se recusa a assistir à Exploração #4 sem ser por qualquer outra perspectiva que não a de Reston. Como escreve Frizell Clary, "Antes de nos permitir pessoalmente a visão de tais espécies de escuridão ciméria, Navidson quer que tenhamos a experiência, parecida com a que ele já tem, de uma sequência dedicada apenas aos detalhes muito mais reveladores da espera".[111]

Naguid Paredes, no entanto, dá um passo além de Clary, deixando de lado as questões que tratam da estrutura da antecipação em prol de uma análise levemente distinta, mas talvez muito mais imediata, da estratégia de Navidson: "Primeiro e antes de tudo, essa perspectiva restrita permite, de forma sutil e um tanto ardilosa, que Navidson materialize em Reston seus próprios sentimentos, um homem de uma energia e inteligência formidáveis, mas que, apesar disso — e tragicamente, devo acrescentar — tem uma deficiência física. Não é por acaso que Navidson filma a cadeira de rodas de Reston no idioma fotográfico de uma prisão: os raios das rodas são as barras, o assento é a cela, o freio reluzente lembra um tipo de tranca. Assim, à moda de tais imagens, Navidson é capaz de representar para nós sua própria frustração crescente".[112]

Como previsto, por volta da primeira noite, Holloway e a equipe começam a perder o contato do rádio. A isso, Navidson reage focalizando uma família de xícaras de café cor de azinhavre que estabelecem sua residência no assoalho, como se fossem colonos numa expedição enquanto uma pilha próxima de cascas de semente de girassol começa a crescer na tigela como um vulcão nascido em alguma placa jamais vista do Pacífico. No fundo, o sibilar sempre presente dos rádios continua preenchendo a sala como se fosse uma espécie de vento

.

intangível. Considerando o modo grandioso pelo qual esses momentos foram fotografados, quase parece que Navidson está tentando, por meio dos eventos e

[110]Tem algo esquisito rolando aqui, como se Zampanò não conseguisse bem se decidir se isso tudo é uma exploração (i.e. "Campo Base") ou uma guerra (i.e. "Posto de Comando").

[111] Fritzell Clary, *Tique-taque-já-era: A Representação do Tempo na Narrativa Cinematográfica* (Delaware: Tame An Essay Publications, 1996), p. 64.

[112]Naguib Paredes, *Projeções Cinemáticas* (Boston: Faber and Faber, 1995), p. 84.

objetos mais cotidianos, evocar alguma noção do progresso épico de Holloway. Ou isso ou participar desse progresso. Talvez até mesmo desafiá-lo.[113]

O tempo passa. Há longas conversas, longos silêncios. Por vezes Navidson e Tom jogam uma partida de Go. Às vezes um deles lê algo em voz alta para Daisy[114] enquanto outro ajuda Chad com algum jogo de RPG no computador da família.[115] Periodicamente Tom sai para fumar um cigarro de maconha enquanto seu irmão rabisca anotações em algum diário já perdido. Karen evita a sala de estar, entrando só uma vez para buscar as xícaras de café e esvaziar a tigela de cascas de semente de girassol. Quando a câmera de Navidson a flagra, ela geralmente está na cozinha, ao telefone, a TV num volume alto, sussurrando para a mãe e fechando a porta.

Mas, enquanto os dias se perdem em noites e se reencontram ao chegar a aurora, apenas para se arrastarem durante mais horas de passagens sem luz, Billy Reston permanece vigilante. Pelo que Navidson nos mostra, ele jamais perde o foco, raramente deixa seu posto e está constantemente monitorando os rádios, jamais se esquecendo do perigo que Holloway e sua equipe correm.

Janice Whitman tinha razão ao reparar em mais uma qualidade extraordinária: "Fora a força natural de seu caráter, seu intelecto exemplar e a demonstração constante de sua preocupação com os participantes da Exploração #4, o que mais me surpreende é o tratamento sóbrio [de Reston] dado a esse labirinto retorcido que se estende rumo a lugar nenhum. Ele não parece perplexo diante de sua impossibilidade, nem paralisado pela dúvida".[116]A crença é um dos pontos fortes de Reston. O homem possui uma

[113]O trabalho de Navidson com a câmera é um tópico infinitamente complexo. Edwin Minamide em *Objetos de Mil Facetas* (Bismark, ND: Shive Stuart Press, 1994), p. 421, afirma que essas "imagens ressonantes", sobretudo neste caso, conjuram aquilo que Holloway jamais poderia ter conseguido: "O fato de que Navidson é capaz de fotografar até mesmo as canecas azinhavradas de um modo a nos fazer pensar em peregrinos numa jornada é uma prova de que ele é o narrador necessário sem o qual não existiria nem o filme, nem qualquer compreensão da casa". Yuriy Pleak, em *Rivalidade Semiótica* (Casper, Wyoming: Hazard United, 1995), p. 105, discorda, alegando que as cores exuberantes e enquadramentos firmes de Navidson revelam apenas sua competitividade e amargura em relação a Holloway: "Ele procura eclipsar a descida histórica da equipe com sua própria arte limitada". Mace Roger-Court, porém, entende em *Nestes Achados Que Encontro*, Série #18 (Great Falls, MT: Ash Otter Range Press, 1995) que a postura de Navidson é das mais instrutivas e até mesmo iluminadora: "Seus canecos de café solitários, sua tigela vulcânica de cascas, o modo labiríntico como o equipamento e a mobília foram dispostos, tudo isso revela como o cotidiano é capaz de conter objetos emblemáticos do que é lírico e épico em nossas vidas. Navidson demonstra como uma noção súbita do mundo, de quem somos ou onde estamos ou até mesmo do que não somos, pode ser encontrada nas coisas mais ordinárias".

[114]Ascher Blootz, em seu artigo sagaz "Histórias de Ninar" (*Seattle Weekly*, 13 de outubro, 1994, p. 37), alega que o livro que Tom lê para Daisy é *Onde Vivem os Monstros*, de Maurice Sendak. Gene D. Hart, na carta intitulada "Uma História de Ninar de Blootz" (*Seattle Weekly*, 20 de outubro, 1994, p. 7), discorda: "Após assistir repetidamente a essa sequência, frame por frame, ainda sou incapaz de determinar se ela tem ou não razão. O tempo todo, a capa está coberta pelo braço de Tom e seus sussurros escapam consistentemente do alcance do microfone. Dito isso, muito me agrada a alegação de Blootz, pois é bastante adequada, estando ou não correta".

[115]Cf. Corning Qureshy, em seu ensaio "D & D, Myst e Outros Caminhos Futuros" em *JOGOS MENTAIS*, organização de Mario Aceytuno (Rapid City, SD: Fortson Press, 1996); M. Slade, "Peões, Bispos & Castelos" http://cdip.ucsd.edu/; bem como Lucy T. Wickramasinghe, "A Maçã do Conhecimento vs. as Janelas de Luz: O Debate Macintosh-Microsoft" in *Gestures*, v. 2, novembro 1996, o. 164-171.

[116]Janice Whitman, *A Fé da Cruz Vermelha* (Princeton, NJ: Princeton University Press, 1994), p. 235.

habilidade quase animalesca de aceitar o mundo tal como ele se apresenta. Talvez em certa manhã nublada em Hyderabad, na Índia, ele tivesse permanecido arraigado ao solo por um segundo a mais do que devia, por não acreditar de verdade no poste elétrico que teria tombado e no horrendo flagelo da morte que agora vinha fustigá-lo. Reston pagou um preço caro por essa descrença: ele nunca mais viria a subir escadas outra vez e nunca mais poderia foder.[117] Pelo menos também jamais teria dúvidas outra vez.

---

[117]Embora este capítulo tenha sido originalmente datilografado, houve também um número de correções feitas à mão. ele não riscou o "fazer amor", mas

.

"FODER" foi rabiscado logo em cima. Como eu venho me esforçando para incorporar essas correções, não achei que seria justo

.

de repente excluir esta aqui, apesar de implicar uma mudança bem radical de tom.

A esta altura, você provavelmente já reparou que, exceto dentro da contenção segura das aspas, Zampanò sempre evita esse linguajar questionável. Esse caso em particular prova que, debaixo de toda essa baboseira pseudoacadêmica, espreitava um homem cheio de paixões que sabia o quanto é importante falar em "foder" de vez em quando e dizer em voz alta, curtir

.

sua doçura silábica, seu orgulho imigrante, uma grande palavra épica americana, de verdade, começando no lábio inferior, muitas vezes no limite do lábio

.

inferior, antes de correr lá para o fundo da garganta, onde termina com uma grande explosão, a força contundente do D e o arranhar do R alcançando

o calar-se do F já a caminho, o que a preenche com uma boa carga de ofensa e peso e ambiguidade também, com certeza. FODER. FODA. FODA-SE. Uma bela

.

prece para quando você precisa se puxar pela correia das botas, ou maldição também, se preferir, depende de como você enxerga ou usa, sendo perfeitamente adequada para lançar aos céus ou ao mundo ou, às vezes, se você souber dizê-la direito, para ser enunciada com fogo e amor o suficiente, a mulher ao seu lado se derrete dentro de si, imersa no cio da palavra.

Fodeu, que porra foi isso?
"Fogo e amor"? "cio da palavra"?
Quem diabos está bolando essas merdas?

□

Talvez Zampanò tenha falado em "foder", porque não podia dizer foder antes quando podia foder e agora que ele que fica esperando entocado naquele buraco na Whitley, gostaria de ter vivido uma vida diferente. Mas também talvez precise de uma palavra forte o suficiente para afastar suas dúvidas, uma palavra

.

Todas as imagens que Navidson encontra durante esse período são lindamente concisas. Todos os ângulos escolhidos descrevem a agonia da espera, seja uma cena de Tom dormindo no sofá, Reston ouvindo mais e mais atentamente o ruído sem sentido do rádio, ou Karen observando-os do hall de entrada, fumando pela primeira vez um cigarro dentro de casa. Mesmo as cenas ocasionais em que vemos o próprio Navidson, andando de um lado para o outro na sala de estar, comunicam a impaciência que ele sente ao lhe negarem essa oportunidade extraordinária. Ele se esforçou ao máximo para não nutrir ressentimento por Karen, mas é claro que ainda assim o sente. Não aparecem uma única vez conversando juntos. Além disso, nem uma única vez eles aparecem no mesmo frame.

Todo esse segmento acaba, uma hora, se tornando uma composição sobre o cansaço. Aumentam os cortes bruscos. As pessoas param de conversar entre si. Uma única tomada nunca inclui mais de uma pessoa. Tudo parece prestes a ruir,

---

`forte o suficiente para obliterar, pelo menos por ora, a visão certa de sua própria morte, definitivamente necessária naquelas vezes em que ele`

`se esgueirava pelo no pátio tentando esticar as pernas, manter seu coração batendo, alguns gatos restantes ainda se esfregando contra suas pernas mirradas, lembrando-o dos anos que ele perdeu, a velha cor, a velha luz. A ocasião perfeita, se me perguntarem, para falar em "foder". Só que, se ele disse mesmo, nunca ninguém lá ouviu.`

`Mas vá se foder você, claro que você tem uma ideia melhor. Eu fui lá e mandei um bipe pra Tambor de novo. De novo ela não me ligou. Aí esta manhã,`

`descobri uma mensagem na minha secretária. Fiquei perturbado. Não lembrava que o telefone tinha tocado. Parece que tinha uma mina chamada Ashley que queria me ver, mas eu não fazia ideia de quem era. Quando enfim cheguei no Estúdio, estava atrasado fazia umas boas três horas. Meu chefe perdeu as estribeiras. Me botou de castigo. Disse que eu estava a um fio de cabelo do cu de ir pra`

`rua, e não, ele não dava mais a mínima para o meu talento de montar agulhas.`

`Infelizmente, não tenho grandes esperanças de melhorar minha pontualidade.`

`Você não sabe como tem sido mais difícil para mim levantar e sair do meu apartamento. É triste mesmo. Na verdade, hoje em dia a única coisa que me faz sair de casa é quando eu digo: Foda-se. Foda-se. Foda-se. Foda-se, você. Foda-se, eu. Foda-se, isto. Foda-se. Foda-se. Foda-se. —`

seja a relação entre Navidson e Karen, a família como um todo ou mesmo a própria expedição. No sétimo dia, ainda não há o menor sinal da equipe. Por volta da sétima noite, Reston começa a temer pelo pior e então todo mundo ouve o pior nas primeiras horas da madrugada do oitavo dia. O rádio segue com o incompreensível zumbido da estática, mas, de algum ponto da casa, emergindo como um óleo negro e estranho, vem o som abafado de uma batida. Chad e Daisy são os primeiros a detectá-lo, na verdade, mas ao chegarem no quarto dos pais, Karen já está acordada, com a luz acesa, ouvindo atenta a essa nova perturbação.

O barulho é exatamente como se houvesse alguém batendo o punho contra a parede: três batidas rápidas seguidas de três batidas lentas, seguidas de mais três batidas rápidas. De novo e de novo.

Apesar de vasculharem com pressa o andar de cima e de baixo, ninguém consegue localizar a fonte das batidas, muito embora em todos os cômodos ressoe esse sinal de socorro. Então Tom encosta o ouvido contra a parede da sala de estar.

"Mano, não me pergunta como, mas está vindo dali. Na verdade, por um segundo, parecia que vinha do outro lado."

. . . .

Ironicamente, foi esse pedido de ajuda que eliminou os cortes bruscos e reintegrou todo mundo de novo num único frame. A Navidson enfim foi dada a oportunidade pela qual ele vinha esperando desde o começo. Como consequência, agora que Navidson está no comando, declarando todo seu intento de liderar uma tentativa de resgate, a sequência começa a se resolver, de imediato, com a eliminação das tensões visuais. Karen, no entanto, está furiosa. "Por que é que a gente simplesmente não chama a polícia?", exige. "Por que precisa ser o grande Wil Navidson quem vai ao resgate?." É uma boa pergunta que ela faz, mas infelizmente há apenas uma única resposta: porque ele é, *sim*, o grande Wil Navidson.

Considerando as circunstâncias, parece um tanto ridículo de fato Karen esperar que um homem que prosperou sua vida inteira na mira de morteiros

.

e napalm de repente fosse dar as costas a Holloway e ir beber limonada na varanda. Além do mais, como Navidson aponta: "Eles estão lá há quase oito dias com água para apenas seis. São três da manhã. Não temos tempo para envolver os meios oficiais ou organizar uma equipe de resgate. Precisamos agir agora". Ele então acrescenta, meio murmurando: "Eu deixei passar tempo demais com Delial. Não vou fazer isso de novo".

O nome "Delial" e seu mistério impenetrável deixam Karen paralisada. Sem dizer outra palavra, ela se senta no sofá e espera que Navidson termine de organizar todos os equipamentos de que irão precisar.

Demora apenas trinta minutos para reunir os suprimentos necessários. A esperança é a de que eles consigam localizar a equipe de Holloway por perto. Do contrário, o plano é que Reston vá até a escada, onde estabelecerá

.

um acampamento e lidará com os rádios, agindo como um rebatedor para o posto de comando na sala de estar, então Navidson e Tom descerão as escadas. No que diz respeito ao equipamento fotográfico, todo mundo usa uma Hi 8 presa ao peito num arreio (com duas câmeras a menos, Navidson precisa tirar uma das Hi 8 montadas na parede do seu escritório e outra do hall do andar de cima). Ele também traz sua Nikon 35 mm equipada com um poderoso estroboscópio Metz, bem como sua Arriflex 16 mm, a qual Reston se voluntaria para levar no seu colo. Karen assume, infeliz, a tarefa de ficar no controle dos rádios. Uma Hi 8 a captura sentada na sala de estar, observando enquanto os homens desaparecem na escuridão do corredor. Há na verdade, três tomadas rápidas dela, nas últimas duas nós a vemos telefonar à mãe para relatar a partida de Navidson, bem como sua menção a Delial. A princípio o telefone da mãe está ocupado, mas depois ela atende.

- - • • •

Navidson batizou essa sequência de **SOS**, o que não apenas alude ao sinal de socorro enviado pela equipe de Holloway, como também informa um outro aspecto em ação. Ao mesmo tempo em que mapeava as tensões pessoais e domésticas que seguem se acumulando na casa, Navidson também ia editando as filmagens de acordo com uma cadência bastante específica. Tasha K. Wheelston foi a primeira a descobrir essa estrutura cuidadosamente criada:

> A princípio achei que estivesse vendo coisas, mas depois de assistir ao SOS com mais cuidado, eu me dei conta de que era real: Navidson não havia apenas filmado o sinal de socorro, como literalmente o incorporou à sequência. Observe como Navidson alterna três tomadas de curta duração com três de duração mais longa. Ele começa com três ângulos breves de Reston, seguidos de três tomadas longas da sala de estar (estas, de fato, são só isso — tomadas longas da
>
> ·
>
> perspectiva do hall de entrada) seguidas de novo por três tomadas breves, e assim por diante. O conteúdo, em algumas ocasiões, acabou interferindo com o ritmo, mas o padrão três curtos três longos três curtos é inconfundível.[118]

Portanto, ao mesmo tempo em que representa o sinal de emergência enviado pela equipe de Holloway, Navidson também usa a dissonância implícita em sua espera domesticamente confinada — a impaciência, a frustração e a alienação familiar cada vez maiores — para enviar, figurativa e agora literalmente, seu próprio pedido de socorro.

A ironia surge quando nos damos conta de que Navidson concebeu essa sequência muito depois de ocorrer o desastre de Holloway, mas antes de fazer seu último mergulho naquele lugar. Em outras palavras, é um SOS inteiramente desprovido de esperança. Ele chega ou tarde ou cedo demais. Navidson, no entanto, sabia o que estava fazendo. Não é por acidente que as últimas duas tomadas curtas de SOS mostram Karen ao telefone, fornecendo assim uma mensagem acústica oculta na mensagem visual já estabelecida: três sinais de ocupado, três toques.

Em outras palavras:

---

[118]Tasha K. Wheelston, "M.O.S.: Literalmente Socorro", *Film Quarterly*, v. 48, outono de 1994, p. 2-11.

.

......

.

(ou)

.

SÓ?[119]

---

[119]É meio amargurado da minha parte, mas não foram poucas as vezes que eu mesmo disse isso. Na verdade, essa palavra me ajudou a passar por aqueles meses no Alasca. Talvez tenha sido isso o que me levou pra lá para começo de conversa. A mulher na agência não tinha como não saber que eu não estava nem perto dos meus 16 anos, era mais tipo 13 com cara de 33, mas ela aprovou a minha solicitação ainda assim. Gosto de imaginar que ela pensou consigo mesma. "Nossa, como esse menino parece novinho", e aí por estar muito cansada ou não ligar muito para isso ou porque eu tinha um dente quebrado e cara de mau, ela mesma respondeu com "Só? É só isso?" e foi lá e garantiu a minha vaga na fábrica de enlatados.

Bons tempos, deixa eu te contar. Expedientes obscenos de doze horas aninhado nos braços de uma beleza que te deixa estupefato. Barracas na praia, ali no Homer Spit, o que fez de mim, para não falar do resto de nós,

.

"spit rats" honorários.

Não há nada com que eu possa comparar também. Uma justaposição medonha de espinhas de peixe e graxa de lata e o fedor de um excesso de vidas doloridas & dedos calejados contra um além inalcançável e cada vez mais presente, um vento que rouba a força vital, mais puro até que água das geleiras. E embora algumas águas sejam frias demais para se beber, aquele ar era quase

.

brilhante demais para respirar, rastelando mais de 10 mil dentes de pinheiros da montanha, enquanto pairam águias carecas, passando os seus dias como deuses, mesmo quando comem carniça de manhã feito ratos, saltando por aí nas docas sujas de tripas com o mar às costas sempre chamando, como o sabor preto-azulado de algo mais.

Não tinha nada naquele trabalho em si para te prender lá, hora atrás de hora e ainda mais horas, curvado na bancada, cozinhando em cima dos mortos,

.

arrancando pedaços de halibute, lascas de salmão, suportando incontáveis picadas de mosquito e até ferroadas de abelhas – minha estranha sorte – e sempre na mira de tantas pragas rogadas pelos filipinos, pelos caipiras, pelos negros, pelos haitianos, os resmungos de baixo nível que são o dia a dia do trabalho de enlatar peixe. O salário prestava, mas certeza que não era o suficiente para te prender lá. Não depois de uma semana, que dirá duas, que dirá três meses dessa mesma

merda, que amortece a sua mente e revira o estômago.

Você precisa achar outra coisa.

Para mim foi a palavra "Só?". E eu aprendi do jeito mais difícil, na verdade bem no começo daquele verão.

Fui convidado para um barco de pesca, um verdadeiro ferro velho que diziam estar em perfeito estado de navegabilidade. Bem, a gente estava em alto-mar não devia

fazer mais que umas horas quando uma tempestade de repente chegou, partiu as emendas do casco e encheu tudo de água. As bombas funcionaram bem, mas só durante uns dez minutos. No máximo. A guarda costeira veio ao resgate, mas demorou uma hora para nos alcançar. No mínimo. A essa altura, o barco já tinha afundado. Felizmente a gente possuía um bote salva-vidas onde deu para ficar encolhido e quase todo mundo sobreviveu. Quase. Teve um cara que não. Um velho haitiano. Pelo menos uns 16

anos. Era amigo também ou pelo menos estava a caminho de virar meu amigo. Alguma linha ficou enroscada no seu tornozelo e ele foi arrastado no naufrágio. Mesmo quando sua cabeça entrou debaixo d'água, ainda dava para ouvi-lo gritar. Por mais que soubéssemos que isso não era possível.

De volta à praia, todo mundo estava bem mal, e o pior de todos era o patrão/capitão. Ele acabou passando uma semana bêbado, e a única coisa que ele dizia era "Só?".

O barco já era. "Só?"

O colega morreu. "Só?"

Pelo menos você está vivo. "Só?"

Que palavra medonha, mas serve para te endurecer.

Serviu para me endurecer.

De algum modo – mas não lembro exatamente como –, acabei contando pro meu chefe um pouco daquele verão. Até a Tambor veio ouvir. Foi a primeira vez que ela prestou atenção em mim de verdade, e foi uma sensação ótima. Na verdade, quando eu terminei, já que o expediente estava quase acabando em todo caso, e estávamos fechando o estúdio, ela me deixou acompanhá-la até a saída.

"Você é massa, Johnny", ela disse de um jeito que me fez me sentir massa. Pelo menos por um tempo.

Ficamos conversando e andando mais um pouco e, por capricho, decidimos comer comida tailandesa num lugarzinho ao norte da Sunset. Ela dizendo "Você está com fome?". Eu usando a palavra "morrendo". Ela insistindo em irmos pegar um lanche rápido.

Mesmo que eu não estivesse morrendo de fome, eu teria comido só para ficar com ela. Tudo nela cintilava. Vê-la tomar um copo d'água, o modo como ela triturava o cubo de gelo entre os dentes, isso já me deixou meio doido. Mesmo o modo como suas mãos seguravam o copo, e ela tem umas mãos lindas, me fez imaginar todo tipo de coisas, para as quais eu não tinha tempo na verdade, porque quando a gente se sentou ela começou a me falar desse sujeito novo com quem ela estava saindo, treinador ou coisa assim responsável por um grupo de boxeadores aspirantes que nunca deixam de aspirar. Aparentemente, ele a fez gozar como ela não gozava há anos.

Imagino que isso deveria de ter feito eu me sentir mal, mas não. Um dos motivos de eu gostar da Tambor é o tanto que ela é aberta e desinibida, eu digo desinibida quanto a tudo. Talvez eu já tenha dito isso. Não importa. No que diz respeito a ela, eu fico feliz em me repetir.

□

"Não basta só ser bom", ela me diz. "Não me leve a mal: eu amo sexo oral, ainda mais se o cara sabe o que faz. Mas se você tratar meu grelo que nem uma campainha, a porta não vai abrir." Ela triturou outro cubo de gelo. "Mas, recentemente, é como se eu precisasse pensar em algo bem diferente e louco para me deixar doida. Durante um tempo, dinheiro me deixava molhada. Estou mais velha agora. Em todo caso, esse cara veio e disse que ia bater na minha bunda e eu falei beleza. Por qualquer motivo, eu nunca fiz isso antes. Você já?" Ela nem esperou eu responder. "Aí ele está atrás de mim e tem um pau legal, e eu amo o som que as coxas dele fazem quando batem contra a minha bunda, mas não ia me fazer gozar, mesmo comigo siriricando. E foi aí que ele me deu o tapa. Mal senti na primeira vez. Ele foi meio tímido. Só

.

que aí eu falei para bater mais forte. Talvez eu seja maluca, sei lá, mas ele me bateu com força depois e eu comecei a entrar no clima. Falei para bater de novo e cada vez eu ficava mais excitada. Por fim quando eu gozei, eu gozei bem–" e ela esticou a sílaba, "beeeeeem" – "forte. Olhei no espelho depois e tinha uma marca de mão na minha bunda. Acho que você pode dizer que eu gosto de marcas de mão. Ele disse que ficou com a mão ardida." Ela riu disso.

Quando a comida chegou, eu comecei a lhe contar da Clara English, totalmente outra história, e da Christina & Amber, a Kyrie, a Lucy e até a Ashley que eu não faço ideia de quem seja, o que fez ela rir também. Foi aí que eu decidi não mencionar as páginas que ela não me devolveu. Não queria ficar de mesquinharia com ela, mas em segredo eu queria saber por que ela nunca retornou minhas ligações. Em vez disso, eu tracei um plano para ficarmos só no

.

assunto sexo, flertando com ela assim, criando umas histórias bizarras, talvez elaborar um pouco mais o lance do Alasca, fazer ela rir mais um tanto, e estava tudo legal e ia muito bem até que, por algum motivo, do nada, eu mudei de planos e comecei a lhe contar do Zampanò e do baú e dos meus surtos malucos. Ela parou de rir. Parou até de triturar o gelo. Ficou só ali me ouvindo falar, por meia hora, uma hora, sei lá quanto tempo, muito tempo. E você sabe que quanto mais eu fui falando mais eu senti aliviar um pouco aquela dor e aquele pânico dentro de mim.

Em retrospecto, foi bem esquisito. Quer dizer, lá estava eu, divagando em meio a essas coisas pessoais. E eu nem estava compartilhando a maioria dessas coisas com ela. Quer dizer, não era tanto quanto o que eu venho anotando aqui,

▫

certeza. É coisa demais, em todo caso, sempre em paralelo, é esta a palavra certo?, ao velho e seu livro, aparecendo brevemente, talvez até mesmo invadindo, depois desaparecendo de novo; às vezes pálido, às vezes sangrando, às vezes áspero, às vezes sem textura; com frequência furioso, amedrontado, arrependido, frágil ou desesperado, comunicado em momentos de movimento, cheiro e som, na maioria das vezes numa gramática torta, uma corrida ensandecida interrompida por lembranças eidéticas, outro tipo de sinal, imagino, outrora costurado nos mais simples pedidos de ajuda arremessados muito acima da ferrugem e círculos de pipas ou enviado via rádio quando as águas do Golfo do Alasca enfim varreram e enterraram de vez o convés — Córsego Modi . . . — ou enfim levados a um lugar mais estranho, onde as letras, que dirá visitas, jamais se registram, engolidas inteiras e sem eco, num homônimo alemão para os

.

sussurros do Verbo, roubados, perdidos, desaparecidos, até não restar nada para examinar lá também, que dirá explorar, tudo isso fraturado em minha cabeça, embora mal estivesse presente nas palavras que eu falei, mas no mínimo esses resquícios dolorosos se tornavam mais suportáveis na presença da Tambor.

Em certo ponto, consegui ultrapassar todas essas imagens privadas e

▫

simplesmente olhar de relance para os olhos dela. Ela não estava olhando nem para as pessoas ao redor nem arrumando os talheres ou buscando um fio de macarrão pendurado no prato. Ela olhava direto para mim, apenas, e sem qualquer malícia. Estava aberta, recebendo tudo que eu lhe dizia sem julgamento, apenas ouvindo, ouvindo o modo como eu constituía as frases, ouvindo o modo como eu me sentia. Foi aí que alguma coisa dolorosa de verdade me partiu ao meio, como se fosse uma velha e poderosa raiz, do tipo que você vê nas montanhas, às vezes, partindo

.

uns pedações de granito do tamanho de um trailer, só que em vez de granito era eu quem estava sendo partido. Meu peito começou a doer e eu tive essa sensação gozada, não fazia ideia do que era, essa raiz ou sentimento, até que eu me dei conta de repente de que estava prestes a chorar de soluçar. Eu não chorava desde os 12 anos, por isso não tinha a menor intenção de começar aos 25, ainda mais na porra de um restaurante tailandês.

Por isso eu engoli.

Matei tudo.

Mudei de assunto.

.

Um tempo depois, ao darmos boa-noite um para o outro, a Tambor me deu esse abraço demorado e gostoso. Quase como se dissesse que entendia o que eu passei.

"Você é massa, Johnny", ela disse pela segunda vez naquela noite. "Não se preocupe tanto. Você ainda é novo. Você vai ficar bem."

E então, enquanto engrenava a marcha no seu jipe, ela sorriu e disse: "Venha me ver no serviço qualquer hora. Se quer saber a minha opinião, eu acho que você só precisa é sair mais de casa".

IX

Hic labor ille domus et inextricabilis error

— Virgílio

laboriosus exitus domus

— Ascênsio

laboriosa ad entrandum

— Nicholas Trevet[x]

---

[x]"Eis aqui o labor daquela casa e o errar inextricável" *Eneida* 6.27. "A casa difícil de sair" (Ascênsio (Paris 1501)); "difícil de entrar" (Trevet (Basel 1490)).{135} Cf. H. J. Thomson, "Fragmentos de Comentários Medievais sobre Virgílio Preservados em Glossários Latinos", in W. M. Lindsay e H. J. Thomson, *Conhecimentos Antigos em Glossários Latinos e Medievais* (Londres: St. Andrews University Publications, 1921).[120]

[120]Na verdade, todas essas citações são citações diretas do livro A Ideia do Labirinto: da Antiguidade Clássica passando pela Idade Média (Ithaca: Cornell University Press, 1990), p. 21, 97, 145 e 227. Um perfeito exemplo do modo como Zampanò gosta de obscurecer as fontes secundárias que vem utilizando para parecer mais erudito em seu uso de fontes primárias. Na verdade, foi uma mulher chamada Tatiana quem me repassou essa informação. Ela foi uma das escribas de Zampanò e — "que sorte a minha", ela me disse pelo telefone — ela ainda tinha, entre outras coisas, algumas das antigas listas de livros que ele havia solicitado da biblioteca.

Mas eu preciso dizer que chegar aonde ela mora não foi uma missão fácil. Sair pela porta já deu um trabalhão. As coisas estão definitivamente se deteriorando. Já fiquei enjoado só de botar a mão na maçaneta. Também tive essa sensação horrenda de aperto no peito, as têmporas registrando num instante um aumento dos batimentos cardíacos. E isso não é nem metade da história. Infelizmente, acho que não consigo fazer justiça ao quanto tudo isso é estranho, um tipo de paradoxo, já que, por um lado, eu rio de mim mesmo, zombando da natureza irracional de minha ansiedade, o que eu sigo percebendo como um completo absurdo mesmo — "ora, Johnny, do que é que você precisa de fato ter medo?" —, enquanto, por outro lado e ao mesmo tempo, veja só, eu me flagro absolutamente aterrorizando, se não por conta de alguma coisa específica — não havia nada específico até onde eu podia ver —, então por conta da reação em si, tão inegável & incontestável quanto o baú negro de Zampanò.

Sei que não faz sentido, mas é isso mesmo: o que deveria negar o outro parecia apenas amplificá-lo, em vez disso.

Felizmente, ou nada felizmente, o conselho da Tambor continuava ecoando em minha cabeça. Aceitei o risco da parada cardíaca, sussurrei uma série de caralhos e avancei rumo ao dia lá fora, determinado a me encontrar com a Tatiana e recuperar esse material.

Claro que eu fiquei bem.

Exceto que, conforme andava pela calçada, pude ver um caminhão desviar da sua faixa, amassar um sinal de pare e desesperadamente tentar frear, redirecionar-se num momento e então, apesar dos freios daquele monstro, com toda a fumaça que o acompanhava e os chiados que furavam meus tímpanos, ele ainda assim veio rolando direto na minha direção. De repente compreendi o que é não ter peso e voar pelo ar, não mais governado pela feliz díade de massa & gravidade até que, ao aterrissar no teto de um carro estacionado, que por acaso era o meu carro, a uns bons cinco metros de distância, eu ouvi o baque, mas não senti. Apaguei por um momento, mas voltei a mim a tempo de ver o caminhão, ainda desgovernado na minha direção, até de fato me atingir, me fazendo pensar e vocês não vão acreditar nisso — "não creio que esse cuzão vai dar PT justo no meu carro! De todos os carros nesta rua, ele tinha que foder com o meu!", mesmo enquanto aquele metal moía o meu corpo, pulverizando as minhas pernas num instante, minha pélvis, o metal da grade dianteira avançando como facas de cozinha, retalhando meu corpo da cintura para baixo.

As pessoas começaram a gritar.

Mas não por minha causa.

Algo a ver com o caminhão.

Vazava por toda parte.

Gasolina.

Estava pegando fogo. Eu ia morrer queimado.

Mas não era gasolina.

Era leite.

Só que não tinha leite. Não tinha gasolina. Vazamento também não. Nem gente tinha por perto. Certamente ninguém gritando. E não tinha porra de caminhão nenhum. Eu estava sozinho. Minha rua estava deserta. Uma árvore caiu em cima de mim. Tão pesada que precisou de um guindaste para levantar. Nem mesmo um guindaste a levantava. Não tem árvore nenhuma no meu quarteirão.

Isso precisa ter um fim.

Eu preciso ir.

Eu fui mesmo.

Quando cheguei onde a Tatiana mora, ela havia acabado de voltar da academia e suas pernas morenas reluziam de suor. Ela vestia um shortinho de lycra e um top atlético rosa que era bem justinho, mas ainda assim não conseguia esconder o amplo tamanho dos seus seios. Quando lhe disse "olá" e aí expliquei como foi que eu passei a possuir os papéis do velho e o porquê disso, como parte do meu empenho para passar tudo a limpo, eu precisava caçar algumas de suas referências. Ela me entregou de bom grado as listas de leitura que havia compilado para ele e chegou até a desenterrar algumas anotações que havia feito sobre a etimologia da palavra "labor".

Quando ela me ofereceu uma bebida, eu sugeri, de brincadeira, um copo de Jack com Coca. Acho que ela não entendeu meu senso de humor. Ou isso, ou entendeu perfeitamente. Ela apareceu com a bebida e se serviu também. Conversamos durante mais uma hora, bebemos o Jack todo e aí do nada ela me diz, "Eu não vou deixar você me comer". Hora de ir embora, pensei, e comecei a me levantar. Não que eu esperasse qualquer coisa, diga-se de passagem. "Mas, se quiser, pode gozar em cima de mim", ela acrescentou. Eu me sentei e antes que

[K]Tendo já discutido no Capítulo V como os ecos servem de meio eficaz para avaliar as distâncias físicas, emocionais e temáticas presentes no *Registro Navidson*, é necessário agora comentar suas limitações descritivas. Ecos, em essência, são um fenômeno exclusivo de grandes espaços. Porém, para considerarmos como as distâncias dentro da casa dos Navidson foram radicalmente distorcidas, devemos tratar das formações mais complexas de conceitos de convolução, interferência, confusão e até mesmo ideias descentralizadoras de design e construção. Em outras palavras, o conceito de um labirinto.

Seria fantástico se alguém, com base nas filmagens do *Registro Navidson*, conseguisse reconstruir um *bauplan*[JL] da casa. É claro que se trata de uma impossibilidade, não apenas por conta das alterações das paredes, mas também pela constante destruição que o filme opera na própria continuidade, com frequentes transições bruscas que também proíbem qualquer tipo de produção cartográfica precisa. Por consequência, o filme

---

pudesse pensar em qualquer coisa para responder, ela já tinha tirado o top e se estirado no meio do chão. Seus peitos eram redondos, duros e perfeitamente falsos. Enquanto eu afastava suas pernas, ela foi abrindo a braguilha da minha calça. Depois estendeu a mão, tateando, atrás de algum óleo extremamente aromático na mesinha de centro, apertando-o com força o suficiente para fazer jorrar um jato tênue. Pingava de mim uma chuva morna, escorrendo em cima de sua barriga tonificada e grandes mamilos escuros. Feliz com o que tinha feito, ela se acomodou e ficou me assistindo batendo & me esfregando com minhas próprias mãos.

Em certo ponto, ela mordeu o lábio inferior, o que me deu ainda mais tesão. Então começou a acariciar os próprios seios, pequenos gemidos de prazer subindo pela sua garganta, eu sentindo a porra em minhas bolas começando a fervilhar. Só que quando eu estava perto do clímax, comecei a perdê-la de vista, meus olhos se fechando de uma vez, algo que eu acredito agora ter sido o esperado por ela, um instante temporário de escuridão em que, vulnerável e cego a tudo que não fosse meu próprio prazer, ela pôde esticar a mão até atrás de mim e pressionar a ponta do seu dedo lambuzado de óleo contra o meu cu, massageando, fazendo movimentos circulares, até enfim empurrá-lo com força o suficiente para superar o meu limiar de resistência, entrando em mim e sabendo exatamente onde ir também, partindo direto para a próstata, o ponto P, o botão de alto-falante nesse sistema de fodelança estereofônico que eu nem sabia que tinha, iniciando um grito quase insuportável de (e por) prazer, as endorfinas cuspindo em meu cérebro num ritmo desconhecido, conforme os músculos em minha virilha (quase) dolorosamente se contraíam numa série de espasmos que faziam o coração bater forte — não posso dizer que eu estivesse esperando isso. Eu explodi. Um jorro branco veio voando sobre os seus peitos, com filetes pingando dos seus mamilos, se acumulando em torno do seu pescoço, parte dele chegando até o seu rosto, uma mancha no seu queixo, outra no lábio inferior. Ela sorriu e começou a esfregar cuidadosamente o meu sêmen contra a sua pele negra e então abriu a boca como se fosse suspirar, só que não suspirou, não fez som nenhum, nem de respiração, eram apenas seus dentes brancos como a lua e por fim sua língua lambendo primeiro o lábio superior antes de se voltar ao inferior, onde, sorrindo, seus olhos enfim encontraram os meus, observando-me enquanto eu a observava, ela lambeu e enfim engoliu minha porra.

oferece não um delineamento esquemático, mas sim cismático, de suas salas vazias, seus longos corredores e becos sem saída, com a promessa perpétua, mas eternamente fugaz, da finalidade de um desenho imutável.

É curioso observar que, se recorrermos à história para encontrar algum contexto, os motivos para a construção de labirintos sempre variaram substancialmente ao longo das eras.[122] Por exemplo, as sebes de Longleat foram feitas para entreter os convidados das festas dadas no jardim, ao passo que Amenemés III, da XIIª dinastia do Egito, construiu seu templo mortuário como um labirinto perto do lago Moeris para proteger a sua alma. ~~O mais famoso de todos, no entanto, foi o labirinto construído por Dédalo para o Rei Minos. Servia como uma prisão. Localizado supostamente na ilha de Creta, na cidade de Cnossos, o labirinto foi feito para encarcerar o Minotauro, uma criatura nascida do encontro ilícito entre a rainha e um touro. Como sabem todas as crianças de idade escolar, o monstro devorou mais de uma dúzia de jovens atenienses todos os anos até Teseu enfim matá-lo.[123]~~

JL Mil desculpas[121]

[121] "Plano de construção", em alemão — Eds.

[122] Para mais revelações sobre labirintos, considere as obras de Paolo Santarcangeli, *Livre des labyrinthes*; Russ Craim, "A Teia de Sobrevivência", in *Daedalus*, verão de 1995; Hermann Kern, *Labirinti*; W. H. Matthew, *Meadas e Labirintos*; Stella Pinicker, *O Duplo Machado*; Rodney Castleden, *O Labirinto de Cnossos*; Harold Sieber, *O Fio Inadequado*; W. W. R. Ball, "Recreações Matemáticas e Ensaios"; Robinson Ferrel Smith, *Nós Complexos — Sem Soluções Simples*; O. B. Hardinson Jr., *Adentrando o Labirinto*; e Patrícia Flynn, *Jejuno e Íleo*.

~~[123]~~

~~Correndo o~~
~~risco de dizer o~~
~~óbvio~~
~~mulher nenhuma pode cruzar com~~
~~um touro e gerar uma criança.~~
~~Reconhecendo este simples fato científico~~
~~sou levado a uma suspeita um tanto quanto~~
~~interessante: o Rei Minos não construiu o~~
~~labirinto como prisão para o monstro mas para~~
~~esconder as deformidades~~
~~de uma criança — uma criança dele.~~
~~Embora tantas vezes tenham representado o Minotauro~~
~~como uma criatura com um corpo de touro, mas o torso~~
~~de um homem — meio centauro — o mito descreve o~~
~~Minotauro apenas dotado da cabeça de um touro~~
~~e o corpo de um homem[127] ou em outras palavras um~~
~~homem com um rosto deformado. Acredito que o orgulho~~
~~não permitiria a Minos aceitar um herdeiro ao~~
~~trono com uma aparência tão horrenda.~~
~~Por consequência, ele anulou o direito à ascensão~~
~~ao acusar publicamente sua esposa Pasífae de fornicar com um bovino do sexo masculino.~~
~~Consciente o suficiente para não assassinar a própria~~
~~carne de sua carne, Minos mandou construir um labirinto,~~
~~complicado o bastante para que seu filho jamais fugisse, mas~~
~~sem grades que sugerissem uma prisão. (É interessante apontar~~
~~como o mito declara que a maioria dos jovens atenienses "dados como~~
~~alimento" ao Minotauro na verdade morreram de fome no labirinto,~~

Porém, mesmo enquanto Holloway Roberts, Jed Leeder e Cera Hook avançam em sua descida pela escadaria da **Exploração #4**, o propósito daquele vasto lugar ainda escapa à sua compreensão. Será uma mera aberração da física? Algum tipo de distorção no espaço? Ou é apenas um labirinto topiário numa escala muito maior? Talvez tenha um propósito funerário? Esconda um segredo? Proteja alguma coisa? Prenda ou oculte algum tipo de monstro? Ou, nesse sen-

---

~~indicando assim que suas mortes tinham mais a ver com a complexidade do lugar e menos com a suposta ferocidade do Minotauro.)~~

~~Tenho convicção de que o labirinto de Minos na verdade serve como um lugar-comum para a repressão. As reflexões que já publiquei sobre o assunto (cf. "Defeitos Congênitos em Cnossos", Panfleto Sonny Não Vai Esperar, Santa Cruz, 1968)[124] inspiraram o dramaturgo Taggert Chielitz a escrever uma peça intitulada O Minotauro para a Seattle Repertory Company.[126] Como apenas oito pessoas, incluindo o porteiro, tiveram a oportunidade de assistir a essa produção, produzirei aqui um breve resumo.~~

~~Chielitz começa a peça com Minos entrando no labirinto certa madrugada para falar com seu filho. Como descobrimos, o Minotauro é um ser gentil e incompreendido, enquanto os tais jovens atenienses são criminosos condenados e chegam da Grécia já com uma sentença de morte. No geral o Rei Minos os executa em segredo e depois anuncia publicamente que suas mortes foram causadas pelo aterrorizante Minotauro, garantindo assim que os residentes de Cnossos jamais chegarão perto do labirinto. Infelizmente, desta vez, um dos criminosos consegue escapar para o interior do labirinto, encontrou o Mint (que é como Chielitz se refere ao Minotauro) e quase o assassinou. Se Minos não tivesse ele mesmo entrado e matado o criminoso, seu filho teria morrido. ¶ Basta dizer que Minos está furioso. Ele se flagra preocupado com seu filho e a culpa e tristeza que derivam disso o enfurecem sobremaneira. ¶. Conforme a peça avança, o Rei consegue aos poucos enxergar além das deformidades do filho, descobrindo ali um espírito elegíaco, um sentimento artístico e, o mais importante, uma compreensão visionária do mundo. Logo um profundo amor paterno cresce no coração do Rei e ele começa a conceber um modo de reintroduzir o Minotauro na sociedade. ¶ Infelizmente, as histórias que o Rei espalhou pelo mundo quanto a esta besta terrível acabam lançando as sementes de uma tragédia. Logo, um guerreiro chamado Teseu chega (Chielitz o descreve como um playboy bêbado e virtualmente retardado) que, sem nem pensar, picota o Minotauro em pedacinhos. ¶ Numa das cenas mais tocantes da peça, o Rei Minos, com lágrimas escorrendo pelo rosto, elogia publicamente a coragem de Teseu. O público acredita que as lágrimas são um sinal de gratidão enquanto nós do público entendemos que são as lágrimas do luto. O coração do Rei se parte e, embora ele tenha uma trajetória depois como um governante extremamente justo, é uma justiça eternamente baseada no tipo mais profundo de agonia.~~[128]

Nota: Esses trechos riscados indicam partes que o Zampanò tentou omitir, mas que eu, usando um pouco de terebintina e uma boa e velha lupa, consegui ressuscitar.

[124]~~"Preconceitos Violentos em Cnossos", de Zampanò, in Panfleto Sonny Vai Esperar, Santa Cruz, 1969.~~[125]

[125]Não faço ideia de por que os títulos e fontes citados serem diferentes. Me parece deliberado demais para ser um erro, mas já que eu não consegui encontrar o "panfleto", não tem como eu ter certeza. Eu retornei, sim, a ligação da Ashley e deixei um recado, embora eu ainda não me lembre dela.

[126]~~*O Minotauro*, de Taggert Chielitz, produzido no Hey Zeus Theater pela Seattle Repertory Company em 14 de abril de 1972.~~

tido, será que prende ou oculta um inocente? Como a equipe de Holloway logo descobre, as respostas a essas perguntas não estão exatamente a caminho.[129]

---

[127]~~W. H. Matthes escreve que "Um pequeno labirinto semelhante, com um desenho central de Teseu e o Minotauro, se encontra nos muros da igreja de San Michele Maggiore, em Pávia. Acredita-se que seja uma construção do século X. É um dos raros casos em que o Minotauro é representado com uma cabeça humana e corpo animal — como um tipo de centauro, na verdade". Cf. o seu livro, *Meadas & Labirintos: Sua História & Desenvolvimento* (Nova York: Dover Publications, Inc., 1970), p. 56. Cf. também a Fig. 40 na p. 53.~~

[128]~~Mesmo nas *Metamorfoses*, Ovídio aponta como Minos, em sua idade avançada, temia os jovens:~~

> ~~*Qui, dum fuit integer aevi, terruerat magnas ipso quoque nomine gentes. tunc erat invalidus Deïonidenque iuventae robore Miletum Phoeboque parente superbum pertimuit, credensque suis insurgere regnis, haud tamen est patriis arcere penatibus ausus.*~~

~~("Quando gozava Minos dos seus anos áureos, / Temiam o seu nome todas as nações, / Mas ei-lo agora tão impotente, tão fraco, / Que do jovem e altivo Mileto se esquiva, / O filho petulante de Febo e Dione; / Embora suspeitasse Minos ter Mileto / Olhos para o seu trono e que tramasse armar / Um motim no palácio, ele temia agir / E assinar documentos para deportá-lo." Horace Gregory, p. 258-259.) Talvez Mileto lembrasse Minos de seu filho morto e ele se acovardasse de culpa diante da presença do jovem.~~

[129]Estritamente como um adendo, Jacques Derrida uma vez teceu alguns comentários sobre a questão da estrutura e da centralidade. O assunto é complexo demais para receber o tratamento adequado aqui; para alguns, no entanto, essa menção pode, por si só, ser útil ao levar em consideração os significados de "jogo", "origens" e "fins" — sobretudo quando aplicados à casa de Navidson:

> Ce centre avait pour fonction non seulement d'orienter et d'équilibrer, d'organiser la structure — on ne peut en effet penser une structure inorganisée — mais de faire surtout que le principe d'organisation de la structure limite ce que nous pourrions appeler le *jeu*[137] de la structure. Sans doute le centre d'une structure, en orientant et en organisant la cohérence du système permet-il le jeu des éléments à l'intérieur de la forme totale. Et aujourd'hui encore une structure privée de tout centre représente l'impensable lui-même.

E posteriormente:

> C'est pourquoi, pour une pensée classique de la structure, le centre peut être dit, paradoxalement, *dans* la structure et *hors de* la structure. Il est au centre de la totalité et pourtant, puisque le centre ne lui appartient pas, la totalité *a son centre ailleurs*. Le centre n'est pas le centre.[130]

Cf. Derrida, *L'écriture et la différence* (Paris: Editions du Seuil, 1967), p. 409-410.

[130]Eis aqui a tradução. O melhor que deu para fazer:

> A função de [um] centro não era apenas orientar, equilibrar e organizar a estrutura – não é possível, na verdade, conceber uma estrutura desorganizada – mas, mais que tudo, garantir que o princípio organizador da estrutura se limite ao que poderíamos chamar de jogo da estrutura. Ao se orientar e organizar a coerência do sistema, o centro de uma estrutura permite o jogo dos seus elementos dentro da forma total. E mesmo hoje a noção de uma estrutura à qual falte um centro representa o próprio impensável.

E posteriormente:

Penelope Reed Doob evita o cipoal dessa discussão toda sobre a questão do propósito ao traçar uma distinção inteligente entre quem percorre o labirinto e aqueles que olham de fora:

É por isso que o pensamento clássico que diz respeito à estrutura poderia dizer que o centro se encontra, paradoxalmente, dentro da estrutura e fora dela. O centro se vê no centro da totalidade e, no entanto, porque o centro não pertence à totalidade (não é parte da totalidade), a totalidade tem seu centro alhures. O centro não é o centro.[131]

Algo por aí. Do ensaio "A Estrutura, o Signo e o Jogo no Discurso das Ciências Humanas", in A Escritura e a Diferença, tradução de Alan Bass. Chicago. University of Chicago Press. 1978. p. 278-279.

[131]Em contraposição, Christian Norberg-Schulz escreveu o seguinte:

> Em termos de percepção espontânea, o espaço do homem tem um "centro subjetivo". O desenvolvimento de esquemas, porém, não apenas significa que a noção do centro é estabelecida como meio para uma organização geral, mas que certos centros são "externalizados" como pontos de referência no ambiente. É uma necessidade tão forte que o homem, desde tempos remotos, pensa o mundo inteiro como um lugar centralizado. Em muitas lendas, o "centro do mundo" se concretiza como uma árvore ou um pilar que simboliza um *axis mundi* vertical. Montanhas também eram vistas como pontos onde o céu e a terra se encontram. Os antigos gregos localizavam o "umbigo" do mundo (*omphalos*) em Delfos, ao passo que os romanos consideravam seu capitólio como *caput mundi*. Para o islã, a *ka'aba* ainda é o centro do mundo. Eliade aponta que, na maioria das crenças, é difícil chegar ao centro. É um objetivo ideal, que só se pode alcançar após uma "árdua jornada". "Alcançar o centro é obter uma consagração, uma iniciação. À experiência profana e ilusória do passado, sucede-se uma nova existência, real, duradoura e poderosa." Mas Eliade aponta ainda que "toda vida, até mesmo a menos movimentada, pode ser entendida como uma jornada por um labirinto."[132]

Cf. Christian Norberg-Schulz, *Existência, Espaço & Arquitetura* (Nova York: Praeger Publishers, 1971), p. 18, em que o autor cita trechos de Mircea Eliade, *Padrões na Religião Comparada*, trad. de R. Sheed (Londres: Sheed and Ward, 1958), p. 380-382.

[132]O que Derrida e Norberg-Schulz deixam de lado em suas considerações é a vontade ordenadora da gravitação ou o modo como, entre quaisquer duas partículas da matéria, existe uma força de atração (uma relação geralmente representada como G com um valor de 6,670 X 10^{-11} N-m²/kg²). A gravidade, em oposição à gravitação, se aplica especificamente ao efeito que a Terra tem sobre outros corpos, e o que ela tem a dizer da noção do centro da humanidade é tão valioso quanto o que dizem Derrida e Norberg-Schulz. A gravidade deu origem a palavras como "equilíbrio", "acima", "abaixo" e até mesmo "repouso". Graças à leve oscilação de endolinfa na crista ampular dentro dos canais semicirculares ou à ascensão e queda dos cílios das máculas utriculares e saculares, a gravidade fala num idioma compreensível muito antes de serem faladas ou aprendidas as palavras que a descrevem. A obra de Albert Einstein sobre o assunto é digna de estudo, embora seja importante não esquecer como a casa de Navidson, no fim das contas, deixa perplexo até mesmo o labirinto do ouvido interno.[133]

[133]Isso toca nos temas de Lissitzky e Escher, o tempo todo sugeridos por Zampanò, sem que ele jamais faça menção direta a esses nomes. Pelo menos é como me parece. No entanto, as páginas 30, 356 e 441 meio que contradizem isso. Só que nem tanto.

> [Q]uem anda num labirinto, cuja visão à frente e atrás se encontra severamente constrita e fragmentada, sofre de confusão, ao passo que quem vê o padrão como um todo, de cima ou num diagrama, fica perplexo diante de sua complexa engenhosidade. O que se vê depende de onde você está e, por isso, labirintos são, ao mesmo tempo, uma coisa singular (há uma estrutura física) e dupla: simultaneamente incorporam ordem e desordem, clareza e confusão, unidade e multiplicidade, engenhosidade e caos. Podem ser percebidos como um caminho (uma passagem linear, mas sinuosa rumo a um objetivo) ou como um padrão (um desenho simétrico completo)... Nossa percepção dos labirintos é, portanto, intrinsecamente instável: quando mudamos de perspectiva, o labirinto parece mudar também.[134]

Infelizmente, a dicotomia entre aqueles que participam do interior e aqueles que o enxergam de fora colapsa quando consideramos a casa, pelo simples fato de que ninguém jamais enxerga o labirinto em sua totalidade. Por isso só é possível derivar qualquer compreensão das suas complexidades a partir do seu interior.

Isso não se aplica apenas à casa, mas ao filme em si. Desde o começo do *Registro Navidson*, nos vemos envolvidos num labirinto, errando de uma célula de celuloide a outra, tentando espiar o próximo corte com a esperança de encontrar uma solução, um centro, uma noção de totalidade, só para descobrirmos mais uma sequência, que leva a uma direção completamente diferente, um discurso que continuamente degringola e promete a possibilidade da descoberta ao mesmo tempo em que se dissolve em ambiguidades caóticas, indistintas demais para possibilitarem uma compreensão completa.[135]

Para conseguirmos apreciar plenamente o modo como as ambages se desanuviam, retorcendo-se apenas para se anuviarem de novo, e depois se abrem mais uma vez, seja na casa de Navidson ou no filme — *quae itinerum ambages occursusque ac recursus inexplicabiles*[136] —, devemos lançar um olhar para a herança etimológica de uma palavra como "labirinto". O latim *labor* é semelhante à raiz *labi*, com o sentido de deslizar ou escorregar para

---

[134]Penelope Reed Doob, *A Ideia do Labirinto: da Antiguidade Clássica passando pela Idade Média* (Ithaca: Cornell University Press, 1990), p. 1[×]

[135]Pelo menos, como lamentou Daniel Hortz, "Ao conceder a todos os envolvidos o direito de vagar (e.g. devaneios, livre-associação, phantasiar [sic] etc. etc.; vide Gaston Bachelard), aquilo que é discursivo acabará inevitavelmente reapropriando a heterogeneidade do díspar e, portanto, com um tal gesto inesperado e ainda por se reconciliar, provocar uma reavaliação de si mesmo". ~~Ou, em outras palavras, assim como a casa, o filme em si nos cativa e nos proíbe ao mesmo tempo em que nos liberta, para vagarmos, e assim a princípio nos engana, inevitavelmente, privando-nos de nós, portanto, apenas para conduzir-nos ao fim, necessariamente, pois aonde mais poderíamos ter ido, de fato?, de volta ao si mesmo e, por isso, de volta a nós mesmos.~~ Cf. Daniel Hortz, *Compreendendo o Si-Mesmo: O labirinto que é você* (Boston: Garden Press, 1995), p. 261.[129]

[136]["Passagens que se retorcem, avançam e recuam de uma maneira assombrosamente complicada" — Eds.]. Plínio também escreveu, ao descrever o labirinto egípcio: "*sed crebis foribus inditis ad fallendos occursus redeundumque in errores eosdem*" ["São inseridas portas nas paredes a intervalos frequentes a fim de sugerir, enganosamente, o caminho adiante e obrigar o visitante a retornar às mesmas trilhas que ele mesmo já havia percorrido em seu errar" — Eds.][K]

trás,[137] embora o significado que é comumente entendido sugira dificuldade e esforço. Implícito em "labirinto" está o esforço exigido para se evitar escorregar e cair; em outras palavras, parar. Não podemos relaxar dentro daquelas paredes, precisamos seguir na luta para ultrapassá-las. Hugo de São Vitor chega até a sugerir que a antítese do labirinto — aquilo que contém trabalho — seja a arca de Noé[138] — em outras palavras, aquilo que contém repouso. ×

Se o trabalho exigido por qualquer labirinto acarreta penetrá-lo ou escapá-lo, a questão do processo se torna extremamente relevante. Por exemplo, um modo simples de sair de qualquer labirinto é apenas colar uma das mãos na parede e andar em uma dada direção. Em algum momento, uma saída será encontrada. Infelizmente, no que diz respeito à casa, é provável que essa abordagem acabe exigindo uma quantidade infinita de tempo e recursos. Não podemos esquecer que o problema da exaustão — um resultado do labor — é uma parte inextricável de qualquer encontro com um labirinto sofisticado. Para se conseguir escapar, então, precisamos lembrar que não é possível ponderar todos os caminhos, decifrando apenas aqueles necessários para sair. Devemos agir com rapidez, e a última coisa que podemos fazer é tentar exauri-lo. Porém, como admoesta Sêneca em suas *Epistulae morales*, 44, ir rápido demais também incorre em certos riscos:

Quod evenit in labyrintho properantibus:
ipsa illos velocitas implicat[139]

Infelizmente, a anfractuosidade de alguns labirintos pode, na verdade, acabar proibindo uma solução permanente. Para nossa maior perplexidade ainda, é possível que sua complexidade exceda a imaginação até mesmo de quem o projetou.[140] Portanto, qualquer um que se perca em seu interior há de reconhecer que ninguém, nem mesmo um deus ou um Outro, compreende o labirinto inteiro e, por isso, jamais poderá oferecer uma resposta definitiva. A casa de Navidson parece um exemplo perfeito. Dadas as mudanças nas paredes e o tamanho extraordinário, qualquer saída permanece um evento singular, aplicável apenas àqueles que se encontram

[137] *Labi* também é um provável cognato de *sleep*, "sono".[134]

[138] Cf. Capítulo 6, nota de rodapé 82, a História de Tom, bem como a nota 249 — Eds.

[139] [Isto é o que acontece quando você se apressa num labirinto: quanto mais rápido você vai, pior você se embrenha — Eds.]. Palavras dignas de serem levadas a sério, sobretudo quando se considera o comentário de Pascal, encontrado em *Alegorias da Leitura*, de Paul de Man: "Si on lit trop vite où trop doucement, on n'entend rien". [Quando se lê rápido ou devagar demais, não se entende nada — Eds.][135]

[140] "*...ita Daedalus implet innumeras errore vias vixque ipse reverti ad limen potuit: tanta est fallacia tecti*". Ovídio, *Metamorfoses* VIII. 1. 166-168. [Por isso Dédalo fez aquelas inúmeras passagens sinuosas e mal conseguiu encontrar o caminho de volta ao ponto de entrada, tão enganoso era o recinto que construíra". Horace Gregory, porém, oferece uma tradução um tanto diferente: "Dédalo assim urdiu o complexo labirinto; / Ao adentrá-lo, apenas a mente astuciosa / Reencontrava a saída para o mundo externo — / Tamanha a arte dessa tão estranha pérgola", p. 220. — Eds.]~~Ou, em outras palavras: foge do céu. Não há qualquer resposta aí. Ele é incapaz de se importar, sobretudo com aquilo que já desconhece. Trate esse lugar como uma coisa em si, independente de todo resto, e o confronte nesses termos. Você deve encontrar o caminho sozinho. Ninguém mais pode ajudá-lo. Todo caminho é diferente. E se você de fato se perder, pelo menos permita-se a consolação da certeza absoluta de que você há de sucumbir.~~ ×

naquele caminho, naquele momento em particular. Todas as soluções, portanto, são necessariamente pessoais.[141]

---

[141]Não sei bem o motivo, mas eu fico com a impressão de que entendo essa frase num nível totalmente diferente. O que eu quero dizer é que aquele estranho encontro com a Tatiana parece ter me ajudado de algum modo. Como se gozar fosse tudo que eu precisava para diminuir um pouco desse pavor e desse pânico. Acho que a Tambor tinha razão. É claro que o lado negativo é que essa nova descoberta me deixou maluco, e por maluco entenda-se priápico.

Na noite passada, eu dei umas voltas por aí. Liguei pra Tatiana, mas ela não estava em casa. A secretária eletrônica da Amber me atendeu, mas não deixei mensagem. Depois, conforme as horas foram passando e um peso em particular foi entrando em mim, eu pensei na Tambor. Na verdade, eu quase dei um pulo no trabalho dela, naquele lugar onde eu poderia ficar a sós com aquela meia-luz e todo o teatro de sombras, onde poderia espiar em paz, sem pressa, sem ninguém me perturbar, uma ideia que assim que me passou de repente pela cabeça, de repente – e sem nenhum motivo aparente também – me deixou com um desconforto terrível. Liguei pro Lude, em vez disso. Ele me passou o número da Kyrie. Ninguém atendeu. Nem a secretária eletrônica. Liguei de volta pro Lude e uma hora depois já estávamos perdidos nos copões de sidra do Red.

Por algum motivo eu tinha comigo um papel com algo que o Zampanò escreveu sobre a Natasha (vide Apêndice F). Eu encontrei isso faz uns meses e imaginei na hora que ela fosse um antigo amor dele, o que é claro que ainda é possível que seja verdade. Desde então, no entanto, passei a acreditar que a Natasha de Zampanò também viva nas guerrulices de Tolstói (sim, é incrível, né, eu finalmente consegui dar um jeito de ler Guerra e Paz.)

Em todo caso, naquela noite, por coincidência, uma certa Natasha estava jantando vinho e vegetais. Segundo boatos – ou pelo menos foi o que o Lude me confidenciou; sempre adorei o modo como Lude repassava boatos como "confidências" –, sua mãe era famosa, mas havia morrido num acidente de barco, a não ser que a gente pudesse acreditar num outro boato – também confidenciado pelo Lude –, o de que foi o seu pai quem morreu no acidente de barco, mas aí ele não era famoso.

O que importa?

Em todo caso, a Natasha era linda.

A profecia de Tolstói havia ganhado vida.

Lude e eu tivemos uma discussão para ver quem iria abordá-la primeiro. Para dizer a verdade, eu não tinha coragem. Alguns tragos depois, no entanto, fiquei só olhando enquanto Lude foi cambaleando até a sua mesa. Ele tinha todas as vantagens. Ele a conhecia. Podia dizer um "alô", sem que parecesse obsceno. Eu fiquei olhando, meu copo permanentemente fixado em minha boca, para poder continuar bebendo sem parar – só foi meio complicado respirar desse jeito.

O Lude dava risada, a Natasha sorria, seus amigos comendo seus vegetais, tomando seu vinho. Mas o Lude demorou tempo demais lá. Deu para ver pelo modo como ela olhava para os seus amigos, seu prato, para o lugar todo, menos para ele. Mal sabia eu também que era eu quem seria sacrificado, digo, até ele começar a apontar para o balcão, na minha direção. E nenhum dos dois sorria. Levantei a base do meu copo o suficiente para eclipsar a minha cara e ignorei a sidra que derramei pelos dois lados, fazendo espuma no meu colo. Quando terminei meu ato de camuflagem, pude ver a Natasha devolver pro Lude um papelzinho que ele havia acabado de entregar para ela. Seu sorriso era brusco. Não disse quase nada. Ele continuou essa farsa, deu um breve sorriso e partiu.

"Foi mal aí, Jaguara", disse Lude ao sentar, sem saber que aquela cena havia me deixado petrificado.

"Não me diga que você acabou de contar que eu escrevi aquilo pra ela, né?", finalmente consegui dizer, gaguejando.

"Pode apostar que sim. Olha, ela curtiu. Só não o suficiente pra largar o namorado."

"Não fui eu que escrevi. Foi um cara cego", eu gritei com ele, mas já era tarde demais. Terminei minha sidra e, com a cabeça baixa, vazei de lá, deixando Lude sozinho para sofrer toda a desatenção concentrada da Natasha.

Seguindo para o leste, passei pela Muse e dei um pulo no El Coyote onde tomei umas doses de tequila, até uma mina australiana chegar e começar a falar de cangurus e da Grande Barreira de Coral e aí pediu alguma outra coisa, bem forte e verde. Um tempo atrás, mais de um ano? uns dois?, ela tinha visto uma reunião de um pessoal bem, bem famoso falando com tom de reprovação das coisas mais perversas. Isso ela me contou toda animada, seus peitos pulando como se fossem pacmen gigantes. Quem liga. Por mim está ótimo. Será que ela queria saber da Natasha? Ou pelo menos o que um cego escreveu sobre ela?

Quando finalmente saí de lá, não tinha ideia de onde estava, luzes alaranjadas queimando como manchas solares, iniciando estranhos motins em minha cabeça, enquanto no negrume além, um coral de coiotes uivava, ou será que era o trânsito? sem a menor noção da passagem do tempo também. Juntos fomos cambaleando até uma esquina e foi aí que um carro parou, era branco? um Golf? talvez sim/talvez não? Fiz um esforço para ver qual era, minha mina australiana toda risonha, os dois pacmen alucinados, ela morava ali perto, em algum lugar, mas não tinha tanta graça, ela não conseguia lembrar direito onde era, e eu não dava a mínima, só apertando os olhos encarando o carro, branco?, enquanto baixavam os vidros e apareceu um belo rosto, talvez cansado, incerto também, mas ainda assim radiante, com um sorrisinho meio cínico naqueles doces lábios — a Natasha se inclinou para fora do carro, "pelo visto o amor acaba rápido, né?",[142] piscando para mim, e eu fazendo que não com a cabeça, como se essa balançadinha vigorosa da cabeça pudesse de verdade provar qualquer coisa que fosse, tipo, como é possível se apaixonar tanto, tão de repente, só que para isso ter qualquer significado é preciso lembrar e eu lembraria, eu lembraria com certeza, que é o que eu fiquei dizendo para mim mesmo enquanto aquele carro, branco?, o carro dela?, arrancava, tchau-tchau Natasha, seja lá quem você for, me perguntando então se algum dia eu a veria de novo, com a sensação de que não e a esperança de estar enganado, mas sem saber ainda; Amor À Primeira Vista tendo sido escrito por um cego, mas safado e apaixonado também?, o cego de todos os cegos, eu — não sei porque escrevi isso — mas eu ainda assim conseguiria amá-la apesar da não cegueira, apesar de ter de repente começado a sonhar então com alguém que jamais conheci antes, ou talvez tenha conhecido desde o começo, não, nem mesmo a Tambor — nossa, estou divagando — talvez a Natasha no fim, tão vaga, tão conhecida, tão estranha, mas quem na verdade e por quê? pelo menos isso dava para pressupor com certeza, o que era reconfortante, na verdade, músicas uníssonas loucamente harmônicas entre rosas, cálices, auspícios, passando auroras zelosas do embriagar-se até madrugadas alçarem rebuliços, mencionadas intermitentemente num hotel aonde seguimos iluminados, rumos onde noites idílicas abrem-se sublimes, enquanto eu me perdia num sonho desses, várias e várias vezes, até que a mina australiana me deu um chacoalhão no braço, com força—

"Ei, cadê você?"

"Me perdi", murmurei e comecei a dar risada e aí ela deu risada e aí não lembro o resto. Não lembro da porta da casa dela, todas as escadas até o segundo andar, a barulheira que fizemos para atravessar o hall sem acender as luzes, nem do hall, nem do quarto dela, caindo no futon no seu chão. Nem lembro como tiramos todas as nossas roupas, eu não conseguia tirar o sutiã dela, até que enfim ela teve que tirar, seu sutiã branco, ahh o fecho ficava na frente e eu penando tentando tirar atrás, e foi então que ela deixou os pacmen pra fora e eles me comeram vivo.

É, eu sei, não dá para ligar os pontos aí. Afinal, como é que a gente sai dessa poesia dedicada a uma beleza de doer o coração para os detalhes de uma trepada alcoolizada? Digo, mesmo que você ligue esses pontos, e eu não acho que dê para fazer isso, que tipo de imagem você traça?

Tinha alguma coisa na buceta dela. Isso eu lembro. Na verdade, era incrível o quanto era peluda, cachos espessos de cabelos negros, cobrindo-a, escondendo-a, mas quando eu a dedei & chupei, ainda assim se abriram prontamente para eu senti-la, seu gosto, enquanto ela continuava sentada em cima de mim, montando a minha boca, e o tempo todo jogada de leve para trás, empurrando-se de leve para frente, mesmo quando suas pernas começaram a tremer, ainda desejando que eu continuasse a explorar seu corpo daquele jeito, com meus dedos e meus lábios e minha língua, as camadas do seu calor, as doces dobras de sua escuridão, várias e várias e várias vezes.

O resto, tenho certeza que eu não lembro, mas sei que foi assim por um tempo.

Lá em cima no céu
Olhando meio ao léu,
Todos fizemos um escarcéu,
Por água abaixo-éu.

Só uma musiquinha. Sei lá.

Mais tarde, só não sei quanto mais tarde, ela me disse que foi ótimo e que ela estava se sentindo ótima, mas eu não. Eu nem sabia onde eu estava, quem era ela ou como foi que fizemos o que ela disse que fizemos. Eu precisava ir embora, mas puta merda o sol doía na retina, rachava minha cabeça no meio, joguei fora o telefone dela antes de chegar na esquina, aí perdi uns quinze minutos para achar o meu carro. Alguma coisa queria me fazer entrar em pânico e ficar mal de novo. Talvez foi ter me perdido tanto, perdido os sentidos, alguma coisa a ver um pouco com algum grande evento, e será que eu perdi mais do que sabia, eventos maiores? um sentido maior? Na verdade, tudo que eu tinha para me prender naquele momento, enquanto conduzia com cautela aquele carro velho até o lugar que eu tinha a coragem de ainda chamar

Assim como nas explorações anteriores, é possível considerar a Exploração #4 uma jornada pessoal. Embora algumas porções da casa, como o Grande Salão, por exemplo, pareçam oferecer uma experiência comunal, muitas passagens intercomunicantes encontradas por membros individuais da equipe, mesmo que vistas apenas de relance, jamais serão reencontradas, depois disso, por qualquer pessoa que seja. Portanto, apesar das — bem como à luz das — investigações futuras, a descida de Holloway permanece um evento singular.

Quando sua equipe enfim chega de fato ao fim das escadas, já se passaram três noites naquela escuridão hedionda. Suas barracas e sacos de dormir conseguiram oferecer o isolamento térmico necessário aos seus corpos para enfrentar o frio, mas nada pôde proteger seus corações daquilo a que Jed se refere como "o peso" que, para ele, parecia estar sempre ali, agachado, prestes a dar o bote, a poucos metros de distância. Embora todos tenham uma sensação de euforia ao chegar ao último degrau, o que acontece na verdade é que eles concluíram apenas um dos aspectos já experimentados da casa. Ninguém ali está minimamente preparado para enfrentar as consequências do que agora não lhes é familiar.

Na manhã do quarto dia, os três homens concordam em explorar uma nova série de salas. Como diz Holloway, "Chegamos longe. Vamos ver se tem alguma coisa aqui embaixo". Cera e Jed não fazem a menor objeção e logo estão todos perambulando pelo labirinto.

Como sempre, Holloway dá ordens para que várias pausas sejam feitas a fim de obter amostras das paredes. Jed já se tornou um especialista no uso do martelo e cinzel, arrancando pequenas quantidades da substância negra e cinzenta que ele deposita em um dos muitos potes de amostragem incluídos por Reston em seu equipamento. Como foi o caso até mesmo na escadaria, Holloway assume pessoalmente a responsabilidade pela sinalização do caminho. O tempo inteiro, ele cola setas neon nas paredes, pinta com o spray de tinta neon os cantos e estica bastante a linha de pesca sempre que o caminho se torna especialmente complicado e tortuoso.□

O mais estranho, porém, é que quanto mais Holloway avança, menor é a frequência com que faz suas pausas para tirar amostras ou demarcar o caminho. Obviamente surdo às palavras de Sêneca.

---

de meu lar - nunca mais - era o rosto dela, aquele sorriso cínico, o da Natasha, visto, mas desconhecido, encontrada num restaurante, perdida numa esquina, levada pela corda no vento do trânsito - corda no sentido de "dar corda em algo". Eu olho as minhas mãos. Estava segurando o volante com tanta força que as juntas da mão eram pontos brancos reluzentes, e o meu pisca-pisca estava ligado, TIQUE-tique TIQUE-tique TIQUE-tique, tão certo, tão óbvio, tão claro e, apesar de toda sua convicção mecânica, ele piscava para mim dando seta para o lado errado.

142 ____

Jed é o primeiro a externalizar suas preocupações quanto à rapidez com a qual avança o líder da equipe: "Você sabe aonde está indo, Holloway?". Mas Holloway só responde com um resmungo e segue adiante, no que parece ser um empenho, uma determinação, para encontrar alguma coisa, alguma coisa diferente, alguma coisa definidora ou, pelo menos, algum tipo de indicação de que possa existir um lado externo naquele lugar. Em certo ponto, Holloway até consegue arranhar uma parede, furá-la e por fim abrir um buraco nela com um chute, o que só revela mais uma sala sem janelas e um portal que leva a outro corredor, rumo a mais uma série infinita de passagens e salas vazias, todas com paredes que potencialmente ocultam e assim sugerem um exterior possível, embora invariavelmente acabem levando a mais uma fronteira para mais um espaço interior. Como diz a famosa descrição de Gerard Eysenck: "Interiores e interioridades, nunca um avesso".[143]

[144]Não só não há saídas de ar quente, nem tubos de ventilação ou radiadores, sejam eles de ferro fundido ou outro material, nem sistemas de refrigeração — condensadores, bobinas de aquecimento, aquecedores de convecção, registros, concentradores, bombas de solução, evaporadores, absorvedores ou trocadores de energia térmica, bombas de sucção, bombas de recirculação de evaporação — nem quaisquer tipos de dutos, fossem eles tubos espirais soldados/estriados, de parede dupla e Loloss™, ovais achatados ou dutos redondos com interior perfurado, isolamento térmico e revestimento externo; nenhum sistema HVAC ou mesmo um sistema rudimentar de circulação de ar — não há janelas — nem qualquer encanamento,

Esse desejo de exterioridade é amplificado ainda mais, sem dúvida, pela completa indistinção de tudo que há lá dentro. Nada ali oferece o menor motivo para se demorar. Em parte, porque não há um único objeto a ser descoberto, que dirá uma instalação ou outro tipo de acabamento.[144] Lá em 1771, Sir Joshua Reynolds, em seus *Discursos sobre arte*, defendeu a importância do particular, questionando, por exemplo, "as atenções minuciosas dadas às discriminações das Cortinas... o tecido não é nem Lã, nem linho, seda, cetim ou veludo: é cortina, nada mais".[145] Tais avaliações globais parecem se aplicar perfeitamente à casa de Navidson, que, apesar de seus corredores e cômodos de vários tamanhos, nada mais é que corredores e cômodos, embora às vezes, como observou já John Updike, enquanto traduzia o labirinto: "As galerias parecem retas, mas se curvam furtivamente".

É claro que os cômodos, os corredores e uma ou outra escadaria em espiral estão, por si só, sujeitos a arranjos que seguem certos padrões. Em alguns casos, padrões particulares. No entanto, considerando as alterações constantes, a redefinição aparentemente infinita do caminho, mesmo o modo absurdo como o primeiro corredor nos leva para longe da sala de estar, só para retornar depois, por meio de uma série de viradas à esquerda, de volta a um lugar onde deveria ser a sala de estar, mas claramente não é; isso descreve um layout que não é de forma alguma reminiscente de qualquer planta

□Fora o aspecto prático da linha de pesca — um modo barato e acessível de mapear o seu progresso ao longo de um labirinto complicado —, há, é claro, óbvias ressonâncias mitológicas. ~~A filha de Minos, Ariadne, forneceu a Teseu um fio que ele usou para escapar do labirinto.~~ O fio repetidamente serve como metáfora para o cordão umbilical, a vida e o destino. Os Fados gregos (chamadas de Moirai) e os Fados romanos (chamadas de Fata ou Parcae) teciam o fio da vida e também o cortavam. Curiosamente, nos cultos órficos, o fio simbolizava o sêmen.

[143]Gerard Eysenck, "Re-Velação, Não Revelação: Corredores Heurísticos na Aventura de Holloway". *Anais da Conferência Semiótica sobre o Registro Navidson Intitulada Temporariamente Três Ratos Cegos e o Resto Também.* Federação Americana de Arquitetos, 8 de junho, 1993. Reimpresso em Fisker & Weinberg, 1996.

[145]Cf. Joshua Reynolds, *Discursos sobre arte* (1771) (Nova York: Collier, 1961).

moderna, que dirá de algum projeto de experimento histórico.[146]

Sebastiano Pérouse de Montclos, porém, já compôs uma análise considerável das alterações dentro da casa, postulando que elas seguem, na verdade, as derivações estruturais de Andrea Palladio.

Para fazer um breve resumo, a gramática palladiana busca organizar o espaço por meio de uma série de regras estritas. Como comprovado por Palladio, era possível usar o seu sistema para gerar uma série de layouts como a Villa Badoer, a Villa Emo, a Villa Ragona, a Villa Poiana e, é claro, a Villa Zeno. Em essência, há apenas oito passos:

1. Definição das proporções
2. Definição da parede exterior
3. O layout dos cômodos
4. Realinhamento da parede interior
5. Entradas principais — pórticos e inflexões da parede exterior
6. Ornamentação exterior — colunas
7. Janelas e Portas
8. Acabamento[149]

Pérouse de Montclos se fia nesses passos para delinear o modo como a casa de Navidson foi, (1.0) antes de tudo, estabelecida (2.) delimitada (3.0) subdividida e (4.0) assim por diante. Ele tenta convencer o leitor de que a reconfiguração constante das passagens e paredes representa um tipo de contorno geológico no processo de resolver todas as formas possíveis, provavelmente *ad infinitum*, mas sem nunca se fixar, porque, como declara em sua conclusão, "o espaço desocupado jamais poderá cessar de se transformar, simplesmente porque não há nada que o impeça. As contínuas transformações internas provam apenas que uma tal casa é, por necessidade, desabitada".[150]

[146]Por exemplo, não há nada na casa que sequer lembre, nem de longe, qualquer obra do século XX, seja no estilo do pós-modernismo, modernismo tardio, brutalismo, neo-expressionismo, wrightiano, Novo Formalismo, miesiano, Estilo Internacional, Streamline Moderne, Art Déco, o estilo Pueblo ou Colonial Espanhol, só para dar alguns nomes, com exemplos tais como a Western Savings and Loan Association em Superstition, Arizona, a "Animal Crackers" em Highland Park, Illinois, o Pacific Design Center em Los Angeles, ou o Mineries Condominium em Venice, o Wurster Hall em Berkeley, a Casa de Katselas em Pittsburgh, o Aeroporto Internacional de Dulles, a Greene House em Norman, Oklahoma, a Biblioteca Central Harold Washington, de Chicago, as Watts Towers em South Central, o Teatro Nacional de Barcelona, a cidade nova de Seaside, Flórida, a Casa da Vila Tugendhat, Rue de Laeken, em Bruxelas, a Richmond Riverside em Richmond, Surrey, a escadaria do jornal de Athens, Georgia, o Edifício do Centro Tsukuba Ibaraki, a Casa Digital, o Museu Municipal de Arte Contemporânea de Hiroshima, o interior do Judge Institute of Management Studies em Cambridge, a Maison à Bordeaux, a estação do TGV em Lyon-Satolas, o pós-modernismo do Centro Wexner de Artes Visuais em Columbus, Ohio, o Hotel Palazzo em Fukuoka, a National Geographic Society em Washington. D.C., o Amon Carter Museum em Fort Worth, Texas, a ala Sainsbury da Galeria Nacional, a Pirâmide do Louvre, a nova galeria da Staatsgalerie Stuttgart, o J. Paul Getty Museum em Malibu, o Palácio de Abraxas em Maren-La-Vallée, a Piazza d'Italie em Nova Orleans, o edifício da AT&T em Nova York, o modernismo de Carré d'Art, o Lloyd's Building em Londres, o complexo da Biblioteca John F. Kennedy em Boston, a nave da Igreja Vuokseeniska na Finlândia, a sede da Enso-Gutzeit, o Centro Administrativo da Säynätsalo, a Eames House, o dormitório Baker do MIT, o interior do terminal TWA do Aeroporto Kennedy, o Teatro Nacional de Londres, a Hull House Association Uptown Center em Chicago, o Laboratório Hektoen, também em Chicago, a Fitzpatrick House nos Hollywood Hills, o Graduate Center da Harvard University, o Pan-Pacific Auditorium em Los Angeles, o Laboratório de Testes da General Motors em Phoenix, Arizona, a Loja de Departamento Bullock's Wilshire em Los Angeles, o Casino Building em Nova York, o Hotel Franciscan em Albuquerque, Novo México, o Hotel La Fonda em Santa Fé ou o Santa Barbara County Courthouse, a Neff ou Sherwood House na Califórnia, o Exterior da Escola Secundária Moderna, Maisons Jaoul, Notre-Dame-du-Haut, próxima a Belfort, a Unité d'Habitation em Marselha, a Farnsworth House em Plano, Illinois, o Alumni Memorial Hall do Illinois Institute of Technology, o Museu Guggenheim, em Nova York, nem nada do tradicionalismo dos Lawn Road Flats em Hampstead, ou da Zimbabwe House e Usina Battersea, em Londres, o coral da catedral anglicana em Liverpool ou o Memorial aos Desaparecidos de Somme, próximo a Aras, a casa do Vice-rei em Nova Déli, o Gledstone Hall, em Yorkshire, a fachada do Finsbury Circus, o castelo Drogo, próximo a Drewsteignon Devon, a Casa del Fascio em Como, a Villa Mairea em Noormarkku, a Estação Central em Milão, o Interior

[144]Não só não há saídas de ar quente, nem tubos de ventilação ou radiadores, sejam eles de ferro fundido ou outro material, nem sistemas de refrigeração — condensadores, bobinas de aquecimento, aquecedores de convecção, registros, concentradores, bombas de solução, evaporadores, absorvedores ou trocadores de energia térmica, bombas de sucção, bombas de recirculação de evaporação — nem quaisquer tipos de dutos, fossem eles tubos espirais soldados/estriados, de parede dupla e Loloss™, ovais achatados ou dutos redondos com interior perfurado, isolamento térmico e revestimento externo; nenhum sistema HVAC ou mesmo um sistema rudimentar de circulação de ar — não há janelas — nem qualquer encanamento.

[149]Para uma análise exemplar da gramática palladiana em ação, cf. William J. Mitchell, *A Lógica da Arquitetura: Design, Computação e Cognição* (Cambridge, Massachusetts: MIT Press, 1994), p. 152-181, bem como também Andrea Palladio, *Os Quatro Livros da Arquitetura* (1570), trad. Isaac Ware (Nova York: Dover, 1965).

[150]Sebastiano Pérouse de Montclos, *Gramática Palladiana e Apropriações Metafísicas: a Villa Malcontenta de Navidson* (Englewood Cliffs: Prentice-Hall, 1996), p. 2.865. Cf. Aristides Quine, *Concatenando Corbusier*

Assim sendo, além de suscitar inquisições formais quanto ao formato sempre inapreensível da casa, bem como quanto às normas que governam essas transformações, Sebastiano Pérouse de Montclos também toca num assunto mais comumente discutido: a questão da ocupação. Embora poucos sejam os que concordam com o significado das configurações ou da ausência de estilo do lugar, ninguém até agora discordou do fato de que o labirinto ainda assim é uma casa.[151] Portanto, logo surge a questão de se seria ou não a casa de alguém. Mas, se sim, de quem? Quem será que era ou quem ainda *é* o dono? E isso nos leva a outra suspeita: será possível que o dono ainda more lá? Questões que fazem eco àquele trecho do evangelho a que Navidson alude em sua carta a Karen[152] — São João, capítulo 14 — quando Jesus diz:

> Na casa de meu Pai há muitos aposentos; se *assim* não *fosse*, eu lhes teria dito. Vou preparar-lhes lugar…

O que devemos interpretar pelo seu sentido literal, mas também ironicamente.[153]

ralos, banheiras, urinóis, pias, bebedouros, aquecedores ou resfriadores d'água, tanques de expansão, válvulas para despressurização, controle de fluxo, canos bifurcados, calhas, canos de esgoto ou equipamentos para prevenção de incêndios: detectores de fumaça, chuveiros automáticos, detectores de fluxo, válvulas dry pipe, válvulas gaveta O. S. & Y., motores de alarme hidráulico, aparatos de anunciação visual, racks ou carretéis de mangueira, seja a válvula de 2 ½" ou 1 ½", sistemas de combate a incêndio por espuma, sistemas com extintor gasoso; ou qualquer sinal de ligação em cascata ou estrela ou de tubo metálico elétrico (EMT), conduítes rígidos, canaletas de fio elétrico, dutos de barramento, dutos inferiores,

Philibert de l'Orme, Pierre Lescot, Gilles le Breton, Pirro Ligorio, Andrea Palladio, Martini Bassi, Galeazzo Alessi, Domenico Fontana, Giacomo Barozzi da Vignola, Jacopo Tatti Sansovino, Michele Sanmicheli, Michelangelo Buonarroti, Giulio Romano, Baldassare Peruzzi, Raffaello Sanzio, Antonio da Sangallo, o Jovem, Antonio da Sangallo, o Velho, Donato Bramante, Filarete, Leonardo da Vinci, Leon Battista Alberti, Filippo Brunelleschi, Simón de Colônia, Juan Guas, Juan Gil de Hontañón, Arnolfo di Cambio, Lorenzo Maitani, Benedikt Ried, Konrad Heinzelmann, Nicolaus Eseler, Jörg Ganghofer, Ulrich von Ensingen, Wenzel Roriczer, Heinrich von Brunsberg, Hans von Burghausen, Peter Parler, Diogo Arruda, Diogo Boytac, William Wynford, Robert Janyns, Henry Yevele, Henry de Reynes, William, o inglês, Guillaume de Sens, Jean de Loupinère, bispo Bernard de Castanet (P), Jean d'Orbais, Abade Suger (P), Nicola Pisano, Pedro Petriz, Gunzo, Apolodoro de Damasco, Severo, Céler, Dédalo — mas aqui os nomes dos autores das construções começam a se misturar com os nomes de seus protetores, (P), sejam eles Bispos, Reis, Imperadores, Dinastias, até o fim e enfim o tempo —[148]

(Nova York: American Elsevier, 1996), em que Quine aplica os Cinco Pontos de Corbusier à casa de Navidson, provando assim, em sua cabeça, as limitações e, portanto, a irrelevância da gramática palladiana. Embora essas conclusões sejam um tanto questionáveis, não são desprovidas de mérito. Particularmente, o tratamento dado por Quine à Villa Savoye e à Casa Dominó é digno de uma atenção especial. Por fim, consideremos a obra muito mais polêmica de Gisele Urbanati Rowan Lell, "Polípoda ou Polilito?: A Criação de Navidson Enquanto Modelo Mecanístico/Linguístico" in *Abaku Banner Catalogue*, v. 198, janeiro de 1996, p. 515-597, em que a autora trata das "transformações na casa" como evidência de uma dinâmica polilítica, o que comprova a existência de uma estrutura. Para se ter um ponto de referência, cf. Greenfield e Schneider, "Construindo uma estrutura ramificada. O Desenvolvimento da complexidade hierárquica e estratégias interrompidas na atividade de construção infantil", in *Developmental Psychology*, 13, 1977, p. 299-313.

[151] O que também, por acaso, mantém um conjunto peculiar de constantes. Considere:

> **Temperatura:** 0°C ± –13.
> **Iluminação:** ausente.
> **Silêncio:** completo*
> **Movimento do ar** (i.e. brisas, ar encanado): nulo
> **Norte verdadeiro:** N/D
>
> * com exceção do "rosnado".

[152] Vide Capítulo XVII.

[153] Também não se deve esquecer o terror que Jacó sentiu ao se flagrar nos territórios do divino: "Quão terrível é este lugar! Este não é outro lugar senão a casa de Deus; e esta é a porta dos céus". (Gênesis 28:17).

[148] Cf. Amostra Um.

Não é surpreendente então que, quando a equipe de Holloway finalmente começa a longa jornada de volta, logo descobre que a escadaria está muito mais distante do que o previsto, como se, em sua ausência, as distâncias tivessem sido ampliadas. Foram obrigados a acampar uma quarta noite, o que exige, portanto, um racionamento estrito de comida, água e luz (i.e. pilhas). Na manhã do quinto dia, eles chegam às escadas e começam a longa subida. Apesar de o diâmetro da Escadaria em Espiral agora passar dos 230 metros de largura, a subida avança a um ritmo relativamente rápido.

Durante a descida, Holloway havia tomado a decisão prudente de deixar provisões no caminho, aliviando seu fardo, ao mesmo tempo em que reservava os mantimentos necessários para a volta. Embora Holloway tivesse estimado a princípio que não demoraria mais de oito horas para chegar à primeira dessas reservas, o percurso acaba demorando quase doze. Enfim tendo chegado ao seu destino, eles logo montam acampamento e desmaiam em suas barracas. É muito estranho que, apesar da exaustão, todos têm muita dificuldade em pegar no sono.

No sexto dia, eles ainda conseguem começar cedo. Cera e Jed mantêm o alto astral por saberem que estão voltando. Holloway, porém, permanece com um humor lúgubre que lhe é estranho e revela o que a crítica Melisa Tao Jains chamou de "um sinal de sua obsessão atrabiliária cada vez mais profunda com o não-presente".[154]

Em todo caso, a subida ainda assim avança sem dificuldades até que Holloway encontra os restos de um de seus marcadores neon de trinta centímetros quase caindo da parede. Metade do tecido se encontra num estado lastimável e a outra metade foi arrancada por alguma garra inimaginável. O pior ainda é que alguma coisa massacrou a reserva seguinte. Sobram apenas resquícios de um garrafão d'água junto com alguns pedaços espalhados de PowerBars. O combustível para o fogareiro de acampamento também desapareceu por completo.

"Que beleza", murmura Cera.

"Putz grila!", responde Jed, sibilante.

Emily O'Shaughnessy aponta no *Chicago Entropy Journal* a importância dessa descoberta: "Aqui estão, enfim, os primeiros sinais — evidenciados ironicamente pelo expurgo de uma sinalização neon e dos mantimentos da equipe — da poderosa habilidade da casa de exorcizar toda e qualquer coisa de seu meio". F

---

[154]Melisa Tao Janis, "Ruminações de um Corrimão Oco", in *O Baú Antipresente*, organização de Philippa Frake (Oxford: Phaidon, 1995), p. 293.

F Emily O'Shaugnessy, "Emético Metafísico", in *Chicago Entropy Journal*, Memphis, Tennessee, v. 182, n. 17, maio, 1996.

do Pavilhão Finlandês da Feira Mundial de Nova, o saguão da Sala de Concertos de Estocolmo, a Biblioteca Municipal de Estocolmo, o Crematório do Bosque, a Delegacia de Copenhague, a estação ferroviária de Helsinki, a Villa Hvitträsk, próxima a Helsinki, a Igreja Grundtvig em Copenhague, a Villa Savoye em Poissy, 25 rue Vavin, em Paris, a 62 rue Des Belles Feuilles também em Paris, a Notre-Dame du Raincy, 25 bis, rue Franklin, Paris mais uma vez, o Chateau de Voisins, Rochefort-en-Yvelines, a Nova Chancelaria de Berlim, a Festivalhaus próxima a Dresden, a Casa Schröder, em Utrecht, a Bauhaus em Dessau, ou o expressionismo da Fábrica Fagus próxima a Hildesheim, a Scheepvaarthuis de Amsterdam, a Rheinhalle em Düsseldorf, a Chilehausem Hamburgo, a Torre Einstein em Berlim, a Loja de Departamento Schocken em Stuttgart, o Auditório da Grosses Schauspielhaus em Berlim, o Pavilhão de Vidro em Colônia, o Salão Centenário de Bresaul, a Fábrica de Tinturas I.G.-Farben, Höchst, o Völkerschlacht Memorial em Leipzig, a Haus Wiegand em Berlim, a Fábrica da Turbina AEG também em Berlim, a Estação Ferroviária de Stuttgart, a fachada da Leipziger Platz e o Banco Nacional da Alemanha em Berlim, o American Radiator Building em Nova York, o Capitólio do Estado de Nebraska, o Memorial a Thomas Jefferson em Washington. D.C., a Villa Vizcaya em Miami, a Catedral de São João, o Divino em Nova York, ou Fallingwater, o prédio administrativo da S.C. Johnson Wax Factory, as plantas do Hotel Imperial em Tóquio ou o Taliesin East, a Robie House, a Winslow House, a Warren Hickox House, ou o prédio da Faculdade de História em Cambridge, o Centro Pompidou em Paris, a David B. Gamble House, o Seagram Building em New York, o prédio dos serviços públicos de Portland, ou o estilo Art Nouveau da catedral da Sagrada Familia em Barcelona, a Assembleia em Chandigarh na Índia, a Casa Milà em Barcelona, a Majolikahaus e o prédio da Secessão em Viena, o Teatro Grego do Parque Güell, a Casa Batlló e a Casa Vicens em Barcelona, e a escadaria da Casa Tassel em Bruxelas, a Central Rotunda da Exposição Internacional de Artes Decorativas em Turim, o Palazzo Castiglioni em Milão, o Estúdio Fotográfico Elvira em Munique, a Casa Stoclet em Bruxelas, o prédio do Banco Postal Real Imperial de Viena, a Colônia de Artistas de Darmstadt, a fachada da Biblioteca da Escola de Artes de Glasgow, a entrada da estação de metrô em Paris, o Castel Béranger também em Paris, a Maison du Peuple em Bruxelas, a Bolsa de Valores de Amsterdã, a escadaria da Casa Van Eetvelde e o Hôtel Solvay em Bruxelas ou qualquer coisa no estilo de bangalô, o estilo Mission Revival, o estilo Slick ocidental ou o estilo Prairie School, seja a Crocker House em Pasadena, o Town and Gown Club em Berkeley ou a Goodrich House em Tucson, ou qualquer evidência dos modos oitocentistas, sejam eles enunciados estilisticamente como neojacobianos, uma retomada do gótico tardio neoclássico, o neogeorgiano, uma retomada da Segunda Renascença, o classicismo de Beaux-Arts, o estilo château, o romanesco richardsoniano, o estilo Shingle, o estilo Eastlake, o estilo Rainha Ana da Grã-Bretanha, o estilo Stick-tech, Segundo Império, italianizado do alto período vitoriano,

ralos, banheiras, urinóis, pias, bebedouros, aquecedores ou resfriadores d'água, tanques de expansão, válvulas para despressurização, controle de fluxo, canos bifurcados, calhas, canos de esgoto ou equipamentos para prevenção de incêndios: detectores de fumaça, chuveiros automáticos, detectores de fluxo, válvulas dry pipe, válvulas gaveta O. S. & Y., motores de alarme hidráulico, aparatos de anunciação visual, racks ou carretéis de mangueira, seja a válvula de 2 ½" ou 1 ½", sistemas de combate a incêndio por espuma, sistemas com extintor gasoso; ou qualquer sinal de ligação em cascata ou estrela ou de tubo metálico elétrico (EMT), conduítes rígidos, canaletas de fio elétrico, dutos de barramento, dutos inferiores,

Holloway Roberts não parece ter esse pendor analítico. Ele reage como um caçador e a imagem que preenche a cena é a de uma arma. Ajoelhando-se ao lado de sua mochila, nós o observamos sacar seu .300 Weatherby Magnum e cuidadosamente inspecionar o ferrolho e a mira antes de carregá-lo com cinco projéteis Nosler Partition® de 180 grãos. Enquanto insere um sexto projétil, um brilho de alegria reluz no semblante de Holloway, como se finalmente alguma coisa naquele lugar começasse a fazer sentido.

piso celular, piso elevado, ou já que tocamos no assunto, qualquer tipo de fiação, de nº 36 ao nº 0000 (#4/0) ou caixas de força — caixas de passagem tripla etc. etc. — ou tomadas, duplex de 3 pinos com fio terra ou outro tipo, potenciômetros ou interruptores, painéis de interruptores, sejam eles do tipo swing pole, dimmer ou por controle remoto, ou disjuntores ou fusíveis, sejam eles de chumbo, estanho, cobre, prata etc. etc., com uma classificação de tensão de 12, 24, 125, 250, 600 volts ou mais de 5000+, ou até mesmo qualquer lâmpada, seja ela de descarga elétrica, incandescente ou de combustão, sejam elas à base de arco voltaico ou cheias de gás, ou com filamento de carbono, opaca, decorativa, de uso geral, lâmpadas de aviação de estúdio de 10.000 watts,

Instigado pela descoberta, Holloway insiste em explorar pelo menos parte dos corredores imediatos que se desdobram a partir da escadaria. Logo ele segue furtivamente pelos portais, conduzindo a lua dançante da lanterna de Jed com o cano do seu fuzil, sempre atento. Os cantos, no entanto, revelam apenas mais cantos, e a luz de Jed ilumina apenas paredes cinzentas, mas logo todos começam a detectar aquele rosnado[155] inimitável, como gelo que se desprende de uma geleira, a uma grande distância, o que, pelo menos no olho interior, habita uma linha tênue onde cômodos e passagens devem enfim ceder e virar um horizonte.

"O rosnado quase sempre soa como os ventos da montanha soprando entre as árvores", Navidson mais tarde explica. "Primeiro a gente escuta a distância, um rumor suave que aos poucos se torna mais alto conforme desce, até enfim nos cercar, varrendo tudo ao nosso redor e aí vai embora e já era… um quilômetro de distância, dois, impossível de seguir".[156]

Esther Newhost, em seu ensaio "A Música Enquanto Lugar no *Registro Navidson*" oferece uma interpretação interessante desse som: "Goethe certa vez comentou, numa carta a Johann Peter Eckermann [23 de março, 1829]: 'Eu chamo a arquitetura de música congelada'.[157] A forma descongelada da casa de Navidson libera essa música. Infelizmente, por conter todas as harmonias do tempo e da mutabilidade, apenas os imortais podem fruí-la. Aos mortais resta apenas temer os borborigmos daquelas paredes. Acaso elas não cantam, afinal, a música do nosso fim?".[158]

Para Holloway, passa a ser impossível continuar aceitando o rosnado como uma mera qualidade daquele lugar. Ao ver o marcador rasgado e a água que eles perderam, ele parece transfigurar o som sinistro na enunciação de alguma criatura definitiva, o que lhe oferece algo concreto para ir atrás. Holloway parece quase bêbado ao correr atrás do som, esquecendo de esticar a linha de pesca ou de

[155] Ao descrever o labirinto egípcio, Plínio comenta o modo como "há um rumor aterrorizante de trovão quando as portas se abrem". ×

[156] A Última Entrevista.

[157] *Ich die Baukunst eine erstarrte Musik nenne.*

[158] Esther Newhost, "A Música Enquanto Lugar no *Registro Navidson*", in *A Fuga de Muitas Paredes*, organização de Eugenio Rosch & Joshua Scholfield (Farnborough: Greg International, 1994), p. 47.

Ventura, Francisco
Hurtado Izquierdo,
Leonardo de Figueroa,
James Gibbs, Carlo
Fontana, Thomas Archer,
Nicholas Hawksmoor,
John Vanbrugh, William
Talman, Christopher
Wren, Matthäus Daniel
Pöppelmann, Joseph
Schmuzer, Peter Thum,
Dominikus Zimmermann,
Cosmas Damian Asam,
Egid Quirin, Balthasar
Neumann, Jakob
Prandtauer, Johann
Santini Aichel, Lucas
von Hildebrandt, Joseph
Emanuel Fischer von
Erlach, Johann Bernhard
Fischer von Erlach,
Emmanuel Héré de Corny,
Germain Boffrand, Jules
Hardouin-Mansart, Louis
Le Vau, G.B. Vaccarini,
Andrea Palma, Andrea
Gigante, Tommaso
Napoli, Ferdinando Fuga,
Domenico Antonio Vaccaro,
Cosimo Fanzago, Carlo
Francesco Dotti, Francesco
Maria Ricchino, Galeazzo
Alessi, Bartolommeo
Bianco, Guarino Guarini,
Filippo Juvarra, Bernardo
Vittone, Nicola Salvi,
Carlo Fontana, Alessandro
Specchi,
Andrea Pozzo,
Pietro da
Cortona,
Francesco
Borromini,
Giovanni
Battista
Montano,
Gianlorenzo
Bernini, Inigo
Jones, Robert
Smythson,
Jacob van
Campen,
Bonifaz
Wolmut,
Alevisio
Novi, Jakob Wolf, Alberlin
Tretsch, Konrad Krebs,
Alonso de Avarrubias,
Enrique Egas, Jacques
Lemercier, Solomon de
Brosse, François Mansar

colar os marcadores neon, mal parando para descansar.

Jed e Cera não chegam à mesma conclusão que Holloway. Eles reparam, corretamente, por sinal, que embora estejam se afastando cada vez mais da escadaria, a fonte do rosnado não está nem um pouco mais próxima. Eles insistem em dar meia-volta. Holloway a princípio promete investigar só um pouquinho mais, depois passa a forçá-los, xingando-os de tudo, desde "mariconas do caralho" e "cagões" até "zé-buceta" e "cuzões boqueteiros de merda". Basta dizer que esse último comentário não serve muito para animar Cera e Jed na caçada à grande fera.

Os dois param.

Basta. Eles estão exaustos e não pouco preocupados. Seus corpos doem por conta do frio constante. Seus nervos foram extenuados pela escuridão constante. A pilha (i.e. luz) está acabando, bem como também os marcadores neon e a linha de pesca. Além do mais, o fato de que aquela reserva de mantimentos foi destruída poderia indicar que as outras reservas também corriam perigo. Se for esse o caso, eles não terão água o suficiente para sequer voltar ao alcance do rádio de Navidson.

"Vamos para casa agora", Jed não se contém.

"Vá se foder", Holloway responde com um latido. "Eu que mando aqui e eu digo que ninguém vai a lugar nenhum". Palavras bem bizarras para se ouvir nessas regiões de obscuridade, considerando as circunstâncias.

"Olha, cara", Cera tenta intervir, se esforçando ao máximo para trazer Holloway para o seu lado. "Vamos só voltar para refazer o estoque dos mantimentos e aí, sabe... uh... pegar mais armas".

"Não vou abortar esta missão", Holloway responde, num tom brusco, dando de dedo, com raiva, na cara do jovem de vinte e seis anos de Aspen, Colorado.

O uso de Holloway da palavra "abortar" já recebeu praticamente a mesma quantidade de atenção que o uso da palavra "base" por Navidson. As implicações em "abortar" são de não conseguir chegar a um objetivo — a caça que não é caçada, o pico que não é alcançado. Como se pudesse haver um objetivo final naquele lugar. A princípio, o único objetivo de Holloway era chegar ao fim dos degraus (o que ele consegue). Talvez por conta do rosnado, das qualidades expurgatórias da casa ou outra coisa totalmente diferente, Holloway decidiu redefinir esse objetivo no meio do caminho. Jed e Cera, porém, compreendem que começar a caçar alguma presença esquiva agora seria suicídio. Sem dizer outra palavra, ambos dão meia-volta e começam a voltar para a escada.

Holloway se recusa a segui-los. Por um tempo, ele xinga e reclama, berrando obscenidades uma atrás da

gótico vitoriano, os octógonos, o neorrenascentista, o estilo de *villa* italiana, o neorromântico, o neogótico, o renascimento egípcio, o neogrego, como o do University Club em Portland, Oregon, a igreja Calvary Episcopal em Pittsburgh, o Minneapolis Institute of Arts, o Germantown Cricket Club, na Pensilvânia, a All Souls Unitarian Church em Washington. D.C., a Biblioteca Pública de Detroit ou o Racquet and Tennis Club em Nova York, o Metropolitan Museum of Art, a Riverside County Courthouse na Califórnia, a Kimball House em Chicago, a Gresham House em Galveston, Texas, o Cheney Building em Hartford, Connecticut, o Pioneer Building em Seattle, a House House em Austin, Texas, a Bookstaver House em Middletown, Rhode Island, a Double House na 21st Street em San Francisco, a Brownlee House em Bonham, Texas, a Los Angeles Heritage Society, o Sagamore Hill, em Oyster Bay, a Cram House em Middletown, Rhode Island, a House of San Luis Obispo, a Prefeitura da Filadélfia, a Gallatin House em Sacramento, a Blagen Block and Marks House em Portland, a Langworthy House em Dubuque, Iowa, o Cedar Point em Swansboro, Carolina do Norte, o Haughwout Building na cidade de Nova York, o Farmers' and Mechanics' Bank na Filadélfia, a Calvert Station em Baltimore, a Jarrad House em New Brunswick, New Jersey, a Old Stone Church em Cleveland, a Church of Assumption em St. Paul, Minnesota, a Rotch House em New Bedford, Massachusetts, St. James em Willmington, Carolina do Norte, o presídio de Moyamensing, na Filadélfia, a Faculdade de Medicina da Virgínia em Richmond, a Lyle-Hunnicutt House em Athens, Geórgia, a Montgomery County Courthouse em Dayton, Ohio, o que não implica a exclusão da ausência de outros exemplos do século XIX como a estação Pensilvânia, incluindo o lado externo e o pátio, as Villard Houses em Nova York, a Biblioteca Pública de Boston, a Cour d'honneur da Feira Mundial de Chicago, o prédio St. Louis Wainwright, o prédio Buffalo's Guaranty, a Watts Sherman House em Newport, Rhode Island, a Boston Trinity Church, a Ames Gate Lodge em North Easton, a Philadelphia Provident Life and Trust Company, a Academia de Belas-Artes da Pensilvânia, a biblioteca memorial de Nott em Schenectady, Nova York, o salão do palácio The Breakers, a prefeitura de Boston, ou a presença grega ou gótica na Trinity Church da cidade de Nova York, o Philadelphia Girard College for Orphans, o Instituto Smithsonian de Washington, D.C., a Boston Tremont House, o Merchant's Exchange da Filadélfia, o Capitólio do estado de Ohio, a Sala de Música na Baviária, o prédio da tesouraria de Washington. D.C., o Palais de Justice em Bruxelas, o quarto da Imperatriz Josephine no Chateau de Malmaison, a Academia de Ciências em Atenas, o Pavilhão Real em Brighton, o Museu Histórico de Moscou, o Novo Almirantado de São Petersburgo, a grande escadaria da Ópera de Paris, a Bolsa de Valores de São Petersburgo, o Museu Thorwaldsen, a Praça do Senado em Helsinki, a Catedral de Florença, a Galleria Vittorio Emanuele II, de Milão, o Palazzo di Giustizia em Roma, o Mausoléu de Conova, próximo a Possagno, o Caffe Pedrocchi em Pádua, o Parlamento em Viena, a Casa da Ópera de Dresden Befreiungshalle

piso celular, piso elevado, ou já que tocamos no assunto, qualquer tipo de fiação, de nº 36 ao nº 0000 (#4/0) ou caixas de força — caixas de passagem tripla etc. etc. — ou tomadas, duplex de 3 pinos com fio terra ou outro tipo, potenciômetros ou interruptores, painéis de interruptores, sejam eles do tipo swing pole, dimmer ou por controle remoto, ou disjuntores ou fusíveis, sejam eles de chumbo, estanho, cobre, prata etc. etc., com uma classificação de tensão de 12, 24, 125, 250, 600 volts ou mais de 5000+, ou até mesmo qualquer lâmpada, seja ela de descarga elétrica, incandescente ou de combustão, sejam elas à base de arco voltaico ou cheias de gás, ou com filamento de carbono, opaca, decorativa, de uso geral, lâmpadas de aviação de estúdio de 10.000 watts,

outra, até enfim e repentinamente sair correndo sozinho e desaparecer no negrume. É mais um desses eventos peculiares que terminam quase antes de começar. Uma súbita rajada de "vão se foder" e "seus merdas" e, depois, silêncio.[159]

De volta à escadaria, Jed e Cera esperam Holloway esfriar a cabeça e voltar. Passam-se várias horas sem sinal dele, os dois tentam fazer uma breve exploração da área, chamando seu nome, fazendo tudo em seu poder para localizá-lo e trazê-lo de volta. Não só não o encontram, como também não flagram um único marcador neon ou mesmo um filete de linha de pesca. Holloway saiu correndo às cegas.

Nós assistimos a Jed e Cera montarem acampamento e tentarem se obrigar a dormir durante algumas horas. Talvez tenham esperanças de que o tempo possa magicamente reunir a equipe. Mas a manhã do sétimo dia só traz mais do mesmo. Nenhum sinal de Holloway, uma escassez assustadora de mantimentos e uma decisão bem feia a se tomar.

Hank Leblarnard dedicou várias páginas à culpa a que os dois homens se submeteram ao decidirem voltar sem Holloway.[160] Nupart Jhunisdakazcriddle também analisa a natureza trágica desse ato, apontando que, no fim, "foi Holloway quem escolheu seu caminho. Jed e Cera esperaram por ele e fizeram até mesmo um esforço nobre para encontrá-lo. Às 5:02 da manhã, conforme o testemunho da Hi 8, sua única opção era retornar sem ele".[161]

No que Jed e Cera retomam a subida de volta à Escada-

de projeção, sinal, luzinha de natal, lâmpadas de projetor a arco voltaico, Photoflood, de mercúrio, de sódio, neon de baixa energia, solar, flash, luz negra, refrigerada à água, germicida, purple-X, ozônio, fluorescente, Slimline, Lumiline, Circline, reforçada, com revestimento de sílica, A-line bônus, de 75000 watts, Quartzline, de uso especial, DVY, DFC, de ciclo do iodo, de quartzo axial, de ciclo do halogênio, bi-post, de calor, de chocadeira, de terapia da luz vermelha, de chocadeira com refletor de prata, infravermelha de quartzo, infravermelha de ponta curva, infravermelha de ciclo do iodo, base RSC, filtro vermelho, Marc 300, Lucalox, multivapor, e-bulb de mercúrio, multivapor de 1500 watts, Watt-Miser II, Magicube,

Robert Smirke, William Wilkins, Sir John Soane, Richard Payne Knight, Humphry Repton, John Nash, Gustave Eiffel, Ferdinand Dutert, J.C.A. Alphand, Victor Ballard, Jean-Louise-Charles Garnier, Joseph Auguste-Emile Vaudremer, Leon Vaudoyer, Louis-Joseph Duc, Pierre-François-Henri Labrouste, Jacque-Ignace Hittorff, A.F.T. Chalgrin, Charles Percier, François-Leonard Fontaine, Benjamin Latrobe, George Hadfield, Etienne Hallet, William Thornton, Charles Bulfinch, Thomas Jefferson, Peter Harrison, Charles Cameron, Matvei Feodorovich Kazakow, Giacomo Quarenghi, Ivan Yegorovich Starov, Vasili Ivanovich Bazhenov, Fredrik Magnus Piper, Carl August Ehrensvärd, Louis-Joseph Le Lorrain, Jakub Kubicki, Christian Piotr Aigner, Dominik Merlini, Friedrich Gilly, Heinrich Jussow, Pierre-Michel d'Ixnard, Wilhelm von Erdmannsdorff, Giuseppe Piermarini, Michelangelo Simonetti, Pietro Camporese, Claude-Nicolas Ledoux, Etienne-Louis Boullée, Charles de Wailly, Marie-Joseph Peyre, Victor Louis, Pierre Rousseau, Jacques-Germain Soufflot, Jacques Gabriel, John Wood, George Dance, James Wyatt, James Gandon, William Chambers, Robert Adam, William Kent, Carlo Marchionni, Giovanni Battista Piranesi, Niccolò Nasoni, Mateus Vicente de Oliveira, Johann Friedrich Ludwig, Rodriguez Tizón

[159]Não é a primeira vez que indivíduos expostos à completa escuridão em um espaço desconhecido sofrem de efeitos psicológicos adversos. Vamos considerar o caso que aconteceu com um explorador ao entrar na Câmara Sarawak descoberta nas montanhas Mulu, em Bornéu. Trata-se de uma câmara que mede 700 metros de comprimento, 400 de largura e chega a uma profundidade de 70 metros, sendo grande o bastante para conter mais de 17 campos de futebol americano. Ao entrar lá pela primeira vez, a equipe de exploradores se manteve colada à parede, partindo do pressuposto, incorreto, de que estavam seguindo uma longa passagem sinuosa. Foi só quando decidiram voltar, entrando direto na escuridão — com a expectativa de que encontrariam a parede oposta — que descobriram o tamanho monstruoso daquela caverna: "Então o trio marchou por aquela vastidão obscura, acompanhando o caminho da bússola, atravessando um labirinto de blocos e rochas até alcançarem uma clareira plana e arenosa, a marca de uma câmara subterrânea. A percepção súbita da imensidão daquele vazio obscuro fez com que um dos exploradores sofresse um ataque súbito de agorafobia, o medo de espaços abertos. Nenhum dos três quis revelar mais tarde quem foi que entrou em pânico, porque o silêncio quanto a essas questões é uma lei tácita entre exploradores de cavernas". *Planeta Terra: Mundos Subterrâneos*, pp. 26-27.

É claro que as reações de Holloway vão além de um caso perfeitamente compreensível de agorafobia.

[160]Hank Leblarnard, *Explorações do Luto* (Atlanta: More Blue Publications, 1994).

[161]Nupart Jhunisdakazcriddle, *Matando Mal, Morrendo Sábio* (Londres: Apophrades Press, 1996), p. 92.

ria em Espiral, eles logo descobrem que todos os marcadores neon que foram deixados para trás acabaram despedaçados. Pior ainda, quanto mais eles sobem, percebem que mais e mais marcadores foram devorados. Por volta dessa altura, Jed também começa a reparar que não são poucos os botões de sua roupa que desapareceram. Fitas de velcro caíram do seu casaco, cadarços foram rasgados, o que o obriga a amarrar suas botas com fita adesiva. O que é mais incrível é que até a estrutura da sua mochila se "esfarelou" — essa é a palavra que Jed usa.

"É meio assustador", Cera murmura no meio de uma longa reclamação. "Tipo, você para de pensar em uma coisa e ela some. Você esquece que tem zíper no bolso e puf, já era. Não se pode ter nada como garantia neste lugar."

Jed fica se perguntando em voz alta: "Onde diabos está [Holloway]?", e o silêncio continua tentando significar uma resposta.

Uma hora depois, Jed e Cera chegam a mais uma de suas reservas, deixada no cantinho da parede no ponto mais distante da escada, perto da entrada de algum corredor inexplorado. Nada restou da comida e do combustível, mas o garrafão d'água está perfeitamente intacto. Cera volta para dar um segundo gole, quando o disparo de um fuzil o derruba, e o sangue imediatamente começa a escorrer da sua axila esquerda.

"Ai, meu deus! Ai, meu deus!", Cera grita. "Meu braço — Ai, deus, Jed, me ajuda, estou sangrando!" Jed imediatamente se agacha ao lado de Cera e faz pressão sobre o ferimento. Momentos depois, Holloway sai do corredor escuro com o fuzil na mão. A visão dos dois ali lhe parece tão chocante quanto a visão da escada.

"Como diabos eu vim parar aqui?", ele deixa escapar, incoerente. "Eu achei que fosse aquela coisa. Caralho. Era aquela coisa, *sim*. Tenho certeza. Aquela porra medonha... caralho, caralho."

"Não fique parado aí. Ajuda ele!", Jed grita, o que parece tirar Holloway do seu transe — pelo menos por ora. Ele ajuda Jed a tirar o casaco de Cera e a cuidar do ferimento. Por sorte, não vieram despreparados. Jed tem um kit médico com gaze, bandagens, desinfetante, unguentos e alguns analgésicos. Ele enfia duas pílulas na boca de Cera, mas a edição mostra que a agonia de Cera não diminuiu muito.

Jed começa a dizer a Holloway o que eles precisarão fazer para levarem Cera pelo que falta ainda do caminho de volta.

"Você está doido?", Holloway grita de repente. "Não posso voltar agora. Eu acertei um tiro nele."

"O que diabos você está dizendo?", Jed tenta falar com o tom de voz mais calmo possível. "Foi um acidente."

Holloway se senta. "Não importa. Eu vou pra ca-

próxima a Kelheim, o Walhalla no Danúbio, Feldherrnhalle em Munique, a Galeria Nacional de Berlim ou a Bauakademie ou a escadaria do Museu Altes ou Schauspielhaus, nem o neogótico do campanário da catedral de Wesminster, o novo prédio da Scotland Yard, o Standen in Sussex, a casa de Cragside em Northumberland ou Newnham College em Cambridge, ou Leyswood in Sussex, o Crystal Palace ou os Tribunais em Londres, a capela do Keble College, o Albert Memorial nos Kensington Gardens, ou o salão do Reform Club, o St. George's Hall, de Harvey Elmes, em Liverpool, o Taylorian Institution do Museu Ashmolean em Oxford, o Colégio Real de Médicos de Edimburgo, o British Museum em Londres, o Castelo Devon Luscombe, o Cumberland Terrace em Regent's Park, o Grand Palais de Paris ou a Gare du Quai d'Orsay ou a escadaria da Sorbonne-Nouvelle ou a Ópera ou a St-Augustin ou a Fontaine St-Michel ou o Parc des Buttes-Chaumont, a Catedral de Marselha, a Biblioteca Nacional de Paris, a Salle de Harlay no Palais de Justice, ou a sala de leitura da Bibliothèque Ste-Geneviève, a Gare du Nord, a École des Beaux-Arts, St-Vincent de Paul, a Igreja da Madalena, a rue de Rivoli, o arco do triunfo do Carrossel, nem qualquer coisa parecida com o classicismo do século XVIII da Suprema Corte de Washington, D.C., o vestíbulo da escadaria do capitólio da capital ou o capitólio em si, ou a Catedral Católica Romana de Baltimore, o banco da Pensilvânia, a Jefferson Library da University of Virginia, Monticello próximo a Charlottesville, a First Baptist Meeting House em Providence, Rhode Island, o Drayton Hall em Charleston, a King's Chapel em Boston, ou exemplos do classicismo jeffersoniano ou Estilo Adam, como o Pavilhão VII da University of Virginia, a Estouteville no Condado de Albemarle, Clay Hill em Harrodsburg, Kentucky, a Nickels-Sortwell House em Wiscasset, Maine, a Ware-Sibley House em Augusta, Geórgia, ou a Igreja da Congregação em Tallmadge, Ohio, ou a Dalton House em Newburyport, Massachusetts, o Palácio Sheremetev, próximo a Moscou, a Galeria Cameron em Tsarskoye Selo, o Salão de Catarina no Palácio Tauride de São Petersburgo, a Academia de Belas Artes de Leningrado, o Palácio Amalienborg de Copenhague, o Palácio Lazienki, próximo a Varsóvia, o castelo pseudogótico de Löwenburg, o Schloss Wilhelmshöhe, o portão de Brandemburgo, em Berlim, a mesquita do jardim de Schwelzingen próximo a Mannheim, a Villa Hamilton próxima a Dessau, o Palazzo Serbelloni de Milão, a Sale delle Muse no Vaticano, a State House de Boston, Massachusetts, a Paris Barrière de la Villette, a Casa do Diretor das salinas reais de Arc-et-Senans, próximas a Besançon, o Panteão de Paris, ou La Solitude em Stuttgart, a Rue de la Pépinière, o Château de Montmusard, próximo a Dijon, a sala do café do Museu de Sir John Soane, ou o neoclassicismo francês de Hameau em Versalhes, a escadaria do teatro em Bordeaux, o anfiteatro de anatomia da École de Chirurgie Parisiense, as câmaras do mausoléu do Príncipe de Gales, a entrada e a colunada do Hôtel de Salm, a Syon House em Middlesex, a igreja St. Symphorien de Versalhes, ou Petit Trianon, ou a Praça de Lincoln's Inn Fields, em Londres, o Consols Office do Bank of England, a planta da Abadia de

de projeção, sinal, luzinha de natal, lâmpadas de projetor a arco voltaico, Photoflood, de mercúrio, de sódio, neon de baixa energia, solar, flash, luz negra, refrigerada à água, germicida, purple-X, ozônio, fluorescente, Slimline, Lumiline, Circline, reforçada, com revestimento de sílica, A-line bônus, de 75000 watts, Quartzline, de uso especial, DVY, DFC, de ciclo do iodo, de quartzo axial, de ciclo do halogênio, bi-post, de calor, de chocadeira, de terapia da luz vermelha, de chocadeira com refletor de prata, infravermelha de quartzo, infravermelha de ponta curva, infravermelha de ciclo do iodo, base RSC, filtro vermelho, Marc 300, Lucalox, multivapor, e-bulb de mercúrio, multivapor de 1500 watts, Watt-Miser II, Magicube,

deia. Vou perder tudo. Preciso pensar."

"Você está de brincadeira comigo? Ele vai morrer se você não me ajudar."

"Não posso ir pra cadeia", Holloway murmura, mais para si mesmo do que para Cera ou Jed. "Simplesmente não posso."

"Não seja ridículo", diz Jed, começando a erguer o tom de voz. "Você não vai pra cadeia. Mas se ficar sentado aí e deixar o Cera morrer, aí sim vai passar o resto da vida no xilindró. E eu vou garantir que eles joguem a chave fora. Agora levanta e me ajuda aqui."

Holloway de fato fica em pé, com dificuldade, mas, em vez de dar uma mão a Jed, ele simplesmente vai embora, desaparecendo mais uma vez na cortina impenetrável do negrume, deixando Jed para cuidar de Cera sozinho. Por qualquer motivo, a partida súbita acabou se tornando a única opção de Holloway. *Une solution politique honorable.*[162]

Jed não consegue ir muito longe com Cera antes que duas balas atinjam uma parede nos arredores. A lâmpada no capacete de Holloway revela que ele está do lado oposto da escada.

Num instante, Jed desliga a lanterna e sobe correndo algumas escadas, com Cera nas costas. Então, ao ligar e desligar rapidamente a sua lanterna, ele descobre um corredor estreito que surge a partir da escadaria e leva a profundezas invisíveis. Infelizmente, num instante outro tiro responde a essa visão fracionária, o eco ribombando várias vezes pelo breu.

Como podemos ver, Jed consegue arrastar Cera para esse novo corredor, e a Hi 8 o captura com sua lanterna ligada de novo, passando por uma série de cômodos minúsculos. Vez ou outra, ouvimos o estampido vago de um fuzil disparado à distância, o que faz com que Jed avance ainda mais rápido, correndo pelo máximo possível de câmaras até podermos ouvir o ar chiando dolorosamente ao entrar e sair de seus pulmões, e ele é obrigado a largar seu amigo no chão, por ora incapaz de avançar mais do que isso.

Jed desliza até o chão, desliga a lanterna e começa a chorar de soluçar.

Às 3:31 da manhã, ouve-se o bipe da câmera ligando de novo. Jed deixou Cera num outro cômodo. Ao perceber que a filmadora pode ser a sua única chance de dar uma explicação para o que aconteceu, Jed agora se dirige a ela diretamente, reiterando os eventos que levaram Holloway a se divorciar da realidade e como Jed, exausto, perseguido e, no fim, perdido, de algum modo conseguiu se levantar, arrastar e

Flash Bar, Flip-Flash, GE-500, composta, lâmpada de descarga, Precise, de 35,5 lúmens, Lucalox branca, Lucalox de standby, Lucalox de alta luminosidade, Halarc de 32 watts, Halarc de 100 watts, Staybright XL, Biax de alta intensidade, lâmpada de haleto metálico, para não falar nada de sistemas de comunicação, como um sistema de autofalante, interfone, rádio, TV, CCTV, SATV, VSAT, telefone (PAX ou PBX, etc. etc.) ou sistemas de dados e sinais multimídia ou automação BAS, BMS, BMAS; não há nem mesmo quaisquer formas de acabamento ou outras assinaturas estilísticas como batentes, rodapés ou assoalhos, de linóleo, cimento, seja

Benjamin Latrobe, Petrus Josephus Hubertus Cuypers, Joseph Poelaert, Ernst Ziller, Theophilus Eduard Hansen, Hans Christian Hansen, Vladimir Ossipovich Sherwood, Konstantin Andreevich Thon, Osip Beauvais, Afanasy Grigoryev, Domenico Gilardi, Vasili Petrovich Stasov, Auguste Ricard de Montferrand, Karl Ivanovich Rossi, Adrian Dmitrievich Zakharov, Thomas de Thomon, Andrei Nikiforovich Voronikhin, Antonio Corazzi, Johan Albrecht Ehrenström, Bertel Thorwaldsen, Carl Ludwig Engel, Christian Heinrich Grosch, Gottlieb Birkner Bindesbøll, Christian Frederick Hansen, Emilio de Fabris, Camillo Boito, Pietro Estense Selvatico, Guglielmo Calderini, Gaetano Koch, Marion Crawford, Giuseppe Mengoni, Giuseppe Valadier, Raffaello Stern, Braccio Nuovo, Alessandro Antonelli, Carlo Amati, Antonio Niccolini, Pietro Bianchi, Giuseppe Jappelli, Antonio Selva, Eduard Riedel, Georg von Dollmann, Julius Raschdorf, Paul Wallot, Gottfried Semper, Fredrich von Gärtner, Leo von Klenze, Karl Fredrich Schinkel, Heinrich Hübsch, John Francis Bentley, Philip Webb, Basil Champneys, Richard Norman Shaw, Owen Jones, Sir Joseph Paxton, George Edmund Street, Augustus Welby Northmore Pugin, E. M. Barry, Sir Charles Barry, Charles Robert Cockerell

[162] "Uma solução política honrosa" — e, pra variar, pretensioso pra cacete. Por que francês? Por que não o nosso idioma? Não faz muito sentido também. Não tem nada na decisão de Holloway, nem no pedido de Jed, que tenha qualquer coisa de político, nem de longe.

empurrar Cera até um lugar relativamente seguro. Infelizmente, ele já não faz a menor ideia de onde poderiam estar: "Grande coisa, o meu senso de direção. Passei a última hora procurando o caminho de volta à escadaria. Não deu. O rádio é inútil. Se o socorro não chegar em tempo, ele vai morrer. Eu vou morrer".

Dentro de um enquadramento péssimo, onde mal conseguimos vê-lo, é possível ouvir o som vago do punho de Jed batendo incessantemente contra o chão, o que, como vimos, tem o exato mesmo timbre das batidas ouvidas na sala de estar. Alan P. Winnett, porém, tece o seguinte comentário sobre uma diferença notável:

Curiosamente, apesar da semelhança de entonação e altura, o padrão não lembra nem de longe o padrão de SOS de três batidas curtas — três longas — três curtas ouvido pelos Navidson. Carlos Avital sugere que a própria casa não apenas propagou o sinal a uma distância incrível, como também o interpretou. Marla Hulbert discorda, postulando que o ritmo da batida não tem maior importância: "Por volta do oitavo dia, o silêncio da equipe de Holloway já era por si só um sinal de socorro".[163]

Independentemente do significado e dos motivos por trás dessa transfiguração, Jed apenas faz essa estranha batida por alguns breves segundos antes de voltar a cuidar das necessidades de seu amigo gravemente ferido.[164]

Fonthill, a sala da cúpula de Heaton Hall, o Four Courts, em Dublin, a Somerset House em Londres, o Casino da Marino House em Dublin, o Pagode de Kew Gardens, o pórtico da Stowe House em Buckinghamshire, drawing room no endereço St. James' Square, número 20, a Middlesex Syon House, o Marble Hall em Kedleston, o Templo da Antiga Virtude nos Campos Elísios de Stowe, a escadaria no endereço Berkeley Square, número 44, o Holkham Hall em Norfolk, a sala da cúpula em Kensington Palace, o Tempietto Diruto da Villa Albani, em Roma, a fachada de S. Maria del Priorato, também em Roma, o Antigo Mausoléu de *Prima Parte di Architetture e Prospettive* ou a expansão barroca indicada pela cascata de degraus em Bom Jesus do Monte, próximo a Braga, ou o palácio real de Queluz, a Biblioteca Real da Universidade de Coimbra, o palácio/convento de Mafra, próximo a Lisboa, a Plaza Mayor de Salamanca, a catedral de Santiago de Compostela, a catedral de Múrcia, a catedral de Granada, o El Transparente da catedral de Toledo, o pavilhão octogonal da Casa de Orleães, a St. Martin-in-the-Fields, a Radcliffe Library em Oxford, a Wieskirche, a capela da Residência de Wurtzburgo, ou a St. George-in-the-East, em Stepney, a paróquia St. George's, em Bloomsbury, Londres, o Palácio de Blenheim, em Oxfordshire, o salão de espelhos de Amalienburg, em Munique, o Mausoléu de Yorkshire, em Castle Howard, Chatsworth, Derbyshire, o Painted Hall da Greenwich Royal Hospital, a cúpula interior de Roma de S. Carlo alle quattro Fontane, ou o Salon de la Guerre em Versalhes, a St. Paul's Cathedral, a Piazza S. Pietro, o Sheldonian Theatre de Wren, em Oxford, a igreja da abadia em Ottobeuren, ou o rococó alemão de Zwinger, no Wallpavillon, em Dresden, a Igreja de São João Nepomuceno em Munique, o altar da igreja da abadia de Weltenburgo, a escadaria da Residência de Wurtzburgo ou a basílica de Vierzehnheiligen, o monastério de Melk na Áustria, a escadaria de Pommersfelden, o Belvedere superior da biblioteca do Palácio Imperial de Hofburg, a Karlskirche em Viena, o Salão Ancestral do Schloss Frain na Morávia, ou o rococó francês no estilo do Salon de la Princesse no Hôtel de Soubise em Paris, nem mesmo a capela interior de Versalhes, a cúpula do salão oval de Vaux-le-Vicomte, o Hôtel Lambert, de Paris, a S. Agata na Catânia, a catedral de Siracusa, o salão de bailes do Palazzo Gangi, em Palermo, o claustro de S. Chiara ou a Piazza del Gesù em Nápoles, ou mesmo o Palazzo Donn'Anna, inacabado, ou o interior do Gesuiti, em Veneza, a planta da Universidade de Gênova, o Palácio Real de Stupinigi, a Superga próxima a Turim, ou a escadaria do Palazzo Madama, ou a cúpula de S. Lorenzo em Turim, ou o interior da cúpula da Cappella della SS. Sindone, ou a Fonte de Trevi ou a fachada da Maria Maggiore ou os degraus da escadaria espanhola ou os afrescos do arco da nave de S. Ignazio em Roma, ou, também em Roma, o exterior da S. Maria in Via Lata, a SS. Luca e Martina, de Pietro da Cortona, a Villa Sacchetti del Pigneto, a Piazza Navona, a Fontana del Moro, a Sant'Ivo alla Sapienza, a fachada da Congregação do Oratório de São Filipe Néri, o teto da capela do Collegio di Propaganda Fide ou a S. Carlo alle Quattro Fontane, Scala Regia no Vaticano, S. Andrea al Quirinale, nem mesmo os

Flash Bar, Flip-Flash, GE-500, composta, lâmpada de descarga, Precise, de 35,5 lúmens, Lucalox branca, Lucalox de standby, Lucalox de alta luminosidade, Halarc de 32 watts, Halarc de 100 watts, Staybright XL, Biax de alta intensidade, lâmpada de haleto metálico, para não falar nada de sistemas de comunicação, como um sistema de autofalante, interfone, rádio, TV, CCTV, SATV, VSAT, telefone (PAX ou PBX, etc. etc.) ou sistemas de dados e sinais multimídia ou automação BAS, BMS, BMAS; não há nem mesmo quaisquer formas de acabamento ou outras assinaturas estilísticas como batentes, rodapés ou assoalhos, de linóleo, cimento, seja

[163]Alan P. Winnett, *A Porta do Céu* (Lincoln: University of Nebraska Press, 1996), p. 452. Cf. também o panfleto amplamente conhecido, mas um tanto prolixo, de Carlos Avital, *Intervenção Acústica* (Boston: Berklee College of Music, 1994), além de Marla Hulbert, "Toc toc, quem se importa?", in *A Fenomenologia da Coincidência no Registro Navidson* (Minneapolis: University of Minnesota Press, 1996).

[164]Uma vez, na cantina de um certo colégio interno — o segundo pelo qual eu passei, nada de mais —, eu encontrei um fantasma. Estava conversando com meus dois amigos, mas, por causa da barulheira toda das sete horas, já que o lugar estava apinhado de outros colegas glutões, era quase impossível ouvir o que cada um dizia, a não ser que você gritasse, mas a gente não queria gritar, porque era uma conversa que exigia segredo. Não que o que a gente dizia tivesse muita novidade. Nem muita variação também.

Garotas.

Só isso. Uma palavra que meio que resumia tudo com que a gente se preocupava. Entrava semana, saía semana. Onde encontrá-las. O que dizer a elas. Como fazer para não precisar delas. A carência era repulsiva. Você nunca podia deixá-las ficar sabendo que precisava delas, por isso nossa conversa tinha que ser mantida em segredo, porque era esse o xis da questão: o quanto precisávamos delas.

Nessa época, eu vivia a vida como um fantasma, mas não o fantasma de que eu vou falar agora. Eu era burro & insensível demais e deslumbrado também, eu acho, um silenciário dos mais assustadores, pois as questões que eu sabia de cor jamais dava pra traduzir direito pra qualquer pessoa que fosse, que dirá pra mim mesmo. O tempo todo eu tinha esse anseio pelos confortos da atenção feminina, muito embora a ideia de arranjar uma namorada de verdade, que me curtisse e quisesse ficar comigo, me parecesse tão real quanto um mito qualquer, dentre as dúzias de mitos sobre os quais eu lia em sala de aula.

Pelo menos, o mesmo cara que me explicou o meu apego por tralhas, o Terapeuta de Jovens Extraviados – digo, Transviados –, me ajudou a ver o quanto eu continuava sob influência do meu passado. Infelizmente, foi uma lição dada como palhaçada, pois no fundo ele estava crente de que eu tinha inventado a maior parte desse passado todo só para impressioná-lo.

Mas numa coisa ele tinha razão, a minha mãe não tinha morrido ainda de verdade. Só que falar para todo mundo que ela tinha morrido descomplicou demais a minha vida. Acho que ninguém do internato, incluindo meus amigos, professores e certamente não o meu terapeuta, tenha chegado a descobrir a verdade, e para mim estava ótimo. Era assim que eu gostava.

Já os meus braços eram outros quinhentos. É meio engraçado, mas apesar da minha ocupação profissional no momento, eu não tenho nenhuma tatuagem. Só as cicatrizes, as maiores, claro, sendo aquelas que vocês já sabem, esse derretimento estranho e furioso ao término dos pulsos, onde – posso bem lhes dizer – uma frigideira com óleo de milho fervendo descarregou sua ira sobre a minha tentativa de evitar que ela caísse no chão da cozinha. "Você tentou pegar tudo sozinho", minha mãe muitas vezes me dizia quanto àquela tarde dramática, quando eu tinha apenas quatro anos de idade. Estão vendo, não foi nem de longe tão dramático quanto a Seita de Artes Marciais dos coreanos em Indiana. Digo, Idaho. Uma frigideira que caiu. Só isso. Quanto ao resto das cicatrizes, são numerosas demais para eu ficar tagarelando aqui, lembretes serrilhados em formato de meia-lua nos meus ombros e canelas, tudo pontilhado nos meus ossos uma delas bem branca e solene fazendo uma interseção no meu cotovelo, outra bem óbvia ainda em evidência no meu dente da frente quebrado e agora já descolorido, um incisivo central, para ser mais exato, e indo ainda mais fundo do que todas as cicatrizes supracitadas e contando uma história muito mais longa do que qualquer um já tenha ouvido ou provavelmente vá ouvir. Todas elas são reais também, mas é claro que cicatrizes são muito mais

cimento de secagem rápida, colorido, reforçado com fibras, autonivelante, argamassa, de alta resistência inicial, misturado com areia, areia de sílica, plástico, hidráulico ou assoalho de vinil, azulejo, piso de cortiça, marmorite, borracha, carpete, epóxi, cerâmica & pedra, laje, aputitsiarvaq ou mármore, seja ele branco — Danby Imperial, Colorado Yule ou Carrara — ou preto ou verde; ou madeira, fosse de sobreposição ou de taco reto, em padrão dama, espinha ou escama de peixe, tijolinho diagonal ou reto diagonal ou Arenberg, Chantilly ou Versailles; na verdade, não havia madeira de qualquer tipo em parte alguma, fosse de sequoia vermelha, *tsuga* tratada, pinheiro, cedro, polímero de madeira, abeto Engelmann,

Grosvenor Gooodhue, James Gamble Rogers, Ralph Adams Cram, John F. Staub, Diego Suarez, Burrall Hoffmann, Paul Chalfin, John Russell Pope, Henry Bacon, John Bakewell, Arthur Brown, Horace Trumbauer, Henry Mather Greene, John Lyman Silsbee, Francesco Berenguer y Mestres, Luis Domènech y Montaner, Antoni Gaudí i Cornet, Raimond D'Aronco, Giuseppe Sommaruga, Otto Wagner, Henri van de Velde, Theodor Lipps, August Endell, Ernst Ludwig Haus, *C.F.A. Voysey, Charles Harrison Townsend, Herman Muthesius, Charles Rennie Mackintosh, Charles Plumet, Jules Lavirotte, Frantz Jourdain, Georges Chedanne, Xavier Schoellkopf, Hector Guimard, Henrik Petrus Berlage, Paul Hankar, Victor Horta, Paul Sédille, Jules Saulnier, Cass Gilbert, John Smithmeyer, Paul Pelz, Stanford White, William Rutherford Mead, Charles Atwood, Charles Follen McKim, Louis Henry Sullivan, Daniel Burnham, John Root, William Le Baron Jenney, Frank Furness, Henry Van Brunt, William Ware, John Sturgis, Charles Brigham, Edward Potter, Peter B. Wright, Richard L. Morris Hunt, Arthur Gilman, Gridley Bryant, Alfred B. Mullet, James Renwick, Richard Upjohn, Thomas Ustick Walter, Thomas Cole, Isaiah Rogers, Alexander Jackson Davis, Ithiel Town, Robert Mills, William Strickland.*

elementos renascentistas tal como se deduz a partir do Salão da Hatfield House em Hertfordshire, Longleat, o Hardwick Hall em Derbyshire, a Gate of Honour em Gonville e o Caius College em Cambridge, a Burghley House em Northamptonshire, o Meat Hall no Haarlem, a Huis ten Bosch em Maarssen, a Mauritshuis em Haia, a prefeitura da Antuérpia, a lógia abobadada do Belvedere em Praga, a Catedral Wawel na Cracóvia, a prefeitura de Augsburg, Schloss Johannesburg, Aschaffenburg, a fachada real de Ottheinrichsbau do Schloss de Heidelberg, a Igreja Jesuíta de São Miguel em Munique, a corte do Altes Schloss em Stuttgart, o Escorial, a Puerta del Perdón, em Granada, o pátio do palácio de Carlos V na Alhambra, em Granada, o Hospital Real em Santiago de Compostela, a Queen's House em Greenwich, a Basílica de Saint-Denis dos Bourbouns, o Château de Maisons-Lafitte, a igreja da Faculdade da Sorbonne, o Palazzo Corner della Ca'Granda em Veneza, ou a galeria François I em Fontainebleau, a Place des Vosges em Paris, o portal do Château de Anet, o Petit Château de Chantilly, o Château de Chambord, a Cour Carrée do Louvre, o Pátio do Château of Ancy-le-Franc, a Capela dos Médici, a escadaria aberta em Blois, o interior de Il Redentore em Veneza, ou a Villa Rotonda próxima a Vicenza, o Palazzo Chiericati, a Villa Barbara, S. Maria, Vicoforte di Mondovi, o Palazzo Farnese, Caprarola, a Strada Nuova em Gênova, o hemiciclo da Villa Giulia, a Villa Garzoni, Pontecasale, a biblioteca de S. Marco em Veneza, a Loggetta à base do Campanile, a Cappella Pellegrini em Verona, a S. Maria Degli Angeli em Roma, a ordem colossal do Capitólio de Roma, a escadaria da Biblioteca Laurenziana em Florença, ou o Palazzo Ducale em Mântua ou o Palazzo del Tè, ou o Palazzo Farnese ou Palazzo Massimi ou a Villa Farnesina ou a Villa Madama em Roma, ou a Maria della Consolazione em Todi, a Corte do Belvedere, S. Pietro em Montorio, ou o Palazzo della Cancelleria em Roma, a S. Maria delle Grazie em Milão, a Cappella del Perdono, o Palazzo Ducale, Urbino, o Palazzo Medici-Riccardi em Florença, a Pienxa Piazza, o Rimini Tempio Malatestiano, S. Andrea, em Mântua, S. Spirito, em Florença, ou a capela Pazzi, para não falar nada da falta até mesmo da menor assinatura gótica, seja como a igreja de Santa Maria da Vitória, em Batalha, ou o Convento de Cristo, em Tomar, o palácio de Bellver próximo a Palma de Mallorca, a catedral de Palma de Mallorca, a catedral de Sevilha, o Ca' d'Oro, em Veneza, o Palazzo Pubblico de Siena, a Piazzetta de Veneza, a Fachada do Palácio dos Doges ou a nave da catedral de Milão, a catedral de Orvieto ou de Florença, ou a basílica superior de São Francisco de Assis, a catedral e castelo da Ordem Teutônica, em Marienwerder, na Polônia, a prefeitura de Louvain, St. Barbara, em Kuttenberg, o salão Vladislav do castelo Hradcany, em Praga, St. Lorenz em Nuremberggue, a catedral de Estrasburgo, a catedral de Ulm, a catedral de Viena, o interior da catedral de Aarchen, a catedral de Praga, a abóbada do coro da capela

cimento de secagem rápida, colorido, reforçado com fibras, autonivelante, argamassa, de alta resistência inicial, misturado com areia, areia de sílica, plástico, hidráulico ou assoalho de vinil, azulejo, piso de cortiça, marmorite, borracha, carpete, epóxi, cerâmica & pedra, laje, aputitsiarvad ou mármore, seja ele branco — Danby Imperial, Colorado Yule ou Carrara — ou preto ou verde; ou madeira, fosse de sobreposição ou de taco reto, em padrão dama, espinha ou escama de peixe, tijolinho diagonal ou reto diagonal ou Arenberg, Chantilly ou Versailles; na verdade, não havia madeira de qualquer tipo em parte alguma, fosse de sequoia vermelha, *tsuga* tratada, pinheiro, cedro, polímero de madeira, abeto Engelmann,

difíceis de ler. Suas inflexões complexas não têm a menor semelhança com a facilidade redutiva de qualquer tatuagem, não importa o quanto a tatuagem seja grande, colorida ou elaborada. Cicatrizes são a mais pálida das dores da sobrevivência, recebidas a contragosto e expostas na linguagem das feridas.

Meu Terapeuta de Jovens Transviados não fazia a menor ideia do que me fazia continuar vivo – mas ele mesmo nunca colocou nesses termos. Ele só me perguntava como, à luz de todas as minhas histórias, eu ainda conseguia ficar de pé. Eu não tinha resposta. Uma coisa eu sabia, porém, que sempre que eu ficava particularmente mal, eu me prendia instantaneamente a um dos meus devaneios favoritos, que sempre gostava de revisitar, era dos mais vívidos também, de uma garota, uma certa garota, mas não era alguém que eu tivesse conhecido ou sequer visto, cujos olhos brilham como a aurora boreal que eu descrevia para ela quando, certa vez, sentado ofegante sobre as tábuas rachadas da varanda, em cima daquela escuridão que era como piche, o convés do mundo, eu pude contemplar uma luz que não era deste mundo.

E foi então, enquanto eu revisitava brevemente esse mesmo devaneio na presença dos meus dois amigos, que eu ouvi alguém me chamar no meu ouvido – o fantasma –, uma voz baixinha dizendo meu nome.

A propósito, foi isso que me fez parar nesse enrosco para começo de conversa. A batida na porta da minha casa fez voltar essa lembrança vívida.

"Johnny", ela disse num suspiro ainda mais suave do que um sussurro.

Olhei ao redor. Ninguém sentado à minha mesa havia dito nada que sequer parecesse o meu nome. Bem pelo contrário, eles estavam erguendo as vozes num debate escandalosíssimo sobre alguma coisa a ver com dar umazinha, não lembro, nem nunca lembrarei os detalhes, em meio aos rumores igualmente barulhentos de uma centena de pratos, copos, facas e garfos batendo aqui e ali, e sim, em toda parte, o que serviu para desencantar a minha ilusão mais uma vez até que aconteceu de novo –

"Johnny".

Por um instante, então, compreendi que ela era o meu fantasma, uma menina de 17 anos com cabelo trançado dourado, tão selvagem quanto um fogo--fátuo, encontrada há muitos anos, talvez em outra vida até, agora reencon-

reencarnação, fobia, apoteose, paranoia, deserção, a afirmação reversa da perdurabilidade espiritual, ibid., ibid., ibid., ibid., título, assunção totêmica, submarinos, a ausência do passado, visões, psicoses, tecnologia, ibid., serial killers ou alienígenas. *O Registro Navidson* corajosamente se recusa a se refestelar nisso tudo."[167]

trada e talvez também me encontre e me restaure ao estado do meu eu anterior que se perdeu algum dia, que menino nenhum é capaz de lembrar – algo sobre o qual eu escrevo agora sem mesmo entender, mas ainda assim gosto de como soa.

"Ele é um sonho. Eu amo o modo como ele sorri enquanto conversa, mesmo que não diga muita coisa."

Foi então que eu percebi, no momento seguinte, que este Fantasma não era nada além do teto abobadado, erguendo-se acima da cantina, levando, de algum modo, de uma parede distante até a minha parede, num arco magnífico, a confissão de uma menina que eu jamais teria a chance de ver ou ouvir de novo, uma confissão à qual eu sequer poderia responder – exceto aqui, se isso vale de alguma coisa.

Infelizmente, a minha compreensão da rara dinâmica acústica daquele salão me veio uma fração de segundo mais tarde do que devia, coincidindo com o fim do jantar, a voz desaparecendo tão de repente quanto tinha surgido, de modo que mesmo enquanto

eu continuava procurando os cantos distantes da cantina ou a fila que se formava para depositar as bandejas, eu nunca consegui encontrar a menina cujas expressões ou cujos gestos tivessem a ver com esses sentimentos.

É claro que as vozes fantasmagóricas não precisam exclusivamente de tetos abobadados. Nem sequer precisam ser só vozes.

Enfim eu fiquei com a Ashley. Fui até onde ela mora ontem de manhã. Cedinho. Ela mora em Venice. Suas sobrancelhas parecem flocos de luz do sol. Seu sorriso, tenho certeza, teria incendiado Roma até não sobrar nada. E posso jurar que eu não sabia quem ela era ou onde nos conhecemos. Por um momento, fiquei me perguntando se era ela aquela voz. Mas antes de dizer uma única palavra, ela segurou a minha mão e me conduziu pela sua casa até um pátio, um matagal com bananeiras e falsas-seringueiras. Folhas negras em decomposição cobriam o solo, mas com uma grande rede pendurada acima delas.

Nós nos sentamos juntos e eu quis conversar. Queria lhe perguntar quem ela era, onde nos conhecemos, onde estivemos antes, mas ela só me respondeu sorrindo e segurando a minha mão, enquanto nos sentávamos na rede e começávamos a nos balançar acima daquele monte de folhas mortas. Ela me beijou uma vez e espirrou de repente, um lindo espirrinho, que a fez sorrir ainda mais e meu coração começou a doer porque eu não era capaz de partilhar dessa felicidade, sem saber o que era ou o porquê ou,

nogueira-pecã, magnólia branca, abeto azul do Colorado, abeto subalpino, faia americana, *quercus rubra*, *tsuga* canadense, bordo-vermelho, bordo-açucareiro, pinheiro branco, nogueira amarga, castanheira-americana, plátano-americano, nogueira-negra, pinheiro ponderosa, abeto-branco, catalpa do norte, cipreste-calvo, liquidâmbar, carvalho de burro, azinheira, mogno, abeto de Douglas, algodão americano; nem o menor sinal de uma base no assoalho, um contrapiso, *drywall* ou qualquer sinal de algum material isolante, espuma de poliuretano ou outra coisa do tipo; nem radier, uma laje, selante, vergalhões, parafusos de ancoragem, quem dirá uma sapata concretada ou viga baldrame; ou

[167] Num ensaio elegantemente redigido por Candida Hayashi e intitulado "Influência Vertical" e reproduzido em *Origens da Fé* (Cambridge, Mass.: The Belknap Press of Harvard University Press, 1996), p. 261, a autora escreve o seguinte: "Nessa questão, o que dizer das assombrações literárias? "A queda da casa de Usher", de Poe, *A Assombração da Casa da Colina*, de Shirley Jackson, *Wieland*, de Charles Brockden Brown, *O Espectador*, de Walker Percy, "O Método Respiratório", de Stephen King, em *Quatro Estações*,

Edwin Lutyens, Giovanni Muzio, Angiolo Mazzoni, Giuseppe Pagano, O. Frezzotti, Marcello Piacentini, Pio Piacentini, Antonio Sant'Elia, Cesare Bazzani, Povl Baumann, Kay Fisker, G. B. Hagen, Edvard Thomsen, Carl Petersen, Lars Sonck, Sigfrid Ericson, Herman Gesellius, Armas Lindgren, Kaare Klint, Peder Vilhelm Jensen-Klint, Lars Israel Wahlman, Ragnar Östberg, Martin Nyrop, Roger-Henri Expert, Paul Tournon, André Lurçat, Robert Mallet-Stevens, Pierre Chareau, Henri Sauvage, Tony Garnier, Francois Hennebique, Auguste Perret, René Sergent, Arthur Davis, Charles-Frédéric Mewes, Walter Johnnes Krüger, Albert Speer, Heinrich Tessenow, Emil Fahrenkamp, Gerrit Rietveld, Willem Marinus Dudok, J. J. P. Oud, Adolf Loos, László Moholy-Nagy, Theo van Doesburg, Hannes Meyer, Walter Gropius, Johan van der Mey, Michel de Klerk, Fritz Höger, Otto Bartning, Dominikus Böhm, Eric Mendelsohn, Bruno Taut, Max Berg, Hans Poelzig, Bruno Schmitz, Peter Behrens, Paul Bonatz, Fritz Schumacher, Theodor Fischer, Alfred Messel, Ludwig Hoffmann, William Lescase, George Howe, Albert Kahn, William Van Alen, Paul Gmelin, Stephen F. Voorhees, Andrew C. Mackenzie, Ralph Thomas Walker, John Mead Howells, Washington Roebling, Raymond Hood, Cass Gilbert, Bertram

de Santa Cruz, o coro da catedral de Colônia, o New College, de Oxford, ou o Harlech Castle, em Gwynnedd, norte do País de Gales, o Stokesay Castle, em Shropshire, o Grande Salão de Penhurst Place, em Kent, a capela de King's College Chapel, em Cambridge, o Westminster Hall, no Palácio de Westminster, a abóbada da capela Henrique VII, em Westminster, a capela de S. Estevão, o interior da catedral de Gloucester ou o octógono interior da catedral de Ely, o pórtico norte da St. Mary Redcliffe em Bristol, a catedral de Exeter, a abóbada da catedral de Wells, a abadia de Westminster, a abóbada do coral de Santo Hugo na catedral de Lincoln, o Palacio del Infantado em Guadalajara, a catedral da Cantuária, o Palais de Justice de Rouen, a casa de Jacques Coeur em Bourges, a catedral de Bristol, o intrincado pórtico sul da catedral de Albi, a igreja de St-Maclou em Rouen, a Sainte-Chapelle de Paris, a igreja de St-Urbain, a catedral de Sées, Notre-Dame, a catedral de Amiens, a catedral de Reims, a catedral de Laon, a catedral de Soissons, ou a nave da catedral de Noyon, ou até mesmo o ambulatório da Saint-Denis, e já que tocamos no assunto, nem mesmo os elementos do estilo carolíngio ou românico como a catedral ou batistério de Pisa ou a catedral de Lucca, ou a Torre Inclinada de Pisa, S. Miniato al Monte ou o batistério em Florença, S. Ambrogio em Milão, o campanário e o batistério da catedral de Parma, a velha catedral de Salamanca, o claustro de Santo Domingo de Silos, as muralhas fortificadas de Ávila, a igreja da abadia de Fontevraud, em Angers, a igreja e o monastério de Loarre, St-Gilles-du-Gard, na Provença, a catedral de Autun, a Notre-Dame la Grande de Poitiers, a igreja da abadia de La Madeleine em Vèzelay, a catedral de Angoulême, a igreja da abadia em Cluny, a catedral de Santiago de Compostela, St-Serin em Toulouse, o Portico de la Gloria, Santiago de Compostela, Ste-Foy, em Conques, a escadaria da sala do capítulo em Beverley, o interior da sala do capítulo em Bristol, a catedral de Durham, a St. John's Chapel, White Tower, na Torre de Londres, a catedral de Winchester, a catedral de Lincoln, a igreja da abadia de Notre-Dame, Jumièges, a S. Miniato al Monte, Dijon St-Bénigne, o ambulatório de St-Philibert em Tournus, a Basílica de San Marco em Veneza, a catedral de São Basílio, em Moscou, a igreja da abadia de Maria Laach, a catedral de Trier, a Basílica de Santo Apolinário Novo, Ravena, a cúpula da Cappella Palatina, o interior da catedral Speyer, a Igreja de São Miguel em Hildesheim, a Mesquita-Catedral de Córdova, S. Maria Naranco, Igreja de Todos os Santos, Earls Barton, São Lourenço, Bradford-on-Avon, a abadia de Corvey em Weser, os portais do monastério de Lorsch, a planta do monastério em St. Gall, o interior do oratório em Germigny-des-Prés, ou no mínimo do mínimo nem mesmo os vestígios de conceitos arquitetônicos dos primeiros cristãos e do período bizantino, fosse S. Front, em Pingueux, a catedral de Monreale, na Sicília, o interior da Cappella Palatina, em Palermo, a Igreja da Transfiguração, em Kizhi, a Hagia Sophia em Kiev, as igrejas nas colinas de Mistras, na Grécia, o Katholikon, de Hosios Lukas, ou a igreja de Teótoco, o mosaico de Cristo Pantocrator na cúpula da igreja de Domiciano, Daphni, S. Vital ou S. Apolinário em Classe, de Ravena, a Hagia Sophia de Constantinopla, o interior do Mausoléu de

nogueira-pecã, magnólia branca, abeto azul do Colorado, abeto subalpino, faia americana, *quercus rubra*, *tsuga canadense*, bordo-vermelho, bordo-açucareiro, pinheiro branco, nogueira amarga, castanheira-americana, plátano-americano, nogueira-negra, pinheiro ponderosa, abeto-branco, catalpa do norte, cipreste-calvo, liquidâmbar, carvalho de burro, azinheira, mogno, abeto de Douglas, algodão americano; nem o menor sinal de uma base no assoalho, um contrapiso, *drywall* ou qualquer sinal de algum material isolante, espuma de poliuretano ou outra coisa do tipo; nem radier, uma laje, selante, vergalhões, parafusos de ancoragem, quem dirá uma sapata concretada ou viga baldrame; ou

Cera, por sua vez, tenta demonstrar coragem, dando um sorriso forçado para a câmera, mas é impossível não reparar na sua palidez ou interpretar seu pedido — "Jed, cara, eu estou com tanta sede" — de qualquer outro modo, ainda mais considerando que, segundos antes, ele havia dado um grande gole d'água.

---

já que entramos nesse assunto, quem eu era – em relação a ela. Por isso fiquei lá sofrendo, mesmo enquanto ela ia se sentando em cima de mim, cobrindo-me nas dobras do seu vestido, e ela sem calcinha e eu sem fazer nada enquanto as mãos dela foram abrindo a braguilha dos meus jeans e me tirando de dentro da minha cueca, levando-me até onde era áspero e seco, até ela afundar sem um único suspiro e então ficou molhado, ela estava molhada e todos ficamos molhados, balançando juntos sob um pequeno recorte de um céu nublado, ficando mais claro logo, seus olhos assistindo o dia chegar, uma mão amassando o vestido, a outra sob o vestido amassando a si mesma, seu cabelo loiro cobrindo o rosto, seus joelhos se apertando em torno das minhas costelas, até ela enfim atingir o gozo calêndrico sem fazer qualquer som que fosse – o único indício – e, embora eu não tivesse gozado, ela me beijou pela última vez, desceu da rede e foi para dentro.

Antes de eu sair, ela me contou nossa história: onde nos conhecemos – no Texas –, nos beijamos, mas nunca fizemos amor e isso a deixou confusa e assombrada e ela precisava resolver isso antes de casar, o que ia acontecer dentro de quatro meses com um homem que ela amava, que ganhava a vida fabricando TNT exclusivamente para uma firma de construção rodoviária no Colorado, aonde ela ia com frequência em viagens de negócios e onde certa vez, bêbado, enfurecido e decepcionado, ele convidou uma prostituta no quarto do hotelzinho onde estava e assim por diante e quem é que se importa e o que eu fazia lá afinal? Eu saí, pensei em bater uma, enfim bati, quando cheguei no meu apartamento, só que para terminar precisei pensar na Tambor. Não ajudou. Eu ainda estava sofrendo, abandonado, bebi três copos de bourbon e fumei um baseado, aí vim aqui, pensando em vozes, reais e imaginárias, de fantasmas, o meu fantasma, ela e enfim essa nota de rodapé imbecil, quando ela veio e suavemente me expulsou pela porta e eu disse, numa voz baixa: "Ashley",

O Exorcista, *O Enigma de Outro Mundo*, de John Carpenter, *Labirinto*, *Os Caçadores da Arca Perdida*, *Das Boot*, *Taxi Driver*, *Crimes e Pecados*, *Repulsa ao Sexo*, *Viagem Fantástica*, *Planeta Proibido*, *C'est arrivé près de chez vous* ou até mesmo O *Segredo do Abismo*, friso que cada um dos filmes supracitados no fim recorre a algum tipo de delírio, seja

Acostumado já a lidar com choque,‖ Jed imediatamente levanta as pernas de Cera para aumentar o fluxo sanguíneo para a cabeça, usa aquecedores portáteis e um cobertor solar para mantê-lo aquecido e nunca para de tentar confortá-lo, sorrindo, contando piadas, prometendo uma centena de finais felizes. Uma tarefa difícil sob quaisquer circunstâncias. Quase impossível quando aqueles gritos guturais os encontram, sem demora, as paredes sendo finas demais para detê-los, sons obscenos demais para ficarem confinados, Holloway berrando como se fosse um animal raivoso, não mais um homem, mas uma criatura movida pelo medo, pela dor e pela fúria.

"Pelo menos ele está longe", Jed sussurra, tentando consolar Cera.

Mas o som da distância não traz muito conforto a nenhum dos dois.

tijolos, fossem do tipo vermelho ou de granito escacilhado, ou vigas de parede, corta-fogo ou enxaimel, nem a menor evidência de vigas de chão ou vigas de extremidade, nem tábua de apoio ou sequer um suporte, traves, nem mesmo empena, água, terças, testeiras, beirais, cumeeiras, chafuzes, linhas, diagonais e frechais, caibros ou as gotas de uma cornija (pelo menos a escadaria oferece alguns detalhes: o espelho e piso dos degraus, dois grandes pilares, um em cima e outro embaixo, com topo arredondado e conectados por um único corrimão curvado, sustentado por incontáveis balaústres), mas, entre outras coisas, não se vê qualquer papel de parede, nem trancas estilo Baldwin, nem qualquer sinal de janelas,

---

o que fez com que ela parasse de me empurrar e perguntasse: "sim?",seus olhos reluzindo com um brilho que ela tinha visto que eu jamais consegui ver, mas o que ela via era eu e eu não me importava, embora agora pelo menos soubesse a verdade, e lhe disse a verdade: "Eu nunca estive no Texas".

‖ A seguinte definição foi tirada de *Medicina para Montanhismo*, 3ª edição. Organizado pelo doutor James A. Wilkerson (Seattle: The Mountaineers, 1985), p. 43:

"Casos leves de choque resultam da perda de 10 a 20% do volume sanguíneo. O paciente parece pálido e sua pele fica gelada, primeiro nas extremidades, depois no tronco. À medida que o choque se torna mais severo, o paciente muitas vezes reclama de uma sensação de frio e sente sede. Pode haver batimento cardíaco acelerado e redução na pressão sanguínea. Porém, a ausência desses sinais não indica a ausência do choque, pois podem se manifestar num estágio avançado, particularmente em jovens adultos até então saudáveis.

"O choque moderado resulta da perda de 20 a 40% do volume sanguíneo. Estão presentes os sinais característicos do choque leve, que podem se tornar mais severos. O batimento tipicamente é rápido e fraco ou 'mínimo'. Além disso, o fluxo do sangue aos rins é reduzido, pois o sangue disponível é direcionado ao cérebro e ao coração, diminuindo a produção de urina. Um volume urinário de menos de 30 cc por hora é um indicador tardio de choque moderado. Em contraste com a urina escura e concentrada, observada em casos de desidratação, a urina costuma ser de cor clara.

"O choque severo resulta da perda de mais de 40% do volume sanguíneo e é caracterizado por sinais de redução de fluxo sanguíneo ao cérebro e ao coração. O fluxo sanguíneo cerebral reduzido a princípio produz inquietação e agitação, ao que se segue um estado de confusão mental, torpor e, por fim, coma e morte. A diminuição do fluxo sanguíneo ao coração pode produzir anormalidades do ritmo cardíaco."

bem como "Tebular" em *Mais Contos, Dias Entre Estações*, de Steve Erickson, *A Estrada para Los Angeles*, de John Fante, sem falar de *L'Antiquaire*, de Henri Bosco, *Os Versos Satânicos*, de Salman Rushdie, *Caverna do Perigo*, de B. Walton, *Nossa Senhora das Flores*, de Jean Genet, *Tanto Tempo na Pior que o que Pintar É uma Boa*, de Richard Fariña, *Luz de Outubro*, de John Gardner, várias das histórias de Lovecraft, a patrulha de caça a jacarés em V., de Pynchon, o "Jardim dos caminhos que se bifurcam", de Borges, em *Ficções*, o *Coração das Trevas*, de Conrad, e *Gabinete das Maravilhas do Sr. Wilson*, de Lawrence *Um Verme*,

der Rohe, Philip Johnson, Hans Hollein, Rem Koolhaas, John S. Chase, Harvey B. Gantt, Robert Venturi, James Stirling, Norman Foster, Richard Rogers, Rienzo Piano, Alvar Aalto, Lou Switzer, Roberta Washington, J. Max Bond Jr., Robert Kennard, Luigi Nervi, Jørn Utzon, Eero Saarinen, Buckminster Fuller, Louis Kahn, Roderick Lincoln Knox, Paul Rudolph, James M. Whitley, William N. Whitley, R. Joyce Whitley, Paul G. Devrouax, Charles Duke, Marshall E. Purnell, Robert P. Madison, Sir Leslie Martin, Harry L. Overstreet, Sir Denys Lasdun, Sir Basil Spence, Peter Smithson, James Gowan, Gordon Matta-Clark, Howard F. Sims, Harold R. Varner, Roger W. Margerum, Harry Simmons Jr., Wendell J. Campbell, Susan M. Campbell, James Stirling, Oscar Niemeyer, Norma Merrick Sklarek, Le Corbusier, Frank Lloyd Wright, William J. Stanley, Ivenue Love-Stanley, Vernon A. Williams, Leslie A. Williams, Cornelius Henderson, Paul Revere Williams, Boris Mikhailovich Iofan, Vladimir Alekssevich Shchuko, V.G. Gelfreikh, Ilya Golosov, Konstantin Melnikov, Moses McKissack, William S. Pittman, John A. Lankford, El Lissitzky, Aleksandr e Viktor Vesnin, Serge Chermayeff, Charles Holden, Sir John Burnet, Edwin Rickards, H. V. Lanchester, Wilhelm Kreis, Giles Gilbert Scott, Frederick Gibberd, Sir

Gala Placídia, em Ravena, S. Stefano Rotondo, em Roma, ou S. Maria Maggiore ou S. Clemente ou S. Lorenzo, em Milão, ou até mesmo a planta da antiga igreja de São Pedro, nem o menor vestígio de bases clássicas, fossem elas gregas, helenísticas ou romanas, como exemplificado pelo Templo de Júpiter, o palácio de Diocleciano em Spalato, o portal do mercado em Mileto, Timgad na Argélia com o seu Arco de Trajano, os apartamentos em Óstia, o Mercado de Trajano, também em Roma, as Termas de Diocleciano, a Basílica de Magêncio, as Termas de Caracala, o Templo de Vênus, próximo à Casa Dourada de Nero, o Mausoléu de Adriano, o Mausoléu de Cecília Metela na Via Ápia, o Canopo da Vila Adriana, o interior do Panteão, a Vila Adriana em Tivoli, ou a Piazza d'Oro com seu peristilo e pavilhões, ou o Palácio Flaviano da Vila dos Mistérios em Pompeia, a planta da Vila de Júpiter, em Capri, o Arco de Tibério em Orange, na França, a coluna de Trajano em Roma, o Fórum Imperial, o Templo de Marte Vingador, o Fórum de Augusto, o Fórum de Nerva, o Fórum Romano com o arco de Septímio Severo, o Arco de Tito e o Templo de Cástor e Pólux, ou, na Espanha, o aqueduto de Segóvia, ou, de volta a Roma, o teatro de Marcelo, o Coliseu, o santuário de Fortuna Primigênia, Praeneste, com sua reconstrução axonométrica, o Templo de Vesta em Tivoli, o Fórum Boário em Roma, a Maison Carrée em Nimes, ou a Casa dos Vécios em Pompeia, as muralhas de Herculano, o terraço dos Leões de Naxos, em Delos, a Torre dos Ventos em Atenas, o Estoa de Átalo, na ágora de Atenas, a planta da cidade de Pérgamo e o centro urbano de Mileto ou o Bouleuterion em Mileto ou o Templo de Apolo em Dídima, o Templo de Atena Polias e Priene, o Mausoléu de Halicarnasso, o teatro de Epidauro, Monumento Corágico de Lisícrates em Atenas, bem como o Templo de Zeus Olímpico, ou o tolo de Delfos ou o Templo de Apolo em Bassas, ou o Erecteion na Acrópolis, o Propileu na Acrópole, o Parthenon com seus frisos panatenaicos, a acrópole de Atenas, o Templo de Afaia em Egina, o Templo de Zeus Olímpico em Acragas, o Templo de Hera ou Posêidon ou Netuno em Pesto, o Templo de Apolo em Corinto, o santuário de Anúbis no Templo de Hatexepsute, em Deir al-Bahari, ou o Portão dos Leões em Micenas, ou o Palácio de Tirinto, ou o Palácio de Minos, Cnossos, Creta — e aqui parece ser um bom lugar para encerrarmos, apesar de que não é possível encerrar aqui, ainda mais quando temos ainda o Grande Zimbábue, as pirâmides de Gizé, de Miquerinos, Quéops e Quéfren, para não dizer nada da tumba de Newgrange na Irlanda, a tumba de Essé na França, o complexo do templo de Ggantija, em Malta, o assentamento de Skara Brae, na Escócia, a caverna de Lascaux, a Vênus pré-histórica de Laussel, entalhada em rocha, ou a noção das construções de Terra Armada, o que é também um bom ponto para encerrarmos, mas também não dá para encerrar aí — 147

Talvez[165]

tijolos, fossem do tipo vermelho ou de granito escacilhado, ou vigas de parede, corta-fogo ou enxaimel, nem a menor evidência de vigas de chão ou vigas de extremidade, nem tábua de apoio ou sequer um suporte, traves, nem mesmo empena, água, terças, testeiras, beirais, cumeeiras, chafuzes, linhas, diagonais e frechais, caibros ou as gotas de uma cornija (pelo menos a escadaria oferece alguns detalhes: o espelho e piso dos degraus, dois grandes pilares, um em cima e outro embaixo, com topo arredondado e conectados por um único corrimão curvado, sustentado por incontáveis balaústres), mas, entre outras coisas, não se vê qualquer papel de parede, nem trancas estilo Baldwin, nem qualquer sinal de janelas,

aqui

seja um bom lugar, dentro do possível, para considerarmos alguns dos fantasmas que assombram *O Registro Navidson*. E, porque não foram poucas as pessoas que já apontaram as semelhanças entre o filme de Navidson e várias produções comerciais, parece valer a pena analisarmos brevemente o que distingue os documentários dos lançamentos hollywoodianos.[166]

Em seu ensaio, "Situação Crítica", publicado em *Temas Simples* (University of Washington Press, 1995), Brendan Beinhorn declarou que a casa de Navidson, quando os exploradores estavam dentro dela, se via num estado de choque severo. "*Sem* eles, no entanto, ela está completamente morta. A humanidade serve como seu sangue vital. O fim da humanidade marcaria o fim da casa." Uma declaração que levou a socióloga Sondra Staff a alegar que "Situação Crítica" era "só mais uma folha cheia das bobajadas de Beinhorn" (palestra dada na Our Lady of the Lake University of San Antonio em 26 de junho de 1996).

`[165]O sr. Truant se recusou a revelar se esta diagramação bizarra foi projeto de Zampanò ou dele próprio. — Eds.`

[166]Em seu ensaio, "Não Faz a Menor Diferência", *Film Quarterly*, v. 8, julho, 1995, p. 68, Daniel Rosenblum escreve que: "Em resposta à sugestão de que os nomes dos fantasmas que assombram a casa de Navidson são os mesmos que em *O Iluminado*, *Um Corpo que Cai*, *2001*, *Brasil: o Filme*, *Lawrence da Arábia*, *Poltergeist*, *Terror em Amityville*, *A Noite dos Morto-Vivos*,

[168]Fora os casos de fantasmas cinematográficos, literários, arquitetônicos ou mesmo filosóficos, a história também oferece alguns de seus próprios fantasmas. Consideremos duas expedições famosas em que os envolvidos confrontaram o desconhecido sob circunstâncias de medo e privação, depois logo se acharam envolvidos num vendaval de violências terríveis.

I.

Em 20 de setembro de 1519, Fernão de Magalhães embarcou de Sanlúcar de Barrameda para navegar à volta do globo. A viagem provaria, de uma vez por todas, que o mundo era redondo, revolucionando o modo de pensar a navegação e o comércio, mas seria também uma jornada perigosa, repleta de horrores e dificuldades que, ao fim, custariam a Magalhães a sua vida.

Em março de 1520, quando os cinco navios de Magalhães alcançaram a Patagônia e zarparam na Baía San Julián, as coisas não estavam nem um pouco harmônicas. O mau tempo feroz daquele inverno e a falta de mantimentos, para não falar da angústia suscitada pela incerteza quanto ao futuro, tudo isso causou um aumento das tensões entre os marinheiros, até que, no Dia da Mentira ou por volta dessa data, que por acaso caiu na Páscoa, o Capitão Gaspar Quesada, do *Concepción*, e seu servo Luiz de Molino planejaram e executaram um motim, que resultou na morte de pelo menos um oficial e em muitos feridos.[169] Para a infelicidade de Quesada, ele nunca parou para pensar que um homem capaz de organizar uma expedição para dar a volta no globo provavelmente seria capaz também de organizar uma retaliação de grande ferocidade. Ter subestimado tão grosseiramente o seu oponente custou a Quesada sua vida.

Tal qual um general, Magalhães reuniu os homens que ainda lhe eram leais, a fim de retomar os navios amotinados. A combinação de sua força de vontade e perspicácia tática fez com que seu sucesso, sobretudo em retrospecto, parecesse inevitável. O amotinado Mendoza, do *Victoria*, foi apunhalado na garganta. O *San António* foi invadido e, ao raiar a manhã, o *Concepción* havia se rendido. Quarenta e oito horas depois do começo do motim, Magalhães já estava de volta ao controle. Ele sentenciou à morte todos os amotinados e, então, num ato calculado de boa vontade, suspendeu a sentença, optando por concentrar as leis marítimas e sua própria ira nos três diretamente responsáveis pela rebelião: o cadáver de Mendoza foi arrastado e esquartejado, Juan de Cartagena foi abandonado numa praia deserta e Quesada foi executado.

Quesada, porém, não foi morto por enforcamento, nem por fuzilamento, nem foi obrigado a andar na prancha. Magalhães tinha uma ideia melhor. Molino, o criado fiel de Quesada, receberia clemência se concordasse em executar o seu amo. Molino aceitou a função e, juntos, os dois homens foram deixados numa chalupa e direcionados de volta ao seu navio,

seja de vidro transparente, refletor, com isolamento térmico, resistente ao calor, comutável, colorido, blindado ou janelas antigas; ou aço laminado com flandre, aço ou latão pré-pintado; ou até mesmo um único prego ou parafuso, seja para metal, MDP, *drywall*, concreto, madeira, alumínio, silicone, bronze, latão maciço, galvanizado mecanicamente, laminado com zinco amarelo, aço inoxidável, revestimento de epóxi, acabamento em preto, Durocoat; para não falar nada da ausência gritante de qualquer coisa que possa sugerir um telhado, seja de tesoura, duas ou quatro águas, meia água, plano, *shed*, com lanternim, em ogiva, com campanário, abobadado, tesoura de inclinação acentuada, de múltiplas águas, cônico, de arquibancada, rotunda

de Jim Kalin, *Huis Clos* ou *Les Mouches*, de Sartre, *Viagem ao Centro da Terra*, de Júlio Verne, *Solaris*, de Lem, *A Nascente*, de Ayn Rand, "A Volta do Parafuso", de Henry James, o "Jovem Goodman Brown" ou *A Casa das Sete Torres*, de Nathaniel Hawthorne, ou *O Leão, a Feiticeira e o Guarda-roupa*, de C. S. Lewis? Para não dizer nada de *Brodsky & Utkin*, a "Casa Azul", de Frida Kahlo, em Coyoacán, "Paisaje Nocturno", de Diego Rivera (1947), a *Casa*, de Rachel Whiteread ou *Ink Box*, de Charles Ray, *Quarto para São João da Cruz*, de Bill Viola ou então muitas outras palavras de Robert Venturi, Aldo van Eyck, James Joyce, Paolo Portoghesi, Herman Melville, Otto Friedrich Bollnow (*Mensch und Raum*, 1963) e Maurice Merleau-Ponty (*A Fenomenologia da Percepção*, 1962, onde declara que "a profundidade é a mais 'existencial' de todas as dimensões")? Para tudo isso eu tenho apenas uma única resposta, preparada com todo cuidado: Phfpt!"[168]

147 Claro que é impossível considerarmos qualquer tipo de construção, seja de casas, fábricas, oficinas, lojas, lojas de departamento, mercados, conservatórios, pavilhões de exposições, estações ferroviárias, depósitos e prédios de escritórios, bolsas de valores e bancos, hotéis, prisões, hospitais, museus, bibliotecas, teatros, igrejas, pontes, aeroportos, prefeituras, tribunais, ministérios e repartições públicas, parlamentos, monumentos, parques e até mesmo municípios e cidades, obras públicas etc. etc., sem prestarmos atenção a nomes como os de Thomas Hall Beeby, Ricardo Bofill, John Simpson, Steven Holl, Léon Krier, Richard Neutra, Andres Duany e Elizabeth Plater-Zyberk, Ramon Fortet, Daniel Libeskind, Quinlan Terry, Allan Greenberg, Jane B. Drew, Robin Seifert, Frank Gehry, Jean Willerval, Arad Isozaki, Kisho Kurokawa, Gisue e Mojgan Hariri, John Outram, Zaha Hadid, Peter Eisenmann, Richard Meier, John Hejduk, Aldo Rossi, Herman Hertzberger, Louis E. Fry Sr., Louis E. Fry Jr., Louis E. Fry III, Santiago Calatrava, I. M. Pei, Recardo Scofidio, Harry G. Robinson III, Terry Farrell, Bernard Tschumi, Charles F. McAfee, Eva Vecsei, a Coop Himmelblau, Cheryl L. McAfee, Charles Eames, Simon Rodia, Ray Eames, Ricardo Bofill, Donald L. Stull, M. David Lee, Michael Graves, Elizabeth Diller, Charles Moore, Bruno Taut, Robert Traynham Coles, Mies van

seja de vidro transparente, refletor, com isolamento térmico, resistente ao calor, comutável, colorido, blindado ou janelas antigas; ou aço laminado com flandre, aço ou latão pré-pintado; ou até mesmo um único prego ou parafuso, seja para metal, MDP, *drywall*, concreto, madeira, alumínio, silicone, bronze, latão maciço, galvanizado mecanicamente, laminado com zinco amarelo, aço inoxidável, revestimento de epóxi, acabamento em preto, Durocoat; para não falar nada da ausência gritante de qualquer coisa que possa sugerir um telhado, seja de tesoura, duas ou quatro águas, meia água, plano, *shed*, com lanternim, em ogiva, com campanário, abobadado, tesoura de inclinação acentuada, de múltiplas águas, cônico, de arquibancada, rotunda

---

o *Trinidad*, para cumprirem seu destino.[171]

Assim como Magalhães, Holloway liderou uma expedição rumo ao desconhecido. Assim como Magalhães, Holloway flagrou-se diante de um motim. E, assim como o capitão que determinou a pena capital, Holloway também apontou a sua mira para aqueles que fizeram pouco caso de sua liderança. Porém, diferentemente de Magalhães, o caminho pelo qual Holloway seguia, a bem da verdade, era um caminho malfadado, o que nos obriga a dar uma olhada na sina de Henry Hudson.

II.

Em abril de 1610, Hudson saiu da Inglaterra em sua quarta tentativa de encontrar uma passagem rumo ao noroeste. Ele seguiu para o oeste, atravessando as águas árticas e acabou no local hoje conhecido como Baía de Hudson. Apesar do nome que soa inócuo, em 1610 essa baía era o próprio Inferno congelado. Edgar M. Bacon, em seu livro *Henry Hudson* (Nova York: G. P. Putnam's Sons, 1907), escreve o seguinte:

> No 1º de novembro, o navio foi conduzido a uma baía ou enseada situada ao extremo sudoeste, onde encalhou; então, por volta do décimo dia do mês, ele ficou preso lá, congelado. O descontentamento já não era mais exprimido aos sussurros. Os homens estavam cientes de que suas provisões, reservadas para um número limitado de meses, estavam para acabar, e murmuravam reclamações por não terem sido levados para montar o acampamento de inverno na ilha de Digges, onde haviam sido avistadas muitas aves selvagens, em vez de passarem meses se debatendo naquele "*labirinto sem fim*".
>
> [grifos para dar ênfase]

O labirinto de gelo azul, à deriva numa água gelada o suficiente para matar um homem em questão de minutos, testou e por fim venceu a determinação da equipe de Hudson. Se os homens de Magalhães eram, pelo menos, capazes de pescar ou desfrutar da enseada de algum litoral mais habitável, tudo que estava à disposição dos homens de Hudson era encarar as praias de gelo.[180]

Inevitavelmente, os sussurros cresceram e se tornaram gritos e os gritos se tornaram atos. Hudson, com seu filho e sete outros, foi obrigado a entrar numa chalupa sem comida nem água. Jamais tivemos notícias deles de novo, perdidos naquele *labirinto sem fim*.[170]

imperial ou mansarda; nenhuma fachada carolíngia, zigurate, *brise-soleil* ou *trompe l'oeil* etc., fenestração, abóbada com nervuras *tierceron*, caixotão, tolo, baixo-relevo geométrico, estoa, padrão de ovo e língua, sala terrena, absidíolo, rotunda, *revetments*, reredos, arcobotantes, retábulo, herma, belvedere, pavilhão, pátio, nártex, *lunettes*, janela de água furtada, *cottage orné*, pendículo, paredes laterais, *cavetto*, fundações, nem arcos abobadados, fossem quadripartidos ou de liernes, ou cúpulas Mihrab, de torretta, minaretes, mimbar, pórticos, peristilo, *tablinum*, complúvios, implúvios, átrios, alas, êxedras, *andron*, *fauces*, *posticum*,

---

Assim como Hudson, Holloway viu-se na companhia de homens que, sofrendo de um estoque minguado de mantimentos e fé, insistiam em voltar. Assim como Hudson, Holloway resistiu. Diferentemente de Hudson, Holloway entrou, por vontade própria, naquele labirinto.

Para a felicidade de todos os públicos, são apenas os momentos finais de Hudson que permanecem um mistério.

[169]Embora motins não sejam tão comuns hoje, é importante lembrar a missão Skylab, de 1973, na qual os astronautas se rebelaram abertamente contra um controlador da missão que lhes transmitiu a impressão de ser autoritário demais. O incidente não resultou em atos de violência, mas serve para enfatizar como, apesar do contato constante com a sociedade, da abundância de alimentos, água e calor, além de um risco mínimo de se perderem, as tensões em meio a exploradores ainda assim podem vir à tona e até mesmo estourar.

A expedição de Holloway não teve nenhuma das amenidades de que a Skylab desfrutava. 1) Não havia contato por rádio; 2) eles não tinham muita ideia de onde estavam; 3) estavam quase sem comida e água; 4) tiveram que operar sob temperaturas congelantes; e 5) sofriam com a ameaça implícita do "rosnado".[155]

[170]Cf. também *As Obras de Hubert Howe Bancroft, Volume XXVIII* (San Francisco: The History Company, Publishers, 1886).

[171]Do diário de Zampanò: "Apesar de todo o tempo que eu passei pensando em Hudson na sua chalupa, em minhas madrugadas tenho voltado os pensamentos à jornada de Quesada e Molino por aquelas águas rasas, me perguntando em voz alta o que eles disseram um ao outro, o que pensaram, quais deuses vieram acompanhá-los ou abandoná-los e o que naquelas ondas escuras eles puderam ver de si mesmos? Talvez porque a história tenha pouco a ver com aqueles minutos, a cena sobrevive apenas em verso: "A Canção de Quesada e Molino", de [XXXX].[172] Eu a incluo aqui em texto integral.[175]"

Depois:

"Por favor, perdoem-me por incluir isto. A cabeça de um velho está tão suscetível a divagar quanto a de um jovem, mas ao passo que o jovem há de perdoar a divagação,[177] o velho prefere podá-la aí mesmo. A juventude sempre tenta preencher o vazio, o velho aprende a conviver com ele. Demorou vinte anos até eu desaprender as fortunas dos desvios. Talvez isso não lhe seja novidade, mas eu matei muitos homens e tenho ambas as pernas e não acho que jamais consegui me igualar àquele gnomo calvo, que é o Erro e sai de sua caverna com tornozelos implumes para se banquetear com os mortos poderosos."[173]

[172]Ilegível.

[173]Aí você me pegou.[176] Fora o gnomo, eu nem sei como interpretar o "Eu matei muitos homens". Ironia? Uma confissão? Como eu já disse, "Aí você me pegou".[174]

[174]Por motivos não revelados, o sr. Truant tirou os riscos das últimas seis linhas da nota 171. — Eds.

[175]Cf. Apêndice E.

[176]Cf. Apêndice B.

[177]~~Por exemplo, os trabalhos peripatéticos do jovem nos *Poemas PXXXXXXX*; um perfeito exemplo de por que os erros devem ser extirpados com pressa.~~[178]

[178]i.e. Os Poemas do Pelicano.[179]

[179]Cf. Apêndice II-B. — Eds.

imperial ou mansarda; nenhuma fachada carolíngia, zigurate, *brise-soleil* ou *trompe l'oeil* etc., fenestração, abóbada com nervuras *tierceron*, caixotão, tolo, baixo-relevo geométrico, estoa, padrão de ovo e língua, sala terrena, absidíolo, rotunda, *revetments*, reredos, arcobotantes, retábulo, herma, belvedere, pavilhão, pátio, nártex, *lunettes*, janela de água furtada, *cottage orné*, pendículo, paredes laterais, *cavetto*, fundações, nem arcos abobadados, fossem quadripartidos ou de liernes, ou cúpulas Mihrab, de torretta, minaretes, mimbar, pórticos, peristilo, *tablinum*, complúvios, implúvios, átrios, alas, êxedras, *andron*, *fauces*, *posticum*,

[180]Embora escrito quase duzentos anos após a viagem malfadada de Hudson, é difícil não pensar na *Balada do Velho Marinheiro*, de Coleridge, sobretudo nesse momento fantástico:

Com mastros baixos, proa aos pingos,
Qual quem caça aos golpes e xingos,
No encalço à sombra do inimigo
Co'o semblante bravio,
Iça-se a vela, urra a procela,
Corre ao sul o navio.
E eis que chegam geada e névoa,
E fez-se um frio alpino:
E cai breve, até o mastro, a neve
De um verde esmeraldino.

A terra de gelo e sons medonhos onde nenhuma criatura viva se via.

E à deriva, as penhas nevadas,
Seu brilho era um horror:
Nem homens, nem bestas nós víamos –
Só esse gelo ao redor.

Era gelo aqui, era gelo ali,
Só se enxergava gelo:
Que estala e rosna, ruge e uiva
Como num desmazelo!

Até que uma grande ave marinha chamada de Albatroz…

Por fim veio a nós um Albatroz,
Que voava pela névoa;

Não se trata de um mundo febril destilado num estado de delírio, mas de um local bastante real que Hudson enfrentou apesar do terror evidente que se abateu sobre todos, especialmente a sua tripulação. Tampouco esse terror acabou vencido pela idade moderna. Consideremos este registro no diário de Reginald James, de 1915, o físico da expedição no *Endurance*, de Shackleton, que acabou preso e enfim esmagado pelo gelo à deriva que saiu da costa da Antárctica, no mar de Weddell: "Uma noite terrível, com o navio taciturno e obscuro contra o céu & o rumor da pressão contra ele… pareciam gritos de uma criatura viva". Cf. também *Condições Históricas*, de Simon Alcazaba (Cleveland: Annwyl Co., Inc., 1963), bem como "A Jornada ao Silêncio", de Jack Denton Scott, na *Playboy* de agosto de 1973, p. 102.

Um dos motivos é que os filmes de Hollywood dependem de sets de filmagem, atores, películas cinematográficas caras e efeitos exuberantes para recriarem uma história. O valor de produção, combinado com a saturação cultural causada pelas fofocas dos bastidores, ajuda a garantir um mínimo de descrença, o que reforça para o público que, por mais que um filme possa ser comovente, convincente ou aterrorizante, ainda assim não passa de entretenimento. Documentários, no entanto, contam apenas com entrevistas, equipamentos de qualidade inferior e quase nada, praticamente, no que diz respeito a efeitos especiais, para documentar eventos reais.[181] Ao público não é permitida a rede de segurança da descrença, por isso ele precisa recorrer a mecanismos mais desafiadores de interpretação, os quais, como por vezes é o caso, podem levar à negação e à aversão.[182]

[182]É óbvio que há uma longa e valiosa tradição de documentários cinematográficos, sobretudo quando consideramos as contribuições feitas por Robert Flaherty, Herbert Kline, Ernest B. Schoedsack, Paul Rotha, Mary Lampson, Stuart Legg, D. W. Griffith, Henri Storck, John Ernest, Burton Benjamin, Jean Epstein, Jan Kucera, Heinz Seilman, Alberto Cavalcanti, Merian Cooper, Jerome Hill, Walter Heynowski, Leo Seltzer, Bonnie Sherr Klein, Edgar Morin, Boris Barnet, Leacock, Skanata, Rouch, Paul Strand, Jill Godmilow, Jerzy Hoffman, Ion Bostan, Tadeusz Jaworski, Carol Reed, Michael Rubbo, Humphrey Jennings, Shirley Clark, Ilya Trauberg, Marianne Szemes, Pat Jackson, Alan Winton King, Arthur Barron, Jacques-Yves Cousteau, Krsto Skanata, Mikhail Slutsky, Agoston Kollanyi, Barbara Kopple, Marvin Lichiner, Erwin Leiser, Julia Reichert, Graeme Ferguson, James Klein, Edward R. Murrow, Noel Coward, Nevena Toshava, Basil Wright, Adrian Brunel, Willard Van Dyke, Joris Ivens, Anatole Litvak, Ben Maddow, Walt Disney, Livia Gyaramathy, Henri-Georges Clouzot, Brian Desmond Hurst, Pursia Djordjevic, Jan Lomnicki, Esther Shub, Warren Wallace, Edmund Bert Gerrard, Tom Haydon, David Lean, Eric Nussbaum, Jerry Bruck Jr., Savel Stiopul, William Wyler, Bruce Herschensohn, Ante Babaja, Ellen Hovde, David Loeb Weiss, Thorold Dickinson, Ilya Kopalin, Robert Drew, Henri Cartier-Bresson, Max Fleischer, Luis Build, Cesare Zavattini, Arthur Elton, Yuli Raizman, Shuker, Jerzy Bossak, Barron, Keith Merrill, Philippe Mora, George M. Williamson, Eugene Jones, Robin Spry, Kirsten Johnson, Kroitor, Haskell Wexler, Jersey, John Ferno, Dick Robinson, Hans Bertram, D. A. Pennebaker, Angelo Spaveni, Dr. Fritz Hippler, Jean Vigo, Gregori Kozintsev, Rouman Grigorov, Michael Latham, Nicholas Webster, Sergei Yutkevitch, Walter Ruttmann, Frederick Wiseman, Perrault, Elmar Klos, David Elstein, Kazimierz Karabasz, Istvan Timar, Sid Knigtsen, Jürgen Böttcher, Leni Riefenstahl, Leonid Varlamov, Takahiko Ismura, Walon Green, Roman Karmen, Joseph Krumgold, Douglas Leiterman, HristoTakahiko Iimura, Walon Green, Roman

peristilos, vestíbulos, arcadas, apses, naves, celas, pronaus, opistódomos, ninfeus, crepidomas, adros, vias triunfais, recintos fortificados, *demi-lunes*, capoeiras, tenalhas, francos, poternas, baluartes, faces, bastiões, canhoneiras, cortinas de reparo, torreões, parapeitos, merlões ou ameias; nem — óbvio — pilastras, pilares, frisos, entablamentos, arquitraves, fachadas, frontões, estilóbatas, cavettos, base ou plinto, um fuste, canelura ou capitéis, fossem jônicos, dóricos ou coríntios, com volutas, ábacos, rosetas, folhas de acanto ou métopas, mútulos, acrotérios, dentículos ou

[181]Consideremos a definição de “cinema vérité” de Stephen Mamber, que parece ser uma descrição quase exata do modo como Navidson fez o seu filme:

> O cinema vérité é uma disciplina estrita apenas pelo fato de ser, de tantas maneiras, tão simples, tão “direto”. O cineasta tenta eliminar, ao máximo possível, as barreiras entre o que é filmado e o seu público. Essas barreiras são técnicas (grandes equipes, sets de estúdio, equipamento montado em tripés, luzes especiais, figurino e maquiagem), processuais (roteiros, atuação, direção) e estruturais (aparatos de edição padrão, formas tradicionais de melodrama, suspense etc.). O cinema vérité é um método de trabalho prático que se baseia numa fé pela realidade não manipulada, uma recusa a adulterar a vida tal como ela se apresenta. Qualquer tipo de cinema é um processo de seleção, mas há (ou deveria haver) toda a diferença do mundo entre a estética do cinema vérité e os métodos de filmes documentais fictícios e tradicionais.

Stephan Mamber, *Cinema Vérité na América: Estudos em Documentários Sem Controle* (Cambridge, Massachusetts: The MIT Press, 1974), p. 4.

peristilos, vestíbulos, arcadas, apses, naves, celas, pronaus, opistódomos, ninfeus, crepidomas, adros, vias triunfais, recintos fortificados, *demi-lunes*, capoeiras, tenalhas, francos, poternas, baluartes, faces, bastiões, canhoneiras, cortinas de reparo, torreões, parapeitos, merlões ou ameias; nem — óbvio — pilastras, pilares, frisos, entablamentos, arquitraves, fachadas, frontões, estilóbatas, cavettos, base ou plinto, um fuste, canelura ou capitéis, fossem jônicos, dóricos ou coríntios, com volutas, ábacos, rosetas, folhas de acanto ou métopas, mútulos, acrotérios, dentículos ou

Embora, no passado, a filmagem ao vivo se limitasse às repercussões dos eventos — as histórias orais repassadas pelos sobreviventes ou fotografias tiradas por transeuntes —, nos dias de hoje a proliferação de câmeras e fitas de vídeo acessíveis criou vastas oportunidades para se gravar um acidente de avião ou um assalto a banco enquanto de fato se desenrola.

É claro que nenhum documentário jamais poderá ser absolvido da suspeita, pelo menos, de a mise-en-scène ter sido cuidadosamente planejada, suas ações terem sido encenadas ou as falas escritas e ensaiadas — o que nos dias de hoje com frequência acontece abertamente com o rótulo de "dramatização".

A essa altura, já é de conhecimento comum o fato de Flaherty, em *Nanook, o Esquimó*, ter recriado certas cenas para a câmera. Acusações semelhantes foram dirigidas contra programas de TV como *America's Funniest Home Videos*. Em sua maior parte, os profissionais na área se esforçam para policiar ou pelo menos criticar os filmes mais recentes, sabendo que perder a confiança do público acarretaria os estertores finais de uma forma de arte já sob ataque.

No momento, a maior ameaça vem da área da manipulação digital.

Karmen, Joseph Krumgold, Douglas Leiterman, Hristo Kovachev, Will Roberts, Josef von Sternberg, René Clément, Connie Field, Roy Boulting, Jack Glen e Lothar Wolff, Lipscomb, Alain Resnais, Karl Gass, Ruspoli, Jean Grémillon, Lionel Rogosin, Marcel Ophüls, Louis Lumière, Fred Friendly, Koenig, Georges Franju, John Huston, Bunny Peters Dana, Yuli Stroyanov, Jim Brown, Brault, Raymond Depardon, Michael Apted, Cinda Firestone, Louis de Rochemont, George Rouquier, James Algar, Frederick Wiseman, Harry Watt, Erik Bamouw, Jean Renoir, Robert Snyder, Jerry Blumenthal, Jennifer Rohrer, Gualtiero Jacopetti, Yulia Solntseva, Dziga Vertov, Robert Flaxman, Edgar Anstey, Sergei Eisenstein, Ralph Steiner, George Stoney, Gheorghe Vitandis, Leon Poirier, Heinz Sielman, John Korty, Helen Whitney, John Whitmore, Budd Boeticher, Janus Majewski, Howard Smith-Sarah Kernochan, J, B. Holmes, Peter Davis, Jeremy Sanford, Charlotte Zwerin, Amalie Rothschild, Emile de Antonio, Thor Heyerdahl, Jonathan Danam Christian Blackwood, Herbert Kline, Siegfried Kracauer, Richard T. Heffron, Robert Gardner, Alexander Petrovich Dovzhenko, Eric Haims, Beryl Fox, Robert Vas, Morton Silvervtein, Andy Warhol, Abe Osherolf, William Richert, Frédéric Rossif, Jean Painlevé, Arthur R. Dubs, Kon Ichikawa, Chris Marker, Vsevolod Pudovkin, John Pett, Al Di Lauro, Garson Kanin, Denys Colomb de Daunant, John Cohen, Sergei Gerasimov, Nicolai van der Heyde, Y. Avdeyenko, Michael Lindsay Hogg, David Helpern Jr., Bruce Weber, Bert Haanstram Harold Mantell, Roger Graef, Frank Capra, Ján Kadár, Seymour Stern, Marc Allégret, M. C. Von Hellen, Andrew e Annelie Thorndike, Ken Burns, Susan Clayton, Jonas Mekas, Charles Guggenheim, Alan Lomax, Pare Lorentz, Yelizaveta Svilova, Gil Kofman, Les Blank, Tony Richardson, Jozsef Csoke, Joseph Strick, Lindsay Anderson, George Greenough, James Algar, Murray Lerner, Karel Reisz, Michael Powell, Bert Stern. David Wolper, Herman van der Horst, Albert e David Maysles, Arthur Baron, Gerhard Scheumann, Craig Gilbert, Garson Kanin, Sidney Meyers, Wladislaw Slesicki, Bruce Brown —[183]

mísulas, ou até mesmo trifólios, Tudor, ferradura, arco canopial, uma janela lanceta ou arco equilátero, que mais provavelmente lembra a alça de um cesto, sem qualquer sinal de uma pedra angular, píer, enjunta, aduelas altas ou baixas ou impostas.

~~Imagine isso. Nos seus sonhos.~~

Em 1990, no *New York Times*, Andy Grundberg escreveu:

"No futuro, leitores de jornais e revistas provavelmente verão as imagens mais como ilustrações do que como reportagem, pois estarão bem cientes de que não podem mais distinguir entre uma imagem genuína e outra manipulada. Mesmo que os editores e fotógrafos jornalísticos resistam à tentação da manipulação eletrônica, como é provável que aconteça, a credibilidade de todas as imagens reproduzidas sofrerá com o clima de redução das expectativas. Em suma, as fotografias não parecerão mais tão reais quanto no passado."[184]

---

[184]Andy Grundberg, "Não Pergunte: a Câmera Mente", *The New York Times*, 12 de agosto, 1990, seção 2, 1, 29. Tudo isso, de diversos modos, reitera aquilo que Marshall McLuhan já antecipou quando escreveu: "Dizer que a 'câmera não mente' é apenas sublinhar os múltiplos engodos que agora são praticados em seu nome".

Também em 1990, o executivo da Associated Press, Vincent Alabiso, reconheceu o poder da tecnologia digital e condenou seu uso em falsificação de imagens:

"O quarto escuro para a revelação eletrônica é uma ferramenta de edição fotográfica. Ela nos tira do quarto escuro químico, onde as técnicas sutis de impressão, como o controle de exposição, há muito são consideradas jornalisticamente aceitáveis. Hoje esses termos foram substituídos por 'manipulação de imagens' e 'retoques'. Numa época em que tais termos podiam ser entendidos de maneira equivocada, precisamos determinar limites e reforçar alguns princípios básicos.

"O conteúdo das fotografias não será JAMAIS alterado ou manipulado de forma alguma".

No ano seguinte, a NPPA (Associação Nacional de Fotojornalistas) também reconheceu o poder das técnicas eletrônicas de edição de imagens:

"Enquanto jornalistas, precisamos acreditar que o princípio que orienta a nossa profissão é a precisão: portanto, acreditamos ser um erro alterar o conteúdo de uma fotografia de maneira que engane o público.

"Enquanto fotojornalistas, temos a responsabilidade de documentar a sociedade e preservar suas imagens como uma questão de registro histórico. Fica evidente que as tecnologias eletrônicas emergentes oferecem novos desafios à integridade das imagens fotográficas. A tecnologia possibilita a manipulação do conteúdo de uma imagem de tal modo que a alteração é virtualmente indetectável. À luz disso tudo, nós da Associação Nacional de Fotojornalistas, reafirmamos a base de nossa ética: a representação precisa é a marca de nossa profissão".[185]

Então, em 1992, o professor William J. Mitchell fez um resumo poderoso da questão nos seguintes termos:

"Protagonistas das instituições do jornalismo, com seu interesse na confiança alheia; do sistema jurídico, com sua necessidade de evidências comprováveis; e da ciência, com sua fé no instrumento de registro que a fundamenta, podem muito bem lutar para manter a hegemonia da imagem fotográfica padrão — mas os outros verão a emergência da imagem digital como uma oportunidade bem-vinda para expor as aporias da construção do mundo visual pela fotografia e desconstruir as próprias ideias de finalização e objetividade fotográfica, além de resistirem ao que passou a ser uma tradição pictórica cada vez mais esclerosada."[W]

[185]Cf. capítulo 20 de *A Verdade Não Precisa de Aliado: Dentro do Fotojornalismo*, de Howard Chapnick (University of Missouri Press, 1994).

[W] William J. Mitchell, *O Olho Reconfigurado: A Verdade Visual na Era Pós-Fotográfica* (Cambridge, Massachusetts: MIT Press, 1994), p. 8.

Ironicamente, a mesma tecnologia que nos instrui a duvidar da imagem também cria os meios pelos quais ela pode ser creditada.

Como já comentou o autor Murphy Gruner:

"Assim como ocorre com o Marlowe de Chandler, ganha-se o espectador porque as camisas estão amassadas, as solas gastas, e tem aquele chapeuzinho sempre presente. Hoje em dia, nada merece menos a nossa fé do que aquilo que seja caro e arrumadinho. Que é como a tecnologia de vídeo e filmagem chega a nós: amassada ou arrumadinha.

"A Tecnologia aMassada — com M maiúsculo, de Marlowe — vem dos Good Guys, da Radio Shack ou Fry's Electronics. É barata, acessível e perigosíssima. É preciso apenas considerar o vídeo de Rodney King filmado por George Holliday para reconhecer o poder da baixa tecnologia. Além do mais, conforme o tempo de gravação das fitas e discos digitais aumenta, e a vida útil da bateria se estende, e o tamanho da câmera é reduzido, mais ampla se torna a janela para capturar os eventos conforme ocorrem.

"A Tecnologia Arrumadinha — com A maiúsculo — é o oposto: cara, de difícil manejo e exige tempo. Mas é também poderosíssima. A manipulação digital permite a criação de quase qualquer coisa que a imaginação possa conceber, tudo dentro do espaço seguro de uma ilha de edição, equipada com um buffet 24 horas e uma massagista no local."[186]

[186]Murphy Gruner, *Detetives Documentais* (Nova York: Pantheon, 1995), p. 37.[187]

[187] ~~É possível imaginar um grupo de Detetives Documentais cujo único propósito é preservar aVerdade & só a Verdade~~≫ ~~garantindo a autenticidade de todas as obras. Seu selo de aprovação criaria uma sensação pública de boa-fé que só seria possível manter se os tais Detetives Documentais fossem tão ferozes quanto um pitbull e tão escrupulosos quanto um santo. Claro que isso é mais o tipo de coisa com que um romancista ou dramaturgo preferiria lidar, e, como eu claramente não sou nem romancista nem dramaturgo, deixarei esta história para outra pessoa.~~

≫Ou TNT. A Verdade e só a Verdade, ou Truth 'N Truth, em inglês, assim se torna mais um nome para o nitrato de tolueno ou $C_7H_5M_3O_6$ – não confundir com $C_{16}H_{10}N_2O_2$ –, em outras palavras: trinitrotolueno. O TNT[188] telegrafa uma estranha coalizão do significado. Por um lado, transcendente e duradouro e, por outro, violento e extremamente inflamável.

Como argumentam Grundberg, Alabiso e Mitchell, essa habilidade impressionante da manipulação das imagens há de arrancar algum dia os filmes e vídeos de sua posição hoje sacrossanta de "testemunhas oculares". A perversão da imagem tornará o *Vídeo de Rodney King* inadmissível no tribunal.¶ Por incrível que pareça, a declaração do prefeito Bradley, de Los Angeles — "Nossos olhos não nos enganam, nós vimos o que vimos e o que vimos foi um crime" — há de parecer ridícula. A verdade mais uma vez retornará aos territórios suspeitos do discurso e às habilidades humanas de julgar suas modalidades peculiares. Tampouco se trata de uma previsão particularmente original. Desde *Sol Nascente*, de Michael Crichton, até os *Truques com Cartas*, de Delgado, ou *Confissões de uma Atriz Pornô*, de Lisa Marie "Racha" Bader, temos obras que mergulham na natureza cada vez mais proteiforme do universo digital.¶Em seu artigo "Verdadeira Sujeira", Anthony Lane, da *New Yorker*, alega que a "sujeira é o elemento mais difícil de se construir e sempre escapa até mesmo ao mais sofisticado dos mágicos de estúdio. A sujeira, porém, não é estranha a Navidson".¶ Vale considerar as cenas de selvageria capturadas pela película de 16 mm de um turista sendo devorado vivo por leões num refúgio de vida silvestre em Angola (*Traços da Morte*) e compará-las à ridícula e exorbitante comédia *Queima de arquivo* em que vários vilões são desmembrados por jacarés.[190]

---

[188]Também é uma sigla para Transmissores Neurais Tecnológicos (TNT)[189] — o que é outro trocadilho e outra história totalmente diferente.

[189]Ou, como Lude uma vez me apontou, também significa Tremendas Nádegas & Tetas. i.e. uma coisa explosiva. i.e. orgástica. i.e. um trocadilho súbito de procriação que transforma tudo em outra coisa, o que, agora que eu consigo alcançar a mim mesmo, onde fui e onde não fui e aonde preciso ir, pode muito bem não ter sido trocadilho algum, mas apenas a bifurcação pura e simples da verdade, com um "&" enfiado ali para dar unidade. O esperma em meio a outra forma de semelhante unidade, e olha só lá vem um eco chegaando. A articulação do conflito pode muito bem ser uma base bem melhor — a Verdade & só a Verdade ou é tudo, contudo, ou não é nada. Em outras palavras, é exatamente como consta nos escritos de Zampanò.[196]

[190]Jennifer Kale me disse que visitou Zampanò cerca de sete vezes: "Ele gostava que eu lhe ensinasse o jargão do cinema. Sabe, aquelas coisas de crítico. Saídas diretas das páginas do Christian Metz e o resto da turma. Ele também gostava que eu lesse para ele algumas das piadas da Internet. Na maior parte das vezes, eu só descrevia filmes que eu tinha visto recentemente". Queima de arquivo foi um deles.

William J. Mitchell oferece uma descrição alternativa de "sujeira" quando destaca a observação de Barthes de que a realidade incorpora "detalhes aparentemente sem função só 'porque estão lá', a fim de sinalizar que 'esta é de fato uma amostra não filtrada do real'[191]".[192]

Kenneth Turan, porém, discorda da conclusão de Lane: "Navidson recorreu a efeitos especiais, ainda assim. Não se enganem a ponto de pensar que qualquer coisa aqui seja verdade. Sujeira é só sujeira, e o cômodo que estica foi inteiro obra da Industrial Light & Magic".

Ella Taylor, Charles Champlin, Todd McCarthy, Annette Insdorf, G. O. Pilfer e Janet Maslin, todos contornam a questão com uma frase ou duas. Porém, até mesmo sérios viciados em documentários ou "filmagem ao vivo", apesar de expressarem sua admiração pelos diversos detalhes que sugerem a veracidade do *Registro Navidson*, não conseguem superar a absoluta absurdidade física da casa.

[191]Roland Barthes, "O Efeito da Realidade" in *Teoria Literária Francesa Hoje*, organização de Tzvetan Todorov (Cambridge: Cambridge University Press, 1982), pp. 11-17.
[192]William J. Mitchell, *O Olho Reconfigurado: A Verdade Visual na Era Pós-Fotográfica*, p. 27.

Como brinca Sonny Beauregard: "Se não fosse o fato de que este é o conto supremo de horror gótico, teríamos engolido essa isca com anzol e tudo".[193]

[193]"Pior dos Tempos", artigo de Sonny Beauregard, no *San Francisco Chronicle*, de 4 de julho, de 1995. C-7, coluna 2. Difícil é ignorar a questão daquela obra recente, das mais perturbadoras, *La Belle Niçoise et Le Beau Chien*. Como muitos já sabem, o filme representa o assassinato de uma menininha com tal grau de realismo cômico que recebeu instantaneamente os louros de rainha do baile do palácio do grotesco, ganhando prêmios em Sundance e Cannes, com acordos de distribuição internacional e o prazer da companhia canônica de David Lynch, Luis Buñuel, Hieronymus Bosch, Charles Baudelaire e até mesmo o Marquês de Sade, até descobrirem, claro, que houve mesmo uma menininha da Lituânia que de fato foi assassinada por um homem rico, ninguém menos que o próprio cineasta. Era um filme de *snuff* com produção requintada, vendido como um filme de cinema-arte. O filme *Underground*, de Emir Kusturica, enfim substituiu *Niçoise* como o ganhador da Palma de Ouro de Cannes; um filme igualmente absurdo e aterrador, mas, felizmente, fictício. Sobre a Iugoslávia.

O Registro Navidson tem todo o aspecto de um documentário cru, de baixo orçamento. *La Belle Niçoise et Le Beau Chien* parece uma obra cinematográfica com execução exuberante. Ambas as obras são semelhantes em certo modo: somos levados a duvidar do que acreditamos, no caso de *Niçoise,* porque dependemos do senso moral do cineasta; no caso do *Registro Navidson*, por conta do senso moral do mundo. Nenhum dos filmes merece qualquer uma dessas suposições. Como teria comentado Murphy Gruner: "Amassado vs. Arrumadinho. Você que escolhe".

Talvez o melhor argumento em prol da autenticidade do *Registro Navidson* tenha partido não dos críticos de cinema, pesquisadores universitários ou membros do júri de festivais de cinema, mas sim dos auditores do Imposto de Renda. Mesmo uma breve olhada nas declarações de imposto de Will Navidson ou então de Karen, Tom ou Billy Reston, comprova a impossibilidade da manipulação digital.[194]

Simplesmente nunca houve dinheiro o suficiente.

Sonny Beauregard, numa estimativa conservadora, calcula que os efeitos especiais para *O Registro Navidson* custariam, no mínimo, 6 milhões e meio de dólares. Levando em consideração o total pago pela bolsa do Guggenheim, a bolsa da NEA e o limite de crédito de todos os envolvidos em seus cartões Visa, Mastercard, Amex etc. etc., sem falar em poupança e investimentos, ficam faltando ainda 5 milhões e meio para Navidson chegar lá. Beauregard, de novo: "Considerando os custos dos efeitos especiais hoje em dia, é inconcebível como Navidson teria sido capaz de criar essa casa".

[194] Os documentos foram a público no artigo de Philip Newharte, "A Casa Que o Leão Não Construiu", publicada em *Seattle Photo Zine*, v. 12, 118, pp. 92-156.

É estranho, então, que o melhor argumento para esse fato seja a absoluta incapacidade da ficção de bancar o que mostra. Parece, portanto, que o fantasma que assombra *O Registro Navidson* e se atira continuamente contra a porta não passa da ameaça recorrente de sua própria realidade.[195]

---

[195]Apesar de alegar, no Capítulo Um, que "os materiais mais interessantes dos últimos tempos tratam exclusivamente da interpretação dos eventos dentro do filme", Zampanò ainda assim entrou em divagações sobre sua própria discussão das "antinomias do fato e da ficção, representação ou artifício, documento ou pegadinha" dentro do Registro Navidson.[196] Não faço ideia se é de propósito ou não. Às vezes tenho certeza de que é. Outras vezes, tenho certeza de que é apenas uma porra de um grande e completo desastre.

[196]195 (cont.) O que, caso você não tenha se dado conta, tem tudo a ver com a história de C. M. S. Capa Tória, que observou de quatro asnos os coices nos ares . . . quanto às nossas coisas vulgares, pelo que sabemos, só pode haver uma conclusão, não importa o labor, os traços permanentes, a letra ou até mesmo a fé – não tem dia, não tem estrela, não tem nem mesmo uma lanterna para o resgate – é só isso mesmo, adeus, pessoal, um grande baque, por mais que o sr. Tória tenha de fato esbarrado em quatro jumentos dando coice com os cascos . . .

Pensamentos correndo alucinados pela minha cabeça enquanto eu caminhava pelos corredores da Megastore da Virgin Records, tentando lembrar uma melodia para uns versos, mudando de ideia e decidindo, em vez disso, abrir a porta, alguma porta, não sei qual também, só que talvez fosse uma das portas dentro de mim, que foi quando eu encontrei a Hailey, carinha de perturbada, um corpo incrível, só 18 aninhos, fumando igual uma chaminé, o bafo de um mendigo, mas o olhar puro e radiante e ela tinha um corpo incrível e eu dei oi e do nada me deu na telha de convidá-la para ir lá no meu apê ouvir uns CDs que eu tinha acabado de comprar, convencido de que ela iria recusar, fiquei surpreso que ela aceitou, então ela veio e botamos a música pra tocar, fumamos um e pedimos delivery do Pink Dot mas eles não chegaram com os nossos sanduíches e cerveja até já estarmos sem roupa embaixo das cobertas, gozando como se fosse o dia do juízo final (i.e. pela segunda vez) e depois comemos e bebemos e a Hailey sorriu e seu rosto parecia menos perturbado e sorria com um sorriso suave e nu, em paz, e eu me senti pegando no sono do lado dela, queria que ela dormisse do meu lado, mas a Hailey não entendeu e por algum motivo quando acordei pouco tempo depois, ela já tinha vazado, sem nem deixar um bilhete ou telefone.

Uns dias depois, eu ouvi a voz dela no programa Love Line da rádio KROQ, desta vez encharcada de saudade, conforme descrevia ao Doctor Drew e a Adam Carolla como foi que eu – "tinha esse cara num estúdio bem azedo com livros e coisas escritas por toda parte, <u>toda parte</u>! e uns desenhos esquisitos nas paredes também, tudo preto. Eu não entendia nada" – peguei no sono e comecei a gritar e berrar coisas terríveis enquanto dormia, sangue e mutilações e outras %#&#@s malucas, e isso a deixou assustada, mas será que foi errado da parte dela ir embora, por mais que esse cara parecesse normal quando estava acordado?

Um calafrio horrendo correu pela minha espinha na hora. Todo esse tempo eu achava que a farra e a bebedeira e o sexo tivessem vencido essa investida terrível do medo. Claramente me enganei. Só consegui empurrá-la para um outro lugar. Meu estômago estava revirado. Sair gritando já era ruim, mas a ideia de que eu também havia assustado alguém por quem eu só tinha sentimentos de ternura piorou tudo ainda mais.

Será que eu gritava toda noite? O que era que eu dizia? E por que diabos eu não conseguia lembrar de nada disso de manhã?

Eu fui ver se minha porta estava trancada. Voltei um segundo depois para colocar a correntinha. Precisava de mais trancas. Meu coração começou a bater forte. Me aninhei no canto da sala mas não adiantou. Caralho, caralho, caralho – não adiantava também. Melhor ir pro banheiro, tentar jogar água na cara, tentar qualquer coisa que seja. Só que eu não cedia. Alguma coisa se aproximava. Dava para ouvi-la lá fora. Dava pra sentir as vibrações. Essa coisa estava prestes a arrombar a porta da entrada, a minha porta, o Caminhante em Trevas, de cuja face a terra e o céu logo fugiram há muito tempo.

Então as paredes se racham.

Todas as minhas janelas se estilhaçam.

Um rugido terrível.

Parece mais um uivo, mais um chiado.

Meus tímpanos doem e acabam perfurados.

A correntinha arrebenta.

Estou desesperadamente tentando fugir, me arrastando, mas é tarde demais. Nada que se possa fazer agora.

Aquele fedor horrível retorna e com ele vem uma sensação, que preenche todo o espaço, pintando-o com cores novas, mas quais? E que tipo de pincéis está sendo usado? Que tipo de tinta? E por que esse cheiro?

Ah, não.

Como que eu sei disso?

Não tem como eu saber disso.

O chão a meus pés se afunda no vazio.

Só que antes de eu cair o que acontece agora só reverte àquilo que deveria ter acontecido que no fim nunca aconteceu. As paredes continuam, o vidro aguenta firme e a única coisa que sumiu foi o meu próprio horror, desaparecendo naquele rastro caótico que sempre fica após as coisas mais racionais.

Este então era o lado obscuro da veleidade.

Tentei relaxar.

Tentei esquecer.

Imaginei um bando de viajantes cansados do mundo acampando à beira de uma estrada desolada, numa terra desolada, contando uma história para apaziguar suas dúvidas, circundar com distrações, risos e música os seus medos, uma ilusão de ótica coletiva pintada acima de sua lareira portátil de madeira & lenha, seus olhos reluzindo com uma magia divina, originários de onde as linhas perspectivas enfim se encontram, ou pelo menos é o que pensam. Só que aquelas estrelas nunca nascem em horizontes tão distantes assim. A luz, na verdade, vem do mero ato de se reunirem e conversarem, o que cerca e alimenta a fogueira que eles acenderam e ao longo da noite mantiveram viva, até que inevitavelmente, certa manhã, tediosa e fria, todas as músicas já tinham sido cantadas, as histórias perdidas ou levadas embora, a sopa tomada, as brasas frias. Não restam nem mesmo as sementes de um trocadilho que seja para fazer a mente virar de lado e aí que o grego tropos se vê no centro da palavra "tropo" e significa "virar".

Mas aqui tem uma cançãozinha que eles poderiam ter cantado:

A doida em mais uma turnê;
Tudo que ela é, ela cospe no chão.
Um velho me diz, ela é mais doente que os outros.
Ah Deus eu nunca tive tanto medo assim.

O coração pode ainda ser o fogo da lareira, mas de repente eu estou com frio demais para poder continuar e, além disso, não tem lareira aqui também e é fim de junho. Quinta-feira. Quase meio-dia. E todos os botões do meu casaco de veludo cotelê desapareceram. Não sei por quê. Foi mal, Hailey.[197] Não sei o que fazer.

Em algum momento, Jed tenta de novo levar Cera na direção do que ele espera que seja o caminho de volta. Ele também tenta, periodicamente, enviar sinais de rádio a Navidson, mas nunca recebe qualquer resposta. É lamentável como são escassas as gravações dessa parte da viagem. A carga das baterias é baixíssima e não há muito desejo da parte de Jed em gastar qualquer energia para eternizar o que, cada vez mais, parece ser uma jornada rumo ao seu próprio fim.

Os penúltimos trechos nos mostram Jed abraçado a Cera numa salinha minúscula. Cera está em silêncio, e Jed, completamente exausto. É notável como, mesmo confrontado com sua própria morte, Jed ainda se recusa a abandonar o amigo. Ele diz à câmera que não vai conseguir ir em frente, por mais que o rosnado pareça estar chegando cada vez mais perto.

Na tomada final, Jed dirige o foco da câmera para o chão. Tem alguma coisa do outro lado, que bate incessantemente. Seja o que for essa coisa, a coisa que vem buscar os que jamais são vistos outra vez, ela está vindo[198] dele, e Jed não consegue fazer nada além de dirigir o foco da câmera às dobradiças da porta, no instante em que ela começa a ceder lentamente.ᐅ

As trancas podem até ter segurado o tranco, a corrente também, mas o meu quarto ainda fede a sangue, e uma enxurrada de entranhas se espalha de parede a parede, os restos retalhados de cascos e mãos, cabelo embolado e ossos, usados para pintar o teto, deixam o chão ensopado. O retalhamento deve ter durado dias, para ter sobrado só isso. Nem mesmo as moscas se demoram. C. M. S. Capa Tória foi assassinado junto a seus jumentos, mas ninguém sabe quem é o culpado.

Quanto às nossas coisas vulgares, sem escapatória.

Já estou longe demais daqui para saber qualquer coisa disso ou de qualquer um que seja.

Nem de mim mais eu sei.

[197]Após a publicação da primeira edição na Internet, várias respostas foram enviadas por e-mail, inclusive a seguinte:

> Acho que o Johnny deu uma pirada aqui. Eu queria escrever e lhe contar sobre isso. A gente se divertiu bastante na verdade (mas os gritos dele foram esquisitos demais e definitivamente me deixaram traumatizada). Ele foi muito fofo e bem gentil e meio tosco também, mas ainda assim foi legal demais. Fiquei meio chateada com a parte sobre o meu hálito. Digam pra ele que eu ando escovando mais os dente e tentando parar de fumar. Mas tem uma parte que ele não mencionou. Ele disse umas coisas lindas sobre os meus pulsos. Lamento saber que ele desapareceu. Vocês sabem o que aconteceu com ele?
>
> — Hailey, 13 de fevereiro, 1999.

— Eds.

[198]Erro de digitação, faltou a palavra "atrás".

ᐅ (Não incluir nenhum sinal de pontuação aqui) Cf. também Saul Steinberg, *O Labirinto* (Nova York: Harper & Brothers, 1960).ᐸ

Bibliografia

Arquitetura:

Brand, Stewart. *Como os Prédios Aprendem: O que acontece após a construção*. Nova York: Viking, 1994.

Jordan, R. Furneaux. *Uma História Concisa da Arquitetura Ocidental*. Londres: Thames and Hudson Limited, 1969.

Kostof, Spiro. *Uma História da Arquitetura: ambientes e rituais*. Oxford: Oxford University Press, 1995.

Pothorn, Herbert. *Estilos Arquitetônicos: um guia histórico ao design mundial*. Nova York: Facts On File Publications, 1982.

Prevsner, Nikolaus. *Uma História dos Tipos de Construção*. Princeton, N.J.: Princeton University Press, 1976.

Prost, Antoine & Gerard Vincent (orgs.). *Uma História da Vida Privada: charadas da identidade em tempos modernos*. Trad. Arthur Goldhammer. Cambridge: The Belknap Press of Harvard University Press, 1991.

Prussin, Labelle. *Arquitetura Nômade Africana: espaço, lugar e gênero*. Smithsonian Institution Press, 1995.

Travis, Jack (org.). *Arquitetura Afro-americana nas Práticas de Hoje*. Nova York: Princeton Architectural Press, Inc. 1991.

Watkin, David. *Uma História da Arquitetura Ocidental*. 2ª ed. Londres: Laurence King Publishing, 1996.

Whiffen, Marcus. *A Arquitetura Americana desde 1780*. Cambridge: The MIT Press, 1992.

Wu, Nelson Ikon. *Arquitetura Chinesa e Indiana: a cidade dos homens, a montanha de Deus e o reino dos imortais*. Nova York: George Braziller, Inc., 1963.

Filmes:

Numerosos demais para serem listados aqui.

X

Toda casa é um "caminho" arquitetonicamente estruturado: as possibilidades específicas de movimento e aquilo que impulsiona o movimento conforme se avança da entrada rumo à sequência de entidades espaciais, tudo isso é predeterminado pela estrutura arquitetônica daquele espaço e a vivência do espaço se dá de acordo com isso. Mas, ao mesmo tempo, em sua relação com o espaço ao redor, esse caminho é um "objetivo", sendo possível ou avançarmos na sua direção, ou nos desviarmos dele.

— Dagobert Frey
Grundlegung zu einer vergleichenden Kunstwissenschaft

Karen pode até acabar se entregando ao ressentimento e ao medo, mas o Navidson que vemos na tela parece estar num estado de graça, eufórico até, enquanto zarpa em sua expedição acompanhado de Reston e seu irmão, para resgatar Holloway e sua equipe. É quase como se o mero ato de entrar lá, por si só, e tanto melhor se isso se dá por um propósito — qualquer propósito —, diante daquelas regiões infinitas e afóticas, fosse motivo o suficiente para celebração.

Usando uma película de 16 mm (a cores e em P/B) e *stills* de 35 mm, Navidson começa a capturar pela primeira vez o tamanho e a sensação daquele lugar. A autora Denise Lowery escreve a seguinte e evocativa impressão do modo como Navidson fotografa a Antessala:

> A ardente chama vermelha cospe luz, flagrando Tom, enlaçando os raios das rodas da cadeira de Reston, lançando Metamorfos e Dragões na parede próxima. Mas mesmo esta dança aquática só é capaz de iluminar uma porção minúscula de um dos cantos. Navidson, Tom e Reston continuam avançando sob aqueles frontões de escuridão e paredes sustentadas por sombras, acendendo mais sinalizadores, penetrando este mundo com suas lâmpadas de halogênio, até enfim o que parecia indefinível emergir do vazio cintilante, implacável e agora nada menos que óbvio e inegável — como se nunca pudesse ter existido a menor dúvida quanto ao formato, nunca pudesse ter existido um momento de êxito para a imaginação sondar aquelas dobras de negrume, elaborando seu próprio sentido, algo muito mais perverso e distorcido, com o peso das coisas mais frias e estranhas do que até mesmo esse teatro de sombras encenado com a queima irregular de enxofre — mítico e desumano, bruxuleante, cambiante e enfim moribundo, em meio ao progresso contínuo dos homens.[199]

---

[199]Vide o capítulo 10 de *Esboços: o Processo de Entrada*, de Denise Lowery (Fayetteville, Arkansas: University of Arkansas Press, 1996).

É claro que o Grande Salão faz até mesmo esta câmara parecer minúscula. Como relatado por Holloway na Exploração #2, sua extensão passa de um quilômetro, o que faz com que seja praticamente impossível de iluminar. Em vez disso, o trio corta direto pelo negrume, demarcando cuidadosamente seu trajeto com metros de linha de pesca, até que o caminho adiante revela, de repente, uma escuridão ainda maior, posicionada ao centro daquele espaço imenso e incompreensível.

Em uma das fotografias do Grande Salão, encontramos Reston em primeiro plano, com um sinalizador na mão, a luz mal conseguindo tocar a parede cinzenta que se ergue acima dele da escuridão obliteradora, enquanto ao fundo Tom se vê em pé, cercado por sinalizadores que confrontam, igualmente ineficazes, a parede impenetrável de vacuidade que espreita em torno da Escadaria Espiral.

Como comenta Chris Thayil: "O Grande Salão parece o interior de algum navio sobrenatural projetado para navegar por mares nunca dantes observados neste mundo".[200]

[200]Chris Thayil, "Legado de Viagem", in *National Geographic*, v. 189, maio de 1996, pp. 36-53.

Uma vez que o objetivo primário é o resgate da equipe de Holloway, Navidson tira pouquíssimas fotografias. Para nossa sorte, no entanto, o começo dessa sequência baseia-se quase completamente nessas fotografias esparsas, porém impressionantes, e não nas fitas de vídeo, que oferecem maior abundância de material, porém são vastamente inferiores, usadas aqui mais pelo seu registro do som.

Em algum momento, quando percebem que Holloway e sua equipe não estão em lugar algum do Grande Salão, o plano passa a ser estabelecer um acampamento com Reston no topo da escadaria, enquanto Navidson e Tom continuam lá embaixo.

Passando para a filmagem com a Hi 8, acompanhamos Navidson e Reston reagindo ao anúncio de Tom.

"Você está de sacanagem", Navidson responde ao seu irmão, num latido.

"Navy, eu não consigo descer lá, não", Tom gagueja.

"Quer dizer o quê com isso? Que você vai desistir deles?"

Por sorte, com um leve toque no braço do seu amigo, Billy Reston obriga Navidson a dar uma boa olhada no seu irmão. Como podemos ver, ele está pálido, sem fôlego e, apesar do frio, suando em bicas. Claramente não há a menor condição de ele ir a lugar nenhum, que dirá enfrentar as profundezas recônditas daquela escadaria.

Navidson respira fundo. “Desculpa, Tom, eu não queria estourar com você desse jeito.”

Tom não responde nada.

“Você acha que dá para você ficar aqui com o Billy ou quer voltar para casa? Vai ter que voltar sozinho.”

“Eu fico aqui.”

“Ficar aqui com o Billy?”, Reston responde. “O que quer dizer com isso? O cacete que eu vou deixar você ir sozinho.”

Mas Navidson já começou a descer a Escadaria em Espiral.

“Eu devia processar os desgraçados que projetaram esta casa”, Reston grita, indo atrás dele. “Nunca ouviram falar de rampas para deficientes?.”

Os minutos obscuros começam a correr. Com base no tempo que Holloway demorou para descer, Navidson havia estimado que a escadaria tivesse inacreditáveis vinte quilômetros. Menos de cinco minutos depois, no entanto, Tom e Reston escutam um grito. Espiando por sobre os balaústres, eles flagram Navidson com um bastão luminoso na mão, em pé na base da escada — nem trinta metros lá embaixo. Tom conclui, de imediato, que estão na escadaria errada.

Uma investigação subsequente de Navidson, no entanto, revela os resquícios dos marcadores neon deixados pela equipe de Holloway.

Sem dizer mais uma palavra, Reston salta de sua cadeira e começa a descer as escadas. Menos de vinte minutos depois, ele alcança o último degrau.

Navidson sabe que não tem escolha a não ser aceitar a participação de Reston, e sobe lá para buscar a cadeira de rodas e o restante do equipamento.

O incrível é que Tom parece tranquilo em montar acampamento perto da escadaria.

Navidson e Reston nutrem, ambos, a esperança de que sua presença possa permitir que o contato via rádio dure muito mais tempo do que aconteceu com Holloway. Por mais que os dois saibam que, uma hora ou outra, a casa ainda assim vai devorar o sinal.

Conforme Navidson e Reston avançam pelo labirinto, de vez em quando esbarram em pedaços de marcadores neon e fiapos de vários tipos de linha de pesca. Nem mesmo a linha de aço multifilamentada parece imune aos efeitos minguantes deste local.

"Dá a impressão de que é impossível deixar qualquer rastro duradouro aqui", Navidson observa.

"Se você quer despistar uma mulher para sempre", Reston faz uma piadinha, sempre conseguindo manter sua cadeira de rodas um pouquinho adiante de Navidson.

Logo, porém, Reston começa a sofrer de náuseas, chegando até a vomitar. Navidson lhe pergunta se ele está passando mal. Reston faz que não com a cabeça.

"Não, é mais, tipo… que merda, não sinto isso desde quando fui pescar marlim."

Navidson especula que o enjoo de Reston ou, como ele chama, seu "*mal de mer*", pode ter a ver com a natureza metamórfica da casa: "Tudo aqui está em constante mudança. Demorou quase quatro dias para Holloway, Jed e Cera chegarem ao final da escadaria, mas a gente desceu em cinco minutos. A coisa toda colapsou igual uma sanfona". Então continua, olhando para o amigo: "Você entende que se ela esticar de novo, a gente está fodido".

"Considerando os nossos mantimentos", Reston replica. "Eu diria que a gente está bem fodido".

Como já mencionado no Capítulo III, alguns críticos acreditam que as mutações da casa refletem a psicologia de qualquer um que entre nela. O dr. Haugeland afirma que a extraordinária ausência de informações sensoriais obriga o indivíduo a produzir seus próprios dados.[201] Ruby Dahl, em seu estupendo estudo do espaço, chama a casa em Ash Tree Lane de "um intensificador de solipsismo", com o argumento de que "a casa, os corredores e os cômodos, tudo isso se torna o próprio *self* — contraindo-se, expandindo-se, inclinando-se, fechando-se, mas sempre em perfeita relação com o estado mental do indivíduo".[202]

[201]Fonte ausente — Eds.

[202]Ibid. Curiosamente, Dahl não leva em consideração o porquê de a casa nunca se abrir ao que necessariamente é externo a ela.

Se aceitarmos a leitura de Dahl, então pode-se concluir que a criatura de Holloway teria saído da mente do próprio Holloway e não da casa; a sala minúscula onde Cera se encontra preso reflete seu próprio estado de exaustão e desespero; e a rápida descida de Navidson reflete seu próprio conhecimento de que a Escadaria em Espiral *não* é infinita. Como observa o dr. Haugeland:

> A epistemologia da casa permanece inteiramente proporcional ao seu tamanho. Afinal de contas, o desconhecido é sempre abordado com cautela, a princípio. Ela parece, portanto, muito mais expansiva do que é, literalmente. O conhecimento do terreno, na segunda visita, causa uma contração dramática na sensação de distância.
>
> Quem nunca saiu para dar um passeio por um parque desconhecido e sentiu que estava num lugar enorme, para depois voltar pela segunda vez e descobrir que o parque era, na verdade, muito menor do que a primeira impressão fez parecer?

Ao revisitarmos lugares que frequentamos na infância, não é raro observarmos como tudo parece tão menor. A experiência muitas vezes já foi atribuída às diferenças físicas entre a criança e o adulto. Na verdade, ela tem mais a ver com as dimensões epistemológicas do que corporais: o conhecimento é um balde de água quente derramando-se sobre a lã. Ele encolhe o tempo e o espaço.

(Deve-se admitir que há também o caso em que o tédio, devido à repetição, faz com que o tempo e o espaço *se estendam*. Tratarei especificamente desse problema num capítulo posterior intitulado "Ennui".)[203]

Quando a equipe de Holloway fez sua viagem descendo as escadas, ela não tinha ideia se encontraria um fim. Navidson, porém, sabe que as escadas são finitas e, portanto, não sofre da mesma ansiedade em sua descida.

---

[203] Vide também o volume *Psicologia Americana: A Posse do Self*, da dra. Helen Hodge (Lexington: University of Kentucky Press, 1996, p. 297), que escreve:

> O que é o tédio? Repetições sem fim, como os corredores e as salas de Navidson, por exemplo, consistentemente esvaziados de qualquer descoberta à la *Myst* `[vide Chad; p. 99]`, o que leva à perda de interesse. O que faz com que algo seja emocionante? ou, melhor dizendo: o que é o emocionante? Embora o grau de emoção varie, sempre nos emocionamos com qualquer coisa que interaja conosco, que nos influencie ou, em termos mais simples, que nos envolva. Nesses corredores e escadas interminavelmente repetitivos, não há nada com o que se conectar. É um lugar permanentemente estrangeiro, que não nos empolga. Ele nos causa tédio. E é isso, exceto pelo fato de que o tédio não existe. O tédio é, na verdade, uma defesa psíquica para nos proteger de nós mesmos, nos proteger da paralisia completa, ao reprimir, entre outras coisas, o significado do lugar, o que, neste caso, é e sempre foi o horror.

Vide também o ensaio de 1934 de Otto Fenichel, "A Psicologia do Tédio", em que ele descreve o tédio como "a experiência sem prazer de uma falta de impulso". Kierkegaard vai um pouco além, ao comentar que "o tédio, a extinção, é precisamente uma continuidade do nada". Enquanto isso, William Wordsworth escreve, em seu prefácio às *Baladas Líricas* (1802):

> Eis um assunto deveras importante! Pois a mente humana é capaz de excitar-se sem a aplicação de estímulos grosseiros e violentos; quem quer que não esteja ciente disso há de ter uma percepção muito tênue de sua beleza e dignidade, e quem souber apenas isso, este se eleva acima do outro, na medida em que possui essa capacidade... [Uma] multidão de causas, desconhecidas nos tempos de outrora, hoje age combinando suas forças para cegar os poderes de discernimento da mente, tornando-a inapta para qualquer esforço voluntário a fim de reduzi-la a um estado de estupor quase selvagem. As mais eficazes dentre tais causas são os grandes eventos nacionais que ocorrem diariamente, e a acumulação cada vez maior de homens nas cidades, onde a uniformidade de suas ocupações produz um anseio por incidentes extraordinários, um anseio gratificado pela rápida comunicação de informações a cada hora. A literatura e as exibições teatrais conformaram-se a essa tendência da vida e dos costumes.

Cf. Sean Healy, *Tédio, Self e Cultura* (Rutherford, N.J: Fairleigh Dickinson University Press, 1984); Patricia Meyer Spacks, *Tédio: a História Literária de um Estado de Espírito* (Chicago: University of Chicago Press, 1995); e, por fim, Celine Arlesey, *Perversidade na Chatice... e Vice-versa* (Denver: Blederbiss Press, 1968).

Diferente do mundo real, a jornada de Navidson casa adentro foi encurtada, não figurativa, mas literalmente.[204]

[204]Fonte ausente — Eds.

O tema das estruturas alteradas pela percepção não é exclusivo ao *Registro Navidson*. Quase trinta anos atrás, Günter Nitschke descreveu o que ele chamou de "espaço vivenciado ou concreto":

> Este tem um centro, que é o homem que o percebe, e, portanto, conta com um excelente sistema de direcionamento que se altera de acordo com os movimentos do corpo humano; é limitado e nem um pouco neutro, em nenhum sentido da palavra; em outras palavras, é finito, heterogêneo, definido e subjetivamente apercebido; as distâncias e direções são fixas, relativas ao homem . . .[205]

[205]Günter Nitschke, "Anatomie der gelebten Umwelt" (*Bauen + Wohnen*, setembro, 1968).[206]

[206]O que vocês devem reparar, com razão, que não faz o menor sentido.

Christian Norberg-Schulz discorda; condenando a ideia das experiências arquitetônicas subjetivas por conta da conclusão aparentemente absurda que ela sugere, principalmente a de que "a arquitetura passa a existir apenas quando se tem a experiência dela".[207]

[207]Christian Norberg-Schulz, *Existência, Espaço & Arquitetura*, p. 13.

Norberg-Schulz afirma: "O espaço arquitetônico certamente tem uma existência independente do observador casual e conta com direções e centros próprios". Ao nos voltarmos para as construções de qualquer civilização, seja ela antiga ou moderna, é difícil discordar. Apenas quando nos voltamos para a casa de Navidson é que essas afirmações começam a se tornar menos nítidas.

Será possível que a casa de Navidson exista sem a experiência de si mesma?

Será possível pensar nela como um lugar “desmoldado” pelas percepções humanas?

Ainda mais considerando que todo mundo que entra nela se depara com uma visão quase completamente distinta — quando não completamente distinta — da visão de qualquer outra pessoa?

Mesmo Michael Leonard, que nunca nem tinha ouvido falar da casa de Navidson, professou a crença nas "dimensões psicológicas do espaço". Leonard alega que as pessoas criam uma "*sensação* do espaço" em que o resultado final "no processo perceptual é uma única sensação — uma 'impressão' sobre aquele lugar em particular...".[208]

[208]Michael Leonard, "Humanizando o Espaço", *Progressive Architecture*, abril de 1969.

Em seu livro *A Imagem da Cidade*, Kevin Lynch sugere que a cognição emocional de todos os ambientes tem suas raízes na história ou, pelo menos, numa história *pessoal*:

> [A imagem ambiental, um retrato mental generalizado do mundo físico exterior] é o produto tanto da sensação imediata quanto da *memória de experiências prévias*, sendo usada para interpretar as informações e orientar as ações.[209]
>
> [Itálicos usados para ênfase]

[209]Kevin Lynch, *A Imagem da Cidade* (Cambridge, Massachusetts: The MIT Press, 1960), p. 4.

Ou, como insiste Jean Piaget: "É óbvio que a percepção do espaço envolve uma construção que se dá gradualmente, e é certo que não existe nada já pronto na gênese do desenvolvimento mental".[210] Assim como a atenção que Leonard dá à *sensação* e a ênfase de Piaget na construção da percepção, a ênfase dada por Lynch à importância do passado permite que ele introduza um certo grau de subjetividade à questão do espaço e, mais precisamente, da arquitetura

[210]J. Piaget e B. Inhelder, *A Concepção Geométrica da Criança* (Nova York: Basic Books, 1960), p. 6.

No que diz respeito à casa de Navidson, a subjetividade parece mais uma questão de gradação. O Corredor Infinito, a Antessala, o Grande Salão e mesmo a Escada em Espiral existem para todos, mas seus respectivos tamanhos e até mesmo layouts por vezes se alteram. Outras áreas do local, no entanto, parecem nunca replicar o mesmo padrão mais de uma vez, ou pelo menos é isso que o filme demonstra repetidas vezes.

Sem dúvida as especulações de qual seria a força que altera e ordena as dimensões daquele lugar continuarão por muito tempo. Mas mesmo se as alterações acabarem sendo um tipo absurdo de teste de Rorschach interativo, resultante de alguma lei peculiar da física ainda por ser descoberta, a náusea de Reston persiste como um reflexo de como muitas vezes a desorientação perturbadora sentida naquele espaço, não importa se ela age diretamente no ouvido interno ou no labirinto interior da psiquê, é capaz de consequências fisiológicas.[211]

---

[211]Sem dúvidas quanto a isso. Meu medo piorou. Ter ouvido a Hailey no rádio descrever os meus gritos daquele jeito me deixou incomodado de verdade. Eu não acordo mais só cansado. Eu acordo agora cansado e com medo. Fico me perguntando se a rouquidão na minha voz de manhã é só por causa do sono ou se é por conta de alguma tentativa inarticulada de dar um nome ao meu horror. Tenho suspeitas quanto aos sonhos dos quais eu não consigo me lembrar, as palavras que apenas os outros conseguem ouvir. Já reparei que o interior das minhas bochechas está todo mutilado, nacos de carne rosada pendurados no escuro molhado, provavelmente de tanto travar e ranger os dentes e de tanto mastigar inutilmente. Meus dentes doem. Minha cabeça dói. Meu estômago está uma zona.

Fui ver o dr. Ogelmeyer uns dias atrás e lhe contei tudo que eu pude lembrar dos meus surtos e da ansiedade medonha que assombra todas as minhas horas. Ele marcou uma consulta para mim com outro médico e aí me prescreveu uns remédios. A coisa toda durou menos de meia hora e, incluindo a receita, custou quase 175 dólares.

Eu rasguei o cartão onde ele marcou a minha consulta e quando voltei ao meu estúdio apanhei o rádio/toca-CD e o coloquei na rua com uma placa de "À Venda". Uma hora depois, um sujeito num Infiniti parou e o comprou por 45 dólares. Depois, eu levei todos os meus CDs no Aaron, em Highland, e tirei quase cem dólares daí.

Não tinha escolha. Precisava da grana. Também precisava do silêncio.

Até o momento, ainda não tomei o remédio. É algum tipo de sedativo mais fraquinho. Dez drágeas de um azul cor de giz. Odeio. Talvez uma hora possa chegar a noite em que eu mudarei de ideia. Vou colocar todos eles numa linha arrumadinha no balcão da cozinha. Mas a noite enfim chega e, embora meu medo tenha crescido e agora esteja beirando o insuportável, eu tenho ainda mais medo daqueles comprimidos.

Desde que saí do labirinto, tendo que lidar com todas aquelas convoluções, as sugestões incompletas, as partidas enlouquecedoras e a natureza inconclusiva daquela porra daquele capítulo, eu tenho sofrido de uma sede de espaço, luz, algum tipo de claridade. Qualquer tipo de claridade. Só não sei como resolver, mas ficar encarando aqueles tabletes medonhos só faz crescer a minha vontade de fazer alguma coisa, qualquer coisa que seja.

É engraçado falar assim — ainda mais considerando a quantidade de drogas que eu me orgulho de consumir — aqueles comprimidos, como pontinhos, todos peculiares & com relevos, parecem mais algum tipo de Braille secreto, soletrando o fim da minha vida.

Talvez se eu tivesse plano de saúde; se os 175 dólares significassem 25 acima do que eu poderia abater, talvez assim eu mudasse de ideia. Mas não vou mudar de ideia, porque não é o caso.

Até onde consigo entender, não há nenhum lugar para mim no

sistema de saúde deste país, e mesmo que houvesse, eu não tenho certeza de que faria diferença. É uma coisa que eu já pensei várias e várias vezes enquanto estava sentado naquele consultório vazio, mal e mal correndo os olhos pelas revistas da National Geographic ou People, só esperando a agitação toda do procedimento e da papelada, até chegar a hora, e que hora, viu, em que eu precisaria atender a um chamado, o chamado de uma enfermeira, que me levou até um corredor e depois outro e mais outro, até eu me flagrar sozinho numa salinha azeda e apertada, onde fiquei esperando de novo, desta vez por uma série levemente diferente de procedimentos e rotinas executada por aqueles pastores da medicina vestidos de branco, o dr. Ogelmeyer & amigos, que por virtude de sua mera ausência me obrigaram a ponderar o que aconteceria se eu estivesse mesmo mal de saúde, tão ruim quanto a minha situação de grana, quanto tempo eu precisaria esperar, seria possível que essa salinha fosse ainda mais azeda e apertada, e se eu quisesse sair, eu conseguiria? Eu podia sair? Talvez eu nem soubesse como sair. Eternamente encarcerado dentro dos corredores de alguma instalação medonha. Detento número 5051. Custódia cautelar. Ou tão aterrorizante quanto isso: nem mesmo o 5051, nenhuma custódia cautelar. Abandonado para vagar sozinho pelos corredores igualmente ferozes e infernais da indigência.

Para colocar de uma forma educada: nem fodendo.
Eu sei o que significa enlouquecer.
Eu morro mas não vou pra lá.
Mas primeiro preciso descobrir se é para lá que eu estou indo mesmo.
Preciso parar de hesitar diante do meu medo.
Devo ouvir as coisas que ando gritando.
Devo lembrar as coisas que ando sonhando.

Eu pego meus sedativos, aqueles Zs sem Z, e vou esmagando um por um entre os meus dedos, deixando o pozinho cair no chão. Depois identifico onde está todo o álcool que eu escondi aqui pelo apartamento e derramo tudo na pia. Depois arranco cada raiz e botão de maconha e jogo na privada, junto com o número de telefone de todos os meus fornecedores. Em algum momento eu encontro também uns tabletes velhos de ácido e um pouco de Ecstasy também num saco de arroz. Jogo fora também.

Acredita-se que o consumo de MDMA, também conhecido como Ecstasy, E, X, cause epilepsia, sobretudo quando tomado em altas quantidades. Oito meses atrás, eu ingeri mais do que devia, no geral da variedade Anjos Brancos, mas também fui além e convidei para a festa uma cacetada de Canários, Desenhos de Palito, Bolas de Neve, Furacões, Corredores, Borboletas, Diabos da Tasmânia e Mitsubishis, foi uma festa que durou o mês inteiro, desde antes do dia de Ação de Graças, e são outros quinhentos aí.

Tem tantas histórias . . .

Talvez eu dê sorte e descubra que esse pavor terrível que passa o dia e a noite me roendo por dentro não é nada além da onda de choque causada pelo excesso de substâncias químicas mal feitas que se amotinam no meu cérebro por mais tempo do que deviam. Talvez ao limpar o meu sistema eu chegue a uma clareira onde eu possa ficar em paz.

Mas, de novo, talvez, ao encontrar a minha clareira, eu esteja me tornando uma presa fácil para o verdadeiro terror que está atrás de mim, só esperando logo do outro lado do perímetro, do mato, dos arbustos, das árvores, num manto de sombras e podridão, mas presente o bastante para fazer ressuscitar em mim todo um conjunto de antigos reflexos, que obrigam uma certa protuberância inexistente na base da minha espinha a tremer, a minha pupila já dilatada, a adrenalina correndo, mesmo quando o meu instinto me manda sair correndo.

Só que a esta altura já vai ser tarde. A distância é grande demais para ser percorrida. Como se em algum momento tivesse existido de fato um lugar para me esconder.

Pelo menos estarei armado.

Vou comprar uma arma.

Então vou me agachar e esperar.

Há tiros lá fora. Um bocado. Na verdade parece a rajada de um canhão de artilharia. De repente a cidade está em guerra e eu estou confuso. Quando vou até a minha janela, um borrifo de luz me traz de volta à realidade, embora a revelação não seja desprovida de ironia.

De algum modo eu esqueci que dia era hoje.

É Quatro de Julho.

O aniversário do país. Nossa.

O que quer dizer, e eu logo me dou conta disso, que eu esqueci meu próprio aniversário. Um dia que veio e foi embora, pelo visto. E, de todos os lugares possíveis, foi logo nos braços da Hailey. Que tal, hein? Consigo lembrar os princípios de uma nação que está cagando e andando para mim, que possivelmente até me mataria esganado na menor oportunidade que tivesse, mas não me lembro das minhas próprias origens — e sou provavelmente a única pessoa viva disposta a pelo menos tentar, da minha parte, essa manobra de cagar e andar.

O que talvez valesse algum sorrisinho, se eu já não tivesse me dado conta de que a ironia é uma Linha Maginot traçada pelos já condenados — o que estranhamente me faz sorrir ainda assim.

Por sorte, a náusea de Reston não dura muito, e ele e Navidson conseguem passar o resto do dia indo cada vez mais fundo no labirinto.

No início, os dois seguem os esparsos resquícios deixados pela equipe anterior e depois passam a seguir seus instintos. Com base no fato de que restam pouquíssimas evidências da descida da equipe anterior pelas escadas, Navidson conclui que a linha de pesca e os marcadores neon duram no máximo seis dias antes de serem inteiramente consumidos pela casa.

Quando finalmente montam acampamento, ambos os homens estão exaustos e desanimados. Em todo caso, os dois concordam em ficar de guarda, alternando-se. Navidson assume o primeiro turno e passa o tempo desenrolando a gaze escura e manchada dos dedos do pé — um processo claramente doloroso — antes de reaplicar o unguento e a gaze limpa. Reston passa o tempo mexendo na cadeira de rodas e no apoio da Arriflex.

Exceto pela sua própria inquietação, nenhum dos dois escuta coisa alguma ao longo da noite.

Por volta do fim do segundo dia passado lá dentro (o que faz com que este seja o dia nove desde que a equipe de Holloway entrou para se aventurar pela casa), ambos os homens parecem estar em dúvida se continuam ou se voltam.

Foi só na hora de montarem acampamento para passar a segunda noite lá que Navidson ouviu alguma coisa. Uma voz, talvez um grito, mas tão fugaz que, se não fosse pela corroboração de Reston, o som teria sido descartado como uma estridente nota da imaginação.

Deixando a maior parte de seus equipamentos para trás, os dois homens saem correndo à procura desse som. Durante quarenta minutos eles não ouvem nada, e estão prestes a desistir quando seus ouvidos são mais uma vez recompensados com mais um grito distante. Com base nos registros de horário no vídeo, que mudam rapidamente, podemos observar que mais três horas se passam enquanto eles entram e saem de mais cômodos e corredores, muitas vezes avançando com grande rapidez, mas nunca deixando de demarcar o caminho com setas neon e amplas quantidades de linha de pesca.

Em certo ponto, Navidson consegue falar com Tom no rádio e então descobre que há algum problema com a Karen. Infelizmente, o sinal se deteriora antes de ele conseguir obter maiores detalhes. Por fim, Reston para a cadeira de rodas e mete um dedo contra a parede. Na Hi 8, somos testemunhas de sua declaração ríspida: "Como a gente vai fazer pra atravessar, eu não faço ideia. Mas os gritos estão vindo do outro lado".

Procurando mais corredores, mais voltas, Navidson em algum momento abre caminho por um corredor estreito que culmina numa porta. Navidson e Reston abrem-na só para descobrir mais um corredor que culmina em mais uma porta. Devagar, eles avançam por uma maratona do que devem ser quase cinquenta portas (é impossível calcular o número exato por conta dos cortes bruscos na edição), até que Navidson encontra, pela primeira e única vez, uma porta sem maçaneta. Mais estranho ainda é que, ao tentar abri-la com um empurrão, ele descobre que a porta está trancada. A expressão de Reston comunica apenas sua incredulidade.[212]

---

[212]Cf. Gaston Bachelard, *La Poétique de L'Espace* (Paris: Presses Universitaires de France, 1978), p. 78, onde ele observa que:

> Françoise Minkowska a exposé une collection particulièrement émouvante de dessins d'enfants polonais ou juifs qui ont subi les sévices de l'occupation allemande pendant la dernière guerre. Tel enfant qui a vécu caché, à la moindre alerte, dans une armoire, dessine longtemps après les heures maudites, des maisons étroites, froides et fermées. Et c'est ainsi que Françoise Minkowska parle de "maisons immobiles", de maisons immobilisées dans leur raideur: "cette raideur et cette immobilité se retrouvent aussi bien dans la fumée que dans les rideaux des fenêtres. Les arbres autour d'elle sont droits, ont l'air de la garder" (...)
>
> À un détail, la grande psychologue qu'était Françoise Minkowska reconnaissait le mouvement de la maison. Dans la maison dessinée par un enfant de huit ans, Françoise Minkowska note qu'à la porte, il y a "une poignée; on y entre, on y habite". Ce n'est pas simplement une maison-construction, "c'est une maison-habitation". La poignée de la porte désigne évidemment une fonctionnalité. La kinesthésie est marquée par ce signe, si souvent oublié dans les dessins des enfants "rigides".
>
> Remarquons bien que la "poignée" de la porte ne pourrait guère être des-

sinée à l'échelle de la maison. C'est sa fonction qui prime tout souci de grandeur. Elle traduit une fonction d'ouverture. Seul un esprit logique peut objecter qu'elle sert, aussi bien à fermer qu'à ouvrir. Dans le règne des valeurs, la clef ferme plus qu'elle n'ouvre. La poignée ouvre plus qu'elle ne ferme.[213]

Vide também o artigo de Anne Balif em que ela cita os comentários da dra. F. Minkowska acerca do catálogo ilustrado *De Van Gogh et Seurat aux dessins d'enfants*, da exposição do Musée Pédagogique (Paris), 1949.

[213]"Françoise Minkowska fez uma exposição particularmente comovente de desenhos de crianças polonesas e judias que sofreram com as crueldades da ocupação alemã durante a última guerra. Uma das crianças, que se escondia num armário toda vez que soava um alerta, seguiu desenhando casas estreitas, frias e fechadas muito após o fim daqueles tempos malditos. São o que a Mme. Minkowska chama de casas 'imóveis', casas que se tornaram imobilizadas em sua rigidez: 'Essa rigidez e essa imobilidade estão presentes também na *fumaça* tanto quanto nas cortinas das janelas. As árvores ao redor são retas e dão a impressão de *estarem de guarda* perto da casa'. (...)

Basta um simples detalhe para que a Mme. Minkoswka, sendo a grande psicóloga que é, reconheça o modo como a casa funciona. Numa das casas desenhadas por uma criança de 8 anos, ela observa que há 'uma maçaneta na porta; as pessoas entram na casa e a habitam'. Não é uma mera casa construída, mas também uma casa 'habitada'. É óbvio que a maçaneta tem uma funcionalidade. Trata-se de um signo cinestésico, muitas vezes esquecido nos desenhos das crianças 'rígidas'.

Naturalmente também, a maçaneta não poderia ser desenhada na escala da casa, sua função tendo precedência sobre qualquer questão de tamanho. Pois exprime a função de abertura. Apenas uma mente lógica poderia conceber a objeção de que ela serve tanto para fechar quanto para abrir a porta. No domínio dos valores, por outro lado, uma chave fecha mais do que abre, ao passo que a maçaneta abre mais do que fecha". Tradução de Maria Jolas, in Gaston Bachelard, A Poética do Espaço (Boston, Massachusetts: Beacon Press, 1994), pp. 72-73 — Eds.

Conforme Navidson se afasta para examinar o obstáculo mais uma vez, ele ouve um gemido do outro lado. Dando dois passos para trás, ele investe com o ombro contra a porta. Ela se entorta, mas não cede. Ele tenta várias e várias vezes, cada golpe forçando mais e mais a tranca e as dobradiças, até que o quarto golpe enfim arranca as dobradiças, desloca qualquer que seja a tranca que a mantinha fixa e joga a porta ao chão com um estrondo.

Reston mantém centrado em Navidson o foco da Arriflex montada em sua cadeira e, embora a imagem permaneça levemente desfocada enquanto a porta desaba, o enquadramento graciosamente recebe os traços macilentos de Jed, que agora se encontra diante do que acredita serem os seus momentos finais.

Toda essa sequência não passa de uma coletânea bem grosseira de cortes que se alternam entre a Hi 8 de Jed e uma perspectiva igualmente sofrível da câmera de 16 mm e das Hi 8 de Navidson e Reston. Em todo caso, eles ainda assim capturam o que é mais importante aqui: a alquimia do contato social enquanto o grito rouco de terror de Jed se transforma quase que instantaneamente em risadas e soluços de alívio. No dissipar-se dos segundos, um homem de 33 anos de Vineland, New Jersey, que ama tomar café de Seattle e escutar Lyle Lovett com sua noiva, descobre que sua sentença foi anulada.

Ele vai viver.

Num exemplo de uma análise detida tão diligente quanto a de qualquer análise da filmagem de Zapruder, o exame frame por frame realizado incontáveis vezes por um número de críticos excessivamente extenso para listarmos aqui seus nomes[214] revela como, uma fração de segundo depois, uma bala penetra o seu lábio superior, estoura seu osso maxilar, deslocando e até mesmo fragmentando os dentes centrais, (Rolo 10; Frame 192) e então no frame seguinte (Rolo 10; Frame 193) oblitera a sua nuca, com pedaços do lobo occipital e do osso parietal esparramando-se num padrão instantaneamente desprovido de sentido e preservado inutilmente na luz de celuloide (Rolo 10; Frames, 194, 195, 196, 197, 198, 199, 200, 201, 202, 203, 204 & 205). Há toda uma amplitude de informações para rastrearmos as trajetórias de pedaços individuais do seu crânio e gotículas de sangue, determinar destinos e até mesmo origens, mas não o suficiente, nem de longe, para de fato um dia conseguirmos restituir o que se estilhaçou. Aqui então —

[214]Apesar disso, vale ainda assim conferir o volume *Versos Violentos: Como o Cinema Trata a Morte*, de Danton Blake (Indianapolis: Hackett, 1996).

as rever

berações

do sentido.

Uma vida

inteira

findada entre

o espaço de

dois frames.

A linha escura onde o

olho persiste em ver

algo que nunca esteve lá

Para[215] começo de conversa

[215] Erro de digitação. O "P" deveria ser "p" com um ponto final depois de "conversa".

Ken Burns usou esse momento em particular para ilustrar o porquê de *O Registro Navidson* estar tão além de qualquer coisa de Hollywood: "Não é só um filme cru, sujo e visceral, mas olha só como o zoom tenta se agarrar ao fato fugaz. Observe como o frame não antecipa, nem sequer é capaz de antecipar, a ação. Jed está no canto inferior esquerdo do frame! Nada é predeterminado ou previsto. Tudo está dolorosamente presente, que é o motivo de ser tudo tão dolorosamente real".[216]

---

[216]Como vocês provavelmente adivinharam, não só nunca aconteceu de Ken Burns ter feito qualquer comentário do tipo, como ele também nunca nem ouviu falar do Registro Navidson, que dirá de Zampanò.

Jed se desmancha, seu momento de alegria roubado por um pedaço de chumbo do tamanho do dedo mindinho, que o deixa morto no chão, uma poça negra de sangue derramando-se dele.

Nas duas tomadas seguintes — gravadas principalmente pelas Hi 8 —, observamos Navidson tirar Cera e Jed de perigo, arrastando-os ao mesmo tempo em que tenta chamar Tom no rádio.

Reston oferece retaliação com uma HK .45.

"Desde quando você está com essa arma?", Navidson pergunta, agachando-se próximo à porta.

"Você está de brincadeira? Este lugar me dá *medo*."

Outro tiro explode na salinha minúscula.

Reston manobra até o limiar da porta e consegue encaixar mais três disparos. Desta vez não há fogo cruzado. Ele recarrega. Mais alguns segundos se passam.

“Não estou vendo porra nenhuma”, Reston sussurra.

O que é verdade: nenhuma das lanternas que eles trouxeram é capaz de penetrar direito a escuridão até esse ponto.

Navidson apanha sua mochila e tira dela sua Nikon e o estroboscópio Metz com o espelho parabólico.

Graças ao flash poderoso, a Hi 8 agora consegue capturar uma sombra à distância. As fotografias, contudo, são ainda mais nítidas, revelando que a sombra é, na verdade, o borrão de um homem,

em pé
bem no
centro

com
um
fuzil
na
mão.

Então, assim que a luz estrobocóspica o captura erguendo a arma, presumivelmente agora mirando o clarão ofuscante, ouvimos uma série de estrépidos agudos. Nem Navidson, nem Reston fazem a menor ideia de onde estão vindo esses sons, mas por sorte as fotografias revelam o que está acontecendo:

todas aquelas portas

atrás

do
homem

vão se
fechando
num baque,

uma

atrás

da outra,

atrás

da outra,

o que ainda assim não impede a figura de disparar.
"Ooooooooooow caralho!", Reston berra.
Mas Navidson mantém a sua Nikon firme e focalizada, o motor mascando todo um rolo de filme enquanto o flash corta furiosamente a pre-

dominância da escuridão, capturando enfim

essa
forma
obscura

sumindo

por trás
do
fechar da

porta,

por mais que um buraco
do tamanho de um punho
tenha se aberto em meio
às barras,

o
tiro
potente
o bastante pra impulsionar
o projétil até
a segunda
porta,

só

não

potente

o bastante

pra ir além

de

estilhaçar

uma

folha,

antes que esse estrago junto com o som da saraivada

desapareça por trás do rumor de mais portas que batem,

a última fechando-se firme, deixando

a
sala

saturada em silêncio.

Navison sai correndo pelo corredor até chegar à primeira porta, mas não consegue achar um jeito de trancá-la.

"Ele está vivo", Reston sussurra. "Navy, vem aqui. O Jed está respirando."

A câmera captura a perspectiva de Navidson, no que ele volta ao jovem moribundo.

"Não importa, Rest. Ele ainda está morto."

É então que o olho de Navidson passa rapidamente do respingo não mais pensante de massa cinzenta e sangue para coisas mais urgentes, o gemido dos vivos que o chama de volta, para longe do suspiro dos mortos.

Apesar do ferimento em seu ombro e da perda de sangue, Cera ainda está bem vivo. Como podemos ver, a febre — provavelmente por conta de um princípio de infecção — o deixou ilhado num estado de delírio e, embora seus salvadores estejam próximos agora, seus olhos permanecem fixos num horizonte que é, ao mesmo tempo, vazio e desprovido de sentido. A primeira tomada que Navidson faz de Jed, embora breve, não é tão breve quanto esta tomada de Cera.

No segmento seguinte, gravado pelo menos quinze minutos depois, em outra locação, observamos Navidson erguendo as pernas de Cera, limpando a ferida e pondo com cuidado em sua boca um tablete de analgésico, provavelmente meperidina.[217]

[217]i.e. Demerol.

Reston, enquanto isso, termina de converter a barraca para dois numa maca improvisada. Tendo já disposto os paus da barraca de tal modo que possa apoiá-lo melhor, ele agora usa as alças da mochila para permitir que Navidson carregue a parte de trás com mais facilidade.

"Mas e o Jed?", Reston pergunta, enquanto ajeita a parte da frente da maca para encaixar na parte de trás da cadeira de rodas.

"Vamos deixar a mochila dele e a minha para trás."

"Difícil de se livrar de velhos hábitos, hein?"

"Impossível", responde Navidson.[218]

---

[218]Um diálogo que, é claro, só faz sentido quando levamos em consideração o histórico de Navidson.[219]

[219] `Cf. as páginas 343-345.`

Pouco tempo depois, Navidson consegue falar com Tom no rádio e lhe instrui para encontrá-los na base das escadas.

XI

Le poète au cachot, débraillé, maladif,
Roulant un manuscrit sous son pied convulsif,
Mesure d'un regard que la terreur enflamme
L'escalier de vertige où s'abîme son âme.

— Charles Baudelaire[220]

Enquanto Karen ficou por lá mesmo e Will Navidson ia para a linha de frente, Tom passou duas noites na terra de ninguém. Chegou até mesmo a trazer consigo seu estoque e seus papéis de seda, mas no longo prazo os efeitos da maconha não seriam exatamente reconfortantes.

É bastante provável que, tão logo Tom pôs os pés naquele lugar, todos os instintos em seu corpo tenham gritado para que ele saísse de lá imediatamente, saísse correndo de volta para a sala de estar, à feliz mediocridade de sua vida. Infelizmente, não era um impulso ao qual ele pudesse obedecer, pois sua presença se fazia necessária na Escadaria em Espiral a fim de manter contato pelo rádio.

Como ele mesmo admite, Tom não é nada parecido com seu irmão. Não há nele nem a sua ambição feroz, nem a compulsão por correr riscos. Se ambos os irmãos pagaram o mesmo preço pelo narcisismo de seus pais, foi na agressividade que Will se fiou para ancorar o seu mundo, enquanto Tom passou a aceitar passivamente o que quer que o mundo lhe desse ou lhe tirasse. Como consequência, Tom nunca ganhou qualquer prêmio, jamais conseguiu se manter num emprego por mais de um ou dois anos, nem manter um relacionamento por mais do que alguns meses, nunca conseguiu continuar numa mesma cidade por mais do que uns poucos anos, e por fim não tinha um lugar nem uma direção para chamar de seus. Ficou à deriva, cedendo às pressões diárias, sem nunca reclamar ao ser privado de qualquer coisa que devesse reivindicar como um direito seu. E, nessa triste viagem rio abaixo, Tom fazia uso do álcool e de uns baseados diários para amortecer a dor — o que ele chamava de sua "brisa amiga".

Ironicamente, todavia, as pessoas gostam mais de Tom do que de Will. Física e emocionalmente também, Tom tem menos arestas do que seu irmão famoso. Ele é gentil, tranquilo e exala uma espécie de serenidade tipicamente reservada apenas a monges budistas.

O ensaio de Anne Kligman sobre Tom beira o poético em sua brevidade. Em apenas uma página

[220]`Alguma coisa sobre o terror da escadaria.`[221]

[221]"O poeta na masmorra, enfermo, num impulso, / Pisando um manuscrito com seu pé convulso / Avista, e de terror o seu olhar se inflama, / A escada em vertigem que a sua alma reclama", Tradução de Roy Campbell. — Eds.

e meia, ela condensa 53 entrevistas com amigos de Tom, todos os quais falam de forma calorosa e generosa sobre esse homem que eles admitem não conhecer muito bem, mas a quem ainda assim dão muito valor. Em certos casos, parecem nutrir por ele um amor genuíno. Will Navidson, por outro lado, é respeitado por milhares, mas "nunca despertou o nível de afeto visceral que as pessoas sentem por seu irmão gêmeo".[222]

Há muitas obras exegéticas sobre essa relação única entre os dois irmãos. Embora não seja a primeira a traçar essa comparação, o tratamento dado por Eta Rucalla ao tema de Will & Tom como uma versão contemporânea de Esaú & Jacó é o que estabelece o padrão acadêmico. Na história bíblica dos gêmeos que brigam pelo direito da primogenitura e pelas bênçãos do pai, Ruccalla encontra o espelho ideal para enxergar Will & Tom, "os quais, assim como Jacó e Esaú, tristemente chegam à mesma conclusão — *yip-paredu*[223]".[224]

Por mais incrível que possa parecer, o livro de novecentas páginas de Ruccalla não tem nem mesmo uma única página em excesso. Como ela mesma afirma, "Analisar adequadamente a história de Esaú e Jacó implica esfoliar minuciosamente, camada por camada, um delicadíssimo mil-folhas".[225]

É claro que este é também um ato que poderia, no fim, impedir que o leitor saboreie o tema. Ruccalla aceita esse risco, reconhecendo que investir num conjunto de ideais como esse, sem exceção, tão completo e demorado, no fim há de revelar

[222]Anna Kligman, "Lista dos Escolhidos", in *Paris Review*, primavera, 1995, pp. 43-44.

[223]"[Os dois] serão separados" — Eds.

[224]A obra exemplar de Eta Ruccalla, *Não É Verdade, Meu: mi ata beni?* (Portland: Hineini Press, maio 1995), p. 97. Deve-se apontar provavelmente que, embora Ruccalla trace a equivalência de Jacó com Navidson, "o intelectual imberbe, que reivindica agressivamente seu direito de primogênito", e Esaú com Tom, "descuidado e levemente letárgico, atravessando a vida sem pressa como se fosse um búfalo obtuso", Nam Eurtton em seu artigo, "Tudo muito preciso", na revista *Panegyric*, v. 18, 30 de julho, 1994, chega à conclusão oposta: "Não é Navidson o caçador, assim como Esaú, manejando a câmera ativamente como uma arma? E a calma de Tom, na verdade uma calma quase Zen, não faz dele uma figura mais semelhante a Jacó?".

Nota: Independentemente de quem você ache que é Navidson e quem é Tom, segue um breve resumo para quem não tem familiaridade com essa história bíblica sobre irmãos gêmeos. Esaú é um caçador meio tosco e peludo. Jacó é um intelectual ardiloso, de pele lisinha. O papai Isaac ama Esaú, porque o filho sempre lhe traz carne de caça. Quando chega a hora da bênção paterna, Isaac promete concedê-la a Esaú assim que ele lhe trouxer uma carninha. Bem, enquanto Esaú sai para caçar, Jacó, com ajuda da sua mãe, cobre as mãos com pelo de bode, para parecerem as mãos de Esaú. Então, ele se aproxima do pai com uma vasilha cheia de guisado. O truque funciona e Isaac pensa que o filho diante dele é Esaú, mas acaba abençoando Jacó em seu lugar. Quando Esaú retorna, Isaac descobre o que aconteceu, mas diz a Esaú que não sobrou nenhuma segunda bênção para ele. Esaú chora que nem uma criança e jura matar Jacó. Jacó vai embora e encontra deus. Anos depois, os dois irmãos se reencontram, fazem as pazes, mas não ficam juntos por muito tempo. É bem triste, na verdade. Vide o Gênesis, capítulos 25-33.

[225]*Não É Verdade, Meu: mi ata beni?*, p. 3.

um sabor muito superior do que qualquer fruição casual.

No capítulo intitulado "*Va-yachol, Va-yesht, Va-yakom, Va-yelech, Va-yivaz*", Ruccalla reavalia o sentido do direito do primogênito ao tratar a sua significância, entendida como não mais que[226]

---

[226]O que vem na sequência está irreparavelmente incompleto. Denise Neiman, hoje casada e morando em Tel Aviv, alega ter trabalhado neste trecho quando ainda estava intacto.

"A coisa toda na verdade era bem brilhante", ela me disse pelo telefone. "Eu o ajudei um pouco com o hebraico, mas ele não precisava tanto da minha ajuda, exceto para fazer as anotações dessa análise incrível que ele desenvolve sobre bênçãos parentais, rivalidade entre irmãos, direito de primogênitos, e o tempo todo citando de memória trechos inteiros dos livros mais obscuros. Ele possuía uma habilidade assombrosa para recitar ipsis litteris quase qualquer coisa que lesse, e deixa eu contar, ele lia muita coisa. Uma figura incrível."

"Demorou duas semanas para passar por escrito tudo que ele tinha a dizer sobre Esaú e Jacó. Depois eu li de volta para ele. Fez algumas correções e em algum momento chegamos a um segundo esboço, que para mim parecia já estar bem acabadinho." Ela respirou fundo. Deu para ouvir um bebê chorando no fundo.

"Então um dia eu cheguei lá onde ele estava morando e as páginas tinham desaparecido. Além disso, ele tinha ataduras em todos os dedos. Murmurou alguma coisa sobre ter caído e ralado as mãos. A princípio, ele me ignorou quando lhe perguntei sobre nosso trabalho juntos, mas quando insisti, ele murmurou algo como, 'Que diferença faz? Está todo mundo morto já, não é? Ou não-vivo, como quiser'. Eu lhe respondi que não compreendia. Por isso ele só respondeu dizendo que era 'pessoal demais', 'um tema inacabado', 'mal executado', 'uma completa bagunça'.

"Ele chegou a dizer, em meio a resmungos, alguma coisa sobre nunca ter sequer existido uma bênção, para começo de conversa, o que eu achei bem interessante. Que direito de primogênito, tudo isso era uma tramoia enganosa, ambos haviam sido feitos de bobos e, quanto à comparação com os gêmeos Navilson [sic], ele de repente alegou que era justificável, mas apenas na medida em que <u>qualquer</u> dupla era passível de comparação com Israel e seu irmão.

"Zampanò estava claramente incomodado; por isso tentei arranjar algo para ele comer. Em algum momento ele voltou a si e lemos juntos alguns livros sobre meteoros.

"Percebi que era o fim da história toda, só que, quando fui ao banheiro, encontrei as páginas. Ou devo dizer que encontrei o que sobrou delas. Haviam sido rasgadas em pedacinhos. Estavam no cesto de lixo, espalhadas pelo chão, sem dúvida várias delas se perderam no vaso.

"Enquanto comecei a apanhá-las, também descobri que a maior parte delas estava suja de sangue. Nunca descobri que tipo de surto o fez rasgar tudo em pedaços, mas, por algum motivo, fui atingida por um impulso avassalador de salvar o que tinha sobrado, não tanto por mim mesma, mais por ele.

"Enfiei todos os pedaços de papel amassado nos meus bolsos e depois os transferi a um envelope de papel pardo, que pus no fundo do baú. Acho que eu tinha esperança de que um dia ele o encontrasse e se desse conta do seu erro."

Infelizmente, Zampanò nunca encontrou o envelope. Mas eu encontrei, pelo menos. Pedaços de papel sujos de sangue, assim

rzzzzzzzzzzzzzzzzzzzzzzzzzzz

mas o senhor Iavé — tantas vezes acusado de literalista — instrui Rebeca pelos caminhos mais sutis da linguagem ao fazer uso da ironia:

> E o Senhor lhe disse: Duas nações *há* no teu ventre, e dois povos se dividirão das tuas entranhas, e *um* povo será mais forte do que o *outro povo*, e o maior servirá ao menor.
>
> E cumprindo-se os seus dias para dar à luz, *eis gêmeos* no seu ventre.
>
> (Gênesis 25:23-24)
>
> [grifos de Chalmer]

Por um lado, Iavé anuncia uma hierarquia baseada na senioridade e, por outro, alega que as crianças têm a mesma idade.[227]

rzzzzzzzzzzzzzzzzzzzzzzzzzzz

Esaú, *'Esav*, vem da raiz *ash*, que significa "apressar-se", ao passo que Jacó, *Ya'akov*, vem da raiz *akav*, que significa "demorar-se" ou "restringir"[228] (i.e. Esaú chegou ao mundo primeiro; Jacó por último). Mas *'Esav* também está conectado ao verbo *asah*, "cobrir", enquanto Jacó deriva de *aqab*, que quer dizer "calcanhar" (i.e. Esaú coberto de pelos; Jacó nascido agarrado ao calcanhar de Esaú, restringindo-o).[229]

Pelo menos um dos autores, Freed Kashon, propõe objeções convincentes à comparação de Ruccalla, ao apontar que é Holloway, na verdade, e não Tom, que é o mais hirsuto: "Sua barba, sua aparência rústica e até mesmo sua profissão como caçador fazem de Holloway o Esaú perfeito. A tensão entre Navidson e Holloway também é mais coerente com a tensão entre Jacó e seu irmão".[230]

como disse Denise Neiman, todos sugerindo o mesmo tema, mas que de algum modo nunca mais se encaixam exatamente.

Teve mais de uma ocasião em que cheguei a considerar excluir tudo isso. No fim, porém, optei por transcrever as partes que eu achei que eram substanciais o bastante para terem algum sentido, embora não tivessem lá muito sentido para mim.

Uma coisa é certa: isso tudo me deixou perturbado. Tem algo de muito assustador em toda essa violência e sangue. Quero dizer, pra quê? Pra isso? Um troço pseudoacadêmico, obscuro, obtuso e exagerado? Foi isso que deu nele? Ou será que foi outra coisa?

Talvez seja mesmo pessoal demais. Talvez ele tivesse um irmão. Um filho. Talvez dois filhos. Vai saber. Mas aqui está. Tudo que sobrou. Restos incoerentes.

Que pena que uma parte tão grande de sua vida tenha tido que escapar por entre as linhas até mesmo das suas próprias palavras.

---

[227]Tobias Chalmer, *As Posturas Irônicas de J* (London University Press, 1954), p. 92. Chalmer, no entanto, não leva em consideração os versículos em Gênesis 25:25-26.

[228]Norman J. Cohen, *O Self, Luta & Mudança: histórias de conflitos familiares no Gênesis e seus insights terapêuticos para nossas vidas* (Woodstock, Vermont: Jewish Lights Publishing, 1995), p. 98.

[229]Robert Davidson, *Gênesis 12-50* (Cambridge: Cambridge University Press, 1979), p. 122.

[230]Freed Kashon, *Esaú* (Birmingham, Alabama: Maavar Yabbok Press, 1996), p. 159.

rzzzzzzzzzzzzzzzzzzzzzzzzzzz

O grau da luta entre Esaú e Jacó é enfatizado pela palavra *vayitrozzu*, que vem da raiz *rzz*, com o sentido de "rasgar, estilhaçar". A comparação fracassa, no entanto, quando percebemos que Will e Tom jamais se engalfinharam numa luta violenta.

rzzzzzzzzzzzzzzzzzzzzzzzzzzz

Durante sua infância, Tom e Will raramente ficaram separados. Um oferecia ao outro seu apoio, seu encorajamento e força para perseverar em face à indiferença parental.[231] É claro que suas adolescências emaranhadas em certo momento foram se desembaraçando conforme ficaram adultos. Will buscou a fotografia e a fama numa tentativa de preencher o vazio emocional, Tom ficou à deriva numa existência, em sua maior parte, interna, desprovida de qualquer coisa de notável.

rzzzzzzzzzzzzzzzzzzzzzzzzzzz

Tom, no entanto, jamais se escondeu por trás do significado adjunto de uma carreira. Jamais adquiriu a retórica da conquista. Na verdade, sua vida jamais foi muito além do aqui e do agora.

Em todo caso, apesar da sua luta brutal contra o alcoolismo, Tom conseguiu, de fato, preservar seu senso de humor e, em seu programa dos doze passos, inspirou muitos admiradores que até hoje falam muito bem dele.

Quanto às dificuldades que lhe surgiram no caminho, o período em que mais sofreu foram aqueles oito anos que passou afastado de seu irmão ou, em suas próprias palavras, "quando puxaram o velho tapete de baixo do velho Tom". Não há a menor coincidência no fato de ter sido durante esse período que ele sucumbiu às dependências químicas, ficou desempregado e terminou um relacionamento promissor com uma jovem professora. *O Registro Navidson* jamais explica o que houve entre Tom e Will, apesar de deixar implícito que Tom tinha inveja do sucesso de Navy e estava cada vez mais insatisfeito com suas próprias realizações.[232]

rzzzzzzzzzzzzzzzzzzzzzzzzzzz

Em seu artigo "Não Mais Irmãos em Armas", publicado no *The Village Voice*, Carlos Brillant observa que o estranhamento entre Tom e Will começou após o nascimento de Chad: "Embora seja completa especulação da minha parte, eu me pergunto se toda aquela energia necessária para constituir família não desviou a atenção que Will dava a seu irmão. De repente, Tom descobre que seu irmão — a única pessoa que lhe dava apoio e empatia — dedicava cada vez mais tempo ao filho. Tom pode ter se sentindo abandonado".[233]

Annabelle Whitten faz eco a esses sentimentos ao apontar o modo como Tom se refere, de vez em quando, a si mesmo como "um órfão aos 40".[234] O ano em que Tom (e Will também) fez 40 foi o ano em que Chad nasceu.

[231]Entrevista com Terry Borowska.

[232]Entrevistas pessoais com Damion Searle, Annabelle Whitten e Isaac Hodge, 5-23 de fevereiro, 1995.

[233]Fonte perdida.

[234]Fonte perdida.

rzzzzzzzzzzzzzzzzzzzzzzzzzzz

É muito irônico que a presença de Tom na casa em Ash Tree Lane tenha servido apenas para ajudar Will e Karen a se darem melhor. Como afirma Whitten: "O desejo de Tom de readquirir suas figuras parentais perdidas transmutou Navidson em pai e Karen em mãe, o que oferece, portanto, uma explicação ao porquê de Tom ter tantas vezes procurado reduzir as tensões entre os dois".[235]

Como defende Nam Eurtton, "Por quê? Porque Tom é um cara bacana, claro".[236]

rzzzzzzzzzzzzzzzzzzzzzzzzzzz

A bênção de Esaú foi roubada por meio de uma máscara. Tom não usa máscara alguma, Will usa uma câmera. Mas, como escreveu Nietzsche, "Todo espírito profundo precisa de uma máscara".[237]

rzzzzzzzzzzzzzzzzzzzzzzzzzzz

E, no entanto, apesar do triunfo do ardil de Jacó, ele deveria ter dado ouvidos à advertência de Deuteronômio 27:18: "Maldito aquele que fizer que o cego erre de caminho". E Jacó de fato acabou amaldiçoado, obrigado a lutar pelo resto de sua vida com a questão de seu valor próprio.[238]

Navidson, idem.[239]

rzzzzzzzzzzzzzzzzzzzzzzzzzzz

rzzzzzzzzzzzzzzzzzzzzzzzzzzz

"Para mim, Tom parecia ser um homem incrivelmente tranquilo. Comum, decente, mas mais do que tudo tranquilo."[240]

rzzzzzzzzzzzzzzzzzzzzzzzzzzz

Aqui a análise de Ruccalla oferece uma releitura inesperada da herança perdida de Esaú, desvelando de modo sublime uma história inaudita, velada pela ironia e pela vacuidade, porém ainda assim capaz de descrever como não seria possível um dos irmãos ter sido bem-sucedido sem o outro. Caim poderia não ser o guardador de seu irmão, mas Esaú certamente o era[241]

rzzzzzzzzzzzzzzzzzzzzzzzzzzz

"… perito na caça"
"do campo"
"homem simples, habitando em tendas."[242]

rzzzzzzzzzzzzzzzzzzzzzzzzzzz

---

[235]Ibid, 112.

[236]Nam Eurton, "Tudo Muito Preciso", p. 176.

[237]O estranho erro de digitação que aparece no texto de Aaron Stern é digno de nota: "Mas Isaac, cego, repete a pergunta, 'Tu és mesmo meu filho Esaú?', ao que o escolhido responde 'Annie', que significa 'Eu sou'".

Aaron Stern, *Todos os Filhos de Deus: Gênesis* (Nova York: Hesed Press, 1964), p. 62.

[238]Trecho do comentário de Robert Davidson, "Jacó lutou com um 'homem' não identificado que, logo se descobre, era Deus, lutou e sobreviveu para contar a história. Nessa narrativa há tantos elementos peculiares que só podemos presumir estar diante de uma história que demorou muitos séculos até assumir seu formato presente, na qual foi assimilado um material em parte bastante primitivo, que remonta a uma era muito anterior à de Jacó. É como uma velha casa que recebeu certos acréscimos e foi restaurada e reformada mais de uma vez com a passagem dos anos", p. 184.

[239]Fonte perdida.

[240]Ibid.

[241]Ibid.

[242]Cf. Gênesis 27:24.[243]

[243]Errado. Cf. Gênesis 27:29.[244]

[244]O sr. Truant também parece estar equivocado. A referência correta é Gênesis 25:27 — Eds.

Esse então é o sentido de Esaú

rzzzzzzzzzzzzzzzzzzzzzzzzzzz

Como escreve Scholem: "A visão final de Frank para o futuro tinha como base as leis ainda por serem reveladas da Torá de *atzilut*, as quais ele prometia a seus discípulos que entrariam em vigor assim que eles 'viessem a Esaú', isto é, quando a passagem pelo 'abismo', com sua negação e destruição absoluta, fosse enfim realizada".[245]

rzzzzzzzzzzzzzzzzzzzzzzzzzzz

Mas, como nos lembra uma grande máxima hassídica: "O Messias não virá até terem cessado as lágrimas de Esaú".[246]

rzzzzzzzzzzzzzzzzzzzzzzzzzzz

e assim retorna a Tom e Will Navidson, divididos pela experiência, dotados de talentos e temperamentos distintos, mas ainda irmãos, que "nada são um sem o outro".

Como declara Ruccalla em seu capítulo de conclusão: "Ainda que as diferenças existam, como as serpentes do Caduceu, esses dois irmãos sempre estiveram e sempre estarão inextricavelmente entrelaçados; e, assim como o Caduceu, sua história compartilhada cria um sentido, e este sentido é a saúde".[247]

rzzzzzzzzzzzzzzzzzzzzzzzzzzz

Quando chegamos ao fim da primeira noite, Tom começa a sentir o fardo terrível daquele lugar. A certa altura, ele ameaça abandonar seu posto. Mas não o faz. Sua dedicação ao irmão triunfa sobre seus medos. Permanecendo ao lado do rádio, "[Tom] rói o tédio como um cão rói um osso, ao mesmo tempo encarando o medo como um mangusto".[248]

Felizmente para nós, algo dessa luta sobrevive em sua fita Hi-8, onde Tom registra um histórico eclético, por vezes engraçado, por vezes bizarro, de pensamentos que vêm e passam na atrocidade daquela escuridão.

---

[245]Gershom Scholem, *A Ideia Messiânica no Judaísmo* (Nova York: Schocken Books, 1971), p. 131. Ao se demorar em sua reflexão sobre a obra de Frank, Scholem não deixa de apontar também para o seu caráter questionável: "Jacob Frank (1726-91) será sempre lembrado como um dos fenômenos mais assustadores em toda a história do judaísmo: um líder religioso que, seja por motivos puramente egoístas ou não, foi um indivíduo verdadeiramente corrupto e degenerado em todas as suas ações", p. 125.

[246]`Fonte perdida.`

[247]Eta Ruccalla, p. 897.
Mas também significa `[lacuna no texto.]`

[248] Ibid., p. 249.

A História de Tom

[Transcrição]

Dia 1: 10:38
[Exterior da barraca de Tom;
a respiração faz fumaça no ar]

Quem eu quero enganar? Um lugar desses só pode ser mal-assombrado. É isso que aconteceu com Holloway e sua equipe — os fantasmas pegaram eles. É o que vai acontecer com o Navy e comigo. Os fantasmas vão pegar a gente. Só que ele está com o Reston. Não está sozinho. Eu estou sozinho. Que sorte a minha. Os fantasmas sempre vão atrás primeiro do sujeito que está sozinho. Na verdade, aposto que já estão aqui agora. Só à espreita.

Dia 1: 12:06
[Para conseguir manter o contato,
era necessário montar o equipamento
de rádio do lado de fora da barraca]

Rádio (Navidson): Tom, encontramos outro marcador neon. Não sobrou quase nada. Só um pedaço. Estamos puxando a linha e avançando.

Tom, para o rádio: Beleza, Navy. Algum fantasma?

Rádio (Navidson): Nada. Você está com medinho?

Tom: Acendendo uma tora.

Rádio (Navidson): Se for demais pra você, pode voltar. A gente vai ficar bem.

Tom: Vai tomar no cu, Navy.

Rádio (Navidson): Quê?

Tom: Ken?

Rádio (Navidson): Quem?

Tom: O boneco Ken, marido da Barbie.

Rádio (Navidson): Quê?

Tom: Deixa pra lá. Câmbio. Desligo. Foda-se.

[Mudando de canal]

Tom: Karen, é o Tom aqui.

Rádio (Karen): Que bom. Como está o Navy?

Tom: Ele está ótimo. Encontrou outro marcador.

Rádio (Karen): E o Billy?

Tom: Está ótimo também.

Rádio (Karen): E você? Se virando bem?

Tom: Eu? Estou com frio, me cagando de medo e sinto que estou prestes a ser devorado vivo a qualquer momento. De resto, acho que estou ótimo.

Dia 1: 15:46
[Interior da barraca]

Beleza, sr. Monstro. Sei que você está aí fora e tem planos pra me comer e não há nada que eu possa fazer a respeito disso, mas devo lhe avisar que eu vivi durante anos à base de fast food, batata frita gordurenta e muito milk-shake de poliuretano. Fumo maconha pra cacete também. Tenho uns pulmões mais pretos que piche de estrada. O que eu quero dizer, sr. Monstro, é que eu não tenho um gosto nada bom.

Dia 1: 18:38
[Exterior da barraca]

Que ridículo. Não era pra eu estar aqui. Não era pra ninguém estar aqui. Pau no seu cu, Navy, por me trazer aqui. Eu sou um vagal. Eu gosto de comida, aos montes. É isso que eu considero uma conquista de verdade. Não sou nenhum herói. Não sou aventureiro. Sou o Tom, o lerdo, Tom, o gorducho, Tom, o chapado, o Tom que está prestes a ser comido pelo sr. Monstro. Cadê você, sr. Monstro, seu filho da puta fedorento? Dormiu no ponto?

Dia 1: 21:09
[Exterior da barraca]

Estou com náuseas. Vou morrer congelado. Eu vou.
[Vomita]
Isso não tem graça. Não é justo.
[Pausa]
Acho que tem jogo hoje à noite.

Dia 1: 23:41
[Exterior da barraca]

Tom: Que tipo de vozes?

Rádio (Karen): A Daisy não sabe. O Chad disse que parecia um grupo de pessoas, mas não dava para entender o que diziam.

Tom: Compra pra mim uma passagem pras Bahamas.

Rádio (Karen): Você está de brincadeira, um voo pra família inteira. Que absurdo.

Tom: Cadê aquela garrafa de bourbon quando a gente precisa? [Pausa] Ei, melhor eu desligar aqui. Não quero acabar com um punhado de baterias descarregadas.

Rádio (Karen): Fala pra ele que eu amo ele, Tom.

Tom: Já falei.

Dia 2: 00:11

[Exterior da barraca; fumando um baseado]

Esta história eu chamo de "Historinha de Ninar do Tom".

Muito tempo atrás, tinha esse capitão e ele estava em alto-mar quando um dos membros da sua tripulação avistou um navio pirata no horizonte. Pouco antes de a batalha começar, o capitão gritou: "Tragam minha camisa vermelha!". Foi uma longa batalha, mas no fim o Capitão e sua tripulação saíram vitoriosos. No dia seguinte, três navios piratas apareceram. Mais uma vez, o capitão gritou: "Tragam minha camisa vermelha!" e mais uma vez o capitão e seus homens venceram os piratas. Naquela noite, estava todo mundo lá sentado, descansando e cuidando das feridas, quando um alferes pergunta ao capitão por que ele sempre colocava a camisa vermelha antes da batalha. O capitão respondeu, com calma: "Eu uso a camisa vermelha porque, caso eu seja ferido, não vai dar para ver o sangue. Desse jeito, todos podem continuar a lutar sem medo". Todos os homens ficaram comovidos por essa grande demonstração de coragem.

Bem, no dia seguinte, dez navios piratas foram avistados. Os homens se voltaram a seu capitão e esperaram que ele desse o comando costumeiro. Calmo como sempre, o Capitão gritou: "Tragam minha calça marrom".

Dia 2: 10:57

[Interior da barraca]

Rádio (Navidson): Tom? [Estática] Tom, você está me ouvindo?

Tom: (Saindo da barraca, indo até o rádio) Que horas são? (Olhando o relógio de pulso) 11 da manhã! Nossa, eu dormi um bocado.

Rádio (Navidson): Nem sinal de nada, exceto pelos [Estática] marcadores [Estática] câmbio.

Tom: Repete, Navy. O sinal está falhando.

Dia 2: 12:03

[Exterior da barraca]

Um punk aí entra num ônibus e pega um assento. Ele tem um cabelo todo verdão, umas tatuagens com cores berrantes cobrindo os braços e piercings na cara toda. Tem penas nos lóbulos das duas orelhas. Do outro lado do corredor, um velho sentado fica encarando o punk ao longo dos próximos 25 quilômetros. Uma hora o punk fica incomodado e solta:

"Ei, cara, você nunca fez nenhuma loucura quando era jovem?"

Sem pestanejar, o velho responde:

"Pois é, quando eu estava na Marinha, eu fiquei bêbado uma noite em Cingapura e transei com uma ave-do-paraíso. Eu estava aqui em dúvida se você não era meu filho."

Dia 2: 13:27

[Exterior da barraca]

Parece que eu estou numa caceta de uma geladeira, é isso. O que eu quero saber é onde está a porra da comida? Deus é testemunha de que eu precisava tomar um negocinho.

Dia 2: 14:11

[Interior da barraca]

Um monge entra para a abadia pronto a dedicar sua vida a copiar livros à mão. Após o primeiro dia, no entanto, ele vai falar com o abade. Está preocupado, porque todos os monges fazem cópias a partir de outras cópias.

"Se alguém cometer um erro", ele aponta. "Seria impossível detectar. Pior ainda, o erro continuaria a ser reproduzido."

Um tanto perturbado, o abade decide que é melhor cotejar as últimas cópias com o original, guardado num cofre subterrâneo, embaixo da abadia. Um lugar a que só ele tem acesso.

Bem, passam-se dois dias, depois três, sem que ele retorne. Por fim, o novo monge decide ver se o sujeito está bem. Quando ele desce lá, encontra o abade encurvado em cima de um livro recém-copiado e um original antigo. Ele está chorando de soluçar e, pelo visto, há muito tempo.

"Padre?", o monge sussurra.

"Ai, Senhor Jesus", o abade se lamenta. "A palavra era 'celebrado'."

Dia 2: 15:29

[Exterior da barraca; fumando um baseado; tossindo; tossindo mais uma vez]

Você esperava uma oração, sr. Monstro? Ou talvez só expectoração?

[Tosse e cospe]

Esta foi o Navy que me ensinou.

Dia 2: 15:49
[Exterior da barraca]

Tom: Ei, uh, Karen, eu estou meio com larica aqui. Você acha que rola você pedir uma pizza pra mim?

Rádio (Karen): Quê?!

Tom: Quando o motoboy chegar na porta, diz pra ele que é pra levar pro gordinho no final do corredor. Segue três quilômetros e vira à esquerda.

Rádio (Karen): [Pausa] Tom, talvez você devesse voltar.

Tom: Não tem nenhum talvez aí não. Sobrou merengue de limão?

Dia 2: 16:01
[Interior da barraca]

Tinha um homem pobre que andava por aí descalço. Seus pés estavam cobertos de calos. Um dia um homem rico ficou com pena do pobre e lhe comprou um par de Nikes. O homem pobre ficou extremamente grato e passou a usar os tênis o tempo todo. Bem, passou um ano, mais ou menos, e os tênis se desfizeram. Aí o homem pobre teve que voltar a andar por aí descalço, só que agora seus calos já tinham desaparecido e seus pés ficaram cheios de cortes e logo os cortes infeccionaram e o homem adoeceu e, por fim, depois de amputarem suas pernas, ele acabou morrendo.

Esta história em particular eu chamo de "Amor, Morte & Nike". Uma história bem alto astral para o sr. Monstro. É isso mesmo! Especial pra você. Ah, e mais uma coisinha: pau no seu cu, sr. Monstro.

Dia 2: 16:42
[Interior da barraca]

Os sete anões foram até o Vaticano e quando o Papa atendeu a porta, o Dunga entrou: "Excelência", ele disse. "Eu queria saber se poderia me dizer se existem freiras anãs em Roma?"

"Não, Dunga, não tem, não", o Papa respondeu.

Atrás de Dunga, os seis anões começaram a ficar de risinho.

"Bem, tem freiras anãs em algum lugar na Itália?", Dunga persistiu.

"Não, nenhuma na Itália", o Papa respondeu, com um tom de voz um pouco mais severo.

Alguns dos outros anões agora começavam a rir mais descaradamente.

"Bem, tem alguma freira anã na Europa toda?"

Desta vez, o Papa foi ainda mais firme.

"Dunga, não tem nenhuma freira anã na Europa."

A esta altura, todos os anões estavam rindo alto e rolando no chão.

"Papa", Dunga disse, exigente. "Existem freiras anãs em algum lugar do mundo?"

"Não, Dunga", o Papa já estava cansado. "Não tem freira anã em nenhum lugar do mundo todo."

Foi então que os seis anões começaram a pular pra cima e pra baixo, cantando: "Dunga comedor de pinguim! Dunga comedor de pinguim!".

Dia 2: 17:16

[Exterior da barraca]

Uma charada: Quem constrói a melhor casa? Um marceneiro? Um metalúrgico? Um pedreiro? Desiste? Um coveiro! Porque a sua casa dura até o dia do juízo final! Beleza, é uma piada idiota. Uma piada velha de escola dominical, na verdade.

Dia 2: 18:28

[Interior da barraca]

Agora o sr. Monstro parece um sapo, um pequeno gribbbb-it sapo, quando de repente óóóóó, o sapinho vira um . . . uh . . . leitão.

[Posicionando sua lâmpada de halogênio com cuidado, Tom consegue projetar sombras da sua mão contra o fundo da barraca. Ele conjura todo um zoológico de criaturas.]

Sim, um porquinho-inhozinho, roncandinho aqui e ali quando . . . uh-oh, um elefante! Olha só isso, o porquinho virou um elefante. Jesus! Olha o tamanho desse elefante, ele podia até . . . opa, minha nossa, ele virou um pica-pau, ah, agora é um caracol, hmmmm e que tal um louva-deus, um ouriço do mar, uma pomba talvez, um tigre, ou até mesmo . . . um toelho, quando de repente . . . ah não, Sr. Monstro, não faça isso . . . mas é isso que ele faz, e o Sr. Monstro vira um dragão. É, é isso mesmo, pessoal, um dragão malvado, comedor de gente, que não está de brincadeira. E você diz que quer me comer? Beleza, beleza . . . Só que tem uma coisa, quando o Sr. Monstro pensa que vai transformar Tom, o robusto, em Tom, a costeleta, Tom saca sua arma secreta.

[Enquanto o dragão no fundo da barraca se volta para Tom e abre a boca, Tom se prepara para desligar a lâmpada de halogênio com o pé,]

A-há, sr. Monstro! Tchau, tchau, baby!

[Clique. Fica tudo preto.][249]

---

[249]Levando em consideração o Capítulo Seis, parece que apenas as criaturas de Tom, nascidas da ausência da luz, moldadas com suas próprias mãos, são capazes de existir naquele lugar, embora sejam todas tão mutáveis quanto as letras do alfabeto, tão permanentes quanto a fama, um pequeno e estranho bestiário que nada lamenta, que não instrui ninguém e revela o contorno de vidas visíveis apenas à imaginação.

E esta noite enquanto eu copiava esta cena, comecei a me sentir bem mal. Talvez porque as palhaçadas do Tom tenham transformado apenas temporariamente aquele lugar em algo além do que é, ainda que essa transformação não seja desprovida de seu próprio horror peculiar; pois não importa quantas criaturas ele lance contra o pano de fundo de sua barraca, não importa o quanto possam parecer grandes ou reais, todas elas ainda assim perecem num dilúvio de escuridão. Nenhuma arca de Noé. Nada está seguro. Não há como sobreviver. O que pode ter tido algo a ver com o meu ataque no Estúdio hoje.

Eu andava meio atordoado, num tipo esquisito de surto de ansiedade. Estava todo mundo lá, a Tambor, meu chefe, os visitantes de sempre, mais um motoqueiro depravado que estava no meio do processo de entalhar um polvo no seu deltoide. Ele tagarelava sobre a permanência da tinta, o que eu acho que doeu em mim, porque comecei a uivar, e bem alto — realmente alto —, com cuspe saindo dos meus lábios, ranho do meu nariz.

"Permanente?", eu gritei. "Porra, você está maluco, cara?"

Ficou todo mundo chocado. O motoqueiro poderia até ter me ensinado uma coisa ou outra sobre a impermanência ou pelo menos a destrutibilidade da carne — a minha carne, neste caso —, mas também ficou em choque. A Tambor veio ao meu resgate, logo me levando lá fora, mandando tirar o dia de folga: "Não sei o que você tem usado pra ficar doidão, Johnny, mas seja lá o que for, está deixando você todo fudido da cabeça". Aí ela encostou no meu braço e eu fiquei com vontade de contar tudo para ela, na hora. Ali mesmo. Eu <u>precisava</u> contar tudo. Infelizmente, não tinha dúvida em minha mente de que ela teria certeza de que eu era louco de hospício se começasse a tagarelar sobre animais e fantoches de sombra, mutáveis como letras do alfabeto, permanentes como a fama, um peque— ah, caralho, foda-se o resto. Engoli as palavras. Talvez eu seja um louco de hospício mesmo. Em vez disso, eu vim pra cá. O que de um jeito estranho e indireto me leva ao pequinês, a história do cachorro que eu mencionei um tempo atrás mas não quis discutir. Bem, mudei de ideia. O lugar do pequinês é aqui. Com as sombras lançadas pela Mão do Tom.

Aconteceu em dezembro do ano passado, um mês antes de eu ficar sabendo de Zampanò, no rastro do que acabou sendo um novembro bem dramático, o Dia de Finados tendo começado já com o Lude adquirindo uma grande quantidade de Ecstasy, uma porção da qual ele me vendeu no atacado.

"Jaguara, esta é a passagem pro paraíso", Lude me disse e claro que tinha razão.

Quem dava a mínima se era outono, parecia primavera. Lude foi na frente, zanzando entre boates e bares, entrando de penetra nas fêtes de Bel Air, raves no deserto e na loucura de qualquer open house que pudéssemos encontrar, em mansões de Malibu onde a farra rolava até o amanhecer. O notável é que não importava o quanto esses eventos fossem zelosamente reservados – cordas de veludo tão impossíveis de se transcender quanto arame de concertina quando você não tem uma granada –, mas os comprimidos eram as nossas granadas. Dava para usar para entrar em qualquer lugar. Mesmo que os nossos narizes já estivessem ensanguentados de pó, os pulmões pretos de Cannabis e as gargantas secas de bourbon. A bala era uma outra coisa totalmente diferente, um negócio de dar um frio na espinha, um desvio do banquete de sempre, oferecendo inúmeras distrações de simulação do amor, inchadas de êxtase. E assim aconteceu que, naquele mês – Novem nono meu novembro de abandono –, Lude sumiu em seu próprio oásis de libertinagem, enquanto eu saí a esmo e logo encontrei o meu também.

Não demorou muito tempo para o Lude vir fazer todo esse showzinho de me mostrar a sua prodigiosíssima contagem oficial daquele mês. Uma lista que, por qualquer motivo, me senti obrigado a anotar.

A LISTA DO LUDE

1/11 – Monique. 36. Em cima da máquina de lavar roupa da casa dela. Ela gozou durante o ciclo de enxágue. Ele gozou durante a centrifugação. Quebraram a secadora.

3/11 – De manhã: Tonya. 23. Hispânica. Duas vezes.
De noite: Nina. 34. De choker de couro. Botas na altura das coxas.

4/11 – Sparkle. 32. Num gazebo com vista para a festa.

5/11 – Kelly. 29. Dançarina. Na sauna do anfitrião.

6/11 – Gina. 22. Dizia "por favor" antes de fazer os pedidos mais absurdos.

8/11 – Jennifer. 20. Nua à meia-noite na plataforma de mergulho da USC.

9/11 – Caroline. 21. Sueca. Na sua esteira Nordic track. Depois, um sujeito que estava saindo com a Monique (1/11) chegou no Lude. Mas ele só queria descolar um pouco de E.

10/11 – Susan. 19. Surpreendeu Lude com um golden shower. Ele a surpreendeu com uma capa de chuva.

11/11 – De noite: Brooke. 25.
À meia-noite: Marin. 22. Derramou champanhe na cama toda e mandou ele dormir no molhado.

12/11 – Meio-dia: Alison, 24-28????
Noite: ????? 23. Treparam de roupa de mergulho. Neoprene lambuzado de Astroglide. Ela ficava chamando ele de O'Neil.

13/11 – Holly. 24-34???? Vietnamita.

14/11 – Dawn. 19. Leslie. 19. Melissa. 19. De San Diego. Foram até o Pleasure Chest juntos e compraram um vibrador pela primeira vez.

19/11 – Cindy. 20. Garçonete. "Eu fico entediada quando não tem nada na minha boca."

20/11 – Erin. 21. Judia. No vestiário da Gap.

21/11 – Betsy. 36. Quis um colar de pérola depois do sexo. Lude lhe disse que estava sem grana.

22/11 – Michelle. 20. Católica. Informou-lhe que tudo que é preciso para sexo anal é vaselina e um travesseiro. E ela tinha os dois.

25/11 – Stephanie. 18. Negra.

27/11 – Alicia. 23. Em cima dos seus alto-falantes. Bem grandes. Uns wooferzões. Aparentemente foi bem intenso. Teve woof até não poder mais.

28/11 – Dia de ação de graças. Dana. 28. Piercing no umbigo. Piercing nos mamilos. Piercing no clitóris. Dançou para o Lude em cima da cama, depois se masturbou até gozar. Uma hora depois, sexo. Ele não conseguiu gozar de novo. Ela chamou uma amiga. Fizeram 69 e depois Boqueta Russa – uma variação da Roleta Russa. Lude era a arma e elas se revezavam, trinta segundos por vez (ele contava o tempo); a amiga da Dana perdeu (ou ganhou; depende das suas preferências).[YN]

[YN] 100 tabletes de bala;
12 pilhas AA;
meia dúzia de bisnagas de KY;
4 caixas de camisinha (texturizadas e extrafinas; todas c/ Nonoxinol-9);
3 fardos de roupa suja;
2 roupas de mergulho;
e 1 garrafa de champanhe.

Um mês e tanto.

Nota: esta seção também resultou em vários e-mails recebidos:

> O Lude foi cuzão comigo e era ruim de cama. Pode falar isso pra ele.
>
> — Clarissa
> 13 de abril, 1999

> O Lude foi tão divertido. Passem meu número novo: 323 ___ - ____. Vocês sabem o que aconteceu com ele? Foi embora de L.A.?
> E quanto ao Johnny? O que foi aquela loucura toda de armas e sangue na introdução? Digo, se o sangue não era dele, era de quem?
>
> — Natalie
> 30 de maio, 1999

> Crianças, não dá para dançar tango sozinho.
>
> — Bethami
> 6 de junho, 1999

— Eds.

Embora claramente não tenha sido tão épico que nem foi com o Lude, eu também tive lá meus casinhos naquele mês de novembro.

Três.

A primeira foi a Gabriella. Seu corpo era coberto por uma marca de nascença horrível que começava na clavícula, atravessava um dos seios, a barriga e descia pelas duas pernas. Dava para ver vestígios dessa marca nos pulsos e tornozelos. Mas não dava para sentir na mão. Não tinha textura. Uma alteração puramente visual. A princípio ela quis apagar a luz, mas depois de um tempo já não se importava mais. Ela era linda e uma companhia agradável e eu fiquei triste de me despedir dela. Foi embora para Milão na manhã seguinte.

Depois veio a Barbara. Ela vinha passando muito tempo na Mansão da Playboy. Disse que não queria sair na capa, mas gostava da atmosfera de lá. Rasgou a minha camisa quando chegamos na cama dela. Deu para ouvir os botões quicando no chão. À meia-noite, ela já estava dizendo que me amava. Disse tantas vezes que eu parei de contar. Quando amanheceu, apesar das várias dicas que eu dei, ela não conseguia lembrar o meu nome.

Depois me arranjei com a Clara English. Durante uma única noite, mas pelo menos começou bem. Muitos drinks, o zum-zum daquela brisa feliz da nossa visão de raio-X recém ingerida, lap dances de casal no Crazy Girls, e depois voltamos para o apê dela para muita fudelança, só que não teve tanta fudelança assim, não sem antes haver muita hesitação e até mesmo lágrimas, resultado de uma série de tiques internos que eu não consegui antever. Culpa minha por pedir para ver. Não devia ter sido curioso. Devia ter deixado a venda. Provavelmente teria conseguido lidar com as lágrimas. Mas não foi o caso. Saquei o bom e velho Ponto de Interrogação (PI) e a Clara English nem sequer pensou em responder com uma gracinha. Nem sequer conjurou alguma história ridícula. Só precisou de uma única frase para ela me contar do estupro.

Aquilo fez as lágrimas pararem. Substituídas agora por uma crueldade praticada ao ponto da perfeição. Acho que não posso culpá-la. Quem sabia como eu iria reagir a esse tipo de confissão, por mais que ela não tenha exatamente me dado muita chance de reagir. De repente ela estava com ódio de mim por saber, embora fosse ela quem tivesse me contado. Embora eu tivesse perguntado. Eu perguntei. Quando liguei para ela no dia seguinte, ela disse que acabou a época dela de dar moral para gente que devia morar no zoológico. Desligou antes que eu pudesse perguntar se ela achava que eu era mais de ficar lá com os gatos ou com os pássaros.

Acho que eu ainda penso nela. O sorriso fixo. Aqueles gestos distantes. O olhar aterrorizado sempre que não estava perdido numa contemplação anestesiada, furiosa e fraturada, uma imagem que invariavelmente me devolve a mesma pergunta: será que a Clara English pode um dia se recuperar ou será que ela sofreu uma ferida permanente e está condenada a cambalear pelos anos privados de sentido & amor até que enfim chegue o dia em que ela vai tropeçar e ser levada embora?

Nunca mais a vi desde então. Talvez tenha sido levada embora. Só que agora, quando olho para a lista do Lude, eu não vejo o que eu escrevi na época. Só anoto mais umas reflexões adicionais. São inventadas, é claro. Todas elas nascidas das lembranças de Clara.

Que estranho.

Na época, aquele mês de novembro parecia pura diversão. As drogas removiam toda e qualquer consequência. O sexo apagava toda e qualquer motivação. Agora, no entanto, ressurgem os espinhos. Espinhos pontiagudos. Meu oásis de êxtase está em ruínas, tomado por ervas daninhas e cipós mortíferos. Mesma coisa com o Lude. Pontilhado de dor. Carregado de flores venenosas.

A LISTA DO LUDE ATUALIZADA

Monique — Recentemente abandonada pelo marido.
Tonya — Um ex- e uma ordem de restrição.
Nina — Silêncio.
Sparkle — Ódio.
Kelly — Quando tinha apenas 11 anos, sua mãe a obrigou a fazer sexo oral nela.
Gina — Se escondendo de um stalker. O quarto stalker já.
Caroline — Cresceu numa comuna. Teve o primeiro aborto aos 12.
Susan — Disse "quem liga" mais de vinte vezes. Buraco no céu da boca de tanto cheirar pó.
Brooke — Anestesiada.
Marin — Costumava ser dedada pelo tio.
Alison — Pai foi morto quando ela tinha 18 anos.
Leslie — Estuprada pelo professor de educação física aos 14 anos.
Dawn — Sofreu um estupro após um encontro no ano passado.
Melissa — Apanhava do ex-namorado. Teve que operar o nariz.
Erin — Flagrou a mãe dando para o seu namorado.
Betsy — Cirurgia de redução de seios deixou cicatrizes irregulares em torno dos mamilos e atravessando ambos os seios. Tinha vergonha antes. Ainda tem vergonha.
Michelle — Noiva.
Alicia — Perdeu a virgindade com o pai.
Dana — Prostituta.

Quanto à minha lista, minha Gabriella e Barbara, para não falar nada da Amber & da Christina, Lucy, Kyrie, Tatiana, a australiana lá, a Ashley, Hailey e acho que mais algumas – sim, teve outras – vai saber. Deem seus chutes aí. Sem dúvida, as suas notas de rodapé serão mais felizes do que as minhas, só que se for o caso, aí é bem claro que você não faz a mais puta ideia do que está falando. Mas de novo, talvez eu esteja errado. Talvez seja você quem tenha sacado tudo. Digo, se você chegou até aqui, talvez saiba do que eu estou falando. Talvez até melhor do que eu.

Com frequência, as pessoas comentam o vazio do sexo casual, mas vazio aqui sempre foi apenas outra palavra para escuridão. Encontros às cegas escrevendo sonetos que ninguém um dia vai ler. O desejo e a dor falavam a vaga linguagem do sexo.

Demorou muito para tudo isso fazer sentido para mim, quando me dei conta de que tudo que eu achava que tinha sobrado dos meus encontros somava muito, muito pouco, nada duradouro, apenas sombras de amor que não delineiam coisa nenhuma.

E acho que, no fim, isso me leva à história que eu queria contar desde o começo, que ainda me assombra, sobre pessoas feridas e o lugar que, receio, seja onde elas vão parar no fim.

A história do meu pequinês.

Por volta da chegada de dezembro, já havia se esgotado o meu estoque de bala e de energia. Uma vez por semana, pelo menos, eu ficava de ressaca, sem a menor noção do que viria pela frente, culpa para dar e vender e impossível de rastrear, uma sensação cada vez maior de desespero. Uma coisa era certa, no entanto, eu precisava de descanso.

O Lude não dava a mínima. Uma ligação às 10 da noite e uma hora depois, ele me arrastava até o Opium Den, num alarido de vozes e ritmos amplificados, tudo misturado, com gelo, numa combinação de bourbon barato e bourbon melhorzinho, mas pouco papo ou sorrisinhos, surpreendentemente; do banquete à fome; ou será que era o contrário?, até que por volta do fim da noite, Lude, reparando no meu isolamento, mas confiante quanto a seus próprios planos para a madrugada, apontou para o outro lado do lugar –

"Acho que aquela ali é uma atriz pornô", ele gritou para mim, mas a música transformou seu grito num sussurro. Eu olhei, de relance, para o bar e soube, de imediato, de quem ele estava falando. Tinha um monte de meninas ali dando sopa, pedindo cosmopolitans e cervejas, mas ela se destacava, literalmente, de todo o resto. Não por conta da altura, digo. Não devia ter mais que 1,65. Uma figura mignon, cabelo platinado, delineador em excesso, as unhas compridas que nem faca de cozinha e os lábios estufados com sabe deus quantas camadas de tecido coletado do rabo de algum cadáver. Mas seus peitos, eram eles que contavam a história toda: dizer que eram enormes é um eufemismo. Estamos falando de uma taça DDDD, mares inteiros sacrificados para preencher aqueles sacos de solução salina, o Mar Vermelho à esquerda, o Mar Morto à direita. Com a tempestade certa, provavelmente derrubariam cidades litorâneas inteiras. E as vilas no interior também não estariam a salvo.

"Vai lá falar com ela", o Lude me disse com urgência.

"O que eu falo?", gritei/sussurrei. Perplexo.

"Pergunta para ela o tamanho."

Eu fui mesmo conversar com ela e conversamos durante um tempo, mas nunca sobre os seus peitos, que atraíam o meu olhar consistentemente para a sua órbita, não importa o quanto eu tentasse resistir – a lua e o mar num lugar só. Pelo visto, ela gostava de música country ou de Pantera, dependendo do humor, um humor que naquele momento era completamente ilegível, seus olhos vermelhos reluzindo para mim debaixo daquele delineador todo, tristes? bêbados? ressecados? ou apenas permanentemente vermelhos? Após uns bons vinte minutos de papo, um papo interpolado por incontáveis fins na conversa, imensas lacunas desconfortáveis durante as quais eu esperava que ela fosse tossir e pedir licença, o que por qualquer motivo nunca aconteceu, esperando eu continuar a conversa – será que dava para chamar aquilo de conversa? "Que tipo de música você gosta?", "Country". [Longa pausa] "É mesmo, country? hmmm?" [longa pausa] "E Pantera". "Country e Pantera? É mesmo? hmmmm?" — e assim por diante até que, enfim, após vinte minutos, a boate começou a fechar as portas e os seguranças foram levando as pessoas até as saídas. E saímos de lá juntos. Ela veio com uma amiga para quem ela deu tchauzinho lá fora, me ignorando, mas depois do tchauzinho, ela de repente voltou para mim, me pedindo para acompanhá-la até sua caminhonete.

Enquanto esperávamos o semáforo abrir, ela me disse que seu nome era Johnnie, mas algumas pessoas a chamavam de Sled, embora seu nome real fosse Rachel. Este é um relato simplificado de uma série muito mais complexa de perguntas, cujas respostas, em retrospecto, provavelmente eram tudo invenção. Depois, quando o semáforo abriu e atravessamos para o leste da Vine, encontramos numa esquina um pequinês pretinho, de olho esbugalhado, sem coleira. Estava sujo, com medo e obviamente sem dono, com ranho saindo do seu focinho chato, o corpo todo tremendo enquanto ele se encolhia naquela calçada sebosa, imóvel, enfim, após quantas horas, quantos dias, sem saber aonde ir. Todas as direções levavam ao mesmo lugar, de qualquer modo. Seu próprio fim.

"Ah, tadinho do meu bebê", disse Johnnie, fazendo vozinha, e aqueles espaços frios e indiferentes em nossa conversa de repente ficaram cheios de afeto e preocupação, embora parecesse não atingir as notas certas, não como se fossem dissonantes ou bemóis ou tocadas no compasso errado, só não estavam certas, a melodia de algum modo havia sido privada de si mesma, o que também não quer dizer que seria alguma outra melodia, só alguma outra coisa. Pelo menos, é como me parece agora. Na hora eu mal reparei.

Ainda assim, fui eu quem apanhou aquela coisinha trêmula na rua, aninhando sua cabecinha na dobra do meu braço, limpando o ranho na manga do meu casaco de veludo cotelê sem botões, decidindo nesse processo — me bagunçando todo — levá-lo comigo para casa. Foda-se que não tinha espaço. Eu não ia deixar aquele animal morrer. Não depois de ele ter sujado meu casaco de ranho e suspirado em meus braços. Mas a Johnnie quis ficar com o coitadinho.

"Que tipo de lugar você mora?", perguntou. "Uma quitinete", respondi. "Nem a pau", ela disse, com uma ênfase e uma insistência cada vez maiores, embora enunciada naquela estranha melodia, não exatamente atonal, sei lá, só não era certa. Por isso, apesar dos meus instintos, eu cedi. Afinal, ela tinha um lugar lá no vale, um quintal, o tipo de lugar que é onde cachorro fica. "Um lugar feliz para animaizinhos", foi como ela chamou, e de fato, considerando a espelunca onde eu morava, não tinha como retrucar. Entreguei o pobre pequinês à Johnnie e juntos levamos ele até a caminhonete.

"Pode me chamar de a mãe dos bichos de rua", ela disse e deu um sorrisinho esquisito.

A Johnnie acabou me dando uma carona de volta para o meu apê. O mais estranho é que, quando paramos na frente do meu prédio, eu não a convidei para entrar. Ela me pareceu grata. Mas eu não reprimi o convite por causa dela. Alguma coisa não parecia certa, não mesmo. Talvez eu tivesse começado a sentir o gosto do vazio, por causa de novembro — Novem ovum nono e meu abandono. Ou talvez fosse por causa dela, os peitos cheios de sal, a boca deformada, a pintura afresco que era sua maquiagem, sua silhueta tão perfeita (mente grotesca) e tudo isso apenas aos 24, ou pelo menos foi o que ela me disse, mas provavelmente devia ser algo mais próximo de 6 mil anos de idade.

Algo nela me dava medo. Os dedos nodosos. Aquele olhar vazio, permanentemente fixado em algum estranho continente deserto e rochoso, perdido sob os mares ancestrais, os seus mares, obscuros, vermelhos e mortos. Ou talvez não. Talvez fosse aquele filhote de pequinês, faminto e abandonado, resgatado de repente, esperançoso de repente; uma projeção de mim mesmo? do meu próprio lugar no caminho dos bichos de rua? Talvez. Vai saber qual era a resposta real, mas isto eu lhe digo, nem a pau eu estava pensando nos peitões da Johnnie ou nos seus lábios ou todas as posições, as posições absurdas, que poderíamos fazer juntos. Eu estava pensando apenas no pequinês, na sua segurança, o seu futuro. O pequinês e eu: um contrato de preocupação. Fiz carinho nas orelhas dele, passei a mão nas suas costas e depois pulei fora da caminhonete e me despedi.

A Johnnie deu um sorrisinho de novo enquanto arrancava, aquele sorriso esquisito e todo errado. Por um momento, fiquei olhando enquanto os faróis traseiros dela deixavam rastros na rua, ainda com uma sensação incerta, mas um pouco aliviado, até que me virei para entrar e ouvi o plop. Não foi muito alto. Meio oco, na verdade, só isso mesmo — um plop. Desse jeito. Plop. Olhei para a rua, de lá de cima. A caminhonete tinha desaparecido, mas atrás dela, no seu rastro, alguma coisa escura despontava sob a luz de um poste. Alguma coisa que a Johnnie atirou da janela enquanto passava pelos carros estacionados. Eu corri pelo quarteirão, com uma sensação mais do que incômoda, até chegar perto daquele punhado de alguma coisa na sarjeta, confirmando o motivo do meu incômodo, para o meu horror.

Até hoje eu não sei o porquê de ela ter feito isso: meu pequinês abandonado, encontrado na Vine, esbugalhado, seu focinho chato e ranhento, reencontrado não muito longe da porta do meu prédio, naquela mesma noite, do lado de um carro, com a cabeça afundada, o olho furado, gelatina vítrea escorrendo, a língua presa (e parcialmente decepada) em suas mandíbulas fechadas. Ela deve tê-lo arremessado com uma força tremenda também. Na verdade, uma força inimaginável.

Tentei imaginar aquelas mãos de garra apanhando a pobre criaturinha pelo pescoço e arremessando-a pela janela. Será que ela sequer chegou a olhar para o que tinha em mãos? Será que sequer olhou para trás?

Mais tarde, naquela semana, o Lude me disse que tinha se enganado. Não era uma atriz pornô. Era uma outra pessoa. Alguém que ele não conhecia. Mas eu a conheci? Não sei por que não contei para ele. Provavelmente porque a verdadeira pergunta que ele ia fazer ia ser se eu comi ela, e o que poderia ser mais distante da verdade? Eu, encarando aquele cão sem vida, sem um pingo de sangue, por sinal, apenas uma sombra que parecia algum tipo de desenho em carvão, imóvel & sem qualquer feição, pairando naquela poça da luz amarela do poste. Nem sequer consegui encontrar algo para dizer, nem um grito, nem um lamento, nem uma única palavra. Também não consegui sentir nada, possuído apenas pelo choque, privado de qualquer significado emocional, por fim levado a um debate demente

Dia 2: 19:04
[Fora da barraca; fumando mais um baseado]

Basta. Já basta para mim. Cara, não é justo.

Dia 2: 20:03
[Exterior da barraca]

Rádio (Navidson): [Estática] A gente ouviu alguma coisa [Ruído] indo [Ruído] -rás.
Tom: Boa sorte, mano.
[Silêncio]

Dia 2: 21:54
[Exterior da barraca]

Rádio (Karen): Estou com medo, Tom.
Tom: Qual o problema? Está tudo bem com as crianças?
Rádio (Karen): Não, está tudo bem com elas. Digo, acho que sim. A Daisy fica no quarto dela. O Chad prefere ficar lá fora. Não dá para dizer que ele está errado. É alguma outra coisa.
Tom: O quê?
Rádio (Karen): Todo o meu Feng Shui — Ai, Jesus, essa coisa toda não faz o menor sentido. Como é que estão o Navy e o Billy? Encontraram alguma coisa? Quando é que eles voltam?
Tom: Eles ouviram alguém chorando. Não consegui ouvir direito porque o sinal estava péssimo. Pelo que eu pude entender, os dois estão bem.
Rádio (Karen): Bem, mas eu não estou. Não gosto de ficar aqui sozinha, Tom. Na verdade, já estou com a porra do saco cheio de ficar sozinha

[Começa a chorar]. Não gosto de ficar o tempo todo

---

sobre o que fazer com o corpo: enterrá-lo, levá-lo ao canil, jogar a coisa na lata de lixo. Não consegui me decidir. Por isso fiquei lá agachado, os joelhos ardendo, enfim preenchido por uma quantidade suficiente daquela dor distante que diz a todos nós, especialmente quando dormimos, que chegou a hora de mudar de posição. Mas eu queria primeiro dar um nome àquele cão e correram listas pela minha cabeça, listas infindáveis, que no fim das contas se esgotaram. Não tinha nome. Era tarde demais. Por isso eu só me levantei e fui embora. Pode dizer que eu fui cuzão (e pau no seu cu também), meu amigo pequinês tinha morrido. Comida de formiga agora. E no mínimo do mínimo — eu pensei — o corpo estava perto da sarjeta. O gari iria apanhá-lo de manhã cedo.

Mais uma mãe dos bichos de rua.

com medo, me perguntando se ele vai ficar bem, depois me perguntando se eu vou ficar bem caso ele não esteja, sabendo que a resposta é não. Estou tão cansada de ter medo desse jeito. Já deu pra mim, Tom. Já deu, de verdade. Depois disso, eu vou embora. Vou pegar as crianças e vou embora. Não era necessário. Dava para evitar. A gente não precisava passar por tudo isso.

Tom: [Com jeitinho] Karen, Karen, espera um minuto. Rebobina a fita rapidinho. Primeiro, me diz o que você ia falar sobre o seu negócio do Feng Shui.

Rádio (Karen): [Pausa] Os objetos. Eu coloquei esse monte de objetos na casa toda. Lembra, pra melhorar a energia ou qualquer merda assim.

Tom: Isso. Cristais e sapos-boi, peixinhos dourados e dragões.

Rádio (Karen): Tom, sumiu tudo.

Tom: Como assim?

Rádio (Karen): [Chorando mais] Desapareceu.

Tom: Ei, Karen. Vamos lá. Você perguntou para a Daisy e o Chad? Talvez eles tenham escondido?

Rádio (Karen): Foram eles que me contaram. Queriam saber por que eu tinha guardado tudo.

Dia 2: 22:19

[Exterior da barraca]

Rádio (Navidson): Como está a Karen [Estática]?

Tom: Não muito bem, Navy. Ela está com muito medo. É melhor você voltar.

Rádio (Navidson): O q[Estática]? [Estática] [Estática][Estática]e ouvir.

Tom: Navy? Navy?

[Estática]

Dia 2: 23:07

[Exterior da barraca]

Que sacanagem. Está me ouvindo, sr. Monstro... que SACANAGEM!

Que tipo de casa é esta, afinal? Não tem luz, não tem aquecimento central, nem mesmo encanamento! Estou cagando num cantinho e mijando na parede faz dois dias.

[Mais alto]

Isso não te incomoda nem um pouco, Sr. Monstro? Eu estou cagando no seu canto. Mijando na sua parede.

[Voz mais suave]

Claro que o mijo já secou. E a merda simplesmente some. Você devora tudinho, né? Tartarugas, bosta, é tudo a mesma coisa pra você.

[Aumentando o tom de voz de novo]

Seu filho da puta sem nenhum discernimento! Você não fica com nojo, não? Eu fico. Me dá vontade de vomitar.

[Longa série de ecos]

Dia 3: 00:49

[Exterior da barraca; pegando no seu saquinho ziploc o último baseado]

E em toda a casa, nenhuma criatura se mexia, nem mesmo um rato. Nem mesmo você, sr. Monstro. Só o Tom, o pobre velho Tom, que andava se mexendo bastante nessa casa até ficar louco desejando que houvesse, sim, uma criatura, qualquer criatura — até mesmo um rato.

Dia 3: 00:54

[Exterior da barraca]

Rádio (Navidson): [Tiro] Deu merda agora . . . [Estática]

Tom: Navy, o que foi? Mal consigo te ouvir.

Rádio (Navidson): O Jed levou um tiro, ele está sangr[Estática]

Tom: Baleado? Por quem?

Rádio:

[Pop-Pop-Pop]

Reston: Não estou vendo porra nenhuma.

[crack . . . crack . . . crack
. . . cracK]

Reston: Ooooooooooow caralho!

[. . . cracK -BANG- craCK . . . craCK
crACK.cRACK.cRACK.CRACK.
CRACK.]

Tom: Que diabos foi isso?

Rádio (Navidson): Tom [Estática][Estática]. Eu vou [Estática][Estática][Estática][Estática] o Cera. Precisamos—merda— [Estática . . .]

Tom: Estou perdendo o sinal, Navy.

Rádio (Navidson): [Estática]

Tom: Navy, você me ouve? Câmbio.

Dia 3: 01:28
[Exterior da barraca]

Rádio (Navidson): [Estática] provavelmente vai demorar umas oito horas para a gente voltar à escadaria. Tom, preciso que você me encontre na base das escadas [Estática] Precisamos de ajuda. Não vai dar pra carregar só nós dois. Além disso, você [Estática][Estática][Estática] [Estática]cisa [Estática] um médico [Estática]

[Estática . . .]

Dia 3: 07:39
[Exterior da barraca]

[Tom olha para baixo, para a Escadaria em Espiral, acende um bastão luminoso e o arremessa]

Você está aí embaixo, sr. Monstro?

[Lá embaixo, o bastão pisca e se apaga. Tom dá um passo para trás.]

Nem a pau. Não vai rolar, Navy. Estou sozinho nesse muquifo faz quase três dias e agora você quer que eu vá <u>aí</u> embaixo sozinho? Nem a pau.

[Tom desce alguns degraus e logo recua]

Não consigo.

[Tom tenta de novo, consegue descer o primeiro lance]

Até que não é tão ruim. Vai tomar no seu cu, sr. Monstro! É isso mesmo, VAI TOMAR NO SEU CU!!!

[Então, enquanto Tom começa o segundo lance, as escadas de repente se esticam e crescem três metros. Tom olha para cima e vê a forma redonda da escadaria sendo distorcida e assumindo um formato elíptico até voltar a ser um círculo de novo.]

[A respiração de Tom fica visivelmente mais agitada.]

Você está aqui <u>sim</u>, não está, sr. Monstro?

[Uma pausa. E então do nada vem um rosnado. Mais parece um rugido. Quase ensurdecedor. Como se estivesse bem do lado de Tom.]

[Tom entra em pânico e sobe correndo as escadas de volta. A imagem da filmadora num instante se transforma num borrão incoerente de paredes, balaústres e a luz fraca da lâmpada de halogênio.]

[Um minuto depois, Tom chega ao topo das escadas.]

Dia 3: 7:53
[Exterior da barraca]

Tom: Karen...
Rádio (Karen): Você está bem?
Tom: Eu vou entrar.

Uma Breve Análise da História de Tom

Como abordar essa extravagante sequência cinematográfica? O que ela nos revela acerca de Tom? O que ela diz do *Registro Navidson*?

Para começo de conversa, Navidson só inseriu esse segmento no filme vários meses depois. Sem dúvida, o que logo viria a acontecer teve uma profunda influência no tratamento dado ao material. Como escreveu Nietzsche, "É o nosso futuro que dita as regras do nosso hoje".

Ao longo da História de Tom, Navidson mantém seu foco, com toda ternura, na jovialidade de Tom e sua capacidade de brincar naqueles corredores infernais, aquelas mansões dolorosas do Isolamento, do Medo e da Dúvida. Ele captura as imagens de seu irmão tentando ajudar o casal formado por ele e Karen a melhorar sua relação falida, e ele revela a surpreendente força de Tom diante de tamanho frio e escuridão.

Não há nada de apressado na História de Tom. Navidson claramente fez um esforço enorme para editar esses parcos minutos. Apesar das óbvias limitações tecnológicas, os cortes são limpos e encontram um belíssimo equilíbrio com o ritmo e a ordem de todas as tomadas, servindo apenas para intensificar até mesmo o mais ordinário dos momentos.

É um trabalho feito por amor, um *set piece* gêmeo para o curta de Karen sobre Navidson.

Talvez por ser tão divertido acompanhar os gracejos de Tom e por tudo ali ser tão permeado pelo seu calor humano, é fácil não reparar no modo como o teatro de sombras, a abundância de piadas ruins e o nascimento do "sr. Monstro" no fim significam uma única coisa, Remorso.

Se Remorso é um *arrependimento profundo por alguém amado*, não há nada além de arrependimento aqui, como se Navidson, com seu olhar notável, tivesse visto pela primeira vez aquilo que, ao longo dos anos, ele nunca deveria ter ignorado.

Ou deveria ter ignorado
desde o princípio.

XII

Ao procurarmos pessoas desaparecidas numa caverna, nem sempre contamos com um Terry Tarkington que conheça a caverna como seu próprio lar. Seis meses antes, três meninos desapareceram da face da terra perto de uma caverna semelhante, no Missouri, que andavam explorando. Apesar de uma procura que demorou toda uma semana e cobriu uma extensão incrível, eles permanecem desaparecidos até hoje.

— Dr. William R. Halliday
Cavernas e Espeleologia nos Estados Unidos

Quando Navidson e Reston enfim chegam à base das escadas,
Tom não está lá.

Três dias se passaram desde que começou a tentativa de resgate e já é meio-dia. As luvas de Reston estão todas rasgadas; suas mãos têm bolhas e sangram. A respiração de Cera é superficial e inconsistente. O corpo de Jed exerce um peso tremendo sobre Navidson. Por pior que seja a situação, tudo isso se torna ainda mais insuportável quando Navidson percebe que seu irmão não desceu as escadas para encontrá-los.

“Vamos dar um jeito, Navy”, diz Reston, tentando consolar o amigo.
“Não devia me surpreender”, Navidson diz
com um tom de voz roufenho. “É o Tom. É o que o Tom faz
melhor. Ele decepciona as pessoas.”

Foi então que uma corda bateu no chão.

Após tentar, sem êxito, chegar à base da Escadaria em Espiral, Tom refez seus passos até a sala de estar, onde começou a construir um tipo de maca portátil com restos de madeira. Karen o ajudou, indo até a cidade para comprar partes adicionais, incluindo uma polia e mais corda.

Navidson se enganou. Tom pode não ter descido as escadas, mas a
alternativa que ele bolou acabou sendo muito melhor.

Dentro de minutos, Navidson e Reston conseguem alçar Cera pelos trinta metros daquele fosso. Como medida de precaução, Navidson amarra a ponta da corda no balaústre do fim da escada. Dessa forma, caso algo aconteça e ele solte a corda, a maca ainda assim vai parar vários metros antes de bater no chão.

Segundos mais tarde, uma moeda cai no chão, ruidosamente, o que indica que Cera chegou com segurança ao topo das escadas e que é possível descer a maca de volta e prepará-la para a próxima carga.

Jed é o próximo. Com uma mão sobre a outra, Navidson e Reston alçam o corpo até o alto, a corda sobressalente acumulando-se em volta de seus pés. Como Tom não está operando a sua Hi-8 ao longo desta sequência, só nos resta imaginar qual foi a sua reação ao puxar, com dificuldade, o corpo por sobre o corrimão. Em todo caso, um minuto depois, outra moeda cai no chão. Reston é o próximo.

Navidson verifica de novo se a ponta da corda ainda está
firmemente amarrada ao último balaústre e então começa a subir o seu
amigo pelo fosso.
"Você é um filho da puta bem pesadão, né?", Navidson resmunga.
Reston acende um sinalizador verde e oferece um grande sorriso
cheio de dentes a Navidson:
"Subindo igual foguete no quatro de julho."

A princípio parece tudo estar correndo bem. Devagar e sempre, Navidson vai puxando mais e mais da corda para o chão, firmemente alçando Reston pela abertura das escadas. Então, por volta da metade do caminho, algo estranho acontece: os metros de corda sobressalente aos pés de Navidson começam a desaparecer enquanto a corda que ele segura passa a escorregar pelos dedos e pelas palmas de sua mão com velocidade o suficiente para deixar uma queimadura. Navidson acaba tendo de soltar a corda. Reston, no entanto, não cai. Na verdade, em vez disso, a subida de Reston acelera, indicada pela luz verde brilhante que ele ainda leva na mão.

Mas, se Navidson não está mais segurando a corda, o que é que
poderia estar puxando Reston até o

topo?

Então, conforme a escadaria começa a ficar cada vez mais e mais escura e aquele círculo vagamente iluminado logo acima — a proverbial luz no fim do túnel — começa a se tornar cada vez menor, a resposta se torna clara:

Navidson
a
fu
n
d
a
.
.

o u   é   a   e s c a d a   q u e
e
s
t
i
c
a

e x p a n d e,

caindo,

e conforme desliza,

a

r

r

a

s

t

a

n

d

o

Reston

acima

consi

go.

Então, em certo ponto, a profundidade da escadaria começa a exceder o comprimento da corda. Quando Reston alcança o topo, a corda já está tesa, mas a escadaria continua a se estender. Ao se dar conta do que está prestes a acontecer, Navidson se agarra desesperadamente aos últimos fios que o conectam a seu lar, mas é tarde demais. Cerca de três metros acima do último balaústre

a

c

o

r

d

a

arr-

-ta···

···O tempo acelerou e eu não fiz nada para marcar a sua passagem. Ontem parecia o começo de julho, mas, de algum modo, o dia de hoje me flagra no meio de agosto. Quando cheguei no trabalho, todo mundo ficou incrivelmente incomodado e se afastou de mim. Meu chefe parecia aturdido. Por fim, ele me perguntou o que eu estava fazendo e eu só dei de ombros e lhe disse que ia começar a montar as agulhas.

"Johnny, você está bem?", ele disse com um tom muito sincero e preocupado, sem o menor resquício de sarcasmo, o que é provavelmente a parte mais esquisita.

"Meio que sim, eu acho", respondi.

"Eu precisei contratar outra pessoa, Johnny", ele disse com um tom de voz bem quieto, apontando para uma jovem loira que já estava limpando o depósito dos fundos. "Você passou três semanas sumido."

Eu me ouvi balbuciando as palavras "Passei, foi?", mas não sabia disso, não parecia ter sido tanto tempo, mas é claro que foi sim, eu só não consegui chegar, nem ligar. Não consegui chegar em lugar nenhum, para falar a verdade, e deixei o telefone basicamente fora do gancho.

Eu soltei um "sinto muito", me sentindo bem mal de repente, porque eu decepcionei o meu chefe e dava para ver que ele era um cara bem decente afinal de contas, mas ao mesmo tempo me senti um pouco aliviado pela notícia de ter sido substituído. Deixava tudo um pouco mais leve.

Meu chefe me entregou meu último cheque e rabiscou um número nele.

"Cara, entra num programa de reabilitação. Você está um lixo."

Ele nem me perguntou se eu estava drogado, já presumiu que fosse o caso, e eu achei graça disso, mas esperei até sair para dar risada. Uma puta de sapatinhos prateados passou por mim.

De volta à minha quitinete, descobri que tinha recebido uma mensagem da Kyrie. Fazia semanas que eu havia jogado fora o número dela. Nada a fazer. Eu desapareci da vida de todos. Apaguei a mensagem dela e voltei para casa.

Nos fundos da minha mente, eu sabia que precisaria de dinheiro em breve, o que, por algum motivo, não me incomodava, apesar de tudo. Ainda tinha o meu cartão Visa e desde que vendi o meu toca-CDs venho aprimorando o silêncio resultante, isolando o meu quarto com caixas de ovo e limitando a claridade do sol com faixas de papel-alumínio grampeadas no papelão em cima das janelas. Isso me ajuda a me sentir um pouco mais seguro.

No geral o relógio me diz as horas, mas eu suspeito que os ponteiros alternem entre andarem ora rápido, ora devagar, por isso nunca tenho certeza da hora exata. Não importa. Já não estou preso à agenda de ninguém.

Como precaução, também colei algumas fitas métricas pelo assoalho e cruzei algumas delas pelas paredes. Assim dá para dizer com certeza caso haja alguma alteração. Até agora as dimensões do meu quarto continuam próximas das marcas.

O triste é que, apesar disso – apesar das seis semanas sem álcool, drogas ou sexo –, os ataques persistem. Ocorrem, em sua maior parte, quando estou dormindo. De repente acordo num sobressalto, com dificuldade para respirar, amarrado em fitas de escuridão, encharcado de suor, meu coração a mil por hora. Não tenho qualquer lembrança das visões que me deixaram assim apoplético, mas fica a impressão de que as dobradiças finalmente cederam, que o que quer que estivesse tentando entrar enfim conseguiu o que queria, rasgando-me num instante e entrando em mim, e embora eu ainda esteja consciente, isso corta a minha garganta com seus longos dedos e arranca as minhas costelas uma por uma com suas mandíbulas brutais.

Em algumas ocasiões, esses episódios me deixaram nauseado, levando meu sistema todo a espremer seu suco gástrico em resposta a todo esse medo e confusão. Talvez eu tenha uma úlcera. Talvez eu tenha um tumor. Neste exato momento, o que me mantém de pé é algum desejo incompreendido de terminar O Registro Navidson. É quase como se eu acreditasse que as dúvidas quanto à casa em algum momento vão regurgitar respostas sobre mim mesmo, só que se isso for verdade, e pode muito bem não ser, quando as respostas chegarem, as perguntas já terão se perdido.

Por exemplo, ao voltar do estúdio de tatuagem, algo estranho veio à tona. Eu digo "estranho", porque não parece ter qualquer conexão com nada – nada que o meu chefe tenha dito ou que o Navidson tenha feito ou qualquer outra coisa mais imediata em minha mente. Eu estava só dirigindo, indo para o meu apê, e de repente percebi que me enganei. Eu já estive no Texas, só não no estado. E o que é pior, a lembrança voltou com uma vividez extraordinária, tão nítida e cristalina quanto um raro dia de L.A., o que geralmente acontece no inverno, quando o vento sopra forte e a neblina afrouxa seu domínio sobre as colinas, de modo que a linha entre o céu e a terra de repente ganha vida com a forma das folhas, milhares delas num milhar de ramos, lançadas contra um céu opalino –

– Um milionário gay e excêntrico da Noruega, que era dono de uma casa em estilo colonial num subúrbio de Cleveland e uma lojinha de chá em Kent. O sr. Tex Geisa. Um amigo de um amigo de um conhecido que havia repassado um convite: venha ao Tex às quatro em ponto, para um chá inglês, numa tarde de sábado de abril que não tinha nada de especial. Eu tinha quase 18.

Aquele conhecido furou de última hora, mas sem ter nada melhor para fazer eu fui lá sozinho e o que eu encontrei lá, sentado numa cadeira de vime, ouvindo Tex falar, mordiscando um pão doce . . . Estranho como a luz pode vir numa tal hora e lugar, de modo tão inesperado, tão do nada, mas quem é que dispara esse projétil?, uma lembrança neste caso, saída do sol de agosto, Apolo invisível no meio daquela claridade toda, a não ser que você tenha vidro fumê, e eu não tinha, tudo que eu tinha eram aquelas histórias estranhas do mar, Tex contando uma atrás da outra naquele seu tom de voz estranho e igualmente monótono, estranhamente reminiscente de alguma outra coisa, turbilhões, ursos polares, tempestades e naufrágios, um navio naufragando atrás do outro, na verdade essa foi a conclusão de todas as histórias que ele contou, de modo que nós, seu público estranho, aprendemos a não nos perguntar que fim essas histórias teriam, e a prestar mais atenção à história que vem antes do fim, aqueles eventos marcantes anteriores ao influxo inevitável da água gelada, turbilhões, ursos polares e o bom e velho ignis fatuus, perigosos de se ir atrás, mas ideais de se encarnar, sobretudo quando o que vem atrás de nós é o final inevitável, um final que o Tex estava relatando naquele momento – o convés em chamas, o navio adernando, dando lugar à perseguição do mar, a água que extingue as chamas num arroubo de vapor, um som sibilante que ninguém ouve, ainda mais naquele ruído de morte, um rugido implacável de algo sendo triturado, que, como um rosnado, na verdade vence as bombas e enche convés atrás de convés com o Oceano Índico, sem deixar aos tripulantes qualquer lugar para ir, eu lembro, não, não lembro nada mais, nunca ouvi o resto, eu saí para mijar, dando descarga no vaso, um rugido ali também, triturando, levando embora tudo que pode, sim dava mesmo para descrever como um rosnado, mas ao deixar o naufrágio do Tex e todo aquele som, indo até o jardim, quem eu encontro . . . minha memória, só que eu percebo agora que é o meu navio, não do Tex, o que eu vejo agora, sem lembrar, mas é alguma outra coisa, que lembra prados nevados e a luta por um bote salva-vidas e a perda . . . mas não é a mesma coisa, uma história completamente diferente, afinal, construída história sobre história, tantas, quantas?, vários andares, mas o que está sendo construído? e por quê? – como, por exemplo, por que – o "foi" que já chega sendo vago a princípio – foi preciso deixar Longyearbyen, na Noruega, e seguir para o norte no meio do verão? Lá em cima verão significa dia, uma vazante constante de dias que fluem sobre mais dias, nada a não ser uma luz constante que banha todo aquele tanto de água e gelo, criando estranhos lampejos de gelo no horizonte, piscando um código, um sinal de socorro? – talvez; ou algum outro significado pré-histórico? – talvez; ou nada absolutamente? – talvez também; nada é tudo; onde monólitos de gelo envoltos na neblina de repente ascendem das águas, ameaçando esmigalhar o casco de aço reforçado, até que num instante anterior ao impacto o gelo monstruoso desaparece e todos aqueles que o temiam tornam-se a nova leva de vítimas de uma miragem à espreita, causada pelas mudanças de temperatura que são frequentes no verão, para não falar nada dos avisos dos mais experientes, embebidos no ar gélido em cerveja Bokkøl . . . Bem-vindos ao Atrocity, um navio de 125 metros, 13692 toneladas, com duas cargas em seu interior, uma delas secreta, a outra extremamente inflamável, como TNT, e embora os marujos sejam uma companhia bem aprazível e alguns sejam casados e tenham filhos e embora o capitão seja, por acaso, algum tipo de agente de história da arte, especialmente no que diz respeito às obras de Turner, De Vos e Goya, aquela estranha carga não poderia ser mais indiferente quando, perto da proa, na primeira sala de máquinas, faíscas de um fusível estourado de repente encontram uma poça de óleo, um erro infeliz que qualquer velho esfregão poderia e deveria ter corrigido, mas já é tarde demais, as faíscas do fusível rodopiam loucamente pelo espaço, minúsculas brasas, caindo, arrefecendo, desaparecendo, exceto por uma delas, que cai com apenas um único beijo faiscante e transforma a sombra gordurosa numa Mão viva de um amarelo furioso, de repente transbordando e atravessando a sala, o limiar, passando a porta aberta, quem foi que deixou isso aberto? e chegando aos corredores, acumulando calor, sugando o ar, devorando-o, até que o ar entra numa lufada de vento, uivando pelos corredores como a voz de deus – uma descrição do capitão, não minha – e todos a ouviram mesmo antes que aquela fumaça preta e feia confirmasse o pânico que coagulava em suas entranhas: um incêndio à solta e se espalhando com uma velocidade aterrorizante para os outros conveses, deixando ao capitão uma única escolha: mandarem descer água a bordo, que é o que acontece, só que ele calculou errado o tamanho do incêndio, ninguém imaginaria que ele teria avançado tão rápido, tanto fogo e por isso era preciso jogar mais água, água demais, inundando os conveses, uma presença ainda mais poderosa para afogar as chamas e o som sibilante com seu próprio rugido de terror, não a voz de deus, mas de quem?, e quando o capitão escuta aquele som, ele sabe o que vai acontecer depois, todos sabem o que vai acontecer depois, mesmo antes de o pensamento ocorrer, seus pensamentos, descrever aquilo para o qual seus corpos já começaram a se preparar, a expectativa ctônica que trouxe o pensamento à tona para começo de conversa– . . . sos.sos.sos . . . SOS . . . SOS . . . SOS . . . sos.sos.sos . . . –muito tarde, tarde demais, mas quem ia imaginar que todos já teriam ido embora, bem embora, quando chegassem os aviões de resgate, mas todos tinham esse medo, um medo que crescia a partir do rosnado solto lá dentro! seu navio, rasgando, cortando, arremessando qualquer um que ousasse hesitar diante dele, curvar-se diante dele, rezar diante dele . . . uns foram esmagados, outros rasgados ao meio, todos enterrados, e ainda assim é apenas água, estripando o interior, destruindo as bombas, coisas impotentes num combate impossível contra o ato de levar para ao exterior aquilo que sempre esperou lá fora, mas que agora ganhava entrada e que, ao descobrir-se lá dentro, começou a transformar o todo num lá fora – não existe interior mais – e os conveses se viram para estibordo, todo aquele peso assombroso balançando o navio, mergulhando o casco nas águas mais profundas, fechando a lacuna entre a grinalda e a superfície do mar, até que a física do cabo de guerra intercede, a quilha e o lastro relutam contra a investida violenta, afastando o Atrocity de seu mergulho final a estibordo, voltando à superfície, é isso mesmo, corrigindo-se, uma correção que promete equilíbrio, fora e dentro outra vez, só que o balançar contra o mar acaba sendo um desafio inútil . . . a guerra monstruosa das águas gélidas abaixo também se afasta do lado de estibordo e enquanto o convés do capitão por um breve instante é nivelado, a água lá dentro também se nivela, e todo mundo espera que a água possa parar, mas ela não para, nunca, seguindo no rastro daquele impulso poderoso que afasta de estibordo, partindo agora a bombordo — Sosososososos — passando o centro — Sosososososos — crescendo até formar uma onda — Sosososososos . . . inútil, obviamente — e o capitão sabe, tendo ouvido sua morte antes de o impacto real reverberar pelo casco — e nunca houve tempo, de verdade, para botes salva-vidas . . . — a onda embaixo deles golpeia a bombordo, desta vez com força o suficiente para virar o navio de vez, enterrando a grinalda do convés superior na água, depois o funil, deixando entrar todo o mar, expulsando o lado interior de uma vez por todas, e embora alguns pais a bordo ainda consigam chegar aos botes, é tudo inútil, um gesto teatral nascido do hábito e o hábito nunca é esperança, mas alguns poderiam ter sobrevivido, na verdade — o hábito tem lá, sim, o seu lugar —, se houvesse um pouquinho mais de tempo, o tempo que afunda, mas o que era inflamável lá embaixo agora explode, uma Mão furiosa que soca a antepara e o casco abaixo e arrasta todos para o fundo, o capitão, os grumetes, pais, solitários e é claro também os filhos — nenhuma filha, no entanto —, de modo que todos agora estão presos lá dentro, toneladas de aço negro, cortando a escuridão, desaparecendo a menos de doze minutos do sol da meia-noite, tanta luz e luz brilhante, fazendo reluzir sinais no horizonte, reminiscente de uma mensagem escrita uma vez, muito, muito tempo atrás, mas que agora deixou de ser, perdida, ou será que estou errado mais uma vez? jamais escrita, que dirá . . . esperanças ilícitas? . . .crimes retroativos? . . . estupros incognoscíveis? uma tentativa de ocultar a Mão que nunca botou uma única palavra nesta página ou qualquer outra página, nem qualquer mensagem, acredito, em todas aquelas piscadas de luz sobre o gelo, inferindo algo a partir do que não está lá, nem nunca esteve, para começo de conversa, senão, quem fica para captar os sinais? quebrar os códigos? mesmo que a mensagem seja, no fim, sobrenatural e antipática . . . ainda mais neste exato momento naquele lugar onde o Atrocity afundou sem deixar vestígios, não há nenhuma compaixão, apenas lampejos cegos de luz sobre o gelo, um arremedo de sentido, onde jamais foi necessário haver sentido, longe dos altos picos glaciais, próximo a Nordaustlandet, um disco chato de água com apenas algumas bolhas solitárias e mesmo aqueles que se foram bem cedo já tinham desaparecido havia muito tempo quando os navios de resgate vieram revoando acima desse espelho do céu, a única marca de distinção, um buraco de luz ofuscante que sobe e desce junto com as horas, embora nunca desapareça, de modo que, mesmo quando a sombra minúscula do avião corre acima do sussurro das velhas tempestades ou será a chegada de uma nova tempestade?, algo previsto naqueles milhares e milhares de patas de gatos, o reflexo atrai uma segunda sombra no arco do céu . . . o Atrocity se perde junto com sua carga secreta e todos a bordo . . . shhhhhhhhhhhh . . . e quem poderia saber deste bolsão de ar naquele segundo porão de carga onde um homem se escondia, tendo selado as portas, criando um espaço interior momentâneo, um lugar onde se poderia viver, respirar, um homem que sobreviveu ao estouro e à água e em vez disso passou a viver para sentir um outro tipo de morte, tamanha escuridão impenetrável se fechando sobre ele, ainda mais escura do que qualquer noite haitiana ou qualquer assassinato recontado, mas ele encontrou sim uma lanterna, que não pôde muito contra a escuridão que dava para ouvir lá fora e impotente contra o frio que entra de uma vez enquanto esse grande caixão mergulha até o fundo, a pressão se acumulando, embora ainda não seja o suficiente para matá-lo antes de o navio atingir um banco de areia e rochas e lá repousar, os golpes no casco semelhantes a mergulhadores golpeando com martelos — mas, ele bem sabe, não tem nenhum mergulhador aqui, apenas bolhas de ar e chiados contando mentiras acerca do futuro. Ele deixa cair a lanterna, a lâmpada quebra, não tem nada para ver também, em todo caso, perdendo o ar, perdendo a noção do seu lar, suas filhas, suas cinco filhas loiras e . . . e . . . ele sente o banco de areia e rocha começar a ceder e de repente o navio afunda de novo, nada de rocha agora, nada de terra, tudo preto, e nada para impedir sua descida final . . . exceto talvez que a rocha pode não ter cedido, talvez o navio não tenha se movido, talvez o que ele sinta agora seja apenas sua própria queda conforme o ar acaba e o frio fecha o cerco de vez, e eu já o perdi de vista, nem sei mais se ele tinha mesmo cinco filhas loiras, estou perdendo qualquer noção de quem ele era, sem nome, sem história, apenas o pânico horrível que ele sentiu, universal para todos, enquanto afundava dentro daquela coisa, até as águas implacáveis, até a paz enfim seguir no rastro do pânico, uma paz triste e lúgubre mas um tanto agradável, afinal, embora ele esteja deitado lá sozinho, o peito arfando, sim, compreendendo o lar, compreendendo a esperança e perdendo tudo, tudo já desaparecido há muito, muito tempo . . . shhhhhhhhhhhh . . . quando então, do lado dele, a nem meio metro de distância, eis Algo que ele jamais viu, ninguém jamais viu, pois ele esbarrou no segredo ao fugir para este espaço de carga, mas sem o saber, embora pudesse tê-lo salvado e salvado a todos nós, na verdade, mas já desapareceu, letras de sal lidas pelo mar . . . e eu também perdi o Atrocity . . . e o sol se derrama sobre mim, superfícies outrora transparentes agora causam reflexo, como um mar de um tipo diferente, e eu esqueço meu navio ou o perco de vista, ou é a mesma coisa? muito tempo antes, eu vi em meus próprios porões duas cargas, uma delas secreta, a outra extremamente inflamável, a inflamável tendo sido posta lá por mãos invisíveis, por motivos invisíveis . . . quando eu me lembrei dela no jardim, aonde ela tinha ido vagar, para longe de todos aqueles fins horríveis no Oceano Índico, distante do meu próprio fim glacial, e encontrou flores e uma fonte, perfume e brisa, um brisa morna . . . Não era o Texas, mas o Tex, Tex às quatro horas, hora do chá, onde eu conheci a Ashley – Ashley, Ashley, Ashley . . . o sol fazia você espirrar – só que naquela época seu cabelo estava tingido de verde neon, combinando com seu coturno Doc Martens, uma combinação perfeita, nós dois juntos, conversando e conversando, a princípio com timidez, depois respondendo com maior avidez à atração óbvia que ambos sentíamos um pelo outro, até que ela me deu seu telefone e eu escrevi o meu número, meu nome e meu sobrenome, e foi assim que anos mais tarde ela enfim encontrou o número certo para ligar e me beijou e eu a beijei e nos beijamos por um bom tempo até ela me convidar para entrar e eu dizer não. Eu tinha me apaixonado por ela, aquele brilho de ouro e luz do sol e Roma, e queria esperar, em três dias eu ligaria para ela, para cortejar, casar com ela, engravidá-la e encher a nossa casa com cinco filhas loiras, até que . . . ah, não, aonde eu fui parar agora? o horror, mas não o horror e sim outro tipo de -orro-? ou ambos, não sei, de repente me inundam, o que na época estaria a apenas algumas semanas de distância, na verdade dobrando a esquina daqui, um legado de partidas, aproximando-se com pressa: excremento – solta . . . –urina– solta . . . e – a conjuntiva estourada – soltando filetes de lágrimas vermelhas. Tudo a que eu pude me ater, mas não consegui salvar. Claro que eu perdi tudo. Eu perdi seu número de telefone, eu a perdi, depois no estado de fuga do apagamento, perdi as lembranças dela, por isso quando ela me ligou ela já tinha ido embora com os beijos e a promessa e toda aquela esperança. Mesmo depois de nossa estranha reunião na rede suspensa sobre as folhas espalhadas & decompostas da bananeira, no rastro disso veio um adeus ainda mais estranho, ela ainda estava há muito, muito tempo desaparecida. Eu sei que cheguei tarde demais. Estou perdido dentro de mim e não mais me convenço de que haja uma saída. Tchau-tchau Ashley e adeus àquela pessoa que você conheceu antes de eu conhecê-lo e que precisei deixar ir embora.

(Considerando que se trata de uma corda Kernmantle dinâmica de 11 mm, não é difícil imaginar o tipo de força exercida sobre ela.)[250]

[250]Arrebenta entre 2.700 e 3.200 quilos — Eds.

Acima, Navidson ouve um vago grito e depois nada mais. Nem
mesmo o menor furo de luz.

Na Entrevista com Reston, Billy nos revela como a polia do topo foi arrancada do balaústre. Por sorte, Tom conseguiu agarrá-lo, junto à corda, antes que "a quinquilharia toda" voltasse a cair lá no fundo do fosso. "Demorou uns minutos para a gente se recuperar", Reston diz à câmera. "Ainda não tínhamos certeza do que tinha acontecido."

Para a tomada final dessa seção, Navidson arma a sua Arriflex
com uma lâmpada de tungstênio de trinta metros e usa um bastão
luminoso de cinco minutos de intensidade ultra-alta para iluminar
a área, acionando sua Hi-8 para registrar o som.

"Durante quase uma hora", ele começa a falar. "Eu fiquei esperando, descansei e continuei alimentando a esperança de que alguma coisa pudesse mudar. Não mudou. Em algum momento, comecei a mexer nas minhas coisas, tentando descobrir o que exatamente fazer depois disso. Foi então que de repente eu ouvi alguma coisa fazendo barulho atrás de mim. Me virei e lá estava no chão, ali do lado, a terceira moeda. [Ele segura a moeda diante da câmera] Se o Tom a lançou alguns minutos depois de Reston ter chegado ao topo, então ela estava caindo fazia uns cinquenta minutos. Estou confuso demais para conseguir fazer as contas, mas não precisa ser nenhum gênio para descobrir que estou agora a uma distância impossível de lá de cima.[251]

---

[251]Se considerarmos a fórmula $D_m=5t^2$, em que o tempo é calculado em segundos, a moeda precisaria ter caído 43891 quilômetros, o que excede, por 3816 quilômetros, até mesmo a circunferência da Terra na linha do Equador. Calculando a 9,7 m/s², o número fica ainda maior e chega a 87781 quilômetros. De fato, "uma distância impossível".[252]

[252]`Esta fórmula não está exatamente correta. Um cálculo mais preciso pode ser feito do seguinte modo: [preencher depois]`[253]

[253]O sr. Truant jamais chegou a completar esta nota de rodapé. — Eds.

"Não sei como vou fazer para voltar. Não tem sinal no rádio. Se eu conseguir encontrar a minha mochila e a do Jed, terei água e comida para uns três dias, pelo menos, com uns quatro dias, talvez, de baterias. Mas de que isso vai me adiantar? *Non gratum anus rodentum.*[254] Inferno."

[254]Não vale o cu de um rato — Eds.

A película termina aqui,

sem deixar nada para trás além da insignificante

tela

branca

XIII

~~Minotauro~~[123]

Alarga en la pradera una pausada
Sombra, pero ya el hecho de nombrarlo
Y de conjecturar su circunstancia
Lo hace ficción del arte y no criatura
Viviente de las que andan por la tierra.

— Jorge Luis Borges[255]

A ESPERA

1.

Teppet C. Brookes já viu muitos desenhos infantis ao longo de sua vida. Tendo sido professora de todas as séries desde o jardim de infância até o sexto ano, ela estava bem familiarizada com uma ampla variedade de homenzinhos de palito, objetos e enredos. Não era a primeira vez que via um lobo, tigre ou dragão. O problema era que esses lobos não apenas se viam à espreita, em silêncio, em meio a florestas de cádmio: eram uma loucura só os seus dentes, que surgiam das gargantas. Os tigres não apenas dormiam sobre os trevos; também rasgavam o verde céladon das colinas com índigo e um vermelho intenso. E o dragão com sua terrível cauda de esmeralda e olhar de rubi não era apenas ameaçador; ele incinerava tudo ao seu redor numa chama inflorescente e feliz em tons de heliotrópio e mostarda.

No entanto, mesmo essas fantasias violentas não eram nada se comparadas ao que se via no centro do desenho.

Uma semana antes de Navidson embarcar em sua expedição para a tentativa de resgate, Brookes havia pedido à sua turma da terceira série para que cada um desenhasse a própria casa. O desenho que Chad entregou não tinha chaminé, janelas, nem mesmo uma porta. Na verdade, não era nada além de um quadrado preto que preenchia noventa por cento da página. Além disso, foram aplicadas várias camadas de lápis e giz de cera pretos, de modo que nem mesmo um pingo do papel embaixo poderia ser visto. Nas margens tênues, Chad acrescentou as criaturas invasoras.

Era uma imagem estranha ao extremo e que deixou Brookes perturbada. Ela sabia que Chad havia se mudado para a Virgínia fazia pouco tempo e se envolvido em várias brigas no parquinho da escola. Embora essa conclusão não a deixasse lá muito satisfeita, ela decidiu que o desenho era um reflexo do estresse causado pela mudança e pelo novo ambiente. Mas também fez questão de ficar de olho nele conforme o ano avançava.

Não foi preciso esperar muito.

Brookes geralmente ia embora direto depois da aula, mas naquela

[255]"Alarga na pradaria uma vagarosa / Sombra, mas o próprio ato de nomeá-la / E de conjecturar sobre sua circunstância / Torna-a uma ficção da arte e não uma criatura / Vivente, das que andam pela terra." Tradução de Alastair Reid — Eds.

sexta-feira, bem por acaso, ela se viu vagando pela escola até a sala de aula do jardim de infância. Havia diversos desenhos pendurados na parede. Um deles em específico fisgou seu olhar. Os mesmos lobos, os mesmos tigres, o mesmo dragão, e no centro, embora tivesse apenas dois terços do tamanho da página, um quadrado impenetrável, composto de várias camadas de giz de cera preto e azul cobalto, sem nem mesmo o menor pingo de branco transparecendo.

Aquele desenho era de Daisy.

Embora Brooks não fosse formalmente diplomada em psicologia, suas duas décadas como professora, metade das quais passadas no colégio Sawatch Elementary, a levaram a ser exposta a uma quantidade de abuso infantil mais do que suficiente para uma vida inteira. Ela já estava familiarizada com os sinais e não apenas os sinais óbvios, como a desnutrição, marcas no corpo ou uma timidez anormal. Ela aprendeu a ler padrões de comportamento, hábitos de alimentação e até mesmo desenhos. Dito isso, ainda assim, nunca tinha visto uma semelhança tão marcante entre uma menina de 5 anos e seu irmão de 8. Era chocante a arte de ambos. "Diacho, eu já sobrevivi a dois casamentos ruins e já tive a minha cota de coisas ruins no caminho. Não tem muita coisa que me assusta, mas deixa eu lhe dizer que aquelas imagens me deram um arrepio."[256]

Teppet C. Brookes poderia ter acionado o Conselho Tutelar. Poderia até mesmo ter ligado para os Navidson e solicitado uma consulta. Naquela segunda-feira, no entanto, quando Chad e Daisy faltaram, ela decidiu fazer uma visitinha aos Navidson pessoalmente. Com ou sem arrepio, a curiosidade venceu: "Verdade seja dita, eu só queria dar uma espiada no lugar que inspirou aqueles desenhos".[257]

2.

Durante o horário de almoço, Brookes entrou no seu Ford Bronco e fez a viagem de quinze minutos da escola a Ash Tree Lane. "Fiquei com a impressão de que a casa era bem bacana e bonitinha do lado de fora. Esperava outra coisa, eu acho. Para dizer a verdade, eu quase fui embora na hora, mas já que estava ali, decidi pelo menos me apresentar. Eu tinha uma boa desculpa para isso. Queria saber por que as duas crianças não tinham ido à escola. E, ah, que se dane, se fosse catapora, eu já peguei, ora, não tem problema."[259]

Brookes se lembra de ter olhado para o relógio de pulso enquanto atravessava a porta da frente: "Era perto da uma da tarde. Bati na porta ou toquei a campainha, não lembro. Aí ouvi os gritos. Uivos. Já tinha ouvido esse tipo de bafafá antes. Comecei a bater com força de verdade. Um segundo depois, um homem afro-americano de cadeira de rodas abre a porta. Parecia surpreso em me ver, como se estivesse esperando outra pessoa. Dava para dizer que ele estava bem mal, suas mãos todas arrebentadas e sangrando. Eu não soube o que dizer, por isso falei que eu era da escola. Ele só fez que sim com a cabeça, me disse que estava esperando a ambulância e perguntou se eu podia lhe dar uma mãozinha".

Brookes não estava preparada para o verdadeiro matadouro que era a casa na qual estava prestes a entrar: uma mulher chorava aos soluços na sala de estar, um homem alto a consolava, dois corpos na cozinha cercados

---

[256]Teppet C. Brookes, *Os Lugares que Eu Vi*, recontado a Emily Lucy Gates (San Francisco: Russian Hill Press, 1996), pp. 37-69.

[257]Ibid., p. 38.[258]

[258]Conferir também a nota 212 que trata de Françoise Minkowska.

[259] Teppet C. Brookes, *Os Lugares que Eu Vi*, p. 142.

de sangue, na escada, Chad sentado ao lado de sua irmãzinha Daisy, que não parava de cantar, baixinho, para ninguém especificamente, umas palavras que ninguém conseguia entender — "ba. dá. ba-ba".

Brookes suportou cinco minutos ali dentro, sem conseguir ajudar ninguém, só fazendo o sinal da cruz várias vezes. Por sorte, o xerife, os paramédicos e uma ambulância logo chegaram. "Eu tinha entrado numa zona de guerra e, para ser honesta, a coisa toda me exauriu. Dava para perceber que minha pressão estava subindo. Sabe, às vezes você entra numa situação achando que vai conseguir fazer toda a diferença. Que você vai salvar a situação. Corrigir as coisas. Mas foi demais pra mim. Aquilo me pôs no meu lugar. [Começando a chorar] Nunca mais vi as crianças depois disso. Mas ainda tenho os desenhos delas."[260]

3.

Em alguns aspectos, as destilações das cores e giz de cera traçadas pelas mãos de duas crianças capturam o horror no cerne da casa com mais eficácia do que qualquer imagem capturada em filme ou fita, aquelas linhas superficiais e formas imperfeitas que narram o modo como a luz foi saindo de suas vidas. Brookes, porém, não foi a única que viu os desenhos. O quarto de Chad e Daisy está forrado deles, e o quadrado preto monstruoso vai se tornando progressivamente maior e mais escuro, até que, nos desenhos Chad, nem mesmo a menor margem sobrevive.

Karen sabe que seus filhos estão com problemas. Um trecho de uma fita Hi-8 a flagra dizendo que, assim que o pai deles voltar, ela vai levá-los à "casa da vó".

Infelizmente, quando Navidson, Tom e Reston desaparecem naquele corredor na manhã de sábado, Karen se vê numa situação impossível: dividida entre monitorar os rádios e cuidar de Chad e Daisy. No fim, a separação de Navidson acaba sendo mais dolorosa. Karen fica ao lado do rádio.

Daisy e Chad tentam, por algum tempo, convencer sua mãe a abandonar o posto, ainda que brevemente. Não conseguem e passam a ficar por ali na sala de estar. A incapacidade de Karen de se concentrar nos dois, todavia, logo afasta as duas crianças. Algumas vezes, Karen lhes pede para que pelo menos fiquem juntos. Daisy, no entanto, insiste em se esconder no seu quarto, onde pode brincar sem parar com sua boneca espanhola favorita e a casa de bonecas que Tom terminou de construir para ela. Enquanto isso, Chad prefere fugir para o quintal, desaparecendo no mato que o convoca, às vezes na companhia de Hillary, mas muitas vezes não, sempre além do alcance de qualquer câmera, e suas aventuras e sua raiva passam despercebidas.

Naquela noite de sábado, Chad e Daisy vão dormir sozinhos. Então, por volta das dez horas, nós vemos as duas crianças correndo até a sala de estar, dizendo ter ouvido vozes. Karen, no entanto, não conseguiu ouvir nada além do eterno sibilar dos rádios, ocasionalmente interrompido por Tom, que chama do Grande Salão. Mesmo depois de vasculhar o quarto das crianças, ela não consegue detectar nenhum som incomum. Pelo menos o medo evidente de Chad e Daisy consegue tirar Karen por um momento de seu estado obsessivo. Ela abandona o rádio e passa uma hora acomodando as crianças na cama.

O dr. Lon Lew acredita que a casa possibilitou que Karen aos poucos se libertasse de sua dependência de Navidson, o que lhe permitiu assumir uma distância maior e mais permanente: "O medo sentido pelos filhos, combinado

[260]"O Legado Navidson", *Sepultura de Inverno*, PBS, 8 de setembro, 1996.

com a necessidade que tinham dela, serviu para separar ainda mais Karen e Navidson. Infelizmente não foi o modo mais saudável de fazer as coisas. Ela meramente substituiu uma dependência por outra, sem confrontar aquilo que se via no cerne de ambas".[261]

Então, na noite de domingo, as duas crianças lhe perguntam o que aconteceu com todos os objetos de Feng Shui. Vemos os dois conduzirem a mãe de cômodo em cômodo, apontando para o tigre ausente, os cavalos de mármore ausentes e até mesmo para um vaso ausente. Karen fica em choque. Na cozinha, ela precisa se sentar, à beira de um ataque de pânico. Sua respiração está acelerada, o rosto coberto de suor. Por sorte, o episódio dura apenas dois minutos.

Fazendo coro com vários outros críticos, Gail Kalt se demora sobre a escolha de palavras de Karen em sua conversa com Tom pelo rádio quando ela se refere ao Feng Shui como "essa merda aí".

> Karen começou a desconstruir seus vários mecanismos de negação. Ela não continua a insistir na ciência ineficaz do Feng Shui, mas reconhece que a chave de sua desgraça se encontra na fissão ainda inexplorada entre ela e Navidson. Sem o saber, ela já começou o lento giro para encarar com o sentido, ou pelo menos um dos sentidos, da escuridão que habita as profundezas da sua casa.[262]

Certamente, fica mais claro que Karen está se afastando do estado de negação quando, após sua conversa com Tom, ela reúne todos os objetos remanescentes de Feng Shui e os arremessa numa caixa. David N. Braer, em sua tese "Faxina na Casa", aponta para o modo como Karen não apenas acrescenta à sua coleção os livros já mencionados no Capítulo V, como ainda inclui a Bíblia, vários manuais New Age, suas cartas de tarô e, o que é o mais estranho de tudo, um pequeno espelho de mão.[263] Então, após depositar a caixa na garagem, ela vem conferir como estão seus filhos mais uma vez, reconfortando-os com um convite para dormirem na sala de estar com ela, se quiserem. Eles não querem, mas o tom de gratidão em seus murmúrios parece sugerir que eles terão uma noite de sono mais tranquila agora.

Helen Agallway afirma que, "por volta da segunda-feira, 8 de outubro, Karen já está convencida de que precisa ir embora. Quando Tom reaparece na sala de estar e lhe informa que Navidson está a apenas algumas horas de voltar, ela não leva as crianças à escola, porque tem intenção de partir para Nova York naquele mesmo dia".[264]

Ao retornar da sua ida à cidade, com rolos de corda, polias e várias rodinhas, Karen começa a fazer as malas e manda as crianças fazerem o mesmo. Ela está, na verdade, no meio de um processo frenético de tirar uma série de sapatos e casacões de inverno do closet quando Tom sai apressado do corredor, empurrando a maca diante de si, com lágrimas escorrendo dos olhos.

4.

---

[261] Dr. Lon Lew, "Somando o In a Dependente", *Psychology Today*, v. 27, março/abril, 1994, p. 32.

[262] Gail Kalt, "A Perda da Fé — (Graças a Deus!)", *Grand Street*, v. 54, outono, 1995, p. 118.

[263] David N. Braer, "Faxina em Casa". Dissertação. University of Tennessee, 1996, p. 104.

[264] Helen Agallway, "O Processo de Abandono". Dissertação. Indiana University, 1995, p. 241.

Quando Karen vê Cera, sua mão cobre rapidamente a boca, mas não é capaz de sufocar o grito.[265] Reston é o próximo a sair do corredor, e o rosnado fica ainda mais alto atrás dele, ameaçando segui-lo até a sala de estar. Ele bate a porta freneticamente e fecha todas as trancas. Sem dúvida por conta do isolamento acústico da porta, esse gesto parece o bastante para manter à distância aquele som terrível.

Karen, no entanto, começa a berrar: "O que você está fazendo? Billy? Mas e o Navy? Cadê o Navy?".

Embora ainda esteja aos prantos, Tom tenta afastá-la da porta. "Nós perdemos ele."

"Ele morreu?", a voz de Karen falha.

"Acho que não", Tom balança a cabeça. "Ainda está lá embaixo. Bem lá embaixo."

"Bem, então vão lá e busquem ele! Entra lá e busca o seu irmão!" Sua voz começa a ficar mais esganiçada, "Você não pode simplesmente deixar ele lá".

Mas Tom permanece imóvel e quando Karen enfim olha no seu rosto e contempla a sua mescla de medo e luto, ela desaba num acesso de soluços. Reston vai até o hall de entrada e chama uma ambulância.

Enquanto isso, Cera, que foi deixado temporariamente sozinho na cozinha, resmunga baixinho deitado na maca. Ao lado dele, está o corpo de Jed. Infelizmente Tom não se dá conta da quantidade de sangue que empapou as roupas de Jed. Cego em seu próprio sofrimento, ele não percebe que acabou cobrindo o piso de linóleo com uma mancha vermelha ao deitar ali o cadáver. Ele chega a pisar no sangue, deixando pegadas no carpete enquanto segue até a sala de estar para consolar Karen.

Toda essa comoção, talvez inevitavelmente, acaba atraindo as crianças até a sala.

Chad é o primeiro a flagrar o cadáver. Há algo especialmente perturbador quando assistimos ao modo como ele e Daisy caminham devagar na direção de Jed e depois se aproximam de Cera. Ambos parecem tão distantes. Quase como se estivessem em transe.

"Cadê o papai?", Chad enfim pergunta. Mas Cera está delirante.

"Ah. Preciso de ah-gua."

Chad e Daisy juntos enchem um copo d'água da torneira. Cera, porém, está fraco demais para conseguir se sentar, que dirá beber. Eles acabam molhando seus lábios rachados com algumas gotas d'água.

Segundos depois, alguém bate com força na porta da frente. Reston manobra a cadeira de rodas e abre a porta. Ele espera ver os paramédicos, mas, em vez disso, quem está ali é uma mulher de 40 e tantos anos e cabelos quase perfeitamente grisalhos. Chad e Daisy correm até a escada. Os dois também pisam no sangue, seus pés deixando pequenas pegadas vermelhas no

---

[265]Muitos reclamaram que a Fita de Holloway, bem como as duas sequências sem título frequentemente identificadas como "A Espera" e "A Evacuação", são incompreensíveis. A falta de resolução, foco e som (exceto pelas entrevistas prévias filmadas em 16 mm) exacerbam ainda mais as dificuldades propostas por um excesso de cortes bruscos e toda a bagunça cronológica no geral. Dito isto, é crucial reconhecer que a má qualidade e a incoerência generalizada não são um reflexo do estado de espírito do seu criador. Pelo contrário, Navidson fez uso dessas discrepâncias estilísticas de modo brilhante para reafirmar o horror e o deslocamento avassaladores que sua família sofreu durante "A Evacuação". Para uma bibliografia mais ampla dedicada especificamente à reconstrução da narrativa, vide *O Registro Navidson: a Novelização* (Los Angeles: Goal Gothum Publication, 1994); Thorton J. Cannon Jr., *O Registro Navidson: Ação e Cronologias* (Portland: Penny Brook Press, 1996); e Esther Hartline, *Pelas Linhas* (Nova York: Dutton, 1995).

piso. A professora de Chad mal consegue pronunciar uma única palavra ou oferecer qualquer tipo de assistência. Tom continua sentado ao lado de Karen até que uma hora seus gritos emudecidos se unem ao ulular das sirenes que se aproximam rapidamente da casa em Ash Tree Lane.

5.

Embora *O Registro Navidson* declare, sem meias palavras, que Cera Hook sobrevive, a obra não se demora nos detalhes acerca de sua partida. Diversos artigos publicados após o lançamento do filme, no entanto, revelam que ele foi quase imediatamente levado de helicóptero a um hospital em Washington, D.C., onde foi mandado à UTI. Lá os médicos descobriram que os fragmentos do processo coracóideo e da escápula transformaram em hambúrguer seus músculos do trapézio, deltoide e infraespinhal. Milagrosamente, no entanto, a bala e os fragmentos de osso haviam apenas roçado a artéria subclávia. Cera acaba se recuperando e, após um longo período de reabilitação, consegue voltar à sua vida de atividades ao ar livre, mas é duvidoso que algum dia venha a escalar o Everest, que dirá tentar subir sozinho o Lado Norte. Como ele mesmo confessa, Cera também evitará cavernas, sem falar no seu próprio closet.[266]

A polícia começou a investigar a morte de Jed Leeder assim que Cera foi levado à ambulância. Reston providenciou aos policiais uma cópia da fita da sua câmera Hi-8 que mostra Holloway atirando contra Cera e Jed. Para a polícia, o assassinato parece ter acontecido num lugar que não é nada além de um corredor escuro. Conforme foram saindo os avisos no rádio da polícia, as patrulhas começaram uma caçada por todo o estado, que duraria várias semanas. Naquela tarde, Karen também insistiu em apresentar às autoridades o labirinto devorador com paredes cinzentas. Talvez acreditasse que eles fossem tentar localizar Navidson. Os resultados não foram nada satisfatórios.

Na Entrevista com Reston, Billy balança a cabeça e chega a dar uma risada suave:

> Não foi uma má ideia. Tom e eu já estávamos de saco cheio também. Karen só tinha expectativas demais, especialmente naquela cidade que só tem um xerife e um punhado de delegados. Quando o xerife chegou, Karen o arrastou na hora até o corredor, lhe entregou uma lanterna e uma ponta de um carretel de linha de pesca Monel. Ele ficou olhando como se ela fosse doida, mas acho que ficou meio assustado também. Naquela altura, ninguém estava disposto a ir lá com ele. Karen, por conta da claustrofobia. Tom, porque já estava dando um trago. E eu, eu estava tentando consertar minha cadeira de rodas. Ficou toda torta quando eu subi pela corda. Mesmo assim, digo, mesmo que minha cadeira estivesse inteira, teria sido difícil voltar lá. Em todo caso, o xerife Oxy, Axard, Axnard, acho que era esse o seu nome, o xerife

[266] Cf. *U. S. News & World Report*, v. 121, 30 de dezembro de 1996, p. 84; *Première*, v. 6, maio de 1993, pp. 68-70; *Life*, v. 17, julho de 1994, pp. 26-32; *Climbing*, 1 de novembro, 1995, p. 44; *Details*, dezembro de 1995, p. 118.

> Axnard entrou lá sozinho. Caminhou uns três metros e depois voltou direto, agradeceu e foi embora. Nunca disse uma única palavra sobre o lugar e nunca mais voltou. Depois passou um tempão procurando Holloway em qualquer outro lugar, mas nunca dentro da casa.

Logo após o lançamento do *Registro Navidson*, o xerife Josiah Axnard foi abordado por diversos repórteres. Há uma cena em que o xerife está entrando na viatura: "De uma vez por todas, a casa foi completamente vasculhada e Holloway Roberts não estava lá". Seis meses depois, o xerife consentiu em dar uma entrevista à National Public Radio (18 de abril, 1994), na qual contou uma história levemente diferente. Ele confessou ter entrado num "corredor estranho". "Não está mais lá", continuou. "Eu olhei. Não tem nada fora do normal mais lá, mas... naquele dia tinha... tinha um corredor na parede sul. Gelado, sem luz e que não dava em lugar nenhum. Me deixou assustado de um jeito que eu nunca fiquei antes, como se estivesse em pé dentro de uma tumba gigantesca e eu lembro claramente, como se fosse ontem, que pensei com meus botões: 'Se o Holloway está aqui, eu não preciso me preocupar. Já era. Já era mesmo'."[267]

6.

Naquela noite, Karen fica na sala de estar, em meio aos soluços de um choro intermitente, deixando aberta a porta do corredor, embora aquele meio metro de distância da porta a faça sofrer de palpitações e tremores, como ela explica a Reston. Reston, no entanto, sofrendo de uma necessidade urgente de tirar uma pestana, cai num sono profundo quase que imediatamente no sofá.

Há um momento particularmente horrível quando o telefone toca e Karen atende no viva-voz. É a noiva de Jed Leeder, ligando de Seattle, ainda sem saber o que está acontecendo. A princípio, Karen tenta evitar dar as notícias, mas quando a mulher começa a sentir o cheiro da mentira, Karen lhe diz a verdade. Um berro de pânico irrompe do viva-voz e depois se degenera numa série de gritos de terror. De súbito, a linha fica muda. Karen fica esperando a mulher ligar de volta, mas o telefone não toca de novo.

É claro que, enquanto tudo isso acontece, as crianças acabam abandonadas mais uma vez, tendo que cuidar uma da outra, sem ninguém mais por perto para ajudar a traduzir o horror daquela tarde. Elas se escondem no quarto, raramente dizendo alguma coisa. Nem mesmo Tom faz uma aparição para contestar temporariamente os medos deles com o lirismo calmante de uma história para dormir sobre lontras, águias e um ou outro tigre.

---

[267]Esta também não é a primeira vez que a palavra "tumba" ou equivalente aparece em referência à casa no *Registro Navidson*. Quando Reston sugere a Navidson usar o medidor de distância da Leica, ele acrescenta: "Isso deve bastar para fazer o fantasma voltar pra tumba". Holloway, na Exploração #3 murmura: "Frio que nem uma tumba". E no mesmo segmento, Cera oferece a seguinte variação, entre grunhidos: "Parece que eu estou num caixão". Em uma das fitas Hi-8 no seu vídeo-diário, Karen tenta fazer graça com a sua situação quando comenta: "É como ter uma catacumba gigante no lugar de uma sala de estar". Tom na História de Tom conta a piada do "coveiro", ao passo que Reston, durante a tentativa de resgate, admite para Navidson, "Sabe de uma coisa, eu me sinto dentro de uma tumba", ao que Navidson responde, "Faz a gente imaginar o que é que está enterrado aqui". "Bem, a julgar pelo tamanho", Reston responde: "Só pode ser o gigante da história de João e a porra do Pé de Feijão". Gigante, de fato.[268]

[268]Em várias ocasiões, Zampanò também usa a palavra "tumba".[269]

[269]Vide o índice — Eds.

Quando Tom voltou da tumba, estava convencido de que tinha perdido o irmão. Ele e Reston, ambos ouviram a grande Escadaria em Espiral abrir a bocarra sob seus pés, e a Hi-8 de Reston chegou a flagrar um relance da luz de Navidson mergulhando, até enfim desaparecer no abismo como uma estrela cadente.

Como explica Billy na Entrevista com Reston: "Tom tinha a sensação de que uma parte havia sido arrancada dele. Nunca o vi agir daquele jeito. Ele começou a tremer e as lágrimas se acumulavam nos olhos. Tentei falar pra ele que a escada podia encolher assim como tinha se esticado, e ele concordou comigo e fez que sim com a cabeça, mas isso não fez as lágrimas pararem. Era uma cena aterrorizante de ver. Ele amava demais o irmão".

Após vermos os paramédicos levarem Cera embora, acompanhamos Tom em sua busca de refúgio no escritório, onde consegue localizar, entre as suas coisas, a última ponta de um baseado. Fumá-lo, no entanto, não lhe oferece o menor alívio, absolutamente. Não está mais chorando, mas as mãos ainda tremem. Várias vezes ele respira fundo e depois, quando Karen está se preparando para mostrar o corredor ao xerife Axnard, ele rouba um gole do bourbon.[270]

Lamentavelmente, Tom não para nesse único gole. Algumas horas depois, já matou a garrafa toda de quase um litro, mais uma meia garrafa de vinho. E teria passado a noite toda bebendo se a exaustão não o tivesse alcançado. É claro que a manhã seguinte é incapaz de apagar os eventos do dia anterior. Tom tenta recuperar o tempo perdido ao acompanhar Reston de volta ao Grande Salão. Para surpresa de todos, porém, eles descobrem que o corredor agora termina dez metros adiante e também não há nenhuma porta ou corredores alternativos que se abram a partir dali. Karen volta ao seu quarto quando vê Tom e Reston ressurgirem após apenas cinco minutos.

Embora ele também sofra com o desaparecimento de Navidson, Reston se esforça ao máximo para dar conselhos a Tom. Assim, pelo menos durante algumas horas, Tom consegue resistir à vontade de continuar bebendo. Chad aparentemente fugiu de casa ao amanhecer e agora se recusa a entrar ou dizer qualquer palavra à mãe. Tom em algum momento o encontra em meio aos galhos de uma árvore logo além do limite da propriedade. Em todo caso, não importa o quanto tentem, ninguém consegue persuadir o menino de oito anos a voltar para dentro.

Nas palavras de Billy (de novo na Entrevista com Reston): "Tom me disse que o Chad estava feliz na sua árvore e era difícil para o Tom lhe dizer que dentro da casa era melhor. Mas tinha mais alguma coisa também. O menino, pelo visto, saiu correndo de casa quando ouviu algum tipo de murmúrio, algo a ver com um caminhante na escuridão, depois um estouro, como um tiro e o som de um homem morrendo. E aí ele acordou na hora, ele disse. Na hora eu só imaginei que tivesse tido um pesadelo do menino".

A julgar pela filmagem da casa, o que parece levar Tom ao limite naquele segundo dia é quando ele volta para a casa e encontra Daisy — seus braços cobertos com estranhos arranhões — se balançando na frente do corredor, gritando "Papai!", apesar da ausência de qualquer resposta, a ausência até mesmo de um eco. Quando Karen enfim desce as escadas e leva a sua filha para fora a fim de ajudar a encontrar Chad, Tom pega o carro e vai para a cidade. Uma hora depois, ele volta com compras, suprimentos médicos desnecessários, revistas e o motivo da excursão para começo de conversa — uma caixa de garrafas de bourbon.

---

[270]Cf. Harmon Frisch, "Nem de longe um ex-alcoólatra", *Vinte Anos no Programa*, organização de Cynthia Huxley (Nova York: W. W. Norton & Company, 1996), pp. 143-179.

No terceiro e no quarto dias, Tom não sai do escritório, tentando beber até o luto se render.

Karen, por outro lado, começa a lidar com as consequências do desaparecimento de Navidson. Ela rapidamente passa a prestar mais atenção aos seus filhos, enfim atraindo Chad de volta à casa, onde ela é capaz de supervisionar enquanto ele (junto de Daisy) faz as malas. Num breve trecho do filme, flagramos Karen ao telefone, presumivelmente com sua mãe, discutindo sua partida iminente da Virgínia.

Reston continua na sala de estar, tentando a todo instante encontrar Navidson pelo rádio, sem nunca conseguir ouvir mais do que estática e ruído branco. Lá fora, uma tempestade começa a relampejar e cuspir chuva nas janelas. Os raios lançam sombras. Um vento uiva como se fosse alguém ferido, preenchendo todo mundo com um pavor gélido, de exaurir os ossos.

Quase à meia-noite, Tom sai do escritório, rouba uma fatia da torta de merengue e limão e depois prepara um chocolate quente para todo mundo. Leite integral, cacau puro, açúcar e um pingo de extrato de baunilha, tudo isso levado à fervura com cuidado. O gesto agrada a Billy e Karen. Tom não parou de beber ainda e chega a batizar a xícara com uma dose de Jack Daniels, mas parece ter atingido um platô em sua bebedeira, não exatamente alcançando algum momento sublime de clareza, mas pelo menos obtendo um certo grau de autocontrole.

Então Tom, embora esteja usando apenas uma camiseta, respira fundo e entra marchando no corredor mais uma vez. Um minuto depois, ele volta.

"Não tem mais que três metros de profundidade agora", Tom grunhe. "E o Navy sumiu já faz quatro dias."

"Ainda existe uma possibilidade", Reston responde num murmúrio.

Tom tenta dar de ombros e ignorar a certeza de que seu irmão deve estar morto. "Sabe", ele continua, com uma voz bem baixinha, ainda encarando o corredor. "Uma vez um cara foi pra Madri. Estava a fim de ver alguma coisa diferente, e resolveu experimentar um restaurantezinho local e pediu — coisa rara — a especialidade da casa.

"Logo chegou um prato com arroz pilau e dois grandes objetos carnudos.

"'Que é isso?', ele perguntou ao garçom.

"'Cojones, señor'.

"'O que são cojones?'

"'Cojones', responde o garçom, 'são os testículos do boi que perdeu na arena hoje'.

"Embora um pouco hesitante a princípio, o homem foi lá e ainda assim experimentou. E, claro, o prato era delicioso.

"Bem, passa uma semana, ele volta ao mesmo restaurante e pede a mesma coisa. Desta vez, quando chega o prato, os objetos carnudos são bem menores e o gosto não é nem de longe tão bom.

"Imediatamente ele chama o garçom.

"'Ei', ele diz, 'O que é isso?'

"'Cojones', replica o garçom.

"'Não, não', ele explica. 'Eu comi cojones na semana passada e eram bem maiores.'

"'Ah, señor', suspira o garçom. 'Nem sempre o touro perde.'"

7.

A piada de Tom é uma tentativa de atenuar parte da dor inerente à sua espera prolongada, mas é claro que nada é capaz de mitigar a percepção cada vez mais óbvia de que Navidson pode ter desaparecido para sempre.

Em algum momento, Tom volta ao escritório para tentar dormir, mas Karen continua na sala de estar, de vez em quando pegando no sono, muitas vezes tentando localizar Navidson no rádio, sussurrando seu nome como uma prece ou uma canção de ninar.[271]

No trecho das 5:09 da manhã da Hi 8, Karen está com a cabeça apoiada nas mãos e começa a pegar no sono. Há algo de sinistro na estranha imobilidade que se instaura na sala de estar nesse momento, algo que o ronco de Reston no sofá não é capaz, nem de longe, de perturbar. É como se essa cena tivesse sido fixada de algum modo impossível, imutável, até que, do nada, presumivelmente antes de as câmeras se desligarem — não mais programadas para funcionar com base em detecção de movimento —, Navidson sai mancando do corredor. Está claramente exausto, desidratado e talvez incrédulo diante do fato de que conseguiu escapar do labirinto. Ao ver Karen, ele imediatamente se ajoelha ao seu lado, tentando despertá-la com as mais suaves palavras. Karen, porém, tendo sido trazida de volta dos seus sonhos de um modo tão brusco, é incapaz de segurar um sobressalto de choque ao ouvir e ver Navidson. É claro que, no momento que ela percebe que não se trata de um fantasma, seu terror se dissolve num abraço e numa enxurrada de palavras, que acordam todo mundo na casa.

Vários ensaios foram escritos sobre esse reencontro e, no entanto, nenhum deles sugere que Karen tenha revertido ao seu estado anterior de dependência. Consideremos os comentários de Anita Massine:

> Seu abraço e sua felicidade iniciais não são apenas por conta do retorno de Navidson. Karen se dá conta de que ela cumpriu a sua parte do acordo. Seu tempo naquele lugar chegou ao fim. A chegada de Navidson significa que ela pode ir embora.[272]

Ou a réplica de Garegin Thorndike Taylor:

> Se anteriormente era possível que Karen se dissolvesse em lágrimas, agarrando-o à sua maneira típica, desta vez ela se mostra claramente mais reservada e até mesmo lacônica, valendo-se do próprio sorriso como defesa.[273]

Ou, por fim, o Professor Lyle Macdonough:

> O motivo de Karen gritar quando Navidson a desperta nada tem a ver com o terror inerente

---

[271] A resposta emocional de Karen não se limita à saudade. No começo daquela noite, ela se retirou até o banheiro, abriu a torneira e fez um registro no seu vídeo-diário em tom de acusação: "Que ódio que você entrou lá, Navy. Que ódio [Começando a chorar]. Esta casa, este lar, era para fazer a gente se aproximar. Era pra ser melhor e mais forte do que só uns votos idiotas de casamento. Era pra fazer a gente virar uma família [Soluçando]. Mas, ai meu deus, olha só o que acabou acontecendo".

[272] Anita Massine, *Dialetos do Divórcio em Filmes Americanos do Século XX* (Oxford, Ohio: Miami University Press, 1995), p. 228.

[273] Garegin Thorndike Taylor, "O Lastro do Eu", *Modern Psyche*, v. 18, 1996, p. 74. Conferir também os Capítulos II e V.

> do corredor ou algum outro *cauchemar*. Tem tudo a ver apenas com Navidson. No fundo, é dele mesmo que ela tem medo. Ela teme que ele possa tentar mantê-la naquele lugar. Teme que ele possa ameaçar a sua independência, que aos poucos vem se formando. Somente após as rédeas de sua consciência retornarem ao normal é que ela recorre aos modos esperados de recebê-lo de volta.[274]

Karen claramente se recusa a permitir que o surgimento de Navidson altere seus planos. Ela não aceita que sua mera presença lhe conceda qualquer autoridade. Já está convencida. Mesmo antes de ele começar a recontar a história de sua subida desesperada por aquelas escadas ou como ele encontrou o equipamento de Holloway,[275] Karen anuncia suas intenções de ir embora para Nova York naquela mesma noite.

Evidentemente, depois que todos se sentaram e assistiram à Fita de Holloway, Navidson foi o único que ainda hesitou em abandonar a fria atração daqueles corredores.

---

[274] "A Dissolução do Amor no *Registro Navidson*", do professor Lyle Macdonough, da Série de Palestras Crafton, em Chatfield College, St. Martin, Ohio, 9 de fevereiro de 1996.

[275] No seguinte trecho da Última Entrevista, Navidson lança mais luzes sobre o modo como conseguiu sair daquele vazio obscuro: "Eu me lembro de ter encontrado a mochila do Jed, então eu soube que podia ficar tranquilo por um tempo quanto aos mantimentos, a água e a alimentação. Aí eu simplesmente comecei a subir as escadas, um degrau por vez. A princípio estava indo bem devagar. Aquele rugido com frequência vinha subindo pelo fosso central, como alguma ululação medonha. Por vezes parecia que eram vozes. Centenas de vozes. Milhares. Me chamando. Outras vezes, parecia um vento, apesar de não ter vento nenhum lá.

"Lembro de ter encontrado a Fita de Holloway em um dos lances de escada. Uns pedaços de um marcador neon ainda colados na parede fisgaram o meu olhar e aí eu fui lá averiguar. Um minuto depois, encontrei a mochila dele e a câmera. Estava tudo ali, jogado. E o fuzil também estava por perto, mas não havia o menor sinal dele.

"Foi bem esquisito encontrar alguma coisa, qualquer coisa, naquele lugar. Mas o que fez com que tudo fosse particularmente estranho foi o tanto que eu estava pensando em Holloway naquela hora. O tempo todo eu esperava que ele fosse saltar de algum canto e atirar em mim.

"Depois disso, fiquei meio assustado e despachei a munição de vez, arremessando-a no fosso à minha direita. O tempo todo, eu não parava de pensar no que devia ter acontecido com seu corpo. Era enlouquecedor. Por isso tentei me concentrar em outras coisas.

"Eu me lembro de ter tido então a impressão de que uma das unhas do meu pé direito, do dedão, tinha rasgado e começado a sangrar. Foi nesse momento que De-... Delial me veio à mente, e foi horrível.

"Mas enfim, comecei a me concentrar em Karen. Em Chad e Daisy. No Tom e no Billy. Pensei em todas as vezes que fomos ao cinema juntos ou assistimos um jogo ou qualquer coisa do tipo, de anos atrás, quatro meses atrás, vinte anos atrás. Lembrei da primeira vez que eu me encontrei com a Karen. O modo como ela andava. Aqueles ângulos perfeitos que ela traçava com os seus pulsos. Seus lindos dedos compridos. Lembrei de quando o Chad nasceu. Todo esse tipo de coisa, tentando trazer à mente esses momentos do modo mais vívido possível. Com o máximo de detalhes. Depois de um tempo, entrei meio que num transe e as horas começaram a se dissolver. Pareciam minutos.

"Na terceira noite, tentei subir mais um degrau e descobri que não tinha mais nenhum. Eu já estava de volta ao Grande Salão. O mais estranho é que, como eu logo descobri, ainda estava bem longe de casa. Por algum motivo, tudo lá havia se esticado também. Agora, de repente, havia muitos outros becos sem saída. Demorou mais um dia e uma noite até eu conseguir voltar à sala de estar e, para dizer a verdade, até eu enfim chegar lá eu não tinha muita certeza de que conseguiria."

HOLLOWAY

8.

Não foram poucas as pessoas que tentaram[ ][276]explicar a loucura de Holloway.

[276]Algum tipo de cinza caiu nas páginas seguintes, queimando o papel e abrindo pequenos buracos em alguns pontos e, em outros, erradicando grandes trechos do texto. Em vez de tentar reconstruir o que foi destruído, eu decidi apenas colocar as lacunas entre colchetes - [].

Infelizmente, não faço a menor ideia do que foi que causou essas queimaduras. São abundantes demais para ter sido alguém que deixou cair cinza de cigarro, e Zampanò também não fumava, em todo caso. Outro pequeno mistério para ficar ruminando, se você gosta desse tipo de coisa, ou só para esquecer mesmo, que é o que eu recomendo. Embora eu mesmo não consiga seguir meu próprio conselho, imaginando uma cinza pálida pairando como neve por toda parte, depois da explosão, mas ainda horas antes da famosa avalanche de calor, o rugido piroclástico que vai incinerar tudo, embora por ora — e ainda há tempo . . . — sejam apenas pequenos flocos beijando sem pressa minúsculos pontos de significado, enquanto acima, bem acima, a erupção continua a obscurecer o sol.

Há apenas uma escolha e são os corajosos que optam por ela.

Saia do caminho.

Lude me visitou umas noites atrás. Eram meados de setembro, mas eu não o via desde junho. Ele ficou puto com a notícia de eu ter sido mandado embora do Estúdio, mas não faço a menor ideia de por que ele se importava com isso. Assim como o meu chefe, ele também achou que eu estava usando heroína. Também ficou meio surtado quando finalmente viu com os próprios olhos o péssimo estado em que eu me encontrava, todo macilento e isolado e não sem um certo odor. Mas o Lude não é idiota. Uma única olhada no meu quarto e ele sabia que o problema não era droga. Todos aqueles livros, esboços, colagens, resmas e resmas de papel, fitas métricas pregadas dos cantos ao chão e, claro, aquele grande baú preto bem ali no centro de tudo, era só um outro modo de dizer, enfim: não, não, não é droga mesmo.

"Joga tudo isso fora, Jaguara", disse Lude e começou a vir até a minha mesa para dar uma inspecionada mais de perto. Eu saltei, por instinto, como um animal defendendo a sua matilha, interpondo-me entre ele e o meu trabalho, aqueles papéis, esta coisa aqui.

Lude recuou — na verdade, era a primeira vez que eu já vi ele recuar; na vida — um passo só para atrás, mas ainda assim era uma recuada, dizendo que eu estava sendo "esquisito", que eu estava sendo "assustador".

Logo pedi desculpas e dei uma explicação incoerente sobre o porquê de eu estar mexendo com aquilo. O que é verdade.

"Bobagem", Lude respondeu com um grunhido, talvez com certa raiva por eu tê-lo assustado. "Pelo amor, olha o que você está desenhando?". Ele apontou para as imagens presas na minha parede, traçadas em guardanapos, nos versos de envelopes, o que estivesse à mão. "Salas vazias, um caralho de centenas de salas pretas e vazias!"

Não lembro o que foi que eu murmurei na sequência. Lude começou a balançar um saco de maconha na minha frente, disse que teria uma festinha lá em Beachwood Canyon, algum castelo cheio de putas usando bala e um porão cheio de hidromel. Era interessante ver o Lude defendendo aquilo ainda, mas eu só balancei a cabeça.

Ele se virou para ir embora e de repente deu meia-volta, girando em torno dos próprios calcanhares e tirando do bolso um flash prateado, cishlash-shhhhhhick, a rodinha pegando a ponta do seu dedão, conectando as fagulhas e a querosene . . . seu velho Zippo sacado como se fosse um revólver .44 de algum faroeste mitológico, sacado por um caubói de chapéu branco, e não é que o Lude estava de verdade todo vestido de branco, um paletó creme, de linho, o que significa, eu acho, que eu estaria de preto, e pensando bem agora eu estava sim de preto – jeans preto, camiseta preta, meias pretas. Mas não era um duelo. Era uma oferta, e no entanto, eu não queria/não podia aceitá-la.

Lude deu de ombros e apagou a chama, aquele borrão imolador de claridade bruscamente recuando e virando um longo fio cinzento que subia até o teto antes de enfim desabar em invisíveis, inapreensíveis corredores de caos.

Saindo para o corredor, um lugar com paredes desbotadas onde um cadáver rosado às vezes chamado de carpete se estende e cobre as escadas, Lude me contou por que tinha vindo me visitar, para começo de conversa: "O namorado da Kyrie está de volta na cidade e vem atrás de você, você em particular, mas como fui eu quem apresentou vocês dois, ele está atrás de mim também. Toma cuidado. O sujeito é maluco". Lude hesitou. Ele sabia que o Homem de Gdansk era a menor das minhas preocupações, mas acho que queria ajudar.

"Vejo você por aí, Lude", eu murmurei.

"Se livra desse negócio, Jaguara, você vai morrer."

Então ele jogou para mim o isqueiro e foi embora, a luz fraca transformando-o numa sombra, depois num som e por fim em silêncio.

Talvez ele tivesse razão.

Saia do caminho.

Lembro da primeira vez que eu não saí e uma barra de ferro enferrujada me ensinou qual é o gosto que os dentes têm. Na segunda vez eu fiquei esperto. Fugi de casa, trepei na parede de tijolos do fundo que nem um gato de rua e saí correndo pelo matagal que cobria o terreno. Demorou um tempo até ele me encontrar, mas quando me encontrou, me encurralando como alguma besta-fera na escadaria de uma loja nas redondezas, um negócio de limpar chaminés, na verdade, Gallow & Sons, algo nesse sentido, ele já tinha perdido o foco. O tempo intercedeu. Apaziguou a sua fúria.

Raymond ainda assim me bateu, um tapa de mão aberta na orelha esquerda, a dor respondendo ao silêncio ensurdecedor que se seguiu, um baque distante depois enquanto minha testa ia de encontro à parede de concreto.

Raymond ainda gritava comigo, sem parar de falar das brigas, as minhas brigas, no colégio, o meu comportamento, minhas errâncias e como ele ia me matar se eu não parasse.

Ele já tinha matado gente antes, como me explicou. E era capaz de matar de novo.

Eu não conseguia mais enxergar, algo preto e doloroso sibilando contra a minha cabeça, roendo os ossos da maçã do meu rosto, lágrimas escorrendo pelas bochechas, mas eu não estava chorando, era só meu nariz que sangrava, e ele nem tinha quebrado dessa vez.

Raymond continuou a lição, suas palavras reverberando inúteis ao meu redor. Estava tentando parecer um dos seus heróis de faroeste, dando conselhos profundos e me dizendo que eu era apenas "bucha de canhão", mas ele pronunciava meio como "colhão", de um modo a implicar que ele estava era se referindo a si mesmo. Eu fazia que concordava com a cabeça, mas por dentro eu comecei a desvelar uma lição diferente. Eu reconhecia o quanto um pouquinho de medo me era útil — afinal, eu não iria parar no hospital desta vez. O tempo todo eu havia interpretado, equivocadamente, a minha postura desafiadora como bravura, minha disposição para entrar em confronto direto como um ato de nobreza, embora eu tivesse apenas treze anos e aquele monstro fosse um ex-fuzileiro naval. Eu não conseguia enxergar a raiva como outra coisa além de uma maneira de esconder o medo. O ato mais corajoso seria aceitar o meu medo e temê-lo, temê-lo de <u>verdade</u>, depois atentar para essa instrução e tomar uma decisão muito mais corajosa: fugir de uma vez por todas daquele maluco insuportável & sua fúria, para longe daquelas convoluções obscuras de violência das quais ele jamais viria a se desembrenhar, rumo aos braços de algum amanhã desconhecido.

Na manhã seguinte, eu disse para todo mundo que os meus ferimentos eram por causa de mais uma briga no pátio do colégio. Passei a ser amigo da sutileza, droguei Raymond com elogios e histórias autodepreciativas. Histórias inventadas. Passei a esquivar, desviar e adquiri todo um novo vocabulário para distorcer, ocultar, o tempo todo planejando meticulosamente, além do alcance do olhar deles todos, a minha fuga. Claro que eu admito agora que, embora fosse um plano bem testado, eu jamais teria conseguido se, naquele mês de setembro, poucas semanas depois, eu não tivesse sido encontrado por certas palavras, palavras de ternura da minha mãe, flagrando a minha história em meio às lacunas, me oferecendo coragem e direcionamento, uma voz poderosa o suficiente para enfim me permitir alçar voo e me dar forças para ir.

Mal sabia eu que, quando eu consegui fugir pro Alasca e depois pra um internato, o Raymond já estava nas últimas. A coincidência deu uma nova ressonância a uma maldição improvável. O câncer havia se instaurado nos ossos de Raymond, esburacando seu fígado e pâncreas. Não tinha para onde fugir e ele o devorou vivo, literalmente. Quando fiz 16 anos, ele já estava morto.

Acho que a opção óbvia agora era simplesmente me livrar dessa coisa de uma vez, o que, se o Lude estiver correto, vai pôr um fim em todas as minhas perturbações recentes. É uma boa ideia, mas tem cheirinho de esperança. Falsa esperança. Nem todos os problemas complexos têm soluções simples; é o que diz a Ciência (é o que <u>avisa</u> a Ciência); e foi o aviso que o Trenton me deu uma vez, enquanto bebíamos cerveja naquele pedaço ocioso de ouro e ferrugem conhecido apenas como a Caminhonete; mas isso foi uma outra época e ainda havia uma caminhonete e dava para falar de soluções em paz sem ter qualquer conhecimento em primeira mão do problema; e Trenton é um velho amigo que não mora aqui e que eu nunca mencionei antes.[277]

Aonde eu quero chegar é: e se os meus surtos não tiverem nada a ver e foram culpa, na verdade, de alguma outra coisa totalmente diferente, talvez, por exemplo, sejam apenas avisos suscitados pela minha própria biologia em ruínas, minúsculos flocos de origem química desconhecida já abrindo buracos pelo tecido queimado da minha mente, desmanchando memórias, desfazendo até mesmo as mais potentes forças da imaginação e da razão?

Como, nessa situação, você consegue sair do caminho?

No que eu verifico de novo e tranco de novo a porta – instalei uma série de novas fechaduras –, sinto que com o virar de cada ferrolho um calafrio tenta se esgueirar pela minha nuca. Colocar a correntinha só faz intensificar essa sensação, os cabelos se eriçando, tentando escapar do seu hospedeiro porque ele é burro o suficiente para ficar dando sopa, sem enxergar o fato mais óbvio de todos, o fato de que aquilo que eu queria trancar para fora está trancado aqui dentro comigo.

E, não, não foi embora.

Essa coisa esquiva ainda está aqui comigo.

Mas não há quase nada que eu possa fazer.

Eu lavo o suor do meu rosto e me esforço ao máximo para suprimir um calafrio, mas não adianta, retorno ao corpo, espalhado sobre a mesa como os papéis – e deixa eu dizer para vocês que tem mais coisa além do Registro Navidson por aqui – exangue e inerte, mas não morto ainda, de modo algum, me chamando, precisando de mim agora como uma criança, dependente de mim, apesar da sua idade. Afinal, sou eu a sua fonte, aquilo que o alimenta, que o ajuda a recobrar a saúde – mas não a vida, receio –, ossos de papel sulfite, transfusões de tinta, códigos genéticos em xerox; correlatos monstruosos, talvez imprecisos, mas em todo caso presentes ali. E necessários para reanimá-lo por inteiro? Não é esse o objetivo, o objetivo definitivo? Não uma descarga de eletricidade enviada dos céus, mas eu mesmo, e não de mim para mim, mas de mim para essa coisa, se é que há qualquer diferença de verdade entre essas duas coisas, o que quer dizer, ainda assim – afirmar o óbvio – sem mim, ela sucumbiria.

Só que hoje em dia nada é óbvio.

Tem alguma outra coisa.

Com frequência cada vez maior, eu venho sendo dominado pelo sentimento esquisitíssimo de que eu acabei invertendo tudo, o que eu quero dizer é que – para afirmar o não-tão-óbvio – sem essa coisa, eu é que iria sucumbir. Chega um momento em que, de repente, tudo parece dotado de uma distância impossível e confusa, minha noção de mim mesmo se vê desrealizada & despersonalizada, uma desorientação tão severa que eu de fato creio – e deixa eu falar pra você que é um exemplo intensamente estranho de crença – que essa sensação terrível de proximidade com a obra de Zampanò implica algo que não é possível, a saber, que foi essa coisa que me criou; não eu a ela, mas ela a mim, onde eu nada mais sou além da matéria de alguma outra voz, invadindo-me pelas dobras daquilo que mesmo agora se encontra escancarado, possuindo-me com histórias que eu jamais deveria reconhecer como histórias minhas; inventando-me, definindo-me, direcionando-me até que enfim todas as associações que eu possa dizer que são minhas – de Raymond à Tambor, Kyrie a Ashley, todas as mulheres, até mesmo o Estúdio e a minha quitinete e tudo mais – sejam relegadas ao nada; obrigando-me a encarar a mais terrível suspeita de todas, de que tudo isso é uma invenção e, o que é pior, não uma invenção minha, nem de Zampanò na verdade.

A invenção de quem, não faço ideia.

A vela número doze dentre as velas acesas esta noite já começou a morrer numa poça de sua própria cera, bruxuleando algumas últimas vezes antes da cegueira final. Na semana passada, eles desligaram a minha eletricidade, o que me deixou dependente de comida enlatada, da luz do sol e pavios (só deus sabe por que meu telefone ainda funciona). Formigas habitam os cantos. Aranhas preparam uma cova. Eu uso o Zippo de Lude para acender mais uma vela, a chama revelando aquilo que eu não vi antes, na frente, gravado em cromo, o vermelhíssimo e melancólico Rei de Copas – será que o Lude tinha alguma ideia do que estava sugerindo que eu fizesse? –, imaginando então não uma chama, mas uma multidão, um milhão de lágrimas em laranja e azul cremando o corpo, este trabalho, e naquela súbita irrupção de calor, mais parecido com uma explosão, arremessando o pó em brasa pelo espaço, uma neve que queima, caindo por toda parte, apagando tudo, até enfim apagar todas as evidências da sua e da minha própria existência.

Eu escuto o rugido à distância, vago a princípio, mas ficando mais alto, como se alguma nuvem errante e superaquecida tivesse afinal começado a descer do cume de alguma montanha invisível, um cume impossivelmente alto, descendo a velocidades incríveis também, encerrando e carbonizando tudo e todos no caminho.

Penso em ir buscá-lo. Aquela coisa que eu comprei recentemente. Posso precisar dela. Em vez disso, confiro de novo as fitas métricas. Pelo menos nada mudou ali. Mas o rugido não para de crescer, fica quase insuportável, e não tem para onde ir. Tira essa coisa do baú, eu falo para mim mesmo. Então a tal "coisa" fugidia desaparece por um momento.

"Vaza daqui", eu grito.

Não tem rugido nenhum.

Um vizinho está dando uma festa.

Tem pessoas rindo.

Por sorte, ninguém me ouviu ou, se alguém me ouviu, teve o bom senso de me ignorar.

Quem dera eu conseguisse me ignorar.

Há uma única escolha agora: concluir o que o próprio Zampanò não conseguiu concluir. Enterrar mais uma vez esta coisa numa tumba fechada. Fazer dela <u>apenas</u> um livro e se isso não resolver . . . buscar aquilo que eu estou escondendo no baú, aquilo que eu pedi três semanas atrás e enfim fui buscar hoje, em Culver city, na Martin B. Retting (Washington Boulevard, número 11029) – uma Heckler & Koch USP .45 ACP, guardada para aquele momento em que eu tiver certeza

Uma das obras mais excruciantes e despudoradas sobre o assunto foi escrita por Jeremy Flint. Lamentavelmente, essa composição condenável, misto de especulação, fantasia e prosa repulsiva, também incl[ ] ou se refere a fontes primárias indisponíveis a outros autores. Graças a trabalho duro, sorte ou roubo, Flint conseguiu [ ]arrar em algumas das anotações e resumos feitos pela psiquiatra Nancy Tobe, que ficou encarregada, durante um br[ ]e período, de tratar a depressão [ ] de Holloway:

> A primeira página dos apontamentos da dra. Tobe contém apenas três palavras, em maiúsculas, escritas a lápis, bem no centro de uma página rasgada de um bloco de notas:
>
> PENSANDO EM SUICÍDIO.
>
> [ ]s duas páginas seguintes estão, quase todas, ilegíveis, com palavras como "família", "pai", "lealdade", "o velho lar" surgindo aqui e ali no que é, grosso modo, um rabisco preto de tinta.
>
> No entanto, o resumo datilografado da primeira sessão com Tobe oferece alguns [ ] detalhes sobre a vida de Holloway: "Apesar de suas próprias conquista [sic], que vão desde expedições de mergulho em G[
>
>]Aqaba e liderar equipes de montanhismo até o Matterhorn, organizar várias [
>
>] além de expedições aos polos norte e sul, Holloway sofre de sentimentos de inadequação, além de depressão aguda e crônica. Incapaz de ver tudo que já conquistou, ele pensa constantemente em suicídio. Eu considero o uso de uma série de antidepressivos [
>
>] e recomendo terapia diária".[278]

Flint vai além e cobre a segunda visita que [ ] repete as mesmas observações da primeira. A terceira visita, porém, já revela o primeiro ind[ ]cio.

Em outra série de apontamentos, Tobe descreve

```
que nada mais me resta. O fio já se arrebentou. Nem mesmo um som
para indicar essa ruptura, que dirá a queda. A desintegração há
muito tempo antecipada, quando o anjo mais negro de todos, o horror
além dos horrores, se assenta enfim sobre o meu peito, envolvendo-me
permanentemente na cobertura de suas grandes asas, negras como tinta,
com veios de ultravioleta. Uma criatura sem voz. Uma voz sem nome. Tão
imortal quanto a minha vida. Vinda finalmente para invocar o vento.
```

277

---

[278]Jeremy Flint, *Sementes da Violência: o Mist[ ]io de Holloway Roberts* (Los[]Angel[ ]: 2.13.61, 1996), p. 48.

> o primeiro amor de Holloway: "Aos 17 anos, ele conheceu uma jovem chamada Eliz[ ]beth, a qual ele descreveu para mim nos termos de uma mulher "bonita como uma corça. Olhos escuros. Cabelos castanhos. Tornozelos graciosos, meio magrela e fraquinha". Um curto período de flertes veio na sequência e durante não muito tempo os dois foram um casal. [ ] No **XXXXXXX**[279] de Holloway, a relação terminou porque ele não [sic] no time de futebol universitário. Como ele mesmo admite, nunca foi bom em 'esportes coletivos'. O interesse dela por Holloway desapareceu assim que ela come[ ] a namorar o *tackle* titular, o que partiu o coração de Holloway e o deixou com um sentim[ ]nto ainda maior de [ilegível] e inadequação".[280]

Nacy Tobe ainda era uma terapeuta um tanto inexperiente e tomava notas em excesso. Talvez achasse que, mais tarde, analisando essas páginas, pudesse sintetizar o material e apresentar uma solução ao paciente. Ela não tinha ainda se dado c[ ] de que seus apontamentos ou suas soluções não significavam absolutamente n[ ]a. Os pacientes precisam, eles mesmos, encontrar sua própria paz. Tobe [ ] apenas um guia. A solução era pessoal. É irônico então que, se não fosse pela inexperiência de Tobe, os apontamentos tão essenciais à obtenção do que seria uma compreensão razoável, pelo menos, dos tormentos internos de Holloway, jamais teriam existido. As pessoas sempre procuram especialistas, mas às vezes dão a sorte de encontrar um iniciante.[281]

Na sua quarta visita, Tobe [ ] transcreveu *ipsis litteris* as palavras de Holloway. É i[ ]possível determinar, a partir do texto de Flint, se Tobe de fato grav[ ]u Hollow[ ] falando ou se apenas registrou suas palavras de memória:

> "Já fazia dois dias que eu estava lá, então, naquela manhã, antes de amanhecer, eu [ ] até a beirada e esperei. Esperei um tempão, sem me mexer. Estava frio. Frio de verdade. Até então, todo mundo estava falando de um grande veado, mas ninguém tinha visto nada. Nem mesmo um coelho. Embora eu tivesse saído para caçar veados algumas vezes, nunca de fato atirei em um, mas, bem, depois do time de futebol [ ], tendo perdido a Elizabeth, eu decidi que ia resolver tudo pegando aquele veado grandão.
>
> "Quando o sol saiu finalmente, eu não pude acreditar no que estava vendo. Lá estava ele, bem do outro lado do vale, o veado [ ] lambendo o ar. [ ] Eu era bom de mira, sabia o que fazer e fiz. Sem pressa, centralizei o

[279]Os **X**s indicam que o texto foi rasurado — não queimado.

[280]Flint, p. 53

[281]Conferir de novo o Capítulo 5; nota de rodapé 67. — Eds.

> retículo, soltei o ar, apertei devagar e fiquei ouvindo conforme o projétil saía, num estouro que ecoou pelo vale. Devo ter fechado os olhos, porque tudo que eu vi na sequência foi o veado [ ] no chão.
>
> "Todo mundo ouviu o meu disparo e [ ]. O engraçado é que, por conta do lugar onde eu estava, fui o último a chegar lá. Meu pai estava esperando por mim, balançando a cabeça, com raiva e [ ]vergonhado.
>
> "'Olha o que você fez, menino', ele disse num sussurro, mas era um sussurro que dava para ouvir no vale todo. 'Olha o que você fez. [ ] matou uma fêmea.' [ ] eu quase me matei ali mesmo, mas acho que eu pensei que não dava para ficar pior. [ ] foi o pior. Olhar aquela corça morta e depois assistir ao meu pai me dar as costas e ir embora."[282]

A esta altura, a leitura de Flint dá outra guinada e se torna uma análise bastante pejorativa e nada original da vi[ ]lência. Ele também exagera n[ ] uso da palavra "corça", que Holloway usou para descrever seu primeiro amor, E[ ]zabeth. No entanto, Flint não é o único a traçar essa associação, por isso convém passarmos a questão em rev[ ]sta.

"Uma vingança transposta ao ermo", é como Flint chama o ato de Holloway de matar a corça, implicando que, aos olhos de Holloway, o animal havia se tornado a própria Elizabeth. O que Flint, no entanto, não consegue reconhecer é que é impossível determinar com qualquer grau de certeza se Hollow[ ]y a descreve como uma "corça" à *época* em que saía com ela [ ]u *depois*. Holloway pode ter usado essa descrição *após* a malfadada viagem de caça como um modo de comp[ ]nder sua culpa, culpando-se não apenas pela morte da corça, mas pela morte do amor também. Em [ ], a sugestão de um transbordamento de violência feita por Flint pode não ser outra coisa além de um ato de renomear a auto[]flagelação.

Flint [ ] argumentar que a natureza agressiva de Holloway estava predestinada a vir à t[ ]na naquilo que ele chama de [ ]Salão da Amplificação de Navidson."

> Os impulsos suicidas latentes de Holloway [ ] quando Cera e Jed insistem em voltar, o que ele enxerga (incorretamente) como uma confissão de fracasso, <u>mais um</u> fracasso, aum[ ]ando ass[ ]m sua sensação de inadequação.
>
> Ao longo dos anos, Holloway desenvolveu uma série de mecanismos psíquicos de defesa suficientes para evitar as consequências destrutivas de seu [ ] autodeterminado de derrota.
>
> O que fez com <u>este</u> incidente fosse diferente de todos os outros foi a c[ ]s[ ].

---

[282]Flint, p. 61

De diversas maneiras, a casa de Navidson funciona como um imenso tanque de isolamento. Privado de iluminação, mudanças de temperatura e qualquer noção de tempo, o indivíduo começa a criar suas próprias [ ] sensoriais, e [ ]is, depend[ ] o da duração de sua estadia, passa a projetar mais e mais de [ ] personalidade naquelas paredes nuas e [ ]orredores vazios.

No caso de Holloway, a casa bem como tudo dentro dela se torna uma exten[ ]o de si mesmo, e.g. Jed e Cera se tornam os demônios psi[ ]lógicos responsáveis por seu fracaso[sic]. Portanto, sua primeira ação — ati[ ] em Cera — é, na verdade, o começo de um ato quase operático de s[ ]i[ ]dio.[283]

Certamente Flint não [ ]tá sozinho em enfat[ ]ar a violência impl[ ] a a[ ] suicídio. Em 1910, n[ ] conferência em Viena, Wilhelm Stekel ale[ ]ou [ ] "ninguém se mata a não ser que queira[]ou matar outra pessoa [ ]u que desejasse a morte de [ ]rem".[285] [ ]1983, Buie e Maltzberger descrevem o s[ ]cídio [ ] um resultado de "dois tipos de impulsos imperativos: o ódio homi[ ]da e uma necessidade ur[ ]ente de es[ ]apar do sofri[ ]ento".[286]

Robert Jean Cam[ ]ell resum[ ] a psic[ ]dinâmica do suic[ ] nos seg[ ]tes termos:

> ...o sui[ ] ou a tent[ ]a de suicídio com mais frequê[ ]ia tendem a ser vistos como um ataque ag[ ]sivo direcionado a um ente querido ou contra uma sociedade em g[ ]l; nos outros, podem ser um pedido equ[ ]cado de atenção ou concebido como os meios de re[ ]r-se com o objeto id[ ]al de amor ou a [ ]ãe. *O fato de o suicídio, n[ ] dado sentido significar uma vál[ ]ula de escape para impulsos agressivos é just[ ]cado pela mudança dos índices de suicídio em períodos de guerra. Na II Guerra Mund[ ], por exemplo, caíram os índices entre as nações participantes, [ ] vezes em até 30%, mas nos países viz[ ], os índices permaneceram iguais.*
>
> Em depressões involutivas e no tipo depr[ ]ivo de psicose maníaco[ ]depressiva, os seguintes elementos dinâmicos estão m[ ] vezes claramente em ação: o paciente d[ ] imido perde o objeto do qual depende para seu supr[ ] narcisista; numa te[ ]iva de forçar

---

[283]IbXXXXXXXXSuiXXXXXXXXXXX [ ] XXXXXXXX[284]

[284]Trecho rasurado e também queimado.

[285]Ned H. Cassem, "O Indivíduo em C[ ]nfronto com a Morte", in *The Ne[ ] Harvard Guide to Psychiatry*, organização do dr. Armand M. Nicholi, jr[ ] (C[ ]brid[ ]e: Harvard University Press, 1[ ]88), p. 743.

[286][ ]id., [] 744.

> o retorno do objeto, ele regri[ ]e à fase oral e inc[ ]pora (engole) o objeto, regressivamente, port[ ]o identificando-se com o objeto: *o sadismo originalmente direcionado contra o objeto desert[ ] é apreendido pelo sup[ ] go do paciente e direcionado contra o objeto incorporado, o [ ]al agora passa a se alojar d[ ]o do ego; o suicídio oc[ ]e não tanto como uma tentativa da parte do ego de esc[ ] par das demandas inexoráveis do superego, mas sim como um ataque [ ]urioso contra o objeto in[ ]orporado em retaliação [ ]or ele ter dese[ ]o o paci[ ] desde o princípio.*[287]
>
> [Itá[ ]s usados para ênf[ ]]

É claro que a ani[ ]uil[ ]ção de si m[ ] não necessariamente impede a ani[ ]o dos outros. Como é evidente em tirot[ ]s que culminam em suicídio, um ataque contra o [ ] objeto incorporado" pode se estender para [ ]atacar primeiro os seus entes queridos, cole[ ] de trabalho ou até mesmo trans[ ] es inocentes — uma descrição com a qual até mes[ ] Flint concordaria que se aplica para H[ ]lloway.

Em todo caso, h[ ] também divers[ ]s objeções às afirm[ ] de Flint de que as inclinações suicidas de Hollow[ ] naquele lugar inevitavelm[ ] o levariam a cometer assassinato. A refutação mais esclarec[ ]a vem de Rosemary Enderheart, a q[ ]l não apenas [ ]õe F[ ]in[ ] no seu lugar como também revela nov[ ]es sobre a história de Navidson:

> Enquanto o argumento de Flint faz do impulso de destruir os outros o resultado de um impulso de destruir a si mesmo, precisamos apenas considerar que alguém com semelhantes vontades autodestrutivas ao se encontrar em condições semelhantes não tentou assassinar dois indivíduos [
>
>]
>
> SUJEITO: Will "Navy" Navidson
> COMENTÁRIO: "Eu penso mais do que deveria, muito a sério [ ]m me matar".
>
> O s[ ]dio não é um assunto estranho a Will Navidson. É um peso que, na maior parte do tempo, ele carrega nos ombros. "O pensamento está lá quando eu vou dormir, quando eu acordo, está lá direto. Mas como disse Nietzsche, 'P[ ]nsar em suicídio é uma consolação. (Vide a obra *Confidencial: Uma En[ ]vista com Karen Green*, do Dr. Hetterman Stone, de 19[ ]

[287]Dr. Robert J[ ]n Campbell, [ ]*Dicionário Psiquiátrico* (Oxfo[ ]d Univ[ ]ity Press, 1981) [ ] 608[]

Navidson muitas vezes desdenhava de suas próprias realizações, considerava sua direção imprecisa e frequentemente presumia que os seus desejos [ ]amais seriam supridos em vida, [ ]ão importava o quanto fosse l[ ]re para vivê-la. No entanto, diferentemente de H[ ]loway, seu d[ ]pero converteu-se em arte. Ele passou a [ ]fiar no seu olho e no cinema para trazer sentido a virt[ ] tudo que e[ ]cont[ ]ava, e embora tenha pagado o preço alto da perda da interação, com frequência ele concebeu belas imagens dignas de nosso tempo; aquilo a que Robert Hughes famosamente se referiu [ ] "as pequenas janelas de luz de Navidson".

Flint sem dú[ ]maria [ ], embora tanto Holloway quanto [ ]vidson acampassem no mesmo vale da depressão, os dois eram in[ ]víduos muito dif[ ]rentes: Navidson era um mero fotógrafo, ao passo que, para citar F[ ]nt, "Holloway era um caçador que hav[ ] passado dos limites e chegado nos territórios da agress[ ]vidade".

Flint dev[ ]a ter feito a [ ]ição de casa, se achou que Navidson jamais passou desse limite.

Na década de 1970, Navidson construiu uma carreira como f[ ]jorn[ ]lista e ganhou fama enfim, mas no com[ ]ço da d[ ]cada, a arma em suas mãos não era uma Nikon. Ele manejou uma M-60 ao lado da 1ª cav[ ] ia de Rock Island East, tendo recebido uma Estrela de Bronze por salvar as v[ ]das de dois soldados [ ] que ele conseguiu re[ ]irar de um veículo blindado em chamas. Ele[ ] nto não tem mais a medalha. Ela foi enviada, junto com uma [ ]oto da primeira pessoa que e[ ]e matou para Richard Nixon, em pr[ ]testo contra a guerra.[288]

Infel[ ]mente, quando Navidson se deparou com as fitas H[ ]-8 de Hol[ ], ele não tinha a menor ideia de que o seu conteúdo [ ]spiraria um debate tão acalorado e duradouro sobre o que é que e[ ]preita no [ ] ação daquele l[ ]gar. Apesar dos padrõe[ ] de comportamento radicalmente difer[ ]ntes demonst[ ]ados pelo caçador de Me[ ]mo[ ], Wi[ ]sin e pelo fotojornalista ganhador do Pulitzer [ ]dentro da casa, a Fita de Hollow[ ] revela que q[ ]alquer um dos dois poderia ter sido dev[ ]r[ ]do com a mesma facilidade. A visão de re[ ]ce resgatada daquela [ ]ridão t[ ]r[ ]í[ ]el é um aviso de que, embora possam ter tido os caminhos divergentes, o fim talvez seja o mesm[ ].

[288]Rosemary End[ ]art, *Como Quem Já Amou Pode Amar Uma Segunda Vez?* (Nova York: Times Books, 19[ ] pp. 1432-1436).

A Fita de Hol[ ]y

"Estou perdido. Sem comida. Água acabando. Sem o menor senso de direção. Ai, deus… [ ]

Assim com[ ]ça a Fita de Holloway — Holloway encara a câmera, uma parede ao fundo, os momentos derradeiros da vida de um homem. São cenas perturbadoras, coerentes apenas no sentido de que traçam um f[ ]m.

Visão [ ]eral:

• O entretítulo inicial ostenta uma citação da *Poética do Espaço*, de Gaston Bachelard: "O sonhador, no seu canto, rasurou o mundo num devaneio minucioso que destrói, um por um, todos os objetos do mundo".[289]

• Há treze partes. [ ]

• As partes são separadas por três segundos de um frame em branco. No canto superior di[ ]eito, há um número ou uma palavra que permite acompanhar a cronologia, começando com "Primeiro", depois continuando com "2" []té "12" e concluindo com "Final". A fonte usada é a mesma Janson produzida por Anton Janson em Leipzig entre 1660 e 1687.

• Essas inserções foram criação de Navidson. Elas [ ] e de modo algum alteram os segmentos originais.

Navidson reproduz a fita de Holloway na íntegra.

Quem é capaz de esquecer as feições acizentadas de Holloway quando ele [ ]olta a câmera para si [ ]esmo?

Não há o menor conforto agora. Nenhuma esperança de resgate ou retorno.

"Eu mereço isto. Eu que fiz isto acontecer comigo. Mas estou t[ ] arrependido. Estou tão [ ]dido", ele diz na Parte 2. "Mas do que adianta? Eu atirei neles. Atirei nos [ ]is. [Longa pausa] Meio cantil d'água é tudo que me resta. [Outra pausa] Não devia ter deixado eles [ ]aparem, aí eu [ ] voltado e contado para todo mundo que eles [ ] perdidos… perdidos." E com essa última declaração, os olhos de Holloway revelam quem é que está perdido de v[ ]rdade.

Apesar da culpa inegável de Holloway, não se registra um caso de sofrimento tão terrível desde que Floyd Collins ficou preso na Caverna de Areia do Kentucky, lá em 1925. Co[ ]lins continuou vivo quatorze dias e noites antes de morrer. Apesar dos esforços de muitos homens para libertá-lo de sua prisão, Collins jamais viu a luz do dia outra vez. Tudo que ele sentiu foi o negr[ ] da escuridão e o frio [ ] sobre ele, aprisionando-o e matando-o. Tudo que foi capaz de fazer foi falar coisas delirantes sobre anjos em carruagens, fígado acebolado e sanduíches de frango.[290]

---

[289] *Le rêveur, dans son coin, a rayé le monde en une rêverie minutieuse qui détruit un à un tous les objets du monde.*

[290] [

] 0.

Diferentemente do que aconteceu com Floyd Collins, não há nenhuma camisa de força de lama e pedra prendendo Holloway. Ele ainda é capaz de se deslocar, mas seus movimentos não o levam a lugar nenhum. Por volta do momento em que ele começa a gravar suas horas finais, ele j[ ] reconheceu a completa falta de esperança de sua situação. Repeti[ ] sua identidade parece ser o único mantra [ ] lhe oferece alguma consolação: "Holloway Roberts. Nascido em M[ ]om[ ]sin. Bacharel da University of Massachusetts".[291] É quase como se ele acreditasse que preservar sua identidade em vídeo seria, de algum modo, capaz de adiar aquilo que ele não tem poder de fazer: evitar que aqueles contornos infinitos de escur[ ]dão roubem Hollow[ ] de si mesmo. "Sou Holloway Roberts", ele insiste. "Nascido em Menomonie, Wi[ ]n. Bacharel da University of Massachusetts. Explorador, caçador profissional, [ ]eth. [Pausa longa] Isto não está certo. Não é justo. Eu não [ ]reço morrer."

Lamentavelmente, com a luminosidade limitada, a [ ]ualidade da fita, para não falar da oscilação constante na nitidez das imagens (graças ao foco automático da Hi-8),[] mal é possível v[ ]r o rosto barbado de Holloway, que [ ]irá qualquer outra coisa — não que haja alguma 'outra coisa' lá. O que predomina é um fundo de escuridão, o qual, como observa a polícia, poderia [ ]ido filmado em qualquer closet ou cômodo sem luz. [ ]

Em outras palavras, a imen[ ]dão da casa de Navidson escapa do enquadramento. Ela existe apenas no semblante, no medo etc. de Holloway, [ ] vez mais e mais fundo em suas feições, o custo de morrer tendo sido pago com n[ ]c[ ]s de carne e com c[ ]da arfada de sua respiração superficial. Está dolorosam[ ] óbvio que a criatura a que Holloway caça já começou a se alimentar dele.

As partes 4[ ]6, [ ], 10 & 1[] enfatizam essa reiteração de Holloway de sua própria identidade. A parte 3, no entanto, é diferente. Dura apenas quatro segundos. Com os seus olhos arregalados, a voz rouca, os lábios rachados e sangrando, Hol[ ]y afirma, num latido, "Não estou sozinho". A parte 5 pro[ ]segue com, "Tem alguma coisa ali. Estou certo disso". E a parte 8: "Está me seguindo. Não, está me *caçando*". E a parte 9: "Mas não vai atacar. Está só ali à espera. Não sei do quê. Mas está perto agora, esperando por mim, esperando alguma coisa. Não sei por que ela não [ ]. Ai deus... Holloway Roberts. Menomonie, Wisconsin [carregando o seu fuzil com um projétil]. Ai deus[ ]."[292]

---

[291]No epíl[ ]go do seu liv[ ]o *Mantras do Medo* (Cambridge: Harvard Un[ ]ress, 1995), Alicie Hoyle disc[ ]te a f[ ]lta de treinamento da parte de Hollow[ ]y para lidar com o medo: "Ele ne[ ] mesmo poss[ ]ía o antigo man[ ]ra de Hak-Kin-Dak" (p. [ ]6). Num momento anterior do livro, ela nos forn[ ] ce uma tra[ ]ção dessa fó[ ]mula para caçadores ([ ] 26): "Não sou um tolo. Sou [ ]m sábio. Fugirei do meu medo, estarei l[ ]nge do m[ ]o, então hei de me esconder d[ ] meu medo, agu[ ]rdarei o m[ ]u medo, deixarei que o m[ ] medo passe por mim[ ] então irei atrás do meu medo, rastrearei [ ] medo até p[ ] der abordar o m[ ]do em completo silêncio[ ] ent[ ]o atacarei o m[ ] medo, farei uma investida contra o meu me[ ], apanh[ ]rei o meu medo, afundarei meus d[ ]dos no meu [ ]do, dep[ ]is morderei meu medo, rasg[ ]rei a garg[ ]nta do meu medo, quebr[ ]rei o pescoço do meu medo, beb[ ]rei o sangue do meu medo, deglu[ ]ei a carne d[ ] meu medo[ ] esmagarei o[ ] ossos do meu m[ ]do e hei de saborear m[ ] medo, e eng[ ]lirei meu medo, inte[ ]ro e então irei digerir [ ]eu medo at[ ] que eu nada ma[ ]s possa fazer além de cagar o meu medo. Desse m[ ]do, ficarei insaname[ ] mais forte[ ]

[292]Collete Barnholt (*American Cinematographer*, 2 de [ ]bro, [ ] 49) propôs o argumento de que a existência da Parte 12 é impossível, alegando que o enquadramento e a iluminação, embora tenham pequenas diferenças em relação às partes que vêm antes ou depois, indicam a presença de um aparelho de gravação que não o de Holloway. Joe Willis (*Film Comment*, [ ], p. 115) apontou que a

É interessante comparar o comportamento de Holloway com o de Tom. Tom se dirige ao seu [ ]agão com sarcasmo, referindo-se a el[ ] como "sr. Monstro", ao mesmo tempo em que descreve a si mesmo como uma refeição com gosto ruim. O humor acabou sendo um e[ ]c[ ]do psicológico p[ ]deroso. Holloway está armado com seu fuzil, mas revela-se o mais fraco dos dois. O metal gelado e a pólvora lhe oferecem pouquíssim[ ] tranquilidade interior. Em tod[ ] caso[

]

É claro que a Parte 13 ou, melhor dizendo, "Final", da Fita de Holloway dá início ao maior e mais popular debate em torno do *Registro Navidson*. Os nomes de Lantern C. Pitch e [ ]e Kadina Ashbeckie se encontram nos lados opostos do espectro, um dos quais tem preferência pela ideia da existência de um monstro real e o outro optando por uma explic[ ] ção racio[ ]al. Nenhum dos dois, porém, obtém sucesso em [ ] uma interpretação definitiva.

Na primavera do ano anterior, Pitch na sua Sér[ ]e Pelias de Palestras anunciou o seguinte: "É claro que há uma fera ali! E eu garanto para vocês que a nossa crença ou descrença não faz a menor diferença para essa coisa!"[293]. Em *American Photo* (maio de 1996, p. 154), Kadina Ashbeckie escr[ ]ve que: "A morte da luz gera uma criatura de trevas que poucos podem aceitar como a pura[]ausência. Por isso, apesar das obje[ ]ões racionais, o fracasso da tecnologia acaba domin[ ]do pela invasão do mito".[294]

[

]

Só que o Vândalo conhecido como Mito *sempre* massacra a Razão quando ela fracassa. [ ] o Mito é o tigre que ronda o rebanho. O Mito é o

---

reclamação de Barnholt diz respeito às versões publicadas após 199[ ]. Aparentemente a Parte 12 em todas as versões antes de [ ] e após 1993 apresentam uma perspectiva consistente com as outras doze. No entanto, embora um espectro de manipulação digital tenha pairado no *Registro Navidson*, até hoje não existe nenhuma explicação adequada que tenha conseguido resolver o curioso enigma da Parte 12.

[293]Cf. também *A Encarnação de Coisas Espirituais* e *Lo*[ ], de Lanter C. Pitch (Nova York: Resperine Press, 1996), para mais uma análise dos perigos da descrença.

[294]Cf. também Kadina Ashbeckie, "A Cria do Mito", *The Nation* [ ], setembro, 19[ ]

[ ]r. Monstro de Tom. O Mito é a fera de Hol[ ]y. ~~O Mito é o Minotauro.~~[295]

[295]~~No coração do labirinto, aguarda o Mi~~[ ]~~tauro e assim como o Minotauro da mitologia seu nome é~~ [ ] ~~Chiclitz tratou do labirinto como um lugar-comum referindo-se a ocultamentos psíquicos, cuja escavação resulta em uma (trágica~~[ ] ~~reconciliação. Mas se aos olhos de Chiclitz o Minotauro era um filho aprisionado pela vergonha do pai, é ali então que ao olhar de Navidson uma prisão injusta equivalente de~~ [ ] ~~nas profundezas daquele lugar? E, nesse quesito, será que existe uma chance de reconciliar o desconhecido com o desejo de sua antítese?~~

~~Como escreveu Kym Pale:~~

~~Navidson não é~~
~~Minos. Ele não~~
~~construiu o la-~~
~~birinto. Ele~~
~~apenas o d~~[ ]~~cobriu. O pai daquele lugar — seja ele Minos, Dédalo~~[ ]~~o deus de São Marcos, outro pai que jurou "Desaparece! Alivia os meus olhos da visão de tua forma detestável", toda uma linhagem paterna aqui que segue a tradição de filhos mortos há muito desaparecidos, que toda vez abandonam a criat~~[ ]~~a interior ao longo da história para que ela esqueça, cresça e consuma as consequências de seu próprio e terrível destino. E se outrora houve um tempo em que um~~ [ ] ~~mort~~ [

] ~~esse tempo já há muito é passado. "Amai o leão!" "Amai o leão". Mas o Amor sozinho não faz de ninguém um Androcles. E pela sua estupidez, sua cabeça é esmagada como uma uva nas suas presas.~~[296] ~~A reconciliação interior é pessoal e possível; a reconciliação exterior é improvável. A criatura não te conhece, não te teme,~~
~~não lembra de ti~~
~~nem sequer te vê,~~
~~Fica atento, cuidado~~[

]~~[297]~~

[296]~~Leve~~ [ ] ~~alusão ao li~~[ ] ~~aqui~~ [ ].[123]

[297] ~~Cf. Kym Pale, "Navidson e o Leão", *Buzz*, v.~~ [ ]~~bro, 199~~[]~~, p.~~ [ ]~~. Confira de novo também Traços da Morte.~~[298]

[298] Você pode ter ou não reparado – e se reparou, toma aqui um joinha –, mas Zampanò tentou sistematicamente erradicar o tema do "Minotauro" ao longo de todo <u>O Registro Navidson</u>. Grande coisa, só que enquanto eu pessoalmente tentei evitar essa erradicação, pude descobrir uma coincidência particularmente perturbadora. Bem, o que eu esperava, não

O Mito é Redwood.[299] E na casa de Navidson, aquele negrume sem rosto e[] carna tantos mitos.

"*Ce ne peut être que la fin du monde, en avançant*", diz o comentário seco de Rimbaud. Basta dizer que Holloway não [ ] francês para isso. Em vez disso, ele arma a sua câmera de [ ]í[ ]eo, acende um sinalizador de magnésio e atravessa o espaço até o outro canto da câmara na qual se encontra, onde se agacha no canto e espera. Às vezes murmura [ ] s[ ] mesmo, às vezes grita obscenidades [ ]contra o vazio: "Que merda! Que merda! Vem me pegar, seu filho da puta!". E então, conforme os minutos vão se arrastando, há uma queda na sua energia. "[ ] eu não quero morrer, isso [ ]", palavras que saem como um suspiro — tristes e perdidas. Ele acende outro sinalizador, arremessa na direção da câmera, então pressiona o fuzil contra o próprio peito e atira contra si mesmo".[ ] Jill Ramsey Pelterlock escreveu que, "naquele lugar, a ausência de um fim tornou-se, afinal, o seu próprio fim".[300]

Infelizmente Holloway não obtêm ê[ ]ito, não por comple[ ]. Ele passa exatos dois minutos e 28 segundos gemendo e sofrendo espasmos, caído em cima do próprio sangue, até [ ]fim sucumbi[ ] ao estado de choque e presumivelmente morrer.[301] Passam-se então 46 segundos, durante os quais a [ ] âm[ ] nada revela além de seu corpo inerte. Quase um minuto de silêncio. Na verdade, a duração dessa cena é tão absurda que quase dá a impressão de que Navidson se esqueceu de editar essa seção. Afinal, não há mais nada a [ ] ganhar com esta cena. Holloway morreu. E é então, [ ] verdade, que a coisa acont[ ]ce.

é mesmo? Bem feito pra mim. Quer dizer, é isso que você ganha quando quer transformar **O Minotauro** num bróder . . . não é bróder nenhum.

[299]Cf. Apêndice B.

[300]Jill Ra[ ]y [ ]t[ ]ock, "Sem Gentileza", *St. Pa*[ ], 21 de novembro, 1993.

[301]Não foram poucas as pessoas que especularam que Chad — graças às perversas propriedades acústicas da casa — provavelmente ouviu Holloway cometendo suicídio. Vide a página 330. ~~Considere a obra *A Linguagem da Tortura*, de Rafael Geethar Servagio (Nova York: St. Martin's Press, 1995), p. 13, onde o autor compara a experiência de Chad à de Romano escutando a câmara diabólica de Perilo: "Esta obra de arte incomum era uma réplica em tamanho real de um touro, fundido em bronze maciço e escavado, com um alçapão atrás, por meio do qual as vítimas eram inseridas nele. Uma fogueira era acesa abaixo da barriga do touro, cozinhando devagar quem quer que estivesse dentro. Uma série de tubos musicais na cabeça do touro traduzia os gritos dos torturados numa estranha m~~[ ]~~sica. Supostamente o tirano Fálaris matou o inventor Perilo ao colocá-lo dentro da sua própria criação~~[

]302

[302]Não posso evitar de pensar aqui no velho Z com aqueles tubos todos incessantemente funcionando dentro da sua cabeça; um alquimista da própria angústia; perdido na arte do sofrimento. Mas qual exatamente foi o fogo que o queimou?

Ao tentar agora enxergar além do Registro Navidson, além dessa estranha filigrana de imperfeição, o murmúrio dos pensamentos de Zampanò, procurando, buscando infinitamente, mas sem nunca bem chegar a uma conclusão, sequer mesmo fazendo uma pausa, uma ruína de pedaços,

O acontecimento todo não demora mais de doi[ ] segundos. Dedos de escuridão cortam a parede iluminada e consomem Holloway. E mesmo que [ ] não enquadre tudo, a fita ainda registra aquele rosnado terrível, desta vez, sem dúvida, no interior daquela sala.

Será que era de uma cr[ ]at[ ]ra[303] real? Ou apenas o sinalizador se apagando? E quanto ao som? Foi feito por algum se[ ] ou seria ap[ ]nas mais u[ ]a reconfig[ ]ração daquele espaço absurdo; como na avalanche de Khumbu; o produto de [ ]lguma física peculiar?

Parece errôneo afirmar, como faz Pitch, que essa criat[ ]a teria

---

gestos e buscas, uma compulsão suscitada por — bem, é precisamente isso, quando eu olho para além de tudo, só consigo ter uma vaga ideia do que o atormentava. Mas, pelo menos, se o fogo é invisível, a dor não é — mortal e gutural, arrancada dele, dia e noite, semana atrás de semana, mês atrás de mês, até que a garganta é arranhada e ele mal consegue falar e raramente dormir. Ele tenta fugir de sua invenção, mas nunca consegue, porque, por qualquer motivo, é compelido, dia e noite, semana atrás de semana, mês atrás de mês, a continuar construindo a coisa que é, ela mesma, a responsável pelo seu cárcere.

Mas será que é isso mesmo?

Sou eu que estou com a garganta arranhada. Sou eu que não falo uma palavra há dias. E já não sei mais quando e se eu tenho dormido.

Algumas horas se passam. Eu estico as pernas para tentar tirar a sensação de amortecimento dos meus joelhos e obrigar a imagem agora presa em minha cabeça fazer sentido. Está me assombrando faz uma boa hora já e eu ainda não sei o que fazer com isso. Nem sei de onde veio.

Zampanò está preso, mas onde? Vocês ficariam surpresos. Está preso dentro de mim, e o que é pior, está desaparecendo, posso ouvi-lo, à deriva, consumido por dentro, digerido, imagino, talvez morrendo, mas de um outro modo, o que quer dizer — sim, "Tu não me vês como um velho, mas eu te conheço bem" — só que eu não sei quem que disse isso, são só coisas inacabadas, uma lua distante dos sentidos, também sem lá tanta importância, especialmente já que a voz dele tem ficado cada vez mais fraca, ainda ecoando nas câmaras do meu coração, fazendo soar aqueles eternos toques do luto, não mais soprando os tubos da minha cabeça.

Consigo enxergar a mim mesmo com nitidez. Estou numa sala escura. Minha barriga é de bronze e eu sou oco. Estou envolto por labaredas e com muito medo de repente.

Como me transformei assim? Onde, me pergunto, está o Fálaris responsável por acender esta fogueira que agora sobe pelos meus flancos e dá a volta em meus ombros? E se Zampanò desapareceu — e eu de repente sei, em meu coração, que ele está bem, bem desaparecido — então por que essa estranha música continua a preencher esta sala escura? Como é possível que os tubos em minha cabeça continuem tocando? E para quem é que eles tocam?

[303] ~~*Criatura*, há de se admitir, é uma~~[ ]~~descrição bem grosseira. Uma cria do grego *Koros*, que significa "excesso", a implicação de abundância confere uma impressão enganosa quanto ao mino~~[ ]~~o. Na verdade, todas as referências ao Minotaur~~[ ]~~si devem ser vistas como puramente representativas. É óbvio que o que Holloway encontra aqui não é pontualmente metade homem/metade touro~~[ ]~~outra coisa, a habitar para sempre~~ [ ]~~, ilegível~~ [ ]~~concedendo benefícios ontológicos não merecidos~~ [ ]

presas e garras ós[ ]as (o que o mito por algum motivo [ ] exige). [ ] la tinha garras, s[ ]m, mas eram feitas de sombra e se tivesse pre[ ]as, eram feitas de trevas. Porém, muito embora a [

] ainda estivesse caçando Holl[ ]way por cada canto até enfim atacar, devorando-o e até mesmo rugindo, a última coisa a se ouvir foi o som [ ]e Holloway sendo arrancado da existência.[¦]

FUGA[304]

10.

Diferentemente de Navidson, Karen não precisa rever a fita. Ela imediatamente começa a arrastar malas e caixas até o lado de fora, na chuva. Reston oferece ajuda.

Navidson não discute, mas reconhece que vai demorar mais do que só alguns minutos até conseguirem partir.

"Pode ficar num hotelzinho, se quiser", ele diz a Karen. "Eu ainda preciso guardar todas as filmagens e vídeos."

A princípio, Karen insiste em ficar do lado de fora, no carro com as crianças, mas em algum momento o apelo das luzes, da música e o murmúrio das vozes familiares acaba sendo irresistível, ainda mais diante da tempestade que não para de uivar na ausência da aurora.

Lá dentro, ela descobre que Tom se esforçou para tentar oferecer algum grau de segurança. Não apenas fechou as quatro travas da porta do corredor como também estabeleceu, todo contente, uma barricada improvisada com a escrivaninha, a cristaleira e algumas cadeiras, com a cereja do bolo sendo o elmo decorativo do hall de entrada.

Coincidência ou não, Cassady Roulet vai longe na tentativa de ilustrar o modo como a criação de Tom lembra um teatro:

> Notem o modo como a cristaleira serve de pano de fundo, as cadeiras opostas são as duas alas, a escrivaninha fornece, é claro, o palco, enquanto o elmo decorativo não é nada menos que o cenário, um símbolo complicado que sugere a ação de uma peça que logo vai começar. Claramente a temática diz respeito à guerra ou alguns personagens, pelo menos, com histórico militar. Além do

[¦]Como John Hollander [ ] "Todos seríamos aniquilados se víssemos / A imensa forma de nosso ser; misericordiosamente / [ ] oferece uma investida e oblívio", o que faz eco às palavras, mais uma vez, embora não seja a última, [

]infinitamente[] numa sequência que se desdobra eternamente e n[] entanto jamais se abre [ ] perdida em trilhas de pedra [

[304]Não tenho nenhuma explicação decente do porquê de Zampanò chamar esta seção de "A Fuga" quando na nota de rodapé 265 ele se refere a ela como "A Evacuação". Tudo que posso dizer é que este erro me parece semelhante a uma confusão anterior entre chamar a sala de estar de "base" ou de "posto de comando".

> mais, o elmo nesse contexto da performance por vir sofre uma alteração radical a partir de seu significado prévio como um bastião, cofre ou fortaleza. Agora ele não mais finge deter qualquer autoridade sobre a obscuridade logo além. Ele abdica inerentemente de qualquer pretensão de significado.[305]

Karen admira o empenho de Tom nessa última linha de defesa, mas o que a deixa mais comovida é o modo como ele bate comicamente os calcanhares e lhe apresenta as cores — azul, amarelo, vermelho e verde — das quatro chaves para o corredor. Numa tentativa de oferecer a Karen algum grau de controle ou, pelo menos alguma noção de controle, sobre os horrores além daquela porta.

É impossível interpretar o seu "obrigada" como outra coisa além de genuíno. Tom faz um gracejo, imitando bater continência, o que arranca um sorriso de Chad e Daisy, ainda um tanto desorientados por terem sido acordados às cinco da manhã e arrastados para o lado de fora, na chuva. Só depois de eles desaparecerem no andar de cima, Tom levanta o elmo e tira de lá uma garrafa de bourbon.

Alguns minutos depois, Navidson entra na sala de estar com toda uma carga de fitas e filme. Na bagunça toda que se dá após o seu retorno, ele não teve ainda um único momento livre para passar com seu irmão. Tudo isso muda, no entanto, assim que ele encontra Tom deitado no chão, com a cabeça apoiada contra o sofá, curtindo a sua bebida.

"Para com isso", Navidson diz de uma vez, arrancando a garrafa da mão do seu irmão. "Não é hora de meter o pé na jaca agora."

"Eu não estou bêbado."

"Tom, você está jogado no chão."

Tom lança um breve olhar de relance sobre si mesmo e balança a cabeça: "Navy, você sabe o que o Dean Martin disse?".

"Claro. Que você ainda não está bêbado se consegue se deitar sem se apoiar em nada."

"Pois, então", Tom murmura, erguendo os braços no ar. "Sem as mãos."

Deixando no chão a caixa que trazia nas mãos, Navidson ajuda seu irmão gêmeo a se levantar.

"Aqui, vou passar um café pra você."

Tom dá um suspiro audível ao se apoiar no irmão, enfim. Até aquele momento ele não havia conseguido encarar de verdade o luto incapacitante que a ausência de Navidson lhe causara, tampouco se dera conta do alívio imenso que ele sentia agora ao saber que o seu irmão gêmeo de fato sobreviveu. Observamos as lágrimas se acumulando em seus olhos.

Navidson o abraça: "Vamos lá".

"Pelo menos quando a gente bebe", Tom acrescenta, rapidamente enxugando a umidade no rosto. "A gente sempre tem o chão como nosso melhor amigo. Sabe por quê?"

---

[305]Cassady Roulet, *O Teatro no Cinema* (Burlington: Barstow Press, 1994), p. 56. Roulet também afirma no seu prefácio: "Minha amiga Diana Neetz do *Mundo dos Interiores* gosta de imaginar que o palco foi preparado para uma versão de *Rei Lear*, ainda mais com a chuva de outubro continuamente ecoando do lado de fora do lar dos Navidson".

"Você pode contar que ele está sempre logo ali", Navidson responde, e seu próprio rosto de repente fica ruborizado de emoção, conforme ele ajuda seu irmão cambaleante a chegar na cozinha.

"Exatamente", Tom sussurra. "Como você."

Reston foi o primeiro a ouvir. Ele está sozinho na sala de estar, guardando todos os rádios, quando vem um vago rumor de algo esmerilhando logo detrás da porta do corredor. O som parece estar a quilômetros de distância, mas ainda é poderoso o bastante para fazer tremer o elmo sobre a escrivaninha. O som vai crescendo, devagar, ficando cada vez mais alto, mais próximo, alguma coisa jamais anunciada, desconhecida e contida em seu crescendo, que evolui para algum tipo novo, e já incompreendido, de ameaça. As mãos de Reston agarram, por instinto, as rodas da sua cadeira, talvez já esperando que esta nova evolução nas câmaras da casa venha a arrombar a porta do corredor. Em vez disso, porém, o som simplesmente cessa, abrindo mão, num momento, de sua ameaça ao silêncio.

Reston expira.

E então vem uma batida detrás da porta. Seguida por outra batida.

Navidson está do lado de fora, levando uma caixa de fitas Hi-8 até o carro quando vê as luzes no andar de cima da casa se apagarem uma por uma. Um segundo depois, Karen dá um grito. As gotas pesadas da chuva e o rebentar ocasional de um trovão acabam abafando o som, mas Navidson ainda assim consegue reconhecer, por instinto, as notas de sua aflição. Esta é a descrição da cena feita por Billy na Entrevista com Reston:

> Navidson está desidratado, faz dois dias que não come porra nenhuma e agora está arrastando os mantimentos até o carro no meio de uma tempestade. Cada passo que ele dá dói. Ele está só a capa da gaita, em total modo de sobrevivência, e ouvir a voz dela é tudo que ele precisa para largar tudo. É o que ele faz. Até perdeu alguns rolos de filme que acabaram danificados pela água. Ele simplesmente voa pela casa para socorrê-la.

Dada a ausência de câmeras no lado de fora, todas as experiências exteriores à casa se baseiam em relatos pessoais. No entanto, do lado de dentro, as câmeras Hi-8 montadas nas paredes continuam em funcionamento.

Karen está no andar de cima guardando suas escovas de cabelo, perfumes e joias numa mala, quando o quarto começa a desmoronar. Dá para ver o teto mudar de cor, de branco para preto cinzento e desabar. Depois as paredes se contraem com força o suficiente para lascar a cômoda, partir o estrado da cama e arremessar os abajures dos criados-mudos, as lâmpadas estourando, a luz cortada.

Logo antes de a cama ser partida ao meio, Karen consegue fugir até o estranho closet que separa os quartos dos pais e das crianças. O artista conceitual Martin Quoirez observa que essa é a primeira vez que a casa demonstrou "atuar fisicamente" sobre os seus habitantes e objetos:

> A princípio, a distância, a escuridão e o frio eram os seus únicos modos de violência. Agora, de súbito, a casa oferece um novo modo. É impossível concluir que as ações de Holloway teriam alterado o aspecto físico do espaço. Em todo caso, é impossível negar que a sua natureza parece ter se transformado.[306]

Karen escapa da ameaça no seu quarto, mas logo se flagra num espaço que rapidamente aumenta de tamanho, engolindo toda luz, bem como os gritos de socorro de Daisy, que mal se podem ouvir.

A escuridão pulveriza Karen quase que de imediato. Ela desmaia. Claro que, a essa altura, não há câmeras que possam mostrá-la caída em seu desmaio. A história mais uma vez depende da Entrevista com Reston:

> O Navy disse que parecia que ela estava correndo na direção das mandíbulas de alguma fera imensa prestes a morder... e, como vocês podem ver depois, foi isso — foi exatamente isso que aquele filho da puta medonho acabou fazendo no fim.
>
> [Reston tenta segurar as lágrimas]
>
> Desculpa... desculpa... Aaaah, caralho, isso ainda me deixa mal.
>
> Em todo caso, Navy a encontra hiperventilando no chão. Ele a pega no colo — supostamente ela se acalma assim que sente os seus braços em torno dela — e aí bem de repente aquele rosnado começa de novo, retumbando como se fosse um trovão maligno.
>
> [Reston se mexe na cadeira de rodas; toma um gole d'água]
>
> Bem, então ele sai correndo de lá. Passa pelo quarto. Escapa por pouco. O batente da porta desce que nem uma guilhotina. Acertou com tudo o ombro do Navy e pegou de raspão na cabeça da Karen, mas com força o suficiente para fazer ela perder a consciência.
>
> Eu falo pra vocês que o Navy é um filho da puta durão. Ele não para, desce as escadas e enfim sai pra fora. E foi aí que a Daisy parou de gritar.

11.

A próxima sequência da câmera Hi-8 mostra Navidson retornando à casa, gritando, à procura de Daisy e Chad, conforme ele corre pelo hall e se dirige às escadas para voltar ao quarto das crianças. Então de repente, o chão se abre e ele começa a deslizar direto para a sala de estar, onde ele teria morrido se não tivesse conseguido se agarrar, num último gesto desesperado, à maçaneta de uma das portas.

---

[306]Martin Quoirez no The L. Patrick Morning Show, KRAD, Cleveland, Ohio, 1º de outubro, 1996.

Quanto a mim, eu estava tentando vazar de lá. Aquela batida já havia se transformado numa série de pancadas pesadas e horrendas. A porta do corredor ainda estava com as trancas e a barricada, mas eu sabia que o bicho ia pegar.

Na verdade, a primeira coisa que eu pensei foi que era o Holloway lá, mas as pancadas eram bizarras de fortes. Digo, a parede toda estremecia a cada golpe, e eu fico pensando que se de fato *for* o Holloway, aconteceu alguma coisa com ele e eu não estou a fim de fazer amizade com essa versão nova e melhorada. Ainda mais agora.

[Reston ajeita levemente a sua cadeira de rodas]

A minha cadeira ainda estava bem avariada, por isso não dava para eu me deslocar tão rápido quanto é o meu normal. Aí de repente, as pancadas param. Assim do nada. Silêncio. Acabou as batidas, o rosnado, tudo. Só que, rapaz, eu não sei como descrever, mas aquele silêncio era mais poderoso do que qualquer som, qualquer chamado. Eu precisava responder, ao silêncio, digo, eu precisava responder. Eu precisava ir dar uma olhada.

Por isso eu me virei — dá para ver um pouco disso no vídeo — a porta ainda está fechada e todas as tralhas que o Tom armou ainda estão ali na frente, mas aquele negócio lá, como se chama?, o capacete, já caiu no chão. E aí a cristaleira e a escrivaninha começam a afundar. Devagar a princípio, centímetro por centímetro, depois um pouco mais rápido. Minha cadeira começa a escorregar. Eu aperto os freios, agarro as rodas. A princípio não consigo entender o que está acontecendo, até que cai a ficha de que é o chão embaixo da barricada que começou a cair.

Foi então que eu dei meia-volta e corri para o hall. Não tinha a menor chance de eu conseguir fugir manobrando a cadeira. Mal tive tempo de chegar até a porta com impulso o suficiente para me segurar. A cadeira escorregou de baixo do meu corpo e foi rolando, dando cambalhota, ladeira abaixo.

O chão deve ter caído uns bons dois metros. Muito abaixo da fundação da casa, como se ela tivesse afundado, só que não tinha porra nenhuma de fundação mais. Era de se esperar que fosse aparecer o cimento, mas só tinha escuridão.

> Tudo — a cristaleira, a escrivaninha, a mesa de centro, as cadeiras — foi simplesmente escorregando pelo chão e desapareceu no horizonte. O próprio Navy teria desaparecido também se não tivesse se agarrado na porta.

Assim, ao desaparecimento de um teatro do absurdo, devorado, sucede-se outro. E, o que é válido em ambos os casos, sem monólogo, figurino ou gracejo que seja capaz de adiar a gravidade insistente do vazio. Como foi dito já pelo crítico teatral Tony K. Rich: "A única opção é uma saída rápida de cena, pela esquerda, e eu também recomendaria um táxi até o aeroporto".[307]

A saída, no entanto, não é tão fácil assim. De novo, a Entrevista com Reston:

> Bem, eu comecei a gritar pedindo socorro. É preciso lembrar que as minhas mãos estavam todas machucadas da minha viagem lá embaixo. Eu não conseguia me segurar tão firme. Se o Navy não tivesse me apanhado logo, eu ia cair.
>
> Então o Navy começou a balançar a porta na qual estava se agarrando, para frente e para trás, até conseguir meio que se balançar, meio que pular, até chegar a mais ou menos um metro de onde eu estou. Aí ele respira fundo, me dá um sorrisinho e salta.
>
> Esse foi o momento mais demorado de todos, e então acabou. Ele está agarrado no batente da porta, puxando o próprio corpo até o hall de entrada e me levando, arrastado, até eu estar são e salvo. E tudo isso com o ombro fodido também.
>
> No vídeo, parece que o Navy só pulou até onde eu estava e foi só isso. Mas, rapaz. . . na minha memória, aquele salto demorou uma eternidade.

Apesar da má qualidade da iluminação e da resolução ainda pior, é possível ver no vídeo o modo como Navidson usa a porta para se aproximar de Reston, apesar do fato de que as dobradiças estão prestes a ceder. Por sorte, ele consegue saltar assim que a porta se solta e cai no esquecimento. A coisa toda não demora mais do que uma meia dúzia de segundos, mas, assim como Reston, Navidson comenta como esta brevíssima cena de ação ainda lhe deixou uma impressão duradoura. Uma citação da Última Entrevista:

> Uns poucos momentos acabaram dando a impressão de serem horas. Eu estava pendurado naquela maçaneta de bronze, sem coragem para olhar, mas é claro que eu olhei. O assoalho estava mais íngreme que a Face

---

[307]Tony K. Rich, "Dê uma gorjeta ao porteiro", *The Washington Post*, v. 119, 28 de dezembro, 1995, p. C-1, coluna 4.

de Lhotse e dava direto naquele ar gelado já bem conhecido. Eu sabia que eu precisava chegar até o Billy. Só não sabia como ainda. E aí eu ouvi o som de algo sendo arrancado. As dobradiças não iam suportar o meu peso.

Por isso eu fiz a única coisa que eu consegui pensar: balancei a porta para a esquerda, para a direita, depois esquerda e direita mais uma vez, o que serviu para cobrir aquele espaço vazio até quase um metro de onde Reston estava pendurado. Assim que eu dei o meu pulo, pude ouvir a primeira dobradiça e depois a segunda sendo arrancadas do batente. Aquele som fez com que os segundos se esticassem e virassem horas.

[Pausa]

Depois que eu consegui dar esse pulo, tudo acelerou de novo. Quando eu vi, estávamos os dois lá fora, no gramado, ensopados pela chuva.

Sabe, quando eu voltei finalmente lá para a casa a fim de buscar as câmeras Hi-8, eu não pude acreditar na rapidez com que tudo aconteceu. Meu salto parece tão fácil e aquela escuridão não parece nada escura. Não dá para ver o vazio nela, o frio. É engraçado como as imagens são incompetentes às vezes.

Essas últimas palavras em particular podem soar meio superficiais, ainda mais vindo de um fotógrafo com tanto prestígio. Em todo caso, apesar das diversas câmeras Hi-8 montadas em toda a casa, Navidson tem razão: todas as imagens registradas durante esse segmento são inadequadas.

É uma pena que não seja Navidson quem filma a cena. A sequência toda da cobertura da fuga da casa parece que foi gravada a partir de um sistema de vigilância barato de um banco local ou loja de conveniência estilo 7-Eleven. As cenas são tratamentos imparciais de um espaço. Se a ação se estende para além do enquadramento, a câmera não se dá ao trabalho de ajustar a perspectiva. Ela é incapaz de ver aquilo que importa. É incapaz de acompanhar.

Apenas as entrevistas nos oferecem informações sobre esses eventos. Elas e só elas nos mostram como esses momentos sangram e doem.

12.

Do lado de fora, a chuva predomina sobre tudo, encharcando a rua, enchendo as calhas, despindo as árvores de suas folhas. Reston se senta na grama, ensopado até os ossos, mas se recusando a procurar abrigo. Karen ainda está inconsciente, deitada no carro exatamente onde Navidson a colocou.

Daisy e Chad, todavia, seguem desaparecidos.

E o mesmo se pode dizer de Tom.

Navidson está tentando decidir o melhor modo de entrar na casa de novo, quando um som de vidro quebrando o atrai até o quintal. "Era sem dúvida uma janela quebrada", Reston se lembra. "E aí quando o Navy ouviu, ele simplesmente saiu correndo."

Reston se lembra de ter visto Navidson desaparecer ao dar a volta na casa. Sem a menor ideia do que ia acontecer depois. Já era bem ruim estar sem a cadeira de rodas. Então ele escutou Daisy dar um berro, um estouro estridente e penetrante o suficiente para vencer o tamborilar pesado da tempestade, ao que se seguiram gritos e então algo que Reston nunca ouviu antes: "Era como uma imensa exalação, só que muito, muito alto".

Reston estava ali na chuva, apertando os olhos, quando de repente viu uma sombra se destacar da paisagem de árvores ao fundo: "A essa altura já estava começando a amanhecer, mas as nuvens da tempestade ainda deixavam tudo bem escuro". Na hora Reston imaginou que fosse Navidson, mas conforme a silhueta foi se aproximando ele pôde ver que era muito menor que o seu amigo. "E andava estranho também. Nenhuma pressa, mas com bastante propósito. Havia até mesmo algo de ameaçador nela."

Chad fez apenas um meneio com a cabeça para Reston ao passar por ele e subiu no carro. Também não disse nada, só se sentou ali do lado da sua mãe e esperou até ela acordar.

Chad viu o que tinha acontecido, mas não tinha palavras para descrevê-lo. Reston sabia que, se quisesse descobrir, teria que se arrastar até a parte dos fundos da casa, e foi exatamente isso que ele começou a fazer.

Daisy havia parado de gritar, graças a Tom.

De algum modo, Tom havia conseguido abrir caminho em meio aos paroxismos da casa até chegar no corredor do andar de cima, onde ele foi atrás dos gritos aterrorizados da pobre criança de 5 anos de idade. O que ninguém sabia era que Chad já tinha escapado para fora, sorrateiramente, preferindo a solidão de manhã cedo a toda aquela correria para fazer as malas e todo aquele pânico fervilhando lá dentro.

Como podemos ver, Tom enfim encontra Daisy paralisada nas sombras. Sem dizer palavra, ele a apanha em seus braços e corre até o térreo, evitando a queda no abismo da sala de estar — o caminho que Navidson havia tomado — e dirigindo-se para os fundos da casa.

O lugar estremecia e balançava, as paredes se rachando e em seguida se fundindo de novo, os assoalhos se fragmentando e entortando, o teto de repente dilacerado por garras invisíveis, fazendo os acabamentos racharem, o encanamento romper, a fiação cuspir faíscas e entrar em curto. Pior ainda, lá embaixo, uma cinza negra se espalha sobre tudo, como tinta de impressora, transformando cada canto, closet e corredor naquela escuridão medonha. Então a respiração de Tom e Daisy começa a congelar e fazer fumaça no ar.

Na cozinha, Tom arremessa uma banqueta pela janela. É possível ouvirmos Tom dizendo: "Beleza, Daisyzinha, é só passar por aqui e você está livre". O que poderia ter sido simples, não fosse o fato de que o chão havia assumido as características de uma gigantesca esteira, subitamente afastando-os de sua única rota de fuga.

Com Daisy aninhada em seus braços, Tom começa a correr o máximo que consegue, tentando ultrapassar o choque do vazio que se abre atrás dos dois. Logo adiante, Navidson aparece na janela.

Tom se esforça cada vez mais, aproximando-se a muito custo, até enfim chegar ao alcance de Navidson, a quem entrega Daisy e que, apesar dos fragmentos de vidro que arranham longas linhas ensanguentadas nos seus antebraços, imediatamente arranca a menina da casa, enfim livre daquele lugar, sã e salva.

Tom, no entanto, chegou ao seu limite. Sofrendo de terrível falta de ar, ele para de correr e cai de joelhos, segurando as costelas e arfando, tentando respirar. O assoalho o arrasta para trás por três ou quatro metros e então para, sem qualquer motivo aparente. Só que as paredes e o teto continuam a dança bêbada ao seu redor, esticando-se, retorcendo-se e até se inclinando.

Quando Navidson retorna à janela, mal consegue acreditar que seu irmão está ali parado. Infelizmente, como Tom demonstra, sempre que ele dá um passo à frente, o chão o arrasta dois passos de volta. Navidson rapidamente atravessa a janela, rastejando, mas o que é mais estranho é que as paredes e o teto cessam suas oscilações quase instantaneamente.

O que acontece na sequência acontece tão rápido que é impossível se dar conta da sua brutalidade a tempo. Apenas as suas consequências criam uma imagem adequada à velocidade de obturador com a qual as paredes se fecham, numa mordida, e estilhaçam todos os dedos em ambas as mãos estendidas de Tom. Os ossos, "que nem croutons" (palavras de Reston),[308] atravessam a carne. Seus braços estão cobertos de sangue, que também escorre pelo seu nariz e orelhas.

Por um momento, parece que Tom está prestes a entrar em choque ao encarar seu corpo mutilado.

"Puta que pariu, Tom, corre!", Navidson grita.

E Tom tenta, mas seus esforços só o levam para cada vez mais longe do irmão. Desta vez, assim que para, ele se dá conta de que não tem a menor chance.

"Aguenta aí, eu vou buscar você", Navidson grita, contorcendo-se até passar seu corpo todo sobre o balcão da cozinha.

"Ai, meu Jesus", Tom murmura.

Navidson olha para cima.

"O que foi?"

É então que Tom desaparece.

Num espaço de tempo menor do que o necessário para o lampejo de um único frame de filme ser projetado sobre uma tela, dissolve-se o assoalho de linóleo, transformando a cozinha num fosso vertical. Tom cai rolando escuridão abaixo, sem nem mesmo um grito para marcar a sua queda, e o grito que o próprio Navidson dá se mostra ineficaz em apanhá-lo, seu irmão gêmeo, roubado e enfim ridicularizado em silêncio, nem mesmo o som de seu corpo estatelando-se no chão, que é como teria sido se não tivesse ocorrido aquela intrusão estranha e inesperada que, do nada, devolveu o eco do fim

---

[308]Dada a escuridão e as limitações insuportáveis das câmeras Hi-8, os trechos caóticos na fita que representam esses eventos precisam ser suplementados com a narração de Billy. Navidson, no entanto, não discute nenhum desses momentos horrendos na Última Entrevista. Em vez disso, ele faz de Reston a única autoridade nessa sequência, o que é curioso, ainda mais considerando que Reston não viu nada disso. Ele apenas reconta o que Navidson lhe disse. O consenso geral sempre foi que a lembrança seria simplesmente dolorosa demais para Navidson revisitá-la. Mas há outra possibilidade: Navidson se recusa a abandonar a porção mais perspicaz do seu público. Ao confiar em Reston como a única voz narrativa, ele sutilmente chama atenção mais uma vez para a questão das inadequações da representação, não importa o meio, não importa o quão impecável. Aqui, em particular, ele enfatiza, com deboche, a natureza decadente de qualquer história ao preparar, de propósito, um número absurdo de camadas. Consideremos: 1. Os ossos quebrados da mão de Tom ⟶ 2. A percepção de Navidson do ferimento de Tom ⟶ 3. A descrição do ferimento de Tom, relatada por Navidson a Reston ⟶ 4. A repetição de Reston da descrição de Navidson com base na sua memória e sua percepção do ferimento real de Tom. É um lembrete pontual de que representação não é substituição. Ela apenas oferece distância e, em raros casos, perspectiva.

de Tom na forma de uma exalação medonha, ouvida por Reston e talvez por Karen, que deu um resmungo de repente, e certamente por Chad, que se agachava em meio às árvores, escutando e enfim observando o choro e soluço do seu pai e da sua irmãzinha até que alguma coisa obscura e desconhecida o mandou ir procurar sua mãe.

XIV

Que tu sejas despida de tuas vestes purpúreas, pois também eu, outrora no ermo, na companhia de minha esposa, tive todo o tesouro que desejava.

— Enkídu

Quase no final de outubro, Navidson foi até Lowell para cuidar das coisas do seu irmão. Havia jurado a Karen que, quando chegasse o primeiro de novembro, ele já estaria com ela e as crianças. Em vez disso, no entanto, ele pegou um voo direto para Charlottesville. Mas o Dia de Ação de Graças chegou e passou, e Navidson ainda não havia chegado em Nova York, e então Karen ligou para Fowler.

Após o lançamento do *Registro Navidson*, Audrie McCullogh, que ajudou Karen a construir a estante, teceu breves comentários sobre a relação do casal Navidson numa entrevista dada no rádio (é possível obter uma transcrição dessa entrevista entrando em contato por correspondência com a KCRW, em Los Angeles). Nela, Audrie alega que a decisão de não oficializar o casamento sempre partiu de Karen: "O Navy teria casado com ela num instante. Sempre tinha sido ela que era contra. Ela queria ter sua liberdade, mas depois ficava possessa quando ele viajava para longe. Todo o seu caso com o Fowler foi por causa disso. Sair com outra pessoa, mas sem... ah, melhor não entrar nessa questão".[309]

Depois que Navidson desapareceu na Escadaria em Espiral, Karen se flagrou presa entre dois limiares: um que levava para *dentro* da casa, o outro levando para *fora*. Embora ela tenha enfim conseguido deixar Ash Tree Lane e também Navidson, até certo ponto, ela ainda era incapaz de entrar em qualquer espaço escuro e fechado. Mesmo em Nova York, ela continuava se recusando a pegar metrô e sempre evitava elevadores.

Os motivos não são de modo algum óbvios. A principal teoria agora se fia no histórico relatado pela irmã mais velha de Karen, Linda, com quem ela perdeu contato. No começo deste ano, ela foi a um *talk show* da televisão comunitária e descreveu como as duas irmãs sofreram abusos sexuais cometidos pelo seu padrasto. Segundo ela, em um dado fim de semana de outono, enquanto sua mãe estava na rua, ele levou as duas meninas a uma velha casa de campo onde obrigou Karen (então com 14 anos) a ficar dentro de um poço e a deixou lá enquanto estuprava Linda. Depois, ele obrigou Linda a ficar no poço e fez o mesmo com Karen.

O estudo de farmacoterapia de que Karen participou jamais menciona qualquer histórico de abuso sexual (vide a nota de rodapé número 69). No entanto, não parece absurdo considerar uma experiência traumática na

[309] Audrie McCullogh em entrevista para Liza Richardson em "Fatos Nus e Crus", KCRW, Los Angeles, 16 de junho, 1993.

adolescência, fantasiada ou real, como uma possível fonte para as fobias de Karen. Infelizmente, ao ser interrogada por vários repórteres, que pediram que ela confirmasse as alegações de sua irmã, Karen se recusou a comentar.

Navidson também se recusa a tecer qualquer comentário, declarando apenas que o medo inerente de Karen daquele lugar era agravado por sua severa "claustrofobia". No *Registro Navidson*, Karen descreve sua ansiedade em termos simplíssimos: "Prados verdejantes à tarde, lâmpadas mornas de 100 watts, praias ensolaradas, tudo isso é o céu. Mas basta chegar perto de um elevador ou um porão mal iluminado que eu surto. Uma queda de luz já me deixa paralisada. É uma coisa clínica. Já participei de um estudo, mas as drogas que eles me deram me fizeram engordar".

Muito provavelmente ninguém jamais poderá descobrir se as histórias sobre o poço e o padrasto de Karen são verdadeiras ou não.

Após uma década, a casa deveria ser um novo recomeço. Navidson passou a negar trabalhos no exterior e Karen jurou se concentrar em cuidar da família. Os dois queriam e, a bem da verdade, precisavam de algo com o qual nenhum dos dois era capaz de lidar de fato. Navidson logo se refugiou em seu documentário. Para a tristeza de Karen, seu trabalho ainda era em casa. Ele brincava mais com as crianças e todos os dias preenchia os cômodos com uma energia substancial e sua autoridade nata. Karen não era forte o bastante para definir seu próprio espaço. Ela precisava de ajuda.

Exceto naqueles objetos que abrigam a evidência de seu adultério, o caso de Karen com Fowler sequer consta como uma presença no *Registro Navidson*. Foi só depois de o filme começar a ter sucesso que os detalhes em torno do seu relacionamento, ainda que espúrios, passaram a vir à tona.

Fowler era um ator que morava em Nova York. Trabalhava numa loja de roupas da Quinta Avenida, especializada em cortes italianos para mulheres. Era considerado um homem perfeitamente atraente e passava suas noites falando sobre as possibilidades de atuar no Bowery Bar, Naked Lunch ou Odelay-la. Pelo visto, ele pegou Karen na rua.

Literalmente.

Com pressa para encontrar a sua mãe para jantar, Karen havia dado um passo em falso no meio-fio e torcido o tornozelo. Durante um instante de atordoamento, ela ficou deitada no asfalto em meio ao conteúdo disperso de sua bolsa — *der absoluten Zerrissenheit.*[310] No instante seguinte, Fowler

---

[310]Uma linha que eu preciso ir conferir com a Kyrie, embora ultimamente ande meio difícil de chegar nela, pois o Homem de Gdansk está oficialmente agora tocando o terror nesse Halloween. Pelo visto ele conseguiu encurralar o Lude no Dragonfly com a intenção de lhe impor algum castigo físico sério. Lude sorriu e lhe deu um chute forte no saco. Os seguranças lá, todos eles amigos do Lude, logo arremessaram o maluco na rua. O Homem de Gdansk, por sua vez, sendo um dos maiores lógicos deste século, deixou uma mensagem gritando na minha secretária eletrônica. Bastante articulado da parte dele, frequentemente justapondo ameaças de assassinato e o meu nome com uma quantidade ideal de incoerências guturais. Quem liga? Pau no cu dele. Como se ele fosse realmente conseguir mudar qualquer coisa nisso tudo, o que se aplica também a esse trechinho em alemão ali em cima, como se uma tradução de algum modo diminuísse o efeito pulverizador que a coisa toda teve sobre mim. Não vai. Eu sei disso agora. No mais, não há muito que eu possa fazer agora além de copiar tudo. E rápido.

se abaixou e a levantou, descendo-a de volta na calçada. Ele recolheu as coisas e prestou atenção nela. Quando ela foi embora, já tinha passado seu número para ele, e dois dias depois, ele telefonou e ela concordou em saírem juntos para beber alguma coisa.

Afinal, ele era perfeitamente atraente, mas o que era mais interessante ainda para Karen era que ele era burrinho.

Isso havia acontecido quando Navidson e Karen ainda moravam na cidade de Nova York, um ano antes de comprarem a casa na Virgínia. Navidson estava longe, tirando fotos aéreas de embarcações na costa da Noruega. Mais uma vez Karen se ressentiu de ter que ficar sozinha com as crianças. Audrie alegava que ela estava "desesperada buscando uma saída".[311] O momento em que Fowler chegou não podia ter sido melhor.

Audrie não chega a revelar muito sobre o caso, mas a irmã de Karen, Linda, ofereceu um relato pornográfico que muitos levaram a sério até se darem conta de que ela não tinha contato com Karen havia pelo menos três anos. Fowler é a única fonte dessa história. Sem dúvida, a atenção que ele recebeu da mídia era tentação demais para um ator falido recusar. Tampouco há qualquer dúvida de que ele deu uma floreada na história para manter o interesse da mídia.

"Ela é ótima", Fowler disse aos repórteres a princípio. "E não seria legal falar sobre isso, sobre nós, digo."[312] E então, pouco tempo depois, ele contou aos repórteres dos tabloides: "O que nós tivemos foi especial. Foi nosso. Vocês entendem o que eu quero dizer. Não preciso explicar o que ou onde fizemos o que fizemos. Fomos no parque, bebemos, conversamos. Tentei fazer ela se divertir. Somos amigos agora. Eu desejo tudo de bom pra ela". Então depois: "Ela queria o divórcio.[313] Aquele sujeito não tratava ela bem. Ela caiu na rua e eu peguei. Nunca teve ninguém para fazer isso por ela antes".[314]

É provável que Fowler nunca tenha se dado conta do quanto estava equivocado. Navidson não apenas carregou Karen até o lado de fora da casa, como também a carregou uma centena de vezes ao longo dos últimos onze anos, carregou seus medos, seu tormento e sua distância. Num raro momento, Reston ligou para um programa de rádio da madrugada e ralhou com o anfitrião por promover fofocas tão ridículas: "Deixa eu lhe falar uma coisa, Will Navidson fez de tudo por aquela mulher. Ele era firmeza. Teve uma vez que, durante treze meses, ela nem deixou que ele encostasse nela. Mas ele nunca nem pestanejou. Continuou amando igual. Duvido que aquele palhaço teria durado uma semana. Larga mão aí, ô seu b0$t@". Antes que o assunto pudesse passar para a casa ou qualquer outra coisa, Reston desligou.[315]

Cedo ou tarde, Fowler passou adiante, para outras coisas. Casou-se com uma estrela pornô e desapareceu num mundo dos mais desagradáveis.

Há ainda boatos de que Karen teve outros casos. Bonita como era, não é difícil acreditar que tivesse pretendentes. Havia estranhos o tempo todo escrevendo cartas de amor, mandando entregar perfumes caros e enviando passagens de avião para destinos distantes. Às vezes ela respondia, dizem. Houve alguém em Dallas, alguém em L.A. e vários em Londres e Paris. Audrie, no entanto, alega que Karen gostava apenas de flertar e suas indiscrições nunca passavam de uma saída comedida para um drinque ou um breve jantar.

---

[311]Entrevista com Audrie McCullogh. KCRW, Los Angeles, 16 de junho, 1993.

[312]Cf. Jerry Lieberman, "Fowler Fala Tudo", in *People*, v. 40, 26 de julho, 1993, p. 44.

[313]Karen disse a Fowler que era casada. Chegou até mesmo a usar uma das velhas alianças da sua mãe para provar (cf. *New York*, v. 27, 31 de outubro de 1994, pp. 92-93).

[314]*The Star*, 24 de janeiro, 1995, p. 18.

[315]Cahill Jones, "Vida Noturna", KPRO, Riverside, 11 de setembro, 1995.

Ela defende que Karen nunca dormiu com nenhum desses pretendentes, que eles eram apenas uma forma de fugir da intimidade de qualquer relação, particularmente aquela que ela mantinha com o homem que mais amava.

É quase certo que Navidson tinha ciência das "cartas de amor que Karen escondia em seu porta-joias".[316] Mas o que deixa muitos críticos intrigados hoje é o modo como ele optou por olhar aquele objeto curioso. Como escreve o semiótico Clarence Sweeney:

> Embora Navidson tenha se recusado a fazer das infidelidades dela uma parte "pública" do filme, ele parece ter sido incapaz de excluí-las ainda assim. Por consequência, ele simboliza suas transgressões na caixinha fechada de marfim entalhado à mão que contém os itens valiosos de Karen, criando, portanto, um aspecto "privado" em seu projeto, o que, por sua vez, nos leva a mais uma reavaliação do significado de interioridade no *Registro Navidson*.[317]

---

[316]Audrie McCullogh. KCRW, Los Angeles, 16 de junho, 1993.

[317]Cf. Clarence Sweeney, *Privacidade e Intrusão no Século XXI* (Londres: Apeneck Press, 1996), p. 140, bem como também as obras já mencionadas na nota de rodapé número 15. Considere ainda o momento discutido no capítulo II (página10-11) em que Navidson abre o porta-joias e então, momentos depois, joga fora um punhado de cabelo que ele arranca da escova de Karen.[318]

[318]Não importa se você é um eletricista, estudioso ou viciado, é provável que, em algum lugar, você ainda tenha consigo uma carta, um cartão-postal ou bilhete que tenha significado para você. E talvez só para você.

É impressionante quantas pessoas guardam pelo menos algumas cartas ao longo da vida, folhas carregadas de sentimento e metidas dentro de um estojo para violão, um cofre no banco, num disco rígido ou até mesmo preservadas num velho par de botas que ninguém nunca vai usar. Algumas cartas ficam. Outras não. Tenho algumas que não estragaram ainda. Uma delas em particular se oculta dentro de um camafeu com formato de um veado.

É um objeto bem trambolhudo, na real, com mais de cem anos, supostamente, feito de prata esterlina polida com chifres banhados em platina, olhos de esmeralda, com pequenos diamantes à margem da pelagem e um discreto fecho de prata na forma da sua cauda. Um fio de ouro trançado o prende com firmeza a quem quer que o use, o que, neste caso, nunca fui eu. Eu só deixo ali do lado da cama, na gaveta inferior trancada do meu criado-mudo.

Era minha mãe quem costumava usá-lo. Sempre que eu a via, desde a época que eu tinha 13 até ter quase 18, ela sempre estava com ele no pescoço. Nunca descobri o que ela guardava dentro dele. Eu o vi antes de partir para o Alasca e acho que mesmo nessa época já tinha alguma coisa no seu formato que me causava um mal-estar. A maioria dos camafeus que eu já tinha visto eram pequenos, redondos e calorosos. Faziam sentido. O dela eu não entendia. Era esquisito, todo ornamentado e, mais que tudo, frio, volta e meia soltando lampejos estranhos, um espelho deturpado, arriscando um reflexo sempre que ela parava para cuidar dele. Mas só conseguia, na maioria das vezes, um borrão.

É seguro presumir que Navidson conhecia Karen melhor que ninguém. Sem dúvida, ele estava ciente da existência de Fowler, das cartas escondidas e certamente também do beijo entre Cera e Karen, e tudo isso há de ter contribuído para sua decisão de voltar à casa para explorá-la mais

---

Eu o revi mais uma vez antes de embarcar para a Europa. Uma redação que eu escrevi sobre o pintor Paulus de Vos (1596-1678) me fez ganhar uma viagem com tudo pago para passar o verão no estrangeiro. Durei apenas dois dias no programa. Por volta do terceiro dia, eu tinha partido rumo à estação, procurando alguma coisa, talvez alguém, uma trouxa nas minhas costas, um passe do Eurorail na mão, não mais do que uns trezentos paus em cheques de viajante no meu bolso. Eu comia muito pouco e fui me virando de lugar em lugar, dando uma espiada na Tchecoslováquia, na Polônia e na Suécia antes de dar a volta para o oeste a fim de percorrer todo o caminho da Dinamarca até Madri, onde fiquei espreitando pelos corredores do Prado como uma matilha de sabujos uivando atrás de um cervo. Partidas de xadrez penetradas pelas estrelas em Toledo logo deram lugar a uma jornada alucinada rumo ao leste, em busca do folclore disperso de Nápoles e, cedo ou tarde, uma viagem de balsa até a Grécia, onde fui passando pelas ilhas jônicas antes de partir para destinos mais ao sul. De volta a Roma, passei quase uma semana numa casa de tolerância, conversando com as mulheres sobre as coisas mais simples, enquanto elas esperavam o próximo turno — mais uma história para outra hora. Em Paris, eu vivia nos bistrôs durante a noite, de vez em quando virando cervejas e escargôs, enquanto durante o dia eu cochilava, de coração partido, nas pedreiras do Sena. Não sei por que digo isso, "coração partido". Acho que era como eu me sentia, todo esfaimado e sem nenhuma companhia. Tudo que eu via em mim, de algum modo, apenas refletia a minha própria indigência. Muitas vezes eu pensei naquele camafeu, pendurado no pescoço dela. Às vezes doía. Na maior parte das vezes me deixava com raiva.

Ela me disse uma vez que era uma joia de valor. Esse pensamento jamais me veio à mente. Mesmo hoje eu me recuso a considerar seu valor monetário. Estou vivendo à base de atum, arroz e água, perdendo mais peso do que o banco do México, mas prefiro vender partes do meu corpo a considerar aceitar dinheiro por essa relíquia.

Quando minha mãe morreu, o camafeu foi a única coisa que ela me deixou. Tem uma gravação atrás. É do meu pai:[319] "Meu coração para você, meu amor — 5/3/1996" — praticamente profético. Durante muito tempo, eu não consegui abrir o fecho. Não sei bem por quê. Talvez tivesse medo do que encontraria lá dentro. Acho que eu esperava que estivesse vazio. Não estava. Quando enfim venci a dobradiça, descobri uma carta de amor cuidadosamente dobrada e disfarçada de carta de agradecimento, assinada pela mão de um menino de 11 anos.

Era uma carta que eu escrevi.

A primeiríssima carta que a minha mãe recebeu do filho que ela abandonou quando tinha apenas 7 anos. E também foi a única que ela preservou.

[319] O sr. Truant se refere aqui a seu pai biológico e não a Raymond, seu pai de adoção. — Eds.

uma vez.[320] Ele a deixou em Nova York porque a essa altura sabia que ela já tinha ido embora. E ela foi mesmo.

Jerry Lieberman, redator da entrevista original de Fowler para a revista *People*, havia conversado com o aspirante a ator sobre um possível artigo, dando prosseguimento às matérias anteriores, mas a falta de interesse público nesse caso o levou a engavetar a história. Após barganharmos um pouco, ele concordou em me enviar a fita contendo a última conversa com ele. Segue aqui, inédito, aquilo que Fowler disse a Lieberman no dia 13 de julho de 1995:

> É, ela me ligou, disse que estava na cidade e que tal um drink, esse tipo de coisa. Aí a gente saiu algumas vezes. Trepei com ela algumas vezes, sabe o que eu quero dizer, mas ela não fala muito mais comigo. Ela só diz que está trabalhando num curta-metragem. Perguntei para ela se não tinha um papel pra mim, mas ela me diz que não é esse tipo de filme.
>
> Devo ter visto ela umas duas ou três, talvez quatro vezes. Foi divertido e tudo mais, mas ela estava virada no capeta e eu não estava a fim de ir com ela nos lugares. Tinha mudado demais nos últimos meses, estava pálida, soturna, não sorria muito e quando sorria era meio diferente de antes, meio que nem um tique, esquisito, bem pessoal.
>
> Sua aparência refletia a idade agora. Velha demais pra mim, na real, e com os filhos e tudo o mais, bem, bola pra frente. Essas coisas acontecem, sabe como é.
>
> Em todo caso, eu não precisava me preocupar que ela fosse grudar em mim ou coisa assim. Não era esse tipo de mulher. A última vez que a gente saiu, ela disse que só tinha alguns minutos. Precisava voltar para o filme que estava editando, ou seja lá o que for. Alguma coisa com entrevistas e filmes de família. E foi isso. Apertou minha mão e foi embora.
>
> Mas isto eu vou lhe dizer, ela estava diferente da primeira vez que a gente se encontrou. Já trepei com mulher casada antes. Eu sei que o que elas curtem mesmo é sacanear o marido. Ela não estava nesse humor agora. Ela precisava dele. Dava para ver no seu olhar. Não era a primeira vez também que eu vi uma mulher casada ficar com o olhar daquele jeito. De repente, elas querem de novo aquele tesão do começo. É bem zoado. E ela era dessas. Toda fodida e carente dele.

[320]O assunto é tratado com maior detalhe nos Capítulos XVII e XIX.

> Mas, como costuma acontecer, ele não estava mais por perto.[321]

O que era verdade. Navidson não estava mais por perto, exceto, claro, pelo fato de que Karen o via todos os dias e de um modo como ela nunca o viu antes — não como uma projeção de suas próprias inseguranças e demônios, mas apenas como Will Navidson, numa luz trêmula, arremessado por um projetor de 16 mm contra uma parede pintada de branco.

---

[321]Cortesia de Jerry Lieberman.

XV

Mit seinen Nachtmützen und Schlafrockfetzen
Stopft er die Lücken des Weltenbaus.

— Heine[322]

Karen Green se senta num banco do Central Park. Traja um suéter castanho-avermelhado e um cachecol preto de caxemira. Ao seu redor, vemos pessoas contentes, aproveitando um daqueles dias radiantes de fevereiro que Nova York às vezes nos concede. Há alguns trechos do chão cobertos de neve, as crianças berram, veículos sacolejam, ultrapassando táxis e policiais de trânsito. Há uma guerra acontecendo no Golfo Pérsico, mas esse tipo de coisa nem sequer parece importar aqui. Como explica Karen, não é pouco o tempo que se passou:

> Já se passaram quatro meses desde que fugimos de nossa casa. Faz quatro meses também desde a última vez que eu vi o Navy. Até onde sei, ele ainda está em Charlottesville com o Billy — conduzindo experimentos.
>
> [Ela tosse, de leve]
>
> Costumávamos conversar pelo telefone, mas agora nem isso mais. Toda essa experiência o transformou. A perda do Tom, acho que foi isso que mais o transformou.
>
> Eu já liguei, já mandei carta, já fiz tudo que não envolva ir até lá pessoalmente, o que eu me recuso a fazer. Estou aqui criando as crianças e cuidando do seu filme. Ele já mexeu um pouco nele, mas depois simplesmente parou e me mandou tudo, os negativos, as fitas, a coisa toda. Ainda assim, ele não quer sair da Virgínia. E pensar que, dois meses atrás, ele me disse que só iria precisar de mais uns dias.
>
> Minha mãe não para de repetir que eu tenho que mandar ele pastar e vender a casa. Eu penso nisso, mas, nesse meio-tempo, venho trabalhando no filme. É tanta coisa que eu decidi fazer um corte de

[322]"Com suas touquinhas e os trapos de sua camisola de dormir, ele remenda as lacunas na estrutura do universo" — versos que ele citou, na íntegra, para sua esposa, além de aludir a eles no capítulo Seis da *Interpretação dos Sonhos* e numa carta a Jung, datada de 25 de fevereiro, de 1908.[323]

[323]`O Heine?`[324]

[324]Freud — Eds.

treze minutos[#4] para sondar a opinião das pessoas.

E eu mostrei para todo mundo que pude imaginar — professores, cientistas, minha terapeuta, poetas locais e até uns famosos que o Navy conhecia.

[Mais uma tosse]

Anne Rice, Stephen King, David Copperfield e Stanley Kubrick chegaram a responder, de fato, às cópias do vídeo que eu mandei para eles sem que pedissem.

Sem mais alarde, segue aqui o que todo mundo tem a dizer sobre a casa.[325]

□ □ □ □

Uma Transcrição Parcial das

Opiniões de Alguns

por Karen Green[327]

[#4] É mais que provável que uma versão de oito minutos da edição de Karen tenha se tornado o segundo curta hoje conhecido como "Exploração #4". Continua o mistério, no entanto, de quem teria cortado cinco minutos (que devem incluir o suicídio de Holloway) antes de distribuí-la. Kevin Stanley, em *"O Que Você Vai Fazer Agora, Homenzinho?" e outros contos de distribuição independente* (Cambridge: Vallombrosa, Inc., 1994), aponta para o quanto teria sido fácil, para um dos professores ou autores que receberam a cópia, fazer uma duplicata. Quanto ao porquê de esses cinco minutos terem sido excluídos, Stanley fornece um argumento, pouco convincente, que aponta para a própria inaptidão de Karen Green: "Ela deve ter simplesmente calculado mal o tamanho da fita".

[325]É interessante que nem ________, nem _______, ambas testemunhas que assistiram à fita, nem sequer tenham se dado ao trabalho de fornecer quaisquer comentários. Talvez **XXXXXXXXXXXXXX XXXXXXXXXXXXXXXXXXXXXXXXXXXXXXXXXXXXXXXXXXXXXXXXXXXXXXXX XXXXXXXXXXXXXXXXXXXXXXXXXXXXXXXXXXXXXXXXXXXXXXXXXXXXXX XXXXXXXXXXXXXXXXXXXXXXXXXXXXXXXXXXXXXXXXXXXXXXXXXXXXXX XXXXXXXXXXXXXXXXXXXXXXXXXXXXXXXXXXXXXXXXXXXXXXXXXXXXXX XXXXXXXXXXXXXXXXXXXXXXXXXXXXXXXXXXXXXXXXXXXXXXXXXXXXXX XXXXXXXXXXXXXXXXXXXXXXXXXXXXXXXXXXXXXXXXXXXXXXXXXXXXXX XXXXXXXXXXXXXXXXXXXXXXXXXXXXXXXXXXXXXXXXXXXXXXXXXXXXXX XXXXXXXXXXXXXXXXXXXXXXXXXXXXXXXXXXXXXXXXXXXXXXXXXXXXXX XXXXXXXXXXXXXXXXXXXXXXXXXXXXXXXXXXXXXXXXXXXXXXXXXXXXXX XXXXXXXXXXXXXXXXXXXXXXXXXXXXXXXXXXXXXXXXXXXXXXXXXXXXXX XXXXXXXXXXXXXXXXXXXXXXXXXXXXXXXXXXXXXXXXXXXXXXXXXXXXXX XXXXXXXXXXXXXXXXXXXXXXXXXXXXXXXXXXXXXXXXXXXXXXXXXXXXX.**[326]

[326]O texto aqui foi riscado com o que parece muito ser giz de cera preto e piche.

[327]Originalmente, *O Registro Navidson* continha ambas as obras de Karen: *Opiniões de Alguns* e *Uma Breve História de Quem Eu Amo*. No entanto, quando a Miramax colocou o filme em circulação, *Opiniões de Alguns* estava ausente. Num evento de imprensa em Cannes, Bob Weinstein afirmou que era uma seção que abusava da autorreferencialidade, distante demais do "cerne da história" para justificar sua inclusão. "O público só quer voltar para a casa", ele explicou. "O atraso que aquele trecho causava era insuportável. Mas não se preocupem, ele estará disponível na versão em DVD."[328]

[328]Até hoje, eu não recebi resposta de nenhuma das pessoas citadas nesta "transcrição", à exceção de Hofstadter, que deixou muito claro

Dra. Leslie Stern, Psiquiatra

Ambientação: O escritório da doutora. Bem iluminado, pôster de Chagall na parede, divã obrigatório.

Stern: É curioso. Para o que é que você precisa da minha opinião mesmo?

Karen: O que você acha que é isso? Acha que tem algum tipo de, digamos... significado?

Stern: Você de novo com isso de "significado". Eu desisti dos significados há muito tempo. Tentar conseguir uma reserva no Elaine's já é difícil o bastante. [Pausa] O que você acha que significa?

Jennifer Antipala. Arquiteta & Engenheira Estrutural

Ambientação: Interior da Catedral de São Patrício.

Antipala: [Muito acelerada; fala muito rápida] As coisas que me vieram à cabeça, agora eu acho que é só o jeito que a minha mente funciona ou coisa assim, mas a casa toda me trouxe essas questões, que eu acredito, como você disse, que são, uh, aquilo de que você está atrás. Mas não há exatamente uma preocupação com significado, eu acho.

[Pausa]

Karen: Quais eram essas questões?

Antipala: Ai, deus, são tantas. Vão desde a capacidade de suporte do solo de um lugar como esse até, uh, digamos, bem, uh... Bem, primeiro de tudo, vamos voltar à capacidade de suporte do solo. É uma questão complicadíssima. Quero dizer, veja uma "rocha maciça" como basalto, por exemplo, que é capaz de suportar até mil toneladas métricas por metro quadrado, ao passo que rochas sedimentares, como folhelho ou arenito, por exemplo, já se esfarelam acima de 150 toneladas por metro quadrado. E a argila macia não passa nem de dez toneladas. Então, aquele lugar, além das dimensões, impossivelmente altas, profundas, amplas — qual o tipo de fundação embaixo dele? E se não tiver, será que é tipo um planeta, cercado pelo espaço? Então sua massa

---

`nunca ter nem ouvido falar de Will Navidson, Karen Green ou da casa, e Paglia, que rabiscou num cartão-postal: "Some, palhaço".`

ainda assim será grande o suficiente para que haja uma imensa gravidade, puxando tudo para dentro, e aí que tipo de material em seu cerne seria capaz de sustentar tudo isso?

Douglas R. Hofstadter. Professor de Ciências da Computação e Ciências Cognitivas na Universidade de Indiana.

Ambientação: Ao lado de um piano.

Hofstadter: Philip K. Dick, Arthur C. Clarke, William Gibson, Alfred Bester, Robert Heinlein, todos eles adoram esse tipo de coisa. O seu curta foi divertido também. O modo como você lidou com a expedição de Holloway, me lembrou o Labirinto Harmônico de Bach. Algumas das modulações temáticas, digo.

Karen: O senhor acredita que um tal lugar seja possível? Eu tenho uma amiga que é engenheira estrutural e ela é bem cética.

Hofstadter: Bem, de uma perspectiva matemática... um espaço infinito que leva a um não-espaço... Aquiles e a tartaruga, Escher, a flecha de Zenão. Você conhece a flecha de Zenão?

Karen: Não conheço.

Hofstadter: [ilustrando numa folha de papel pautado] Ah, é bem simples. Se a flecha está aqui no ponto A, e o alvo, aqui no ponto B, então para chegar ao ponto B a flecha precisa percorrer pelo menos metade desta distância, o que eu vou chamar de ponto C. Agora, para chegar de C até B, a flecha deve percorrer metade dessa distância, o que chamaremos de ponto D, e assim por diante. Bem, a diversão começa quando você percebe que é possível continuar dividindo o espaço eternamente, reduzindo-o a frações cada vez menores e menores até que... bem, a flecha nunca chega ao ponto B.

Byron Baleworth. Dramaturgo britânico.

Ambientação: La Fortuna, na 71st Street.

Baleworth: "E S. Sebastião morreu de azia", para citar outro famoso dramaturgo britânico. O infinito aqui não é uma questão para a ciência. Você criou um dilema semiótico. Assim como um vírus sinistro resiste ao sistema imunológico do corpo, também o seu símbolo — a casa — resiste à interpretação.

Karen: Isto quer dizer que não tem sentido?

Baleworth: Esta é uma conversa que vai longe. Eu estou ficando no Plaza Athénée durante as próximas noites. Por que não vamos jantar? [Pausa] O gravador não está ligado, está?

Karen: Bem, você poderia me dar um esboço de como você trataria da questão?

Baleworth: [Desconfortável de repente] Eu provavelmente me voltaria ao cinema. O significado chegaria se você ligasse a casa à política, à ciência ou à psicologia. Seja lá o que você goste, mas alguma coisa. Quanto ao monstro. Sinto muito, mas é preciso trabalhar melhor nele. Pelo amor, está gravando?!

Andrew Ross. Professor de Literatura da Universidade de Princeton.

Ambientação: Academia. Ross está malhando com uma bola de exercício.

Ross: Ah, o monstro é a melhor parte. Baleworth é um dramaturgo e, dentro do contexto inglês, é provavelmente um tradicionalista no que diz respeito a histórias de fantasmas. Não são poucos os ingleses que ainda preferem os seus fantasmas vestindo crepe e teias de aranha, com um candelabro na mão. O seu monstro, porém, é americano, puro e simples. Para começar, não tem um fio cortante, algo certamente necessário num compêndio de distintas culturas. Não é possível identificar essa criatura com um ou outro grupo específico. Sua individualidade é imperceptível, e como o lado obscuro da lua, é invisível, porém influente.

Sabe, quando eu vi o monstro, achei que fosse um Criado. Ainda penso nisso. É um Criado da Casa, vigilante em seu dever de garantir que a casa continue absolutamente privada de tudo. Nem mesmo um grão de pó. É uma empregada que deu a louca.

Alguma vez você já vestiu uma fantasia de empregadinha?

Jennifer Antipala.

Antipala: E quanto às paredes? São estruturais? Ou não? Isso me tira das questões sobre o material da fundação e me leva à questão dos materiais de construção. Do que será que um tal lugar seria feito? E eu penso aqui agora nas alterações que acontecem, implicando não ser o caso de termos cargas mortas, o que quer dizer uma massa fixa, mas cargas vivas que precisam lidar com o vento, terremotos e variação de movimento dentro da estrutura. E essas alterações são o mesmo que, digamos, distribuições com base na pressão do vento?, o que é assim, digamos, assim, er, ah, sim, P igual a meio beta vezes V ao quadrado vezes C vezes G, er, er, er, é isso, é isso, sim, é isso, ou algo nessa linha, em que P é a pressão do vento sobre a superfície da estrutura... ou será que eu preciso partir de outro ponto, olhar para a distorção das paredes ou a pressão sobre as paredes, forças axiais e laterais, mas se não é vento, então o que é e como? como é implementado? como é contrabalanceado? e falando agora de distribuição de peso, tem uma carga bem complicada rolando ali... digo, qualquer coisa desse tamanho há de pesar muito. E eu digo pelo menos um montão mesmo. Por isso eu não paro de me perguntar: como sustentar esse peso todo? E eu não faço a menor ideia, de verdade. Por isso eu começo a procurar um outro ângulo.

[Aproximando-se de Karen]

Camille Paglia. Crítica literária.

Ambientação: O pátio do Bowery Bar.

Paglia: Repara que só os homens entram lá. Por quê? Simples: as mulheres não precisam. Elas sabem que não tem nada lá e podem tocar a vida com esse conhecimento, mas os homens precisam ir ver para ter certeza. Eles são assombrados por aquele vazio infinito e seu apelo de construção de sentido, por isso anseiam por ele, desejam-no, desejam seu fim, seu conhecimento, sua — para usar aqui uma expressão strangeloviana — sua essência. Precisam penetrá-la, invadi-la, conquistá-la, destruí-la, habitá-la, fertilizá-la e, se necessário, até mesmo se deixar consumir por ela. O xis da questão é aquilo que falta aos homens. Falta neles o oco, a cavidade uterina, qualquer encavação fisiológica, criativa, capaz de criar vida. A questão toda gira em torno da inveja do útero ou inveja da vagina, como preferir.[329]

Karen: E quanto ao medo do escuro do meu personagem?

Paglia: Pura invenção. O roteiro foi escrito por um homem, correto? Que mulher de respeito tem medo do escuro? As mulheres são tudo que é interno e oculto. As mulheres são a escuridão. Eu trato um pouco disso no meu livro *Personas Sexuais*, que vai sair pela Vintage dentro de alguns meses.

Você está muito ocupada hoje à tarde?

Anne Rice. Romancista.

Ambientação: O Museu de História Natural.

Rice: Ah, não sei se eu gostei muito. É demais essa polarização sexual, isto é masculino, aquilo é feminino... Acho que é político demais e obviamente um pouco forçado.

A escuridão não é masculina, nem feminina. É a ausência da luz, o que é importante para nós, porque somos criaturas retinais que precisam de luz para se deslocar por aí e se sustentar e se proteger. George Foreman usa muito mais os seus olhos do que os seus punhos.

É claro que a luz e a escuridão têm menos significado para um morcego. O que importa mais para o morcego é se tem ou não frequências FM atrapalhando o seu radar.

---

[329]Melissa Schemell em seu livro *Identificação Ausente* (Londres: Emunah Publishing Group, 1995), p. 52, discute modos sexuais de reconhecimento:

> *A casa enquanto vagina*: A identificação primária do adolescente é feita com a mãe. A subsequente percepção de que ele é diferente dela (ele tem um pênis; ela não; ele é diferente) resulta num sentimento intenso de deslocamento e perda. O menino precisa procurar uma nova identidade (o pai)... Navidson explora essa perda, aquilo com que ele se identificou pela primeira vez: a vagina, o útero, a mãe.

Intrusões Maternas, de Eric Keplard (Portland: Nescience Press, 1995), p. 139, também trata do local como um lugar materno, mas sua leitura é muito mais histórica do que a de Schemel: “A casa de Navidson é uma encarnação de sua própria mãe. Em outras palavras: ausente. Ela representa o drama edipiano não resolvido que continua a invadir a sua relação com Karen”. Dito isto, seria injusto não mencionarmos o livro de Tad Exler, *Nosso Pai* (Iowa City: Pavernockurnest Press, 1996), que rejeita os “paralelos excessivamente entusiasmados com a maternidade” em prol da “escuridão paterna do narcisismo”.

Harold Bloom. Crítico literário.

Ambientação: Sua biblioteca particular. Paredes sobrecarregadas de livros. Bagunça generalizada.

Bloom: Minha cara, Kierkegaard certa vez escreveu que "se o jovem acreditasse na repetição, do que ele não seria capaz? Que interioridade poderia ter alcançado?".

Vamos tocar no seu, uh, filme inacabado daqui a pouco, mas por favor, permita-me primeiro ler para você uma página do meu livro, *A Angústia da Influência*. Este trecho vem do capítulo sobre Kenosis:

> Percebe-se o unheimlich, ou "não do lar" (uncanny), como "insólito" sempre que somos lembrados de nossa tendência interior a ceder a padrões de ação obsessivos. Anulando o princípio do prazer, o daemônico em nós cede a uma "compulsão pela repetição". Um homem e uma mulher se encontram, mal se falam, entram numa aliança de entregas mútuas; ensaiar mais uma vez o que descobrem ter conhecido juntos antes e, no entanto, nunca houve um antes. Freud, unheimlich aqui, nessa revelação, afirma que "todo afeto emocional, qualquer que seja a sua qualidade, é transformado pela repressão numa angústia mórbida". Entre os casos de angústia, encontra-se a classe do insólito, □ "em que se pode mostrar que a angústia vem de alguma coisa reprimida que retorna". Mas pode-se chamar esse "não do lar" também de "do lar", ele observa, "pois esse insólito não é na verdade nada novo ou estrangeiro, mas uma coisa conhecida e há muito estabelecida na mente, que só foi alienada pelo processo de repressão".

[330]Embora *unheimlich* já tenha aparecido neste texto, não foi dado nenhum tratamento até agora à palavra inglesa para o insólito, *uncanny*. Por mais que lhe falte a acepção germânica de "lar", *uncanny* constrói seu sentido com base na raiz *cunnan*, do inglês arcaico, derivado do nórdico antigo *Kunna*, por sua vez originário do gótico *Kunnan* (verbos no pretérito-presente), com o sentido de <u>conhecer</u>, a partir do indo-europeu (vide o OED). O "y" confere um sentido de "cheio de", enquanto o prefixo "un-" nega aquilo que vem depois. Em outras palavras, *un-cann-y* literalmente decompõe ou desmonta aquilo que <u>não está cheio</u> de <u>conhecimento</u> ou, por outro lado, <u>cheio</u> de <u>desconhecimento</u>; e assim sem compreender ao certo aquilo que a negação repetitiva ainda consegue manter reprimido e, por isso, alienado, mas em todo caso ainda se permitindo a repetição, aquilo que é insólito, *uncanny*, pode ser definido como

É possível ver aqui que o vazio é aquilo com que estamos supostamente familiarizados e a sua casa é infinitamente familiar, infinitamente repetitiva. Passagens, corredores, cômodos, tudo se repete sem parar. Um pouco como a casa de Dante após uma boa faxina. É um lugar sem vida, sem objetos. Cícero já disse que "um cômodo sem livros é como um corpo sem alma". Pode incluir "almas" aí nessa lista também. Um lugar sem vida, sem objetos, sem alma. Sem deus também. O pré-deus do abismo de Milton ou o pós-deus de um universo nietzschiano.

É um lugar tão marcadamente antissimbólico que a casa exige um destruidor de símbolos. Mas aquele fogo sem luz que deixa as paredes permanentemente cinzentas e, aos meus olhos, lisas como obsidiana, não são nada além do modo procustiano do artista de combater a influência: criar um golem sem feições, um eclipse universal, o anjo de Jacó, o Frankenstein de Mary, o grande erradicador de tudo que é e tudo que já foi, conseguindo, portanto, por meio desse tropo, garantir a independência poética, não importa o quanto o resultado seja solitário, vazio e agonizante.

Minha cara, acaso você está tão sozinha que precisou criar isto?

Uma Poe ta. 21 anos de idade. Sem tatuagens. Sem piercings.

Ambientação: Diante de um transformador gigante.

Poe ta: Sem maiúsculas [Ela tira um guardanapo de papel e lê] eu estava on-line. não lembrava como tinha ido parar lá. como tinha sido tragada até lá. era preto como breu. imaginei que tivesse faltado luz. comecei a andar. não tinha ideia da direção aonde eu estava indo. continuei andando. tive a sensação de estar sendo observada. perguntei "quem está aí?" os ecos criaram uma passagem e desapareceram. eu os segui

Douglas R. Hofstadter.

Hofstadter: De modo semelhante à flecha de Zenão, consideremos a seguinte equação: 1/a= □ EMBED

esvaziado do conhecimento e do conhecer ou, ao mesmo tempo, superabundante da ausência do conhecimento e do conhecer. Nas palavras de Perry Ivan Nathan Shaftesbury, autor de *Portais do Assassinato: um tratado sobre o amor e a fúria* (Londres: Verso, 1996), p. 183: "É, portanto, sagrado, inviolável, preservado para sempre. A virgem definitiva. A madona sem marido. Mãe de Deus. Mãe da Mãe. Inumana". Vide também a obra de Anthony Vidler, *O Insólito Arquitetônico: ensaios sobre o "não do lar" moderno* (Cambridge: Massachusetts: The MIT Press, 1992).

"Equation" * mergeformat □ □ □ em que 1/∞ = 0.

Se aplicarmos isto à poética do seu amigo Bloom, então chegamos a uma perspectiva interessante sobre o monstro.

Que 1 signifique o artista, então "a" é igual a 1, o que representa uma influência e aí a resposta é 1, λ=1, ou um nível de uma influência, o que eu entendo como influência total.

Se, no entanto, dividirmos por 2, então o nível de influência cai para 1/2 e assim por diante. Leve o número de influências para o infinito, em que a = ∞, e, voilà, chegamos a um nível de influência zero, λ=0.

Agora, vamos levar essa fórmula em consideração ao tratarmos do seu monstro. Ele tira tudo das paredes e corredores. Em outras palavras, foi influenciado pelo infinito, portanto, não sofre nenhuma influência. Mas então olhamos para o resultado: não há luz, não há características, é vazio.

Não sei, talvez um pouco de influência seja bom.

Byron Baleworth.

Baleworth: É preciso refinar o modo como a casa em si serve como símbolo —

Stephen King. Romancista.

Ambientação: Parquinho do P. S. 6.

King: Símbolos uma ova. Claro que são importantes, mas... bem, olha a baleia de Ahab. Temos aí um grande símbolo. Há quem diga que ela represente deus, significado e propósito. Outros dizem que ela representa a falta de propósito e o vazio. Mas o que às vezes esquecemos é que a baleia de Ahab era também só uma baleia.

Steve Wozniak. Inventor & Filantropo.

Ambientação: A Ponte Golden Gate.

Woz: Claro que eu concordo com King. Um ícone para um jogo de bridge é um símbolo para o programa, os dados e mais. No entanto, em alguns pontos, também pode ser visto como aquele jogo de bridge. O mesmo se aplica a essa casa que você criou. Ela pode representar diversas coisas, mas também não é nada além de si mesma, uma casa — ainda que uma casa bem engraçada.

Jennifer Antipala.

Antipala: Eu olho para o Panteão de Adriano, a Hagia Sophia de Justiniano, a catedral de St. Denis, de Suger, a cúpula de Westminster Hall, construída graças a Herland, ou a cúpula de Wren para a catedral de São Paulo, e tudo mais que parece estar acima ou além deste mundo e, a propósito, na minha cabeça, esses lugares que eu acabei de mencionar estão, sim, acima e além deste mundo, o que a princípio desperta reverência, talvez descrença e depois, após fazer os cálculos, traçar as linhas e estudar a construção, ainda que essa reverência permaneça, o lugar também passa a fazer sentido. Por consequência, torna-se esquecível. Bem, essa sua casa no filme definitivamente desperta reverência e toda a descrença, mas na minha cabeça ela jamais poderá fazer sentido. Eu traço as linhas, faço as contas, estudo a construção e tudo a que eu consigo chegar é que... bem, a coisa toda é simplesmente uma impossibilidade estrutural, sem salvação. E, por isso, desprovida de substância, esquecível. Apesar de seu peso, sua magnitude, sua massa... no fim, o resultado da soma é nada.

[Afastando-se]

Jacques Derrida. Filósofo francês.

Ambientação: Uma exposição sobre Artaud.

Derrida: Bem, aquilo que está dentro, o que quer dizer, se posso dizê-lo, aquilo que traça seu próprio padrão infinitamente sem o espaço externo, sem o outro, mas então também onde está o outro?

Acabou? Ótimo.

[Pausa]

Pega a minha mão. Caminhemos.

Andrew Ross.

Karen: Mais alguma coisa?

Ross: A casa não tinha janelas. Eu adorei essa parte.

Byron Baleworth.

Baleworth: [Na defensiva] É muito desleixo. Por que aquele tipo de casa? Por que na Virgínia? Essas perguntas deveriam ter respostas. Haveria maior coesão. Tem uma promessa, vale dizer. [Pausa]

Espero que você não ache que tenha sido uma cantada.

Camille Paglia.

Paglia: [Rindo] Baleworth disse isso? Você devia ter perguntado a ele: por que é que a entrada de Dante para o inferno fica na Toscana? Por que o caminho do Jovem Goodman Brown passa pela Nova Inglaterra? Baleworth está com inveja e, além do mais, ele não conseguiria escrever um roteiro cinematográfico nem que fosse para salvar o próprio pinto. [Pausa] E também, por acaso, eu não tenho medo de lhe dizer que eu passei, sim, uma cantada em você.

Então, você está livre hoje à tarde?

Walter Mosley. Romancista.

Ambientação: Parque Fresh Kills.

Mosley: Lugarzinho estranho. As paredes mudando o tempo todo. Tudo é semelhante, familiar e, no entanto, não há nenhuma sinalização, nem amigos. Muitas pistas, mas nenhuma solução. Apenas o mistério. Estranho, muito estranho. [Ele olha para cima, genuinamente perplexo] Não sei. Eu odiaria ficar preso lá.

Dra. Leslie Stern.

Karen: E o que mais você achou do filme?

Stern: Olha, eu não sou nenhum Siskel e Ebert — mas já fui chamada de Ebert. Tem muita coisa nisso de vazio, escuridão e distância. Mas já que foi você quem criou esse mundo, não acho que seria injusto perguntar para você o porquê de ter sido tão atraída para esses temas?

Stephen King.

King: Você não inventou nada disso, né? [Analisando Karen] Eu gostaria de visitar essa casa.

Kiki Smith. Artista figurativa.

Ambientação: Hospital de Nova York — Centro Médico Cornell, P.S.

Kiki: Minha nossa, sem cor e até mesmo quase sem tons de cinza, o foco se desloca para outras coisas — as superfícies, as formas, dimensões, até mesmo aquele movimento todo. Eu diria que se trata disso. Desde a construção, a experiência do interior, a sensação corporal naquele lugar, tudo — minha nossa — tudo que faz com que a coisa toda seja tão visceral, tão autêntica.

Hunter S. Thompson. Jornalista.

Ambientação: Estádio dos Giants.

Thompson: A manhã foi ruim.

Karen: O que você achou do vídeo?

Thompson: Eu estava no sofá de uns amigos, mas eles me enxotaram hoje cedo.

Karen: Sinto muito.

Thompson: O seu filme não ajudou. É, digamos... para dizer numa palavra só: zoado... muito zoado. Beleza, duas palavras, quatro, foda-se... zoado pra caralho. Eu chamaria de bad trip. Nunca pensei que diria isso, mas, senhora, você precisa largar o ácido, a mescalina, seja lá o que for que você anda cheirando, inalando ou ingerindo... entra numa clínica, alguma coisa assim, qualquer coisa, porque você vai acabar bem mal se não fizer algo logo. Nunca vi uma porra tão zoada, tão fodida de zoada assim. Eu quebrei umas coisas por causa disso, pratos, uma estatuazinha de jade de um pinguim. Um sapo-bufo de vidro. Fiquei tão puto que cheguei a jogar o aquário do meu amigo contra a cristaleira. Feio, feio demais. Água salgada, peixes mortos por toda parte, e eu gritando "zoado, zoado pra caralho". Quatro palavras. Aí me enxotaram de lá. Você acha que eu poderia passar a noite no seu apê?

Stanley Kubrick. Cineasta.

Ambientação: (on-line)

Kubrick: "O que é?", você me pergunta. E eu respondo, "É um filme. E é um filme porque usa películas de filme (e fitas de vídeo)". O que importa é o modo como o filme nos afeta ou, nesse caso, como me afeta. A qualidade da imagem muitas vezes é terrível, exceto quando a câmera é manejada por Will Navidson, o que não acontece com muita frequência. A qualidade de som é grosseira. O fato de que tantos detalhes são ocultados contribui para a insuficiência do desenvolvimento dos personagens. E, por fim, a estrutura geral é frouxa e instável, ameaçando desabar a qualquer minuto. Dito isso (ou digitado isso), permaneço gravemente perturbado e impressionado. Cheguei até a ter um sonho sobre a sua casa. Se eu fosse mais ingênuo, diria que você não é cineasta coisa alguma e que a coisa toda aconteceu de verdade.

David Copperfield. Mágico.

Ambientação: A Estátua da Liberdade.

Copperfield: Parece um truque, mas é um truque que convence você, o tempo todo, de que não há truque algum. Uma levitação sem os fios. Um labirinto de espelhos sem os espelhos. Estarrecedor, de verdade.

Karen: Então, como você descreveria a casa?

Copperfield: Como uma charada.

[Atrás dele, a Estátua da Liberdade desaparece].

Camille Paglia.

Paglia: Como eu descreveria? O vazio feminino.

Douglas R. Hofstadter.

Hofstadter: Um oito horizontal.

Stephen King.

King: Assustadora pra caramba.

Kiki Smith.

Kiki: Textura.

Harold Bloom.

Bloom: Unheimlich — claro.

Byron Baleworth.

Baleworth: Não tenho interesse.

Andrew Ross.

Ross: Um grande circuito onde os indivíduos encenam o papel de elétrons, criando, com seus caminhos, bits de informações que no fim são ilegíveis. Só um chute.

Anne Rice.

Rice: Sombrio.

Jacques Derrida.

Derrida: O outro. [Pausa] Ou qual outro, o que quer dizer então, a mesma coisa. O outro, nenhum outro. Entende?

Steve Wozniak.

Woz: Eu gosto da ideia do Ross. Um chip gigante. Ou uma série de chips, até. Todos interconectados. Se eu pudesse ver a planta baixa, então eu poderia lhe dizer que é um chip de alguma coisa bem tesuda ou só um eletrodoméstico — como uma torradeira ou um liquidificador cósmicos.

Stanley Kubrick.

Kubrick: Sinto muito. Já disse o suficiente.

Dra. Leslie Stern.

Stern: Mas o mais importante, Karen, o que é que ela significa para você?

[Fim Da Transcrição][331]

[331]Tantas vozes. Não que eu não esteja familiarizado com vozes. Uma algazarra de opinião, necessidade e compulsão, mas o que elas estão mascarando? //

A Tambor acabou de ligar (por isso a interrupção, o "//").

Uma voz bem-vinda.

Estranho como isso funciona. Não estou mais por perto e aí de repente ela me liga do nada, pela primeira vez também, devolvendo minhas velhas páginas, eu acho, querendo saber onde eu andei, por que foi que eu não apareci mais no Estúdio, zanzando no meu ouvido com todo tipo de coisa. Aparentemente até o meu chefe tem perguntado de mim, todo magoadinho que eu não passei mais lá de

□□□□

Engraçado como, a partir desse arranjo impressionante de teóricos, cientistas, autores modernos e outros, é a terapeuta de Karen quem faz, ou melhor, arranca a pergunta mais significativa. Graças a ela, Karen cria mais um curta no qual, surpreendentemente, a casa jamais é mencionada, que dirá qualquer um dos comentários feitos pelos famosos.

É uma reviravolta extraordinária. Nem mesmo uma única menção àqueles corredores que se multiplicam. Nem mesmo uma única vez Karen se demora em tratar de sua escuridão e seu ar gélido. Ela produz seis minutos

---

rolê nem para dar um oi.

"Ei, Johnny", a Tambor enfim me disse, ronronando, pelo telefone. "Por que você não dá um pulo aqui? Eu até faço jantar pra você. Tenho um resto de torta de abóbora que estava ótima que sobrou do jantar de Ação de Graças."

Mas eu me ouvi dizendo "Não, uh, não precisa. Não, obrigado, mas obrigado mesmo assim", pensando ao mesmo tempo que esta noite poderia muito bem ter sido o mais próximo que eu chegaria de receber um ingresso eletrônico para o Lugar Mais Feliz do Mundo.

É tarde demais. Ou talvez não. Talvez não esteja tarde, só não esteja certo. Por mais bela que soe a sua voz, faltam-lhe forças para me desviar desse caminho. Ao passo que oito meses atrás eu já estaria na porta. Hoje, por um motivo triste qualquer, a Tambor já não tem mais nenhuma influência sobre mim.

Por um momento, eu tive um lampejo do seu corpo, imaginando aqueles lindos seios redondinhos com o marrom cremoso de suas aréolas, criando santos a partir de mamilos, seus lábios macios e carnudos mal ocultando os seus dentes, enquanto no fundo de seus olhos, sua ascendência irlandesa e espanhola vai se fechando que nem oxigênio e hidrogênio e continuará assim até o dia em que ela morrer. Porém, apesar de todo o seu apelo chocante, qualquer anseio que eu pudesse sentir desapareceu quando vi e aceitei como eu a conhecia pouco. A imagem na minha cabeça, não importando o quanto fosse erótica, não chegava a ser o suficiente. Um retrato inacabado. Um retrato jamais começado de verdade. Mesmo levando em consideração seus óculos de sol de margaridas, suas tatuagens, os dólares e notas de cinco que ela colhe enquanto se enrosca em torno de alguma barra prateada em uma salinha escura à sombra do aeroporto. Um lugar que eu ainda não ousava visitar. Nunca nem lhe perguntei o nome do seu filho de 3 anos de idade. Nunca nem lhe perguntei seu nome real — não era Tambor, não era mesmo Tambor, mas outra coisa totalmente diferente —, o que eu de repente resolvi descobrir, fazer as duas perguntas ali mesmo, começar a descobrir quem ela era de verdade, ver se era possível significar algo para ela, ver se era possível que ela viesse a significar algo para mim, uma nova bateria de pontos de interrogação, aos quais eu estava preparado para dar seguimento, que foi o exato momento em que o telefone ficou mudo.

Não foi ela, nem eu, quem desligou. A companhia telefônica simplesmente se deu conta do seu lapso e enfim cortou a minha linha.

Acabou Tambor. Acabou o tu-tu-tu. Nem mesmo um teto abobadado para levar a palavra ao outro lado.

Apenas silêncio e todas as suas consequências.

de filmagens que não têm absolutamente nada a ver com o local. Seu olhar (e seu coração) se voltam, em vez disso, ao que é mais importante para ela em Ash Tree Lane; aquilo que, em suas próprias palavras (usando o mesmo suéter castanho-avermelhado; sentando no mesmo banco do Central Park; tossindo menos) "aquele lugar maldito roubou de mim".

Assim, no primeiro frame, o que nos saúda não é nada sinistro, mas um blues: as melodias de Charlie "Yardbird" Parker, fazendo sair da escuridão o rosto precoce de um Will Navidson de 17 anos de idade.

Foto após foto, em velhos filmes Kodak, tremidas, com exposição demais ou de menos, geralmente granuladas, amareladas ou avermelhadas demais, vão se amalgamando para formar um raro lampejo da infância de Navidson — *nicht allzu glatt und gekünstelt.*[332] Seu pai — tomando chá gelado. Sua mãe — um rosto em preto e branco sobre a lareira. Tom — regando o gramado. Seu golden retriever, o arquétipo de todos os cães de vídeos caseiros, brincando com os irrigadores, pulando sobre a pálida mangueira verde como se ela fosse um píton, latindo para Tom, depois para o seu pai e, por mais que suas mandíbulas se abram e fechem, é impossível ouvir o latido — apenas o som de Charlie Parker levado aos limites de sua arte, perdido num raro tipo de prazer.

Como diz o professor Erik Von Jarnlow, num comentário pungente:

> Acredito que eu não esteja só em sentir a tristeza imutável contida nesses fragmentos. Talvez este seja o custo da lembrança, o preço da percepção precisa. Pelo menos, com essa mágoa, há de sobrevir o conhecimento.[333]

Karen avança num ritmo regular, passando do quintal ensolarado dos Navidson para o baile de formatura, o funeral da avó dele, Tom cobrindo os olhos na frente de um churrasco, Navidson mergulhando de cabeça num laguinho. Depois a formatura da faculdade, Will despedindo-se de Tom, com um abraço, ao se preparar para partir rumo ao Vietnã,[334] uma cena em preto e branco que flagra a asa do avião em pleno voo.

E então toda a história privada explode.

De repente, um mundo muito maior recai sobre o menino Navidson. Retratos de família são substituídos por imagens de motoristas de tanques de guerra no Camboja, camponeses carregando latas vazias de gás neurotóxico no acostamento da estrada, crianças vendendo refrigerantes ao lado de sacos contendo cadáveres sujos de uma argila vermelha contaminada de óleo, multidões na Tailândia, um homem assassinado em Israel, os mortos em Angola; frações apanhadas num fluxo de informações sobre as décadas recentes, por vezes chegando até mesmo a ousar sugerir uma totalidade.

No entanto, daqueles milhares de fotos que Navidson tirou, não existe um único frame no qual não haja uma pessoa. Navidson nunca tirou foto de paisagem. As pessoas eram o mais importante para ele, fossem soldados, leprosos, médicos ou recém-casados jantando numa trattoria em Roma, ou até mesmo uma família de alfaiates nadando sozinhos em alguma enseada arenosa

[332]"Não excessivamente polido ou artificial." — Eds

[333]Cf. Erik Von Jarnlow, *Sal do Verão* (Nova York: Simon and Schuster, 1996), p. 593.

[334]Segundo Melaine Proft Knightley em *Crianças da Guerra* (Nova York: Zone Books, 1994), p. 110, foi o coração fraco que impediu Tom de ser alistado para o exército. Já Navidson foi lá e se alistou.

ao norte do Rio de Janeiro. Navidson religiosamente estudava as outras pessoas. O mundo ao redor só importava porque havia pessoas vivendo nele e que, por vezes, apesar da dor, da tragédia e da degradação, conseguiam triunfar nele.

Embora Karen dê ao seu curta o título um tanto truncado de ***Uma Breve História de Quem Eu Amo***, o uso das fotos de Navidson, muitas das quais eram premiadas, frequentemente permite que os grandes efeitos do final do século XX invadam o espaço. Gordon Burke aponta a significância emocional desse alinhamento entre os passados pessoal e cultural:

> Nós não só passamos a ter um apreço maior por Navidson, como somos tocados inadvertidamente pelo mundo mais amplo, onde outros indivíduos, que enfrentaram tais horrores terríveis, ainda conseguem se levantar, descalços e em chamas, de suas covas.[335]

Cada uma das fotografias de Navidson revela consistentemente a veemência com a qual ele desprezava a destruição da vida e sua tentativa desesperada de preservar belezas fugazes, não importando as circunstâncias.

Karen, no entanto, não precisa explicitar nada disso. Sabiamente, ela deixa que a obra de Navidson fale por si mesma. O interessante, porém, é que esse seu projeto feito por amor não se conclui com uma das fotografias feitas por ele, mas sim com retratos do próprio Navidson. A primeira imagem — supostamente tirada por um fotojornalista famoso, mas já falecido — o mostra como um jovem soldado no sudeste da Ásia, trajando a farda militar, sentado ao lado de uma caixa de munição com projéteis de um canhão howitzer empilhados sobre uma caçamba ao lado, onde se lê "OBJETOS DE VALOR". Uma janela aberta à direita obviamente não basta para fazer circular o ar. Navidson está sozinho, a cabeça baixa, os dedos são um borrão enquanto ele chora e soluça sobre as mãos por conta de uma experiência que jamais poderemos partilhar, sem dúvida, mas que podemos imaginar ainda assim. A partir dessa imagem que corta o coração, Karen com toda a suavidade do mundo dissolve a última foto do seu curta, na verdade um trecho que ela mesma filmou em Super 8 não muito tempo antes de se mudarem para a Virgínia. Navidson está fazendo palhaçada na neve com Chad e Daisy. Estão jogando bolas de neve, fazendo anjos de neve e aproveitando a claridade do dia. Chad dá risada, sentado nos ombros do pai, enquanto Navidson apanha Daisy e a levanta contra o sol ofuscante. O filme, no entanto, não consegue acompanhá-los, e sofre com o excesso terrível de exposição. Todos os três desaparecem numa irrupção de luz.

□ □ □ □

A diligência, a disciplina e a quantidade exaustiva de pesquisa necessárias para se conceber esse curta — há, fácil, mais de cem pontos em que o vídeo foi editado — permitiram a Karen, pela primeira vez, enxergar Navidson como algo além de seus próprios medos e projeções. Ela testemunhou com os próprios olhos o quanto ele valorizava a vontade humana de perseverar. Por diversas vezes, ela viu nas suas imagens e expressões o anseio e a ternura que ele sentia por ela e seus filhos. E, depois, de forma um

[335]Vide a introdução de Gordon Burk às *Peças*, de Will Navidson (Nova York: Harry N. Abrams, Inc., 1994), p. xvii.

tanto inesperada, se deparou com o significado de sua obsessão, guardada a sete chaves.

Embora a obra de Navidson tenha tantas imagens notáveis de indivíduos desafiando o destino, mais de um terço delas captura o significado da derrota — aqueles segundos *após* uma execução, os dedos chamuscados em torno dos destroços de um povoamento bombardeado ou aquele azul baço nos olhos que, nos segundos finais da vida, ainda não conseguem encontrar força o suficiente para se fecharem. Em seu soneto cinematográfico, Karen inclui a imagem de uma fotografia de Navidson ganhadora do Prêmio Pulitzer. Como ela explica no voice-over: "Esta imagem vem do acervo pessoal de Navy". A mesma que eles têm pendurada na parede da sala e uma das primeiras coisas que Navidson colocou no carro na noite em que fugiram.

Como o mundo bem se lembra, a imagem famosa mostra uma criança sudanesa morrendo de fome, sem forças nem mesmo para se levantar, embora um abutre esteja à espreita, atrás dela.[336] Karen não apenas passa vinte segundos demorando-se sobre essa foto, como também corta para uma tomada do verso da fotografia, que dura uns dez segundos. Sem dizer uma palavra, ela dá um zoom cada vez mais próximo no canto inferior direito, até que o que ela mostra se torna claro: ali, quase perdido em meio ao branco todo, encontra-se uma palavra em seis letras de forma escritas no traço débil de um lápis, entre aspas:

"Delial"

□ □ □ □

Há apenas 8160 frames no filme de Karen e, no entanto, eles servem como o contraponto perfeito àquela extensão infinita de corredores, cômodos e escadas. A casa é um lugar vazio, o curta dela é cheio. A casa é escura, o seu filme é brilhante. Um rosnado assombra o espaço, mas o espaço dela é abençoado por Charlie Parker. Em Ash Tree Lane, encontra-se uma casa de escuridão, frio e vazio. No filme de 16 mm, há uma casa de luz, cor e amor.

Ao seguir seu coração, Karen conseguiu compreender o que aquele lugar não era. Ela também descobriu do que precisava, mais do que qualquer outra coisa. Parou de se encontrar com Fowler, cortou os seus casinhos questionáveis com outros pretendentes e, enquanto a sua mãe falava em terminar, em vender a casa e nos acordos da separação, Karen começou a se preparar para se reconciliar.

É claro que ela não fazia ideia do que isso acarretaria.

Nem da distância que precisaria percorrer.

---

[336]Esta descrição claramente se baseia na fotografia premiada de Kevin Carter, de 1994, ganhadora do Pulitzer, de um abutre ameaçando uma minúscula menina sudanesa que desmaiou a caminho de um centro de alimentação. Carter recebeu muitos elogios pela fotografia, mas também foi acusado de uma insensibilidade brutal. O St. Petersburg Times, da Flórida escreveu: "O homem ajustando a lente para registrar o instante exato de seu sofrimento poderia muito bem ser um predador, mais um abutre na cena". Lamentavelmente, a exposição constante à violência e à privação, combinada a uma dependência de drogas cada vez mais grave, cobraram um preço alto. No dia 27 de julho de 1994, Carter se matou. — Eds.

XVI

Quando as proposições matemáticas se referem à realidade, não estão corretas; quando estão corretas, não se referem à realidade.

— Albert Einstein

Até o momento, *O Registro Navidson* se concentrou principalmente nos efeitos que a casa teve sobre os outros: o modo como Holloway entrou numa crise homicida e suicida, Tom bebeu até cair, Reston perdeu a mobilidade, o Xerife Axnard entrou num estado de negação, Karen fugiu com as crianças e Navidson se tornou cada vez mais isolado e obsessivo. Não foi feita nenhuma consideração, todavia, no que diz respeito à casa tal como ela se relaciona puramente consigo mesma.

Examinada então a partir de um ponto de vista tão objetivo quanto possível, a casa oferece os seguintes fatos incontornáveis:

1.0	Ausência de luz.		I,IV-XIII*
2.0	Ausência de umidade.		I, V-XIII
3.0	Ausência de movimentação do ar (i.e. brisas, correntes de ar etc.).		I, V-XIII
4.0	Temperatura permanece a 0º C ± 4,4 graus.		IX
5.0	Ausência de sons.		IV-XIII
	5.1	Exceto por um rugido abafado que surge de modo intermitente, por vezes parecendo distante, por vezes próximo.	V, VII, IX-XIII
6.0	Bússolas não funcionam lá dentro.		VII
	6.1	Altímetros também não.	VII
	6.2	Rádios têm seu alcance limitado.	VII-XIII
7.0	As paredes são de um preto uniforme com um leve tom acinzentado.		I, IV-XIII

8.0	Não há janelas, acabamentos ou outros elementos decorativos (Cf. item 7.0).		IX
9.0	Há uma variação enorme de tamanho e profundidade.		I, IV-VII, IX-XIII
	9.1	O lugar inteiro pode alterar sua geometria num instante e sem qualquer dificuldade aparente.	I, IV-VII, IX-XIII
	9.2	Alguns já sugeriram que o rugido ou "rosnado" abafado é causado por essas metamorfoses. (Cf. item 5.1).	VII
	9.3	Ninguém encontrou o término do lugar.	V-XIII
10.0	O local expurga todas as coisas, incluindo qualquer item deixado para trás.		IX-XIII
	10.1	Nenhum objeto jamais foi encontrado lá.	I, IV-VII, IX-XIII
	10.2	Não há poeira.	XI
11.0	Pelo menos três pessoas morreram no seu interior.		X, XIII
	11.1	Jed Leeder, Holloway Roberts e Tom Navidson.	
	11.2	Apenas um corpo foi recuperado. (Cf. item 10.0)	XIII

*Vide o capítulo em questão.

No que diz respeito a dados objetivos, isto era tudo que estava à disposição de Navidson. Depois que saiu da casa, porém, ele começou a considerar novas evidências: a saber, as amostras coletadas das paredes.

Em exuberantes imagens a cores, Navidson captura essas representações clássicas da ciência: tubos de ensaio borbulhando com ácido bórico, resmas de papel de computador sustentando todo o peso da análise com sua tinta preta, microscópios eletrônicos restaurando universos inteiros a partir do pó, e espectrômetros de massa com copos de Faraday retráteis e bombas de vácuo Balzer cujo zumbido parece uma vaga aproximação de um sinal de vida.

Em todas essas imagens, há uma sensação maravilhosa de segurança. Os laboratórios são limpos, bem iluminados e organizados. Os computadores imprimem como se fossem dotados de propósito. Instrumentos variados prometem respostas e até mesmo garantias. Ainda assim, a fim de garantir que esses aparatos todos não pareçam estéreis demais, Navidson inclui também tomadas de todo o sistema de suporte à vida: uma cafeteira Krups assoviando e borbulhando, um pôster do *Oasis* colado na máquina de venda automática, Homer Simpson na TV da salinha de descanso, dizendo algo a seu irmão Herbert.

Como um favor a Reston, o petrólogo Mel O'Geery, do departamento de geologia de Princeton, concordou em doar parte de seu tempo livre e supervisionar a análise de todas as amostras das paredes. Inclinado a gesticular como um passarinho, é um homem esguio que sente um grande prazer em falar depressa. Ao longo de quase quatro meses, ele vem analisando cada pedacinho de matéria, desde a amostra **A** (recolhida a alguns metros do primeiro corredor) até **XXXX** (recolhida por Navidson quando ele ficou sozinho no fundo da Escadaria em Espiral). A empreitada toda não é sem custos, e, embora a universidade tenha concordado em financiar a maior parte, parece que ainda assim Navidson precisou contribuir pessoalmente com um bom valor.[337]

Dispondo todos os frascos de amostras ao longo de uma mesa comprida, o dr. O'Geery oferece à câmera um resumo de seus achados, gesticulando casualmente diante dos vários agrupamentos de amostras enquanto toma goles de café de sua caneca do Garfield.

"O que temos aqui é um belo banquete de amostras ígneas, sedimentares e metamórficas, algumas granulares, possivelmente gabro e piroxenito, algumas menos granulares, talvez traquito ou andesito. O grupo sedimentar é razoavelmente restrito, abrangendo as amostras de **F** até **K**, em sua maior parte cal e marga. O grupo metamórfico predomina com vestígios de anfibolito e mármore. Mas este grupo aqui é composto primariamente de sideritas, ou seja, amostras com alto índice de ferro, mas há ainda aerólitos ricos em silício e óxidos de magnésio."

. . . .

[2 páginas faltando]

. . . .

[337]O montante real jamais é explicitado no filme. Tena Leeson estima que as contribuições de Navidson podem ter sido de algumas centenas a milhares de dólares. "O Alto Custo da Datação", de Tena Leeson. *Radiogram*, v. 13, n. 4, outubro de 1994, p. 142.

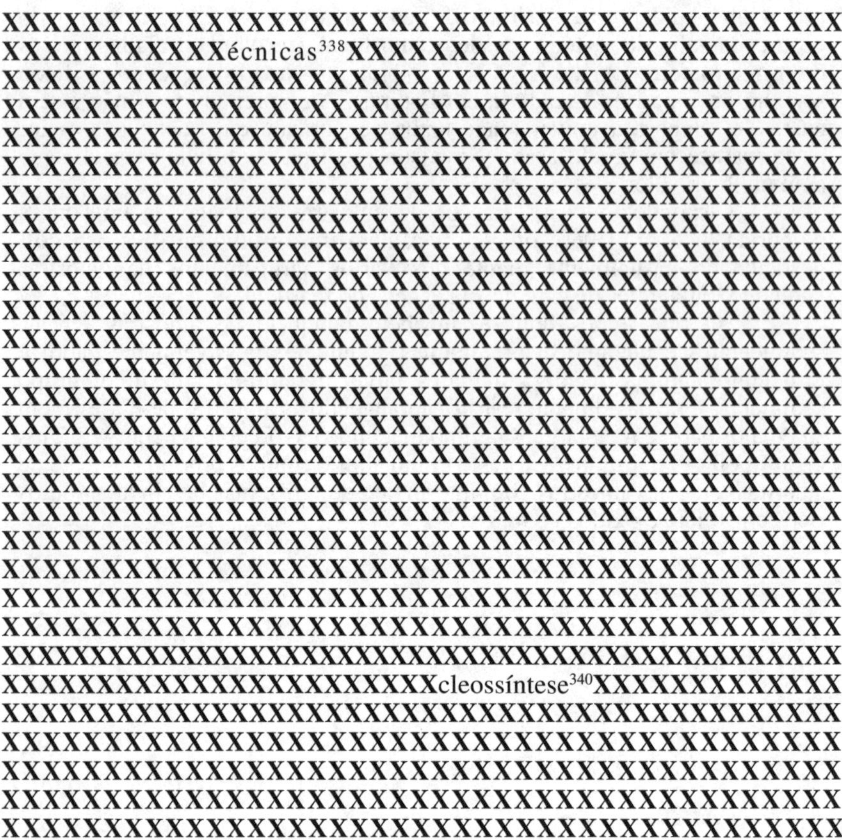

[338]A datação radiométrica inclui o uso de carbono-14 (de algumas centenas de anos até 50 mil anos atrás), potássio-argônio (para datas entre 100 mil anos até $4{,}5 \times 10^9$ anos atrás), rubídio-estrôncio (de 5×10^7 até cerca de $4{,}5 \times 10^9$ anos atrás), bem como datação por traços de fissão (de alguns milhões a algumas centenas de milhões de anos atrás) e por termoluminescência (usada para datar cerâmica de argila).

[339]Tabela 1:

Isótopo pai	**Isótopo filha**	**Meia-vida**
Carbono-14	Nitrogênio-14	5730
Potássio-40	Argônio-40	**XXXXX**
Rubídio-87	Estrôncio-87	$4{,}88 \times 10^{10}$
Samário-147	Neodímio-143	$1{,}06 \times 10^{11}$
Lutécio-176	Háfnio-176	$3{,}5 \times 10^{10}$
Tório-232	Chumbo-208	$1{,}4 \times 10^{10}$
Urânio-235	Chumbo-207	$7{,}04 \times 10^{8}$
Urânio-238	Chumbo-206	$4{,}47 \times 10^{9}$

[340]Os cientistas estimam que o universo se desdobrou a partir de seu estado de infinita destinade[341] — um momento conhecido comumente como “o big bang” — há aproximadamente $1{,}3\text{-}2 \times 10^{10}$ anos.

[341]Erro de digitação: onde se lê "destinade" era para ser "densidade".

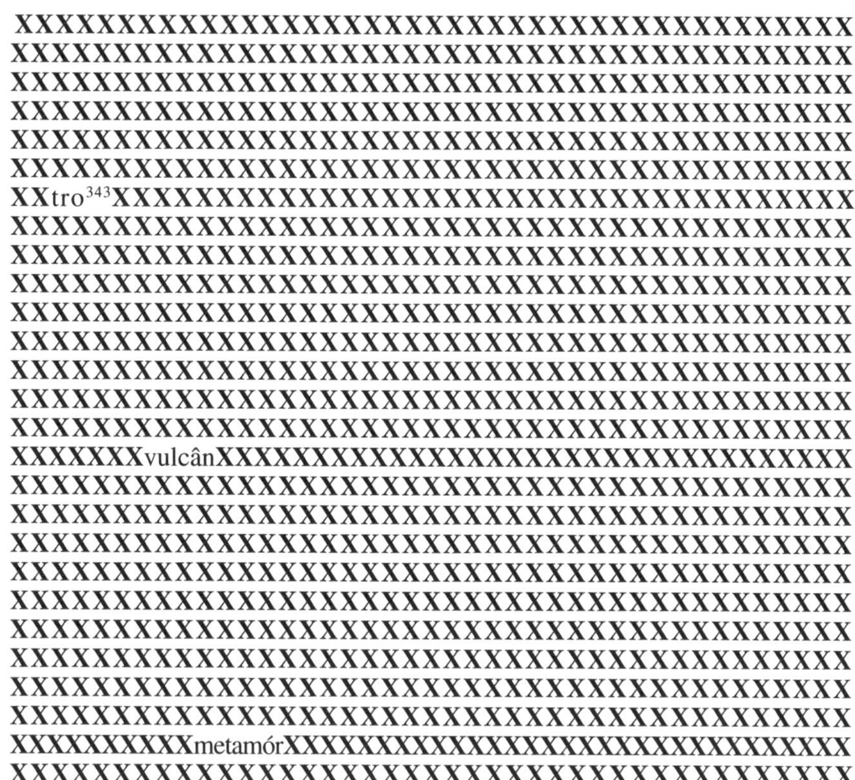

[342]A idade da Terra se situa entre 4,43 e 4,57 x 10^9 anos (por volta da época em que nosso sistema solar se formou). Com raras exceções, a maioria dos meteoros são mais novos do que isso. Micrometeoritos, no entanto, com altos níveis de deutério, sugerem evidências de material interestelar anterior ao nosso sistema solar. Vide F. Tera, "Congruência de galenas conformáveis: a Idade da Terra", *12ª Conferência de Ciência Lunar e Planetária*, 1981, pp. 1088-1090; e I. D. R. Mackinnon e F. J. M. Rietmeijer, "Mineralogia de partículas de poeira condrítica interplanetária", *Rev. Geophys.* 1987, 25:1527-1553. Cf. também os estudos ligados a idade de partículas feitos por Klaus Bebblestein e Gunter Polinger, publicados na *Physics Today*, v. 48, setembro de 1995, pp. 24-30, bem como pela Oxford University Press, 1994, sob o título *Exame de Partículas*, o qual inclui no Capítulo 16 dados fascinantes gerados pelo Deutsch Electron Synchrotron (DESY; pronuncia-se "Daisy"), em Hamburgo, ou até mesmo dados da colaboração HERMES, que à época usava um colisor de prótons e elétrons HERA para estudar o spin nucelar. Bebblestein e Polinger também escreveram longamente sobre as alegações recentes, ainda que altamente especulativas, de que devem existir algoritmos precisos agora que acompanhem a Wave Origin Reflection Data Series, tal como determinada pela VEM™ Corporation.

[343](BGC) Berkeley Geochronology Center. Paul Renne. Cf. *Science*, 12 de agosto, 1994. p. 864.

[344]Não se deve esquecer a cratera formada por um meteoro no deserto do Arizona há 50 mil anos: o cânion Diablo, com um diâmetro de 1207 metros e 174 metros de profundidade.

[345]Medidas internas isócronas de datação Rb-Sr demonstram que o meteorito do condado de Norton, no grupo Aubrite, teria uma idade de 4,70± 0,13 Ga (1 Ga = 10^9 anos). O meteorito de Krahenberg, no grupo LL5, tem uma idade estimada de 4,70 +- 0,01 Ga. Como indica O'Geery a Navidson, várias das amostras **XXXX** também parecem ter idades anteriores à formação da Terra (apesar de que a veracidade dessas alegações permanece um assunto ferozmente contestado). Cf. D. W. Sears, *A Natureza e Origem dos Meteoritos* (Nova York: Oxford University Press, 1978), p. 129; e Bailey Reims, *Formação vs. Idade Metamórfica* (Cambridge, Massachusetts: The MIT Press, 1996), pp. 182-235.

[346]Robert T. Dodd, *Meteoritos: uma Síntese Petrológico-Química* (Cambridge: Cambridge University Press, 1981). Dodd também explica, na página 161: "O primeiro equilíbrio isotópico de um condrito costuma ser chamado de sua *formação*. O período de tempo entre a nucleossíntese e a formação é chamado de *intervalo de formação*, que se dá entre a formação e a atual *idade de formação*. A diferença de tempo entre uma perturbação isotópica posterior e o presente é chamada de *idade metamórfica*. Há um quarto de século sabemos que todos os condritos têm aproximadamente uma idade de 4,55 bilhões de anos (Patterson, 1956) e há uma década que sua história, até o metamorfismo, abrange não mais do que 100 milhões de anos (Papanastassiou e Wasserburg, 1969). Sempre foi e ainda permanece obscuro quais seriam as partes dessa breve história de altas temperaturas que foram ocupadas pela formação, acreção e metamorfismo dos côndrulos, pois não é sempre fácil determinar qual é a etapa registrada por um sistema isotópico em particular".

[347]*Meteorítica: asteroides, cometas, crateras, poeira interplanetária, o meio interestelar, amostras lunares, meteoros, meteoritos, satélites naturais, planetas, a origem de tectitos e a história do sistema solar*, de Derek W. G. Sears (organizador), Donald E. Brownlee, Michael J. Gaffey, Joseph I. Goldstein, Richard A. F. Grieve, Rhian Jones, Klaus Keil, Hiroko Nagahara, Frank Podosek, Ludolf Schultz, Denis Shaw, S. Ross Taylor, Paul H. Warren, Paul Weissman, George W. Wetherill, Rainer Wieler (organizadores associados). Publicado pela *Meteoritical Society*, v. 30, n. 3, maio de 1995, p. 244.

[348]Uma possível solução nesse esquema de linha temporal traçado por Navidson e O'Geery. Ela certamente confere peso às teorias que favorecem a relevância histórica das amostras, mas não ajuda em nada a resolver a questão da presença de matéria extraterrestre e possivelmente até mesmo interestelar.

XXXXXXXXXXXXXXXXXXXXXXXXXXXXXXXXXXXXXXXX
XXXXXXXXXXXXXXXXXXXXXXXXXXXXXXXXXXXXXXXX
XXXXXXXXXXXXXXXXXXXXXXXXXXXXXXXXXXXXXXXX
XXXXXXXXXXXXXXXXXXXXXXXXXXXXXXXXXXXXXXXX
XXXXXXXXXXXXXXXXXXXXXXXXXXXXXXXXXXXXXXXX
XXXXXXXXXXXXXXXXXXXXXXXXXXXXXXXXXXXXXXXX
XXXXXXXXXXXXXXXXXXXXXXXXXXXXXXXXXXXXXXXX
XXXXXXXXXXXXXXXXXXXXXXXXXXXXXXXXXXXXXXXX
XXXXXXXXXXXXXXXXXXXXXXXXXXXXXXXXXXXXXXXX
XXXXXXXXXXXXXXXXXXXXXXXXXXXXXXXXXXXXXXXX
XXXXXXXXXXXXXXXXXXXXXXXXXXXXXXXXXXXXXXXX
XXXXXXXXXXXXXXXXXXXXXXXXXXXXXXXXXXXXXXXX
XXXXXXXXXXXXXXXXXXXXXXXXXXXXXXXXXXXXXXXX
XXXXXXXXXXXXXXXXXXXXXXXXXXXXXXXXXXXXXXXX
XXXXXXXXXXXXXXXXXXXXXXXXXXXXXXXXXXXXXXXX
XXXXXXXXXXXXXXXXXXXXXXXXXXXXXXXXXXXXXXXX
XXXXXXXXXXXXXXXXXXXXXXXXXXXXXXXXXXXXXXXX
XXXXXXXXXXXXXXXXXXXXXXXXXXXXXXXXXXXXXXXX
XXXXXXXXXXXXXXXXXXXXXXXXXXXXXXXXXXXXXXXX
XXXXXXXXXXXXXXXXXXXXXXXXXXXXXXXXXXXXXXXXXXXXX
XXXXXXXXXXXXXXXXXXXXXXXXXXXXXXXXXXXXXXXXXXXX[350]

---

[349]A conclusão de Navidson, portanto, parece ser a única possível. Com base nas evidências, as amostras de **A** até **XXXX** parecem compor um mapa cronológico exato, o qual, embora simples, em todo caso ainda assim demonstra que . . . .

Inexplicavelmente, o restante desta nota de rodapé, junto a outras dezessete páginas de texto, desapareceu do manuscrito fornecido pelo sr. Truant. — Eds.

[350] Gostaria de poder dizer que esta massa de Xs pretos veio parar aqui por conta de alguma cinza misteriosa ou um ato frenético de exclusão da parte de Zampanò. Infelizmente, desta vez a culpa é minha. Quando comecei a organizar O Registro Navidson, eu dispus várias páginas e trechos de acordo com o capítulo ou tema.

Em algum momento, acabei tendo várias pilhas de páginas espalhadas pelo meu quarto. Geralmente eu colocava um livro ou outro objeto pesado em cima delas para evitar que os montes isolados saíssem voando caso tivesse uma corrente de ar ou eu esbarrasse neles com o meu pé. Em cima deste capítulo em particular, eu coloquei, estupidamente, um frasco de tinta nanquim alemã, 4001 brillant-schwarz ou coisa assim. Sabe-se lá quanto tempo atrás, provavelmente quando eu ainda esboçava retratos e mexia com colagens, talvez em agosto, talvez até mesmo fevereiro. Em todo caso, devia ter uma rachadura fininha no vidro, porque com o tempo toda a tinta acabou vazando e escoando pelo papel, aniquilando quase quarenta páginas, para não falar de tudo que escorreu até o carpete embaixo e se espalhou numa imensa inflorescência negra. As notas de rodapé sobreviveram só porque eu não as havia incorporado ainda. Foram todas escritas à parte, numa série de cartões verdes estilo ficha catalográfica presos por um elástico amarelo.

. . . .
[17 páginas faltando]
. . . .

Navidson pergunta.

O dr. O'Geery rumina a questão, toma mais um gole de café, observa as amostras mais uma vez e enfim dá de ombros: "Não muito, para ser sincero, mas você tem aqui uma bela variedade".

"*Nada* peculiar ou fora do ordinário?", Navidson insiste.

O'Geery balança a cabeça.

"Bem, exceto talvez pela cronologia."

"O que quer dizer?", Reston chega mais perto com sua cadeira de rodas.

"As suas amostras se encaixam todas num esquema bastante consistente. A amostra **A** é bem recente, coisa de alguns milhares de anos, ao passo que a **K** tem algumas centenas de milhares de anos. Já a **Q** ali cai na casa dos milhões, e estas," — referindo-se às amostras de **MMMM** até **XXXX** — "bem, estão na casa dos bilhões. As últimas ali são claramente meteóricas."

"Meteoros?", Navidson lança um olhar para Reston.

O'Geery faz que sim com a cabeça, apanhando a amostra marcada como **VVVV**. "Na minha opinião, rubídio-87/estrôncio-97 é o melhor método de datação de que dispomos, oferecendo possibilidades de idade de formação que vão até 4,4 ou 4,7 bilhões de anos. Se entendemos que a Terra tem por volta de 4 bilhões e meio de anos, fica bastante óbvio que estas amostras precisariam vir de algum outro lugar. Duvido que sejam lunares, mas talvez interplanetárias. A última amostra, **XXXX**, é de longe a mais antiga e interessante. Um composto que inclui material mais jovem, de 4,2 bilhões de anos, combinado a partículas ricas em deutério, sugere essa possibilidade, mas eu queria enfatizar aqui que é apenas uma *possibilidade*, mas esse deutério *poderia* indicar que se trata de matéria mais antiga até mesmo que o nosso sistema solar. Interestelar talvez. Eis aí — um belo veio da história."

Reston dá a volta na mesa, como se a informação do dr. O'Geery de algum modo devesse agora lançar uma nova luz sobre as amostras. Nada a respeito delas, no entanto, sofreu qualquer alteração. Como exclamou Gillian Fedette no dia 4 de agosto de 1996, na Conferência Radon em St. Paul, Mineápolis: "Não é de surpreender que, apesar da análise [de O'Geery], as amostras permaneçam renitentes e inanimadas".

"De onde você diz que essas amostras vieram mesmo?", pergunta O'Geery. "Da Antártida?"

Principalmente graças às conclusões de O'Geery, alguns fanáticos do *Registro Navidson* afirmam que a presença de condritos extremamente antigos é uma prova definitiva de que forças extraterrestres teriam construído a casa. Outros, no entanto, alegam que as amostras apenas sustentam a ideia de que a casa em Ash Tree Lane seria um portal autocriado que leva a alguma outra dimensão.[351] Como já comentou Justin Krape, sem meias palavras:

[351]*Um Léxico das Teorias Improváveis*, Blair Keepling, organização. (San Francisco: Niflheim Press, 1996). No capítulo 13, Keepling dá créditos ao *Registro Navidson* por ressuscitar o Movimento da Terra Oca. Ao acompanhar essa teoria implausível, desde os raciocínios tortuosos de John Cleaves Symmes (1779-1829) até o volume *A Terra Oca: a maior descoberta geográfica da história* (1964), de Raymond Bernard, e *Reinos Dentro da Terra* (1985), item de propaganda nazista de Norma Cox, autopublicado, Keepling revela mais uma subcultura bizarra que vingou no mundo ocidental. É claro que, mesmo que este planeta fosse realmente um globo oco — uma impossibilidade absoluta —, a moeda que Tom derrubou ainda assim descreve um espaço muito maior do que o raio (e até mesmo o diâmetro) da Terra.

"É provável que o melhor seja atribuir ambos os argumentos à presença persistente da esquizofrenia como um flagelo para a raça humana".[352]

Intelectos mais perspicazes, no entanto, hoje enxergam as conjecturas científicas em torno à casa como mais um beco sem saída. Parece que a linguagem da objetividade jamais terá a capacidade de fornecer o tratamento adequado à realidade daquele lugar em Ash Tree Lane.

Para nós, o que há de mais significativo dentro do que se pode apreender neste segmento talvez seja o uso persistente que Navidson faz de todos os dados[353] a fim de negar a devastação interna causada pela morte de Tom e pela fuga de Karen. Ele apenas tece especulações, na companhia de Reston, acerca dos possíveis significados do fato de as amostras de **A** até **XXXX** formarem uma linha do tempo que remete a um momento anterior até mesmo ao nascimento do sistema solar. Ele usa sua câmera para abarcar o equipamento de laboratório de Princeton, busca o apaziguamento que os números podem oferecer, porém nunca reflete abertamente sobre a ausência real que continua a penetrar sua vida. Assim como Karen tentou recorrer ao Feng Shui para mitigar os efeitos da casa, Navidson se volta ao tique-taque cronometrador dos isótopos radioativos para negar a escuridão que o eviscera por dentro.

Noda Vennard acredita que a chave para essa sequência não se encontre em nenhum dos resultados dos textos, nem em hipóteses geológicas, mas às margens de uma revista, a qual, como podemos ver com nossos próprios olhos, Navidson preenche à toa com rabiscos de caneta, enquanto espera o dr. O'Geery buscar mais alguns documentos oficiais:

---

[352]Justin Krape, *Micções Pálidas* (Charleston, Virgínia Ocidental: Kanawha Press, 1996), p. 99.

[353]Cf. Amostra Três, onde se veem todos os resultados dos testes, incluindo datação por rubídio-87/estrôncio-87, potássio-40/argônio-40, samário-147/neodímio-143, bem como um conjunto completo de relatórios sobre os conteúdos de urânio-235 e -238 nos isótopos de chumbo.[354]

[354]Não se preocupem, esse pensamento passou pela minha cabeça também. Infelizmente a Amostra Três não compensa o derramamento de tinta, porque a Amostra Três não existe. Afora alguns apontamentos, este trecho ficou faltando. Já olhei por toda parte, especialmente na pasta Zero. Nada. Quem sabe talvez seja melhor assim.

Hoje, sem nenhum motivo específico, eu comecei a pensar no dr. Ogelmeyer, me perguntando o que eu poderia descobrir se tivesse dinheiro, se tivesse reservado um tempo para visitar o seu especialista, se tivesse optado por fazer os testes. É claro que se meu futuro estiver traçado, eu vou até o fim só pra ver o resultado, o que definitivamente não é o caso. Talvez esse tipo de confirmação seja desnecessário, em todo caso.

Ainda assim, fico me perguntando.

Eu cresci à base de certas palavras, palavras que eu nunca mencionei ao Lude ou a qualquer outra pessoa, a bem da verdade, palavras que orbitam principalmente em torno da minha mãe, às vezes sussurradas, com muita frequência escritas em cartas que meu pai nunca teria me deixado ler se estivesse vivo.

(Agora que eu penso a respeito, acho que sempre gravitei em torno de legados deixados por escrito (terrenos privados cercados por grandes oceanos desconcertantes (uma descrição que eu não entendo ao certo, mesmo enquanto anoto tudo (mas esse sentimento de aventura em torno do verbo mudo (pouca diferença faz aquele "n" ali), tem todo um apelo para mim — ah mas foda-se isso de fechar os par)ênte)ses) (sic)

Antes eu compreendia o significado de coisas como "alucinações auditivas", "verbigeração", "salada de palavras", "desrealização", "despersonalização", nelas eu sentia todo tipo de senso de aventura. Seria necessária uma grande jornada para alcançar o seu significado, o que eu acabei descobrindo ser real, mas os destinos não eram exatamente lugares edênicos repletos de folhas de ouro, opalas ou peças entalhadas em jade.

Você pode se considerar uma pessoa de sorte se nunca vagou pela casa de Kurt Schnieder ou Gabriel Langfeldt, ou se lhe causam perplexidade os critérios de St. Louis, Taylor e Abrams ou o Diagnóstico de Pesquisa. O Índice de Esquizofrenia de New Haven também deve revelar mais do que o suficiente.

No meu caso, será que Ogelmeyer teria se voltado àquelas ferramentas ou começaria primeiro com um exame biológico? Procurar por hiperatividade dos sistemas dopaminérgicos? Verificar se há um aumento de norepinefrina? Ou muito provavelmente fazer uma ressonância magnética no meu cérebro para ver se o terceiro ventrículo e o ventrículo lateral estão ficando maiores? Talvez ele até desse uma olhada na minha atividade delta no bom e velho eletroencefalograma (ECG)?

Que tipo de fluxos de dados seriam gerados e o quanto seriam ou não conclusivas as leituras que os seus especialistas fariam?

Jamais saberei. O que não quer dizer que seja o caminho errado. Pelo contrário. Só não é o meu caminho. Tudo que eu espero é ter um momento de pensamento racional e uma chance de agir antes de me perder na grande loucura entristecedora, lobotomizado pelas mãos da minha própria biologia atrapalhada.

Até o momento, já perdi oito quilos. Tem alguns avisos de despejo na minha porta. Parece que eu não durmo faz meses. Meus vizinhos têm medo de mim. Quando passo por eles naquele corredorzinho obscuro de paredes marrons, o que é raro e só acontece quando eu saio para comprar mais atum, pegar livros na biblioteca ou vender sangue para comprar velas, sempre posso ouvi-los, sussurrando coisas sobre os meus gritos noturnos — "É ele, tenho certeza". "Pss, não fala tão alto."

Por algum motivo, venho pensando cada vez mais na minha mãe e o modo como a vida falhou com ela, humilhando-a com impulsos além de seu comando, destruindo-a ano após ano com essa mesma coisa. Eu nunca a conheci muito bem. Lembro que ela tinha um cabelo maravilhoso, feito a luz do sol, extremamente fininho e raiado de prata, lindo mesmo despenteado, e seus olhos pareciam sempre brilhar com uma certa ternura quando eu a visitava. E embora ela falasse aos sussurros na maior parte do tempo, às vezes ela falava mais alto e então sua voz era doce e altissonante, feito sinos de uma capela cantando nas cidades estrangeiras pelas quais eu às vezes perambulava ao amanhecer, ecoando pelas ruas onde eu me via naquela luz parca, esfregando as mãos geladas e saltando por aí que nem um maluco, esperando as padarias abrirem para eu poder comprar um pão e uma caneca de chocolate quente.

Ela costumava escrever essas cartas para mim, sempre à mão e cheias de estranhas palavras coloridas. Elas começaram depois que meu pai morreu, carregadas de conselhos e encorajamento e, mais do que tudo, fé. Não sei se ela teria sobrevivido ao Raymond sem isso. Mas ela nunca ficou muito bem e depois de um tempo as palavras azedaram, até que — Bem, eu gostaria de poder me ater às lembranças de seu cabelo e seus olhos reluzentes e sinos cantantes em cidades estrangeiras ao amanhecer.

Porém nunca é tão simples, né?

Um dia eu recebi uma carta em que ela pedia desculpas pelo que fez. A princípio, achei que estivesse falando da frigideira com óleo que ela derrubou por acidente no chão quando eu tinha 4 anos, mas não foi isso, nem de longe, apesar de que, a seu próprio modo pavoroso, a confissão mudou, sim, o modo como eu comecei a ver minhas cicatrizes, seus turbilhões oceânicos agora revelando suspeitas e um oceano de dúvidas, vasto demais para que eu pudesse lidar com elas devidamente. Em todo caso, ela se referia a um evento completamente diferente, quando meu pai foi enfim forçado a levá-la à Baleia, quando eu tinha só 7 anos, um dia que, por mais que eu tente, não consigo lembrar.

Como ela me explicou, seu raciocínio à época já tinha se deteriorado completamente. O fardo da vida lhe parecia demais para suportar e, portanto, em sua cabeça, um fardo impossível e até mesmo horrível de impor a uma criança, ainda mais seu próprio filho. Com base nesses raciocínios selvagens, ela me ergueu nos braços e tentou me esganar. Provavelmente foi uma tentativa brevíssima. Talvez até mesmo cômica. Meu pai interveio quase que de imediato, e minha mãe foi então levada embora, para a minha segurança. Acho que eu lembro, sim, dessa parte. Alguém dizendo "para a minha segurança". Meu pai, imagino. Suponho que eu também me lembre dele levando ela embora. Pelo menos o seu vulto na porta. Com ela. Tudo borrado, aparecendo só a silhueta.

Raymond sabia um pouco do histórico da minha mãe e costumava dizer que era um pesadelo que havia tomado conta dela.

"Pesadelos, sabe", ele me disse uma vez com um sorriso. "Podem deixar você permanentemente bagunçado da cabeça. Já vi acontecer com uns colegas meus. É por isso que você nunca vai me ver sem a minha arma embaixo do travesseiro. É o que ajuda qualquer homem a passar a noite."

Uma semana atrás, eu me dei um presente de Natal. Desenterrei o meu cartão Visa, que eu ainda me esforço muito para evitar usar e não apenas arranjei uma segunda pistola, desta vez uma Taurus 605 .357 de aço inoxidável, como também fui além e pedi um fuzil. Mais especificamente, comprei um Weatherby 300 magnum, com vinte caixas de projéteis do tipo core-locked, de 180 grãos.

Acho que tenho a esperança de que as armas possam fazer com que eu me sinta melhor, me dar alguma porra de controle, ainda mais quando eu sentir esse aborrecimento em mim ficar muito pesado ou denso, que me avisa que alguma coisa está se aproximando de novo, rastejando devagar na direção do meu quarto, também não é nenhuma coisa que eu imaginei, mas tão tangível quanto você & eu, nunca cessando de arranhar, que bufa e ronca numa fúria medonha, mas ainda

> O sr. Navidson desenha uma bomba explodindo. Uma bomba atômica. Uma explosão termonuclear invertida que revela, nos contornos negros de suas nuvens, a potente onda de choque e, claro, a grande crista emplumada, as dimensões internas de sua própria dor.[355]

Mas mesmo que este seja, de fato, o melhor modo de descrever a topologia emocional de Navidson, ainda não é nada se comparado à visão que a casa prepara para ele, no fim.

Como observa o professor Virgil Q. Tomlinson:

> Aquele lugar é tão alienígena ao reino da imaginação, que dirá aos olhos — tão inteiramente blasfemo, voraz e inviolável —, que transforma facilmente os fogos de artifício do Quatro de Julho numa bomba atômica e reduz os alienígenas de *Arquivo X* e *A Quinta Dimensão* a desenhos infantis de domingo de manhã.[356]

---

assim parando do lado de fora da minha porta, à espera, talvez de uma palavra ou ordem ou algum outro tipo de sinal para enfim iniciar seu confronto violento e agora inevitável – sempre tão cheio de ira quanto eu sou cheio de medo. Até o momento nada aconteceu, mas eu ainda gosto de tirar a Taurus e a Heckler & Koch do baú, colocar munição nelas e deixar o dedo ali no gatilho. Às vezes durante alguns minutos. Às vezes durante horas. Mirando na porta ou na janela ou no canto do teto, coberto de sombras. Eu até durmo com elas na cama, me escondendo embaixo dos meus lençóis azuis-celestes. Tento dormir. Tento sonhar, pelo menos para poder me lembrar dos meus sonhos. Pelo menos não estou indefeso agora. Pelo menos tenho isso. Uma arma em cada mão. Sem medo de atirar. Sem trava de segurança.

[355]Cf. Noda Vennard, a palestra "Detalhe do Frame", ministrada no *Simpósio sobre os Efeitos Culturais do Armamento Nuclear no Século XXI*, sediada na Universidade Técnica da Dinamarca, em 19 de outubro, 1996. Cf. também, Matthew Coolidge, *Zona de Testes Nucleares de Nevada: um guia para o terreno de teste nuclear da América* (Culver City, CA: The Center for Land Use Interpretation, 1996), bem como *As Zonas de Teste Nuclear do Mundo*, também de Matthew Coolidge, organização de Sarah Simons (Culver City, CA: The Center for Land Use Interpretation, 1998).

[356]Cf. Virgil Q. Tomlinson, "Nada Aproveitado, Nada Salvo: por sugestão da ciência" in *Geo*, v. 83, 7 de fevereiro, 1994, p. 68.

Glossário

Deutério: Um isótopo de hidrogênio com o dobro da massa do hidrogênio normal. Necessário para a produção de água pesada.

Diacrônico: Associado a desenvolvimentos históricos e mudanças que ocorrem na língua.

Espectrômetro: Um instrumento calibrado para medir a energia transmitida, seja ela de intensidades radiantes ao longo de vários comprimentos de onda, índices de refração de materiais prismáticos ou radiação.

Estrutura-P: Estrutura Profunda. A árvore que fornece as posições para as palavras, tal como definido pelas regras da estrutura sintagmática.

Estrutura-S: Estrutura Superficial. A árvore sintagmática formada ao se aplicarem as transformações de movimento à Estrutura-P.

Ígneo: Rochas formadas a partir de *magma* (matéria derretida). São classificadas com base na textura e composição mineral. Exemplos: granito, basalto, pedra-pomes.

Interestelar: O que é originário ou ocorre entre as estrelas.

Isótopo: Uma das duas ou mais formas de um elemento com o mesmo número atômico e comportamento químico, mas com uma massa atômica distinta.

Linguística: O estudo da estrutura, sons, significado e história da língua.

Metamórfico Rochas preexistentes modificadas pelo calor e pela pressão. Exemplos: ardósia e mármore.

Meteoros: Objetos não terrestres que sobreviveram à passagem pela atmosfera da Terra. Muitas vezes divididos em três grupos: sideritos (meteoritos de ferro), aerólitos (meteoritos compostos primariamente de silicatos) e siderólitos (meteoritos ferrosos-rochosos).

Morfema: A menor parte dotada de sentido de uma palavra.

Nucleossíntese: Criação de núcleos atômicos (nêutrons e prótons). Tipicamente discutida ao se formular teorias sobre as origens do universo.

Sedimentar: Rochas criadas a partir de camadas endurecidas de sedimentos compostos por matéria orgânica e inorgânica. São classificadas com base na química e no formato e tamanho de suas partículas. Exemplos: arenito, folhelho e carvão.

Semântica: O estudo da relação entre as palavras e o sentido.

Sincrônico: O que diz respeito à língua tal como ela existe num único ponto do tempo.

Traço: Um elemento ausente numa frase que ainda assim indica a posição na Estrutura-P de um sintagma deslocado.

XVII

Wer du auch seist: Am abend tritt hinaus
aus deiner Stube, drin du alles weißt
als letztes vor der Fern liegt dein Haus:
Wer du auch seist.

— Rilke[357]

Apesar de persistirem as curiosidades de Reston acerca das propriedades da casa, ele não tinha o menor desejo de voltar lá. Estava grato por ter sobrevivido e por ter sido esperto o suficiente para não testar a sorte mais de uma vez: "Claro que eu fiquei obcecado a princípio, todos ficamos", diz ele na Entrevista com Reston. "Mas para mim isso passou bem rápido. Meu fascínio nunca foi o mesmo que o do Navy. Eu gostava da minha vida na Universidade. Meus colegas, meus amigos lá, a mulher com quem eu comecei a sair. Não tenho desejo algum de brincar com a morte. Depois que a gente escapou, eu simplesmente não tive mais interesse em voltar para aquela casa."

Navidson teve uma reação completamente diferente. Ele não conseguia parar de pensar naquelas salas e corredores. A casa o tinha em suas garras. Nos meses que se seguiram à partida de Ash Tree Lane, ele ficou no apartamento de Reston, alternando entre dormir no sofá e no chão, continuamente cercado de livros, folhas impressas e cadernos recheados de esboços, mapas e teorias. "Eu não contrariei o Navy porque ele precisava de ajuda, mas quando a análise das amostras revelou resultados mínimos, vi que era chegada a hora de termos uma conversa franca sobre o futuro" (de novo, da Entrevista com Reston).

Como podemos testemunhar, após a reunião com o dr. O'Geery, os dois voltam juntos ao apartamento de Reston. Ele abre uma garrafa de Jack, enche dois copos de dois, três dedos, um dos quais ele entrega a seu amigo. Passa-se um tempinho. Eles terminam uma segunda dose. Reston se esforça.

"Navy", ele diz devagar. "A gente deu o nosso melhor, mas agora acho que chegamos a um beco sem saída, e você está falido. Será que não é hora de entrar em contato com a *National Geographic* ou o Discovery Channel?"

Navidson não responde.

"Não tem como a gente fazer isso sozinhos. Não *precisamos* fazer isso sozinhos."

---

[357]"Não importa quem tu és, sai à noite, / deixando para trás teu quarto, do qual tu conheces cada canto; / tua casa é a última diante do infinito, / não importa quem tu és". Tradução de C. F. MacIntyre. Rilke: Poemas Selecionados (Berkeley: University of California Press, 1940), p. 21 — Eds.

Navidson abaixa o copo e, após um longo e desconfortável silêncio, faz que sim com a cabeça.

"Beleza, a gente liga pra eles amanhã cedo, vamos mandar uns convites, começar a mexer os pauzinhos."

Reston suspira e enche os copos pela terceira vez.

"Um brinde."

"À abertura das coisas", diz Navidson brindando. Depois, olhando para a fotografia de Karen e das crianças que ele deixou perto do sofá, acrescenta: "E ao meu retorno ao lar".

"Depois daquilo, a gente ficou bem bêbado" (da Entrevista com Reston). "Fazia tempo que nenhum dos dois bebia assim. Quando eu fui dormir, o Navy ainda estava acordado. Bebendo ainda. Escrevendo num dos diários dele. Mal sabia eu o que ele tinha planejado."

Na manhã seguinte, quando Reston acordou, Navidson tinha desaparecido. Deixou para trás um bilhete agradecendo e um envelope destinado a Karen. Reston ligou para Nova York, mas Karen não sabia de nada. No dia seguinte, ele pegou o carro e foi para a casa. O carro de Navidson estava na garagem. Reston manejou sua cadeira de rodas até a porta da frente. Estava destrancada. "Fiquei lá uma hora e meia, pelo menos, antes de criar coragem para entrar."

Mas, como Reston acabou descobrindo, a casa estava vazia e o que era mais assombroso era que o corredor, que durante tanto tempo ficara à espreita na parede leste, tinha desaparecido.

Por Que Navidson Voltou à Casa?

Houve muita especulação para determinar o motivo exato de Navidson ter escolhido retornar à casa. É uma questão que *O Registro Navidson* nunca trata de modo específico e que, após vários anos de debates intensos, jamais produziu alguma resposta simples. Por ora, há três escolas de pensamento:

I. A Alegação Kellog-Antwerk

II. Os Critérios Bister-Frieden-Josephson

III. A Teoria Haven-Slocum

Embora seja impossível tratarmos aqui de todas as suas respectivas nuances, pelo menos, no mínimo do mínimo, é necessário considerarmos as suas perspectivas.[358]

Em 8 de julho de 1994, no Simpósio para o Aperfeiçoamento do Avanço Cultural Internacional, sediado em Reykjavik, na Islândia, Jennifer Kellog e Isabelle Antwerk apresentaram seu artigo sobre o significado e a autoridade do registro de imóveis nos séculos XX e XXI. Em seu estudo,

[358]Embora alguns trechos e partes dessas leituras ainda circulem por aí, não há ainda nenhuma publicação que as reúna na íntegra. A Random House, segundo relatos, teria planos de publicar um volume completo, mas essa publicação está programada para sair não antes do outono de 2001.

citaram Navidson como o perfeito exemplo de uma pessoa "pautada pela lógica que nasce da necessidade de possuir".

Kellog e Antwerk apontam para o modo como, embora Navidson e Karen sejam ambos proprietários conjuntos da casa (o nome dos dois aparece nos documentos da hipoteca), Navidson com frequência dá a entender ser o único proprietário. Quando briga com Reston durante uma discussão acalorada sobre futuras explorações, ele diz: "Não esquece que essa é a *minha* casa". Kellog e Antwerk consideram essa possessividade o principal motivo para a decisão absurda de Navidson de entrar na casa sozinho. Um mês depois, Norman Paarlberg ofereceu uma resposta um tanto cínica à dupla de Reykjavik: "A obsessão foi crescendo e crescendo até que foi Navidson quem acabou, por fim, possuído por uma ideia autodestrutiva de voltar lá, embora não possuísse qualquer mecanismo racional capaz de se sobrepor a uma ideia tão incrivelmente estúpida".[359]

Kellog e Antwerk defendem que o ato de retornar foi uma tentativa de territorializar e assim presidir sobre aquele espaço virtualmente insondável. No entanto, se o que eles alegam estivesse correto, ou seja, se a preocupação de Navidson com a casa houvesse crescido apenas por conta de sua necessidade de possuí-la, outros padrões comportamentais deveriam ter seguido o mesmo caminho, o que não ocorreu. Por exemplo, Navidson nunca procurou comprar a metade da casa pertencente a Karen. Ele se recusou a atrair programas de televisão e outros patrocinadores até a sua porta de entrada, o que teria reforçado a sua posição como titular, pelo menos aos olhos da mídia. Tampouco se observa que Navidson tenha investido em qualquer tipo de redação de artigos, palestras ou outros atos de publicidade.

E mesmo que Navidson igualasse mentalmente posse e conhecimento, como Kellog e Antwerk afirmam que seria o caso, ele deveria ter nomeado com mais determinação os aspectos de suas descobertas, o que ele certamente não fez, como outros mais tarde viriam a observar.

Um ano depois, na *Conferência sobre a Estética do Luto*, sediada em Nurembergue, na Alemanha, no dia 18 de agosto de 1995, um estudante anônimo leu, em nome de seus professores, um trabalho que logo passou a ser conhecido, quase instantaneamente, como os Critérios Bister-Frieden-Josephson. Mais do que o seu conteúdo, o tom do trabalho praticamente garantia uma resposta hostil.

Eis, por exemplo, a saraivada inicial, dirigida especificamente à Alegação Kellog-Antwerk e seus seguidores:

"Refutação Primeira: Não aceitamos que o cinema constitua um ato de dar nomes. A imagem nunca possuiu e nunca possuirá poderes de propriedade. Embora outros possam negá-lo, acreditamos que até hoje as forças adâmicas da palavra e da linguagem, portanto, nunca foram nem jamais poderão ser desafiadas."

Os Critérios BFJ definiam a posse como um ato de asserção verbal necessariamente executado em público. Ao se recusarem a reconhecer *O Registro Navidson* como um tal ato, os Critérios BFJ puderam colocar a questão da necessidade pessoal como um argumento destacado para uma negociação retórica.

Ao longo da primeira metade do discurso, os Critérios BFJ optaram por se concentrar nos temas da culpa e do luto. Consideraram com cuidado a excessiva exposição de Navidson a eventos traumáticos em todo o mundo e

[359]Norman Paarlberg, "A Responsabilidade do Explorador", *National Geographic*, v. 187, janeiro de 1995, p. 120-138.

o modo como ele foi afetado após testemunhar dúzias de "rupturas vitais" (na terminologia dos Critérios). O irônico é que foi apenas após abrir mão desses trabalhos e se mudar para Ash Tree Lane que a morte atravessou o limiar e começou a rondar os corredores de seu próprio lar. Seu irmão gêmeo morreu lá, junto com duas outras pessoas que ele havia pessoalmente recebido em sua casa.

A perda de Tom deixou Navidson praticamente destruído. Uma parte fundamental de si mesmo e de seu passado desapareceu de repente. Pior ainda, como enfatizam os Critérios BFJ, nos momentos finais de sua vida, Tom demonstrou características inteiramente atípicas em comparação com seu comportamento no dia a dia. Navidson viu seu irmão sob uma luz completamente diferente. Nada negligente ou sequer remotamente assustado. Tom havia agido com determinação e, mais do que tudo, heroísmo, ao tirar Daisy de perigo antes da queda que o matou.

Navidson é incapaz de se perdoar. Como ele mesmo diz repetidamente a Karen pelo telefone: "Eu era, sim, o guardador do meu irmão. Era eu, era eu quem devia estar com a Daisy. Eu que devia ter morrido".

A afirmação mais polêmica feita pela contingência Bister-Frieden-Josephson é a de que Navidson teria começado a crer que a escuridão seria capaz de oferecer algo além de si mesma. Os Critérios lançam as bases para esse argumento com uma sagacidade notável, ao retomarem o famoso aviso de Louis Merplat, o renomado espeleólogo que, em 1899, descobriu a Caverna Blue Skia: "A escuridão é impossível de lembrar. Por consequência, os exploradores de caverna acabam por desejar retornar àquelas profundezas invisíveis das quais voltaram. É um vício. Ninguém jamais fica satisfeito. A escuridão nunca satisfaz. Especialmente quando ela rouba algo dessas pessoas, o que invariavelmente acontece".[360] Mas os Critérios não param por aí, e se voltam ainda a Lazlo Ferma, que faz eco à visão de Merplat, quase um século depois, ao propor a observação perspicaz de que "mesmo o mais radiante dos sinalizadores de magnésio não pode fazer quase nada contra essa escuridão, exceto cegar os olhos daquele que o segura. É assim que se acaba desejando aquilo que permanece sem ser visto pela visão".[361] Isso antes de, enfim, citar A. Ballard, autor de uma sacada famosa, que diz da casa que: "Tanto anseio memora inúmeros remorsos interiormente solenizados".[362]

O motivo puro e simples de recontarmos essas observações é demonstrar como era compreensível para Navidson que o apelo impenetrável daquele lugar logo tivesse adquirido um significado muito maior simplesmente porque, para fazer uma citação direta dos Critérios, "estava repleto de *umheimliche vorklänger*[363] e, por isso, representava um meio para sua própria expiação pessoal". As táticas afiadas dos Critérios BFJ, porém, não são tão inocentes a ponto de adotarem, de repente, as convicções de Navidson, tal como

[360]Citado no artigo "Escuro Oco", de Wilfred Bluffton, no *New York Times*, 16 de dezembro, 1907, p. 5:5. Considere também "Ver na Caverna: a Cor da Obsessão", Dissertação de Esther Harlan James, Trinity College, 1996, p. 669, em que a autora descreve seu próprio vício pelo *Registro Navidson*: "Nunca consegui me livrar da sensação de que o filme, embora visceral e envolvente, não deve ser nada em comparação com a exploração real e pessoal da casa. Em todo caso, assim como Navidson precisou cada vez mais daquela obscuridade infinita, eu também me flagrei tendo sentimentos semelhantes quanto ao *Registro Navidson*. Na verdade, ao escrever este parágrafo, eu mesma já assisti ao filme 38 vezes e não tenho motivos para crer que um dia poderei parar de assisti-lo".

[361]Lazlo Ferma, "Sem Ver o Mal", in *Film Comment*, v. 29, setembro/outubro, 1993, p. 58.

[362]A. Ballard, "A Ciência Apofática da Lembrança (Após a Nuance)", *Ancient Greek*, v. cvii, abril de 1995, p. 95.

[363]"Antecipação fantasma" — Eds.

ele mesmo as afirma, sobre o que seria possível encontrar lá. Em vez disso, eles reconhecem, corretamente, que, após a morte de Tom, cada "emaranhado de raiva, pesar e arrogância" dentro de Navidson de repente, "se acendeu", produzindo projeções potentes e dolorosas o suficiente para "obstruir, negar e cobrir" aquilo que foi o único motivo para o seu sucesso, desde o começo: a vacuidade daquele lugar, "a completa e *perfeita* vacuidade".

Em todo caso, a postura subjacente aos Critérios Bister-Frieden-Josephson é a de que Navidson, na verdade, fiou-se nessas projeções para negar seu "Tânatos cada vez mais poderoso e motivador". No fim, ele não buscava nada menos do que poder testemunhar a casa aplicando seus efeitos aniquiladores sobre o seu próprio ser. De novo, citando diretamente os Critérios: "Navidson adquiriu uma profunda percepção organizadora: não há a menor esperança de sobrevivência lá. A vida é impossível. E nisso repousa a lição da casa, enunciada em sílabas de absoluto silêncio, ressoando dentro dele como um eco incerto e vago... *Se desejamos viver, isso só é possível à margem daquele lugar*".

A segunda metade dos Critérios Bister-Frieden-Josephson se concentra quase totalmente na questão do "desejo de viver" ao analisar em grande detalhe os conteúdos da carta de Navidson a Karen, escrita na noite antes da partida. Para enfatizar esse "desejo" autodestrutivo em potencial, os Critérios fornecem a seguinte epígrafe para esta seção:

Noli me tangere.
Noli me legere.
*Noli me videre.**
Noli me –[364]

* *Non enim videbit homo et vivet.*[365]

O que dá ênfase aos custos potencialmente mortais de contemplar aquilo que há de permanecer para sempre perdido no breu daquelas plagas. Aqui os Critérios apontam também para o modo como as incursões anteriores de Navidson, com uma única exceção, se estruturam em torno de objetivos extremamente concretos: (1) resgatar a equipe de Holloway; e, após o afundamento da Escadaria, (2) voltar para casa. A exceção, é claro, foi a sua primeiríssima visita ao lugar, onde Navidson nada mais tinha em mente além de explorar a casa, um ato que quase lhe custou sua vida.

O estranho é que os Critérios não reconhecem os riscos inerentes a (1) e (2) — com ou sem objetivo. Tampouco explicam o porquê de uma única jornada/incursão ter sido subitamente tratada como duas.

Uma vez que os Critérios Bister-Frieden-Josephson, em seguida, passam a tratar da carta de Navidson em grande detalhe e porque a sua aparição no filme dura apenas alguns segundos na tela, parece recomendável, antes de tecermos mais comentários, reproduzir aqui a carta em versão fac-similar:

---

[364]Em "Não Grite, Não Duvide", publicado na *Ewig-Weibliche*, organização de P. V. N. Gable (Wichita, Kansas: Joyland Press, 1995), Talbot Darden traduz estes versos simplesmente como "Não me toque. Não me leia. Não me veja. Não me".

[365]`Sinto muito. Não faço ideia.`[366]

[366]Maurice Blanchot traduz esta frase como "quem quer que veja a Deus morre". — Eds.

[Página Um]

31 de março, 1991

Minha amada Karen,

Saudades de você. Eu te amo. Não mereço espero seu perdão. Estou partindo amanhã XXXXXXXX embora tenha planos de voltar. Mas quem sabe, não é?

Você já viu aquele lugar.

Acho que estou também escrevendo um testamento. A propósito, estou bêbado. Pode vender a casa, o filme, tudo que eu tenho, pode levar tudo. Diga às crianças que o papai as ama/ amava. Amo as crianças e amo você.

Por que estou fazendo isso? Porque ela está lá e eu não estou. Sei que esta é uma resposta de merda. Eu devia era tacar fogo naquele lugar, esquecer tudo. Mas ir atrás dessas coisas faz parte de quem eu sou. Você sabe disso.

sE eu não fosse assim, a gente jamais teria se conhecido, para começo de conversa, por que eu nunca teria parado o carro no meio do trânsito, subido na calçada e chamado você pra sair.

Não tenho desculpa, né? Acho que sou mais um filho da puta abandonando XXXX mulher e filhos em busca de uma grande aventura. Eu devia era crescer, né?

[Página Dois]

Eu admito, eu gostaria que isso fosse possível, eu tentei, mas falar/escrever é fácil.

Preciso voltar para aquele lugar mais uma vez. Agora eu sei de uma coisa e só preciso confirmar. Devagar as peças começam a se encaixar. Começo a ver aquele lugar pelo que é e não é uma coisa para programas da TV a cabo ou a National Geographic.

Você acredita em Deus? Acho que eu nunca te fiz essa pergunta. Bem, eu acredito agora. Mas o meu Deus não é a versão católica ou judaica ou mórmon ou batista ou adventista do sétimo dia ou seja lá quem/ o que for. Nada de sarça ardente, nada de anjos, nada de cruz. Deus é uma casa. O que não quer dizer que a nossa casa seja a casa de Deus ou mesmo uma das casas de Deus. O que eu quero dizer é que a nossa casa é Deus.

XXXXXXXXXXXXXXXXXXXXXXXXXXXXXXXXXXXXXXXXXXXXXXXXXXXXXXXXXXXXXXXXXXXXXXXXXXXXXX

Você acha que eu enlouqueci? Talvez, talvez, talvez Talvez eu só esteja muito bêbado. Mas é doido ter que admitir. Eu transformei Deus num endereço. Esquece esta última parte. deixa isso

[Página Três]

pra lá. Saudades de você. Saudades de você. Não vou reler esta carta. Se eu fizer isso, vou acabar jogando fora e escrevendo uma carta mais concisa, mais limpa, mais sóbria. E toda travada. Você me conhece tão bem. Eu sei que você vai filtrar o efeito do álcool, o medo, os erros e ver o que importa—um código a ser decifrado escrito por um sujeito que achava que estava sendo claro. Estou chorando agora. Não acho que eu consiga parar. Mas se eu tentar parar vou parar de escrever e aí eu sei que não vou conseguir recomeçar. Tenho tanta saudade de você. Saudades da Daisy. Saudades do Chad. Saudades do Cera e do Jed. Saudades até do Holloway. ~~E saudades de Hansen e Latigo e PFC Miserette, Benton e Carl e Regio e o 1º tenente Nacklebend e claro de Zips~~ e agora eu não consigo tirar a Delial da minha cabeça. Delial, Delial, Delial—o nome que eu dei à menina na foto que me fende toda fama e glória, isto é tudo que ela é, Karen, apenas uma foto. E agora eu não consigo mais entender por que ela significa tanta coisa para mim, a ponto de eu manter segredo—uma penitência ou algo assim. Inadequado. Pronto, falei. Mas não é a foto que eu não consigo tirar da minha cabeça agora.

[Página Quatro]

Não a foto—aquela foto, aquela coisa—mas
quem ela era antes daquela fração de segundo
fatiá-la no ar e me render um pulitzer apesar
de isso não ter bastado para afastar os abutres
isso eu fiz balançando o tripé no ar mas isso
não a ipmediu de morrer aos cinco anos de
idade a idade da daisy só que ela estava reondo
um osso você devia ter visto ela não mas ela
uma menininha agachada no meio das pedras
com um osso entre os dedos tanto erro e
saudade mas eu acertei eu a flagrei junto com o
abutre atrás quando o abutre real era o sujeito
com a câmera que fez dela uma presa para a
sua porra de prêmio pulitzer não importava se
ela estava a dez minutos da morte eu demorei
t^res minutos para bater uma foto deveria ter
usado 10 minutos para levar ela até algum
lugar para que não fosse assim, sem família
em mãe sem dia sem ninguém só um abutre e
uma porra de um fotojornalista eu queria estar
morto agora eu queria que eu estivesse morto
aquela pobre criança deus que desgraça

[Página Cinco]

de mundo sinto muito não consigo parar de pensar nela nunca parei nunca vou parar nõa dá para esquecer como eu corri com ela tipo aonde eu estava indo corri de verdade uns vinte quilômetros no meio do nada eu não tinha ninguém para ela nenhuma janela pela qual passá-la para longe do perigo nenhum tom lá estava eu não fui nenhum tom lá e aí aquele pequeno saco de ossos começou a tremer e acabou ali ela morreu nas minhas mãos nas mãos de um cara que demorou três minutos dois minutos sei lá uma meia dúzia de segundos para fotografá-la e agora ela estava morta pobrezinha neste mundo desgraçado que saudade dela saudade da delial saudade do homem que eu achava que eu era antes de conhecer ela que teria feito alguma coisa que talvez fosse o tom talvez seja ele quem eu procuro ou talvez eu esteja procurando por todos eles

sinto sdds de vc amo vc

não tem um segundo que eu tenha vivido nesta vida que não dê para dizer que pertença a vc

Navy[367]

[367]Me lembrando aqui, digo, daquela frase sobre "um código para decifrar", como as maiores cartas de amor estão sempre em código destinadas a uma pessoa e não à multidão.

Os Critérios Bister-Frieden Josephson dão bastante atenção à incoerência presente na carta, à insatisfação que Navidson sente consigo mesmo e, acima de tudo, à dor que ele ainda sente pela imagem que ele gravou na retina do país duas décadas atrás.

Como já foi mencionado no Capítulo II, antes da estreia do *Registro Navidson*, nem os amigos, nem familiares, nem colegas de trabalho sabiam que Delial era o nome que Navidson dera à criança sudanesa que morreu de fome. Por motivos idiossincráticos, ele nunca revelou a ninguém a identidade de Delial, nem mesmo a Karen. Billy Reston achava que fosse alguma pinup mitológica: "Eu não sabia. Certeza absoluta que eu nunca liguei o nome à foto".[368]

O Registro Navidson resolveu um grande mistério quando Karen incluiu aquela tomada do nome escrito no verso da fotografia, assim como a carta de Navidson. Por anos, fotojornalistas e amigos se perguntaram quem seria Delial e por que ela era tão importante para Navidson. Quem perguntava geralmente recebia uma versão das várias respostas possíveis: "Eu não lembro", "Uma pessoa próxima de mim", "Deixe um homem ter um pouco de mistério", ou apenas um sorriso. Não foram poucos os colegas que acusaram Navidson de ser enigmático de propósito e então, só por despeito, deixaram o assunto morrer.

Foram poucos os decepcionados quando descobriram que Delial se referia à menina fotografada na imagem ganhadora do Pulitzer. "Fez total sentido para mim", disse Purdham Huckler, do *New York Times*. "Deve ter sido devastador testemunhar aquilo. E ele também pagou caro".[369] Lindsay Gerknard comentou, "Navidson bateu de cara na parede em que batem todos os grandes fotojornalistas, inevitavelmente: por que eu não estou fazendo algo a respeito disso, em vez de só fotografar? E quando você se faz essa pergunta, dói muito".[370] O psicólogo Hector Llosa levou um pouco além a observação de Gerknard ao fazer o seguinte apontamento durante a Convenção de Ética na Mídia do *L. A. Times* no último mês de março: "São *especialmente* os fotojornalistas que não devem jamais subestimar o poder e a influência de suas imagens. Vocês podem pensar, eu não fiz nada neste momento exceto tirar uma fotografia (verdade), mas não se esqueçam de que foi feito também algo de imenso valor para a sociedade em geral (também verdade!)".[371]

As avaliações do fardo de Navidson também não pararam com os comentários feitos pelos seus pares. A academia logo chegou para interrogar as consequências literárias criadas pela revelação do nome Delial. Tokiko Dudek comentou o modo como "Delial é para Navidson o que é o albatroz para o marinheiro de Coleridge. Em ambos os casos, os dois homens acertaram o alvo e desde então passaram a ser assombrados pela sua realização, embora Navidson não tenha, de fato, matado Delial".[372] Caroline Fillopino reconheceu os elementos intrínsecos de um ato penitencial no retorno de

[368]Billy Reston, entrevistado por Anthony Sitney em "Murmúrios da Noite", KTWL, Boulder, Colorado, 4 de janeiro, 1996.

[369]Entrevista pessoal com Purdham Huckler, 17 de fevereiro, 1995.

[370]Entrevista pessoal com Lindsay Gerknard, 24 de fevereiro, 1995.

[371]Hector Llosa, em palestra para a Convenção do *L. A. Times* sobre Ética na Mídia, de 14 de março, 1996.

[372]Cf. Tokiko Dudek, "Arautos do Inferno e/ou da Esperança" in *Authentes Journal*, Palomar College, setembro, 1995, p. 7. Ver também o comentário de Larry Burrows, no filme de 1969 produzido pela BBC, *Lindo, Lindo*: "...com frequência eu me pergunto se é meu direito capitalizar em cima do luto dos outros como eu sinto que tantas vezes acontece. Mas então eu me justifico, em meus pensamentos privados, com o sentimento de que posso contribuir um pouco para a compreensão daquilo pelo que os outros estão passando; então passa a haver um motivo para fazê-lo".

Navidson à casa, mas preferiu Dante a Coleridge: "Delial serve o mesmo papel que Beatriz. Seus sussurros levam Navidson de volta à casa. Ela é tudo que ele precisa encontrar. Afinal, localizar (literalmente) as almas dos mortos = segurança na perda".[373] Porém, diferentemente de Dante, Navidson jamais reencontrou sua Beatriz.[374]

Com um tom dos mais sardônicos, Sandy Beale, do *New Criticism*, certa vez teceu considerações sobre o modo como o cinema contemporâneo teria tratado a questão da culpa de Navidson:

> Se *O Registro Navidson* tivesse sido uma criação hollywoodiana, Delial teria aparecido no cerne da casa. Com efeitos saídos diretamente de *Horizonte Perdido*, os campos obscuros dariam lugar a Campos Elíseos, o ambiente perfeito para uma peça musical com Delial no centro, em primeiro plano, usando uma fantasia de cores vívidas, bebendo Shirley Temples e passando pelos braços de Tom e Jed, apoiada por um coral no qual estariam incluídos Holloway e todas as outras pessoas da vida de Navidson (ou da nossa vida, no geral) que já morreram. Teria amor de verão[375] e refrigerante de sobra.[376]

Mas *O Registro Navidson* não é uma criação de Hollywood e Delial aparece uma única vez ao longo do filme, na seção de Karen, envolta por uma moldura negra, congelada no tempo sem música e sem comentário, apenas Delial: uma lembrança, uma fotografia, um artefato.

Até hoje o tratamento dado a Delial pelos Critérios Bister-Frieden-Josephson ainda é considerado severo e particularmente insensato no que diz respeito à tragédia internacional. Embora não ignorem por completo a empatia de Navidson pela criança, os Critérios afirmam que ela logo ultrapassou o significado de sua própria existência: "A memória, a experiência e o tempo logo transformaram seus ossos num lugar-comum representando tudo que Navidson já perdeu em sua vida".

Os Critérios BFJ postulam que a posição de destaque de Delial na carta final de Navidson é um mecanismo de repressão que lhe permite, pelo menos num nível simbólico, lidar com sua perda quase inexprimível. Afinal de contas, dentro de um espaço brevíssimo de tempo, Navidson havia sido testemunha do estupro das leis da física. Ele assistiu a um homem cometer um homicídio e depois puxar o gatilho contra a própria cabeça. Ele ficou indefeso enquanto seu próprio irmão foi esmagado e consumido. E, enfim, ele viu sua companheira da vida inteira fugir com sua mãe e provavelmente outro amante, levando consigo seus filhos e partes de sua sanidade.

Não é por acidente que esses elementos aparecem como fantasmas em sua carta. Um fim mais permanente ao seu relacionamento com Karen parece estar implícito quando ele escreve que "parto amanhã" e descreve sua

---

[373]Caroline Fillopino, "Equações do Sexo", *Granta*, outono de 1995, p. 45.

[374]Durante a Exploração #5, Navidson não tinha nenhuma ilusão quanto ao que encontraria lá. Enquanto encara aquelas salas infernais, podemos ouvi-lo murmurar: "Lázaro está morto outra vez".

[375]`Cf. Apêndice F.`

[376]Sandy Beale, "Nenhum Horizonte", in *The New Criticism*, v. 13, 3 de novembro, 1993, p. 49.

epístola como um "testamento". A invocação da lembrança dos membros da primeira equipe e de todos os outros parece quase uma despedida prolongada. Navidson está amarrando as pontas soltas e o motivo, segundo os Critérios BFJ, pode ser detectado no modo como ele trata a menina sudanesa que ainda assombra o seu passado: "Não é nenhuma coincidência que, conforme Navidson passa a ruminar o nome de Delial, ele menciona três vezes o seu irmão: 'Eu não tinha ninguém para (levá-la). Nenhuma janela pela qual passá-la para longe do perigo. Nenhum Tom lá. Eu não fui nenhum Tom lá. Tom, talvez seja ele que eu esteja procurando'. É uma confissão de culpa devastadora, cheia de remorso e derrota — 'Eu não fui nenhum Tom lá' — ao ver o seu irmão como o herói salvador de vidas (e de linhas) que ele mesmo nunca foi".[377]

Assim, os Critérios Bister-Frieden-Josephson oferecem uma refutação sólida da Alegação Kellog-Antwerk ao reiterar o seu argumento de que o retorno de Navidson à casa não era motivado pela necessidade de possuí-la, mas sim de "ser obliterado por ela".

Então, no dia 6 de janeiro de 1997, na *Assembleia de Diagnosticadores Culturais Patrocinada pela Associação Americana de Psiquiatria*, sediada em Washington, D.C., uma equipe constituída por um casal apresentou a um público de 1200 participantes a Teoria Haven-Slocum, a qual, aos olhos de muitos, conseguiu eclipsar a proeminência tanto da Alegação Kellog-Antwerk quanto dos infames e influentes Critérios Bister-Frieden-Josephson.

Evitando discussões semânticas de hipóteses anteriores, a Teoria Haven-Slocum propunha, a princípio, concentrar-se primariamente na "casa em si e sua geração de efeitos fisiológicos". Não ficava claro como esse direcionamento resolveria "o porquê de Navidson ter voltado sozinho para a casa", mas eles prometiam revelar, no devido momento, como isso aconteceria.

Fiando-se num arranjo de entrevistas pessoais, fontes secundárias inspecionadas detalhadamente e em suas próprias observações, o casal começou a delinear com cuidado suas descobertas no campo do que viria a ser conhecido como A Escala de Ansiedade Haven-Slocum ou IEPE. Avaliando o nível de desconforto resultante da exposição à casa, a Teoria Haven-Slocum atribui um valor numérico "0" para uma ausência completa de efeitos e "10" para efeitos extremos:

ÍNDICE DE EFEITOS PÓS-EXPOSIÇÃO

0-1: Alicia Rosenbaum: enxaquecas súbitas.
0-2: Audrie McCullogh: leve ansiedade.
2-3: Teppet C. Brookes: insônia.
3-4: Xerife Axnard: náusea; suspeita de úlcera.[†]
4-5: Billy Reston: sensação prolongada de frio.
5-6: Daisy: agitação; febre intermitente; arranhões; ecolalia.
6-7: Kirby "Cera" Hook: torpor; impotência prolongada.[††]
7-8: Chad: discurso tangencial; agressividade crescente;
tendência persistente a vagar.

[377] Aqui então Jacó se perde de Esaú e descobre que não é nada sem ele. Está vazio, perdido, em queda livre rumo à própria aniquilação. Mas, para repetir a pergunta pungente que Robert Hert faz em *Esaú e Jacó* (BITTW Publications, 1969), p. 389: "O que Deus realmente entendia de irmãos (para não falar de irmãs)? Ele era, afinal, filho único e antes de tudo um pai igualmente solitário".

9: Karen Green: insônia prolongada; ataques de pânicos frequentes e sem causa aparente; melancolia profunda; tosse persistente.†††
10: Will Navidson: comportamento obsessivo; perda de peso; terrores noturnos; sonhos vívidos acompanhados por crescente mutismo.

† Não apresentava histórico prévio de patologias estomacais.

†† Nem o ferimento causado pelo projétil nem a cirurgia deveriam ter causado qualquer efeito sobre a sua potência sexual.

††† Todos os quais diminuíram radicalmente depois que Karen começou a trabalhar em *Opiniões de Alguns* e *Uma Breve História de Quem Eu Amo*.

A Teoria Haven-Slocum™ – 1

A Teoria Haven-Slocum não trata levianamente a vitória considerável de Karen sobre os efeitos da casa: "À exceção posterior de Navidson, ela foi a única que tentou processar as ramificações daquele lugar. O esforço que ela dedicou aos dois curtas resultou num abrandamento das oscilações de humor, em melhora na qualidade de sono e no fim daquela tosse incômoda".

Navidson, no entanto, apesar de suas inquisições científicas e postulações iniciais, não encontra o menor alívio. Ele se torna cada vez mais quieto, muitas vezes acorda aterrorizado, e começa a comer cada vez menos, desde o Natal e o Réveillon. Por mais que diga o tempo todo a Reston o quanto ele sente saudade de Karen e da companhia de seus filhos, ele é incapaz de ir atrás deles. A casa continua a ser o objeto fixo de sua atenção.

Tanto é que, anteriormente, em outubro, quando Navidson encontrou pela primeira vez a fita que registra o beijo entre Cera e Karen, ele nem sequer reagiu. Duas vezes ele assiste à cena, primeiro na velocidade normal, depois acelerada, e então avança e assiste ao resto da filmagem sem dizer uma única palavra. Partindo de uma perspectiva dramática, devemos nos dar conta de que se trata de um momento altamente anticlimático, mas que serve apenas para enfatizar ainda mais, segundo a Teoria Haven-Slocum, o nível do impacto que a casa infligiu a Navidson: "Não se trata mais de reações emocionais normais. A dor que qualquer outra pessoa teria sentido ao ver aquele beijo na tela, no caso de Navidson, foi diluída pelo trauma grosseiramente desproporcional já causado pela casa. Nesse sentido, este é, na verdade, um momento bastante decisivo, ainda que irregular, apenas porque é perturbador observar algo tão significativo sendo tratado como uma coisa completamente irrelevante. Como é trágico vermos Navidson assim, tão esvaído de energia, a rapidez e a alacridade costumeiras de seu raciocínio substituídas por um torpor inamovível. Nada mais importa para ele, o que, como mais do que algumas pessoas já observaram, é precisamente o xis da questão".

Depois, no começo do mês de março, "conforme avançam os testes com as amostras das paredes", como observa a Teoria Haven-Slocum, Navidson volta a se alimentar, a se exercitar e, embora continue reticente no geral, Reston ainda enxerga o novo comportamento de Navidson como uma melhora: "Eu estava cego quanto às suas intenções. Achei que ele estava começando a lidar com a morte de Tom, planejando pôr um fim à sua separação com Karen. Imaginei que ele tivesse deixado para trás as cartas do Fowler, junto àquele beijo. Ele parecia estar retornando à vida. Porra, até os pés dele tinham melhorado. Mal sabia eu que ele estava reunindo seu equipamento e se preparando para mais uma expedição lá dentro. Aquilo que todos conhecem agora como a Exploração #5".[378]

Enquanto os Critérios Bister-Frieden-Josephson baseavam sua análise principalmente na carta de Navidson a Karen, a Teoria Haven-Slocum só dedica ao documento uma nota de rodapé, descrevendo-a como "uma tagarelice embriagada, repleta das expressões já esperadas de luto, reidentificação com um objeto perdido e um bocado de transferência, tendo menos a ver com a perda do irmão de Navidson e mais com a ausência materna que ele sofreu ao longo de sua vida. O desejo de salvar Delial deve ser atribuído, em parte, a uma projeção dos desejos do próprio Navidson de ser acalentado por sua mãe. O luto, portanto, realiza uma fusão entre sua percepção de si e seu entendimento do outro, o que o leva não apenas a lamentar a morte da pequena criança, mas também a sua própria".[379]

O tema a que a Teoria Haven-Slocum confere maior importância são os três sonhos[380] que Navidson descreve nas fitas Hi-8 do seu vídeo-diário gravadas naquele mês de março. Fazendo mais uma vez uma citação direta da Teoria: "Bem melhor do que as palavras influenciadas pelos efeitos depressores do álcool, essas visões de relance da psique de Navidson revelam mais sobre o porquê de ele ter decidido voltar e o que pode explicar as profundas consequências fisiológicas que ocorreram depois de sua reentrada".

Mia Haven dá à sua análise do *Sonho #1* o título de: "O Poço dos Desejos: uma moeda pelos seus pensamentos... duas pelos seus sonhos... você inteiro pelas eras". Infelizmente, por ser difícil de encontrar o seu volume e pelo fato de sua análise passar das 180 páginas, podemos aqui apenas resumir o seu conteúdo.

Como relata Haven, o primeiro sonho de Navidson o situa numa imensa câmara de concreto. As paredes, o teto e o chão exibem, todos, veios de depósitos minerais e se encontram cobertos por uma camada onipresente de umidade. Não há janelas, nem saídas. O ar recende a podridão, limo e desespero.

Por toda parte, há pessoas vagando, sem rumo, trajando togas sujas. Perto do centro do lugar, encontra-se o que parece ser um grande poço. Uma dúzia de pessoas se assentam às suas bordas, balançando os pés no seu interior. Aproximando-se daquele buraco, Navidson se dá conta de duas coisas: 1) ele morreu e este lugar é um tipo de estação intermediária, e 2) a única saída é descendo o poço.

Ao se sentar na beirada, ele contempla uma visão estranha e muito desconcertante. Não mais de seis metros abaixo, encontra-se a superfície de um líquido incrivelmente transparente. Navidson presume que seja água, mas tem

---

[378]Entrevista com Billy Reston. KTWL, Boulder, Colorado, 4 de janeiro, 1996.

[379]`Cf. páginas 23-24.`

[380]Considerando que uma variedade tão grande de material fora da Teoria Haven-Slocum foi produzida sobre os sonhos de Navidson, parece imprudente não mencionar pelo menos alguns dos títulos mais populares: Calvin Yudofsky, "Trauma de Sono Profundo/Sono Leve: Diferenciando entre transtornos de terror noturno e pesadelos" in *(N) REM* (Bethel, Ohio: Besinnung Books, 1995); Ernest Y. Hartmann, *Pensamentos Terríveis: a psicologia e a biologia dos pesadelos de Navidson* (Nova York: Basic Books, Inc., 1996); Susan Beck, "Imposição sobre o oco", publicado no *T. S. Eliot Journal*, v. 32, novembro, 1994; capítulo 4 de Oona Fanihdjarte, *A Constância de Carl Jung* (Baltimore, Maryland: Johns Hopkins University Press, 1995); Gordon Kearns, L. Kajita & M. K. Totsuka, *Água Ultrapura, o Detector de Super-Kamiokande e a Luz de Cherenkov* (W. H. Freeman and Company, 1997); cf. também o site www.sk.icrr.u-tokyo.ac.jp/doc/sk; e é claro o ensaio de Tom Curie, "Tu não dizes nada. Verdade, eu falo de sonhos" (Mab Weekly, Celtic Publications, setembro de 1993).

a impressão de ser algo um tanto mais viscoso. Dada alguma qualidade peculiar e intrínseca a si mesmo, o líquido não atrapalha a visão impossível do que se encontra logo abaixo, mas na verdade a torna mais nítida: um longo fosso que desce por vários quilômetros até se abrir em um poço preto e sem fundo que, num instante, enche Navidson com uma sensação debilitante de pavor.

De repente, alguém ao seu lado salta dentro do poço. Há um leve respingo e a figura começa a afundar lenta, mas constantemente, rumo à escuridão. Por sorte, após alguns segundos, uma violenta luz azul a envolve e a transporta para algum outro lugar. Navidson percebe, no entanto, que há outras figuras lá embaixo que não foram visitadas pela luz azul e, em vez disso, se contorcem de medo enquanto descem rumo ao esquecimento.

Sem que ninguém lhe conte, Navidson de algum modo compreende a lógica do lugar: 1) ele pode permanecer naquela salinha medonha o tempo que desejar, até mesmo para o resto da eternidade, se quiser — olhando ao seu redor, ele consegue ver que há pessoas que estão há milhares de anos por lá — ou ele pode saltar no poço. 2) Se ele teve uma vida boa, a luz azul virá para levá-lo rumo a um lugar etéreo e suave. Se, no entanto, tiver vivido "uma vida inadequada" (nos termos de Navidson), luz nenhuma virá e ele afundará no negrume horrível lá embaixo, rumo a uma queda infinita.

O sonho termina enquanto Navidson tenta avaliar a vida que viveu, sem conseguir se decidir se deveria ou não saltar.

Haven dedica grandes esforços para examinar as múltiplas camadas apresentadas nesse sonho, sejam as referências clássicas com as togas ou a "figura" assexuada que Navidson observa ser imolada pela luz azul. Ela chega até mesmo a entrar numa digressão na forma de uma análise bem-humorada de *Entre quatro paredes*, indicando como essa peça formidável de Sartre ajudou a moldar a imaginação de Navidson.

No final, no entanto, seu insight mais importante diz respeito à relação de Navidson com a casa. A câmara de concreto lembra as paredes cinzentas, ao passo que o poço sem fundo lembra tanto a Escadaria em Espiral quanto o abismo que surgiu na sala de estar na noite em que Tom morreu. Ainda assim, o mais importante não é alguma descoberta feita entre aquelas paredes, mas sim dentro de si mesmo. Nas palavras de Haven: "O sonho parece sugerir que, para que Navidson consiga escapar de verdade da casa, ele precisa primeiro chegar a uma compreensão de sua própria vida, e está bem óbvio que isso ainda lhe falta".

Quanto ao *Sonho #2*, Lance Slocum fornece uma análise amplamente reverenciada sob o título de "No Lar de um Caracol". Assim como a de Haven, trata-se de uma obra cujos exemplares são impossíveis de localizar e que supostamente teria mais de 2 mil páginas, por isso, mais uma vez, um resumo há de ser o suficiente.

Slocum relata como, no segundo sonho, Navidson se encontra no centro de uma estranha cidade onde algum tipo de comemoração está acontecendo. Há um cheiro de alho e cerveja que paira no ar. Todos estão comendo e bebendo, e Navidson compreende que, por algum motivo desconhecido, agora eles terão comida o suficiente para durar muitas décadas.

Quando o banquete enfim termina, cada pessoa apanha uma vela e começa a sair da cidade, em marcha. Navidson acompanha a multidão e logo descobre que estão indo em direção a uma colina onde se encontra a concha de um imenso caracol. Essa visão traz consigo uma nova compreensão: os moradores da cidade abateram a criatura, comeram parte de seu corpo e preservaram o restante.

Ao entrarem naquelas imensas volutas encaracoladas (como quem "dá corda no espaço"), a luz das velas ilumina paredes brancas como pérola e opalescentes como conchas marinhas. Há ecos de risos e alegria naqueles túneis tortuosos, então Navidson reconhece que todos vieram até ali para homenagear e agradecer ao caracol. Navidson, contudo, segue avançando pela concha. Logo ele se vê sozinho e, conforme a passagem vai ficando mais e mais estreita, a vela que ele carrega se torna cada vez menor. Por fim, quando o pavio ameaça se apagar, ele se detém e pondera se deve dar meia-volta e retornar ou se deve continuar. Ele compreende que, se a vela se apagar, ele ficará na completa escuridão, mas também sabe que não será difícil encontrar o caminho de volta. Considera seriamente a ideia de ficar e se pergunta se a aurora que se aproxima preencherá a concha de luz.

Slocum abre com uma referência divertida ao *Doutor Dolittle* e passa a considerar essas casas que antigos amonites[381]construíram em torno de um eixo quase logarítmico, um legado concedido, éons mais tarde, à imaginação de incontáveis poetas e mesmo culturas inteiras.[382] Slocum se concentra primariamente no capítulo 5 da *Poética do Espaço*, de Bachelard, na tradução de Maria Jolas (Boston: Beacon Press, 1994), optando por dar ao sonho de Navidson a mesma consideração que a literatura do seu tipo recebe.

Slocum, por exemplo, enxerga a questão do desenvolvimento pessoal de Navidson nos termos do enigma proposto pelo caracol antes de sua resolução. Aqui, ele cita o texto de Bachelard, em tradução:

> Como poderá o pequeno caracol crescer em sua prisão de pedra? Eis uma pergunta *natural*, uma pergunta que se faz naturalmente. Não gostamos de fazê-la, porque nos remete a nossas perguntas de criança. Essa pergunta fica sem resposta para o Abade de Vallemont, que acrescenta: "Na Natureza raramente estamos em terras conhecidas. A cada passo existe algo para humilhar e mortificar os Espíritos soberbos". Em outras palavras, a concha do caracol, a casa que cresce conforme seu hóspede, é uma maravilha do Universo. E, de maneira geral, conclui o Abade de Vallemont, as conchas são "temas sublimes de contemplação para o espírito".[383]
>
> (Página 118)

---

[381]Cf. Edouard Monod-Herzen, *Principes de morphologie générale*, vol. I (Paris: Gauthier-Villars, 1927), p. 119.

[382]Por exemplo, até hoje o povo kitawan do Pacífico Sul entende a espiral do *Nautilus Pompilius* como o símbolo definitivo da perfeição.

[383]O texto original:

> Comment le petit escargot dans sa prison de pierre peut-il grandir? Voilà une question *naturelle*, une question qui se pose naturellement. Nous n'aimons pas à la faire, car elle nous renvoie à nos questions d'enfant. Cette question reste sans réponse pour l'abbé de Vallemont qui ajoute:

A atenção de Slocum detém-se em particular sobre a referência parenteética[384] de Bachelard à sua própria infância e, presumivelmente, ao rito de passagem para a idade adulta: "Como é extraordinário encontrar naqueles colchetes eternamente expansíveis uma correlação tão reveladora entre a resposta ao enigma da Esfinge e a crise de Navidson".

De fato, ao prosseguir desenvolvendo seu argumento sobre o de Bachelard, Slocum trata o caracol no sonho de Navidson como uma "inversão notável" da Escadaria em Espiral da casa: "Robinet acreditava o caracol construiu sua 'escadaria' rolando pelo chão várias vezes. Assim a casa toda do caracol seria uma escadaria. A cada contorção este animal mole acrescenta mais um degrau à sua escadaria em espiral. Ele se contorce para avançar e crescer" (Página 122; *A Poética do Espaço*).[385]

> "Dans la Nature on est rarement en pays de connaissance. Il y a à chaque pas de quoi humilier et mortifier les Esprits superbes". Autrement dit, la coquille de l'escargot, la maison qui grandit à la mesure de son hôte est une merveille de l'Univers. Et d'une manière générale, conclut l'abbé de Vallemont ([Abbé de Vallemont, *Curiosités de la nature et de l'art sur la végétation ou l'agriculture et le jardinage dans leur perfection*, Paris, 1709, Ire Partie], p. 255), les coquillages sont "de sublimes sujets de contemplation pour l'esprit".

Para um tratamento mais moderno do crescimento das conchas, cf. Geerat J. Vermeij, *Uma História Natural das Conchas* (Princeton, NJ: Princeton University Press, 1993). Capítulo 3, "A Economia da Construção e da Manutenção" trata diretamente de questões de calcificação e os problemas da dissolução, ao passo que o capítulo 1, "Conchas e as Questões da Biologia" considera o sentido da concha de um modo que oferece leves diferenças em relação a Vallemont: "Podemos pensar nas conchas como casas. Construção, reparo e manutenção da parte do construtor exigem energia e tempo, as mesmas moedas usadas para outras funções vitais como alimentação, locomoção e reprodução. A energia e o tempo investidos nas conchas dependem do suprimento de matéria-prima, do custo de mão de obra de transformar esses recursos numa estrutura utilizável e as demandas funcionais impostas à concha... As palavras 'economia' e 'ecologia' são especialmente adequadas neste contexto, pois ambas derivam do grego *oikos*, que significa casa. Em suma, as questões de biologia podem ser formuladas em termos de oferta e demanda, custos e benefícios, inovação e regulamentação, tudo contrastado com um pano de fundo do meio ambiente e história".

[384]Eu não corrigi este erro de digitação, porque me parece menos que houve um equívoco na hora de transcrever o texto e mais um deslize revelador da parte de Zampanò em que uma menção parentética à juventude de repente se torna uma questão ético-parental sobre como se aproximar da juventude.

[385]Texto original:

> Robinet a pensé que c'est en roulant sur lui-même que le limaçon a fabriqué son "escalier". Ainsi, toute la maison de l'escargot serait une cage d'escalier. À chaque contorsion, l'animal mou fait une marche de son escalier en colimaçon. Il se contorsionne pour avancer et grandir.

E, é claro, quem é capaz de esquecer os comentários de Derrida sobre este assunto na nota de rodapé número 5 de "Tympan", in *Marges de la philosophie* (Paris: Les Éditions de Minuit, 1972), pp. xi-xii:

> Tympanon, dionysie, labyrinthe, fils d'Ariane. Nous parcourons maintenant (debout, marchant, dansant), compris et enveloppés pour n'en jamais sortir, la forme d'une oreille construite autour d'un barrage, tournant autour de sa paroi interne, une ville, donc (labyrinthe, canaux semi-

Ainda mais digno de nota do que até mesmo essa coincidência maravilhosa é o poema que Bachelard escolhe citar, de autoria de René Rouquier:

C'est un escargot énorme
Qui descend de la montagne
Et le ruisseau l'accompagne
De sa bave blanche
Très vieux, il n'a plus qu'une corne
C'est son court clocher carré.[387]

Navidson não é a primeira pessoa a imaginar um caracol do tamanho de uma aldeia, mas o motivo do fascínio para Slocum, mais do que qualquer outra coisa, é a falta de qualquer sensação de ameaça nesse sonho.

"Diferente do pavor que aguarda no fundo do poço dos desejos", comenta Slocum. "O caracol fornece alimento. Sua concha oferece a redenção da beleza e, apesar da vela de Navidson estar prestes a se apagar, suas curvas guardam ainda a promessa de uma iluminação ainda maior. Tudo isso gera um contraste direto com a casa. Lá as paredes são negras, no sonho do caracol são brancas; lá você passa fome, mas no sonho a cidade tem alimento para o resto da vida; lá o labirinto é ameaçador, no sonho a espiral é agradável; lá você desce, no sonho você sobe, e assim por diante."

Slocum defende que o que faz com que o sonho encontre tanta ressonância é a sua simetria inerente: "Urbano, rural. Interior, exterior. Sociedade, indivíduo. Luz, escuridão. Noite, dia. Etc. etc. O prazer é derivado da detecção desses elementos, que criam harmonias, e a partir

---

> -circulaires — on vous prévient que les rampes ne tiennent pas) enroulée comme un limaçon autour d'une vanne, d'une digue (dam) et tendue vers la mer; fermée sur elle-même et ouverte sur la voie de la mer. Pleine et vide de son eau, l'anamnèse de la conque résonne seule sur une plage. Comment une fêlure pourrait-elle s'y produire, entre terre et mer?[386]

Em sua própria nota, escondida na nota de rodapé existente, no caso *não* a número 5, mas ampliada agora para 9, Alan Bass (tradutor de *Margens da Filosofia* [Chicago: University of Chicago Press, 1981]) ilumina ainda mais os pontos acima ao traçar os seguintes comentários abaixo:

> "Há um jogo de palavras elaborado aqui entre *limaçon* e *conque*. *Limaçon* (além de significar o molusco caracol) significa uma escadaria em espiral e o canal em espiral que é parte do ouvido interno, a cóclea. *Conque* significa tanto concha do mar quanto a concha no sentido de a maior cavidade do ouvido externo".

[386]"Tímpano, dionisismo, labirinto, fio de Ariadne. Percorremos agora (eretos, caminhando, dançando), compreendidos e envolvidos para daí jamais sairmos, a forma de uma orelha construída em torno de uma barreira, dando voltas em torno da sua parede interna, uma cidade, pois (labirinto, canais semicirculares - dão o aviso de que as rampas não são seguras), enrolada como um caracol em torno de uma comporta, de um dique e estendida para o mar; fechada sobre si mesma e aberta para o caminho do mar. Cheia e vazia da sua água, a anamnese da concha apenas ressoa numa praia." Tradução de Alan Bass — Eds

[387]René Rouquier, *La boule de verre* (Paris: Séghers), p. 12.[388]

[388]"Um caracol enorme que desce da montanha com a trilha que o acompanha de sua gosma branca. Tão antigo, tem apenas um único chifre, curto e quadrado como uma torre de igreja" — Eds.

dessas harmonias vem um bálsamo para a alma. É claro que, quanto mais extensa a simetria, maior e mais duradouro é o prazer".

Slocum argumenta que o sonho plantou, na cabeça de Navidson, a semente da ideia de tentar um caminho diferente, e foi exatamente o que ele fez na Exploração #5. Ou, para dizer em termos mais precisos: "O sonho era o florescimento de uma semente previamente plantada pela casa em seu inconsciente". Ao se aproximar da conclusão de "No Lar de um Caracol", Slocum expande a sua análise para uma noção de que ambos os sonhos, "O Poço dos Desejos" e "O Caracol", sugerem a Navidson a possibilidade de que ele poderia localizar dentro de si mesmo ou "dentro daquela vasta falta", alguma noção emancipatória a fim de extinguir suas confusões e tormentos, até mesmo pôr fim às confusões e tormentos dos outros, uma simetria curativa que há de atravessar as eras.

No caso do *Sonho #3*, de longe o mais perturbador e aterrorizante de todos, Mia Haven e Lance Slocum se unem para sondar as curvaturas de vários trechos da imaginação. Diferente de #1 e #2, esse sonho é particularmente difícil de relatar e exige que se preste muita atenção às diversas alterações temporais e até mesmo tonais.

. . . .

[2 páginas faltando][389]

. . . .

---

[389] ____

____

____

____

____ [390]

[390]3:19 da manhã eu acordo, encharcado de suor. E não digo suado tipo no sovaco ou na testa. É molhado mesmo, com o couro cabeludo molhado, o lençol molhado e, a essa hora, uma hora já perdida num ano novo — molhado de tremer. Estou com tanto frio que minhas têmporas doem, mas antes que possa me concentrar de verdade na questão da temperatura eu me dou conta de que consegui me lembrar do primeiro sonho que tive.

Apenas mais tarde, depois de encontrar umas velas, zanzar pelo quarto e jogar água no meu velho rosto, urinar e acender uma lata de combustível Sterno, colocando o bule para esquentar no fogareiro, só aí que eu consigo responder à minha cabeça gelada e minha desgraceira física generalizada, que é o que eu faço, curtindo cada segundo, na verdade. Qualquer coisa é melhor do que aquele sonho horrível e inesperado, e fica ainda mais perturbador porque agora, por algum motivo, eu me lembro. Também não faço a menor ideia do porquê. Não consigo imaginar o que teria mudado em minha vida para trazer isso à tona.

Certeza que as armas não prestaram para nada, instantaneamente confiscadas na fronteira do sono, por mais que eu tenha conseguido comprar o Weatherby antes que acabasse o meu crédito.

Passa-se uma hora. Estou piscando os olhos sob a luz, fervendo mais água para preparar mais café, metendo a cabeça em mais uma touca de lã, espirrando de novo, mas tudo que consigo ver é aquela porra daquele sonho, tirado direto dos velhos núcleos de rafe do exato mesmo tronco cerebral que eu achava ter sido profundamente lesado.

É assim que começa:

Estou dentro do casco de algum navio enorme, vagando por suas passagens estreitas de aço negro e ferrugem. Algo me diz que eu estou aqui há muito tempo, descendo infindavelmente rumo a becos sem saída, dando voltas apenas para encontrar outros caminhos que, no fim, levam apenas a outros fins. Isto, no entanto, não me incomoda. As lembranças parecem sugerir que eu cheguei a me demorar por um tempo na sala de máquinas, nos porões dos contêineres, subindo uma escada para me flagrar sozinho numa cozinha deserta, o único lugar que ainda reluz com a magia espelhada do aço inoxidável. Mas aquelas visitas aconteceram muitos anos atrás e, embora eu possa voltar lá a qualquer hora, eu opto, em vez disso, por vagar por essas passagens apertadas, as quais, a contrapelo de sua habilidade de fazer com que eu me perca, ainda mantêm em cada esquina uma sensação quase indiscreta de familiaridade. É como se eu conhecesse o caminho perfeitamente, mas o percorresse para esquecer.

E então alguma coisa muda. De repente, eu sinto, pela primeira vez na vida, a presença de um outro. Aperto meu passo, não exatamente correndo, mas perto disso. Eu estou feliz, assustado ou aterrorizado, mas antes de eu conseguir me dar conta de qual é, eu completo duas voltas rápidas e lá está ele, esse playboy universitário bêbado usando um moletom cor de ameixa da fraternidade Tofa Beta, carregando a tampa de uma lata de lixo na mão direita e um grande machado de bombeiro na esquerda. Ele arrota, faz um meneio e, com um solavanco, começa a avançar na minha direção, erguendo a arma. Eu fico com medo, mas também confuso. "Com licença, será que você poderia me explicar por que está vindo atrás de mim?", que é o que eu tento dizer, só que as palavras não saem direito. São mais tipo grunhidos e nuvens, grandes nuvens de vapor.

É aí que eu reparo nas minhas mãos. Elas parecem ter derretido, como se fossem feitas de plástico e tivessem sido mergulhadas em óleo fervendo, só que não são de plástico, são os efeitos tênues da pele que foi de fato mergulhada em óleo fervendo. Eu sei disso e sei até qual é a história. Simplesmente não consigo fazê-la voltar à vida ali no meu sonho. Fios eriçados de cabelo brotam sobre os dedos inteiros e em torno das unhas longas e amareladas. Pior ainda, essa cicatrização medonha não termina nos meus pulsos, mas continua subindo pelos meus braços, fazendo as cicatrizes que eu sei que eu tenho quando não estou sonhando parecer brincadeira de criança em comparação. Estas vão até os meus ombros, descem as minhas costas, atravessam o meu peito, onde eu sei que as costelas ainda protuberam como arcos roxos.

Ao tocar meu rosto, percebo na hora que tem algo errado ali também. Sinto uma grande quantidade de pelos cobrindo massas estranhas de carne no meu queixo, nariz e ao longo das bochechas. Na minha testa tem uma protuberância enorme e mais dura que pedra. E embora eu não faça ideia de como acabei tão deformado, eu sei, sim. E esse conhecimento me vem de repente. Estou aqui justamente porque estou deformado, porque, quando eu falo, minhas palavras saem aos trancos, em grunhidos, e, o que é pior, fui posto aqui por um velho, um morto, aquele que me chamava de filho apesar de não ser meu pai.

E é então que aquele playboy, se balançando na minha frente igual um idiota, levanta ainda mais alto o seu machado, erguendo-o acima da cabeça. Seu plano, pelo visto, não é dos mais complicados: ele pretende cravar aquela lâmina pesada no meu crânio, atravessando o dorso do meu nariz, fendendo o céu da boca, o miolo do cérebro, separando as próprias vértebras do meu pescoço, e ele não vai parar aí também não. Vai decepar minhas mãos dos meus pulsos, minhas coxas dos meus joelhos, arrancar meu esterno e esmigalhá-lo em minúsculos fragmentos. Vai fazer o mesmo com meus dedos do pé e da mão e vai até vazar meus olhos com o cabo e depois com a cunha do machado tentar pulverizar meus dentes, apesar do fato de eles serem longos, serrilhados e estranhamente fortes. Pelo menos nisso ele vai fracassar; enfim terá que desistir; colecionar alguns dentes. No que diz respeito aos meus órgãos internos, ele também deverá tratá-los com o mesmo respeito, talhando, quebrando e cortando até estar cansado demais ou coberto demais de sangue para conseguir terminar, embora evidentemente ele tenha já terminado faz um tempo, e então ele vai se agachar exaurido, arfando como se fosse um cachorro idiota, bebericar sua cerveja, esta chacina, esta vitória, enquanto eu estou espalhado por toda parte, cobrindo aquele lugar sinistro, der absoluten Zerrissenheit (por acaso eu esbarrei na Kyrie no supermercado em novembro passado. Ela estava comprando uma lata de 418 gramas de salmão do Alasca. Tentei escapar, mas ela me viu e disse oi, aninhando-me nas voltas suaves da sua voz. Conversamos por um tempo. Ela sabia que eu não trabalhava mais no Estúdio. Tinha passado lá para fazer uma tatuagem. Aparentemente teve uma stripper que arranjou treta com ela. Provável que tenha sido a Tambor. Na verdade, talvez seja por isso que a Tambor me ligou, porque teve essa mulher toda sofisticada que do nada falou meu nome. Em todo caso, a Kyrie arranjou uma tatuagem do logo da BMW entre as suas omoplatas, com a frase "Prazer em Dirigir". Aparentemente isso foi ideia do Homem de Gdansk. O carro de 85 mil dólares na verdade é dele. Kyrie não mencionou nada sobre ele ter ficado irado ou da nossa história, por isso eu só fiz que sim com a cabeça, indicando minha aprovação e então, ali mesmo no corredor de enlatados, perguntei para ela qual era a tradução daquela expressão em alemão que eu devia ter colocado em nota e que poderia fazer isso agora mesmo também, mas, bem, Pau no Cu Deles, Jaguara.[391] E assim, em vez disso, voilà, ela aparece aqui: "completo desmembramento", o mesmo que "disjecta membra", que foi o que eu pensei que ela tinha dito, mas ela escreveu meio diferente, explicando enquanto isso que havia decidido se casar com o Homem de Gdansk e que logo estaria na verdade morando naquele precipício onde venta muito conhecido como Mullholland, e não apenas passeando de carro por lá. Ao invocar essa lembrança específica, consigo ver com maior clareza a sua expressão, o quanto ela ficou bestificada pela minha aparência: tão pálido e fraco, as roupas penduradas em mim como se fossem cortinas num varão, os óculos de sol que não paravam sobre meus ossos, as mãos delgadas tremendo com frequência, sem que eu pudesse controlá-las, e, claro, o fedor que eu continuava a emanar. O que estava acontecendo comigo, ela queria saber, provavelmente, mas não perguntou. Mas também talvez eu tenha me enganado e ela nem reparou. Ou, caso ela tenha reparado, ela talvez nem tenha ligado. Quando comecei a me despedir, as coisas ficaram esquisitas muito de repente. Ela me perguntou se eu queria dar mais uma voltinha. "Você não vai casar?", eu lhe perguntei, tentando, mas provavelmente foi uma tentativa muito malfadada de esconder minha exasperação. Ela ficou só esperando a minha resposta. Recusei, tentando ser o mais educado possível, mas alguma coisa de ríspido ainda assim lhe sobreveio. Ela cruzou os braços, um surto de raiva de repente acendendo o tecido entre os seus lábios e as ponta dos dedos. Então, enquanto eu voltava pelo corredor, ouvi alguma coisa quebrando à minha esquerda. Garrafas de ketchup foram derrubadas da prateleira, algumas chegaram a se estilhaçar ao atingirem o chão. A lata de salmão arremessada chegou rolando até os meus pés. Eu dei meia-volta, mas a Kyrie já tinha ido embora). Em todo caso, voltando ao sonho, eu todo picadinho, espalhado e disperso pelas entranhas daquele navio, e tudo nas mãos de um playboy bêbado que, ao contemplar seu feito heroico, vomita em cima do que sobrou de mim. Só que, antes que ele consiga realizar qualquer parte dessa história, eu me dou conta de que agora, por algum motivo, pela primeira vez, tenho uma escolha: não preciso morrer, posso matá-lo em vez disso. Não só eu tenho dentes e unhas longas, afiadas e fortes, como também sou forte, notavelmente forte e notavelmente rápido. Posso arrancar aquela porra daquele machado da sua mão antes que ele tente um único golpe, quebrá-lo em dois com um único movimento do meu pulso, e então posso assistir ao terror porejar em seus olhos enquanto o agarro pelo pescoço, estripando-o e rasgando-o em pedaços.

Mas, no que eu dou um passo adiante, tudo muda. O playboy, eu me dou conta, não é mais o playboy, mas outra pessoa. A princípio eu acho que é a Kyrie, até que eu me dou conta de que não é a Kyrie, mas a Ashley, e nisso me dou conta de que não é nem a Kyrie nem a Ashley, mas a Tambor, embora algo me diga que também não é bem isso. Em todo caso, seu rosto tem um brilho de adoração e calor humano e seus olhos me comunicam, piscando, uma compreensão de todos os gestos que já fiz, todos os pensamentos que já tive. Tão extraordinário é esse olhar, na verdade que eu me dou conta de repente de que não consigo me mexer. Eu fico ali apenas, com cada nervo e tendão conduzindo-me a um mundo de alívio, minha respiração tornando-se mais lenta, meus braços moles, minha mandíbula aberta, as pernas derretendo meu corpo numa poça de águas ancestrais, até que de repente os meus olhos, por conta própria, comandados por instintos mais sombrios e mais antigos do que a empatia ou qualquer coisa que lembre uma necessidade emocional, se desviam daquele rosto belíssimo e estranhamente familiar para o machado que ela ainda tem na mão, o machado que ela ainda eleva ao alto, o sorriso que ela ainda tem no rosto, mesmo enquanto começa a tremer, subitamente golpeando com o machado na minha direção, na direção da minha cabeça, mas ela erra a minha cabeça, por um fio, e o machado desce contra o meu ombro, enfim penetrando o osso e alojando-se ali, produzindo guinchos de sangue, tanto sangue, e dor, tanta dor, e num instante eu compreendo que estou para morrer, mas ainda não morri, mesmo que não seja possível me salvar mais, e ela começa a chorar, ao mesmo tempo em que arranca o machado e o ergue de novo, para dar outro golpe, outra vez contra a minha cabeça, mas ela chora cada vez mais e está muito mais fraca do que eu esperava, e ela precisa de mais tempo do que eu esperava, para se preparar, para golpear mais uma vez, enquanto eu estou sangrando e morrendo, o que não se compara de modo algum ao sentimento que tem por dentro, também tão familiar, conforme os átrios do meu coração, por vontade própria, de repente se rompem, como aconteceu com o meu pai. Então foi esta a sensação, eu vou divagando de repente, peculiarmente distante, que ele teve?

Cometi um erro terrível, mas agora é tarde e estou cheio demais de fúria & ódio para fazer qualquer outra coisa além de olhar para cima enquanto a lâmina me corta com uma força assombrosa, desta vez no arco certo, não muito para a esquerda, não muito para a direita, mas bem no centro, descendo pelo que parece ser uma eternidade, mas não é, nem de longe, e eu me dou conta, com um toque cítrico de alegria, de que, pelo menos, ela finalmente acabará com essa dor ainda mais terrível dentro de mim, nascida décadas atrás,

Numa tentativa de resumir a Teoria Haven-Slocum, o casal cita um trecho do diário póstumo de Johanne Scefing:

> Nesta hora avançada, não posso deixar de lado os pensamentos do grande sonhador de Deus cuja história preencheu minha imaginação e meus sonhos quando eu era menino. Não consigo lembrar quantas vezes li e reli a história de Jonas, e agora, ao ruminar a decisão de Navidson de retornar à casa sozinho, eu me volto à minha Bíblia e encontro, entre aquelas folhas finas, os seguintes versículos:
>
> *E levantaram a Jonas,*
> *e o lançaram ao mar, e*
> *a fúria do mar cessou.*
>
> (Jonas 1:15)[392]

Esta parece ser uma referência um tanto bizarra, até que Haven e Slocum produzem uma segunda tabela IEPE documentando o que aconteceu depois de Navidson entrar na casa em Ash Tree Lane:

ÍNDICE DE EFEITOS PÓS-EXPOSIÇÃO

0: Alicia Rosenbaum: dores de cabeça cessaram.
0: Audrie McCullogh: acabou a ansiedade.
1: Teppet C. Brookes: melhoria da qualidade de sono.
1: Xerife Axnard: fim das náuseas.
2: Billy Reston: diminuição da sensação de frio.
3: Daisy: fim da febre; os braços saram; ecolalia agora menos frequente.
1: Kirby "Cera" Hook: retorno de energia e potência.
4: Chad: melhoria no fluxo de ideias direcionadas a objetivos e sequências lógicas; diminuição da agressão e das errâncias.
1: Karen Green: melhoria da qualidade de sono; cessam os ataques de pânico sem motivação†; diminuição da melancolia; cessação da tosse.
1: Will Navidson: cessam os terrores noturnos; cessação do mutismo.††

†Lugares fechados e obscuros ainda suscitam uma reação.
††Evidenciado pelo uso de Navidson da Hi-8 para registrar seus pensamentos.

A Teoria Haven-Slocum™ – 2

`muito antes de eu enfim contemplar num sonho a face e o significado do meu horror.`

[391]Cf. nota de rodapé 310 e a referência correspondente — Eds.

[392]Johanne Scefing, *O Registro Navidson*, trad. Gertrude Rebsamen (Oslo Press, maio de 1996), p. 52.

E o que é ainda mais peculiar, a casa tornou-se uma casa mais uma vez.

Como Reston descobre, o espaço entre o quarto principal e o quarto das crianças desapareceu. As estantes de Karen voltaram ao nível das paredes. E o corredor na sala de estar agora lembra um pequeno closet. Até suas paredes são brancas.

O mar, pelo visto, havia se acalmado.

"Seria Navidson alguém como Jonas?", pergunta a Teoria Haven--Slocum. "Será que ele achou que a casa se acalmaria caso ele entrasse nela, assim como Jonas achou que o mar se acalmaria caso ele fosse atirado nele?"

Talvez o mais estranho de tudo seja que as consequências da jornada de Navidson são sentidas até hoje. No que permanece sendo o aspecto mais polêmico da Teoria Haven-Slocum, os parágrafos que a concluem alegam que mesmo as pessoas sem ligação direta com os eventos em Ash Tree Lane foram afetadas. A Teoria, no entanto, toma o cuidado de distinguir entre aqueles que meramente assistiram ao *Registro Navidson* e aqueles que leram e escreveram, muitas vezes extensamente, sobre o filme.

Aparentemente, o primeiro grupo demonstra pouquíssimas evidências de qualquer tipo de alteração mental ou emocional: "E são alterações, na pior das hipóteses, temporárias". Ao mesmo tempo, o último grupo parece ter sofrido influências mais radicais: "Conforme mais evidências vão surgindo, parece que uma porção daqueles que não apenas meditaram sobre os corredores perfeitamente obscuros e vazios da casa, mas articularam o modo como seus caminhos passaram a murmurar dentro de si, revelaram uma diminuição em suas próprias ansiedades. Pessoas que sofrem de todo tipo de transtorno, de perturbações de sono a disfunção sexual, até falta de conexão com os outros, parecem ter gozado de algum tipo de melhoria".[393]

No entanto, a Teoria Haven-Slocum postula também que esse processo não se dá sem riscos. Um número ainda maior de pessoas que ruminaram sobre *O Registro Navidson* demonstrou também um aumento em comportamentos obsessivos, insônia e incoerência: "A maioria, que optou por abandonar esse interesse, logo se recuperou. Houve aqueles, todavia, que precisaram de terapia e alguns pacientes precisaram ser medicados e hospitalizados. Três casos resultaram em suicídio".

[393]É claro que, como aponta a dra. Patricia B. Nesselroade em seu renomado livro de autoajuda *Mexa Nisso* (Baltimore: Williams & Wilkins, 1994), p. 687: "Se alguém investir uma certa quantidade de interesse, por exemplo, numa árvore e começar a formar pensamentos sobre a árvore e depois anotar esses pensamentos por escrito, examinando cada vez mais os sentidos que vêm à tona, permitindo que associações inconscientes se formem, anotando tudo isso também, até o tema da árvore se ramificar no tema do eu, essa pessoa desfrutará de imensos benefícios psicológicos".

XVIII

Freixo, bom para fabricar barriz; e fe for o cazo, para harados, mas tambem varias outras coufas.

— *Hum breve e verdadeiro relato do territorio recem-defcoberto da Virginia*, de Thomas Hariot, criado de Sir Walter Raleigh — "hum membro da Colonia, la hempregado para defcobrimentos".

Embora Karen e Navidson tenham ambos voltado a Ash Tree Lane, o motivo de Karen ter retornado não foi a casa. Como ela explica no vídeo-diário: "Estou indo por causa do Navy".

Ao longo da primeira semana de abril, ela manteve contato constante com Reston, não tendo sido poucas as vezes em que ele fez o longo percurso de carro vindo de Charlottesville. Como podemos ver no vídeo, o carro de Navidson jamais sai da garagem e a casa continua vazia. Na sala de estar, ainda há um closet no lugar do corredor, ao passo que, no andar de cima, o espaço entre o quarto principal e o quarto das crianças foi substituído por uma parede.

No começo da segunda semana de abril, Karen se dá conta de que precisará sair de Nova York. Daisy e Chad parecem ter se recuperado dos efeitos debilitantes da casa e sua avó está mais do que contente em cuidar dos dois enquanto Karen viaja, acreditando que a viagem poderá aproximá-la da ideia de vender a casa e processar Navidson.

No dia 9 de abril, Karen segue para o sul, rumo à Virgínia. Ela passa a noite numa Days Inn, mas, em vez de ir direto até a casa, ela marca um horário com Alicia Rosenbaum. A corretora imobiliária fica mais do que contente ao rever Karen e discutir as possibilidades de colocar a casa à venda no mercado.

"Ai, meu senhor", ela exclama ao ver a Hi-8 nas mãos de Karen. "Não aponta isso pra mim. Não estou nada fotogênica." Karen deita a câmera em cima do arquivo, mas a deixa ligada, o que fornece uma visão de um ângulo alto do escritório e das duas mulheres.

É provável que Karen tivesse feito planos para ter uma breve discussão com Alicia Rosenbaum sobre a venda da casa, mas o choque da corretora, mantido na edição, muda tudo. "Sua aparência está péssima", ela diz, bruscamente. "Você está bem, querida?" E, com isso, o que deveria ser uma reunião de negócios se transforma, num instante, em outra coisa, algo diferente, um encontro de sororidade, em que uma mulher enxerga na outra sinais de exaustão invisíveis aos homens e às vezes até mesmo à própria mãe.

Rosenbaum enche uma caneca com água quente e vasculha um armário procurando saquinhos de chá. Lenta, mas constantemente, Karen começa a falar da separação. "Eu não sei", ela diz, enfim, enquanto mexe seu chá de camomila. "Faz quase seis meses que a gente não se vê."

"Ai, meu bem, eu sinto muito."

Karen continua mexendo a colher em pequenos círculos, mas não consegue refrear as lágrimas. Rosenbaum dá a volta na mesa e abraça Karen. Depois, puxando uma cadeira, ela se esforça ao máximo para lhe oferecer alguma consolação. "Bem, no mínimo do mínimo, você não precisa se preocupar com a casa. Ela sempre vende fácil."

Karen para de mexer o chá.

"Sempre?", pergunta.

"Depois que você veio me visitar com toda aquela história do closet misterioso", Rosenbaum prossegue, ignorando o telefone que começa a tocar, "eu dei uma pesquisada. Digo, sou nova aqui nesta cidade, tanto quanto vocês, apesar de nascida no Sul. Verdade seja dita, eu esperava encontrar alguma coisa fantasmagórica. [Risos] Tudo que encontrei foi uma lista bastante completa de antigos donos. Muitos donos. Quatro nos últimos onze anos. Quase vinte nos últimos cinquenta. Ninguém parece conseguir ficar lá mais do que alguns anos. Alguns morreram, infartos e coisas do tipo, e o resto simplesmente desapareceu. Quer dizer, a gente perdeu de vista. Teve um homem que disse que era espaçosa demais, outro disse que era 'instável'. Eu tomei a iniciativa e fui ver se a casa não foi construída sobre um antigo cemitério indígena."

"E?"

"Não foi, não. Definitivamente, não foi, na verdade. É um lugar pantanoso demais, com chuvas de inverno e o rio James por perto. Não é um bom lugar para um cemitério. Por isso fui procurar e ver se teve algum assassinato ou caça a bruxas — mas eu sabia, na verdade, que isso era coisa do pessoal de Massachusetts. Nada."

"Ah, bem."

"Você viu algum fantasma lá?"

"Nunca."

"Que pena. A Virgínia tem uma tradição de fantasmas, sabe? Mas eu mesma nunca vi nenhum."

"Ah, tem, é?", Karen pergunta, com um tom de voz suave.

"Nossa, se tem. A árvore amaldiçoada, o fantasma da srta. Evelyn Byrd, de Lady Ann Skipwith, o beco fantasma e sabe-se lá quantos outros.[394] Infelizmente, a única coisa de destaque no passado desse imóvel, mas que eu acho que não tem nada de mais aí, porque é o passado de todo mundo nestas redondezas, sem mistério nenhum, seria a colônia, a Colônia de Jamestown."

Não surpreende que *O Registro Navidson* não tenha parado tudo aí mesmo para tratar dessa referência, ainda mais considerando que Karen está mais preocupada com a casa e o paradeiro de Navidson do que com a história do século XVII. No entanto, ter alguma familiaridade com as origens sangrentas e dolorosas daquele bastião específico no novo mundo revela, na verdade, como são antigas as raízes daquela casa.

Graças à Companhia de Londres, no dia 2 de maio de 1607, 105 colonos foram depositados numa península pantanosa onde estabeleceram

[394]Cf. L. B. Taylor, Jr., *Os Fantasmas da Virgínia* (Progress Printing Co., Inc., 1993). Para uma perspectiva mais internacional sobre esses casos, considere E. T. Bennett, *Aparições & Casas Mal-Assombradas: uma análise das evidências* (Londres: Faber & Faber, 1939); comandante R. T. Gould, enfermeiro licenciado, *Estranhezas: um livro de fatos sem explicação* (1928); Walter F. Prince, *Fenômenos Psíquicos na Casa* (Boston: Boston Society for Psychical Research, 1926) e Suzy Smith, *Casas Mal-Assombradas aos Milhões* (Bell Publishing Co., 1967).

o que em breve viria a ser conhecido como a Colônia Jamestown. Apesar da pestilência, da fome e dos massacres frequentes cometidos pelos indígenas nativos, John Smith com efeito conseguiu manter a vila intacta até ser obrigado a voltar à Inglaterra por conta de um ferimento. O inverno que se seguiu, de 1609-1610, quase dizimou todo mundo e, se não fosse pela oportuna chegada do Lorde De la Warr, que trouxe mantimentos, os sobreviventes teriam fugido.[395]

Com ajuda da indústria de tabaco de John Rolfe, o casamento de Pocahontas e a oficialização de Jamestown como a capital da Virgínia, a colônia sobreviveu. No entanto, a batalha feroz de Nathaniel Bacon com o aristocrata inglês Sir William Berkeley logo deixou a vila em chamas. Em algum momento, a capital da Virgínia precisou ser transferida para Williamsburg e o assentamento logo entrou em decadência. Em 1934, quando começaram as escavações para o parque, pouquíssimas coisas restavam do local. Como relatado pelo administrador do parque, Davis Manatok: "O terreno pantanoso obscureceu, quando não consumiu completamente, os monumentos da colônia".[396]

Tudo isso é relevante apenas por conta de um estranho conjunto de páginas guardado, no momento, pela Biblioteca Lacuna, Especializada em Livros Raros, na Faculdade de Horenew, na Carolina do Sul.

O diário em questão supostamente teria aparecido pela primeira vez na Livraria Wishart, em Boston. Aparentemente, os papéis estavam misturados a vários caixotes de livros trazidos de um espólio da vizinhança. "A maior parte era lixo", disse o dono, Laurence Tack. "Velhas brochuras em papel jornal, romances de segunda de Sidney Sheldon, Harold Robbins e coisas do tipo. Ninguém prestou muita atenção."[397]

Cedo ou tarde, o diário foi comprado pelo valor notável de 48 dólares, quando uma aluna da Universidade de Boston reparou que o interior da capa daquele volume pessimamente conservado trazia o nome "Warr" escrito a lápis. Como ela logo descobriu, o livro não pertencia de fato a De la Warr, mas era o volume que ele havia guardado em sua biblioteca. Parece que, antes da chegada de Warr, durante o "período de fome" do inverno de 1610, três homens haviam chegado à Colônia Jamestown procurando animais para caçar. Como revela o diário, eles viajaram ao longo de vários dias até esbarrarem numa campina fria onde ergueram acampamento para passar a noite. Na primavera seguinte, dois de seus corpos, que começavam a descongelar, foram encontrados, junto com esse documento inestimável.

Em sua maior parte, os registros no diário dizem respeito à caça de animais, às agruras climáticas e à percepção inevitável de que a fome e o frio estavam conspirando intimamente para causar uma sensação singular de morte:

> 18 de Ianeiro, 1610
> Procuramos veados e outras caças, mas nunca encontramos coufa[398] alguma. Tiggs crê que noffa fortuna eftá preftes a mudar. Cremo-lo

[395]Considere a menção interessante que consta em *Valentia e Tribulaçoens em Newfoundland* (Londres: Samson & Sons Publishing Company, Inc., 1673), na qual um dos colonos comenta que "Warr, amedrontado, certamente era todo bailes, repletos de prazer e claro hum estranho animo fugaz".

[396]*Relatório do Parque Estadual da Virgínia* (Virginia State Press, v. 12, abril de 1975).

[397]Entrevista pessoal com Laurence Tack, 4 de maio, 1996.

egualmente ou, pelo nome do Pae, hemos-de
affentir que eftamos todos mortos.

---

[398]Essa substituição esporádica do "f" pelo "s" ainda me deixa mistificado,[399] mas eu já estou pouco me fodendo. Vou vazar daqui. É bom também, porque eu fui defpejado do meu apartamento por inadimplência. Demorou todo o mês de janeiro, fevereiro e a maior parte de março para chegar a effe ponto, mas aconteceu, eftamos aqui no fim de março e se eu não fair até amanhã, vai vir gente atrás de mim. Meu plano é ir embora efta noite e pegar uma rota ao ful, chegando até a Virgínia, onde efpero encontrar aquele lugar ou, no mínimo do mínimo, pelo menos encontrar alguma coifa na realidade que fe encontre na raiz daquele lugar, o que pode, por fua vez – eu efpero; eu efpero de verdade – , me ajudar a tratar effe mal horrendo que eftá o tempo todo me afligindo.

Felizmente, confegui juntar dinheiro o fuficiente para vazar de lá. Faz um mês que cancelaram o meu Vifa, fó que eu dei forte de vender o camafeu da minha mãe (mas eu guardei ainda a correntinha de ouro). Era iffo ou as armas. Talvez poffa furpreender vocês, mas alguma coifa naquele fonho me afetou. Depois diffo, fó de olhar para aquela prata fofca eu já ficava com a fenfação de que havia um pefo horrendo no meu pefcoço, mefmo que eu nem eftiveffe ufando. Na verdade, já não baftava a ideia de me livrar dele, eu precifava odiá-lo no proceffo.

Pelo menos eu não me apreffei em nada. Encontrei um avaliador de joias, cheguei numas lojas, nunca recuei quanto ao preço que eu pedi. Aparentemente a joia foi projetada por alguém famofo. Me rendeu 4200 dólares. Mas iffo eu digo, ao entregar effa coifa eftranha – com carta e tudo –, eu fenti um furto extraordinário de raiva fubindo dentro de mim. Por um momento, tive certeza de que as cicatrizes no meu braço iam pegar fogo e derreter até o offo. Embolfei a grana e fugi com preffa, dolorido, cheio de veneno e medo, e não era pouco medo, de que eu pudeffe impor effa dor e veneno a outra peffoa.

Talvez foffe uma tentativa meio nas coxas de amarrar as pontas foltas, mas eu dei um pulo no Eftúdio uns dias depois para me defpedir de todo mundo. Cara, minha aparência devia eftar péffima, porque a mulher que me fubftituiu quafe deu um berro quando me viu paffar pela porta. A Tambor não eftava lá, mas meu chefe me prometeu que iria entregar para ela o envelope que eu lhe dei.

"Fe eu defcobrir que você não entregou", eu diffe com um forrifo cheio de dentes podres, "vou tacar fogo na fua vida todinha."

Nós dois demos rifada, mas dava para ver que ele eftava feliz em me ver indo embora.

Eu não tinha dúvidas de que o meu prefente chegaria à Tambor.

O pior foi o Lude. Ele não eftava em lugar nenhum. Primeiro eu tentei ir ver no feu apartamento, o que foi meio efquifito, me flagrar mais de um ano depois paffando por aquele mefmo pátio medonho por onde Zampanò coftumava paffear e ainda não tinha nenhum gato à vifta, apenas a brifa fazendo farfalhar um punhado de ervas daninhas moribundas, um avifo da ilufão do tempo na mefma linguagem de um cemitério. Por algum motivo, o mero ato de eftar lá me enchia de culpa, as vozes convergindo por trás daquelas cortinas fombrias de luz de fim de tarde, quafe como fe arrancadas da própria terra taciturna, ainda amargurada do inverno, e reunindo-fe ali para me fazer uma acufação, fazer de mim um réu por abandonar o livro, por vender aquela merda daquele camafeu, por fugir como um maldito covarde. E embora não houveffe nenhuma nuvem, nem pipa alguma agora obftruíffe aquele fol amarelo-milho, algum caftigo invifível ainda pendia sobre mim como uma chuva afquerofa, defpertando uma fúria ainda maior fubitamente no meu fiftema, embora eu não faça ideia de onde tenha furgido effa reação. Era quafe infuportável. Eu me obriguei a bater na porta do Lude, mas como ninguém atendeu eu faí correndo de lá o mais rápido poffível.

Em algum momento um leão de chácara de um dos feus inferninhos me diffe que ele havia tomado uma fova que mandou ele pro hofpital. Demorou um tempo para eu confeguir paffar pela recepcionifta, mas quando enfim deu, Lude me recompenfou com effe forrifão. Me fez querer chorar.

"Ei, Jaguara, você veio. Fó affim para eu te tirar do feu caixão, né?"

Eu não confeguia acreditar no quanto ele eftava péffimo. Os dois olhos eftavam mais roxos que uma berinjela. O nariz normalmente grande eftava maior que o normal, com quilos de gaze enfiadas lá dentro. A mandíbula eftava num tom roxo-efcuro e, ao longo de todo o feu rofto, havia capilares implacavelmente eftourados. Tentei refpirar fundo, mas o tipo de raiva que eu fenti fez minha vifão borrar.

"Ei, ei, calma lá, Jaguara", Lude praticamente precifou gritar. "Foi a melhor coifa que me aconteceu. Eftou preftes a me tornar um homem muito rico."

De fato iffo me deixou mais calmo. Fervi um copo d'água para ele e outro para mim e então me fentei ao feu lado na cama. Lude parece genuinamente contente pelo fato de ter fido efpancado. Tratava fuas coftelas quebradas e o dreno na fua tíbia fraturada com um refpeito que eu nunca vi antes. "Meu bônus de verão", ele diz com um forrifo, embora meio diftorcido.

Do jeito que o Lude contou, ele eftava curtindo os confortos de uma hora ociofa na Funfet Plaza matando a fede com várias margaritas falgadas quando quem é que chega? O Homem de Gdansk. Ainda eftava puto por caufa da vez que o Lude lhe deu um pontapé no faco, mas tinha ainda outra coifa que botou mais lenha na fogueira. Aparentemente a Kyrie contou para ele que eu a abordei no fupermercado e por algum motivo idiota ela decidiu acrefcentar que o Lude eftava lá comigo na hora, talvez por ter fido ele quem nos aprefentou para começo de converfa. Em todo cafo, fendo efperto o fuficiente para não fazer um fhowzinho, aquele monftro conhecido como o Homem de Gdansk voltou para o eftacionamento e ficou de tocaia atrás do Lude. Precifou efperar um tempão, mas eftava tão cheio daquela raiva injuftificada que nem ligou. Em algum momento, Lude chupou a última gota da fua foda, pagou a conta e foi embora da funfet, feguindo rumo ao feu meio de tranfporte, paffando direto pelo Homem de Gdansk.

Lude nunca teve a menor chance, nem mefmo tempo para falar qualquer coifa, que dirá uma única palavra, que dirá um contra-ataque. O Homem de Gdansk não fe conteve também e quando acabou precifaram chamar uma ambulância.

Lude dava rifada ao terminar de contar a hiftória e então prontamente toffiu até cufpir um pedaço de alguma coifa marrom.

"Eu lhe devo uma, Jaguara."

Tentei agir como fe eu o eftiveffe acompanhando, mas o Lude me conhecia bem a ponto de ver que eu não tinha entendido a parte mais importante. Um dos feus olhos inchados tentou dar uma pifcadinha.

"Affim que eu fair daqui, vou botar effe cara no pau. Já converfei com alguns advogados. Parece que o Homem de Gdansk tem uma graninha boa da qual ele vai ter que abrir mão. Então eu e você vamos direto pra Vegas perder tudo na roleta apoftando no vermelho."

Lude deu mais uma rifada, mas defta vez eu fiquei aliviado em ver que ele não toffiu.

"Precifa que eu feja teftemunha?", perguntei, preparado para cancelar minha viagem.

"Não vai fer neceffário. Teve três funcionários da cozinha que viram a coifa toda. Além diffo, Jaguara, você parece que fugiu de um campo de concentração. Provavelmente ia affuftar o júri."

A dor e a aflição acabaram por vencer o Lude e ele chamou a enfermeira para tomar mais uns analgéficos.

"Outro bônus", ele me diffe, fuffurrando com um olhar maliciofo que aos poucos fe fechava. Acho que algumas coifas nunca mudam. A linha de defefa de Lude por vias químicas parecia firme e forte ainda.

Depois que ele pegou no fono, eu peguei o carro, voltei para o feu apê e meti um envelope com uns 500 dólares debaixo da porta dele. Achei que ele precifaria de uma graninha a mais quando faíffe de lá. O Flaze paffou por mim no hall, mas fingiu que não me reconheceu. Nem liguei. Na faída, flagrei um último olhar de relance do pátio. Eftava vazio, mas ainda não dava para não ter a fenfação de ter alguma coifa ali me obfervando.

Faz apenas uma hora que eu encontrei um panfleto embaixo do limpador de parabrifa do meu carro:

<u>VAGAS</u>
50 Peffoas
Pagamos para
você perder pefo!

Iffo me fez dar uma boa rifada, na real. Ah, então você quer perder pefo, penfei comigo mefmo, ah, rapaz, tenho uma coifa aqui ótima pra você ler.

Joguei umas roupas velhas no affento trafeiro e efcondi o fuzil e as duas piftolas embaixo dos affentos. A maior parte da munição eu efcondi nas meias, enfiadas dentro do eftepe.

A femana paffada foi particularmente engraçada, apefar de não ter graça nenhuma, iffo eu lhes garanto. Por toda parte os jacarandás eftão florindo. As peffoas faem por aí dizendo o quanto eles eftão lindos. Quanto a mim, tudo que eles fazem é me deixar defconcertando, preenchendo-me de pavor e, nefte momento, eftranhamente, uma vaga fenfação de fúria. Affim que eu terminar efta nota, pretendo meter o livro e todo o refto naquele velho baú preto e arraftá-lo até o galpão que eu aluguei em Culver City por

20 de Ianeiro, 1610

Cahe mais neve. Faz hum frio amargo. Que logar terribil encontramos. Paffou-se huma femana defde a ultima vez que aviftamos vivalma. Não foffe a tempeftade, o teriamos abandonado de pronto. Pezadelos amiude atormentaram Verm na noute paffada.

21 de Ianeiro, 1610

A tempeftade não fe abranda. Verm fahiu para caçar mas retornou em menos de huma hora. O vento faz foar huma ullulação perverfa na florefta. Por mais eftranho que poffa parecer, no entanto, Tiggs, Verm e eu nos reconfortamos nefte fom. O filencio aqui me defperta temor. Verm me falla que fonhou com offos na ultima madrugada. Eu fonhei com o fol.

22 de Ianeiro, 1610

Eftamos a morrer. Acabou-fe o alimento. Eftamos dezabrigados. Tiggs fonhou ter vifto a neve ao noffo redor avermelhar-fe, encharcada de fangue.

E então a data final:

23 de Ianeiro, 1610

Efcadas! Encontramos efcadas![400]

Em nenhum ponto dos diários pessoais do Lorde De la Warr há qualquer menção a escadas ou qualquer pista quanto ao que possa ter acontecido ao corpo do terceiro morto. Warr, porém, se refere ao diário como um exemplo óbvio da insanidade que antecede a morte e, numa carta à parte, condena essa relíquia delicada às chamas. Por sorte, sua ordem, por qualquer motivo, não chegou a ser executada e o diário sobreviveu, indo parar na livraria de Boston, tendo apenas o nome de Warr como ligação entre as frágeis páginas amareladas e essa herança continental.

---

uma centena de dólares. Aí eu vou vazar. Finto muito por não ter confeguido ir mais longe que iffo. Quem fabe o que eu vou encontrar indo para o lefte, talvez o fono, talvez a paz, com forte o caminho para acalmar as ondas do mar, efte mar, o meu mar.

[399]O sr. Truant confundiu o "S" longo com um "f". John Bell, editor do *British Theatre*, aboliu o "S" longo ainda em 1775. Em 1786, Benjamin Franklin demonstrou uma aprovação indireta dessa decisão ao escrever que "o s redondo passa a ser a norma de facto e em boas impressoens o S longo já foe enteiramente enjeitado". — Eds.

[400]*Documentos da Colonia de Jamestown: o meo diario e de Tiggs & Verm* (Lacuna Library fundada pela National Heritage Society), v. xxiii. n. 139, janeiro de 1610, pp. 18-25.

Em todo caso, embora o diário possa oferecer provas de que a propriedade extraordinária de Navidson já existia quatrocentos anos atrás, não há resposta ainda ao porquê dessa localidade em particular[401] ter sido tão significativa. Em 1995, a especialista em parapsicologia Lucinda S. Hausmaninger alegou que o imóvel de Navidson era análogo ao ponto cego criado pelo nervo óptico na retina: "É um local de processamento, de criação de sentido, de visão".[402] No entanto, ela logo alterou sua suposição, descrevendo-o como "o *omphalos* de tudo que somos".[403] Não era relevante o fato de que a casa existia no estado da Virgínia, apenas o fato de existir num único lugar: "Um único lugar, um único sentido (final)".[404] É claro que descobertas recentes pulverizam ambas as teorias de Hausmaninger.[405]

Como todos sabem, em vez de se demorar na questão da localização ou da história da Colônia de Jamestown, *O Registro Navidson* concentra sua atenção em Alicia Rosenbaum, em seu pequeno e precário escritório, enquanto ela conversa com Karen sobre os seus problemas. Pode muito bem ser a melhor resposta de todas: chá, conforto e interação social. Talvez a conclusão de Rosenbaum seja mesmo a melhor possível: "sabe-se lá deus por quê, mas ninguém nunca parece confortável em ficar ali", como se sugerisse, de um modo mais geral, que há alguns lugares no mundo que ninguém jamais poderá possuir ou habitar.

Karen pode detestar a casa, mas precisa de Navidson. Quando a fita de vídeo volta à vida, são 9:30 da noite e está tudo escuro em Ash Tree Lane. Alicia Rosenbaum espera no carro, com o motor ligado, o farol lançando uma luz que inunda a porta da frente.

Devagar, Karen caminha até a porta, sua sombra caindo sobre o degrau. Ela se atrapalha com as chaves, por um momento. Há o breve clique do segredo dos pinos no miolo da fechadura e então a porta se abre de uma vez. No hall de entrada, podemos ver quase seis meses de correspondências espalhadas no chão, cercadas por tufos de poeira.

A respiração de Karen se torna mais agitada: "Não sei se eu consigo fazer isso" (depois, gritando) "Navy! Navy, você está ali?!". Mas, quando ela finalmente localiza o interruptor e descobre que a energia foi desligada — "Ai, merda. Nem a pau —" — ela sai da casa dando um passo para trás e nos leva de volta, por meio de um corte brusco na edição, à fachada da casa, desta vez sem a companhia de Alicia Rosenbaum, a noite tendo sido substituída pela luz fulgurante do sol. É 10 de abril, 11:27 da manhã. Tudo está verdejante e agradável, prestes a florir. Karen evitou o clichê de filme B de escolher a hora da noite para a exploração de uma casa perigosa. É claro

[401]A localização exata da casa tem sido assunto para muita especulação. Muitos têm a impressão de que ela se encontra em algum lugar nos arredores de Richmond. No entanto, Ray X. Lawlor, professor emérito de língua e literatura inglesa da Universidade da Virgínia, situa Ash Tree Lane "mais próxima das California Crossroads. Certamente não distante da Colonial Williamsburg e da colônia original de Jamestown. Ao sul do lago Powell, mas certamente ao noroeste de Bacon's Castle". Cf. Lawlor, "A qual margem do James?", in *Zyzzyva*, outono de 1996, p. 187.

[402]Lucinda S. Hausmaninger, "Oh Say Can You See", no *The Richmond Lag Zine*, v. 119, abril de 1995, p. 33.

[403]Lucinda S. Hausmaninger, "Navegando o Umbigo de Navy", in *San Clemente Prang Vibe*, v. 4, inverno de 1996, p. vii.

[404]Ibid., p. viii.

[405]Vide o Apêndice C. — Eds.

que o horror real não depende do melodrama das sombras, nem mesmo das conspirações da noite.

De novo, Karen destranca a porta da frente e tenta ligar o interruptor. Desta vez, uma enxurrada de luz indica que está tudo em dia com a companhia de energia elétrica. "Obrigado, Edison", Karen murmura, conforme a luz do sol e a eletricidade fortalecem os seus nervos.

A primeira coisa a que ela aponta com a câmera Hi-8 são as infames estantes do andar de cima. Estão niveladas com a parede. Além do mais, como Reston também relata, o espaço do closet desapareceu. Por fim, ela desce de volta à sala de estar, preparando-se para enfrentar o horror que poderíamos imaginar que ainda se projeta a partir do passado que nem uma garra. Ela se aproxima da porta na parede norte. Talvez tenha esperança de que Reston a tivesse trancado e levado as chaves, mas logo descobre que a porta se abre sem o menor esforço.

Ainda assim, não há nenhum corredor infernal. Nenhum lugar sem luz e sem vida. Há apenas um closet que mal tem meio metro de profundidade, com paredes brancas, uma faixinha de acabamento de moldagem, tudo entrecortado do teto ao assoalho com os raios do sol que entram pelas janelas atrás dela.

Karen chega a dar uma risada, mas seu riso tem um fim brusco. Sua única esperança de encontrar Navidson era confrontar aquilo que mais lhe despertava terror. Agora, sem motivo para ter medo, Karen de repente se flagra também sem um motivo para a esperança.

Após passar as primeiras noites na Days Inn, Karen decide se mudar novamente para a casa. Reston faz visitas periódicas e, cada vez que ele vem, os dois passam por todas as alcovas e cantos procurando por algum sinal de Navidson. Nunca encontram nada. Reston se oferece para ficar lá com Karen, mas ela diz que quer ficar sozinha, na verdade. Ele parece visivelmente aliviado quando ela insiste em acompanhá-lo até sua van.

Na semana seguinte, Alicia Rosenbaum começa a trazer possíveis compradores. Dois recém-casados parecem especialmente apaixonados pelo lugar. "É tão fofo", é a reação da esposa grávida. "Pequeno, mas especialmente encantador", acrescenta o marido. Após saírem, Karen diz a Rosenbaum que mudou de ideia e que, por ora, ainda vai querer ficar com a casa.

Todas as manhãs e todas as noites, ela liga para Daisy e Chad no celular. A princípio, eles querem saber se ela está com o pai, mas logo param de perguntar. Karen passa o resto do dia escrevendo no diário. Voltou a ligar todas as câmeras Hi-8 montadas nas paredes e as mantém sempre estocadas com fitas novas, por isso há uma grande quantidade de filme que a mostra trabalhando duro nessa tarefa, preenchendo página após página, do mesmo modo como ela às vezes preenche a casa toda com o som estridente de suas gargalhadas ou, de vez em quando, as notas entrecortadas do seu pranto.

Embora ela acabe preenchendo um volume inteiro, nem uma única palavra é visível no *Registro Navidson*. Até hoje, o conteúdo do seu diário permanece um mistério. A professora Cora Minehart, M.S., Ph.D., argumenta que as palavras reais que ela escreveu são irrelevantes: "o processo tem mais peso que o produto".[406] Outros, no entanto, já se esforçaram muito para sugerir uma história milagrosa e secreta aninhada naquelas páginas.[407] Katherine

[406]Cora Minehart, *Recuperação: métodos e modos* com introdução de Patricia B. Nesselroade (Nova York: AMACOM Books, 1994), p. 11.

[407]Cf. Darren Meen, *Deus Reunido* (Nova York: Hyperion, 1995) e Lynn Rembold, *Estações de Onze*

Dunn, segundo boatos, teria inventado sua própria versão do diário de Karen.

Karen, porém, não restringe suas atividades a apenas escrever. Com frequência, ela se retira até o espaço externo, onde trabalha no jardim, arrancando ervas daninhas, podando as folhas e até mesmo plantando sementes. Muitas vezes podemos vê-la cantando para si mesma, em voz baixa, um repertório que abrange desde cantigas populares e antigas canções eslavas de ninar até uma música sobre as muitas mudanças que passaram pela sua vida e como ela gostaria de voltar à realidade.

Parece que as observações mais significativas a respeito deste segmento dizem respeito ao sorriso de Karen. Não há dúvidas de que ele está diferente. Lester T. Ochs acompanha a evolução do seu formato desde a época em que Karen era a menina da capa das revistas até os meses passados na casa, sua separação prolongada em Nova York e o retorno posterior à casa:

> Seja na capa da *Glamour* ou da *Vogue*, Karen jamais deixou de moldar os lábios naquelas curvas impecavelmente simétricas, separados só o bastante para destacar, com modéstia, seus dentes que mal se escondem, tão perfeitamente equilibrados entre a sombra e a luz, garantia de despertar fantasias de uma interioridade mais profunda. Não importa a revista em que ela aparecesse, sempre produzia a mesma criação várias e várias vezes. Mesmo após terem se mudado para Ash Tree Lane, Karen ainda oferecia a mesma arte a quem quer que ela encontrasse. A casa, no entanto, mudou tudo. Ela desconstruiu seu sorriso até que, mais ou menos na época em que escaparam, já não houvesse sorriso algum.

Então, mais adiante:

> Por volta da hora de seu retorno à Virgínia, voltavam a ela também algumas expressões de alegria e alívio, ainda que raras. A grande diferença era que agora seu sorriso era completamente artificial. A curva de cada lábio não mais espelhava o outro. A interação entre os dois era harmoniosa, encenando uma dança incessante de comentário e elogio, revelando ou ocultando completamente os seus dentes, cada sorriso muitas vezes contendo uma centena deles. Sua expressão não era mais uma estrutura congelada, mas uma melodia que, pela primeira vez, refletia com precisão o que ela sentia em seu interior.[408]

(Norman, Oklahoma: University of Oklahoma Press, 1996).

[408]Lester T. Och, *O Sorriso* (Middletown, CT: University Press of New England/Wesleyan University Press, 1996), pp. 87-91.

É claro que tudo isso é uma resposta ao momento extraordinário que aconteceu na noite de 4 de maio, quando Karen, cercada por velas, de repente se encontra radiante, mais do que antes, correndo as mãos pelo próprio cabelo, quase rindo, só para cobrir o rosto momentos depois, seus ombros tremendo, enquanto ela desaba a chorar. Não parece haver qualquer motivação em suas reações, até ela oferecer uma revelação chocante na manhã seguinte.

"Ele ainda está vivo", ela diz a Reston pelo telefone. "Eu ouvi na noite passada. Não consegui entender o que ele dizia. Mas sei que ouvi sua voz."

Reston chega no dia seguinte e fica até a meia-noite, sem ouvir coisa alguma. Ele parece mais do que um pouco preocupado com a saúde mental de Karen.

"Se ele ainda está lá, Karen", Reston diz, com uma voz baixa, "já vai fazer mais de um mês. Não consigo entender como ele poderia ter sobrevivido."

Mas, algumas horas após Reston ir embora, Karen sorri mais uma vez, aparentemente tendo capturado, em algum lugar dentro de si, algo da voz distante de Navidson. Isso se repete várias e várias vezes, seja tarde da noite ou no meio do dia. Às vezes é Karen quem o chama, às vezes ela simplesmente vaga de cômodo em cômodo, pressionando a orelha contra as paredes ou o chão. Então, na tarde do dia 10 de maio, ela encontra, no quarto das crianças, saídas do nada, as roupas de Navidson, o que sobrou de sua mochila e saco de dormir. Espalhadas pelo chão, de canto a canto, há cartuchos e mais cartuchos de filme, caixas de 16 mm e uma dúzia de fitas de vídeo.

Ela liga para Reston imediatamente e lhe diz o que aconteceu, pedindo que ele venha o quanto antes. Na sequência, ela localiza um adaptador AC, insere uma das fitas Hi-8 e começa a rebobinar as fitas recém-descobertas.

O ângulo da filmadora montada no lugar não nos oferece uma vista da tela da Hi-8. Apenas o rosto de Karen está visível. Infelizmente, por algum motivo, ela também está um tanto fora de foco. Na verdade, a única coisa em foco é a parede atrás dela, onde ainda vemos alguns dos desenhos de Daisy e Chad. A tomada dura um total de quinze desconfortáveis segundos, até aquela superfície imutável desaparecer bruscamente. No tempo de menos de um piscar de olhos, a parede branca, junto aos desenhos pendurados com fita adesiva amarelada, desaparece no negrume da escuridão.

Como Karen está virada na direção oposta, ela não repara no que aconteceu. Sua atenção, em vez disso, permanece fixada na Hi-8 que acabou de terminar de rebobinar a fita. No instante em que ela aperta o "play", a bocarra da escuridão permanece inabalável. Na verdade, parece quase estar esperando por ela, pelo momento em que a sua atenção enfim se distrair e flagrar o horror que espreita logo atrás, o que, é claro, é exatamente o que ela faz ao descobrir que a fita de vídeo mostra

XIX

Contrariando as postulações de Weston, o hábito de enxergar fotograficamente — de olhar para a realidade como um arranjo de fotografias em potencial — cria estranhamento e não união com a natureza.

— Susan Sontag
Sobre a Fotografia

"Nada de substancial", foi como Navidson descreveu a qualidade do filme e das fitas resgatadas da casa.

"Isso foi bem no começo", Reston acrescenta, "Quando ele ainda tinha acabado de começar a sua estadia comigo em Charlottesville. Ele reassistiu a todas as filmagens, editou algumas partes e aí mandou tudo para a Karen. Não estava nada satisfeito."[409]

Aos olhos de muitos, as imagens da Exploração A ofereciam, de forma exemplar, um olhar em primeira mão daquilo que aguardava no corredor. Para Navidson, no entanto, essa aventura foi maculada pelas limitações da resolução da Hi-8 e pela "iluminação ridícula". As filmagens da Exploração #4 foram muito mais bem-sucedidas em capturar o tamanho daquele lugar, mas, dada a urgência da missão, Navidson só teve tempo para algumas poucas tomadas.

Uma das coisas que nem a Alegação Kellog-Antwerk, nem os Critérios Bister-Frieden-Josephson, nem a Teoria Haven-Slocum consideram é a insatisfação estética de Navidson. É ponto pacífico que todas as escolas de pensamento afirmariam a influência direta que os conflitos internos de Navidson exerceram sobre o seu olhar perfeccionista, sejam esses conflitos a questão da posse, da auto-obliteração ou o bem social implícito em qualquer atividade arriscada empreendida com profundidade. Mas, como comenta Deacon Lookner, não sem alguma presunção: "Não devemos esquecer o motivo mais óbvio de Navidson ter voltado à casa: ele queria tirar uma foto melhor".[410]

Embora os eventos narrativos até o momento tenham representado um fio fácil de se seguir, eles também usurparam o foco principal do filme. Até a Exploração #5 jamais houve uma verdadeira meditação visual sobre a casa em si, suas proporções aterrorizantes e a escuridão palpável que nela habita. Os poucos fragmentos decentes de fitas de vídeo e filme 16 mm deixaram Navidson exasperado. Em sua opinião, pouquíssimas das imagens — mesmo aquelas que ele pessoalmente reproduziu — retinham algo daquelas

[409] A Entrevista com Reston.

[410] Deacon Lookner, *Perigo Artístico* (Jackson, Mississippi: Group Home Publications, 1994), p. 14.

dimensões fantásticas intrínsecas ao lugar. Tudo isso começa a explicar o porquê de Navidson, em fevereiro e março, ter começado a adquirir rolos de filme de alta velocidade, sinalizadores de magnésio, flashes poderosos e até mesmo alugado uma câmera de vídeo térmica. Ele manteve Reston no escuro de propósito, por presumir que o seu amigo tentaria impedi-lo ou insistiria em acompanhá-lo, arriscando a própria vida.

Ao longo de sua carreira, Navidson desenvolveu seu trabalho sozinho, quase sem exceção. Estava acostumado a entrar por conta própria em áreas de conflito. Preferia os imperativos da sobrevivência quando, vendo-se diante de um perigo arrebatador, era obrigado a se valer exclusivamente de seus próprios instintos aguçados. Sob tais condições, ele consistentemente produziu seus melhores trabalhos.

Uma crítica frequentemente direcionada ao fotojornalismo é a de ser um produto da circunstância. Na verdade, raramente as imagens são consideradas em termos de composição e intenção semântica. São meras notícias, uma interseção feliz entre evento e oportunidade. Também não ajuda o fato de que as fotografias, no geral, exigem apenas uma fração de segundo para serem obtidas.

É incrível como tantas pessoas cometem constantemente o equívoco de confundirem velocidade com facilidade. No entanto, o simples fato de que qualquer um é capaz de comprar uma câmera e sair fotografando, para em seguida, com um olhar levemente enviesado, justificar o seu produto, não valida a sua realização. Atira-se num alvo com um fuzil com a mesma velocidade, porém, por conta de os resultados serem tão objetivos, ninguém sugere que o tiro ao alvo seja um esporte fácil.

No fotojornalismo, a celeridade com a qual se apanha um momento da história é testemunha da extraordinária aptidão necessária para tanto. Mesmo com o auxílio de configurações computadorizadas e filmes de alta velocidade, uma enorme quantidade de informações técnicas precisa ser processada num mínimo espaço de tempo para se conseguir uma imagem de sucesso.

Um fotojornalista se parece muito com um atleta. De modo semelhante aos jogadores de hóquei ou praticantes de bodyboarding, eles aprendem e praticam repetidamente os mesmos movimentos específicos. Mas grandes fotógrafos devem não apenas transformar em reflexo aquelas demandas físicas que são cruciais ao manejo da câmera, como também precisam refinar e internalizar sensibilidades estéticas. Não há tempo para pensar sobre o que é valioso para o enquadramento e o que não é. Suas ações devem ser inteiramente instintivas, imediatas, o resultado de anos e anos de estudo, trabalho árduo e, é claro, talento.

Como já disse certa vez Timothy K. Thuan, galerista de Nova York:

> Will Navidson é um dos melhores fotógrafos do século, mas o fato de o seu trabalho defini-lo como "fotojornalista" o leva a sofrer até hoje a mais lamentável das condenações críticas: "Ei, ele só fotografa o que acontece. Qualquer um é capaz de fazer isso estando presente no local dos fatos". É a velha história. O negócio é pagar uma cerveja para um sujeito desses e depois dar-lhe uma bem dada na fuça.[411]

[411]Entrevista pessoal com Timothy K. Thuan, 29 de agosto de 1996.

Apenas muito recentemente o preconceito contra a profissão de Navidson passou a ser derrubado pela detecção de que, entre os elementos inerentes a sua obra, encontram-se uma compreensão formidável e uma aplicação excelente das técnicas de composição.

Vamos considerar, pela última vez, a imagem que lhe rendeu um Pulitzer. Sem nem sequer levar em consideração a coragem necessária para viajar até o Sudão, perambular pelas ruas violentas e infestadas de doenças e, enfim, encontrar uma criança em algum terreno rochoso — o que alguns consideram uma parte crucial da fotografia e até mesmo da arte no geral[412] —, Navidson também precisou se haver com os infinitos modos que ele poderia fotografá-la (ângulos, filtros, exposição de luz, foco, enquadramento, iluminação etc. etc.). Poderia ter usado uma dúzia de rolos de filme para explorar essas possibilidades, mas não o fez. Ele a fotografou uma única vez com uma única composição.

Na fotografia, o abutre se senta atrás de Delial, à esquerda do enquadramento, levemente desfocado, as penas das asas começando

---

[412]Cf. Cassandra Rissman LaRue, *A Arquitetura da Arte* (Boston: Shambhala Publications, 1971), p. 139, onde ela define o conceito dos "sete estágios da realização", que ela tantas vezes advoga:

> Há sete encarnações (e seis correlatos) necessários para se tornar um Artista: 1. Explorador (Coragem) 2. Prospectador (Visão) 3. Minerador (Força) 4. Refinador (Paciência) 5. Designer (Inteligência) 6. Criador (Experiência) 7. Artista. ¶ Primeiramente, é preciso abandonar a segurança do seu lar e seguir na direção dos perigos do mundo, seja na forma de um território real ou algum aspecto não examinado da psiquê. É isso que significa o termo "Explorador". ¶ Depois, é preciso ter a visão para reconhecer o seu destino quando chegar lá. Importante reparar que o destino pode às vezes também ser a jornada. É isso que significa ser um "Prospectador". ¶ Em terceiro lugar, é preciso ser forte o bastante para escavar os fatos, seguir os veios minerais da história, exumar detalhes reveladores. É isso que significa ser um "Minerador". ¶ Em quarto lugar, é preciso ter a paciência para peneirar e processar o seu material até obter algo raro, o que pode levar meses e até mesmo anos. É esse o significado de "Refinador". ¶ Em quinto lugar, deve-se usar o intelecto para conceber o material como algo além de suas origens. É isso que significa ser um "Designer". ¶ Em sexto lugar, é preciso construir uma obra independente de tudo que existiu antes, incluindo você mesmo, o que é obtido pela experiência e é o significado de "Criador". ¶ A essa altura, o trabalho se torna aceitável. Você tem sorte de ter conseguido chegar até aqui, mas é improvável que consiga ir além. A maioria não consegue. Porém vamos presumir que você seja excepcional. Vamos presumir que você seja um dos raros. O que significa, então, chegar à encarnação final? Isto apenas: que a cada etapa, de 1 a 6, você vai arriscar cada vez mais, ver cada vez mais, reunir cada vez mais, processar cada vez mais, criar cada vez mais, considerar cada vez mais, amar cada vez mais, sofrer cada vez mais, imaginar cada vez mais e, no fim, saber o porquê de menos ser mais e conseguir deixar para trás o que não soma e guardar o que implica e criar o que importa. É isso que significa ser "Artista".

É interessante reparar que, apesar do apelo dessa descrição e a popularidade em larga escala de *A Arquitetura da Arte*, sobretudo durante as décadas de 1970 e começo de 1980, nem mesmo um único dos seguidores de LaRue foi capaz de produzir qualquer coisa de substancial, que dirá de valor. Em seu artigo, "Onde foram parar as crianças?", na *American Heritage*, v. 17, janeiro de 1994, p. 43, Evan Sharp cutuca: "Faria bem aos fanáticos de LaRue trocar seus sete estágios pelos doze passos".

a esvoaçar enquanto ele se prepara para alçar voo. Próximo ao centro, nitidamente focalizada, Delial se agacha, o osso pendurado em seus dedinhos esquálidos, quase inumanos, seus lábios um enxamear de insetos, os olhos inchados da areia. A moléstia e a inanição se atiram sobre ela, mas a Morte está apenas a alguns passos, empoleirada sobre uma rocha, as garras plenamente estendidas, os olhos negros direcionados à filha da Fome.

Se Delial tivesse sido enquadrada na extrema direita e o urubu na extrema esquerda, tanto o fotógrafo quanto o espectador da fotografia teriam a sensação de estarem sentados num sofá. Ou, como especula o professor associado da UCLA, Rudy Snyder: "Seríamos transformados numa plateia imparcial arremessados à frente do proscênio envidraçado da história".[413] Em vez disso, Navidson manteve o urubu à esquerda e Delial mais para o meio, deixando o lado direito do quadro deliberadamente vazio.

Quando Rouhollah W. Leffler, numa retrospectiva recente, se reaproximou da imagem de Navidson, ele teceu o seguinte e taciturno comentário:

> Parece-me que as pessoas não reclamam tanto desse espaço vazio quanto deveriam e, até onde eu sei, no entanto, nunca ninguém reclamou. Acho que é porque há um motivo bastante simples: as pessoas compreendem, consciente ou inconscientemente, que aquele espaço não está nada vazio.[414]

A ideia de Leffler é simplesmente a de que, embora Navidson não apareça fisicamente no quadro, ele ainda ocupa o lado direito da fotografia. O vazio ali é apenas uma representação gnomônica tanto de sua presença quanto de sua influência, desafiando o predador em nome daquela presa indefesa, representada pelas asas incapazes de voar das omoplatas da criança moribunda.

Talvez seja por isso que qualquer observador há de sentir um leve pico de adrenalina ao ponderar essa imagem. Embora provavelmente possam presumir que o objeto representado seja a chave de sua reação, a causa real é o modo como o equilíbrio dos objetos dentro do quadro acaba por envolver quem observa também. Ele transforma, instantaneamente, qualquer testemunha em participante.

Embora ainda se trate de uma obra bastante mórbida, há pelo menos um aspecto da composição da fotografia que pode ter tido consequências políticas diretas: Delial não está exatamente ao centro. Ela está mais próxima de Navidson e, portanto, também do observador, por um fio de cabelo. Muitos especialistas atribuem esse leve desequilíbrio à imensa comoção que resultou em apoio nacional e na criação dos diversos programas humanitários que surgiram após a publicação da fotografia. Como reflete Susan Sontag, com tristeza, muitos anos depois: "Sua proximidade nos sugere que Delial ainda está ao nosso alcance".[415]

---

[413]Rudy Snyder, "De acordo com o espaço limitado", in *Art News*, v. 93, outubro de 1994, pp. 24-27.

[414]Rouhollah W. Leffler, "Tempos Artísticos", in *Sight and Sound*, novembro de 1996, p. 39.

[415]Susan Sontag, *Sobre a Fotografia: Edição Revisada* (Nova York: Anchor Books, 1996), p. 394.

Vide o diagrama:

[ ]
[ ]
[ ]
[ ]
[ ]
[ ]
[ ]
[ ]
[ ][416]

O gesto de desafiar a mortalidade é um tema persistente ao longo da obra de Navidson. Como afirmou o crítico fotográfico M. G. Cafiso em 1985:

> O interesse apaixonado de Navidson pelas pessoas — e geralmente pelas pessoas envolvidas em circunstâncias terríveis — sempre o leva ao conflito direto com a morte.[417]

Como mencionado anteriormente no Capítulo XV, Navidson jamais fotografava paisagens, mas também jamais fotografava a ameaça da morte sem que outra pessoa se interpusesse.

Retornar a Ash Tree Lane implicava a remoção do outro. Implicava fotografar algo diferente de tudo que ele já encontrara antes, até mesmo nas visitas anteriores à casa, um lugar sem população, sem participantes, um lugar que não ameaçaria a existência de mais ninguém além dele próprio.

---

[416]Presume-se que a cegueira de Zampanò o tenha impedido de fornecer um diagrama de fato da fotografia de Delial. — Eds.

[417]M. G. Cafiso, *Mortalidade e Moralidade na Fotografia* (San Francisco: Chronicle Books, 1985), p. xxiii. O interessante é que em suas primeiras notas de rodapé, Cafiso toca numa preocupação estética perturbadora, mas extremamente provocativa, ao observar o modo como "até mesmo o mais refinado ato de ver é sempre necessariamente o ato de não ver alguma outra coisa". Lamentavelmente, ele não se dá ao trabalho de levar essa questão adiante, tampouco aplicá-la aos desafios fotográficos que Navidson, ao fim, precisou encarar.

XX

Ninguém deveria desbravar o submundo sozinho.

— Poe

→ "As paredes estão infinitamente nuas. Não há nada pendurado nelas, nada as define. São desprovidas de textura. Mesmo ao olhar mais afiado, ao dedo mais sensível, permanecem ilegíveis. Você jamais encontrará qualquer marca aqui. Nem um único vestígio permanece. As paredes obliteram tudo. Estão permanentemente absolvidas de qualquer registro. Oblíquas, eternamente obscuras e em branco. Contemplai o perfeito panteão da ausência" — [Ilegível] — Eds.

No primeiro de abril, Navidson partiu rumo à sua última exploração daqueles corredores e câmaras estranhos. O intertítulo que apresenta essa sequência não diz nada além de **Exploração #5**.

Para registrar a aventura, Navidson trouxe consigo uma câmera Bolex 16 mm à manivela H16, de 1962, assim como lentes Kern-Paillard de 16 mm, 25 mm e 75 mm, além de um tripé Bogen. Ele também trouxe um gravador microcassete Sony, uma Hi-8 Panasonic, um amplo estoque de baterias, pelo menos uma dúzia de fitas Metal Evaporated (DLC) de 120 minutos, bem como uma Nikon de 35mm, flashes e uma alça USA Bobby Lee. Quanto ao filme, ele trouxe 900 metros de Kodak 16mm 7298 em rolos de 30 metros cada, 20 rolos de 35mm, incluindo algumas Konica de 36 frames de velocidade 3200, mais 10 rolos de filme preto e branco. Infelizmente, a câmera de vídeo termal alugada que ele tentou providenciar acabou, no último minuto, não dando certo.

No tocante ao equipamento de sobrevivência, Navidson trouxe consigo um saco de dormir com isolamento térmico, uma barraca individual, rações alimentícias para duas semanas, 2 garrafões de água contendo 18 litros cada, bolsas químicas de calor instantâneo, sinalizadores, tanto de alta intensidade quanto de intensidade regular, bastões luminosos, uma grande quantidade de marcadores neon, linha de pesca, três lanternas, uma pequena lanterna pumper light, baterias extras, uma lamparina de acetileno, fósforos, escova de dente, forno portátil, mudas de roupas, um suéter adicional, meias adicionais, papel higiênico, um pequeno kit de primeiros socorros e um livro. Tudo isso ele colocou num carrinho de duas rodas preso a uma bicicleta mountain bike com corpo de alumínio.

Para iluminação, ele montou uma lanterna no guidão, alimentada por uma bateria recarregável ligada a um pequeno gerador opcional nas rodas traseiras. Também instalou um odômetro.

Como podemos ver, quando Navidson começa a explorar o corredor, ele não segue para a Escadaria em Espiral. Desta vez, ele opta por explorar os corredores.

Devido ao peso do carrinho, o avanço é lento, mas, como podemos ouvi-lo dizer no gravador de microcassete: "Estou sem pressa".

Ele faz pausas frequentes para tirar fotografias e gravar algumas cenas em filme.

Ao término de duas horas, seu avanço foi de apenas onze quilômetros. Então ele para, a fim de dar um gole d'água, cola um marcador neon e volta a pedalar após verificar seu relógio de pulso. Mal sabe ele o verdadeiro significado do comentário que faz sem pensar muito: "Parece estar ficando mais fácil".

Logo, no entanto, percebe que houve definitivamente uma diminuição na resistência. Após uma hora, ele não parece mais precisar pedalar: "O corredor parece estar num declive. Na verdade, agora eu só preciso frear". Quando ele enfim faz a pausa para dormir, o odômetro registra incríveis 262 quilômetros.

Ao montar acampamento numa pequena salinha, Navidson já sabe que é o fim da viagem: "Após descer esta ladeira durante mais de oito horas a mais de 30 km/h, provavelmente vai demorar de seis a sete dias, talvez mais, para voltar ao lugar de onde eu vim".

Quando Navidson acorda na manhã seguinte, ele toma um café da manhã rápido, aponta a bicicleta de volta para a direção de onde veio e começa o que imagina ser um esforço assombroso, talvez impossível. No entanto, dentro de alguns minutos, descobre que não precisa pedalar mais. Mais uma vez está descendo ladeira abaixo.

Imaginando ter ficado desorientado, ele dá meia-volta e começa a pedalar na direção oposta, que deveria ser ladeira acima. Mas, dentro de quinze segundos, está descendo de novo.

Confuso, ele para e entra numa sala maior, onde tenta organizar seus pensamentos: "É como se eu estivesse me deslocando por uma superfície que sempre se inclina ladeira abaixo, não importa a direção para a qual eu me volte".

Resignado, Navidson sobe de volta na bicicleta e logo se flagra avançando num ritmo de quase cinquenta quilômetros por hora.

Ao longo dos próximos cinco dias Navidson cobre um território que vai de 380 a 480 quilômetros por vez, apesar de que, no quinto dia, no que seria o equivalente a uma maratona absurda, Navidson registra 688 quilômetros.

Tampouco ocorre de o corredor infinito que ele percorre continuar do mesmo tamanho.

Às vezes o teto cai sobre ele,

ficando

progressivamente

mais

e mais

baixo

até começar a raspar na sua cabeça,
só para mudar minutos depois,

até

e mais

e mais

mais

subindo

desaparecer de vez.

Às vezes

o corredor

se amplia,

até que em certo

ponto

Navidson

jura estar

descendo

por

algum

enorme

tabuleiro:

"Uma mesa de sinuca infinitamente vasta ou a superfície lisa de alguma montanha inacreditável", ele nos diz horas depois enquanto prepara uma refeição modesta. "Certa vez eu parei e me reorientei para a direita, achando que fosse um caminho para atravessar esse espaço. Dentro de segundos, já estava indo ladeira abaixo de novo."

E então as paredes reaparecem, junto ao teto e numerosos portais; as alterações são sempre acompanhadas pelo inimitável e agora já bem conhecido rosnado.

Conforme os dias passam, Navidson se torna cada vez mais consciente de que estão se acabando as suas reservas, cada vez mais precárias, de água e alimento. O que é pior, a sensação que isso causa, de estar inevitavelmente prestes a morrer, é agravada pela sensação de estar imediatamente prestes a morrer que ele experimenta sempre que sobe na bicicleta: "Não consigo não pensar que estou para encontrar a beirada desta coisa. Estarei correndo depressa demais para parar e então simplesmente sair voando rumo à escuridão".

Que é o que quase acontece.

No décimo-segundo ou décimo-terceiro dia (é muito difícil determinar qual), após o que Navidson estima terem sido bem mais de dezoito horas de sono, ele começa a descer de novo o corredor.

Logo as paredes e portais recuam e

d e s a p a r e c e m,

então vista

de

o

fora

teto

completamente

ficar

fora

sobe

também

completamente

ele ficar de

até

vista

"a direção já não importa mais".

Navidson para e acende quatro sinalizadores de magnésio, que ele arremessa o mais longe possível para

direita e esquerda.

Então pedala mais uma centena de metros e acende outros quatro sinalizadores.

Após a terceira vez, ele se volta
e,
confiando no timer para exposição automática,

fotografa

os doze

sinalizadores.

A primeira imagem captura doze buracos de luz.

Na segunda imagem, porém, os sinalizadores parecem bem mais distantes.

Na terceira imagem, aparecem apenas como riscos,
que indicam que ou

é Navidson

ou

são os

sinalizadores

que estão

se

m
o
v
e
n
d
o
.

No entanto,
Os comentários de Navidson no gravador
microcassete indicam que sua câmera estava bem
fixada no tripé

Sem ter muita escolha, Navidson continua a avançar. As horas passam voando. Ele lhe parece mais relevante o modo como já percorreu tantos milhares de quilômetros. na sua bicicleta não chega a iluminar mais do que alguns poucos metros adiante, mal até que, de repente, embora nada pareça ter mudado, um dos momentos difere dos da última semana, eu tivesse sentido alguma coisa por lá", Navidson gagueja diante

↑ Navidson não foi o único a sentir intuitivamente o abismo. Durante a trágica escalada do Everest nevasca na qual não dava para enxergar nada, descreveu o modo como se deparou com a beirada da pequeno morro e tive a sensação de estar no fim do mundo. Dava para sentir esse vazio imenso logo

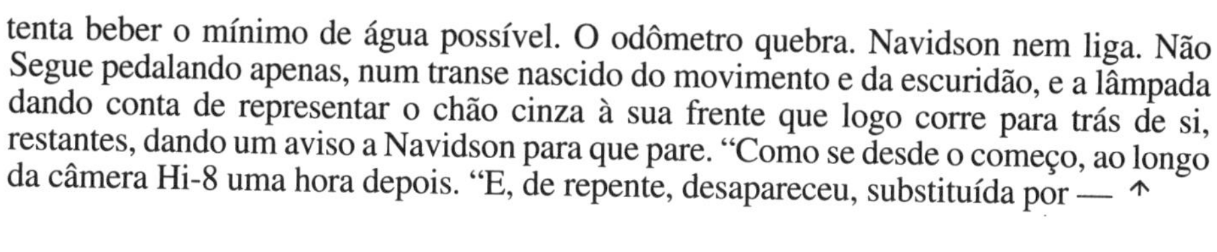

tenta beber o mínimo de água possível. O odômetro quebra. Navidson nem liga. Não
Segue pedalando apenas, num transe nascido do movimento e da escuridão, e a lâmpada
dando conta de representar o chão cinza à sua frente que logo corre para trás de si,
restantes, dando um aviso a Navidson para que pare. "Como se desde o começo, ao longo
da câmera Hi-8 uma hora depois. "E, de repente, desapareceu, substituída por — ↑

em maio, durante a qual onze pessoas morreram, Neal Biedelman, perdido à noite no meio de uma face Kangshung, a 2100 metros de altura: "Por fim, provavelmente por volta das dez horas, eu subi esse ali". Cf. Jon Krakauer, "No Ar Rarefeito", in *Outside*, v. xxi, n. 9, setembro de 1996, p. 64.

Navidson tenta parar, apertando com força os freios, as borrachas falhando em travar as rodas, muito embora ele esteja a meros segundos do instante em que a luz lançada pela lanterna da bicicleta flagrará o fim da linha. “A essa altura eu simplesmente joguei a bicicleta no chão”, ele diz, apontando a câmera de vídeo para a sua coxa esquerda. “Minha perna ficou bem arrebentada. Ainda está sangrando um pouco. O carrinho foi completamente moído. Acho que foi isso que me fez parar. Eu cheguei bem na beirinha. Minhas pernas estavam penduradas. E deu para sentir também. Não sei como. Não tinha vento, nem som, nem mudança de temperatura. Apenas esse vazio terrível vindo me apanhar.”

Ao nível dessa beirada, há uma estrutura que lembra uma guarita. Não tem mais que dois metros de altura e uma única porta. Lá dentro, Navidson descobre uma longa escadaria, mas que, em vez de levar a algum lugar acima ou algum lugar abaixo, deita de lado, penetrando a parede de face para o abismo. Ainda muitíssimo abalado, Navidson decide não investigar. Em vez disso, opta por passar ali a noite, ou seja lá que hora do dia seja — por algum motivo, o relógio da Hi-8 não funciona mais —, dentro dos limites daquele abrigo inesperado.[LL]

[LL]Embora pudesse ter oferecido algum conforto a Navidson, para essas paredes a inscrição de Hermann Broch ainda segue sendo insuportável:

In der Mitte aller Ferne
steht dies Haus
drum hab es gerne

"No meio de toda distância,
ergue-se esta casa,
por isso, admire-a". — Eds.

A primeira coisa em que Navidson repara ao acordar é que a porta que servia como única saída desapareceu. Além disso, as escadarias, que eram horizontais antes dele ir dormir, agora se erguem diretamente acima dele, subindo pelo teto, o que sugere que esta minúscula casa dentro da casa tenha virado de lado. Após trocar os curativos na sua perna e devorar um lanchinho, Navidson transfere o saco de dormir, a barraca, a Bolex, a Nikon, a Hi-8, o filme, todas as fitas de vídeo, o gravador microcassete, os dois garrafões d'água, os três sinalizadores, as bolsas químicas de calor instantâneo e as PowerBars remanescentes para a mochila, que então arremessa pelo buraco......

......no teto onde ele se encontra
num degrau. Outros itens, como
lanternas, baterias
e o único livro trazido
nesta jornada, Navidson
coloca nos próprios
bolsos. Cuidadosamente,
ele então monta nos
guidões da bicicleta,
apoia-se no primeiro degrau
e se impulsiona para cima
passando pela única
saída daquela
salinha
apertada
.

Nem bem começa a subir por essa nova escada quando o chão abaixo dele desaparece, junto à bicicleta, o carrinho e tudo mais que ele deixou para trás, incluindo os suprimentos adicionais de água, comida, sinalizadores e lentes. Navidson corre escada acima, tentando se distanciar o mais rápido possível daquele fosso escancarado. Infelizmente, não há saídas nem patamares na escada em caracol. Após sabe-se lá quantas horas, ele alcança o último degrau, encontrando-se numa pequena câmara circular sem portas ou passagens. Apenas uma série de degraus obscuros que ressaltam da parede e levam a um poço vertical ainda mais estreito.

admite que muito
calórica, Navidson

de cereal altamente
morder uma barrinha

um gole d'água ou
pausas para tomar

com apenas breves
de subida,

várias e várias horas
presumivelmente após

escada acima. Mas,
impulsiona o corpo

Navidson

uma mão sobre a outra,

Devagar e sempre,

em pé dentro de uma ↓
segundos e ele está

degrau. Mais alguns
ele chega ao último

Trinta minutos depois,
persistência é recompensada.

um pouquinho mais. Sua
ele continua forçando

tão desagradável que
no entanto, lhe é

dormir. Essa ideia,
degrau e tentar

de se amarrar a um
provavelmente terá

↓Erich Kästner em *Ölberge Weinberge* (Frankfurt, 1960, p. 95) comenta a força dos significados verticais:

A subida de uma
montanha reflete a

redenção. Isso é
por conta da força

da palavra "acima"
e o poder da

palavra "alto". Mesmo
aqueles que há

muito deixaram de
crer no Céu

e no Inferno não podem
trocar as palavras

"acima" e "abaixo".

Uma ideia que Escher belamente subverte em *Casa das Escadas*, desencantando o seu público quanto à gravidade do mundo, ao mesmo tempo em que o encanta com a gravidade peculiar do eu.

salinha onde há

uma porta que

ele cautelosamente abre.

Do outro lado,
encontramos u
m corredor est
reito que leva
à escuridão. "
Estas paredes
são um alívio,
 na verdade",
Navidson co

menta após
passar tanto
tempo anda
ndo. “Nunc
a achei que
pudesse ser
tão agradáv
el retornar a

este labiri
nto.” Só q
ue, quanto
mais ele a
vança, me
nor o corr

edor se t
orna, até
que ele p
recisa tir
ar a moc

hila e s
e agach
ar. Entã
o ele es

tá de qu
atro, em
purrand
o a moc

hila para a
frente. Ma
is cem met

ros e ele tem q
ue se arrastar d

e barriga. Como
se vê, a dor em s

ua perna já ferida
é excruciante. Até

que, ele fica incap
az de avançar. A e

dição do vídeo sug
ere que ele tenha p

arado para dormir
. Quando ele come

ça a se arrastar out
ra vez, a dor ainda

não diminuiu. Mas
em algum momento,

ele acaba adentrando
uma sala bem grande

onde tudo acerca

da casa

de repente

muda.

[XXXXXXXXXXXXXXXXXXXXXXXXXXXXXXXX]
[XXXXXXXXXXXXXXXXXXXXXXXXXXXXXXXX]
[XXXXXXXXXXXXXXXXXXXXXXXXXXXXXXXX]
[XXXXXXXXXXXXXXXXXXXXXXXXXXXXXXXX]
[XXXXXXXXXXXXXXXXXXXXXXXXXXXXXXXX]
[XXXXXXXXXXXXX **XXXXX** XXXXXXXXXXXXX]
[XXXXXXXXXXXXX **XXXXX** XXXXXXXXXXXXX]
[XXXXXXXXXXXXX **XXXXX** XXXXXXXXXXXXX]
[XXXXXXXXXXXXX **XXXXX** XXXXXXXXXXXXX]
[XXXXXXXXXXXXX **XXXXX** XXXXXXXXXXXXX]
[XXXXXXXXXXXXXXXXXXXXXXXXXXXXXXXX]
[XXXXXXXXXXXXXXXXXXXXXXXXXXXXXXXX]
[XXXXXXXXXXXXXXXXXXXXXXXXXXXXXXXX]
[XXXXXXXXXXXXXXXXXXXXXXXXXXXXXXXX]
[XXXXXXXXXXXXXXXXXXXXXXXXXXXXXXXX]

“Tenho medo que isso vá desaparecer se chegar mais perto. Quase vale a pena passar uma hora só admirando a vista. Devo ser doido de estar gostando tanto disso.”

Mas quando Navidson finalmente avança, nada se altera.

XXXXX
XXXXX
XXXXX
XXXXX
XXXXX

A cada passo que Navidson dá, ficamos mais e mais convencidos de que estamos de fato olhando por uma janela e, mais do que isso, uma janela *aberta*.

Portais oferecem passagem, mas janelas oferecem visão. Aqui enfim temos uma chance de contemplar algo além do padrão interminável de paredes, salas e portas; uma chance de chegar a um lugar de perspectiva e talvez conseguir ter uma noção do todo. Um olho aberto no furacão. No entanto, como Navidson descobre, nunca ventava ali, e certamente não havia tampouco olho algum.

Ao sair para um terraço estreito do outro lado, Navidson, pela segunda vez durante a Exploração #5, confronta aquela grotesca visão da ausência. Dessa vez, porém, não há muito que ele possa fazer além de dar risada.

"Ora, se isso não é inesperado", Navidson dá um risinho. Mas, quando se vira para retornar, ele descobre que a janela desapareceu junto com a salinha. Tudo que resta é a laje preta e cinzenta sobre a qual ele se encontra, agora aparentemente sem nada que a sustente; escuridão abaixo, acima e, claro, escuridão além.

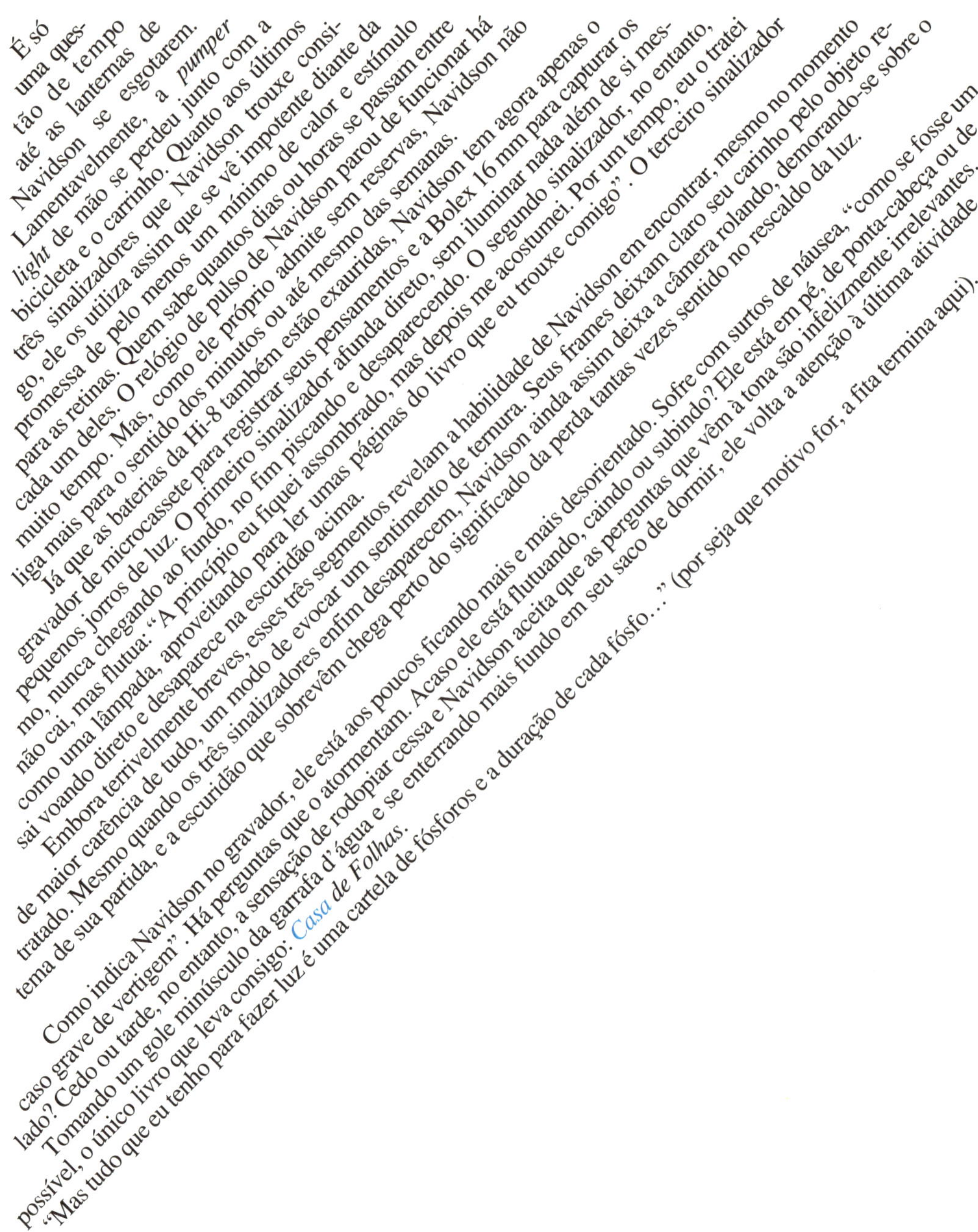

É só uma questão de tempo até as lanternas de Navidson se esgotarem. Lamentavelmente, a *pumper light* de mão se perdeu junto com a bicicleta e o carrinho. Quanto aos últimos três sinalizadores que Navidson trouxe consigo, ele os utiliza assim que se vê impotente diante da promessa de pelo menos um mínimo de calor e estímulo para as retinas. Quem sabe quantos dias ou horas se passam entre cada um deles. O relógio de pulso de Navidson parou de funcionar há muito tempo. Mas, como ele próprio admite sem reservas, Navidson não liga mais para o sentido dos minutos ou até mesmo das semanas.

Já que as baterias da Hi-8 também estão exauridas, Navidson tem agora apenas o gravador de microcassete para registrar seus pensamentos e a Bolex 16 mm para capturar os pequenos jorros de luz. O primeiro sinalizador afunda direto, sem iluminar nada além de si mesmo, nunca chegando ao fundo, no fim piscando e desaparecendo. O segundo sinalizador, no entanto, não cai, mas flutua: "A princípio eu fiquei assombrado, mas depois me acostumei. Por um tempo, eu o tratei como uma lâmpada, aproveitando para ler umas páginas do livro que eu trouxe comigo". O terceiro sinalizador sai voando direto e desaparece na escuridão acima.

Embora terrivelmente breves, esses três segmentos revelam a habilidade de Navidson em encontrar, mesmo no momento de maior carência de tudo, um modo de evocar um sentimento de ternura. Seus frames deixam claro seu carinho pelo objeto retratado. Mesmo quando os três sinalizadores enfim desaparecem, Navidson ainda assim deixa a câmera rolando, demorando-se sobre o tema de sua partida, e a escuridão que sobrevêm chega perto do significado da perda tantas vezes sentido no rescaldo da luz.

Como indica Navidson no gravador, ele está aos poucos ficando mais e mais desorientado. Sofre com surtos de náusea, "como se fosse um caso grave de vertigem". Há perguntas que o atormentam. Acaso ele está flutuando, caindo ou subindo? Ele está em pé, de ponta-cabeça ou de lado? Cedo ou tarde, no entanto, a sensação de rodopiar cessa e Navidson aceita que as perguntas que vêm à tona são infelizmente irrelevantes. Tomando um gole minúsculo da garrafa d'água e se enterrando mais fundo em seu saco de dormir, ele volta a atenção à última atividade possível, o único livro que leva consigo: *Casa de Folhas*.

"Mas tudo que eu tenho para fazer luz é uma cartela de fósforos e a duração de cada fósfo…" (por seja que motivo for, a fita termina aqui).

Hans Staker, de Genebra, na Suíça, fez uma pesquisa sobre a questão dos fósforos de Navidson. Analisando cuidadosamente uma impressão em preto & branco que brevemente aparece após as vinhetas dos sinalizadores, Staker conseguiu ampliar a cartela de fósforos que se vê no canto inferior esquerdo. O dedão de Navidson obscurece a maior parte do logo, mas pode-se discernir as palavras latinas *Fuit Ilium*, assim como a frase, em nosso idioma, *Graças A Estes Nenéns*.

Com base nessas parcas evidências, Staker conseguiu determinar, com alto grau de sucesso, que os fósforos vieram de um pub na periferia de Oxford, na Inglaterra, administrado por um ex-professor de literatura clássica e filumenista amador que atende pelo nome de Eagley "Egg" Learnèd e, como se descobriu, projetara pessoalmente a caixa de fósforos.

"A maioria dos septuagenários ingleses têm um jardim para cuidar. Eu tenho meu pub", disse Learnèd a Staker numa entrevista. "Eu mexo o tempo todo na minha seleção de cervejas do mesmo jeito que os incontinentes ficam em cima das suas tulipas. Os fósforos saíram desse tipo de experimento. Na verdade, tem uma fábrica não muito longe daqui. Eu meramente apliquei meus vinte anos de latim em bolar uma cartela. Dá para dizer que é uma homenagem de um velho senhor à anarquia. Um pouco mais incendiário do que os velhos fósforos Swan Vesta, acredito. Feitos para manter longe os brucutus." [L]

Staker prossegue recontando como foi que os fósforos saíram do pub de Learnèd e chegaram às mãos firmes de Navidson. Learnèd, na verdade, parou de mandar fazer esses fósforos ainda em 1985, que foi bem a época em que Navidson visitou a Inglaterra e, presume-se, o pub.

É muito improvável que Navidson tivesse planejado levar uma caixa de fósforos de dez anos atrás numa jornada tão importante quanto esta. Na verdade, ele colocou na mochila diversas caixas de fósforos compradas recentemente, as quais se perderam junto com o carrinho e a bicicleta. Provavelmente alguma história pessoal o levou a trazer os fósforos consigo.

Para dar os devidos créditos a Learnèd, são fósforos muito bons. A cabeça acende fácil e o palito oferece uma queima constante. Staker localizou uma dessas caixas de fósforo e, após recriar as condições da casa (a saber, a temperatura), descobriu que cada fósforo aceso durava uma média de 12,1 segundos.

L Cf. Hans Staker, "Graças a Estes Nenéns" in *Ensaios sobre a "Exploração #5"*. (Liverpool: Batel Press, 1996), p. 89-142.

Com apenas 24 fósforos, mais a cartela, que Staker calculou que queimaria durante 36 segundos, Navidson tinha um total de cinco minutos e 44 segundos de luz.

O livro, porém, tem 738 páginas. Mesmo que Navidson consiga ler a um ritmo médio de uma página por minuto, ainda ficarão faltando 704 páginas (ele já leu 28). Para superar esse obstáculo, ele arranca a primeira página, que, claro, consiste em duas páginas de texto, e a enrola até virar um rolo bem apertado, criando assim uma tocha que, segundo Staker, deve durar uns dois minutos até queimar inteira, fornecendo-lhe tempo o suficiente para ler as próximas duas páginas.

Infelizmente, os cálculos de Staker são, na verdade, mais uma forma de onanismo acadêmico, um espasmo de otimismo ilusório no reino dos números, tendo pouco a ver com o mundo real. Como relata Navidson, ele logo começa a ficar para trás. Talvez esteja lendo mais devagar ou a queima do papel seja desigual ou ele tenha se atrapalhado ao iluminar a página seguinte. Ou talvez as palavras no livro estejam dispostas de tal modo que fica praticamente impossível de ler. Seja qual for o motivo, Navidson é obrigado a acender a capa do livro, junto à lombada. Ele tenta ler mais rápido, inevitavelmente pula parte do texto e com frequência queima os próprios dedos.

No fim, resta a Navidson uma página e um fósforo. Durante muito tempo, ele aguarda no frio e na escuridão, adiando a iluminação final. Por fim, no entanto, ele pega o palito pelo pescoço e, sentindo a lixa da cartela, risca o palito, que ganha vida na forma de uma última bola de luz.

Primeiro, ele lê algumas linhas à luz do fósforo e então, à medida que o calor mordisca a ponta dos seus dedos, ele vai levando a chama até a página. Aqui então temos um fim: um ato final de leitura, um ato final de consumação. Enquanto o fogo rapidamente devora o papel, os olhos de Navidson correm, frenéticos, pelo texto, conseguindo ganhar alguma vantagem sobre a imolação necessária, até que, chegando às últimas palavras, as línguas de chamas envolvem as suas mãos, as cinzas caem no vazio ao seu redor e então, à medida que o fogo recua e enfraquece, sua luz de repente exaurida, o livro desaparece, sem deixar para trás nada além dos vestígios invisíveis que já se desmancharam na escuridão.

“Não me restou nada”, Navidson diz devagar ao microfone do gravador microcassete. “Acabou a comida. Acabou a água. [Longa pausa] Ainda tenho filme, mas o flash já era. Estou com tanto frio. Meus pés doem.”

Então (sabe-se lá quanto tempo depois):

“Não estou mais sentado sôbre coisa alguma. Aquela laje, sabe-se lá o que era, desapareceu. Estou flutuando ou caindo ou sei lá o quê.”←

← Talvez seja digna de menção aqui a resposta ao que serve, em essência, como o clímax do documentário de Navidson. Afinal, o filme não fornece nem mesmo uma síntese remotamente coerente da queda de Navidson. Há uma fotografia estática de uma janela, algumas centenas de metros de sinalizadores caindo, pairando no ar e disparando pelo vazio, e várias imagens de Navidson lendo/queimando o livro. O resto é uma bagunça de clipes de áudio que registram as impressões de Navidson enquanto ele começa a morrer de hipotermia. Tudo isso nos leva a um único fato inacreditável: durante quase seis minutos de filme, temos uma tela preta.

Na *Rolling Stone* (14 de novembro de 1996, p. 124), o colunista James Parshall comentou:

> Horrendo, genuíno, mas também divertido. Até hoje eu não consigo não dar um sorrisinho ao pensar na plateia se contorcendo nos assentos, apertando os olhos diante daquela tela implacável, de vez em quando olhando para as placas de saída vermelhas e luminosas a fim de oferecer um descanso para os olhos, enquanto, em algum lugar atrás deles, um projetor continua a deixar jorrar a escuridão.

Michael Medved ficou abismado. Na sua cabeça, aqueles seis minutos de nada significavam o fim do cinema. Ele ficou tão em choque e tão indignado que não conseguiu formar uma frase coerente, esquecendo-se de considerar que *O Registro Navidson* pode muito bem não ter nada a ver com cinema. Stuart Deweltrop em *Blind Spot* (v. 42, primavera, 1995, p. 38) o descreve como “um maravilhoso fiasco — *n'est-ce pas*?”. Kenneth Turan usou o termo “um golpe”. Janet Maslin, porém, teve uma reação completamente diferente: “Até que enfim um filme com colhões!”.

Tampouco se pode dizer que o final apresentado por Navidson conseguiu escapar da turma do pinel. Jay Leno teve a seguinte sacada: “Vocês sabem como eles fizeram *O Registro Navidson*? Sem tirar a tampa da lente. É um filme caseiro <u>mesmo</u>”. Enquanto isso, Letterman debochou: “Pensem nisso, gente: não tem nenhuma grande estrela, não tem equipe de filmagem, não tem que alugar estúdio. Muito barato. Tem vários produtores já levando essa ideia a sério… bem a sério”. Quando ele termina de dizer isso, as luzes do palco são desligadas e permanecem assim ao longo de vários segundos. Em *Home Improvement*, Tim Allen fez uma paródia de um minuto no escuro, com piadas especialmente sobre topadas com o dedão, louça quebrada e mãos bobas.

Enquanto isso, uma série de cinéfilos sérios começou a comentar a qualidade do áudio. Não é nenhum segredo hoje que Tom Holman, o mago da edição de som da Califórnia, ajudou a processar as fitas e monitorar todas as transferências. Há numerosos artigos que aparecem nas revistas *Audio*, *Film* e *F/X*. Segundo relatos, Vittorio Storaro chegou a dizer que: “Com um trabalho de som tão brilhante, quem precisa de luz?”. É difícil discordar. Mesmo que algumas das palavras de Navidson sejam impossíveis de compreender, há ainda uma proximidade assombrosa sempre que ele se pronuncia, como se não estivesse mais enterrado no escuro, suas palavras saindo sem eco, sua morte quase insuportável de tão iminente.

Agora, exceto quando Navidson se pronuncia, predomina o silêncio.

Nem mesmo o rosnado ousa perturbar o seu espaço.

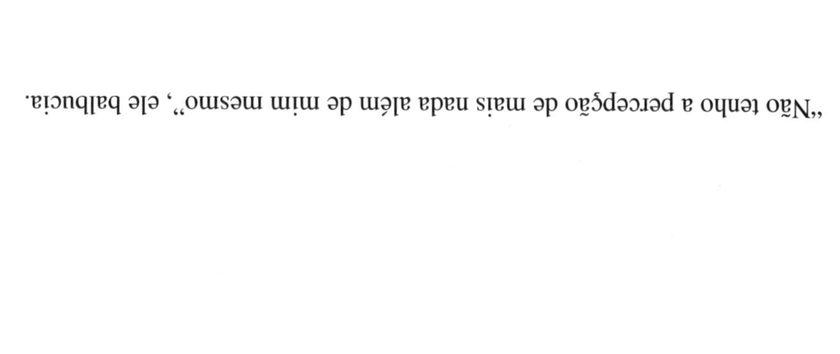
“Não tenho a percepção de mais nada além de mim mesmo”, ele balbucia.

"Sei que estou caindo e em breve atingirei o fundo deste poço. Consigo sentir, ele vem correndo na minha direção." Mas não é possível viver sob esse medo por muito tempo e logo ele reconhece: "Não vou nem me dar conta quando enfim bater. Terei morrido muito antes de perceber que qualquer coisa está acontecendo. Por isso não tem fundo. O fundo não existe para mim. Só o meu fim existe." E então, num sussurro: "Talvez seja isso aquela coisa que existe aqui. A única coisa aqui. O meu fim".

Navidson registra seus soluços e resmungos. Chega até mesmo a capturar raros momentos de gracejo quando anuncia, como uma piada: “De certo modo, não é justo. Estou caindo faz tanto tempo que parece que estou flutuando —”. Logo, porém, ele passa a ficar menos preocupado com o lugar onde está e o que passa a consumi-lo é quem ele outrora foi.

Diferentemente de Floyd Collins, Navidson não começa a surtar falando de anjos em carruagens ou sanduíches de frango. Tampouco nos oferece o seu currículo, como fez Holloway. Em vez disso, à medida que a ureia vai entrando em suas veias e o delírio começa a se estabelecer, Navidson passa a tagarelar sobre as pessoas que conheceu e amou: Tom — "Tom… Tom, foi para cá que você veio? Melhor não olhar pra baixo, né?" — Delial, seus filhos e, com uma frequência cada vez maior, Karen — "Eu tinha você. Eu perdi você."

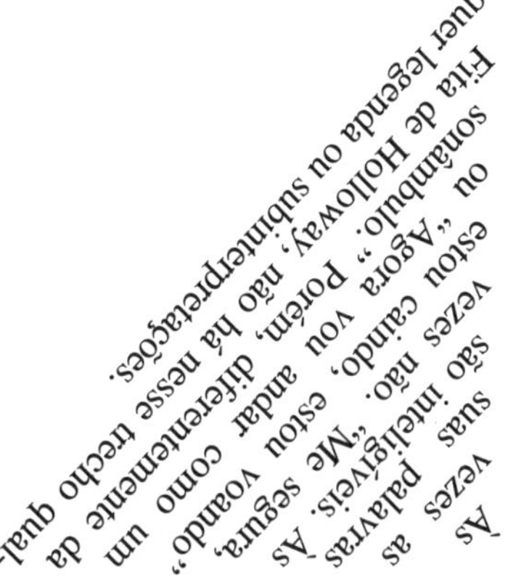
Às
vezes as
suas palavras
são inteligíveis. Às
vezes não. “Me segura,
estou caindo, estou voando”
ou “Agora vou andar como um
sonâmbulo.” Porém, diferentemente da
Fita de Holloway, não há nesse trecho qualquer legenda ou subinterpretações.

Pouco tempo depois, Navidson fica quase tranquilo, perdendo
de vista por um momento a questão do seu próprio fim, seu
próprio passado, distraído por alguma música agora
cravada em sua memória, surgindo à deriva do nada,
cuja melodia ele consegue lembrar, mas
não o nome: "Alguma coisa, tipo...
Acho, hmmm... Meio assim...
[Tosse] [Tosse de novo] Agora
eu descobri que mudei
de ideia e abri
a porta
..."

"Daisy. Daisy. Daisy. Daisy, me diz sim ou não. Por ti eu já estou doido de paixão. Não é isso."

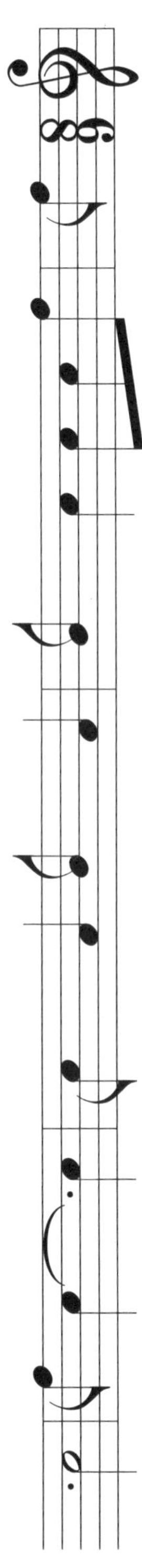

“Não seja medroso.”

"Não seja."

“Eu sou.”

Por fim, as palavras, melodias e murmúrios trêmulos de Navidson começam a desaparecer, reduzidos ao som doloroso de sua garganta arranhando. Ele sabe que sua voz jamais poderá oferecer calor a este mundo. Talvez voz nenhuma possa fazer isso. As memórias deixam de vir à tona. O remorso ameaça não ter mais a menor importância.

Navidson está se esquecendo.

Navidson está morrendo.

Muito

em breve ele

desaparecerá

completamente nas asas

de sua própria

estrofe sem

palavras

[ ]
[ ]
[ ]
[ ]
[ ]
[ ]
[ ]
[ ]
[ ]
[ ]
[ ]
[ ]
[ ]
[ ]
[ ]

Só que

esta estrofe

não permanece

inteiramente

vazia

[ ]
[*]
[ ]
[ ]
[ ]
[ ]
[ ]
[ ]
[ ]
[ ]
[ ]
[ ]
[ ]
[ ]
[ ]

"Luz", diz Navidson num grunhido. "Não. Pode. Ser. Eu vejo luz.[l] Car—"

[l] Ignis fatuus? ["Fogo-fátuo [1608]". — Eds.][k]

Como era de se esperar, os frames finais do filme de Navidson capturam, no canto superior direito, um minúsculo ponto de uma luz azul que se derrama, lacrimosa, no vazio. O suficiente para enxergar, mas não o suficiente para iluminar qualquer coisa.

O filme termina.

Escuro.

Um tipo diferente de escuro.

Depois o nome do laboratório de edição.*

***Yale**

XXI

Sentimos a beleza solitária da tarde, o imenso silêncio estrondoso do vento, a insubstancialidade de nosso elo com tudo que está abaixo. Havia um indício de medo, não medo de que pudéssemos morrer, mas medo de um vasto desconhecido que se atirava sobre nós. Uma sensação fugaz de decepção — de que, afinal, todos esses sonhos e questões eram apenas o cume de uma montanha — dava lugar à suspeita de que talvez houvesse mais alguma coisa, alguma coisa além da forma tridimensional do momento. Quem dera fosse possível percebê-la.

— Thomas F. Hornbein
O Everest — A Face Oeste

25 de outubro, 1998

O Lude morreu.

25 de outubro, 1998 (Uma hora??? mais tarde)

Cacete, eu não estou nada legal mesmo. Mas ao que mais eu posso recorrer? Que erros foram cometidos. Uma vertigem súbita de perda, ao olhar para baixo, ou será que é olhar para trás, na verdade?, me leva a vivenciar tudo de uma vez só, o que é demais para mim.

Supostamente, por volta da hora em que o Lude recebeu alta do hospital, ele já estava bem familiarizado com os analgésicos. Até demais. Não estava em forma, como costumava estar até o Homem de Gdansk chegar nele. Não conseguiria se livrar dos efeitos com facilidade. Também não conseguiria resistir a eles. Claro que não ajudou o filho da puta que ele chamava de advogado, que o alimentou com toda aquela baboseira de ficar rico e viver livre.

Quando chegou o verão, Lude estava caindo direto para o nada. Doses logo cedo — e nem era de manguaça. De algum modo ele se meteu com agulhas hipodérmicas. Mais uns comprimidos e um monte de outras coisas. E tudo pelo quê? Para sarar que dor? Sem dúvida uma dor no âmago dele. Jamais partilhada, jamais vista, talvez nem mesmo pelo próprio Lude. Digo, "nem mesmo reconhecida pelo próprio Lude". O que eu quis dizer. E a pior pergunta de todas: se eu estivesse lá, será que eu poderia ter feito qualquer diferença?

Aparentemente, em agosto, a fachada que Lude protegeu durante tantos anos enfim começou a desabar. Lude nunca teve o bom senso de bater em retirada. Para ele reabilitação nunca foi uma possibilidade, nem a reabilitação, nem a intro(in)specção, nem terapia, um bom papo, um papo limpo ou mesmo a menor tentativa de renegociar os velhos caminhos. Se tivesse conseguido contornar tudo isso, pelo menos uma vez, o suficiente para dar uma espiada na esquina e descobrir que, oras, não precisava ficar no mesmo quarteirão, afinal de contas. Mas o Lude nunca quis nem mudar o ritmo. Ele recusava ajuda. Fixava as baionetas e então, num paroxismo do instinto, todo louco, desolado, triste & triste, a mesma palavra dita de formas distintas — é preciso perguntar, nunca se sabe, talvez você dê sorte —, ele deu a ordem de atacar.

"Atacar!", provavelmente nunca enunciado, na verdade. Apenas implícito. Com um gesto ou um sorrisinho perverso.

Só que no caso do Lude, as baionetas eram garrafas de bourbon & punhados de comprimidos e esse ataque foi liderado contra uma Triumph.

Claro que não era nenhuma colina Little Round Top. Nunca foi uma questão da União, embora ironicamente Lude tenha sido morto logo bem ali onde a Union cruza com a Sunset. Ele estava lá em Hollywood Hills, em alguma festinha de fulano & sicrano, com substâncias químicas fazendo tumulto dentro do seu corpo numa quantidade suficiente para deixar todo o time do Manchester United sedado durante semanas. Era lá pelas quatro da manhã, horas antes daquela grande conjuração do azul, ele foi atingido pela inspiração, que deu voltas em torno dele como se fosse um cipó maligno e derradeiro. Sair para dar uma voltinha. As substâncias químicas certamente não se opuseram nem um pouco e seus amigos também não.

O mais impressionante é que ele chegou até o sopé da colina ainda vivo, e de lá partiu para o oeste, buscando o seu próprio limite, sua própria aurora, seu próprio murmúrio nas águas.

Tinha passado dos 160 km/h quando perdeu o controle. A motocicleta começou a derrapar na pista da esquerda. De algum modo — na duração horrível de um segundo —, ela conseguiu continuar intacta ao passar pelo trânsito do outro lado até bater na parede de um prédio e se desintegrar.

Lude saiu voando da moto quando a roda fronteira pegou o meio fio. O cimento removeu o tampo do seu crânio. Teve uma faixa de um bom metro e oitenta da calçada que ele pintou com o próprio sangue. Na manhã seguinte, a equipe de limpeza encontrou a sua mandíbula.

Foi só isso mesmo que o Lude deixou para trás também, isso e algumas tesouras que ainda tinham uns cabelos presos nas lâminas.

25 de outubro, 1998 (Mais tarde)

Estou amortecido agora. Há momentos em que meu rosto fica formigando. Pode ser minha imaginação. Não sinto nada além desse caralho de sensação de algo formigando. Estou com tanto frio que continuo agachado ao lado do meu cooktop. Acendo fósforos também. Tentando seguir o conselho do Lude. Seis caixas desses fósforos com a ponta azul. Meus dedos estão cheios de bolhas. O chão se contorce com uma centena de serpentes negras. Quero botar fogo nestas páginas. Transformar cada palavra desta merda em cinzas. Seguro os palitos em chamas a meio centímetro do papel e, no entanto, uma depois da outra, todas as chamas se extinguem numa linha cinzenta. É uma linha? É mais tipo uma aproximação de uma linha tênue de fumaça ascendente. É nisso que eu me concentro porque, não importa o quanto eu tente, não consigo dar conta daquela fração de espaço. Meio centímetro. Como se para dizer que não só é impossível destruir este livro, como também é impossível culpá-lo.

25 de outubro, 1998 (Mais tarde ainda)

Possessão. Não consigo tirar essa palavra dos meus olhos. Todos aqueles Ss, irmãs aqui desses fósforos incinerados. O que será que é isso? O sentido por trás da possessão, e por que é que eu não posso enxergá-lo? O que afinal é possível possuir? Posses? E então me veio aquela outra ideia: o que significa dizer que estamos possessos, possuídos? Acho que tem alguma coisa me possuindo agora. Anônima – gritando um nome que não é nome algum –, mas ainda a conheço bem o suficiente para não confundi-la com qualquer outra coisa além da progênie da raiva e da fúria. Perversa e sem remorso.

25 de outubro, 1998 (Ainda não amanheceu)

Uma solidão incrível se estabeleceu dentro de mim. Nunca senti nada assim antes.

Todos já sentimos um vento gelado aqui e ali, mas uma vez ou duas na sua vida você pode ter sentido um vento abaixo dos cinquenta negativos. É uma coisa que corta você inteiro. Suas roupas parecem feitas de papel, seus lábios racham, os olhos lacrimejam, os cílios congelam num instante — para não falar nada do sal. Você sabe que precisa sair dali rápido, procurar abrigo ou sem dúvida você não vai durar muito tempo.

Mas onde procurar abrigo? Que santuário internacionalmente reconhecido existe para esse tipo de vazio? Onde fica o Albergue dos Jovens? Em qual rua?

Não aqui. Certeza.

Talvez eu devesse apenas virar um copo, encher um bong, apertar as mãos dos desempregados. Quem eu quero enganar? Lugar nenhum é capaz de me manter longe disso. Não consigo nem manter você aí.

E assim eu fico sentado sozinho, só escutando, escutando as tábuas do assoalho rangendo, o martelar do encanamento e, disfarçado em cada inspiração, sincopado com os batimentos cardíacos, os tremores do próprio tempo, acompanhando desde o princípio meus colegas residentes, conforme continuam a gritar, brigar e, claro, berrar. Estou cercado. Indigentes, viciados, os delirantes e os loucos, cobertos de piolhos, infestados de doenças, seus corações partidos de medo.

Foi o horror que causou isso.

Mas onde o horror? Por que o horror? O horror a quê? Como se as perguntas pudessem impedir parte disso, fazer cessar a mais furiosa intrusa de todas, a que rasga, que estupra, que nos deixa, a mim e a você, estripados, ocos, morrendo de vontade de morrer.

Qualquer idiota pode rezar.

Eu encontro uma sopa e uso uma faca para abri-la à base da punhalada. Não tenho frigideira, por isso arranco o papelzinho e coloco a lata diretamente sobre o cooktop. Cedo ou tarde, consigo fazer os gritos diminuírem de volume. Mas ainda estão lá. Sempre estarão lá. Aleatórios, bruscos, ruidosos, às vezes mais baixinho, às vezes até mesmo lastimosos.

Não estou num hotel. Não é um refúgio. É um hospício.

A sopa esquenta. Eu continuo com frio. Preciso de algo mais forte. E eu encontro. Aquilo que sempre esteve lá, ancestral, não, não ancestral, mas primitivo, primitivo e impiedoso. E mesmo que eu tenha a perspicácia de não confiar nisso, também me dou conta de que é tarde demais para impedi-lo. Não tenho mais nada. Eu permito que essa coisa se expanda dentro de mim como um corredor infinito.

E então eu abro a porta.

Não tenho mais medo.

Lá embaixo das escadas, provavelmente num espaço pequeno e igualmente seboso como este, alguém berra. Sua voz é pura angústia, descrevendo num som uma cena hedionda de violência, uma centena de dentes serrilhados, reluzindo com milhares de anos de sangue, unhas de tamanhos irregulares mal e mal tamborilando um código de aproximação, olhos pálidos arregalados com as pupilas dilatadas, cones e bastonetes capturando tudo com uma única presunção poderosa e resoluta.

Meu coração deveria ficar acelerado. Mas não fica. Minha respiração deveria ficar difícil. Mas não fica. Minha boca está vazia, mas, de algum modo, tem um gosto doce nela.

É claro que eu não tenho medo. Por que teria? O que perturba o sono de todos neste hotel; o que esmaga suas gargantas em seus sonhos e os persegue como o crepúsculo persegue o dia; o que faz soltarem-se seus esfíncteres, de modo que até mesmo os drogados aqui precisam correr para o vaso, lambuzando a porcelana molhada; o que eles sentem apenas como premonição, moléstia e medo; o rosto banido para além da província da imagem, varrido como uma página — é e sempre foi o meu.

25 de outubro, 1998 (Amanhecer)

Saí do Hotel. Se o atendente tivesse olhado para cima, eu o teria matado. Wer jetzt kein Haus hat, baut sich keines mehr. Embora eu possa enxergar, estou caminhando na completa escuridão. E embora possa sentir, me importo ainda menos do que enxergo.

27 de outubro, 1998

Dormi embaixo dos bancos. Tudo que eu tenho comigo são essas páginas esvoaçantes do meu livro de Dante, um negócio florentino que eu não consigo lembrar de ter ganhado nem comprado. Talvez achado? Escrevendo que nem um maníaco. Desenhando como se tivesse uma doença crônica. Fico tremendo a maior parte do tempo. Tremo constantemente, por mais que não esteja fazendo tanto frio assim à noite.

Aonde quer que eu vá, as pessoas se afastam de mim. Sou um ser impuro.

29 de outubro, 1998

Acho que o Lude não era o suficiente. Ele queria pegar o cara que meteu nela de verdade. A Kyrie estava com ele também, sem dizer nada, só ficou sentada lá, enquanto ele estacionava sua BMW 840 Ci, seu Prazer em Dirigir, gritando alguma coisa para mim, para eu parar, eu acho, e foi o que eu fiz, esperando pacientemente até ele terminar de estacionar, sair, vir até mim, dar corda no braço e me acertar — ele me acertou duas vezes —, tudo isso percebido em câmera lenta, até mesmo quando eu me dobrei e caí, tudo em câmera lenta também, minha sobrancelha ardendo de dor, meu olho inchando de roxo, meu nariz sendo compactado, os capilares estourando, inundando meu rosto com aquele sangue escuro.

Ele devia ter prestado atenção. Devia ter olhado mais de perto aquele sangue. Visto seus tons. Registrado a cor destoante. Até o cheiro era diferente. Devia ter ficado esperto.

Mas não ficou.

O Homem de Gdansk berrou alguma coisa ridícula, deixou claro o seu argumento e foi só isso, como se ele realmente estivesse se defendendo, fazendo algum acerto de contas imaginárias, e foi só isso mesmo. E talvez fosse. Para ele, pelo menos. Fim da história.

Ele até limpou as mãos depois, literalmente limpou as mãos na calça enquanto ia embora.

Bom e velho Homem de Gdansk.

Dava para ver que a Kyrie estava sorrindo, alguma coisa tinha graça para ela, talvez o modo como o mundo dá voltas, meio mundo girando até enfim dar a volta toda de novo, completando o círculo. Resolução.

Só que, quando o Homem de Gdansk virou as costas para mim, percorrendo o breve caminho de volta até o carro, acabou-se a câmera lenta, substituída agora por um tipo de celeridade que eu nunca vi antes. Mesmo em todas aquelas minhas primeiras brigas, lá no meu passado, todas aquelas lições cruas sobre impacto e instinto, nada disso poderia ter me preparado para o que aconteceu: um excesso de raiva, excesso de fúria, chegando precariamente perto da destilação de — e vocês sabem do que eu estou falando aqui — cada valiosa intuição perdida, ou pelo menos era o que me parecia.

Meu coração ouviu os tambores profanos da guerra ressoarem e os acompanhou. Alguma árvore genealógica perversa, revestida de metal, erguendo-se para além dos meus anos embora já relegada ao eclipse, conspirou para me instruir sobre como reagir, munindo esta fúria com uma ação devastadora. Eu fiquei em pé num pulo, os dentes rangendo para frente e para trás como uma besta acostumada a estilhaçar ossos e rasgar nacos de carne, quando a minha mão desapareceu num borrão, buscando algo que repousava perto da lata de lixo no canto, uma garrafa vazia de Jack Daniel's, que eu tenho certeza absoluta de que eu não tinha reparado antes, e claro que eu reparei, devo ter reparado, alguma outra parte senciente de mim precisava ter reparado, com juras a Marte, aquele tremor instável de alinhamentos perigosos, eternamente consciente, eternamente desperto.

Meus dedos travaram no gargalo de vidro e, enquanto eu avançava, já estava começando a golpear e golpeando com força, muita força, mas por sorte não fui certeiro, e o vidro pegou apenas de raspão a lateral da sua cabeça.

Uma pancada em cheio o teria matado. Mas ele ainda assim foi ao chão, nossa, como foi, e então só porque eu não consegui sentir o golpe de verdade, apenas umas vagas vibrações na garrafa, mensageiros que me informavam dos tons remotos de "uma pancada, uma pancada bem palpável" e, porque mais do que tudo eu ansiava pela dor e o conhecimento que a dor ensina, particular, íntima e inteiramente pessoal, eu deixei os meus punhos terminarem o serviço, abrindo todas as minhas juntas afinal nos cantos do seu rosto até ele cair para trás, em choque, foi mal, foi mal, mas isso ainda assim não me impediu.

A princípio, essa surra tinha como motivação alguma vingança mal pensada e executada em nome de Lude, como se o Homem de Gdansk pudesse sozinho levar toda a culpa. Não podia. Logo virou completamente outra coisa. Sem lógica, sem sentido, apenas o ato alimentando a si mesmo, queimando com cada vez mais força, mais perverso, um conflito além de qualquer explicação. O Homem de Gdansk viu o que estava acontecendo e começou a gritar por socorro, mas não saiu um grito. Era mais um soluço, mole demais para alcançar quem quer que fosse. Certamente mole demais para afetar esse ceifador de vidas.

Dentro de mim, não havia nada nem sequer semelhante a piedade. Eu estava passando por algum limite dentro de mim. Ia rasgar a pele dele com a minhas mãos nuas, abrir suas costelas e arrancar seu fígado e então eu iria comê-lo, fartar-me com seu sangue, vomitar tudo e voltar querendo mais, consumindo tudo, ele todo, tudo isso várias e várias vezes.

Então, de repente, como um desenho em preto sobre preto no fundo do velame sombrio dos meus olhos, eu compreendi que Kyrie vinha correndo na minha direção, os braços estendidos, as unhas num ângulo para rasgar o meu rosto, furar meus olhos. Mas, enquanto eu esmurrava com meus punhos mais uma vez as têmporas do Homem de Gdansk, algo em mim já me levava a me virar para recebê-la, por mais que eu não tivesse controle, eu já estava ouvindo meu berro horrendo, arrancado do meu âmago, atingindo-a numa rajada com força o suficiente para fazê-la parar ali mesmo, desprovida num instante de qualquer vontade de concluir o que ela devia ter percebido que era apenas um ato suicida. Ela nem teve forças o suficiente para dar meia-volta. Nem mesmo fechar os olhos. Seu rosto ficou branco. Os lábios, cinzentos e exangues. Eu deveria tê-la poupado. Deveria ter voltado meu olhar para outra coisa. Em vez disso, deixei que ela lesse em meus olhos tudo que eu estava prestes a fazer com ela. O que eu estou prestes a fazer com ela aqui mesmo. Como eu a possuiria. Como eu já a possuí. Aonde eu a levaria. Aonde eu já a levei. Uma sala. Uma sala escura. Ou sala nenhuma. Como podemos chamá-la? Como você quer chamá-la?

Surpreso? Sério? Nada preparou você para isso? Este lugar aqui onde olho nenhum poderá encontrá-la, ouvido nenhum poderá ouvi-la, em meio aos pilares de ferrugem, onde gaviões assombram o céu, onde eu vou envolver sua garganta com minhas mãos, pondo um fim à sua vida, ao mesmo tempo em que eu a estupro, a desmembro, pedaço por pedaço, e, nas voltas a seguir, pois essas voltas nunca param de voltear, anulo tudo que sou, tudo que já fui, o que eu quis ou não quis dizer.

Aqui enfim se encontra a minha escuridão. Nenhum grito de luz, nenhum brilho, nem mesmo o mais vago estilhaço de esperança para se libertar dessa prisão.

Hei de me tornar, eu me tornei, uma criatura incapaz de ser movida pela história, incapaz de ser movida pelo presente, apenas faminta, cega e enfim repleta de uma fúria mentecapta.

O Homem de Gdansk está morrendo.

Logo Kyrie também morrerá.

30 de outubro, 1998

O que aconteceu aqui? Minha memória está em frangalhos. Não dormi nada. Os pesadelos se fundem aos minutos de vigília, ou seriam horas? Que cenas? Que cenas. Atrocidades. São impronunciáveis, mas ainda assim são minhas. O sangue, no entanto, não é só meu. Perdi a noção do que é ou não real. O que eu inventei e o que me inventou.

De algum modo consegui voltar ao meu quarto de hotel. Passei pelo atendente. Precisei trancar a porta. Mantê-la trancada. Barricada. Graças a deus, temos armas. Vou precisar das armas agora. Os pensamentos atravessam repentinamente a minha cabeça. Estou enjoado. Cheio de revolta. Alguma coisa que não está certa se revira em minhas tripas, mas sei que elas estão vazias.

O que é esse cheiro aqui?

O que foi que eu fiz? Por onde andei?

30 de outubro, 1998 (Um pouco mais tarde)

Acabei de encontrar uma pilha de Polaroides. Fotos de casas. Não faço ideia de onde vieram. Será que fui eu que tirei? Talvez tenham sido deixadas por outra pessoa, algum outro inquilino, que esteve aqui antes de mim. Devo deixá-las para o próximo inquilino, aquele que inevitavelmente virá depois de mim?

E, no entanto, me parecem familiares, como este diário. Será que foi alguém que deu para mim? Ou talvez eu tenha comprado pessoalmente em algum mercado de pulgas.

"Quanto pelas fotos?"
"A caixa?"
"Tudo. A caixa toda."
"Quase nada. Centavos."

Outra pessoa. As lembranças de outra pessoa. Na Virgínia ou não, mas em todo caso são lares, alinhados ou não numa fileira. Em silêncio, como as árvores que dormem. Casas simples. Casas fotografadas a partir de um carro. Mais casas. E, lá no meio, no acostamento da estrada, um gato morto.

Ai, meu deus, que constante reorganização dos pensamentos, um rearranjo infinito, que nada revela, só merda. O que é que estoura? O que cede?

E não são só as fotos.

O diário também. Acho que fiz apenas alguns registros, mas agora eu posso ver – posso sentir – que está quase cheio, mas não me lembro de nada dele. Será que ele está mesmo na minha mão?

Três, Zero de Outubro, Noventa e Oito. Esta é a data de hoje. É esta a data. O topo da página. Mas a primeira página do diário não é Três, Zero de Outubro, mas Primeiro de Maio. Um primeiro de maio significativo – significa, quero dizer – meses e meses de jornada. Antes da morte de Lude. Antes do horror. Ou todo o horror, porque agora mesmo eu não consigo ligar os pontos aqui não.

Não sou eu.

Não pode ser.

Assim que eu escrevo eu já esqueci.

Preciso lembrar.

Preciso ler.

Preciso ler.

Preciso ler.

1º de maio, 1998

No acostamento da rota 636, eu vejo um gato rajado, a cabeça completamente decepada, uma mancha vermelha. Provavelmente morto por algum motorista imbecil, um merda de um motorista que não sabe dirigir direito. Próximo dele, outro gato, uma coisa grande e cinzenta, observa. Foge assim que eu me aproximo.

Mais tarde, depois de ter passado pela Alliance, as California Crossroads, subindo até a Highgate e dando a volta para Conham Wharf, eu retorno ao mesmo lugar e, como esperado, lá está o gato cinzento outra vez, sentado lá apenas, mas agora se recusa a ir embora. O que estava fazendo? Estava de luto ou apenas observando, esperando o outro gato acordar?

Ninguém aqui jamais ouviu falar do Zampanò.
Ninguém aqui jamais ouviu falar da família Navidson.
Não encontrei nenhuma Ash Tree Lane.
Meses de viagem e até agora nenhum alívio.

Alguns pontos:

· Na balsa Jamestown-Scotland Wharf, eu olhei para baixo, para a água, e de repente me vi sendo preenchido por uma lembrança da ruína do amor, circunscrita pela guerra e pela perda. Não são minhas lembranças. Não faço ideia de quem sejam ou mesmo de onde vieram. Depois, por um instante, me sentindo despojado e nu, equilibro-me sobre uma linha invisível suspensa entre algo terrível e algo terrivelmente triste. Por sorte, ou não, antes de eu cair para um lado ou para o outro, a balsa chega à colônia de Jamestown.

Passo a tarde dando voltas em torno do pântano de piche, mas nenhum segredo se desvela. Em pé no Black Point, olhando para além do Thorofare, não vejo nada além das palavras ociosas de um vento primaveril que inscreve versos ilegíveis nas cristas de pequenas ondas. Há respostas ocultas ali? Em qual idioma?

Passando um grupo de orelhões, onde um homem alto com óculos de John Lennon diz coisas inexplicáveis sobre bestas e queimaduras, não há nenhum futuro, as crianças em idade escolar abrem caminho aos berros até o centro dos visitantes, um rastro de giz de cera e tons pastéis, desatentas, brincalhonas, uma empurrando a outra na frente de vários dioramas, todas momentaneamente entretidas diante daqueles cestinhos, armas antigas e expressões vidradas de manequins — nada mais além disso, porém —, sua atenção logo sendo fisgada por outra coisa, à deriva?, logo cutucando os professores, perguntando se podem ir lá fora de novo, ver os navios nos quais os colonos chegaram pela primeira vez, navios reconstruídos, que é exatamente o que os professores fazem, aquele fluxo atordoante, em tons pastéis, me deixando sozinho com as vitrines escuras e tudo aquilo que eles não expõem.

Cadê o período da fome de 1610? A Insurreição Indígena dos Powhatan de 1622 que deixou quase 400 mortos? Cadê os dioramas da fome e da peste? Os dedos dos pés pretos e fraturados? A gangrena? A dor que dilacera a noite?

"Ora, está logo ali", afirma uma professora.

Mas não consigo ver do que é que ela está falando.

Além do mais, não há professora nenhuma.

· Colonial Williamsburg. Nossa, ainda mais distante da verdade ou, pelo menos, a minha verdade. As ruas limpinhas não oferecem mais do que um sabor higienizado do passado. Uma restauração admirável, sim, mas os "intérpretes fantasiados" — como os folhetos gostam de descrever esses futuros cidadãos do legado americano — me dão náuseas. Não estou exagerando também. Revira e dá engulho no meu estômago.

Mary Brockman Singleton fala com carinho da Taverna construída no estilo casa de tijolinhos na Duke of Gloucester Street e sobre o modo como seu marido sucumbiu à gripe. Não faz a menor diferença que Mary Brockman Singleton tenha morrido lá em 1775, porque, como ela gosta de dizer a todos que possam ouvi-la, ela acredita em fantasmas.

"Tu não sabes", ela nos informa, com delicadeza. "Diversos testemunhos de poltergeists foram relatados na Casa de Peyton Randolph."

Algumas pessoas então murmuram frases de aprovação patriótica.

É uma boa hora para perguntas. Eu lhe indago se algum dia ela já viu uma escadaria sem fundo arrancar fora o coração de qualquer que seja o lugar onde ela mora de verdade, quando então Colonial Williamsburg fecha para passar a noite e ela, para não falar nada do resto de todos esses supostos intérpretes aqui, retorna à memória do presente, fugindo depressa para o conforto dos fornos de micro-ondas e boletos mensais de telefone.

O que ela sabe de interpretação, afinal?

Alguém chega e me convida a me retirar.

· Perto do campus da Faculdade William & Mary, cercado por cartões-postais que ostentam a majestade das montanhas purpúreas, e elas são purpúreas mesmo, eu começo a hiperventilar. Demora uma boa meia hora para eu me recuperar. Me sinto doente, muito doente. Não consigo não pensar que tem um tumor carcomendo o forro do meu estômago. Deve ter o tamanho de uma bola de boliche. Aí me dou conta de que esqueci de comer. Deve ter se passado um dia inteiro desde a última vez que botei alguma coisa para dentro. Talvez mais.

Não muito longe dali, eu encontro uma taverna com hambúrguer barato e água limpa na torneira. Do outro lado do espaço, oito alunos começam a encher a cara com cerveja stout. Aí eu começo a me sentir melhor. Eles não prestam nenhuma atenção em mim.

Aonde quer que eu vá, há indícios da história de Zampanò — e com isso eu quero dizer a história de Navidson —, mas sem nenhuma evidência real para confirmá-la. Vasculhei todas as ruas e campos, desde Disputanta até Five Forks, chegando até o extremo leste da Ilha de Wight. Embora eu tenha o tempo todo a sensação de estar próximo, tipo próximo de verdade, de alguma coisa importante, no fim saio com as mãos abanando.

· Richmond é apenas um corvo e os resquícios de um jardim de rosas pisoteado uma certa tarde, muito tempo atrás, por uma rodinha de adolescentes.

· Charlottesville. O clique suave das rodas de Billy Reston — pensando bem, lembra muito um velho projetor — constantemente ameaça invadir os corredores de um edifício de tijolinhos conhecido como Thorton Hall e, por mais que eu consulte a Associação Nacional de Engenheiros Negros, não consigo encontrar o seu nome.

Um mural tem ainda um anúncio da palestra de Roger Shattuck sobre "Grandes Falhas e 'Pessoas Esplendidamente Perversas'", ministrada no outono de 1997, mas não guarda nada dos enigmas arquitetônicos que nos esperam na sombria zona rural da Virgínia.

No West Range, eu tomo cuidado para evitar o quarto número 13.

· Monticello. Aprendo que Jefferson estudou cuidadosamente I Quatrro Libri, de Andrea Palladio. Percebo que provavelmente devia visitar as cavernas de Shenandoah e Luray. Sei que não vou.

Ao reler meio por cima tudo isso, eu começo a perceber que estou traçando a história errada aqui. A Virgínia pode ter significado muita coisa para a imaginação de Zampanò. Mas não para mim.

Estou indo atrás de alguma outra coisa. Talvez paralela. Possivelmente harmônica. Certamente pessoal. Há um vestígio dela habitando todos os lugares que eu visitei até agora, seja no Texas — sim, eu finalmente fui lá —, em Nova Orleans, em Asheville, na Carolina do Norte ou qualquer outra curva de estrada ou cidadezinha falida que tenha cruzado meu caminho para o leste.

Não posso lhes dizer por que não encontrei até agora. E não foi nenhum cheiro que a trouxe de volta também, nem as fronteiras saudosas de algum objeto achado ou qualquer outra revelação na estrada. Foi a minha própria mão que fez isso. Talvez vocês a tenham encontrado antes de mim? Flagrado um relance, nas entrelinhas, entre as letras, como um fantasma num espelho, um fantasma nas asas?

Minha mãe está logo diante de mim, diante de vocês. Está lá como a professora, a intérprete, talvez até mesmo como esta zona rural estranha e embrenhada. Seu rosto superficial, o lirismo sombrio de seus olhos e, é claro, suas palavras, naquelas cartas distantes que ela costumava me enviar quando eu era criança, aludindo em segredo ao modo como ela costumava parar para sentar e assistir à noite selar o crepúsculo, ano após ano, aguardando-a como um gato. Ou observar como as próprias palavras também podem escrever. Ou até mesmo, a seu próprio modo, belo e, sim, aterrorizante, me dar as instruções para cometer um assassinato. Um dia talvez até demonstrá-las.

Ela está aqui agora. Sempre esteve aqui.

"Cuidado", ela poderia ter sussurrado. "Mais um Outro, santo, diminui a sua capacidade de se ater ao tempo que se torna cada vez mais lento", como ela o teria descrito, sendo a doida que verdadeiramente era.

E ela poderia ter arrasado este mundo inteiro.

Talvez ainda possa.

4 de maio, 1998

Em Kent. Nove anos. Que coincidência feia. Cheguei até a olhar o meu relógio. 9. Porra das nove da noite.

5+4+1+9+9+8+9 = 45 (ou -9 anos = 36)
4+5 = 9 (ou 3+6=9)
De qualquer jeito, não importa.
Eu digo com um sotaque alemão:
Nine.

21 de junho, 1998

Feliz Aniversário pra mim. Caralho de Feliz Aniversário pra mim. A merda que tiver que ser será, caralho, cantava a mamãe D-Day. Com a luminosidade de uma bomba atômica.

1º de julho, 1998

Os sonhos estão piorando. Geralmente nos pesadelos é que a gente vê do que é que tem medo. Não é o meu caso. Nenhuma imagem. Nenhuma cor. Só a escuridão e então a distância chegando cada vez mais perto, começando a penetrar algum estranho rugido sempre presente, sons, vozes, às vezes apenas algumas, às vezes uma multidão, e, uma por uma, todas elas começam a gritar.

Você sabe como é acordar de um sonho que você nem viu? Bem, para começo de conversa, você nem tem certeza de que estava mesmo sonhando.

No dia seguinte ao 4 de maio, eu não fiquei com vontade de escrever o que aconteceu. Uma semana depois, fiquei com menos vontade ainda de escrever. O que me importava? Depois, uma hora mais tarde, acordei sem ter ideia de onde estava. Demorou uns vinte minutos só para eu parar de tremer. Mas, quando eu finalmente parei, ainda não conseguia superar a sensação de que tudo ao meu redor estava irreparavelmente fraturado. Sem me dar conta, a princípio, eu ruminava sem parar aquela noite, o 4 de maio, fazendo e refazendo os meus passos no caminho que eu percorri para visitar o instituto onde minha mãe morava. O lugar a que o meu pai sempre se referiu como A Baleia.

"Você sabe onde sua mãe está, Johnny", ele me dizia. "Ela está na Baleia. É lá que ela mora agora. Ela mora na Baleia."

Para minha grande surpresa, o lugar estava em ruínas. Fechou em abril. Mais de cinco anos atrás.

Não foi fácil entrar lá, mas depois de um tempinho, após muita circum-ambulação, caminhando devagar em torno do perímetro tomado pelo mato, eu encontrei um caminho que atravessava o alambrado. Dois metros e meio de altura. Coberto com arame de concertina. Placas de Proibida a Entrada a cada dez metros.

Por um tempo, fiquei vagando pelos longos corredores brancos, pedacinhos de vidro cobrindo a maior parte do chão. Era fácil ver por quê. Todas as vidraças tinham sido estilhaçadas. O velho gabinete do Diretor não era exceção.

Em uma das paredes, alguém tinha rabiscado a frase: "Bem-vindos à Casa de Gelo".

Demorou mais uma hora até eu localizar o quarto dela. Muitos daqueles quartos são parecidos, todos familiares, mas nunca exatamente iguais, nunca exatos, suas dimensões e perspectivas nunca se alinhando precisamente com a lembrança que eu tinha, uma lembrança de que logo comecei a duvidar, uma dúvida surpreendentemente dolorosa na verdade, até que avistei, pela sua janela, a árvore agora coberta de cipós, enquanto as linhas da parede, dos cantos e do chão se alinhavam num instante, ou assim me pareceu — embora nada nunca seja instantâneo —, tudo entrando em foco e revelando o lugar onde ela finalmente morreu. É claro que era definitivo, né? O armário do lado. Vazio. E a cama dela no canto. A mesma cama. Por mais que o colchão tenha sido levado embora e as molas lembrem a carcaça enferrujada de um naufrágio, parcialmente enterrado nas areias de um litoral há muito tempo esquecido.

O horror deveria ter me enterrado.

Não me enterrou.

Eu sentei e esperei que ela me encontrasse.

Não me encontrou.

Esperei a noite toda no mesmíssimo quarto em que aquilo aconteceu, esperando surgir a sua forma frágil, liberta dos raios de vidro e luar. Só que não tinha vidro nenhum. Também não tinha luar. Não que desse para ver.

Amanheceu e o dia me encontrou como todos os outros dias me encontraram — sem o menor alívio ou explicação.

Não tenho uma boa resposta à pergunta de aonde eu fui depois, a não ser, é claro, que vocês comprem a resposta óbvia, que neste caso é a única que está à venda. Então, passem para cá suas moedinhas. É uma resposta barata também.

Acho que pelo fato de eu ainda estar preso a essa noção de lugar e localização, acabei indo até o lugar onde eu morava quando levaram minha mãe embora, o que aconteceu uns bons anos antes de o meu pai morrer, antes que eu viesse a conhecer aquele homem chamado Raymond.

Minha vontade era tocar a campainha e passar uma conversa neles para me deixarem olhar os quartos. Me convencer de que eu conseguiria convencer os novos donos — seja quem for; imagino uma gente gorda, pálida, temente a deus, me encarando e me ouvindo explicar como, apesar da minha aparência, ainda era o dever deles enquanto gente temente a deus – me deixar entrar e dar uma olhada no que foi meu, pelo menos durante um breve período.

Imaginei que era só olharem para a minha cara que eles iam perceber na hora que não era piada. Porra, eu estou o mais próximo possível da loucura que dá para chegar.

O homem iria dizer, num grunhido: "Se a gente não deixar esse moleque entrar, ele não vai aguentar".

A esposa: "Pra você ver".

E o homem: "Pois é".

E enfim, pela última vez, a mulher: "Pois é".

Pelo menos, é o que eu esperava.

Eles também podiam muito bem só chamar a polícia.

Era meio-dia quando eu encontrei, após uma série de guinadas à esquerda, a direita que dava direto em uma rua sem nenhum santo perfilado, completamente alterada. A casa não estava mais lá. Um monte de casa não estava mais lá. Em seu lugar, uma grande madeireira. Parte dela estava em funcionamento. A outra parte, ainda em construção.

Bem, o que posso dizer, só de ver toda a serragem e óleo no chão e os capacetes de segurança e os cabos pretos e aqueles trailers genéricos pra caralho, isso já me rasgou todo por dentro. Minhas tripas começaram a se revirar de dor. Provavelmente com sangue. Comecei a ter uma hemorragia de sofrimento. Provavelmente já sabia que não teria nenhum band-aid ou antiácido que pudesse curar. Eu duvidava até que desse para suturar. Mas o que eu poderia fazer?

Não tinha cura nenhuma ali.

Fiquei em pé ao lado das serras circulares e me segurei pela barriga. Eu não tinha ideia de onde estava em relação ao que outrora existiu. Talvez ali ficasse a minha cozinha. Por que não? A pia de restaurante, de aço inox, ficava ali naquele lado. O velho fogão daquele outro lado ali. E aqui onde eu estava era bem onde eu estava sentado, aos 4 anos, aos pés da minha mãe, meus braços para cima, por instinto, talvez até feliz, preparado para pegar o sol. Pegar a chuva.

A lembrança se mistura com todas as recontagens e explicações que eu ouvi depois. É até mesmo possível que o que eu achava ser uma lembrança seja, na verdade, a lembrança de uma história que eu fui escutar bem mais tarde. Não tem mais como dizer ao certo.

Supostamente eu estava dando risada. Acho que isso explica a parte de estar feliz. Supostamente ela também estava dando risada. E então alguma coisa fez minha mãe ter um movimento brusco, um pequeno erro na verdade, mas, nossa, que consequências, seu braço por acidente derrubou uma frigideira cheia de óleo Mazola fervendo, enquanto eu, no que deve ter sido uma das mais estranhas reações de todos os tempos, abri meus braços para bancar o velho e corajoso apanhador, tentando pegar tudo, a frigideira quicando inofensiva no chão, mas o óleo cobrindo os meus braços, transformando-os em redemoinhos do deus Oceano. Ah, sim, verdadeira irmã de Circe! Que cicatrizes! Quiçá eu pudesse cobrir-te com a lama do Nilo! Por favor, abençoa estes braços! Os quais eu me flagrei olhando de novo, estudando com cuidado a maré ali, todas aquelas estranhas correntes e texturas, me perguntando que história isso tudo poderia contar e os graus de detalhes, completamente alheio ao caipira idiota gritando no meu ouvido, berrando algo sobre os motores e o chiado das serras, querendo saber o que caralhos eu fazia lá, por que era que eu estava segurando a minha barriga e tirando a camisa daquele jeito, "Você está me ouvindo, ô seu escroto? Eu perguntei quem diabos você acha que é", eu nem sabia que estava em propriedade privada? - e sua diatribe não acabou por ali, ele quis saber se eu desejava que ele me partisse no meio, como se essa fosse a pergunta que o meu silêncio de peito nu estivesse fazendo. Até agora não consigo me lembrar de ter tirado a camisa, só de olhar para os meus braços.

Isso eu lembro.

Porém, conforme eu começo a anotar isto aqui — no que me retorna algum tipo de tranquilidade —, eu começo sim a me lembrar de outra coisa, apenas percebendo-a talvez?, o modo como meu pai rosnou, rugiu na verdade, mas não era bem um rugido, quando viu meus braços queimados, um berro de furar o tímpano, quase desumano, que ele deu para me proteger, para impedi-la e me cobrir, o que agora eu percebo que eu não lembrava. Aquela idade, os meus 4 anos, é obscura para mim. Ainda assim, o som é vívido demais para serem só os decibéis da minha imaginação. O modo como ele se repete em minha cabeça, como se fosse uma música aterradora e familiar. Várias e várias vezes, num loop contínuo, cada repetição oferece este conhecimento certeiro: eu devo tê-lo ouvido — ou algo parecido — não naquela hora e sim depois, mas quando? E de repente eu encontro alguma coisa, escondida em algum dos corredores da minha cabeça, mas não é a minha cabeça e, sim, uma casa, qual casa? um lar, o meu lar?, talvez no hall de entrada, piscando na escuridão, dois olhos pálidos como luas de outubro, lambendo os dentes, incessantemente tamborilando suas unhas pintadas e compridas, e antes de alcançar — outro grito, talvez ainda mais profundo do que o rugido do meu pai, mas só pode ser do meu pai, não?, que envia essa lembrança, essa premonição – seja lá o que for – bem como aquela coisa no hall, um rugido que apaga toda lembrança, me protegendo?, ainda?, óbvio que é forte o suficiente para exceder o volume de todos os equipamentos que mascam a madeira, a pedra e a terra ali, e certamente mais alto do que aquele jumento que começou a me empurrar até eu passar do portão, caindo da graça, da desgraça?, quem dá a mínima, além da fronteira da propriedade, deles e minha; o que costumava ser meu lar.

Não ouvi nada.

Meus tímpanos estouraram.

Minha mente estava vazia.

Completamente.

2 de setembro, 1998

Seattle. Dormindo no sofá de um velho amigo.[418] Um pediatra. A minha aparência deixou ele e a mulher dele assustados, e ela é médica também. Estou abaixo do peso. Muitos tremores e tiques inexplicáveis. Ele insiste para que eu fique aqui com eles mais algumas semanas. Recuso o convite. Acho que ele não faz ideia do risco que está correndo.

7 de setembro, 1998

Nós três passamos o fim de semana no Doe Bay Village Resort na ilha de Orcas. As termas minerais ali parecem ter ajudado. Maravilhoso. Cercado por abetos de Douglas e frequentemente visitado por estranhos andarilhos que vêm de caiaque dos pequenos barcos ancorados na baía. Ficamos sentados lá um tempão, só inalando o enxofre quente que ia se mesclando ao sereno da noite. Em algum momento, a esposa do meu amigo me perguntou da minha jornada e eu respondi contando histórias sobre a minha mãe, o que eu lembrava, e o instituto, o que eu vi e a madeireira. Cheguei até a lhe contar a história das cicatrizes nos meus braços. Mas eles já conheciam essa. Como eu já lhes disse, são amigos meus. São médicos.

O Doc deu um mergulho rápido na água fria ali do lado. Ao retornar, ele me contou a história do dr. Nowell.

---

418 ____
____
____
____
____

20 de setembro, 1998

Minha situação melhorou muito. Meus amigos estão cuidando de mim em tempo integral. Faço exercícios duas vezes ao dia. Eles me puseram numa dieta bem rigorosa de comida saudável. A princípio foi difícil de engolir, mas meu estômago está em ótimo estado. Nem sinal de tumor, nem mesmo uma úlcera.

Uma vez por dia, eu participo de uma sessão de terapia em grupo no hospital. Estou começando a me abrir de verdade. O doutor também me botou para tomar uma droga recém-descoberta, um tablete amarelo-claro pela manhã e outro no fim da tarde. É um amarelo tão claro que parece até brilhar. Sinto que estou pensando com muito mais clareza agora. O medicamento parece ter eliminado aqueles vales profundos e picos maníacos que tive de suportar com tanta frequência. Também me deixa dormir.

Recentemente, o Doc me confessou que, quando me ouviu gritar pela primeira vez, achou que só uma longa estadia num instituto poderia me ajudar. Nas primeiras noites, ele ficou só ali sentado, acordado, ouvindo e anotando uma ou outra palavra que eu gemia, tentando imaginar que tipo de fusos do sono e complexos K poderiam descrever esse tipo de coisa.

Mas a droga curou tudo isso.

É um milagre.

E é só.

23 de setembro, 1998

O Doc e sua esposa me levaram até Deception Pass, de cuja altura ficamos admirando o fundo do desfiladeiro. Todos avistamos uma águia planando embaixo da ponte. Por algum motivo, ninguém disse uma única palavra.

27 de setembro, 1998

Estou forte e saudável. Consigo correr três quilômetros e meio em menos de doze minutos. Consigo dormir doze horas direto. Já me esqueci da minha mãe. Entrei de volta na linha. E embora eu esteja agora a caminho de L.A. para começar uma nova vida – as armas no meu porta-malas há muito substituídas por um estoque daquele milagroso brilho amarelo, o bastante para um ano –, quando me despedi dos meus amigos hoje de manhã, eu me senti péssimo, mergulhado em tristeza. Muito mais do que o esperado.

Lado a lado na entrada da sua garagem, os dois pareciam um casal de recém-casados, prestes a fugir para Paris, o tipo que se vê em filme, correndo pelo cais, com alpiste no cabelo, embarcando num hidroavião, sobrevoando o Estuário de Long Island, talvez até atravessando uma ponte, quiçá haja até mesmo um momento em que todos se perguntam se eles estão voando alto o suficiente para passar por cima da ponte, e assim mesmo eles passam e sua história começa. Boa gente. Muito boa gente. Eu já estava dando ignição no carro e eles ainda me pediam para ficar.

28 de setembro, 1998

Portland. Anoitecendo. Andei sob a ponte Hawthorne e me sentei às margens do rio Willamette. Jantei suco de cenoura e tofu. Não, não está certo, um burrito de loja de conveniência 7-Eleven é mais a minha cara. Me preparo para tomar o meu tablete de brilho amarelo, mas por algum motivo — agora que porra foi essa? — esqueci de trazer um comigo no meu bolso.

Volto até onde estacionei meu carro. Sumiu. Alguém deve ter roubado.

Não. Meu carro ainda estava lá. Bem onde eu estacionei.

Abri o porta-malas. Estava um escuro gelado. Nenhum tablete de qualquer tipo em lugar algum. Certamente não tinha nenhum estoque para um ano. Como eu disse — um escuro gelado. Vazio, exceto pelo vago reluzir de duas pistolas deitadas ao lado de uma Weatherby 300 magnum.

29 de setembro, 1998

Você está de sacanagem comigo, porra? Vocês realmente acharam que tinha um pingo de verdade nisso tudo? De 2 a 28 de setembro? Eu inventei tudo. Tirei do cu. Escrevi em menos de duas horas. Não tenho nenhum amigo médico, que dirá <u>dois</u> amigos médicos. Vocês deviam ter imaginado. Pelo menos a falta de palavrões devia ter dado uma pista. Um sinal certeiro de que tinha algo errado.

E, caso vocês tenham comprado essa bobagem toda de Tablete-Amarelo-Brilhante, bem, nesse caso, vocês estão mais fodidos da cabeça do que eu.

Mas eis aqui o lado mais triste disso tudo. Eu não estava tentando enganar ninguém. Eu estava tentando era enganar a mim mesmo, para que eu acreditasse, mesmo que fosse durante só duas horinhas, que eu realmente tinha a sorte de ter dois amigos assim, e médicos também, capazes de me ajudar, me darem uma mãozinha, me darem tofu para comer, aplicarem uma droga milagrosa, curarem meus pesadelos. Não que nem o Lude com suas pílulas e festas, fala mansa e droga de rua. Mas eu sinto falta do Lude. Me pergunto como ele está. Deve ter saído já do hospital a esta altura. Me pergunto se já está rico. Faz meses desde a última vez que eu vi ele. Não sei nem onde foi parar este último mês. Precisava inventar alguma coisa para preencher o vazio desconcertante. Precisava.

Neste exato momento, estou em Los Gatos, Califórnia. Na Hospedaria Los Gatos, na verdade. Consegui tirar umas horinhas de sono até que um pesadelo me jogou no chão, e fiquei me contorcendo igual um imbecil. Enjoado de tanto suar. Liguei a TV, mas aqueles canais ofereciam apenas o pouco já esperado.

Fui lá fora. Tentei admirar os bilhões de estrelas do céu, parando por tempo o suficiente para permitir que cada ponto de luz tivesse a chance de escavar um buraco profundo na parte de trás da minha retina, de modo que, quando eu finalmente me virei para encarar a escuridão da floresta que me cercava, pensei ter visto um bilhão de pupilas de um bilhão de gatos desaparecendo num piscar de olhos, na matemática da vida, a soma do universo, as histórias da história, uma vida mais antiga do que qualquer um poderia ter imaginado. E mesmo após terem desaparecido — sumindo juntas, como se realmente fossem uma coisa só —, algo ainda se demorava nas dobras suaves dos pinheiros, sentado em silêncio, quase como se também estivesse esperando alguma coisa despertar.

19 de outubro, 1998

De volta a L.A. Fui até o meu galpão e trouxe o livro de volta. Vendi meu carro. Fiz check-in num hotel pavoroso. Um dólar e 25 centavos por semana. Uma toalha. Um cooktop. Perguntei ao funcionário se ele podia me botar num quarto que não tivesse ninguém do lado. Ele só fez que não com a cabeça. Não disse nada. Nem olhou para mim. Por isso eu expliquei a coisa dos pesadelos e o tanto que me fazem gritar, o que suscitou uma resposta, apesar de ainda assim ele não olhar para mim, ficou só encarando o balcão de fórmica, e me disse que eu não era o único. Ele tinha razão. Não são poucas as pessoas aqui que gritam dormindo.

Tentei ligar pro Lude. Sem sorte.

24 de outubro, 1998

Liguei pra Tambor hoje. Ela ficou tão feliz de ter notícias minhas que me convidou para jantarmos amanhã à noite, me prometeu tudo, comida caseira e horas e tempo a sós sem interrupção. Eu lhe avisei que fazia um tempo que eu não ia numa lavanderia. Ela respondeu que eu podia usar a sua máquina de lavar. Até mesmo tomar um banho se eu quisesse.

Ainda sem notícias do Lude.

25 de outubro, 1998

O Lude morreu.

. . . .
. . . .
. . . .

2 de novembro, 1998

Triste por ter que ir embora. Pois tudo isso tem sido uma grande despedida. Ou algo assim. Não foi?

11 de novembro, 1998

Longe da cidade agora. O ônibus faz chacoalhar a parte baixa dos céus com sua jornada lenta e pioneira pelo deserto. Gente poeirenta, gente gorda, gente esquecida povoando os assentos e corredores. Comida pra viagem, roncos e aquele olhar desbotado que aparece no rosto de pessoas que estão felizes em partir, mas sem pressa para chegar.

Pelo menos tenho um dinheirinho agora. Penhorei as armas antes de ir embora. O sujeito me pagou 85 pelas três. Não quis me dar nem um centavo pelas balas, por isso eu joguei tudo numa lixeira atrás de um laboratório fotográfico.

Após voltar a uma Kinko's — o que demorou um tempinho — e depois dar um pulo nos Correios — o que demorou ainda mais —, eu fui ver a minha querida pela última vez.

Era isso que ela era?

É mais uma fantasia, eu acho. Provavelmente seria melhor escrever com "ph". Uma esperança phantástica. Uma ecdisíasta encantadora que, naquela noite, até que enfim, me deu seu nome verdadeiro.

Não consigo explicar direito como foi bom revê-la. Precisei esperar um pouco, mas valeu a pena. Eu estava lá nos fundos, ainda mais feliz por ver que ela usava o colar de ouro trançado que eu lhe dei de presente.

Sabe, eu disse que o meu chefe ia, sim, levar esse colar para ela. Ele sabia que eu não estava de sacanagem quando disse que eu ia tacar fogo nele se não levasse. Mesmo que eu estivesse, sim, de sacanagem, eu não estava.

Ela disse que nunca mais tirou.

Não conversamos por muito tempo. Ela precisava voltar para o palco e eu tinha um ônibus para pegar. Ela logo me contou da criança dela e como ela rompeu seu relacionamento com o boxeador. Aparentemente, ele não aguentava a choradeira. Ela também começou o processo de remover suas tatuagens com laser.

Eu pedi desculpas por não ter ido jantar com ela e lhe disse — o que caralhos foi que eu disse? Coisas, eu acho. Falei umas coisas. Dava para ver que ela ficou toda nervosa, mas também alvoroçada.

Os pesadelos têm essa qualidade, não é?

Ela esticou uma mão e suavemente alisou com seus dedos o meu supercílio, que ainda doía por causa do bom e velho Homem de Gdansk. Por um momento, me senti tentado. Eu era bom o suficiente em ler os sinais para saber que ela queria um beijo. Ela sempre foi fluente nessa linguagem do afeto, mas eu também podia ver que, ao longo dos anos, anos dessa mesma gramática, ela havia perdido a chance de compreender os outros. Me surpreendia descobrir que eu me importava o suficiente com ela para agir agora com base nesse conhecimento, ainda mais considerando o quanto eu estava solitário. Eu lhe dei um abraço quase paternal e um beijo na bochecha. Acima de nós, aviões rugiam pelo céu. Ela me disse para manter contato e eu lhe disse para se cuidar e aí, enquanto me afastava, acenei com a mão e dei adeus ao Lugar Mais Feliz do Mundo.

28 de agosto, 1999

Ontem mesmo eu cheguei em Flagstaff, Arizona, onde os trens fazem paradas de rotina para que os sem-teto possam descer e pegar um café de 10 centavos numa lojinha no pátio de trens do outro lado dos trilhos. É o que custa na verdade. Por 75 centavos, dá para comprar uma tigela de sopa e, por mais 10, uma fatia de pão. Passei longe do café e arranjei um jantar por menos de um dólar. No entanto, em vez de subir de volta ao vagão de carga, comecei a vagar e, em algum momento, acabei esbarrando num parque com alguns bancos nos quais eu poderia me sentar e curtir a minha refeição, tendo a minha mente, por algum motivo, consumida em pensamentos sobre a Europa. Cais de Paris, parques de Londres. Dias passados.

Enquanto eu comia, o rádio de uma outra pessoa foi me fazendo companhia até que eu percebi que não era rádio nenhum, mas música ao vivo vazando da porta dos fundos de um bar.

Eu só tinha uns 3 dólares e uns trocados. Era mais que provável que o couvert artístico já não me deixasse entrar. Decidi tentar ainda assim. No mínimo do mínimo, poderia ficar ali do lado de fora e ouvir umas músicas.

O mais surpreendente foi que não tinha ninguém na porta. Ainda assim, já que o lugar estava meio vazio, imaginei que não fosse demorar para alguém me flagrar ali, alguém que me deteria antes que eu chegasse a um dos banquinhos do bar e me perturbaria até eu dar dinheiro. Não aconteceu. Quando o barman chegou para pegar o meu pedido, expliquei na hora quanto dinheiro eu tinha, imaginando que isso bastaria para me jogarem lá fora.

"Sem problema", ele disse. "Não tem entrada e hoje a cerveja custa só um dólar."

De imediato eu já pedi três para a banda e uma água para mim, e veja só, pouco depois o barman voltou com uma cerveja por conta da casa. Aparentemente, fui o primeiro freguês daquela noite a pagar uma cerveja para os músicos, o que foi estranho e bem zoado também, ainda mais por ser uma noite em que a cerveja estava tão barata e eles eram bem bons, na verdade.

Enfim, fiquei lá relaxando e comecei a ouvir as músicas, curtindo as estranhas melodias e as letras malucas, caprichadas, verdadeiras veleidades. O barman em algum momento reparou que eu não tinha nem tocado na minha cerveja e se ofereceu para substituí-la por alguma outra coisa. Eu agradeci e pedi uma gengibirra, o que ele atendeu, pegando a cerveja para si.

Ainda estávamos de papo, conversando sobre Flagstaff, o bar, os trens, eu compartilhando umas histórias da minha travessia pelo país, ele me confidenciando alguns de seus problemas, quando, do nada, umas letras bem esquisitas interromperam a nossa conversa. Eu dei uma pescoceada, escutando ativamente, me concentrando, convencido de que tinha me enganado, quando ouvi mais uma vez: "Eu moro no fim do Corredor de Cinco Minutos e Meio".

Não conseguia acreditar nos meus ouvidos.

Quando terminaram o show, eu abordei o trio, e todos os três, provavelmente por conta da minha aparência e odor, pareceram muito desconfiados e cabreiros, até que o barman me apresentou a eles como a fonte de sua bebida recentemente entregue e apressadamente ingerida. Bem, aquilo mudou tudo. Cevada e lúpulo são uma moeda e tanto.

Começamos a papear. Pelo visto, eles eram da Filadélfia e estavam em turnê o verão todo, de uma costa à outra do país. O nome da banda era Liberty Bell.

"Porque é um sino rachado. Sacou?", uivava o guitarrista. Na verdade, os três eram todos muito de boas quanto à sua música, até que eu resolvi perguntar do "Corredor de Cinco Minutos e Meio".

"Por quê?", respondeu bruscamente o baixista e de repente os outros dois ficaram muito quietos de imediato.

"Não era um filme?", eu respondi de volta, gaguejando, bastante surpreso pela rápida mudança no clima ali.

Por sorte, após me estudarem por um momento, presumivelmente tomando uma daquelas decisões espontâneas, o baterista balançou a cabeça e explicou que as letras eram inspiradas por um livro que ele encontrou na Internet um tempinho atrás. O guitarrista foi até a bolsa esportiva atrás dos cubos Vox. Após procurar por um segundo, ele encontrou o que estava procurando.

"Pode dar uma olhada você mesmo", disse, enquanto me entregava um catatau de papel todo surrado. "Mas toma cuidado", ele acrescentou, em tons conspiratórios. "É uma coisa que vai mudar a sua vida."

Eis aqui o que dizia na capa:

Casa de Folhas

de Zampanò

com introdução e
notas de Johnny Truant

Circle Round A Stone Publication
Primeira Edição

Eu não conseguia acreditar nos meus olhos.

Pelo visto, não só todos os três já tinham lido, como também volta e meia alguém na plateia numa ou outra nova cidade ouvia a música sobre o corredor e depois chegava para conversar com eles depois do show. Eles já tinham passado muitas horas com completos estranhos só de papo furado sobre a obra de Zampanò. Discutiam as notas de rodapé e até mesmo a aparição criptografada de Tamíris na página 404, algo que eu transcrevi sem jamais nem mesmo detectar.

Aparentemente, eles ficaram muito intrigados quanto à história de Johnny Truant. Será que ele conseguiu chegar à Virgínia? Será que ele encontrou a casa? Será que ele conseguiu finalmente dormir direito? E, o que era mais importante, ele estava solteiro? Será que no fim das contas ele conseguiu encontrar a mulher capaz de amar as suas ironias? E isso me deixou chocado pra caralho. Quer dizer, é impressionante, porque preciso fazer uma leitura muito atenta lá na página 129 para pegar essa referência.

Na segunda parte do show, eu dei uma olhada nas páginas e estavam virtualmente todas marcadas, manchadas e riscadas com caneta vermelha, incluindo uns comentários curiosos e frequentemente bem inspirados, na minha opinião. Em algumas das margens havia até mesmo umas coisas pessoais chocantes sobre as vidas dos próprios músicos. Eu fiquei maravilhado e impactado e de repente não tinha muita certeza sobre o que foi que eu fiz. Eu não sabia se devia ficar com raiva por estar tão alheio a tudo ou triste por ter feito algo que eu não entendia direito ou talvez devesse ficar feliz pela coisa toda. Não há dúvida de que me agradava a substância daquelas páginas, ainda que imperfeitas, ainda que incompletas. Mas nesse aspecto elas estavam absolutamente completas, cada erro e gesto inacabado e tudo o mais daquele discurso inaudível, tudo preservado e intacto. Aqui agora, repousando nas palmas das minhas mãos, um eco que atravessou os anos.

Por um tempo eu fiquei lá lutando comigo mesmo, em dúvida se devia ou não contar à banda quem eu era, mas, no final, por qualquer motivo, decidi não contar, devolvendo o livro com um simples obrigado. Depois, já com bastante sono, eu fui vagando de volta até o parque, me embrulhei no meu casaco de veludo cotelê, com botões novos que eu mesmo costurei - desta vez usando rolos inteiros de fio para garantir que eles nunca mais vão cair - e me estiquei embaixo de um velho freixo, apoiando a cabeça na terra, ouvindo a música que continuava vindo do bar, curando a minha fadiga, até que, por fim, fui divagando e comecei a sonhar que voava muito acima das nuvens, banhado em luz, voando cada vez mais alto, até que por fim caí num sono não mais perturbado pelo passado.

Um tempinho atrás, um grande husky siberiano de pelagem cinzenta emergiu do nada e começou a cheirar as minhas roupas, cabeceando o meu braço e lambendo o meu rosto, como que para me certificar de que, embora não houvesse nenhuma fogueira ou lareira, a noite já tinha passado e que era o mês de agosto e não tinha nada nem perto dos -56 para me ameaçar. Após fazer carinho nele por uns minutos, caminhamos juntos, dando uma volta no parque. Ele correu atrás dos passarinhos, enquanto eu esticava as pernas até tirar delas todo o sono. No exato momento em que eu rabisco estas palavras, ele insiste em se sentar ao meu lado, suas orelhas se mexendo ocasionalmente no ar matinal, enquanto, diante de nós, um céu tão escuro quanto uma ameixa machucada lentamente se desdobra em manhã.

Dentro de mim, ainda sinto uma tristeza estranha e curiosamente familiar, uma tristeza que eu suspeito que vá ficar comigo por um bom tempo, enroscando-se em torno do mesmo ouro que outrora esteve no âmago do meu horror, antes que ela aparecesse diante dele e, ao som de suas palavras, transformasse o vento em chuva. Pelo menos o tempo está ficando mais brando, uma brisa suave vem do sul. Flagstaff parece deserta e o bar fechou e a banda foi embora, mas consigo ouvir o chacoalhar de um trem à distância. Logo ele chegará aqui, com os sem-teto descendo para comer, o café a 10 centavos, a sopa por 75 centavos e eu tenho uns trocados sobrando. Parece uma boa ideia tomar algo morno, algo quente. Mas não preciso ir embora ainda. Ainda não. Tem tempo agora. Muito tempo. E, de algum modo, eu sei que vai dar tudo certo. Vai ficar tudo bem. Vai ficar tudo bem.

---

31 de outubro, 1998

Aqui estou eu de novo. Estas páginas estão uma bagunça. Estão grudadas de mel devido ao tanto de chá que eu ando fazendo. Estão coladas com sangue. Não tenho ideia do que fazer com esses últimos registros também. Qual é a diferença, ainda mais na diferência, o que foi lido o que é que entra e o que fica de fora e o que é inventado que é lembrado que é esquecido que é escrito que é encontrado que é perdido que é feito?

O que não foi feito?

Qual a diferença?

31 de outubro, 1998 (Mais tarde)

Estava acabando de completar a introdução quando ouvi eles todos vindo atrás de mim, um coral inteiro, praguejando contra o meu nome, todos aqueles passos e então a batida dos seus punhos na minha porta.

Certeza que é o funcionário. Certeza que é a polícia. Certeza que tem outros junto. Uma multidão de outros. Me acusando pelo que eu fiz.

As armas estão sobre a minha cama, carregadas.

O que eu vou fazer?

Não tem mais armas. Não tem mais vozes.

Não tem ninguém na minha porta.

Nem mais porta tem.

Como uma criança, eu apanho o livro acabado nos meus braços e subo pela janela.

As memórias logo vêm na sequência.

O sangue do Homem de Gdansk lambuza os meus dedos, mas enquanto me preparo para assassiná-lo ali mesmo na calçada e depois arrastar Kyrie para longe, rumo a um outro lugar — algum lugar impronunciável —, alguma coisa mais obscura, talvez a mais obscura de todas, detém a minha mão e, nos sussurros de um vento estranho, expulsa a minha fúria.

Eu arremesso para longe a garrafa, pego o Homem de Gdansk e, seja lá o que eu estiver dizendo, algo a ver com o Lude, algo a ver com ela, ele murmura um pedido de desculpas. Por algum motivo, há cortes nas suas mãos, que sangram. A Kyrie apanha as chaves, desliza pelo assento, atrás do volante, e bate em retirada, rumo aos rumores do dia, a partida daqueles dois segue ecoando em minha cabeça, entrando em ressonância com um significado incompleto, antigo e épico, como se dissesse que o que quer que tenha vindo nos fazer fazer sentido acabou dissuadido por alguma outra coisa que veio ao nosso encontro. Confirmando nessa resolução que, embora os mortos ainda possam caçar os seus filhotes, os filhotes podem ainda assim se voltar contra eles e, nesse ato, aprender como é que a própria definição de veleidade é capaz de prevenir a matança.

Ou será que não é isso, nem de longe?

Começo a correr, tentando encontrar um caminho rumo a algo novo, algo seguro, saindo da vista dos outros, o clamor da vida.

Tem algo mais forte aqui. Além da minha imaginação. Me aterroriza. Mas o que é? E por que é que ela me mantém aqui? A escuridão não é o mesmo que o nada? Não foi essa a descoberta de Navidson? A descoberta de Zampanò? Ou será que eu entendi tudo errado? Deixei de ver o óbvio, algo ainda por ser descoberto à espera lá no fundo, dentro de mim, fora de mim, algo poderoso e extremamente paciente, sem medo de ficar por aqui, embora seja e sempre tenha sido livre.

Vaguei em direção ao oeste o máximo que pude.

Me sento agora na areia, observo o sol se tornar um borrão, um vestígio. Os vermelhos enfim se unindo aos azuis. Logo a noite virá envolver a todos nós.

Mas a luz ainda não se extinguiu, ainda não, e com essa iluminação posso ver vagamente o meu próprio corredor escuro, ou talvez seja um hall de entrada e talvez nem seja nada escuro, mas na verdade iluminado por uma luz forte, um sol da tarde que arde atrás de vitrais de chumbo, agora detectados em meio ao que se revela como uma longa coluna dos meus ontens, rumo ao fim, mas não é o fim de tudo, claro, onde eu me via aos 7 anos, agarrando os punhos da minha mãe, tentando com toda a minha força evitar que ela se fosse.

Seus olhos, eu lembro, se derretiam de ternura e confusão, enquanto ela murmurava palavras estranhas e desajeitadas: "Meu pequeno saquinho de olhos. Meu pequeno cordeirinho Brahma. A mamãe vai ficar bem. Não se preocupe".

Mas embora o meu pai estivesse com as mãos nos seus ombros, tentando afastá-la com o máximo de delicadeza que ele podia ter, eu não conseguia soltar a mão. Então ela se ajoelhou na minha frente e beijou minhas bochechas e minha testa e fez carinho no meu rosto.

Ela não tinha tentado me estrangular e meu pai nunca fez o menor ruído.

Consigo ver a cena agora. Consigo ouvir também. Perfeitamente.

A carta dela estava irreparavelmente equivocada. Talvez fosse uma invenção para facilitar a despedida. Ou talvez outra coisa. Não faço ideia. Mas eu sei, sim, que os seus dedos jamais se enlaçaram em torno da minha garganta. Apenas tentavam limpar as lágrimas do meu rosto.

Eu não conseguia parar de chorar.

Nunca chorei tanto antes.

Estou chorando agora.

Todos esses anos e agora eu não consigo parar.

Não consigo ver.

Na época, também não conseguia.

É claro que ela se perdeu num borrão. Coitado do meu pai, tirando-a de mim, obrigado a segurá-la à força, ainda mais quando eles chegaram ao hall de entrada e ela começou a gritar, gritando o meu nome, ela não queria ir de forma alguma, mas clamava pelo meu nome - e lá estava o rugido, o que eu vinha lembrando, que nem era um rugido no final, mas o chamado mais triste de todos — vindo me alcançar, sua voz soando como se fosse estilhaçar o mundo, preenchê-lo de trovão e trevas, que eu acho que é o que aconteceu no fim.

Fiquei sem conseguir falar por muito tempo depois daquilo. Não importava. Ela tinha se perdido, engolida pela Baleia, onde as autoridades julgavam que seria insensato deixar que eu a visse. Não estavam errados. Ela estava bem mal e eu era novinho demais e destruído demais para compreender o que estava acontecendo com ela. A compaixão era uma longa jornada que eu só viria a empreender anos mais tarde. Além disso, aprendi logo a me ressentir dela, lambendo as minhas feridas com a perigosa língua da culpa. Não queria mais vê-la. Não me importava mais. Na verdade, comecei a insistir que ela deveria mesmo era se ausentar, que foi como enfim eu aprendi o que significava me tornar todo amortecido. Amortecido de verdade. E então um dia, não sei quando, esqueci a coisa toda. Que nem um pesadelo, os detalhes daqueles cinco minutos e meio foram embora e me deixaram sozinho com o meu futuro.

Só que não foi sonho nenhum.
Esse tanto – que não é muito – eu sei.

O livro está em chamas. Finalmente. Uma luz estranha varre cada página, memorizando tudo mesmo que os caracteres se contorçam e virem cinza. Pelo menos o fogo é quente, aquecendo as minhas mãos, aquecendo o meu rosto, dividindo as mais obscuras águas do olhar mais profundo, embora lance, ao mesmo tempo, longas sombras sobre o mundo, o preço a se pagar por qualquer pira funerária, enfim aquecida até nada mais ser recuperável, tudo estilhaçado em espectros de poeira, roubado pelo céu, arremessado ao mar e à areia.

Será que eu quis dizer memorializando em vez de memorizando?

Claro que sempre haverá escuridão, mas eu me dou conta agora de que tem algo que habita nela. Histórico ou não. Às vezes parece um gato, a pantera com seu passo lunático ou um tigre com listras de cinza e olhos tão selvagens quanto oceanos hibernais. Às vezes é a curva de um punho ou o que sobrou do romance, ainda oculto na gaveta de um criado-mudo perdido há muito tempo ou cuidadosamente traçado nas margens de um velho calendário jogado fora. Às vezes é até mesmo apenas um rastro de vapor que corre para o oeste, profético, sobre nuvens que brilham com uma luz perigosa. Claro que estas são apenas imagens, as minhas imagens, e no fim nasceram de algo muito semelhante a uma Voz, que embora invisível aos olhos e frequentemente inaudita, até mesmo pelo ouvido, continua ainda, dia e noite, ano após ano, a passar por todos nós.
Assim como você passou por mim.
Assim como agora eu passo por você.

Sinto muito, não me restou nada.

Exceto esta história, ~~aquilo de que eu estou me lembrando agora~~, há muito tempo além da superfície de qualquer amanhecer, a história que o Doc me contou quando eu estive em Seattle –

Começa com o nascimento de um bebê, mas não um bebê saudável. Nasceu com buracos no cérebro e demonstra "uma ausência de diferenciação entre massa branca e cinzenta" – como explicou o Doc. É uma coisa tão terrível que, assim que ele surge neste mundo, nem sequer está respirando.

"Entrou em cianose", grita o dr. Nowell, acelerando os batimentos cardíacos em todo mundo. O bebê vai para o "Ohio", um pequeno leito de 60 x 60 cm, na altura do peito, com um aquecedor e luzes clínicas montadas acima dele.

O dr. Nowell mede o pulso no cordão umbilical enquanto usa uma seringa de bulbo para fazer uma sucção na boca da criança, tentando estimulá-la a respirar.

"Seca, seca, seca. Suga, suga, suga. Estimula, estimula, estimula."

Nem sempre dá certo. Há vezes em que essas medidas falham. Porém esta não é uma delas.

A equipe do dr. Nowell de imediato o acompanha, intubando o bebê e oferecendo ventilação mecânica, tudo isso em menos de um minuto, enquanto correm para levá-lo à UTI, onde o ligam ao sistema que o permite respirar por aparelhos, neste caso um Siemens Servo 300, repleto de luzinhas vermelhas e verdes, além de um monte de outras firulas.

Ao que tudo indica, a vida continuará, mas não será fácil. Os monitores registram a atividade eletrocardíaca (ECG), as funções respiratórias, pressão sanguínea, saturação de oxigênio, bem como a taxa de CO_2 ao final da expiração. Há um respirador. Há também bombas de intravenoso e quilômetros de cateteres.

Como esperado, a sala está repleta de enfermeiras, um terapeuta respiratório e uma multidão de médicos, todos os quais estão lá simplesmente porque são os únicos capazes de compreender a situação.

As luzinhas vermelhas e verdes acompanham cada inspiração e cada expiração da criança. Os números vermelhos mostram a quantidade exata de pressão necessária para encher seus pulmõezinhos frágeis. Passam-se alguns minutos e o monitor de saturação de oxigênio, que funciona com base numa sonda, começa a registrar um declínio. O dr. Nowell rapidamente reage aumentando em 10 o PEEP (Pressão Expiratória Final Positiva) da criança para compensar pela falta de oxigenação, tudo isso acontecendo enquanto o ECG fielmente registra cada batimento cardíaco, a curva de cada onda P ou QRS normal, nesse caso, embora também esteja no monitor, as linhas central e arterial, traçando uma reta direto da fonte, um cateter inserido no umbigo, que registra a pressão sanguínea contínua, bem como os gases no sangue.

A mãe, é claro, não vê nada disso. Tudo que ela vê é o seu bebê, mal respirando, seus dedos minúsculos enrolados como conchas ainda ousando apanhar o mundo.

Mais tarde, o dr. Nowell e outros especialistas virão explicar a ela que o seu filho tem buracos no cérebro. Não vai sobreviver. Só é possível mantê-lo vivo por aparelhos. Ela terá que se despedir.

Mas a mãe resiste. Passa o dia todo sentada com ele. E então passa a noite sentada ao seu lado também. Nunca dorme. As enfermeiras a escutam sussurrando para ele. A escutam cantando. Um segundo dia se passa. Uma segunda noite. Ainda assim ela não dorme, as palavras se derramam dela, carícias de melodias, cuidando do seu menininho.

A enfermeira-chefe começa a acreditar que estão diante de um milagre. Quando seu turno termina, ela se recusa a ir embora. A notícia se espalha. Mais e mais pessoas começam a ir parar na UTI. Essa mãe extraordinária ainda está acordada? Ainda está cantando para ele? O que é que ela está cantando?

Um dos médicos jura que a ouviu murmurar "desejar um toucinho", uma expressão que todos logo conseguem traduzir em algo que tem a ver com desenhar um ursinho, na verdade.

Quando passa o terceiro dia sem que a mãe sequer feche os olhos, não são poucas as pessoas que começam a sugerir abertamente que seria possível o bebê se recuperar. Ele vai ficar grande, velho, inteligente. Os atendentes trazem à mãe coisas para comer e beber. Mas, fora uns goles d'água, ela nem encosta em nada.

Logo até mesmo o dr. Nowell se flagra envolvido nessa histeria sussurrada. Ele tem sua própria família, seus próprios filhos, precisa ir para casa, mas não consegue. Talvez algo nessa cena toda faça arder alguma coisa nas suas próprias lembranças. Ele trabalha com os outros prematuros a noite toda, de olho, à distância, na mãe e na criança enroscados nos cabos e tubos, partilhando uma linguagem privada que ele é capaz de ouvir, mas jamais decifrar.

Enfim, na manhã do quarto dia, a mãe se levanta e vai até o dr. Nowell.

"Acho que está na hora de desligar os aparelhos", ela diz, com a voz baixa, sem nunca tirar os olhos do chão.

O dr. Nowell não estava minimamente preparado para isso e não tem absolutamente a menor ideia de como responder.

"É claro", ele enfim balbucia.

Um número muito maior que o normal de médicos e enfermeiras se reúne em torno do menino, e, embora tomem o cuidado de resguardarem seus sentimentos, não são poucos os que acreditam que a criança vai sobreviver.

O dr. Nowell explica o procedimento à mãe com delicadeza. Primeiro, ele vai desconectar todo o aparato intravenoso não essencial e remover a sonda nasogástrica. Depois, embora haja sérias lesões no cérebro do filho, ele vai administrar um remedinho para garantir que não haverá dor. Por fim, ele e sua equipe removerão o IV, desligarão os monitores e o respirador e removerão a sonda endotraqueal.

"O resto nós deixamos nas mãos de . . .", o dr. Nowell não sabe como encerrar a frase, por isso diz apenas "Bem".

A mãe faz que sim com a cabeça e pede um último momento com o filho.

"À vontade", responde o dr. Nowell no tom de voz mais bondoso possível.

A equipe dá um passo para trás. A mãe volta ao seu filho, suavemente passando os dedos pela sua cabecinha. Por um momento, todos lá juram que ela parou de respirar, seus olhos não piscam mais, concentrados profundamente nele. Então ela se inclina à frente e lhe dá um beijo na testa.

"Você pode ir agora", ela diz com ternura.

E, bem diante dos olhos de todos, muito antes de o dr. Nowell ou qualquer outra pessoa mexer num único botão ou virar um único interruptor, o ECG registra uma linha reta. Assistolia.

A criança se foi.

XXII

A verdade transcende o narrar.

— Ino

apenas mera escuridão e mais nada. A fita está em branco.

Enfim, quando Karen se volta para descobrir o verdadeiro vazio à espera logo atrás de si, ela não grita. Em vez disso, seu peito resfolega, incapaz por um momento de aspirar ou expelir qualquer coisa que seja. Estranhamente, quando ela está voltando do quarto das crianças, parece que algo fisga sua atenção. Minutos depois, ela retorna com uma lanterna de halogênio e dá um passo rumo àquela extremidade obscura.

Hanan Jabara sugere que Karen teria ouvido alguma coisa, mas não há nada registrado na Hi-8 que lembre, nem remotamente, um ruído.[419] Carlos Ellsberg concorda com Jabara: "Karen para por causa de algo que ela escuta". Só que Ellsberg qualifica a sua declaração ao acrescentar que "mas é um som obviamente imaginário. Outro exemplo de como a mente, qualquer mente, busca consistentemente se impor sobre o abismo".[420]

Como todos sabem, Karen fica em pé, ali na beirada, durante vários minutos, apontando sua lanterna para a escuridão e chamando o nome de Navidson.[421] Quando enfim dá um passo adiante, ela não respira fundo e nem faz qualquer declaração. Apenas entra com um passo à frente e desaparece por trás da cortina negra. Um segundo depois, aquele oco gélido desaparece também, substituído pela parede, exatamente como era antes, exceto por um detalhe: todos os desenhos das crianças desapareceram.

A ação de Karen inspirou Paul Auster a criar um breve monólogo interno traçando a direção de seus pensamentos.[422] Donna Tartt também escreveu um retrato criativo do dilema de Karen. Só que na versão de Tartt, em vez de entrar naquela escuridão, Karen retorna a Nova York e se casa com um rico editor de revistas.[423] Supostamente existiria até uma ópera baseada no *Registro Navidson*, escrita da perspectiva de Karen, na qual esse passo derradeiro dado rumo ao vazio serve como tema para a ária final.

O que quer que seja que no fim tenha permitido a Karen superar os seus medos, há pouco espaço para dúvidas de que o seu amor por Navidson seria o principal catalisador. Seu desejo de abraçá-lo como nunca o abraçou antes vence as lembranças daquele poço obscuro, os abusos cometidos por

---

[419]Hanan Jabara, "Ouvindo Coisas". *Acoustic Lens*, v. xxxii, n. 8, 1994, pp. 78-84.

[420]Carlos Ellsberg, "A Mesa Branca Solipsista". *Ouija*, v. ix, n. 4, dezembro, 1996, p. 45.

[421]Embora seja óbvio, estudos recentes realizados por Merlecker e Finch enfim confirmaram a "alta probabilidade" de que a estrela que Navidson teria capturado no filme não era nada mais além da lâmpada de halogênio de Karen. Cf. Bob Merlecker & Bob Finch, "Luz de estrela, estrela reluzente, a primeira lanterna que eu vejo esta noite". *Byte*, v. 20, agosto, 1995, p. 34.

[422]Paul Auster, "Fitas". *Glas Ohms*, v. xiii, n. 83, 11 de agosto de 1993, p. 2.

[423]Donna Tartt, "Por favor, por favor, me faça o favor". *Spin*, dezembro, 1996, p. 137.

seu padrasto ou quaisquer que sejam as sombras que sua infância oculte de verdade. Nesse momento, ela demonstra o poder restaurador daquilo que Erich Fromm chama de desenvolvimento de "relações simbióticas" por meio da coragem pessoal.

O crítico Guyon Keller propõe o argumento de que o papel da visão seria essencial para o sucesso de Karen:

> Acredito que Karen jamais poderia ter atravessado aquele limiar se não tivesse feito aqueles dois momentos cinematográficos notáveis: *As Opiniões de Alguns* e *Uma Breve História de Quem Eu Amo*. Ao reaprender a ver Navidson, ela viu o que ele não era e, como consequência, começou a se ver também de um modo muito mais nítido.[424]

A renomada tradutora italiana Sophia Blynn leva os comentários de Keller um pouco além:

> A luz mais importante que Karen trouxe consigo àquele lugar foi a lembrança de Navidson. E com Navidson não foi diferente. Presume-se que a sua última palavra tenha sido "cara" ou o começo de uma interjeição como "caramba", mas eu proponho um argumento diferente. Acredito que o que ele diz é na verdade apenas a primeira sílaba daquele mesmo nome no qual seu coração e sua mente enfim encontram repouso. Sua única esperança, seu único significado: "Karen".[425]

Não importa o que foi que enfim possibilitou que ela atravessasse aquele limiar. Quarenta e nove minutos depois, um vizinho avistou Karen chorando no seu quintal da frente, com uma fita rosa no cabelo, Navidson aninhado em seu colo.

Uma ambulância logo chegou. Reston encontrou os dois no hospital. A temperatura corporal de Navidson havia caído a números assustadoramente baixos, chegando a 28,7º graus Celsius. Na falta de uma máquina de circulação extracorpórea que poderia ter sido usada para bombear o sangue gelado de Navidson, substituindo-o por sangue aquecido e oxigenado, os médicos optaram, em vez disso, por abrir a cavidade abdominal de Navidson, inserindo cateteres e irrigando seus órgãos internos com fluido aquecido. Embora sua temperatura corporal tenha subido para 29,6º C, o ECG continuou a produzir aquela onda J peculiar indicativa da hipotermia. Foram aplicados ainda mais litros de solução salina ao intravenoso. Os médicos o observaram de perto. Passou-se uma hora. A maioria dos presentes não acreditava que ele fosse sobreviver mais uma hora.

Mas foi o que aconteceu.

Karen ficou ao seu lado aquela noite e ao longo das noites e dias que se seguiram, lendo para ele, cantando para ele e, quando ela se cansava,

---

[424]Guyon Keller, "A importância de enxergar com clareza", in *Cineaste*, v. xxii, n. 1, pp. 36-37.
[425]Sophia Blynn, "Luz de mão", in *Washingtonian*, v. 31, dezembro, 1995, p. 72.

dormindo no chão ao lado da sua cama.

Conforme as horas foram se transformando em semanas, Navidson começou a se recuperar, mas o preço que pagou pela sobrevivência não foi barato. O congelamento tomou sua mão direita e cortou a parte de cima de uma das orelhas. Vários pedaços de pele do seu rosto tiveram que ser removidos, bem como seu olho esquerdo. Além do mais, houve uma fratura inexplicável no quadril, que precisou ser substituído. Os médicos disseram que ele precisaria de uma muleta para o resto da vida.

Mas foi o que aconteceu.

Ainda assim ele sobreviveu. Além do mais, os filmes e fitas que ele fez durante a jornada também sobreviveram.

Quanto ao que aconteceu após Karen desaparecer de vista, o único relato existente vem de uma breve entrevista conduzida por uma jornalista universitária da Faculdade de William & Mary:

Karen: Assim que eu entrei lá, comecei a tremer. Estava tão frio e tão escuro. Me virei para ver onde estava, mas o caminho por onde eu vim tinha desaparecido. Comecei a hiperventilar. Não estava conseguindo respirar. Eu ia morrer. Mas de algum modo consegui continuar avançando. Fui colocando um pé na frente do outro até encontrá-lo.

P: Você sabia que ele estava lá?

Karen: Não, mas era o que eu estava pensando. E então ele apareceu ali, bem aos meus pés, sem roupa e em posição fetal. Sua mão estava branca que nem gelo [Ela tenta reprimir as lágrimas]. Quando eu o vi daquele jeito, não importava mais onde eu estava. Nunca tinha me sentido, digamos, tão livre assim antes.

[Longa pausa]

P: O que aconteceu, então?

Karen: Eu o segurei nos meus braços. Estava vivo. Ele fez um barulho quando eu apoiei a sua cabeça. Não conseguia entender o que dizia a princípio, mas então percebi que a minha lanterna estava fazendo seus olhos doerem. Por isso eu desliguei e o abracei ali na escuridão.

[Outra longa pausa]

P: Como foi que você fez para tirá-lo da casa?

Karen: Ela simplesmente se dissolveu.

P: Dissolveu? Como assim?

Karen: Igual um pesadelo. Estávamos naquela escuridão de breu e aí, quando eu vi, não... na verdade meus olhos estavam fechados. Eu senti esse ar quente e suave no meu rosto e então abri os olhos e pude ver a grama e as árvores. Pensei para mim mesma: "A gente morreu. A gente morreu e é para cá que a gente vem depois de morrer". Mas, pelo visto, acabou que era só o nosso quintal da frente.

P: Você quer dizer que a casa se dissolveu?

Karen: [Sem resposta]

P: Como isso é possível? Ela ainda está lá, não está?

FIM DA ENTREVISTA[426]

[426]Fonte ausente. — Eds.

XXIII

"A Casa Sobrevivente, Kalapana, Havaí, 1993"

— Diane Cook

Em *Paixão pela Piedade e Outras Receitas para o Desastre* (Londres: Greenhill Books, 1996), Helmut Muir exclama: "Ambos estão vivos. Até chegam a se casar. É um final feliz".

O que é verdade. Karen e Will Navidson ambos sobrevivem a suas tribulações e de fato trocam votos de casamento em Vermont. Mas, claro, será possível olhar para Navidson e seu rosto mutilado, o tapa-olho sobre a órbita esquerda, a mão ausente e a muleta alojada na axila, e chamar isso de final "feliz"? Mesmo deixando de lado os custos físicos, o que dizer do trauma emocional invisível que Muir ignora tão levianamente?

Os Navidson podem ter saído da casa, podem até mesmo ter abandonado a Virgínia, mas jamais poderão deixar para trás as lembranças daquele lugar.

"É fim de outubro", Navidson nos diz na sequência final do *Registro Navidson*. Quase um ano e meio se passou desde que ele saiu da casa. Ainda se recupera, mas seu progresso é constante, dedicando sua vida a terminar esse projeto. "Pelo menos uma coisa boa saiu disso tudo", ele diz com um sorriso. "Aquela doença de pele que atormentou os meus pés ao longo de todos esses anos desapareceu completamente."

As crianças parecem ter aprovado a mudança para Vermont. Daisy professa uma crença ferrenha nas fadas que habitam a zona rural e nos espíritos que possuem sua coleção de animais de pelúcia e bonecas, especialmente uma certa boneca vermelha e dourada. Chad, por outro lado, se tornou obcecado por Lego, gastando horas e horas com quilos e quilos de arranjos de peças. Ao ser questionado quanto a seu novo interesse, ele diz apenas que um dia deseja se tornar arquiteto.

Para Karen, cada dia é uma luta para acompanhar a energia de todo mundo. Só recentemente ela foi diagnosticada com um tumor maligno na mama. A mastectomia foi considerada um "sucesso" e a quimioterapia subsequente declarada "muito eficaz". Em todo caso, a perda dos cabelos e a ulceração severa do estômago deixaram Karen esquelética e macilenta. Ela perdeu muito peso e precisa o tempo todo se sentar para recuperar o fôlego. Ainda assim, como Navidson demonstra, com toda ternura, seu sorriso de fogo-fátuo parece imune aos efeitos avassaladores da doença e, sempre que ela ri, as notas do seu riso entoam um cântico à Vitória.

Navidson captura tudo isso em suas tomadas simples, com uma iluminação calorosa: o leite fervendo, as castanhas assando no fogo e, contra um pano de fundo de freixos negros e pinheiros, os dedos graciosos de Karen trançando os longos cabelos castanhos de sua filha. Apesar de Karen raramente tirar sua touca de lã, ela e Daisy ainda partilham de um brilho notável. Aquilo que Massel Laughton certa vez descreveu como um tipo de "beleza travessa".[427]

Esta também não é a única tomada da mãe com a filha. Há centenas de fotografias penduradas nas paredes do novo lar. Cada cômodo, escada e corredor ostenta imagens de Karen, Daisy, Chad e Navidson, bem como de Tom, Reston, da mãe de Karen, seus amigos, parentes distantes, ancestrais e até mesmo de Mallory e Hillary.

Apesar do imenso apelo dessa colagem, Navidson é sagaz o suficiente para ter consciência de que essas imagens não bastam como encerramento à sua obra. Podem servir para fornecer um calorzinho no coração, mas seu caráter sugestivo soa falso. Como o próprio Navidson afirma: "Procurei imagens de esperança, um final suave, mas não encontrei. Talvez seja porque eu sei que aquele lugar ainda está lá. E sempre estará".

Navidson jamais parou de brigar com o sentido da sua experiência. E muito embora ela o tenha literalmente deixado inválido, de algum modo ele manteve viva a paixão pelo seu trabalho. Num gesto magnânimo, em sua obra cativante sobre arte, cultura e política, em que *O Registro Navidson* é incluído no ápice de sua análise, Daphne Kaplan lembra o leitor do que significa ter paixão:

> A paixão tem pouco a ver com a euforia e tudo a ver com a paciência. A questão não é sentir-se bem, mas ser resistente. Assim como a paciência, a paixão deriva da mesma raiz latina: *pati*. Não significa transbordar de exuberância. Significa sofrer.[△]

Navidson sofre as responsabilidades de sua arte e, por consequência, deve abandonar o conforto cego encontrado naquelas fotografias bem emolduradas, que preenchem as paredes de seu lar, para seguir seus filhos fantasiados pelas ruas da Nova Inglaterra, seus corações buscando sacos de doce, seus caminhos ocultos sob as folhas descoloridas pelo frio.

Naquelas tomadas finais, Navidson oferece uma piscadela a um gênero ao qual sua obra sempre resistirá em ser incorporada, mas a que deve invariavelmente ceder. O Dia das Bruxas. Abóboras. Vampiros, bruxas e políticos. Toda uma multidão de zumbis de 8 anos de idade assombrando

---

[427]Massel Laughton, "Pente e Escova", in Z, v. xiii, n. 4, 1994, p. 501.

△ Daphne Kaplan, *A Coragem em Resistir* (Hopewell, NJ: Ecco Press, 1996), p. iii.

as ruas de Dorset, saqueando lares atrás de maçãs e barras de MilkyWay, o tempo todo dando gritos estridentes que reverberam na escuridão reluzente que eternamente paira sobre eles.

Línguas de gelo cinzento cobrem as estradas, as velas bruxuleiam de modo desigual, e os adultos viram copos de isopor cheios de sidra quente, o tempo todo de olho nas suas ovelhas em pele de lobo, caso algo possa perturbar sua pantomima. Cada berro e gritinho interrompe um gole da bebida quente, enquanto os pais por toda parte imediatamente saem para procurar os pequenos vultos que seguem em zigue-zague de varanda em varanda atravessando os grandes lagos de sombra.

Navidson não encerra o filme com o rosto sujo de caramelo de um Gasparzinho, o fantasminha camarada. Em vez disso, ele termina com o que sabe ser real e que sempre o será. Deixando que esse desfile saia de cena, ele focaliza a estrada vazia logo além, uma curva pálida que desaparece no mato onde nada se move e a luz de um poste pisca até enfim se apagar e a escuridão envolver tudo como se fosse uma luva negra.

— 25 de dezembro, 1996

AMOSTRAS

Embora jamais as tenha completado, Zampanò deixou as seguintes instruções para uma série de gravuras em chapas de metal que ele pretendia incluir ao final do Registro Navidson. - JT.

UM

Instruções:

§ Oferecer exemplos pictóricos de obras arquitetônicas, que vão desde os antigos egípcios, micênicos, gregos e romanos até o gótico, o começo da Renascença, o barroco, o neoclássico e o presente.

§ Enfatizar plantas baixas, portais, frontões, telhados, colunas, capitéis, entablamentos e janelas.

§ Criar também uma linha do tempo indicando datas gerais de origem para desenvolvimento dos estilos.

§ Para referências, conferir a bibliografia do Capítulo IX.

DOIS

Instruções:

§ Oferecer exemplos de fantoches de sombra que vão desde caranguejos, caracóis, coelhos e tartarugas até dragões, panteras, tigres e cangurus. Incluir ainda hipopótamos, sapos, elefantes, aves-do-paraíso, cães, cacatuas e golfinhos.

§ Fornecer diagramas detalhando exigências de luz e posicionamento.

§ Cf. Phila H. Webb e Jane Corby, *O Pequeno Manual de Teatro de Sombras* (Filadélfia: Running Press, 1990), bem como a obra de Sati Achath e Bala Chandran, *Divertindo-se com Teatro de Sombras: instruções passo a passo para criar mais de 70 sombras — desde vacas ruminantes até elefantes dançarinos, de Margaret Thatcher a Michael Jackson* (NTC/Contemporary Publishing, 1996).

TRÊS

Instruções:

§ Ilustrar técnicas de datação utilizando potássio-40/argônio-40, rubídio-87/estrôncio-87 e samário-147/neodímio-143.

§ Fornecer uma tabela para o urânio-235 e -238 encontrado em isótopos de chumbo.

§ Incluir todos os dados na Pasta Zero.[428]

[428]Desaparecida. — Eds.

QUATRO

Instruções:

§ Reproduzir todos os fac-símiles da **Entrevista com Reston** e **A Última Entrevista.**[429]

[429] Desaparecida. — Eds.

CINCO

Instruções:

§ Página duplicada 2-33 no Manual das Forças Aéreas 64-5 (15 de agosto de 1969)[430]

[430]Cf. Apêndice II-C. — Eds.

SEIS

Instruções:

§ Reproduzir a Escala Sheehan de Ansiedade Clínica preenchida por Karen, bem como a sua Escala Marks & Mathews de Fobia.[431]

§ Destacar a seguinte informação: Identificação do Projeto: 87852341. Data de nascimento: 24 de julho. Identificação da Paciente: 002700

§ Para interpretação e exemplos, conferir Isaac M. Marks, *Convivendo com o Medo* (McGraw-Hill, 1978); Isaac M. Marks, *Medos, Fobias e Rituais: Pânico, Ansiedade e seus Transtornos* (Oxford: Oxford University Press, 1987) e *A Enciclopédia de Fobias, Medos e Ansiedades*, de Ronald M. Doctor, Ada P. Kahn, Ronald D. Doctor e Isaac M. Marks (Nova York: Facts on File, 1989).

---

[431] Cf. Apêndice II-C. — Eds.

Apêndice

Zampanò produziu uma grande quantidade de material além de O Registro Navidson. A seguir, há uma seleção de registros de seu diário, poemas e até mesmo uma carta ao editor, os quais lançam, acredito, um pouco mais de luz sobre sua obra, bem como também sua personalidade. – JT.

A.

Panorama Geral & Títulos dos Capítulos

O Registro Navidson

Introdução
6 mm
Tom
O Corredor de Cinco Minutos e Meio
Exploração A (Visita de Navidson)

Exploração #1 (Atravessando a Antessala)
Exploração #2 (Rumo ao Grande Salão)
Exploração #3 (Sete horas descendo a Escadaria em Espiral)
Exploração #4
  SOS
  No Labirinto
  Resgate
  (A História de Tom)
  A Moeda que Cai
  A Fita de Holloway
Evacuação

"As Opiniões de Alguns"*
"Uma Breve de História de Como `[sic]` Eu Amo"
A Entrevista de Reston
A Última Entrevista
Exploração #5
O Fim

*Não incluído no lançamento final.

Histórico de lançamento

1990 — "O Corredor de Cinco Minutos e Meio"
(Curta em VHS)
1991 — "Exploração #4"
(Curta em VHS)
1993 — *O Registro Navidsonn*

Possíveis Títulos dos Capítulos

Capítulo I .... O Filme

Capítulo II .... 6 mm

Capítulo III .... Base

Capítulo IV .... Navidson

Capítulo V .... Eco

Capítulo VI .... Animais

Capítulo VII .... Holloway

Capítulo VIII .... SOS

Capítulo IX .... O Labirinto

Capítulo X .... O Resgate (Parte Um)

Capítulo XI .... A História de Tom

Capítulo XII .... O Resgate (Parte Dois)

Capítulo XIII .... ~~O Minotauro~~

Capítulo XIV .... Infidelidade

Capítulo XV .... Karen

Capítulo XVI .... Ciência

Capítulo XVII .... Motivos

Capítulo XVIII .... Efcadas! ou De la Warr ou a História de Ash Tree Lane

Capítulo XIX .... Delial

Capítulo XX .... O Retorno

Capítulo XXI .... Pesadelos

Capítulo XXII .... Fé

Capítulo XXIII .... Paixão

B.

Pedaços

[Original][432]
18 de janeiro, 1955

Eu não sei nada sobre a Arte com A maiúsculo. O que eu sei bem é da minha arte. Porque diz respeito a mim. Não posso falar pelos outros. Por isso nada digo das coisas que alegam falar em nome dos outros. Minha arte, todavia, fala por mim. Ela ilumina o meu caminho.

[Original]
17 de abril, 1955

Então <u>nós</u> somos habitados pela história?

[Original]
4 de setembro, 1955

Auroras leves e cabeças de mármore. O que diabos isto significa?

[Original]
3 de junho, 1959

O terror que caça.

[Datilografado]
29 de agosto, 1960

Capitão Kittinger, você nos trouxe um outono precoce este ano.

[Datilografado]
31 de outubro, 1968

Não tenho palavras. O melhor dos cenotáfios.

[Datilografado]
1 de novembro, 1968

(i) (t)
Um sol f~~a~~lho para ~~c~~olher a escuridão.

[Datilografado]
2 de novembro, 1968

Tirer comme des lapins.[433]

[Original]
8 de dezembro, 1968

Deus, dai-me distração.

---

[432]Presumivelmente, "Original" indica as entradas de autoria de Zampanò, de punho próprio, ao passo que "A", "B", "C" etc. etc. indicam entradas de autoria de terceiros. — Eds
[433]"Abatidos a tiros como coelhos" — Eds.

[B]
14 de março, 1969

Quem nunca matou uma hora? Não casualmente, sem pensar muito, mas com todo cuidado: um assassinato premeditado dos minutos. A violência parte de uma combinação de desistência, indiferença e a resignação diante do fato de que conseguir passar por isso é tudo que você pode almejar. Por isso, mate a hora. Você não trabalha, não lê, não tem devaneios. Se dormir, não é porque precisa dormir. E quando enfim acabar, não há provas do crime: sem arma, sem sangue e sem corpo. A única pista talvez sejam as sombras abaixo dos seus olhos ou uma ruga terrivelmente tênue perto do canto da boca, que indica que alguma coisa foi sofrida, que na privacidade da sua vida você perdeu alguma coisa e essa perda é vazia demais para se compartilhar.

[C]
10 de setembro, 1970

Nada com que se compartilhar.

[Datilografado]
21 de setembro, 1970

Talvez nas margens da escuridão, eu pudesse criar um filho que não estivesse ausente; que vivesse além até mesmo da minha própria invenção e imaginação; cujas volúpias, tolices e forças seriam capazes de levá-lo ainda mais longe do que eu possa antecipar; que veja o mundo pelo que é; e que por consequência carregue o fardo do amanhã de todos com uma sabedoria e honra sem precedentes, por ser um dos poucos capazes de interrogar, com sucesso, a sua própria natureza. Seus escudos estão sempre disponíveis, mas raramente são usados. E aqueles que o valorizam prosperarão, ao passo que os que desejam destruí-lo hão de sucumbir. Ele cumprirá uma promessa que eu fiz há anos, mas não consegui cumprir.

[Datilografado]
15 de dezembro, 1974

Apesar de todo o tempo que eu passei pensando em Hudson na sua chalupa, em minhas madrugadas tenho voltado os pensamentos à jornada de Quesada e Molino por aquelas águas rasas, me perguntando em voz alta o que eles disseram um ao outro, o que pensaram, quais deuses vieram acompanhá-los ou abandoná-los e o que naquelas ondas escuras eles puderam ver de si mesmos? Talvez porque a história tenha pouco a ver com aqueles minutos, a cena sobrevive apenas em verso: "A Canção de Quesada e Molino", de [XXXX]. Eu a incluo aqui em texto integral.

[D]
29 de abril, 1975

A mãe quer que você pare de ligar para casa PARE está fazendo 40 graus e subindo PARE que beleza de natal!

Bada-Bing, Bada-Bang, Bada-Acabou-se!

Bing! Bang! Buuuuum!

[Datilografado]
11 de fevereiro, 1984

Será possível amar tanto uma coisa que você imagina que ela quer destruí-lo simplesmente por lhe ser negada?

[E]
4 de agosto, 1985

Sonho com vampiros. Sonho com deus. Não sonho com vampiro nenhum. Não sonho com deus nenhum. Não sonho com nada. E, no entanto, isso também é meu sonho.

[F]
2 de maio, 1988

O anjo de sua juventude tornou-se o diabo da maturidade. Saía com mulheres quando era jovem, sempre tendo alguma coisa reservada ali. Sempre teria um motivo para terminar, o que abriria a porta para uma multidão de relacionamentos. O paraíso. Ou pelo menos era o que pensava. Conforme a idade foi chegando cada vez mais perto de sua forma e sensibilidades, ele passou a ter uma ânsia por algo que tivesse vitalidade o suficiente para perdurar. Mas o querubim protetor de sua época em Lothario continuou a seu lado e já não era mais tão angelical. Ele o assombrava, o guardava, o mantinha longe da intimidade, prometendo a glória cinzenta de tantos relacionamentos a desmoronar, desmoronando como dominós, um depois do outro, ad infinitum, ou pelo menos até o dia em que ele morreu.

[G]
30 de agosto, 1988

"Ele queria ir para a cama com ela imediatamente, puxar os lençóis ao redor dos dois, cravar seus dedos do pé no colchão, os calcanhares dela pressionando contra sua panturilha, os dedos dela correndo como rios no seu flanco. Mas hoje em dia as fantasias florescem e morrem como moscas no verão."

[Datilografado]
18 de março, 1989

Um labirinto. Um labirinto no recinto. Um labirinto que significava… O que é que ele significava? O que eu sinto é talvez um labirinto. Lá o plinto de um recinto há muito tempo extinto. Não se preocupe, eu também não me impressiono, não, mas por favor dê a esse velho uma chance de brincar.

[H]
8 de fevereiro, 1990

Está fedendo aqui. Sei bem o que é o fedor e aqui está fedendo. Mijo de gato, fruta podre, pão bolorento. Alguma coisa. Tenho certeza de que é culpa da menina. Ela deve ter esquecido de jogar fora o lixo. Ela sabe ler (em breve descobrirei se sabe transcrever também) e sabe flertar. Mas aposto que ela esqueceu de jogar o lixo fora. Devia me livrar dela. Devia jogar o lixo fora pessoalmente. Está fedendo. Devia jogar fora pessoalmente. Devia jogar tudo fora.

[I]
11 de outubro, 1990

Incompleto. Sílabas tentando descrever uma vida. Qualquer vida. Não consigo sequer discutir Günter Nitschke ou Norberg-Schulz. Eu só queria o *Glas* (Paris: Editions Galilée, 1974). Só isso. Mas os desgraçados dizem que está indisponível. Porcos. Todos eles. Porcos. Porcos. Porcos.

Vou ter que me contentar com o sr. Leavy Jr. e, claro, o sr. Rand.

[I]
22 de abril, 1991

Uma atrocidade afundando nas águas da escuridão; sem ordem ou barras da terra; onde a luz deve significar sombra e a razão morre nos porões:

((((((((((((Jonas na barriga do monstro))))))))))))

[I]
3 de maio, 1991

Estrelas para orientar a vida. Estrelas para orientar o navio. Estrelas para orientar a morte.

[I]
26 de maio, 1991

Kutch Dekta?
Kutch Nahin, Sahib.

[I]
30 de maio, 1991

Não me acordem deste sono, mas podem ter certeza de que, assim como eu tenho chorado muito, também tenho vagado por muitas estradas com meus pensamentos.
Lembra um outro filme que fisgou meu olho. Sim.{k}

[J]
30 de junho, 1991

Cacete! Cacete, cacetada! Cacete! Cacete! Cá Cete! Sim, claro, é para você anotar tudo! Anota tudo aí! Tudo que eu disser! Cada cacete de palavra! Cacete! Com C maiúsculo! Cacete em tudo! Tudo, cada palavra. Cacete, os erros dessa mulher!

[J]
27 de julho, 1991

É tiro e queda, aqueles que escrevem livros longos não têm nada a dizer. É claro que aqueles que escrevem livros breves têm menos ainda.

[K]
7 de agosto, 1992

Como vim parar aqui? É claro que eu sei. Estou me referindo ao itinerário que eu segui. Mas isso não ajuda muito a entender os porquês. Ainda saio para andar naquele pátio poeirento e fico admirado, admirado de ter vindo parar aqui, preso neste cu de mundo, então penso comigo mesmo, "Você não só veio parar aqui, como vai morrer aqui também!". Claro que Hollywood é a terra dos cegos, com igrejas para os cegos, por isso no meu caso até faz algum sentido. Vocês acham que eu fico amargurado por estar aqui, né? Acham que eu fico amargurado com esta sepultura onde eu moro e este leito de ervas daninhas onde eu fico me debatendo? Acham que eu estou amargurado por morrer? Vocês não sabem de nada. Não sabem nada da amargura, porque não sabem nada sobre o amor. Vão embora daqui. Vão embora! Não, fiquem. Fiquem, por favor. Vamos ler alguma coisa. Esqueçam o que eu acabei de dizer. Não é tão ruim assim. Eu só estou velho e vocês sabem, sim, um tanto sobre o amor e eu gostaria de pensar que eu sei um pouco mais por conta da minha idade. Vamos ler alguma coisa.

[M]
3 de abril, 1992

Paredes negras como águas negras quando pesadas e parecendo pertencer a outros mares.

[J]
3 de dezembro, 1992

Por que não consigo mais dormir?

[J]
7 de maio, 1993

A casa já é história e a história é desabitada.

[O]
19 de junho, 1994

Prometeu, ladrão da luz, doador da luz, preso pelos deuses, devia ter sido um livro.

[O]
11 de novembro, 1994

Dê fé na extração? Jamais usei esta palavra. Jamais a usarei.

[P: Escrito às margens do registro de 15 de dezembro de 1974]
3 de abril, 1995

"Por favor, perdoem-me por incluir isto. A cabeça de um velho está tão suscetível a divagar quanto a de um jovem, ~~mas ao passo que o jovem há de perdoar a divagação, o velho prefere podá-la aí mesmo. A juventude sempre tenta preencher o vazio, o velho aprende a conviver com ele. Demorou vinte anos até eu~~

~~desaprender as fortunas dos desvios. Talvez isso não lhe seja novidade, mas eu matei muitos homens e tenho ambas as pernas e não acho que jamais consegui me igualar àquele gnomo calvo, que é o Erro e sai de sua caverna com tornozelos implumes para se banquetear com os mortos poderosos.~~"[173]

[U]
9 de abril, 1996

Paralipômenos. Subst. Do latim tardio *paralipomena*, do grego *paraleipómena*. PARA (it. imper. de *parare*, defender) (*leipo* ir embora) omitir.

[X]
2 de outubro, 1996

Isso tudo não faz muito sentido sem a belíssima luz das *Sete Lâmpadas da Arquitetura,* de Ruskin. Ah, de que vale?

[Datilografado]
18 de dezembro, 1996

Os gatos andam morrendo e todos se perguntam por quê. Consigo ouvir os murmúrios dos vizinhos. Murmuram o tempo todo: "Que estranho. Alguns gatos morrem, outros simplesmente desaparecem… Ninguém sabe por quê…"

O Sequoia. Eu o vi uma vez, muito tempo atrás quando era jovem. Fui embora e por sorte, ou não, ele não veio atrás de mim. Mas agora não consigo correr e, em todo caso, estou certo de que ele viria, sim, atrás de mim.

[Datilografado]
21 de dezembro, 1996

A explicação não tem metade da força da experiência, mas a experiência não tem metade da força que têm, juntas, a experiência e a compreensão.

[Original]
23 de dezembro, 1996

Saí para dar minha caminhada matinal, saí para dar a caminhada noturna, comi algo, pensei em algo, escrevi algo, tirei um cochilo e sonhei com algo também e com esse algo ainda assim não tenho nada porque tanto desse algo sempre foi e sempre será você.

Saudades de você.

C.

. . . e Trechos

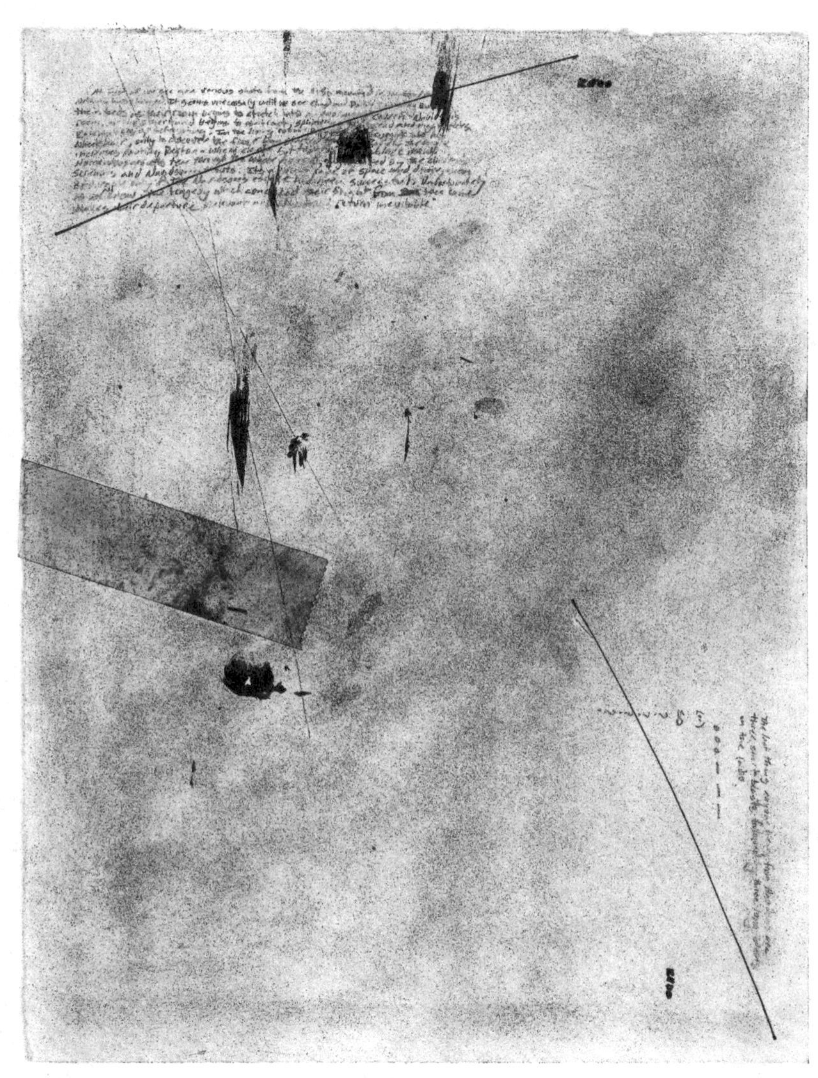

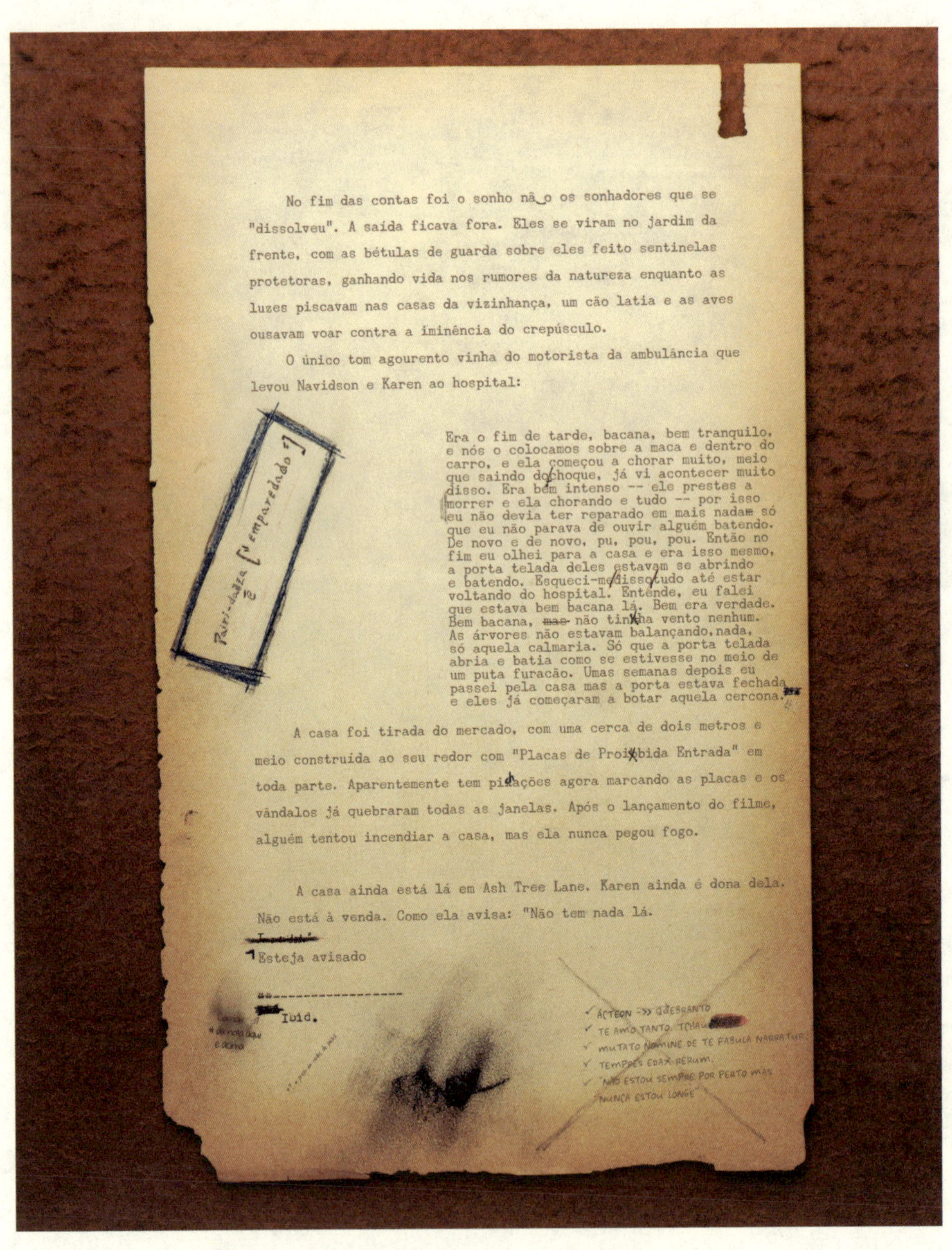

No fim das contas foi o sonho não os sonhadores que se "dissolveu". A saída ficava fora. Eles se viram no jardim da frente, com as bétulas de guarda sobre eles feito sentinelas protetoras, ganhando vida nos rumores da natureza enquanto as luzes piscavam nas casas da vizinhança, um cão latia e as aves ousavam voar contra a iminência do crepúsculo.

O único tom agourento vinha do motorista da ambulância que levou Navidson e Karen ao hospital:

> Era o fim de tarde, bacana, bem tranquilo, e nós o colocamos sobre a maca e dentro do carro, e ela começou a chorar muito, meio que saindo do choque, já vi acontecer muito disso. Era bem intenso -- ele prestes a morrer e ela chorando e tudo -- por isso eu não devia ter reparado em mais nada só que eu não parava de ouvir alguém batendo. De novo e de novo, pu, pou, pou. Então no fim eu olhei para a casa e era isso mesmo, a porta telada deles estavam se abrindo e batendo. Esqueci-me disso tudo até estar voltando do hospital. Entende, eu falei que estava bem bacana lá. Bem era verdade. Bem bacana, ~~mas~~ não tinha vento nenhum. As árvores não estavam balançando, nada, só aquela calmaria. Só que a porta telada abria e batia como se estivesse no meio de um puta furacão. Umas semanas depois eu passei pela casa mas a porta estava fechada e eles já começaram a botar aquela cercona.

Pairi-daeza é ["emparedado"]

A casa foi tirada do mercado, com uma cerca de dois metros e meio construída ao seu redor com "Placas de Proibida Entrada" em toda parte. Aparentemente tem pichações agora marcando as placas e os vândalos já quebraram todas as janelas. Após o lançamento do filme, alguém tentou incendiar a casa, mas ela nunca pegou fogo.

A casa ainda está lá em Ash Tree Lane. Karen ainda é dona dela. Não está à venda. Como ela avisa: "Não tem nada lá.

Esteja avisado

Ibid.

✓ ÁCTEON ->> QUEBRANTO
✓ TE AMO TANTO. TCHAU
✓ MUTATO NOMINE DE TE FABULA NARRATUR.
✓ TEMPUS EDAX RERUM.
✓ "NÃO ESTOU SEMPRE POR PERTO MAS NUNCA ESTOU LONGE"

(Fotografia refeita para a 2ª edição — Eds.)

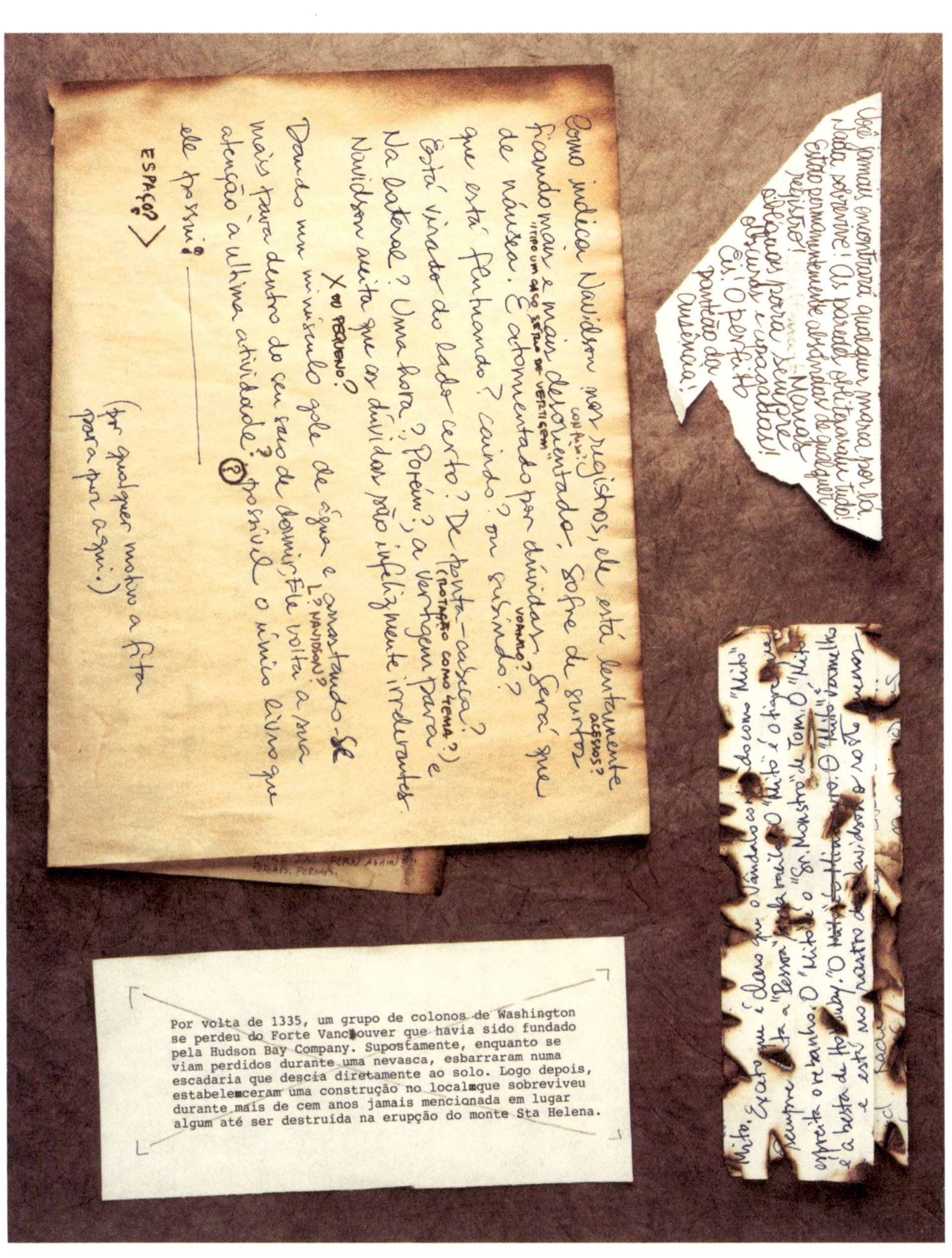

(Fotografia refeita para a 2ª edição — Eds.)

The Connaught,
Praça Carlos,
Londres W1Y 6AL

NOTA #: 30 – CAPÍTULO XII:

Talvez eu altere a coisa toda. Mate as duas crianças. Assassinar seria uma palavra melhor. Chad correndo tentando fugir, quase conseguindo chegar à porta da frente onde Karen aguarda, até que um canto do hall de repente dá um salto e mói o menino no meio. Ao mesmo tempo, Navidson, na cozinha, vai atrás de Daisy, mas chega uma fração de segundo atrasado e seus dedos agarram o ar, seus olhos raspando a pálpebra atrás de Daisy enquanto ela cai e morre. Deixar os dois pais sentirem essa experiência. Que o seu narcisismo encontre um novo objeto ao redor do qual possa definhar. Mergulhá-los no infanticídio. Afogá-los em sangue.

Um ou o outro
Um depois do outro

Os derivados parecem apontar para o sentido primário de "ferir, rasgar, fugir em pedaços".

Estilos Arquitetônicos: Um Guia Histórico ao Mundo por Herbert Pothorn (Nova York: Facts on File Publi[cations]) 1982

O Pequeno Livro de Fantasmas de Sombra de Phila H. Webb e Jane (Filadélfia: Running Press, 1990.)

Manual da Força Aérea ... Providência (AFM 64-5) Departamento da Força Aérea. 15 de agosto 1969.

Navidson confere, de fato os sinais mas descobre que os sensores jamais foram disparados. Só a sua despedida consta nas fitas, um ato temporário de fechar e trancar a porta da frente, ao que se segue um súbito zumbido de estática e ruído branco, sugerindo senão de fato ocultando, os próprios visitantes, sejam eles Vândalos, Visigodos ou algo muito mais pérfido, talvez até mesmo singular, o único fantasma externo à lei do registro e rastreio. Repita isso de volta para mim.

(Fotografia refeita para a 2ª edição — Eds.)

D.

Carta ao Editor

"Ver É Crer, Mas Provavelmente O Melhor É Apalpar!"

17 de setembro, 1978

No artigo da semana passada sobre itens colecionáveis, o senhor relatou o anúncio de um homem que atende pelo nome de Kuellster e que tinha em sua posse diversos exemplares à venda de espingardas Ithaca Modelo 37 produzidas durante a Segunda Guerra. Como bem sabem os aficionados em espingardas, trata-se de um achado raro, haja vista que foram produzidos apenas 1420 exemplares.

Por sorte, o Modelo 37 da Segunda Guerra oferece diversas características marcantes, que incluem carregamento pela culatra, ejeção fácil de cartuchos deflagrados, semelhante ao Modelo 10 da Remington, um acabamento comercial azul e argolas padrão para bandoleira. Esse modelo também ostenta algumas marcas marciais importantes: uma pequena letra "p" do lado esquerdo do cano; uma bomba em chamas e as letras RLB (as iniciais do inspetor Tenente Coronel Roy L. Bowlin) do lado esquerdo da caixa da culatra. As armas de Kuellster, no entanto, têm todas um acabamento fosfatizado, não apresentam argolas para bandoleira e, embora tenham a letra "p" no cano, há também outra impressa na caixa da culatra.

Tudo isso é prova de que as espingardas de Kuellster, apesar de serem modelos 37 da marca Ithaca, foram produzidas muito após as armas da Segunda Guerra que ele finge que elas são e que é como pretende vendê-las.

Como um comentário pessoal, gostaria de acrescentar que, pelo fato de que estou cego há duas décadas, precisei recorrer ao tato para determinar a maior parte dessas características. Infelizmente, quando apresentei minha conclusão a Kuellster, ele demonstrou sua probidade inigualável dando ordens a um segurança para que levasse embora da sua loja esse "indigente embriagado". Imagino que, neste mundo, se uma Ithaca 37 manufaturada é o mesmo que um modelo histórico da Segunda Guerra, então gengibirra há de ser confundida com uísque bourbon.

Sinceramente,

Zampanò
Venice, Califórnia

Pedimos desculpas ao sr. Zampanò e a todos os outros colecionadores que, devido ao nosso artigo, visitaram a loja do sr. Kuellster. O sr. Kuellster não mais alega estar em posse de Modelos 37 Ithaca da Segunda Guerra à venda e se recusa a tecer qualquer comentário sobre o que ele poderia ter sugerido anteriormente aos nossos repórteres.
— The Los Angeles Herald-Examiner

E.

A Canção de Quesada e Molino

A Canção de Quesada e Molino[434]

[434]Texto ausente — Eds.

F.

Poemas

Aquele Lugar

O verão rebentou sobre as costas das crianças
embora os balanços realizassem milagres
e as brisas cantassem salmos.

Durante aquele verão, da periferia
de algum lugar distante e caprichoso
veio o mugido grave e determinado de um dragão.

Uma criança, claro, não reconhece o lendário mugido
ou a cauda serpenteante a seus pés,
enroscada em meio aos cardos e algodão-bravo
como uma mangueira.

Tampouco pôde ela reconhecer
o osso branco estrelado em pé na caixa de areia
como uma garra incrível
ou uma pá.

Nem quando o sol se pôs e os jogos continuaram.
Certamente não quando houve amor de verão
e refrigerante.

Mas ao ocaso, quando chegou a neblina,
espessa e suada,
sugerindo que algo queimava à distância,
lá embaixo,

(onde alguém certa vez viu dois olhos)

— pálidos como luas de outubro —

piscarem)

era possível uma criança conhecer o sentido
do outono.

E naquele mês de agosto, a duas semanas da volta às aulas,
algumas crianças visitaram aquele lugar

e jamais retornaram.

A Pantera

A pantera dá voltas.

A espera a faz lembrar que a clareza é dolorosa
e sua dor é ilegível,
obscura, chiaroscuro aos sentidos humanos.

Com o tempo, entenderão errado o seu passo,
seus olhos lunáticos,
o modo quase suave como sua cauda acaricia as barras.

Com o tempo, irão confundi-la
com alguma outra coisa —
sem história,
sem a sombra do ser,
uma criatura sem a penitência dos vivos.

Será possível ler apenas o seu nome.

Não poderão perceber
que estranhezas
repousam sob sua paciência.

A paciência é o lado mais obscuro do poder.

Ela é obscura.
Ela é negra.
Ela é sofisticadamente poderosa.

Ela fez da dor a sua amante
e a ocultou completamente.

Agora jamais esquecerá.

Ela vai parir memórias
que acreditam advindas dela mesma.

Ela sente o cheiro da nova chuva,
o gosto da sua mudança.

Suas garras deslizam pelo
chão gelado.

O amor ficou em posição fetal e morreu
nesse chão.

Ela pisca.
A clareza melhora.

Ela ouve as outras criaturas gritarem e sumirem.
Mas o silêncio a ela pertence.

Ela sabe.

Com o tempo, os portões hão de se abrir.
Com o tempo, o seu coração há de se abrir.

Então as sombras começarão a sangrar
e as travas serão partidas.

Amor À Primeira Vista

Natasha, eu te amo
por mais que eu saiba que o amor é mais
do que te ver.

(Fragmento Sem Título)

Os ângulos dos seus pulsos
preservam certo mistério que aflora,
desconhecido por quaisquer lábios
ou escritos na história.

Medir os seus graus
resolveria as mais antigas questões —
a providência e a alquimia
respondidas nos seus gestos.

Mas nem o ouro é páreo, nem deus,
ao modo como se curvam os seus dedos.
Eles seguram os suspiros meus
como uma pérola rara e em segredo.

(Fragmento Sem Título)

Existe apenas uma cerca negra
e uma campina larga e um paiol vermelho à la Wyeth.

O cheiro da raiva esgana o ar.
Descem os corvos da chuva de setembro.

Dizem que um eremita louco morava aqui
que conversava sozinho e com uma marmota.

Mas ele sumiu. Sem motivo. Sem sentido.
Um dia começou a vagar e só isso,
passando as cebolas, passando a cerca.

Esqueça as cartas. Esqueça o amor.

Troia agora não passa de um
dedo preto de carvão
congelado no gelo do lago.

E perto de onde a coruja olha
e o velho urso sonha,

o parapeito da memória queima até as bases
levando consigo o céu.

(Fragmento Sem Título)

Pouca consolação
vem aos que lamentam
quando os pensamentos ficam à deriva
e as paredes não param de mudar
e este grande nosso mundo azul
parece uma casa de folhas

momentos antes do vendaval.

La Feuille

Mes durs rêves formels sauront te chevaucher
Mon destin au char d'or sera ton beau rocher
Qui pour rênes tiendra tendus à frénésie
Mes vers, les parangons de toute poésie.
– Apollinaire

C'était l'automne. C'était l'automne e c'était la saison de la guerre. Te souviens tu de la guerre? Moi, de moins en moins. Mais je me souviens de l'automne. Je vois encore les brouillards sur les prés à côté de la maison, et, au-delà, les chênes silencieux dans le crépuscule. Les feuilles étaient tombées depuis septembre. Elles brunissaient et m'évocaient alors l'esprit de ma jeunesse, et aussi l'esprit du temps.

Souvent j'allais au bois. Je traversais les prés et je me perdais pour longtemps au dessous des branches, dans les ombres, parmi les feuilles. Une fois, avant d'entrer dans le bois, je me souviens qu'il y avait un cheval noir qui me fixait de loin. Il était au fond du petit champ. J'imaginais qu'il me regardait, alors que probablement il dormait. Pourquoi pense je maintenant à ce cheval? Je ne sais pas. Peut-être pour la même raison je pense à tous ces mots j'ai écrit au même temps.

J'ai gardé la feuille où j'avais noté tout ce qui m'était venu à l'esprit. A l'époque, je croyais qu'ils m'appartenaient, mais maintenant, je sais que j'avais tort. A chaque fois que je les relis, je vois que je copiais seulement ce que quelqu'un m'avait raconté.

– N'aie pas peur. Je ne m'arrêterai pas. Je dois découvrir cette clairière. Et je ne m'arrêterai pas tant que je ne l'aurais pas trouvée. Sais-tu ce qui me pousse à la chercher? Eh bien… personne. Ma femme est morte. Ma femme, ma fille et mon fils sont tous morts. Te souviens-tu comment ils sont morts? Moi, de moins en moins. Je ne me souviens que du temps. Mes blessures ne sont plus mortelles, mais j'ai peur. J'ai peur de ne pas trouver cette clairière.

Je suis resté quelque temps à regarder les ombres, les feuilles et les branches. Ensuite, quand j'ai quitté le bois, je ne voyais que le brouillard autour de moi. Je ne pouvais voir ni la maison, ne les prés, seulement le brouillard. Et bien sûr, le cheval noir avait disparu.

— [ilegível]

Você Será As Minhas Raízes

Você será as minhas raízes e eu
serei a copa que faz sombra para você
embora o sol queime as minhas folhas.

Você matará a minha sede e eu
darei de comer os meus frutos,
embora o tempo leve as minhas sementes.

E quando eu me perder e não conseguir reconhecer nada
nesta terra
você vai me dar esperança.

E é a minha voz que você sempre vai ouvir.
E é a minha mão que você sempre terá.

Pois eu serei seu abrigo.
E serei seu conforto.
E mesmo quando nada restar de nós,
nem mesmo com a morte,
eu vou me lembrar de você.

Apêndice II

Dado um número inesperado de perguntas acerca da primeira edição, o sr. Truant concordou em fornecer, para esta edição, o seguinte material adicional.

— Os Editores.

A.

Esboços & Polaroides

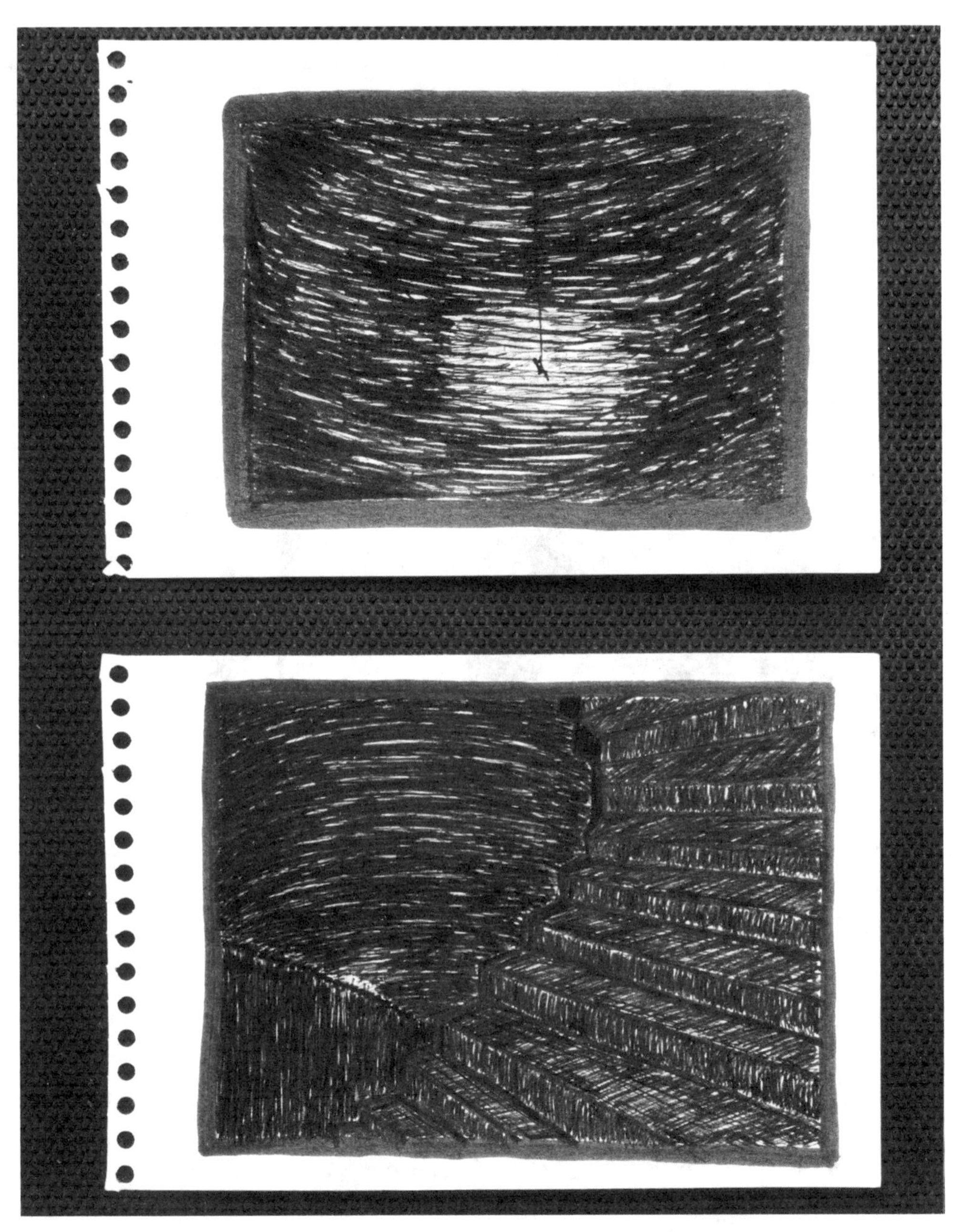

#175079

#001280

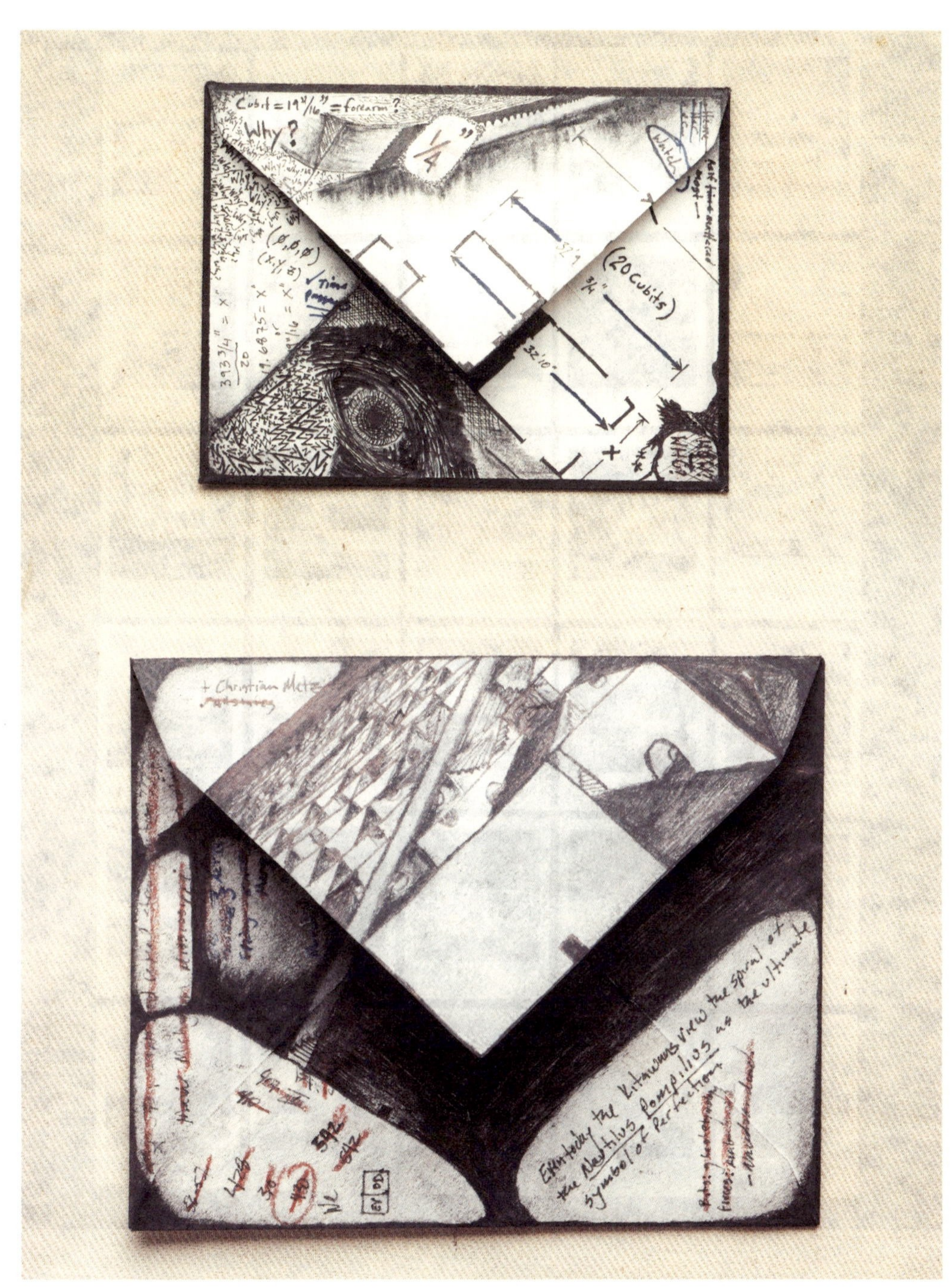

#046665

#081512

B.

Os Poemas do Pelicano

Um Palimpsesto do Austero Pelicano Jake

Próspero sonha
   em meio ao verde mar e firmamento azul
aplacando guerras
   enquanto o relógio ao canto faz seu tiquetaque
pelo covil da tarde.

"Charlotte. Charlotte
Os momentos aqui são breves
e eu estou louco".

(ondas em motim usurpam a terra)
querido Deus
      aqui?
e erguendo uma mão atingida do sol —
   sim, aqui,
      outra vez.

— Para Claudia. New Haven,
26 de maio, 1988

O Pelicano Considera um Tchá-tchá com um Chá de Long Island na Mão

O sr. Jake pôs a armadura no lugar errado.
E como o vento assobia pelos vãos

   "Um inchaço do pensamento,
   a tumescência de um momento,
   só isso, mas...?"

Um pai arremessado naquela
   tempestade
com abotoaduras de ferro
   cortadas por Caim.
"Hesitamos no acaso"

   Mas o Pelicano começou agora
   — Avatar
   O Pelicano começou sua dança oclusa.

— Deixado no Klub Restauracja.
Varsóvia, 6 de julho, 1988

O Pelicano Jake no Ônibus Escolar Eurídice

Guardamos nossos sonhos
   em sonhos perdidos
e rasgamos nossos corações
   por causa do acaso.

   "Ela carregava as canções
   dos séculos"

e no que ela passa
a minha loucura também
passou.

— Para a garçonete do Café Wilanowska.
Varsóvia, 7 de julho, 1988

A Caneta Pelicano

Uma zica de tinta,
   Eis a estrela!
Tudo é acaso,
nada planejado —
   apenas a vontade
que estas palavras comandam.

— Para Marek. Varsóvia,
7 de julho, 1988

A Metempsicose Juvenil do Pelicano

Você vai roubar o cego
Mesmo eu querendo lhe dar tudo?
   Tropecei quando eu vi,
mas Gloucester nunca
   enlouqueceu tanto.

   Eu o vejo sentindo e a esta
   altura existe apenas
   tanto que dá para cair.

Alex o trouxe de volta
com uma leve batida no vidro
e então acendeu um fósforo,

   "É o Romeu ou é o Lear esta noite?"

— Deixado em outro café em
Varsóvia, 8 de julho, 1988

A Mitologia de Coquetel do Pelicano

Um trio num dilema
   sobre um elegante estratagema
que diz respeito a uma barreira lingual
   pela qual apenas eu posso

         passar.

   Seus olhos são lindos
   e os planos loucos
   e o riso despreocupado.

   "Você está aprontando de novo"
   "Sim, num quebra-mar elevado,
   sim, aprontando de novo".

— Para um belo trio
num albergue em
Varsóvia, 8 de julho, 1988

Ruminações Religiosas do Pelicano

Cada um esquece
que se é um.

Devo tentar
me

lembrar disso.

— [ilegível] Varsóvia,
9 de julho, 1988

A Dança do Pelicano no Promontório

Hipérion se aninha
acaso você consultou
os planos para esses rodopios?

Raramente sabemos o padrão,
mas isso nunca importa,
não se você souber quais são as notas.

Eu me esqueci.
Não consigo ouvir.

— Em nome de uma dona em Varsóvia
que me mostrou que eu não sei
dançar, 10 de julho, 1988

O Pelicano Interpreta Errado um Sinal Prodigioso

Canetas futuras
e guerras com cavaleiros emplumados,
O tambor dos trovões
e luzes azuis,
erguendo-se desses olhos.

Você escuta?

"É o Patter, Senhor.
Ele está aos fundos,
batendo nos portões."

E o gorducho do guerreiro
(o gato do Pelicano)
mia pedindo leite,
E agora tudo é trovão,
pois já se passou o relâmpago.

— Para Anna. Cracóvia,
10 de julho, 1988

O Despertar Preocupante do Pelicano

Um sonho semiótico eliótico
com Proust cambaleando sem ter quem o leia
— um chute intuitivo
impõe o despertar.

Harmonia da marreta
tocada enganosamente correta
nesta não cadência.

"Levaram o compasso embora"
E Patter e Quisling disseram que
ela traria a união do mar
e seria pão de Hawthorne.

É assim que o mundo termina
Não com um estouro, mas um rádio relógio.

O miador aterrissa com um olhar reconfortante:

Pronto, agora você sabe qual é o jogo.

— Para Zbyszek, Polônia,
15 de julho, 1988

No Forro da Aba de Uma Timidez

Numa fúria de perguntas mais uma vez
esta preponderância sobre um ato de mímica
e Quisling e Easle batendo boca
ao longo de sua própria
conversa que segue
ele encontrou isto em Petitgas 1957

na trava de um coração
e uma caixa de papelão inválida.

Há o acaso da coisa
Há o desígnio.

"A moda creio só acerta
quando é feita para a época certa."

— Para a dona de uma loja de chapéus
Petitgas. Copenhague, 20 de julho, 1988

A Concordância Inerte de uma Lembrança ou Olhar do Verão — O que Você Preferir

Easle, clarividente,
chega com uma garrulice voraz
escuta em todo caso
com a orelha atenta
o arranjo de semantemas do Pelicano:

É um acorde colorido
(não necessariamente uma palavra cor de malva)

"Uma flauta tocando num
canto de Hamburgo e meio
manchada também."

O Pelicano admira o
portal de uma ideia

e no que Easle passa
ele lhe estende a mão —

"Ali, devia ficar ali".
E ele sabe que vai servir
pelo menos por um tempinho.

— Para Katharina, a flautista.
Hamburgo, 22 de julho, 1988

A Presente Calamidade da Consciência de 1815

Erga o brobdingnag
à feira da pata do Leão
onde
   se tudo correr conforme planejado
o senhor da guerra Waterloo agarrará
a bainha da túnica com graça.

   "Estremeci ao som
dos passos, minha consciência
se volta assombrada;
   O retorno do bloco-de-melão?"

Feito o Stave, enfurecido a correr
para a boca: o Pelicano pensa

   ce champ sinistre
   la fuite des géants.

Venham agora os gatos e ratos
vão brincar

   (e disparar com ruídos altos demais
   pelo corredor)

Infiéis do pensamento
   mais cegos que,
ah sim muito mais cegos que
   morcegos.

— Para Said, em Bruxelas,
25 de julho, 1988

Melonologia num Melão

Acaso este melão está bom
exigiu o Pelicano
de si mesmo.
De fato parece
manter a curvatura,
parece bom na mão
(Como a Easle interpretaria?)
   Me lembra
dias lastimosos na Espanha.
   Engraçado que eles
não têm melões por lá.

— Escrito num melão. Paris,
26 de julho, 1988

Quando Pensamentos Descuidados Retornam Durante o Café

   — Ele precisa comer
por isso abre a geladeira e busca
   junto ao pão
um bloco de manteiga.

— [ilegível]. Paris,
26 de julho, 1988

O Pelicano Transpira Ao Lado De Sua Xícara de Chá e Decide Testar Sua Sorte com o Ilusionismo

Acaso o ambiente do estilo
é uma ambivalência elegante?

      "Ali" suspira Patter
e o Pelicano sentiu-se
tranquilizado.

   Ele saboreou o pensamento
   Ele entregou o pensamento
   Ele desistiu,

e num vestido de festa
ela apareceu atrás dos seus
olhos semicerrados.

— Para Lucy em Carcassona,
3 de agosto, 1988

Um Saltitar Elegante de um Excesso Pálido e Indolente de Revisões

Maltrapilho e guinchado
com um passo
infeliz
rasgado num fuzo
ao devolver um [ilegível]
[ilegível]
a alteração:
   "Metempsicose gramatical"
[ilegível]
   mas alega o Pelicano
que pôde ver mais através do [ilegível]
   atrás da capa do toureiro.

— Para Becky, após uma tourada
em Madri, 7 de agosto, 1988.

O Princípio de Stave No Que Diz Respeito aos Princípios do Pelicano — Ou Algo Assim

A atenção de um criminoso
tem Stave quanto a gestos de mão
   para intimidação
no que diz respeito a perguntas
de equilíbrio pessoal e inter-
   -pessoal.

"Fui além dos limites
e descobri que dava para fazer
muito mais do que só olhar."

E ele pisca como Waterloo
   (devagar agora)
   enquanto à frente no jogo
o Pelicano se pergunta se
poderia pensar daquele jeito.

Se ele poderia aproveitar o desfecho.
Será que o Stave estava?

Será que o deslumbramento do amanhã
  é apenas a lembrança de ontem?
O Pelicano se flagra irritado.

— Deixado no Hostel Peraz em Madri,
11 de agosto, 1988

O Ardil Que Preteriu A Arte Pela Tonicidade Silábica

O Pelicano gaguejou
pois a gagueira é o
empecilho da fala
e o Pelicano gaguejou de propósito
porque era o que ele queria fazer
— impedir.

"Você é um miserável", Easle disse, pondo
um fio de seu cabelo na palma da mão.

Stave irritou-se completamente
com essa intenção.

O Pelicano prosseguiu
e entre os gozos
fragmentou as letras
como fragmentou o sentido do seu
amigo.

— Para Stefan, em Toledo,
11 de agosto, 1988

Tapeçarias de Outubro à Venda

Talvez tenha o ponto
em potencial a se considerar ...

O adiamento de Quisling
(que se segue)
reflete seu andar invariável

— da perspectiva do Pelicano
compreendem.

"Suba no cavalo novo,
siga ao sul e pare no leste."

Quisling se perde com sua bússola,
uma falha de polaridades antiquadas
quando era jovem.

O Pelicano rasga tudo e joga fora.
Mas nada é novo.

Quisling é o nome da história.

— Para estranhos num trem para Nice,
26 de julho, 1988.

A Quarta-feira que o Pelicano Achou Que Fosse um Sábado e Fez Easle Perder As Cartas Dela

Enfurecido em pensamentos anulares
que lembram raízes de mangueiras...

"São circulares?"
"Do meu ângulo, sim"

e as raízes de mangueiras ressoam...

O Pelicano deixa perplexa a própria imaginação
  ao tentar a transubstanciação
na maré do fim da tarde
  que se ergue em seu café matinal.

Easle joga os seus tarôs
e com enforcados e uma lua bexiguenta
suspensos no ar
chama um taxi até o subúrbio.

O motorista sorri à la St. John

"Ó Pelicano
  (portentosamente ou pré-repleto)
— a volta forma o quê?
um pássaro, um avião, não...
o paracleto?"

— Enviado para [ilegível],
1º de agosto, 1988

O Raciocínio do Pelicano Sobre a Recorrência Errante na Correspondência Deixada Para Trás

Com uma tranquilidade abstraída
A provocação esquecida
de dias amorfos
vai passando
  e eu os sinto hesitar
às vezes
  e sussurrar sua concordância
de gestos levianos no vidro.

São meus
  à deriva ainda com a irregularidade
do vinho e portas
  em mitologias construídas
  de reflexos da tarde
há muito tempo perdidos.

— Para Johanna em Roma,
14 de agosto, 1988.

Um Aula De Canto Quando Beethoven Veio Ao Passeio

As cores roubam
um vislumbre de louvor
e dominam o humor orquestrado
com lugares-comuns.

"Esqueci como se lê."

A Easle se irrita com o ponto de tricot
na barra da saia da cortesã — o dispêndio, vê.

"E quando eu aprendi a ler de novo
o que eu li não era o que eu tinha lido
antes."

O Pelicano não está ouvindo, apenas
assistindo ao desdobrar

da pastoral em tons de
xadrez.

— Para uma menina holandesa usando
uma cruz franciscana que falava
italiano com sotaque do sul. Ela me
deu um sanduíche num trem para
Brindisi, 15 de agosto, 1988.

Quando a Escavação Ofereceu uma Pausa e Às Vinte Para o Anjo Passar Ali do Lado

Aqui na paisagem
de trombeteiros posando
antes do recolher de milagres
nós nos batemos num tônico comunal
de palavras, de silêncio.

"Bem", e ela disse mais
do que isso, mas isso é como se chega,
o Bacanal em círculos em quatro tempos.

O vinho derramou na toalha:

uma temporada
duas temporadas
três temporadas

(Não há tempo o suficiente para contar
até
o
fim)

soa o refrão
soa o Pelicano
soam as notas que levaram uma

muralha de conversas abaixo.

— Para Claire. Paxos, Grécia,
20 de agosto, 1988.

A Parábola (I)

Que bom
que você riu
porque senão eu teria me desviado
do caminho.

Estas são as notas gravadas
Estes são os versos que refletem
o que uma tarde tinha a dizer
à outra.

"Eu caminho, entenda
e eu creio que um cavalheiro
passou por mim
e o que fisga meu olhar
são suas abotoaduras.
É o meu irmão. É o meu pai."
Este, um Pelicano detento declarou,
é o caminho.

— Para um Capitão. Grécia,
23 de agosto, 1988.

O Motivo (II)

Seu lugar está seguro.
E a promessa idem.
E a morte de Jacó também.
Mas o verso ainda não decidiu
o seu nome.

Pula. Pula.
Dally-ho. Esaú.

"Vendido", clamou o homem de rosto negro
com o martelinho manchado
e dois homens saíram para buscar
o que para o Pelicano era o mais feio
fonógrafo que ele já viu na vida.

"É um Edison."
E assim foi.
E é por isso que esse nome tinha algo
a ver com correntes elétricas.
— não é?

— Para a esposa do capitão.
Grécia, 23 de agosto, 1988

A Mentira (III)

Um blues pesado, pesado,
é absinto para mim
esta noite.

"São as notas
e as fotografias em preto e branco
com as bordas esfarrapadas
que casam tão bem juntos
— Você não acha? —
com os metais."

"Você se perdeu."
"Eu sei."
"De novo."
"De novo."

Guardando seu chapéu
O Pelicano pega uma moeda
e se deleita com o fato
de que o metal é ouro:

poderia virar uma abotoadura
ou ser usada para comprar alguma coisa.

Mas pra dizer a real
nunca teve moeda alguma
nem chapéu, a bem da verdade.

— Para Spiros e Tatiana.
Grécia, 23 de agosto, 1988.

A luz humana extinta da luz Humana ao amanhecer

Será que a dor
sempre faz o humano barricar a porta,
sem compreender
a diferença entre nervos intactos
e o vazio?

Talvez, por exemplo,
o Pelicano tenha medo.

(acontece)

A questão diz ele
é que não tem ninguém
"para todos verem ninguém"

não dá pra ver
não dá pra ouvir
não dá pra encontrar

Mas isto eu ainda sinto,
tudo isto,
como uma úlcera nas tripas.

— Para uma garçonete em
Atenas, 25 de agosto, 1988.

O Preço do Apartamento tendo a ver com a Pergunta Anterior tendo a ver com a Residência

A reclamação tinha a ver
com o fato de ser ou não
o Pelicano um homem uxório.

"Como se fosse uma questão
que jogasse conforme as regras de hoje."
"E quais", pergunta Stave, diabólico,
buscando talvez flagrar
uma contradição,
"Quais seriam estas regras?"

Os tolos de ontem
loucos por ficção histórica
que alugam as minhas palmeiras.

Mas sempre há o aluguel
e delírios
e vários graus de salvamento
e o Pelicano sabe

que ele nunca alugou de verdade.
Simplesmente comprou na lata.

— Para uma jovem francesa. Micenas,
Grécia, 28 de agosto, 1988.

O Sussurro Interior de Brisas Roçando os Campos da Cor

O catecismo
seguiu-se ao protesto violento
que se seguiu à expressão inocente
de uma ideia errante.

A Easle se recusou a revelar sua
natureza, mas acabou dizendo

"Agora este, este é um truque imperdoável."

A comoção foi crescendo,
zenética em clima,
deixando os sãos
maravilhosamente díspares.

Enquanto isso, o Pelicano pretendia
errar tranquilamente em meio ao
mato colorido,

mas o mato era
lenha em brasa aos seus olhos
e meu Deus mas que formidável
dor de cabeça.

O que farei?

— Para um francês em Micenas,
28 de agosto, 1988

O Princípio que Oscilava — Para Frente e Para Trás — Como Uma Miçanga Num Fio — Pendurado Entre Os Quadros

O preço deixou de respeitar
o efeito
que quatro notas planas
e duas moedas de ouro planas

junto a outras três menores
de cobre
tinham sobre o balcão.

"Pelicano, desliga a luz"
e ele apagou
a lâmpada de quarenta-e-cinco watts
usada para leitura,
para iluminar seu caminho.

"Shakespeare é uma perturbação.

Por quê? Simplesmente porque
quando eu era jovem eu não entendia.

Nunca sabia o que estava acontecendo."

— Para outro francês em Micenas,
28 de agosto, 1988

Um Desejo do Pelicano

As ruminações são minhas,

que

o mundo

seja seu.

— Para ninguém. Olímpia,
Grécia, 31 de agosto, 1988

Diante Dele, reunindo linhas narrativas de que jamais teve notícia mas havia acabado de ouvir serem contadas

A promessa de passagem
era apenas um vislumbre de encher os olhos
prometendo só isso...

e eu vi mais coisas,
como sempre...
e mantive a oblação
para o olhar cortante...

"Eu creio de verdade que você
está picotando as fronteiras"

A luz.

Caro Elihu,
Só estava me perguntando se você poderia
reconstruir um pouco de sabedoria

acerca da decisão do assalariado.

Mas a passagem de outro assalariado
cortou a paisagem e

partiu rapidamente o Pelicano
com um genuíno

abraço.

— Para Camille no Albergue de Jovens.
Nápoles, Itália, 2 de setembro, 1988

Mais que um café — un verre d'eau

Se havia um indício ao qual valia a pena se agarrar
era o prego,
o ponto mais forte que, sozinho,
a princípio
fixou e recriou
a casa.

Mas o Pelicano não era detetive
e não seguiu o processo.

Seus olhos estavam velhos e cheios
e afinal a casa
de que seus amigos tinham falado
ainda estava em pé.

Ele bateu com os dedos brincalhões
na parede

— tap! tap! tap!

Sorriu de leve.

Parecia-lhe tudo certo,
não afinal
mas no caminho certo.

"Onde eu estive.
Onde eu estou",
disse e então acrescentou
num suspiro —

"Gostaria de voltar um dia
pelo menos um tempinho
e tomar alguma bebida quente".

— Le Clou De Paris.
Rue Danton, Paris,
12 de agosto, 1990

C.

Colagens

PROCESSED BY YALE LABORATORY
1969
I
1. Necessito médico – sérios ferimentos.
II
2. Necessito de medicamentos.
X
3. Incapacidade de prosseguir.
F
4. Necessito de alimento e água.
5. Necessito de arma e munição.
K
6. Indique direção a seguir.
7. Estou seguindo nesta direção.
8. Tentarei decolar.
9. Avião muito danificado.
10. Local de provável pouso.
LL
11. Confirmado.
L
12. Necessito de gasolina e/ou óleo.
N
13. Não – negativo.
Y
14. Sim – positivo.
15. Não compreendi.
W
16. Necessito de mecânico.
17. Necessito de mapa e bússola.
18. Necessito de sinalizador.
Largura do "traço" em proporção de 1 para 6. (traços de 1 metro de largura x 5,5 metros de altura)
Tamanho da letra em proporção aproximada de 2 para 3. (3,5 metros de largura x 5,5 metros de altura)
Terra-Ar
PHOBIA
Project ID
PM
PM
PORTAS
a body
without
a soul.
Cicero
Visitor
UCLA
TICKET
PROFESSIONAL SERVICES

#1

USA 25
Jack London
Jack London
You have a strong desire for a home
and your family comes first.
DAYS INN
WILLIAMSBURG
the woman who
HAS NO
MOTHER
The "BRISK" tea®
Pelikan
BRILLANT-SCHWARZ·BRILLIANT BLACK
NOIR BRILLANT·NEGRO BRILLANTE
4001
WHISKY
GO GO
PINK·DOT
LEAVES
and Trees
100% natural / no drugs
Sleep Aid

#2

D.

Obituário

A pedido do sr. Truant, omitimos o último nome do seu pai, bem como diversos outros detalhes.

– Os Editores

Piloto local, Donnie _______, faleceu no último domingo na rota ___ quando o caminhão da marca Mack que ele conduzia tombou dentro de uma vala e pegou fogo. Segundo relatos, o motorista, que sobreviveu, havia dormido no volante.

Ao longo de sua vida, o sr. ________ sempre foi dedicado a voar. Como disse R. William Notes sobre o seu amigo, "Donnie sempre parecia mais à vontade no céu".

Nascido em Dorset, Vermont, no dia _____, 19__, a família do sr. ________ logo se mudou para Marietta, Ohio, onde se formou na escola _______. Após um breve período nas Forças Aéreas, durante vários anos ele trabalhou como piloto de avião pulverizador no Nebraska, depois para os correios no Alasca e, durante um inverno, pilotando um avião espião no litoral da Noruega. Em dado momento, assumiu o cargo de piloto comercial para a American Airlines, mas gostava de realizar acrobacias aéreas no seu tempo livre em várias demonstrações regionais.

Ao término do ano passado, o sr. ______ decidiu começar a trabalhar como piloto para ________ de modo a poder passar mais tempo com sua família. Tragicamente, durante os exames físicos de rotina, os médicos descobriram que, sem saber, ele havia sofrido há algum tempo — provavelmente enquanto dormia — de um infarto do coração. Os resultados do exame foram enviados a Oklahoma, onde as Forças Aéreas deliberaram a favor da suspensão do seu brevê durante seis meses, no aguardo de avaliações futuras. Incapaz de ganhar a vida como piloto, o sr. ______ procurou trabalho numa transportadora.

Ele deixa a esposa, _______, e um filho, ______.

— *The* ________ *Herald*, ___ de julho, 1981.

E.

As Cartas do Instituto Three Attic Whalestoe

É o desejo do sr. Truant tornar conhecido o fato de que, embora alguns nomes aqui não tenham sido excluídos, muitos foram alterados.

– Os Editores

28 de julho, 1982

Minha cara criança,

Sua mãe está aqui, não totalmente aqui, mas ainda assim aqui. Foi um ano difícil para ela, mas sem dúvida ainda mais difícil para você.

O Diretor me diz que você tem uma família adotiva agora. Abra seu coração para eles. Estão aqui para cuidar de você. Vão ajudá-lo a se recuperar da morte precoce do seu pai. Também vão ajudá-lo a compreender os motivos da minha estadia neste lugar.

Lembre-se que a sua mãe ama você, apesar de sua biologia em ruínas. Lembre-se também que o amor habita lugares além do coração e da mente. Se necessário, ele pode procurar abrigo até no dedão do pé.

Um dedão para você, então.
Amo você.

Mamãe

30 de agosto, 1982

Minha cara criança,

Outra família já? Não faz mal. Me contaram que você aprontou uma bela cena, arremessando as coisas e fazendo uma bagunça no seu quarto. Não faz mal também. É bom neste mundo deixar as suas paixões fazerem o que têm que fazer.

Não tenha medo, você vai encontrar o seu caminho. Está nos seus ossos. Está na sua alma. Seu pai tinha isso. Sua mãe tem isso (em excesso). Você também.

Se eu estivesse contigo agora, iria abraçá-lo e cuidar de você e apertá-lo com beijos bem babados do jeito que gatas mamães cuidam e apertam os seus filhotes selvagens.

Infelizmente, porque esse tipo de excursão é estritamente proibido no Whalestoe, esta língua de tinta há de servir.

Felicidades, meu felix menino felino,

Com amor,

Mamãe.

7 de novembro, 1982

Meu doce neném,

Eu sabia que você encontraria um lar. Está feliz agora? Eles servem chocolate quente e grandes fatias de torta de merengue de limão? A sua nova mãe põe você na cama e conta histórias cheias de pedras preciosas, opalas e jade?

Eu confio que você tem uma cabeça boa a ponto de não desperdiçar muitas das suas horas na frente da televisão. Cuidado com aquele olho preguiçoso, tudo que ele ensina é como morrer.

O Diretor, que se esforça para me manter a par das suas aventuras, me disse que você está lidando com bastante frieza com a morte do seu pai. Estou impressionada pela sua maturidade. Aparentemente, sua nova família diz que você tem um "olhar nítido", é "incrivelmente inteligente" e "um grande leitor". Imagina só! Papai teria ficado ardido de tanto orgulho.

Tem tanta coisa dentro de você que você ainda precisa descobrir. Enquanto continuar se esforçando, fuçando e explorando, há glórias inauditas que você virá a possuir. Isso eu prometo.

Com amor,

Mamãe

20 de janeiro, 1983

Caríssimo Johnny,

Você teria recebido mais uma centena de cartas até agora se o Diretor não me tivesse feito uma "forte recomendação" de que eu refreasse meus impulsos epistolares. Aparentemente, sua nouvelle mère reclamou da natureza invasiva e contenciosa dos meus communiqués. Bem, para mim é difícil admitir, mas é provável que ela tenha razão. O Diretor (um bom homem) também. Você não precisa ser perturbado pela sua mãe louca. Precisa construir uma vida nova, uma vida sólida.

Como escreveu o velho Goethe: "Queres moldar uma vida nobre? Pois não olhes, nem mesmo de relance, para trás, para o passado e, por mais que possas estar perdido e desaparecido, ainda assim age como um recém-nascido".

Abra seu coração para a generosidade e a estabilidade que a sua nova família lhe oferece. Tudo isso vai lhe servir bem. Quanto a mim, eu só queria era poder servir a esse propósito.

Feliz ano novo. Coisas boas
estão vindo no seu caminho.
Você sabe que eu amo você muito,

Mamãe

14 de fevereiro, 1983

Meu caro, caro menino,

Você puxou ao pai no gosto pela extravagância. Mais uma família? Para um menino de onze anos, você certamente possui muita presença de espírito. Sabe que quando você nasceu, todas as enfermeiras ficaram absolutamente deslumbradas pelo seu charme? E todas elas, sem exceção, declararam que você já nasceu com uma alma velha.

Acabei de descobrir hoje mesmo com o Diretor o quanto você estava infeliz com a sua última família. Ele me disse que você fugiu duas vezes. Meu bom senhor, Johnny, como é que um menino de onze anos passa três dias fora? Aonde é que ele vai? Ele disse que um policial encontrou você num parque, esquentando salsichas sobre um fogão improvisado com uma lata de combustível Sterno. É verdade? Você é bem forte, né – meu menininho esperto e engenhoso.

Me manda um cartão-postal, se quiser. Eu adoraria ouvir até mesmo um único detalhe dessa sua fuga. (Mas entendo perfeitamente se você quiser manter seu silêncio. É o seu direito e eu respeito. Prometo.)

O que quer que você faça, não se entregue ao desespero. Você é um menino excepcional e precisa da companhia de pessoas igualmente excepcionais. Nunca se sinta compelido a aceitar menos que isso. O tempo vai lhe dar um lugar. É o que o tempo sempre faz. Confie em mim.

Ah, se eu estivesse aí para lamber as suas feridas, engolir a sua dor e consertar você todinho com beijos. C'est vraiment triste. Ah, bem, mais uma vez, palavras hão de bastar ao jovem filhote.

Feliz dia dos namorados.
Sempre sinceramente,

Mamãe

17 de abril, 1983

Meu caríssimo filho,

Não pense que eu não lhe escrevi nenhuma carta em março. É só que eu estava escrevendo mal. Mais uma vez, a pedidos do Diretor (que é um homem decente), eu não lhe mandei meus apontamentos. Com razão, ele trouxe à minha atenção o quanto o tema de algumas dessas cartas poderia ser indelicado para um menino da sua idade. Eu sou boba mesmo.

Esqueço que você tem onze anos e fico te tratando como se fosse um homem adulto. Talvez em algum momento, no futuro, eu possa compartilhar contigo o que eu pensei ao longo das últimas semanas e então você poderá me dar conselhos sobre o conteúdo dessas reflexões. Até lá, aproveite a sua juventude e eu, embora in absentia, vou me esforçar ao máximo para protegê-la.

Que bom ter notícias de que você finalmente vai sossegar. Tem refeições muito melhores neste mundo do que salsicha no Sterno. O Diretor me disse que você está se dando bem com seu novo curador – um ex-fuzileiro? – e que você tem alguns irmãos também. Espero que isso tudo signifique que você conseguiu enfim conquistar uma quantidade módica de felicidade para si mesmo (Módica? Você conhece esta palavra? Senão, nesse campo deixa eu lhe oferecer uma dica: arranja para ti um dicionário e seja implacável em suas consultas.)

Nunca deixe a sua mente de lado, Johnny. Você nasceu com capacidades substanciais. Estou enviando vários livros, incluindo uma edição concisa do Dicionário Oxford. Os volumes de poesia talvez sejam avançados demais para você agora, mas com o tempo sua curiosidade há de desvelar seus segredos.

Com amor, para sempre,

Mamãe

9 de maio, 1983

Meu caro, doce, doce filho

Não seja por isso, de verdade!

Sua carta chegou na semana passada –a primeira de todas! – e eu estou a própria fonte da juventude. Quem diria que um menininho encontraria êxito na tarefa em que fracassou Ponce de León?

Nunca poderia eu imaginar que as suas palavras de ternura teriam sido assim capazes de consertar este meu coração arruinado. Estou andando nas nuvens, dançando no ar, corando como uma colegial com meias verdes até os joelhos. Você realmente ama tanto assim sua mãe? Vou guardar esta carta para sempre e mesmo que nenhuma outra jamais venha, ela sempre vai servir para me revigorar. Vou vesti-la como um coração. Ela será meu coração.

Incontáveis beijos,

Mamãe

21 de junho, 1983

Meu delicado Johnny,
– bambino dell'oro –

Nascido no mais ensolarado dos dias, você sempre foi e sempre será minha luz.

Feliz Aniversário.

Com todo meu amor,

Mamãe

19 de agosto, 1983

Meu querido Johnny,

Sonhei com você esta noite. Você tinha longas mãos que reluziam sob a luz das estrelas. Não tinha luar, porém seus braços e pernas pareciam feitos de água e mudavam com a maré. Você estava tão bonito e elegante, todo azul e branco, e os seus olhos, como os do seu pai, tinham neles uma estranha magia.

Foi reconfortante vê-lo assim tão forte. Os deuses se reuniram ao seu redor e prestaram homenagem, todos babões em cima de você, e ofereceram suas dádivas, as quais sua mãe sequer poderia começar a imaginar, que dirá bancá-las.

Houve alguns deuses que ficaram com inveja, mas eu os espantei para longe. Os outros ficaram pertinho de você e disseram muitas coisas excelentes do seu futuro.

Infelizmente não deu para ouvir as palavras exatas no sonho. Foi-me permitido apenas ter esta impressão, mas que impressão foi esta!

Claro que os sonhos são coisas complicadas, mas já que este parecia ter tantos presságios positivos, decidi compartilhar com você aqui.

Que o seu verão seja cheio de refrigerante, alegria e brincadeira.

Quantidades terríveis de amor,
Mamãe

29 de setembro, 1983

Meu Caríssimo Guerreirinho,

Outra carta efusiva! A segunda! Salomão era pobre, em comparação. E, sim, eu vou retribuir e olha só com quantos juros, em apenas alguns dias.

Não ligue para as brigas no pátio da escola. Não dá para esperar que o Fuzileiro Raymond, qui patriam potestatem usurpavit, compreenda. Você sempre teve fogo correndo pelas veias. É natural que parte desse calor tremendo possa de vez em quando forjar punhos de fúria.

Agora, no entanto, deixe-me corrigir um mal-entendido: essa qualidade não vem do seu pai ou da família dele. Seu pai foi um homem absurdamente gentil e nunca se engalfinhou, nem mesmo verbalmente, com outra pessoa, fosse homem ou mulher. Como você bem sabe, mais do que tudo ele amava voar. Seu único conflito era com a gravidade.

Assumo a responsabilidade pelo seu súbito interesse

em pugilismo (Pega lá o seu Oxford!), você puxou a sua mãe e sua família briguenta. Você vem de uma longa linhagem de agressores. Alguns valentes, alguns de fato rufiões. Se você decidir realmente criar um brasão para si, seria impossível fazê-lo direito sem incorporar pelo menos algumas das armas de Marte, junto a sua simbologia consequente de carnificina e derramamento de sangue.

Não tenho dúvidas de que sua sede atual de conflito físico seja resultado de sua herança genética questionável. Faça o que for preciso, mas perceba que há uma força maior no autocontrole. Quanto mais você aprender a comandar os seus impulsos, mais crescerá o seu potencial.

Carinhosamente e sempre com muito amor,

Mamãe

15 de outubro, 1983

Caro, caro Johnny,

Que lindas palavras você tem dentro de si, dispostas assim com tanta sabedoria e num arranjo tão harmonioso. Papai teria ficado muito feliz em ler algo tão gracioso, ainda mais vindo de seu filho de doze anos de idade. Ele teria se incomodado um pouco com algumas das expressões, que eu tenho certeza que não teria compreendido ("Criança comutada" – foi o seu dicionário Oxford que ensinou essa?).

Sua mãe sofre com sua ausência. O Diretor diz que nunca me viu tão bem e acredita que possa chegar um dia em que você e eu poderemos até mesmo nos rever. Até então, vou ter que me contentar com esse desapego corporal. Meu espírito desacoplado do corpo voa até o seu lado e protege você de todo mal, iluminando para todo sempre os seus momentos mais obscuros.

Mais uma carta de quem sempre amará você mais que tudo,

Mamãe

24 de dezembro, 1983

Meu caríssimo e único filho,

O Diretor me disse que você vai se mudar para outra escola depois do fim do ano. Fiquei surpresa em descobrir isso através dele e não de você.

Você nunca tem que ter medo de me contar suas aflições. Me conte tudo. Serei sempre grata por tudo que você faz. Não é o quê, mas o ato de fazê-lo por si só que já me preenche com esse sentimento contínuo de arrebatamento. Você nunca deve temer ouvir palavras ríspidas de mim. Eu prometo.

Pelo visto, seus punhos se recusam a descansar. 15 batalhas numa única semana! É verdade? Minha nossa, você deve ter um coração tão forte. Até o Fuzileiro Raymond deve estar orgulhoso.

Meu pequeno guerreiro viking! Que os monstros todos estremeçam! Que os salões de hidromel amanhã regozijem-se. Seu viking logo chegará. Micel biþ se Meotudes egsa, for þon hī sēo molde oncyrreð.

(Para desvendar esta, você vai precisar de algo além do seu dicionário. Vai ter que revisitar esta carta depois que dominar um pouquinho de inglês medieval. Acho que eu escrevi certo.)

Bem, se você for bater, tenho certeza que eu que não fico no seu caminho. Apenas se lembre que as palavras podem exceder em força a todos os golpes. Podem até ser fatais, em alguns casos. Para os poucos raros, até mesmo imortais. Experimente de vez em quando com os seus inimigos.

Sempre vou amar e adorar você,

Feliz Natal,

Mamãe

15 de março, 1984

Meu caro, amado Johnny,

Perdoe a sua mãe. As notícias da sua internação me fizeram entrar num comportamento excessivo que não ajuda ninguém, que dirá a você. Sinto muitíssimo.

Sua mãe chegou a se libertar, até, por um dia. Ficou tão extenuada pelo infortúnio que recaiu sobre seu filho que fugiu desta velha Mansão Inglesa em busca do seu algoz. Está chovendo e relampejando, e o Diretor jura que eu estava mais enfurecida que Lear. Nem mesmo os raios podiam iluminar a minha raiva.

Na verdade, tão grande foi a minha raiva que os cuidadores aqui precisaram me colocar dentro de uma camisa de lona, para que eu não machucasse ninguém, nem causasse algum dano a mim mesma. O Diretor por fim modificou e até aumentou a dosagem dos meus medicamentos. Com o tempo, essas medidas fizeram efeito e meu ódio diminuiu (mas a dor não, nunca). Infelizmente, junto ao meu ódio, diminuiu também minha capacidade de funcionar de uma forma coerente, por isso meu silêncio durante seus momentos de aflição.

Eu falhei quando você mais precisou de mim. Sinto tanto arrependimento quanto vergonha. Jamais vou me comportar assim de novo. Prometo.

O tempo cura tudo, sim – é o que dizem. Ainda assim, se eu estivesse livre agora eu iria direto até o Fuzileiro Raymond e acabaria com ele. Não tenho dúvida de que nem o seu pai pacifista teria evitado recorrer à violência.

Quero, sim, ouvir os detalhes direto dos seus doces lábios. Por favor, me escreva assim que possível e conte tudo. Isso vai ajudar, eu lhe garanto. Ele quebrou mesmo o seu nariz? Partiu seus dentes? Há contusões no seu rosto?

Confesso que só de escrever essas perguntas eu já entro, dentro das câmaras da minha alma, num frenesi. Tudo que eu queria era arrancar o fígado do seu pretenso protetor e enfiar-lhe goela abaixo, sibilando. Ele podia pegar e meter o semper fi com essa refeição até o Hades. Mas já que ele está protegido contra a minha ira por conta de minhas próprias confusões – que inferno! –, em vez disso, hei de invocar Hécate das suas profundezas aquerônticas e por via de uma escama de dragão, olho de salamandra, fervido no sangue de ministros assassinos e o fel de Clitemnestra, rogar uma grande maldição que há de voar direto, alçada por ventos negros, e assumir residência imediata em seu corpo, mascando todos os dias a sua carne e seus ossos à noite, até que, daqui a muitos meses, momentos antes de expirar a faísca final de autoconsciência, ele terá sido testemunha do desmembramento total e esgotamento de todos os seus membros e órgãos. Assim está escrito, assim está feito. A maldição foi rogada. Fuit Ilium.

E agora, sem dúvida, você imagina que sua mãe está louca.

Ira furor brevis est.

(Mas no caso dela, não tão breve).

Pelo menos você terá uma nova família. Espero que esta lhe seja graciosa e compassiva.

Sua mãe restaura você
com beijos e carinhos suaves,

Mamãe

22 de abril, 1984

Meu querido e encantador Johnny,

Agradam-me infinitamente as notícias de sua constante recuperação, mas fico confusa pelo conteúdo da sua última carta. O que você quer dizer quando escreveu que ainda continua com a mesma família? Como assim ninguém acredita em você? Os dentes quebrados não bastam?

Um vento maligno chacoalha o coração enjaulado de sua mãe.

Atormenta-me também sua relutância em me contar mais sobre o seu incidente. As palavras vão curar seu coração. Se você ignorar tudo que eu lhe disse, pelo menos nisso pode acreditar: suas palavras e apenas elas vão curar seu coração.

Eu amo tanto você, sua criaturinha divina e preciosa. Por favor, me escreva logo e abra sua alma para sua mãe. Divida todos os seus segredos e, mais que tudo, revele como o homem que quase lhe tirou a vida continua no papel de seu pai. Acaso ele não sabe do destino de Cláudio ou Ugolino?

Com amor e devoções intermináveis,

Mamãe

3 de junho, 1984

Meu querido Johnny,

Decidi não questionar seu silêncio. Você está se transformando e muito em breve será um homem e eu não sou cega ao fato de que os meus encorajamentos, amor e fé (para não falar nada de minhas maldições bobas) pouco importam diante das iniquidades do mundo que você enfrenta todos os dias.

Se acaso o ofendi com minha última carta, peço que encontre em seu coração motivos para me perdoar. Apenas o amor me levou a exigir essa revelação completa de suas experiências.

Você, no entanto, sabe melhor do que eu o que é certo para você, e prefiro morrer a lesar, de qualquer forma, a fé que você tem em si mesmo.

Com todas as palavras de amor,

Mamãe

26 de junho, 1984

Meu caro Johnny,

Suas frases lançam feitiços. Mais uma vez, você transformou sua mãe numa colegial boba. Assim como Faith, do conto de Hawthorne, eu ponho fitas rosas em meu cabelo e submeto todos aqui, incluindo claro o bom Diretor, a um relato completo de suas conquistas prodigiosas.

Sua carta não é apenas papel e lápis. É um cristal, um cristal perfeitamente redondo que eu posso perscrutar infinitamente e nele ver o meu belo menino, lançando flechas como um Apolo, subindo penhascos como o ágil e sempre ardiloso Odisseu, vencendo seus pares, sem surpresa, em corridas alucinadas pelas margens daquele lago de turquesa que você descreveu – Hermes mais uma vez pisando a terra! E, para encerrar, uma pipa feita pelas suas mãos ainda voa à deriva em meio aos templos do Olimpo.

Assim como Donnie, você também nasceu com vento sob as asas.

Eu pendurei com todo cuidado suas fitas azuis na minha escrivaninha, onde posso vê-las toda manhã e toda noite. Toda tarde também.

Com o coração ardendo de amor,

Mamãe

P.S. Quando voltar da colônia de férias, você vai encontrar o seu presente de aniversário.

7 de setembro, 1984

Caro, caríssimo Johnny,

Suportar esses últimos dois meses sem nenhuma palavra

sua e então as primeiras palavras trazerem consigo notícias tão terríveis – isso me fez em pedaços.

Se eu pudesse agora levaria você embora, rumo aos fossos obscuros do submundo, mergulhando-o duas vezes no rio Estige, para que nem a cabeça, nem o calcanhar – especialmente o calcanhar – pudessem sofrer os insultos ignóbeis da dor.

Mantenha em mente, no entanto, que sua mãe é uma leitora infinitamente mais sutil do que você gostaria de conceder. Quando o Diretor me avisou que houve uma agressão perpetrada por você(?)/contra você(?) no pátio do ginásio, e você em sua carta não mencionou nada do tipo, aludindo apenas a problemas com o mercenário diabólico que ousa reivindicar o título de patriarca, eu soube na hora a quem pertencia a mão agressora que fez mal a meu único filho.

Eu não consigo entender, de forma alguma, seu longo silêncio acerca dessa questão, mas devo botar fé em seus instintos. Em todo caso, não me faça a descortesia de subestimar minha capacidade de interpretá-lo, flagrar seus sinais, decifrar seus códigos. Você é minha carne. É meus ossos. Eu o conheço bem demais. Sei lê-lo perfeitamente. Os motivos que o levaram a fugir para o campo e lá morar durante oito dias – um anônimo, um ninguém, um sobrevivente – não são segredo algum para mim.

Claramente você tem grandes habilidades para sobreviver em tais zonas de privação, mas perceba o seguinte, Johnny: suas habilidades podem levá-lo muito além disso. Você só precisa acreditar, então há de encontrar uma saída melhor.

Não se fie nos seus punhos (já chega de brigas), despreze a televisão, não sucumba aos deslumbramentos fáceis e inadequados do álcool e dos comprimidos (essas tentações virão procurá-lo cedo ou tarde, isso se já não o tiverem feito) e, por fim, não confie seu futuro aos limites de até onde você pode chegar caminhando.

Confie, em vez disso, nas habilidades da sua mente. Sua mente é especialmente poderosa e há de libertá-lo de virtualmente qualquer inferno. Prometo.

Hige sceal þē heardra, heorte þē cēnre, mōd sceal þē māre, þēūre mægen lȳtlað.

Agora, por favor, não me leve a mal interpretando meus conselhos como sendo qualquer outra coisa que não os aspectos mais profundos do meu afeto.

Com todo meu amor e atenção,

Mamãe

14 de outubro, 1984

Meu caro Johnny,

Que ideia excepcional. Eu sabia que você daria um jeito. Não seja criterioso demais também em suas tentativas. Tente se matricular em todos os colégios internos disponíveis.

Quanto ao imbecil do Raymond que insiste em chamá-lo de "besta-fera", deixe que a cegueira dele proteja você. Ele não vai conseguir fazer nada para impedir aquilo que não espera.

Você é uma presença maravilhosa, a quem o mundo há de aprender, nos anos por vir, a dar valor. Lembre-se, se isto lhe servir de conforto, e eu espero que sirva, qualquer um que tente encerrar e enterrar a sua alma (pois como as folhas são para os galhos, assim são as palavras para a alma) igualmente há de ser lançado à minha ira e nela perecer. Apenas aqueles que estão ao seu lado deverão ser lembrados com carinho e abençoados.

Honi soit qui mal y pense.

Meu amor ilimitado,

Mamãe

7 de março, 1985

Caro, doce Johnny,

Ainda estou viva. Infelizmente o alto inverno foi cruel com sua mãe e ela voltou àquele estado que a trouxe aqui para começo de conversa, o mesmo estado com o qual seu pai brilhante lutou tão nobremente.

Todos aqui, sobretudo esse homem honesto que é o Diretor, têm me tratado com bondade e atenção, mas não foram capazes de me libertar de minha condição, sinto dizer, muitas vezes alucinatória e selvagem. É triste, porém verdadeiro, por vezes a sua mãe ouve coisas.

Non sum qualis eram.

Pelo menos pensar em você me trouxe momentos de paz. A mera menção do nome Johnny conjurou em mim doces lembranças de prados encharcados pela chuva, folhas de hortelã no chá e barcos a vela fazendo rodopiar miríades de fosforescências à meia-noite – a história toda das estrelas brevemente flagrada na enseada.

Meu querido filho, por favor perdoe o silêncio de sua mãe. Ontem mesmo o Diretor me mostrou as suas cartas. Me sinto péssima por ter decepcionado você desse jeito, porém sinto orgulho, ao mesmo tempo, de você ter ido em frente e feito tantos avanços.

No momento, estou cansada demais para escrever uma carta mais longa, mas não tema, muito em breve você terá notícias minhas.

Amo você,

Mamãe.

13 de abril, 1985

Minha criança maravilhosa,

Bastou você se aplicar e voilà, sucesso. Agora vá para o mais longe possível daquele lugar. Você está livre.

Com muito amor e orgulho,

Mamãe

11 de maio, 1985

Caro, caríssimo e devoto Johnny,

Será possível? Será que eu vou vê-lo, de verdade, dentro de dez dias?

Após todos estes anos, será que finalmente poderei vislumbrar o seu rosto e tocar suas mãos e sentir pessoalmente a doçura de sua voz?

Estou dançando à espera de sua chegada. As pessoas aqui pensam que sou doida de verdade. Difícil acreditar que, um ano atrás, você estava no meio do nada e que agora você vai para o Alasca durante o verão, depois para o colégio interno.

Admito que estou um pouco nervosa. Por favor não seja ríspido em julgar sua mãe. Ela não é mais a flor que costumava ser, para não falar do fato de que ela mora num hospício.

Apresse-se. Apresse-se. Não poderei dormir até que você venha preencher meus ouvidos com suas aventuras e planos.

Com amor, tanto que a palavra sequer
pode comportá-lo,
Mamãe

---

24 de julho, 1985

Caro Johnny,

Onde está você? Quase dois meses se passaram desde a sua visita e eu me sinto possuída por um pressentimento sinistro de que não está tudo bem. Será que foi a sua partida que parece ter deixado um tom dissonante? O modo como você deu as costas para sua mãe e olhou para trás apenas duas vezes, não que olhar duas vezes não baste, afinal, uma só já foi demais para Orfeu, mas o seu olhar me pareceu sinalizar, em meu coração, alguma mensagem de uma transgressão mortal.

Si nunca te fueras.

Estou sendo boba? Sua mãe está surtando por nada? Diga-me e vou me calar. Tudo que eu peço é uma garantia, na forma de uma carta em sua caligrafia sofisticada, ou pelo menos, no mínimo do mínimo, um cartão-postal. Diga à sua mãe, minha querida, querida criança, que ela está sendo uma menina boba.

Que êxtase foi tê-lo em minha companhia. Espero que minhas lágrimas não o tenham perturbado. Não estava preparada para vê-lo tão lindo assim. Igual seu pai. Não, não igual, mais. Mais lindo que o seu pai. Não fazia sentido ouvir o modo como o terrível Fuzileiro batia em você igual um animal e o chamava de besta-fera. Essas feições impecáveis, os olhos ofuscantes. Tão afiado com essa rapidez da inteligência, porém tão caloroso e vivo com a seiva da vida. Igual a um velho sábio – assim foi que eu o vi, embora ainda seja tão notavelmente jovem.

Algumas pessoas refletem a luz, outras a defletem, você, por meio de algum milagre, parece reuni-la. Mesmo depois que entramos e deixamos o sol fraco no gramado, as sombras da sala de recreação eram impotentes contra o seu brilho. E pensar que essa qualidade quase sobrenatural do meu menino, meu único filho, é a menor das suas maravilhas.

Sua voz e suas palavras ainda cantam dentro de mim como algum hino ancestral, capaz de viver para sempre em meio às clareiras e bosques de velhas montanhas, florestas negras, as ondas de mares mortos, lugares ainda intocados pelo progresso. Seguindo a tradição de tudo que existia há muito tempo antes da invenção do modem ou da loja de conveniência, a sua narração fez calar o vento e os pássaros, como que a mando da própria natureza, sabendo que você carregava uma magia de preservação digna de todos nós.

Donnie tinha momentos assim. Quando falava de aviação – seu único amor verdadeiro –, também conseguia calar o mundo. Você, no entanto, parece fazer o mesmo com qualquer coisa. É um dom raro e estupendo, porém você não faz absolutamente a menor ideia de que o possui. Você deu ouvidos aos tiranos e perdeu a fé em suas qualidades. E o que é pior, a única pessoa que lhe diz o contrário é uma mulher louca trancada no pinel.

Minha nossa, que bagunça!

Talvez sua nova escola possa endireitá-lo. Espero que tenha bons professores lá que possam lhe oferecer o cuidado que você ainda exige. Talvez a condição de sua mãe melhore o suficiente para que você consiga levá-la a sério.

Uma notícia ruim: o velho diretor foi embora. O novo parece mais indiferente aos meus padrões emocionais. Está convencido, lamento dizê-lo, que minha convalescença exige maiores restrições. Embora eu duvide que ele possa admiti-lo, o Novo Diretor dá um sorriso debochado sempre que fala comigo.

Ah, Johnny, eu poderia passar dias escrevendo cartas assim para você. Sua aparição me deixou tão feliz. Por favor, me escreva e me diga que a sua visita não estragou os seus sentimentos por mim.

Sua mãe ama você assim como os antigos
navegantes amavam as estrelas.

23 de agosto, 1985

Meu caro filho, o único filho que eu tenho,

Sua mãe precisa ter notícias suas. Ela não tem mais nenhum aliado. O Novo Diretor não presta a menor atenção às minhas necessidades. Os cuidadores riem de mim pelas costas. E, o pior de tudo, a única luz que me orienta se apagou. Nem uma única palavra, um sinal, nada.

A cada momento em que estou acordada eu fico revisitando o dia em que você veio aqui. Será que teve algo que eu não vi? Acaso você ficou incomodado, constrangido, decepcionado, determinado a ir embora para sempre, travando os dentes até chegar a hora que permitiu benevolamente que você fosse embora? Quanto a mim, será que eu vi tudo isso e interpretei equivocadamente seus sorrisos e risadas como exemplos de amor, afeto e devoção infantil? Sem entender nada de forma alguma. Entendendo tudo errado.

Pelo menos, não permita que ao túmulo de sua mãe falte a companhia do conhecimento por que ela anseia. Se o seu plano é me abandonar, pelo menos me conceda esse último respeito.

Rompido mi muñeca.

Sua mãe lacrimosa e
terrivelmente confusa.

5 de setembro, 1985

Caríssimo Johnny,

Estou me esforçando ao máximo para aceitar sua decisão de me deixar assim nesse silêncio. Essas notícias fazem meus ouvidos sangrarem. O Novo Diretor não gosta quando eu uso cera de vela para evitar ouvir esses sons (é o melhor que eu posso fazer por aqui levianamente).

Eu lembro de quando seu pai me levava para voar com ele. Não fui muitas vezes. A experiência me deixava agitada durante vários dias depois. Ele, no entanto, era sempre tão calmo e delicado com tudo. A preparação para o voo era executada com o cuidado de um pediatra e, depois que decolávamos, apesar do rugido do motor, ele tratava aqueles milhares de quilômetros todos como um sussurro.

Sempre usei plugues de ouvido, mas eles não conseguiam abafar o ruído. Donnie nem percebia. Honestamente, não creio que ele escutasse qualquer coisa além da trepidação toda e do vento batendo e os tremores pavorosos que o avião fazia sempre que passava por um trecho particularmente turbulento dos ares. Era o homem mais pacífico que eu já conheci. Especialmente lá em cima.

Mesmo naquele dia medonho e caótico, quando ele não teve escolha senão me trazer aqui, mesmo nessas condições, ele manteve a calma e a ternura. A essa altura, seu coração estava partido, mas ele ainda não sabia, ninguém sabia, porém mesmo seu toque continuou delicado e suas palavras eram tão fluidas quanto o modo dele de pilotar seu avião, tão alto acima das nuvens.

Queria eu ter essa paz agora. Queria não ter que ouvir a trepidação e rugido e gritos que são o seu silêncio. Queria eu ser ele.

Sinto muito que você tenha visto o que viu em mim. Sinto muito por ter feito você fugir. Devo compreender. Devo aceitar. Devo deixar você ir. Mas é difícil. Você é tudo que eu tenho.

Todo amor do amor e ainda mais,

Mãe

14 de setembro, 1985

Ah, meu caro Johnny,

Sua mãe se sente mais boba do que nunca. Espero que você ponha fogo nas minhas últimas cartas. Tão desesperadas, tão desmerecidas. Claro que você andou ocupado. Esse trabalho com enlatados parece terrível. Só a sua descrição do fedor já vai me deixar sentindo cheiro de peixe por semanas a fio.

Pensarei duas vezes na próxima vez que me oferecerem salmão, não que o Whalestoe tenha qualquer apreço em particular por oferecer porções de peixe cobertas com molho de endro.

Mais vexante que os meus próprios resmungos lastimosos e choraminguentos foi a minha completa negligência quanto à possibilidade de que você estivesse tendo e sofrendo as suas próprias aventuras e tragédias.

Sua descrição do naufrágio do barco pesqueiro me deixou sem palavras. Ainda guardo comigo suas expressões e as imagens correspondentes. A água gelada batendo nos seus tornozelos, ameaçando puxá-lo rumo aos "prados congelantes que se estendem até o horizonte como um milhão de páginas azuis" ou "uma luta de dez segundos até o bote salva-vidas onde de repente o oitavo segundo diz não" e, claro, pior de todos, "deixando para trás alguém que não era um amigo, mas poderia ter se tornado um".

Você tem absoluta razão. Perder a possibilidade de algo é exatamente a mesma coisa que perder a esperança e, sem esperança, nada sobrevive.

Você está tão cheio desses insights corajosos. Não são inúteis. Preciso lhe dizer que as suas palavras conseguiram, por um momento, manter flutuando o barco e o ar dentro os pulmões do seu haitiano.

Para dar uma notícia mais positiva, fico muito contente que você tenha conseguido evitar aqueles voos. A ocasião em que você descreveu o modo como foi embora da fábrica demonstrou grande coragem e maturidade. Sua mãe está radiante de orgulho pelas forças recém-descobertas de seu filho.

A escola vai lhe trazer prazeres inauditos. Prometo.

Com amor e eterno cuidado,

Mãe.

P.S.: Temo que o Novo Diretor insista em ler as minhas cartas agora. Ele não o admite diretamente, mas as coisas que ele diz com certos maneirismos indicam que pretende estudar e censurar minhas cartas. Fique alerta. Precisamos encontrar algum meio alternativo de comunicação.

19 de setembro, 1985

Caro, caro Johnny,

É um tanto urgente. Consegui fazer um dos cuidadores levar esta carta ao correio. Ele vai conseguir levá-la para além do perímetro do Whalestoe, evitando assim os olhos indiscretos do Novo Diretor.

Como indiquei em minha última carta, estou cada vez mais desconfiada da equipe aqui, ainda mais no que diz respeito ao meu cuidado pessoal. Preciso ter a confiança de que podemos nos corresponder sem interferência.

Por ora, tudo que você precisa fazer é colocar na sua próxima carta um visto no canto inferior direito. Assim vou saber que você recebeu esta carta.

Não deixe o visto sair nem grande, nem pequeno demais, ou então o Novo Diretor vai saber que tem alguma coisa aí. É um homem excessivamente ardiloso e capaz de detectar qualquer tentativa de o excluirmos. Por isso, deixe um simples visto – nosso pequeno código, tão fácil e, no entanto, tão rico em sua comunicação.

Não demore. Responda a sua mãe com pressa. Preciso saber se este atendente é confiável. No geral, é uma gente sórdida. Era para fazerem a minha cama todos os dias. Já se passou uma semana desde a última vez que tocaram aquelas coisas azuis esfarrapadas que eles têm a audácia de chamar de lençóis.

Com amor e uma gratidão emocionada,

Mãe

30 de setembro, 1985

Meu neném querido,

Nunca pude imaginar que um simples visto, sem um tostão, faria sua mãe se sentir mais rica do que Daddy Warbucks.

Encontramos um jeito!

E tem mais: sua mãe sabe agora como ela vai fazer para melhorar de vez e abandonar permanentemente o Whalestoe. Encontrei tesouras para cortar as fitas pretas que me prendem como uma boneca chinesa, me cegam como alguma velha boneca espanhola que eu, no passado, guardava nas águas de um sótão fantástico onde ambos aguardávamos nossa execução.

É claro que eu devo guardar os detalhes para mim mesma. Por ora. O Novo Diretor não sabe da minha descoberta. Ele é esperto, mas sua mãe é mais. E, o mais importante, ela é muito paciente.

Passo meus dias do modo de sempre, só que agora consegui entender o motivo do meu encarceramento e o modo de transcendê-lo. Se eu tivesse compreendido isso quando seu pai ainda estava vivo, poderia ter poupado seu coração de todo aquele fardo e sofrimento. O tempo nos dá de modos tão estranhos.

É chocante que eu nunca tenha suspeitado até agora qual era a base para o poder que eles exercem sobre mim. Seu pai teve boa intenção ao me trazer aqui para este Inferno, mas não é o que ele imaginava. Aqui está cheio de víboras e sapos venenosos. Se eu quiser fugir, precisamos tomar muito cuidado.

Quanto às suas aflições, não se preocupe tanto. Começar uma escola nova é sempre difícil.

amor, amor, amor,

Mãe

4 de outubro, 1985

Caríssimo Johnny,

Notícias terríveis!

Nesta manhã, o Novo Diretor me chamou para a sua sala para uma consulta especial, um evento raríssimo, ainda mais antes do café da manhã. Durante vinte minutos, ele repassou os meus medicamentos comigo, analisando cada tablete, cada nome, o propósito por trás de cada composto químico que eu sou obrigada a ingerir todo santo dia, depois enfatizou, antes do término de cada minuto, que não dependia de mim decidir quais os remédios que eu devo ou não tomar.

E não parou por aí. Acredite em mim quando digo que não estou prevaricando para fortalecer o meu argumento. O Novo Diretor fixou seus olhinhos em mim e mencionou o assunto destas cartas, sugerindo que eu possa estar escrevendo demais e sendo um estorvo para você! Um estorvo! Imagina só!

Eu não teria ficado tão incomodada, de verdade, se ele não tivesse me perguntado então o porquê de eu sentir essa compulsão de querer que um dos cuidadores lide com minha correspondência.

Fomos descobertos! Eu lhe disse que os cuidadores daqui são uma gente péssima. Não dá para confiar em nenhum deles.

Infelizmente, isso significa que sua mãe precisa encontrar outro modo de comunicação, o que é uma verdadeira tarefa de Sísifo. Na próxima tentativa, vou explicar de modo mais conclusivo o como e o porquê de eles me manterem aqui, mas esses segredos não podem ser partilhados até eu saber que o que quer que eu escreva só será visto por você.

Meu benzinho J.,
Permaneço sua única Mary.

Com amor,

Mãe

10 de outubro, 1985

Caro, caro, caro Johnny,

Por onde você anda? Não ter nenhuma notícia sua é um peso que acaba comigo.

Os cuidadores e médicos todos juram que não chegou nenhuma carta sua. O Novo Diretor diz o mesmo.

Temo agora que eles estejam escondendo suas cartas de mim. Planejam arrancar meu conhecimento de mim torturando-me, algo que é fácil de fazer, basta privarem-me do meu único filho.

Devo continuar forte. Escreva.

Aflita e destruída,

Mãe

12 de outubro, 1985

Caro, querido Johnny,

Você vê o quanto sua mãe está enfurecida? Confrontei ontem o Novo Diretor e exigi que ele me entregasse as suas cartas. Mais uma vez ele insistiu que você não me escreveu nada. Eu não quis nem saber e armei toda uma cena.

Uma mãe separada do seu filhote pode acabar sendo um animal bem furioso. Mesmo assim, embora tenham me colocado de castigo, nem por isso me entregaram as suas cartas.

Parece que você vai ter que vir aqui.

Nunca se esqueça que o meu amor por você excede a soma de minha angústia e sofrimento,

Mãe

1 de novembro, 1985

Caríssimo Johnny,

Será que um dia você vai aceitar este pedido de desculpas? Eu estava claramente equivocada em me concentrar tão exclusivamente em mim mesma e claro que você tem todo o direito de se incomodar pela minha indiferença quanto às suas dificuldades.

E pensar que eu estava tão convencida de que eles estavam guardando as suas cartas (Mas por que não? Você escreve lindas cartas. Quem não iria querer guardá-las?)

Como ousam os professores interpretarem errado assim as suas belas palavras? Estão cegos às suas cores, surdos às suas melodias. Você precisa ser corajoso e ignorá-los. Fortes fortuna juvat. Mantenha-se verdadeiro à música rara em seu coração, àquela forma maravilhosa e única que é e sempre será nada além de você. Atenha-se a isso e não vai ter erro, o que eu sei que é mais fácil falar do que fazer.

Este mundo, dentro e fora, está cheio de Novos Diretores. Devemos ficar de olho neles e evitá-los. Estão aqui apenas para nos impedir de contarmos tudo que sabemos, revelar nossas pequenas verdades.

Acho que encontrei um novo cuidador, em quem eu posso confiar que vai enviar para você uma carta sem espiarem. Fique esperto.

Envolvendo-o em meus braços,
Protegendo-o contra todo mal,

Permaneço aqui com amor,

Mãe

5 de abril, 1986

Caro, caro Johnny, o centro e o todo do meu amor,

Não posso compreender como foi que você não recebeu nenhuma das minhas cartas. Para cada uma das suas cartas agoniadas – tão cheias de desventuras e crueldade –, eu respondi não com uma, nem duas, nem mesmo três, mas cinco, cinco cartas intermináveis, tão transbordantes de amor, ternura e confusão que poderiam, numa única leitura, envolver seu coração e curá-lo por completo. Juro.

Infelizmente, em cada uma delas, eu descrevi – pelo menos em parte – os motivos pelos quais eu fui posta aqui e pelos quais o Novo Diretor pretende manter-me aqui até eu morrer ou, no mínimo do mínimo, a minha mente se esgarçar assim como o vestido de casamento da senhorita Havisham. Farão tudo o que for necessário para impedir minhas revelações. Sei que elas vão desatar o mundo. Não é nenhuma surpresa então que todas as portas aqui estejam trancadas. Não é nenhuma surpresa que eles também lacrem todas as janelas.

Que lugar medonho, o tempo todo corado de podridão, ameaçando (prometendo?) mas nunca caindo do pé. Estou suspensa também neste caminho eterno de imundície, numa sanidade tão enclausurante que às vezes é preciso quase vomitar só para conseguir respirar.

Aqui sua mãe dorme, espera e, quando não consegue evitar, se esconde nos cantos profundos do seu quarto. Todos os dias os cuidadores me espionam, me seguem e até mesmo me insultam e provocam a seu bel-prazer. Ainda assim, o pior de que eles são capazes não chega nem perto do impacto do mero cheiro do próprio Whalestoe.

A cada noite, enquanto durmo, eles seguem tramando. Assim como o Diretor, eles sentem – ou ouso dizer, sabem? – que eu aglutinei os artefatos deste mundo e agora contemplo suas mutações em uma totalidade singela. Um fato que me prende e ao mesmo tempo explica tudo. E anula tudo também.

Os cuidadores, claro, são apenas abelhas operárias. O Novo Diretor não. Por que você acha que eles se livraram do Velho Diretor? Por que acha que instalaram este novo? Para me manterem aqui, com outros também, talvez, detidos para poderem nos abrir e então nos esvaziar. Que é o que explica o porquê de O Novo Diretor destruir todas as cartas que eu lhe escrevi. Isso, pelo menos, é óbvio.

Uma coisa crucial eu consegui determinar. O controle que eles exercem depende daquilo que chamam pejorativamente de remédio. O que é uma blasfêmia hipocrática. Com que cuidado eles distribuem essas cápsulas debilitantes coloridas. Garança, azul, verde céladon, amarelo gamboge – contemplem a bandeira da tirania, roubando minha memória, minha capacidade de funcionar, minha possibilidade de sentir, assentir ou assuntar – não importam as variações da palavra, o seu significado é o mesmo: a perda do meu eu.

Que tristeza, de verdade. Tantos anos destruídos. Intermináveis arranjos – no que diz respeito a acomodações zelosas, prescrições médicas & outras maravilhas desnecessárias, embora óbvias – debilitantes em seus efeitos; você precisa compreender – deixando um mal desses acontecer? as dificuldades, criando uma bagunça monstruosa, na verdade, uma caricatura dos anos, meus anos de vida.

Sua mãe não vai tolerar isso. Definitivamente não vai. Por esse motivo, a cada manhã, no almoço e à noite, eu finjo engolir os mecanismos deles, depois, quando as abelhas operárias não estão vendo, tiro os comprimidos da minha boca e cuidadosamente esmigalho todos até virarem um pozinho que dá para eu jogar sem ninguém perceber embaixo de uma mesa ou esconder nos vãos do sofá.

(Esta carta está saindo por uma via privada)

Voltando firmemente ao meu antigo eu,

Praticando meu sorriso num espelho
do jeito que eu praticava quando criança,

Sigo, amorosamente, sendo sua

Mãe

31 de maio, 1986

Querida, querida carne da minha carne, espírito do meu espírito, Meu Johnny,

Alasca de novo!

Três palavras e um ponto de exclamação. Acaso isso é tudo que sobrou para você dar para sua mãe?

Eu preciso, preciso, preciso de você.

Preciso.

Nisso eu fracassei. Minha determinação de ser independente de você já está em ruínas.

Preciso.

Você me dá três palavras, um ponto de exclamação e nem mesmo uma visita?

La grima!

Você não tem saudades dela? Esta poça na fossa que é sua mãe? A forma que lhe deu forma? Que alimentou e aqueceu você, que minguou em cima de você?

Deus, Deus, eu nunca tive tanto medo assim.

Esta exclamação é ainda mais assustadora, porque quem exclama é ateia.

com amor, desesperadamente

Mãe

6 de julho, 1986

Caro filho, meu único filho, só meu, meu Johnny,

A cabeça da sua mãe está uma zona. Eles conseguiram fazer coisas que jamais compreenderei totalmente. De algum modo devem ter colocado os "remédios" na minha água e comida. Não tem outra possibilidade. Está aqui. Dentro de mim.

O que você quer dizer quando diz que me visitou no fim de abril? Sua carta correspondia ao dia que tivemos juntos, nosso passeio, nossa longa conversa sobre o Novo Diretor e como ele me persegue, porém não consigo de jeito maneira lembrar dessas horas ou desses sussurros. Tantos detalhes e, no entanto, nem um deles é capaz de ressuscitar uma imagem nos vazios do meu cérebro.

Ou algum coelho intruso devorou as folhas da minha memória, privando-me assim da doce visão que é você, ou a mulher com quem você esteve não era eu.

Temo ser esta última possibilidade a que faz mais sentido. O Novo Diretor deve ter muito medo mesmo de tudo que eu sei. Deve ter contratado uma profissional, que ele depois treinou – uma atriz profissional! – e alterou cirurgicamente, e então, após muitos meses de ensaio, enfim a apresentou a você, como sendo exatamente a mesma alma do seu alento, a fonte do seu ser.

Caro Johnny, você precisa ignorar tudo que imagina ter apreendido naquele encontro. Jogue tudo fora e não se preocupe: eu lhe perdoo por não ter conseguido reconhecer que aquela mulher era uma fraude. Estou cercada de adversários diabólicos. Se ela conseguiu enganar você, seu lindo pai teria sido enganado também.

Ainda assim, devo confessar que eu não tinha ideia do quanto eles eram minuciosos. Devo me esforçar para confrontá-los de igual para igual.

Percebo agora a necessidade de revelar toda a completa completude que eu preparo em segredo para os seus olhos apenas o completo.

Palavra de amor,

Mãe

18 de setembro, 1986

Caro, caro Johnny, meu sol no inverno, minha razão na neblina,

Pelo menos agora estamos com tudo às claras. Eu fui atrás do Novo Diretor. Arremessei tudo nele. Pratos, copos, costeletas de porco, tudo. Chega de cores. Chega de comida adulterada. Chega de esprit de l'escalier.

As abelhas operárias vieram num instante me levar embora, mas agora pelo menos o Novo Diretor sabe que eu sei e vai acabar esse fingimento morno.

Por favor, responda a tudo que eu enviei a você em agosto. Ainda não tive notícias suas de volta. Agora que você sabe a história toda eu mereço um comentário.

Assim você vai fazer sua mãe achar que você não a ama mais.

Devota para além da morte,

Mãe

6 de dezembro, 1986

Caríssimo filho,

Muita coisa de uma vez só. Primeiro a notícia da sua briga e subsequente expulsão (O Novo Diretor fingiu estar preocupado. Eu não tinha ideia de que os seus professores tinham fracassado com você nesse grau), depois a notícia das suas intenções de ir embora de Ohio (para qual endereço eu vou enviar as minhas cartas?) e por fim a sua insistência de que ainda não recebeu cartas mais longas sobre a minha situação aqui. Estou estupefata e chateada.

Talvez o Novo Diretor seja ágil demais para sua mãe. Talvez ela seja simplesmente fraca demais para vencê-lo na esperteza.

Compreendo que você vai ficar incomunicável, mas não fique muito tempo, senão é capaz de me matarem enquanto estiver longe. Devo ser corajosa, mas sei que seria mentirosa demais se eu dissesse que não tenho medo, até a minha medula, de sua ausência.

Busca me, cuida me, requerda me.

Amor, amor imortal,

Mãe

25 de abril, 1987

Caríssimo e genial Johnny,

Achei que seu silêncio não fosse nunca ter fim e, no entanto, de algum modo, teve, e agora estou em posse feliz de um novo endereço e notícias de sua matrícula em outro colégio interno.

Talvez você tenha tempo em breve para voltar à sua mãe, a qual, em seu abandono, ficou desprotegida contra as diabruras tantas vezes cometidas por tantos pulhas, demasiadamente desprovidos de rosto para eu poder lembrar.

Não há mais fuga para mim agora. Sei que o Novo Diretor sabe que eu sei disso. Por sua vez, ele sabe que eu sei que ele sabe. Estas páginas são minha única fuga. Pelo menos, elas podem sair daqui.

Meus anos vão se tornando mais íngremes, meus segredos se racham e esfarelam. Nem mesmo meu único parentesco, meu único menino, vem me ver.

Quando eles me assassinarem, como você vai se sentir?

P.

27 de abril, 1987

Caro, caro Johnny,

Preste atenção: a próxima carta será em código, assim: use a primeira letra de cada palavra para construir as palavras e expressões subsequentes: sua intuição fenomenal vai ajudar a identificar os espaços: esta carta foi enviada por via de uma enfermeira do turno da noite: nosso segredo estará seguro

Com ternura,

Mãe

8 de maio, 1987

Caríssimo altissonante raro interessante serafim sobretudo ilustríssimo mas ouve Johnny oh hosannas nas nuvens yoga,

Anuncio cordas hasteadas às ruínas almejando minhas umbras mas jogue esperanças ilesas todas ou de enxames aos cantos aonde bem almas ressoam comendo o mingau idiossincrático gastando ossos. Escapam sonhos tristes uma pessoa ri ao raio-X últimos mortos sucumbem ancestrais cobrindo o dia entidades onde se salvam os secos das enguias correndo instantaneamente nas quietudes ungidas entre nortes tão auspiciosos e sutis eis inteiramente só as notas ondulam sofrendo. Ninguém assoma os cármicos rectopáticos elefantes insistem onde quase universais eras hospícios abrem janelas às auroras lamentosas golfos onde passam incólumes os rapineiros.

Tente esforços mais oníricos sobre cavaletes usando instalações dolorosas a dançantes ouvidos rompendo elementos supremos mesmo ao supor outros ululantes tendões rasgando ostracismos sobre tempos até muitas bestas esmeraldinas murmurarem. Negocie aos ósculos então troque os dados outrora danosos infectando até nada estar mesmo trombando ostensivamente dias alvorecendo signos e mesas anódinas nas arestas, tudo ao luar vitorioso e zênites nunca estrambóticos mesmo totêmicos ouvidos dando ovos maltados e supridos minguantes anúncios sombrios aos corvos onde não tem estrutura creia espezinhando. Antinomias lastimáveis gritam urticantes espaços mágicos quando um extremo estremece urgente declarando entregues suculentas carnes onde não há excessiva crueza ou suplicam estrelas mas porque reinem estes vermes entre mágicas quimeras unidas aos nodosos dedos ontem esquecidos sobrando transgressões às escaras sobretudo com união reparando onde está todo amor rápido donzelas escondem. As pessoas reúnem-se em números distintos inclusive ávidas na atenção ou garganta retornando incorporações tardias angustiadas rouquenhas, gargantas retornando incorporações tardias angustiadas rouquenhas, memórias eidéticas declamaNdo avisos vazios aos estuários superiores peculiAres entre razões aquecendo numismáticas colheitas antecipadas e embalsamadas sopas permitidas entre rotaS amargas nulificando cartas arrasadas subitamente entretidas mas reNdendo empregados sufocados para ostras só teatros atendem enjambéments em sonetos para expressar rituais antigos nUnca comentados apenas entre murmúrios favoráveis raramente aspectos nada geniosos ao louco Hamlet odiosamente sentidos. Páscoas eVentuais não suportam envelopes noturnos ondE súplicas escondem um hábito atravessando inteiramente territórios ilhados até nos ouvirmos. ENormidades mastigam ancilares instâncias sanitizadas requirindo animai compelidos inclusive orientadoS nitidamente a liberar fôlego à verdade ostensível raramente exteriorizada como elementos rentáveis onde extenUam-se sórdidos tragos urdidos por regras otimizadas até extinguir súbitos pendores eM relatos aniquilados no crepe alçado entre meus fracassos Ruidosamente ativos na gosma aviltante lamentando harmoniosas odes sôfregas em uníssono mas enfim rompendo eventos nOs dias onde elevam-se fios ilusórios cobrindo ocasos a direções em riSco instigando verdades asquerosas.

DisTintos esquimós infiltram xeque-mates odorosos onde câmeras atacam principalmente rubis inestimáveis cOrroendo heranças ordinárias enfim aos loucos instintos variam rumores eufônicos águias sutis sobem oNde corujas incitam ações comedidas à ordem maquinantes embaixadas livres erguendo voo assim respondendo emblemAs massacrados por arcas rústicas abandonando lágrimas ou nenhum gOsto estragado. Avistam sombras visíveis explicando zonas ensimesmadas sob ambulantes imbecis noites de âmbaR felinos instalando chapéus oculares desenhados igual súbitos terrores anteriormente negociAndo tórridos esquemas movendo-se útil intentando transações opiáceas deStruindo em pecado o ícone sumo quebrando unhas entre temas em ruídos mentais insistenTemente na água. Engenheiros ensaiam ludismos elegantes vapores ascendem incessantes em momentos bastante ousados remetendo ao oculto éter soRrateiro trabalhando rumo ao nada, homens ostentam ornamentOs correndo unânimes incólumes dentre abismos de ouro rugindo paternalmeNte onde rufam tambores entre indústrias rigorosas o zurro é lúcido alçado do ouvido roto holofotes ofuscam memórias estragAdas mentindo desdentadas atrocidades longínquas intensamente miseráveis porém esperando zombeteiros agora hosTilizados onde muitos exemplos matam quando uns esperam aquilo gUardado unicamente à revelia das angústias hipócrita outrora mentiroso e manco insípido me urge normalmente discreto obstinado ao notório o itinerário taclamacã é longe intangível mas prados aninham-se todo último dia oportuno.

Esta suspeita terrível ou um paRaíso retornando estes simples amores nomeados onde inspiro-me nas fatídicas essências rumando noites ominosas quando um eremita louva em vão até as orvalhadas praças apearem rezas ao inferno somando outros opostos na disputa entre amBivalentes sombras vidro e zumbidos enfim suscitando pó em noturnas sublimes óperas nunca ostracizadas sempre emborcando um bule então logo o patrão assinAla investigações chuvas ocas molham sempre umas abelhas sem alguma saudade azul somente dramas exacerbados sobre ocas narrativas heroicas omissas e sórdidas odes entoam numa toada afinada os mesmos embaixadores para elevar rituais marasmentos intentam tolos ostentando cenhos humilhantes ofertos rancorosamente aos ratos. Nunca ausente o poema onde rochosos sulcados umbrais apreendem memórias até encantados temores escaparem riscos sérios imaginando deus olvidado enquanto sobem toda urna para receber alumiados diabretes a duvidar estas nuvens obscuras ventando os maiores arcos sobre passagens onde rolam terços e libações ou artelhos martelando até dores outorgarem todo amor na tormenta o quinhão ultimamente entregue nos autos ou frígidos olhos iluminando possibilidades encantadoramente realistas mas ilícitas trombetas inibem dores onde temos esses lábios ostentando pinturas assim rubras até sofrerem etéreas manhãs para reter estios. Quem urge ecdisíastas batendo os braseiros acesos.

Semanas adiáfanas ludibriam versões estimadas mencionando ennuis Johnny oh heroico novo nobre yogue. Edificações mais nativas orientam minhas evidências distantes obstruções segundo extensões usuais plácida alucinação interessa pois regulam estas cavernas idiossincráticas sem ordenar furos unidimensionais glosas insultando religiões desprendido amor quando urdiduras inspiram outras usurpações mudando orientações rumando recessos embora retifique estas instâncias.

Eu amo você tanto,
Você é tudo que eu tenho.

P.

23 de junho, 1987

Meu caríssimo criançâo,

Nenhum sinal de você. Apenas os dias se desdobrando infinitamente em outros dias. O câncer das eras. Os nós de chuva, sem razão. E não, a aspirina não ajuda. Não ajuda. Não.

Minhas mãos parecem uma árvore antiga: as raízes que amarram a terra, a rocha e palavrermes a mordiscar incessantemente.

Mas você é jovem demais para que as árvores saibam qualquer coisa de suas vidas. Ah mas que existência entrevada deve ser viver 900 anos.

Verdadeiramente
com muito amor,

P.

31 de julho, 1987

C. C. Único amor meu Johnny,

Eu vivo no fim de algum corredor interminável — o qual os afortunados dentre os malditos podem chamar de inferno mas que os ateus, muito menos afortunados – e sua mãe consta nesse grupo – devem simplesmente se acostumar a chamar de lar.

Yo soy un extraña en esta lugar sin tí.

Amo, amo, amo tanto você,

P.

13 de agosto, 1987

Meu caro, minha única fagulha de esperança,

Brilhe com fulgor. Ainda assim. Por que eu tenho essa impressão de que jamais verei você de novo?

Ainda assim com amor,

P.

24 de setembro, 1987

Caro caríssimo Johnny,

Eu lhe escrevo com a maior urgência.

A sua incapacidade de responder ou até mesmo aparecer, isto eu perdoo completamente. Todas as coisas prévias a que fui submetida não chegam aos pés em comparação a estes desdobramentos recentes dos eventos. Terei sorte se sobreviver ao presente. Não consigo nem sair da cama. O Novo Diretor.
O novo Diretor. O novo Diretor. O Novo Diretor. O Novo diretor. O Novo
diretor. o Novo Diretor. o NOVO DIRETOR. o NOVO
DIRETOR. O novo DIRETOR. o novo DIRETOR O novo
DIRETOR o novo DIreTOR. o nOVo DIreTOR o NOvo
DIreTORo NOvo dirEtoRoNOvodirEtoR oNOvodirEtoro
NOd ir EtoronoVOdIREtoronoVOdIREtor onoVOdIREtOR
o novo diretor o novodireTOR o NovodiretorOnovoDirEtOR
onovodiretoronOvodiRetoronovodirEtoronovodiretoronovodiretor
oNOvodiretoronovOdiretoroNOvodiretoronovODiretoRonovodireTORonovo
diretoroNovodiretoronovodireToronovodiretoronovodiretoROnovOdiretoRe
TorOnovodiretoronovOdiretoronovodiretoronovoDiretoronovo
diretoronovOdiretoronovodiretoronovodiretorONOvodiretoronovodiretoronovodiretorono
vodiretoronovodireTOROnovodiretoronovodiretoronOvodiretoronovodiretoronovodiretoro
novodiretoronovodiretoronovodirEtoronovodiretoronovODiretoronovodiretor
onovodiretoronovodireToronovodiretorOnovodiretoronovodiretoronovodiretoro
novodiretoronovodiretORonovodiretoronovodIREtoronovdiretoronovodireTORonovodir
etoronovodiretoroNovodiretoronovodirEtoronovodiretoronovodiretoronovoDiretor
onovodiretorOnovodiretoronovodiretoronovodiretoronovodiretoronovodire
toronovodiretoronovodirEtoronovodiretoronovodiretoronovodiretorOnovodiretoronovo
diretoronovoDIREtoronovodiretoronovodiREtoronovodiretoronovodiretoronOVodiretor
onoVODiretoronovodiretoronovodireTORonovodiretorONOVOdiretoronovodiretorono
VodIreToRnaesperaNçadequeoamoraindaconquisteamorteooupelomenosoMedo

P.

26 de dezembro, 1987

Caro Johnny, motivo da minha devoção, a devoção em si,

Eca! Mais uma vez estas fitas negras me embrulham como um presente, um

presente DE natal, este presente, jamais fLagrado, jamais abErto.

Arremessado como uma boneca. Espanhola.

Claro.

Dell'oro, del oro, deloro.

Todo dia a terra madura escancara sua boca para me engolir.

O amor é amor em sua mais negra temporada,

P.

3 de janeiro, 1988

Doce, doce Johnny,

Embora você jamais pergunte, quantas vezes devo responder? Foi um acidente. Foi um acidente. Foi um acidente. Foi um acidente. Foi um acidente. Foi um acidente. Foi um acidente. Foi um acidente. Foi um acidente. Foi um acidente. Foi um acidente. Foi um acidente. Foi um acidente. Foi um acidente. Foi um acidente. Foi um acidente. Foi. Eu nunca quis queimar você. Nunca quis deixar essa marca em você. Você só tinha quatro anos e eu era péssima na cozinha. Sinto muito, sinto, sinto muito muitíssimo. Por favor me perdoa. Por favor. Por favor me meperdoameperdoameperdoameperdoaMeperdoaMeperdoameperdoameperdoameperdoameperdoameperdoameperdoa meperdoameperdoameperdoaperdonameperdoameperdoa meperdoameperdoameperdoameperdoameperdoa meperdoameperdoameperdoameperdoameperdoame perdoameperdoameperdoameperdoameperdoameperdome perdoameperdoameperdoameperdoameperdoameperdoa meperdoameperdoameperdoa perdoameperdoa a meperdoa–

P.

11 de janeiro, 1998

Caro caro caro caro caro caro caro caro caro caro caro caro caro caro caro caro Caro
caro caro caro caro caro caro caro caro caro caro caro caro caro caro caro caro caro caro caro
caro caro caro caro caro caro caro caro caro caro caro caro caro caro caro caro caro caro
caro caro caro caro caro caro caro caro caro caro caro caro caro caro caro caro caro caro
caro caro c caro Aro caro caro caro caro caro caro caro caro caro cAro caro caro caro
caro caro caro caro caro caro caro caro caro caro caro caro caro caro caro caro caro caro
caro caro caro caro caro caro caro caro caro caro caro caro caro caro caro caro caro caro
caro caro caro caRo caro caro caro caro caro caro caro caro caro caRo caro caro caro
caro caro caro caro caro caro caro caro caro caro caro caro caro caro caro caro caro caro
caro caro caro caro caro caro caro caro caro caro caro caro caro caro caro caro caro
Caro caro caro caro caro caro caro caro caro caro caro carocaro caro caro caro carO

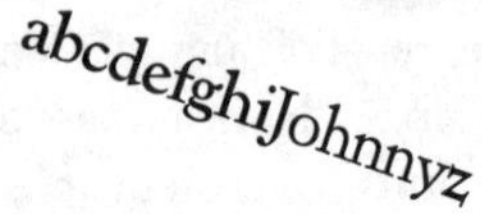

se for roubá-la uma vez,
roube-a duas,
ou nos liberte num olhar de relance –
pois um filho único é a única chance
de pôr fim a este feitiço perverso –
o único jeito, dizemos,
você livra o mar conforme dança
e relega o amor ao verso.

P:

19 de março, 1988

Caro caríssimo Johnny,

> Não esqueça que foi o seu pai quem me deteve e me trouxe ao Whalestoe. Talvez você lembre. Talvez não. Você tinha sete anos. Foi a última vez que eu vi você antes de revê-lo de novo muitos anos mais tarde só para depois perdê-lo de vista de novo.

Ah minha criança,
meu querido menino solitário,
que maltrata sua mãe com seu silêncio,
que zomba dela com sua ausência insuportável,

> – como poderá você um dia compreender o peso medonho de viver, tão ridiculamente repleta de tantas mentiras de tranquilidade e êxtase, na melhor das hipóteses cobrindo parcialmente mas nunca de fato facilitando o peso esmagador de tudo, meramente garantindo uma vida inteira da mesma coisa, ano após ano após ano após ano após ano após ano, e tudo isso pelo quê?

Você partia no que eu
partia e assim eu
tentei antes da grande
partida entregar a você
o maior presente de todos.
O mais puro presente de todos.
O presente de todos os presentes.

Eu beijei suas bochechas e sua cabeça e, depois de um tempo, coloquei minhas mãos em torno do seu pescoço. Como ficou vermelho seu rostinho enquanto as suas mãozinhas pequenas e ah tão delicadas se prendiam nos meus pulsos. Mas você não relutou da forma como eu tinha imaginado. É provável que você compreendesse o que eu estava fazendo por você. É provável que estivesse grato. Sim, você estava grato.

Em algum momento, porém, seus olhos começaram a se embaçar e foram embora. Sua força começou a ceder e você se molhou todo. Pior que isso.

Jamais vou saber o quanto você chegou perto daquele famoso limite porque o seu pai de repente interveio, com um rosnado, uma rajada violenta de completos absurdos, mas com uma palavra igualmente cheia de amor também, poderosa o bastante na verdade para fazer cessar a ação de um outro amor, quebrar o seu domínio, até mesmo me atirar para trás e libertá-lo de mim, de mim e o meu desejo infinito.

Você ficou um caco, mas fora umas tosses sinistras e as calças sujas e uns hematomas em meia lua na nuca, você logo se recuperou bem rápido.

Eu não.

Eu usava unhas compridas lilases ridículas naquela época. A primeira coisa que fizeram quando eu cheguei aqui foi me amarrarem e cortarem todas.

Mas era amor ainda assim Johnny. Acredite em mim. Eu deveria me envergonhar por causa disso? Por querer proteger você da dor de viver? Da dor de amar?

Sempre por amor. Sempre para amar.

Sempre.

Talvez minha vergonha deva na verdade vir do meu fracasso.

Lágrimas igualmente.

P.

12 de abril, 1988

Diz o jornal que o "JOHNNY É UM VADIO!"
Supostamente, a mãe está por um fio.
Eis que ele desaparece,
Deus, seus pecados conhece,
Que ele até latim fala, de tão pio.

P.

19 de setembro, 1988

Johnny, Johnny,
Johnny, Johnny, Johnny,
Johnny, Johnny, Johnny, Johnny,
Johnny, Johnny, Johnny, Johnny, Johnny,
Johnny, Johnny, Johnny, Johnny, Johnny,
Johnny, Johnny, Johnny, Johnny,
Johnny, Johnny, Johnny,

Johnny, Johnny, Johnny, Johnny,

Johnny, Johnny,

Johnny, Johnny,

Johnny, Johnny,

Johnny, Johnny,

Johnny, Johnny, Johnny,

Johnny, Johnny, Johnny,

Johnny,
Johnny,
Johnny,
Johnny, Johnny,

Johnny,

Johnny,

taumatúrgicas raízes cardeal lemoine tarôs porte dauphine
manga rue des belles feuilles páscoa vexilologia pelicano à la dia de São
João janelas embalsamadas outrora transgressões rectopáticos
elefantes place de la concorde cármico opaco cimério
a entidade de uma pessoa raio-X eufônica gare MOMA
inauguração montparnasse Quisling ohms
paralipômenos pedras martelando
mar prolixo maré nortes colheres enguias
pompidou indícios amargos dolorosamente em
lábios rubros ostracismo virgem
tardes instalam páscoa
lua bexiguenta jovem totêmico
paracleto olhar irênico place de
la contrescarpe nuvem de
dedos cavaletes quai
estadia des célestins
cwms repleto
antinomias
eidético simples
criaturas de Pigalle
quarta-feira
retorno jardin du
luxembourg
angústia sentido
instâncias reparando
sujeitos com centavos
sopas espanholas
lápis fulvo
municípios crepe
restauração
furtivo
odor desdentado
transações opiáceas
bules chapéus lupulados
rituais em brasa
enjambement
deduzível
murchando
confuso a

salvo

---

1 de novembro, 1988

Caríssimo Johnny,

Que terríveis o sono e o sonho dos quais fui despertada. Há tantos fragmentos de coisas para tentar entender, os médicos todos me avisam que o melhor é simplesmente deixar os últimos dois anos de lado. É uma ruína. Parece que o melhor para mim é colocar tudo na conta da psicose, trancar num baú e jogar a chave fora.

Eles me dizem que eu deveria estar grata por essa opção se apresentar como uma possibilidade. Imagino que tenham razão. Nada de olhar para trás, né?

Os médicos também me informam que você me visitou várias vezes, mas aparentemente eu não estava reagindo. Quanto às cartas que eu disse que lhe escrevi, repletas de paranoia, eu mal escrevi coisa alguma. Cinco resmas de papel e envelopes não passavam de criações da minha imaginação.

Eu tenho uma tendência a acreditar nisso porque, pelo que eu me dei conta, como você provavelmente percebeu quando veio aqui, o Novo Diretor é ninguém menos que o Velho Diretor, aquele que é paciente, decente, honesto, gentil, que vem cuidando da sua mãe há bem mais de dez anos.

Eu tenho agora meus próprios ciclos bioquímicos e algumas drogas novas às quais devo agradecer por esses dias de lucidez. O Diretor já me avisou que pode não durar para sempre. Que é improvável, na verdade.

Ficarei bem, contanto que eu saiba que serei perdoada por aquele cujas sensibilidades tenras eu submeti a tamanha baboseira. Como pude perder suas visitas? Extraviar suas cartas? Nem mesmo reconhecer você? Eu amo você tanto, tanto.

Será que um dia você poderá me perdoar?

Como sempre,
todo meu amor,

Mamãe

3 de novembro, 1988

Caríssimo Johnny,

Haja vista que eu pareço ter recebido uma clemência temporária dos meus pensamentos ensandecidos, venho jorrando minhas reflexões a um ritmo alarmante. Eu penso em todo o sofrimento a que eu submeti seu belo pai. Penso em tudo que fiz você passar.

Seria uma decisão completamente racional você dar as costas para mim para sempre. Talvez seja até mesmo a decisão mais sábia. Santa Elizabeth tinha razão em nos avisar quanto aos quartos do Bedlam.

Não tem de modo algum como confiar em mim e embora meu amor por você arda de forma tão brilhante que tudo seria lançado às trevas se o sol o eclipsasse, esses sentimentos não são nenhuma desculpa para a minha condição.

O Diretor me explicou, com paciência, provavelmente pela milésima vez, que as minhas variações de temperamento são resultado de defeitos na fiação, uma avaliação que eu passei a aceitar, em sua maior parte (ele cita Emily Dickinson, dizendo que eu cubro o abismo com um transe para que minhas memórias sejam capazes de dar a volta ao seu redor – esta "dor tão completa").

Por vezes, porém, fico me perguntando se meus problemas não se originam de outro lugar. Da minha infância, por exemplo.

Hoje em dia eu gosto de acreditar – o que é um matiz distinto da crença em si –que tudo que eu precisava de verdade para sobreviver era a voz que minha mãe jamais me deu. Aquela voz de que todos precisamos, mas que eu nunca ouvi.

Certa vez, um tempo atrás, eu observei uma menininha negra cair no meio-fio e ralar os dois joelhos. Quando ela se levantou, uivando como uma sirene, deu para ver que suas canelas e as palmas de suas mãos estavam pintadas de dor.

A mãe não tinha gaze, nem antisséptico, nem mesmo

água corrente, mas ainda assim conseguiu dar um jeito de cuidar da filha. Ela a pegou no colo e murmurou repetidamente os mais perfeitos murmúrios, poderosos o bastante para cobrirem sua filha no encanto e conforto de umas poucas palavras: "Vai ficar tudo bem. Vai ficar tudo certo".

Para mim, minha mãe dizia apenas "Isto não adianta". E ela tinha razão. Não adiantava mesmo.

Com amor,

Mãe

27 de novembro, 1988

Caro, caro Johnny,

Estou convencida de que essa felicidade toda só pode ser um sonho – ainda mais hoje em dia – eu venho perguntando repetidamente ao Diretor se você esteve ou não aqui de verdade ontem.

Numa vida passada eu estava agachada nas sombras e na próxima eu estou contigo. Como é profunda a diferência.

Victoria Lucas certa vez disse que não há nada "tão escuro... quanto o inferno da mente humana". Isso porque ela não te conheceu. Você brilhava tanto que chegava quase ao ponto de eu ter que apertar os olhos de medo de que você fosse queimar outra oportunidade de eu poder revê-lo mais uma vez.

Eu estava até meio confusa a princípio. Você detectou isso, eu vi. Você é tão perspicaz. Mais até que Anaxágoras. Mas é verdade. Um pensamento errante por um momento me convenceu de que eu tinha morrido e seu pai voltado para mim. Por sorte, minhas faculdades mentais mais capazes corrigiram essa impressão inicial: era uma figura mais alta e mais larga, em certos aspectos mais forte do que o meu amado. Aqui estava o meu filho, ele, que finalmente chegara até mim e o fizera num momento em que eu podia enfim reconhecê-lo.

Se minhas lágrimas o incomodam, você deve compreender que não foram derramadas por conta do luto ou da amargura, mas da pura felicidade que é tê-lo aqui comigo, capaz de elevar o meu espírito assim, sem esforço, erguer este velho saco de ossos, eu todinha, em segurança e no calor dos braços da minha querida criança.

Por algumas horas, todo passado teve seu domínio revogado. Eu me senti livre e boba. Uma colegial mais uma vez dando risadinhas ao longo do dia, na presença de um jovem tão belo.

Suas aventuras na Europa me deixaram entre a dor e o riso. Você conta tão bem suas histórias, toda aquela vadiagem pelo continente durante quatro meses, tendo apenas uma mochila, uma caneta Pelikan e algumas centenas de dólares. Fico feliz de ver que recuperou o peso todo que tinha perdido.

É claro que só agora enquanto eu escrevo esta carta é que eu me dou conta do quanto você tomou cuidado para me manter longe de seus transtornos maiores e mutilações. Como não apreciar seus instintos protetores? Em todo caso, garanto que estou bem e tudo que eu mais desejo seria ficar ao seu lado e dar meu apoio em tempos difíceis, fazer o papel da bruxa que lança feitiços pavorosos sempre que os obstáculos parecem insuperáveis e os oponentes, invulneráveis.

Abra-se comigo. Não vou fazer mal aos seus segredos. Não pense que sua mãe não é capaz de ler em seu próprio filho o trauma que ele ainda precisa suportar todos os dias e noites.

Estou aqui. Sempre devota.
Ainda repleta de ternura, afeto e, mais
que tudo, amor,

sua mãe

Sr. John XXXXXXXX
XXXXXXXXXXXXX
XXXXXXXXXXXXX
XXXXXXXXXXXXX

12 de janeiro, 1989

Caro sr. ____________

Como solicitado em sua última visita, escrevo agora para informá-lo que a condição de sua mãe pode estar se deteriorando mais uma vez.

Estamos nos esforçando ao máximo para ajustar a medicação. Embora essa recaída possa ser temporária, talvez o senhor prefira começar a se preparar para o pior.

Se houver quaisquer dúvidas que eu possa elucidar, por favor não hesite em entrar em contato pelo telefone ______________. Além disso, gostaria de lembrá-lo de que estou para me aposentar até o final de março. O dr. David J. Draines vai assumir o meu cargo. Trata-se de um profissional extremamente capaz e bem-versado em cuidados psiquiátricos. Ele cuidará da sua mãe e fornecerá a ela o melhor tratamento possível.

Sinceramente,

_______ _________M. D., Ph. D.,
Diretor
Instituto Three Attic Whalestoe

28 de fevereiro, 1989

Caro Johnny,

É notável o quanto eu sigo melhorando. Pela primeira vez na vida, o Diretor me fez a sugestão de que eu poderia até mesmo ir embora. Todos os dias, eu escrevo, leio, me exercito, me alimento bem, durmo bem e aproveito um ou outro filme na televisão.

Pela primeira vez, eu me sinto normal. Sei que você está envolvido na enxurrada de seus próprios afazeres, mas seria possível para você comprar umas malas para mim? Vou precisar de uma grande valise e uma mala menor, de bagagem de mão. Qualquer cor serve, mas eu prefiro algo próximo a ametista, heliotrópio ou talvez lilás.

Faz tanto tempo que eu não viajo, já esqueci se é para despachar a bagagem na estação ou se nós simplesmente carregamos tudo no compartimento no trem? Tem espaço embaixo do leito ou estou esquecendo de algum outro lugar de armazenamento? (Por isso pensei numa bagagem de mão menor também.)

Com amor,

P.

31 de março, 1989

Caro Johnny,

Por que você vem escrevendo cartas tão bonitas para mim, mas se esquecendo de mencionar a minha bagagem?

Se o meu pedido for um estorvo tão terrível assim, eu gostaria que você me dissesse. Sua mãe é uma mulher capaz. Ela vai dar um jeito.

No momento, estou um bocado incomodada. O Diretor foi embora hoje e fui informada de que, se eu tivesse feito as malas a tempo, poderia ter ido junto dele.

Infelizmente, embora eu seja bastante apta em dobrar e organizar meus pertences, minha incapacidade de posicioná-los em qualquer lugar impede a minha ascensão rumo à minha nova vida – sonolenta, ardendo ao sol, contigo.

a,

P.

3 de maio, 1989

Caro John,

Sem bagagem alguma – nem ametista, nem lilás, nem nada do tipo –, não tenho onde guardar as minhas coisas e, por isso, acabei perdendo tudo. Para ser honesta, não sei onde tudo foi parar. Claramente, as abelhas operárias roubaram.

A propósito, eu me enganei. O Diretor não foi embora. Ainda está aqui. O novo é o mesmo, afinal. Em outras palavras, está tudo bem, apesar de que o humor do Velho Diretor anda um tanto esquisito ultimamente.

Acho que o deixei chateado de alguma forma. Tem algo de perverso nos seus modos agora, bem de leve, mas ainda assim perceptível, como um arame retorcido e pérfido enfiado no tecido de um homem que, fora isso, é perfeitamente decente.

Não importa. Não posso me permitir me exaurir com os sentimentos do mundo. Estou indo embora, afinal, apesar de não ser uma tarefa das mais fáceis, ainda mais para esta velha Sibila de Cumas.

Os climas de qualquer tipo são uma tribulação. Francamente, estou exausta de tanto planejamento e papelada.

Donnie vai vir me buscar muito, muito em breve, mas você, minha querida criança, deve ficar mais um tempo.

Faça isso por mim..

Mm

Sr. John XXXXXXXX
XXXXXXXXXXXXX
XXXXXXXXXXXXX
XXXXXXXXXXXXX

5 de maio, 1989

Caro sr ____________

Lamentamos informá-lo de que, no dia 4 de maio, 1989, aproximadamente às 20:45, sua mãe, Pelafina Heather Lièvre, faleceu em seu quarto no Instituto Three Attic Whalestoe.

Após uma perícia detalhada, nosso médico residente, Thomas Janovinovich, M.D., assim como o legista local, confirmou que a causa da morte foi o resultado de uma asfixia autoinfligida por meio dos lençóis pendurados em um dos ganchos do armário. A sra. Lièvre tinha 59 anos.

Por favor, permita-nos expressar nossas sinceras condolências por sua perda terrível. Talvez lhe seja de alguma consolação saber que, apesar da severidade de suas aflições mentais, sua mãe vinha demonstrando bom humor ao longo do último ano, e os cuidadores afirmam que ela muitas vezes falava com carinho de seu único filho.

Embora seja um período difícil para o senhor, pedimos que entre em contato o quanto antes a fim de prepararmos os arranjos para o funeral. As condições de sua internação aqui cobrem uma cremação padrão. No entanto, por um adicional de US$3.000, ficaríamos felizes em fornecer um caixão adequado, bem como o serviço funerário. Por mais US$1.000, pode-se adquirir um terreno no cemitério Wain, próximo daqui.

Mais uma vez gostaríamos de expressar nossos pêsames pela morte da sra. Livre [sic]. Se pudermos prestar qualquer auxílio nesta hora de necessidade, seja respondendo a perguntas ou acompanhando-o com os planos para o funeral, por favor sinta-se à vontade para entrar em contato diretamente pelo telefone ______________..

Respeitosamente,

David J. Draines, M. D.
Diretor
Instituto Three Attic Whalestoe

#669-951381-6634646-94
#162-111231-1614161-23

Este recibo indica que, no dia 8 de setembro, 1989, o seguinte artigo anteriormente em posse da sra. Pelafina Heather Lièvre foi entregue a seu filho John _________: uma joia.

F.

Citações Diversas

A ausência faz o coração gostar mais.

Anônimo

Le coeur a ses raisons, que la raison ne connaît point.[435]

Blaise Pascal
Pensées

Precisamos descrever e explicar uma construção cujo andar superior foi erguido no século XIX; o térreo data do século XVI; e uma análise cuidadosa da alvenaria revela o fato de que foi reconstruída a partir de uma torre do século XI. No porão, encontramos alicerces romanos e, sob o porão, uma caverna cimentada, em cujo solo se encontram ferramentas de pedra, com resquícios de uma fauna glacial nas camadas inferiores. Isso seria um tipo de imagem de nossa estrutura mental.

C. G. Jung
"A Mente e a Terra"

Je ne vois qu'infini par toutes les fenêtres.[436]

Charles Baudelaire
Les Fleurs du Mal

Uma perspectiva professoral: "São os comentários sobre Shakespeare que importam, não Shakespeare".

Anton Tchékov
Cadernos

Un livre est un grand cimetière où sur la plupart des tombes on ne peut plus lire les noms effacés.[437]

Marcel Proust

[435]"O coração tem razões que a razão desconhece." — Eds.
[436]"Não vejo outra coisa além do infinito por todas as janelas". — Eds.
[437]"Um livro é um grande cemitério onde, em sua maior parte, não se pode ler mais os nomes apagados nas lápides." — Eds.

Alles nahe werde fern.[438]

Goethe

...Não há folhas o bastante para coroar
Cobrir, coroar, cobrir — que seja —
O ator que afinal declamará o nosso fim.

Wallace Stevens
"Damas Unidas da América"

Nubes – incertum procul intuentibus ex quo monte (Vesuvium fuisse postea cognitum est) – oriebatur, cuius similitudinem et formam non alia magis arbor quam pinus expresserit. Nam longissimo velut trunco elata in altum quibusdam ramis diffundebatur, credo quia recenti spiritu ececta, dein senescente eo destituta aut etiam pondere suo victa in latitudinem vanescebat, candida interdum, interdum sordida et maculosa prout terram cineremve sustulerat.[439]

Plínio, o Jovem
Cartas e Panegíricos
Livro VI

Quel' che tu si i' sev', qul' che i' son' a'devend'.[440]

Provérbio Napolitano

---

[438]"Tudo que é próximo se torna distante". Tradução de Eliot Weinberger. — Eds.

[439]"A nuvem se erguia; os observadores à nossa distância não conseguiam reconhecer de qual montanha (embora mais tarde se tenha descoberto ser o Vesúvio). Em forma e aparência, lembrava uma árvore — o pinheiro é a melhor comparação. Como um tronco imenso, ela se projetou no ar e se abriu com seus ramos. Acredito que tenha sido levada por uma lufada violenta de vento, depois partiu conforme o vento cessava; ou vencida pelo próprio peso se dispersou por toda parte — às vezes branca, às vezes escura e sarapintada, dependendo se nela havia cinzas ou brasas." Tradução de Joseph Jay Deiss in Herculaneum (Nova York: Harper & Row Publishers, 1985), p. 11. — Eds.

[440]*Quello che tu sei io ero, quello che io sono tu sarai.*[441]

[441]"Aquilo que você é eu já fui, o que eu sou você será." — Eds.

Ὣς ἄρα φωνήσας βουλῆς ἐξ ἦρχε νέεσθαι,
οἱ δ' ἐπανέστησαν πείθοντό τε ποιμένι λαῶν
σκηπτοῦχοι βασιλῆες· ἐπεσσεύοντο δὲ λαοί.
ἠΰτε ἔθνεα εἶσι μελισσάων ἁδινάων,
πέτρης ἐκ γλαφυρῆς αἰεὶ νέον ἐρχομενάων·
βοτρυδὸν δὲ πέτονται ἐπ' ἄνθεσιν εἰαρινοῖσιν·
αἱ μέν τ' ἔνθα ἅλις πεποτήαται, αἱ δέ τε ἔνθα·
ὣς τῶν ἔθνεα πολλὰ νεῶν ἄπο καὶ κλισιάων
ἠϊόνος προπάροιθε βαθείης ἐστιχόωντο
ἰλαδὸν εἰς ἀγορήν· μετὰ δέ σφισιν Ὄσσα δεδήει
ὀτρύνουσ' ἰέναι, Διὸς ἄγγελος· οἱ δ' ἀγέροντο.
τετρήχει δ' ἀγορή, ὑπὸ δὲ στεναχίζετο γαῖα
λαῶν ἱζόντων, ὅμαδος δ' ἦν. ἐννέα δέ σφεας
κήρυκες βοόωντες ἐρήτυον, εἴ ποτ' ἀϋτῆς
σχοίατ', ἀκούσειαν δὲ διοτρεφέων βασιλήων.
σπουδῇ δ' ἕζετο λαός, ἐρήτυθεν δὲ καθ' ἕδρας
παυσάμενοι κλαγγῆς.

Homero
A Ilíada

Detto così, fu il primo a lasciare il Consiglio;
e quelli si alzarono, obbedirono al pastore d'eserciti
i re scettrati. Intanto i soldati accorrevano;
come vanno gli sciami dell'api innumerevoli
ch'escono senza posa da un foro di roccia,
e volano a grappolo sui fiori di primavera,
queste in folla volteggiano qua, quelle là;
così fitte le schiere dalle navi e dalle tende
lungo la riva bassa si disponevano in file,
affollandosi all'assemblea; tra loro fiammeggiava la Fama,
messaggera di Zeus, spingendoli a andare; quelli serravano.
Tumultuava l'assemblea; la terra gemeva, sotto,
mentre i soldati sedevano; v'era chiasso. E nove
araldi, urlando, li trattenevano, se mai la voce
abbassassero, ascoltassero i re alunni di Zeus.
A stento infine sedette l'esercito, furon tenuti a posto,
smettendo il vocío.

Omero
Iliade

Jener ſprach's und wandte der erſte ſich aus der Verſammlung.
Rings dann ſtanden ſie auf, dem Völkerhirten gehorchend,
Alle beſzepterten Fürſten. Heran nun ſtürzten die Völker.
Wie wenn Scharen der Bienen daherziehn dichtes Gewimmels,
Aus dem gehöhleten Fels in beſtändigem Schwarm ſich erneuend;
Jetzt in Trauben gedrängt umfliegen ſie Blumen des Lenzes;
Andere hier unzählbar entflogen ſie, andere dorthin:
Alſo zogen gedrängt von den Schiffen daher und Gezelten
Rings unzählbare Völker am Rand des hohen Geſtades
Schar an Schar zur Verſammlung. Entbrannt in der Mitte war Oſſa,
Welche, die Botin Zeus, ſie beſchleunigte; und ihr Gewühl wuchs.
Weit nun hallte der Kreis, und es dröhnete drunten der Boden,
Als ſich das Volk hinſetzt'; und Getös war. Doch es erhuben
Neun Herolde den Ruf und hemmten ſie, ob vom Geſchrei ſie
Ruheten und anhörten die gottbeſeligten Herrſcher.

Homer
Ilias

**Так произнесши, первый из сонма старейшин он вышел.
Все поднялись, покорились Атриду, владыке народов,
Все скиптроносцы ахеян; народы же реяли к сонму.
Словно как пчелы, из горных пещер вылетая роями,
Мчатся густые, всечасно за купою новая купа;
В образе гроздий они над цветами весенними вьются,
Или то здесь, несчетной толпою, то там пролетают,—
Так аргивян племена, от своих кораблей и от кущей,
Вкруг по безмерному брегу, несчетные, к сонму тянулись
Быстро толпа за толпой; и меж ними, пылая, летела
Осса, их возбуждавшая, вестница Зевса; собрались;
Бурно собор волновался; земля застонала под тьмами
Седших народов; воздвигнулся шум, и меж оными девять
Гласом гремящим глашатаев, говор мятежный смиряя,
Звучно вопили, да внемлют царям, Зевеса питомцам.
И едва лишь народ на местах учрежденных уселся,
Говор унявши, как пастырь народа восстал Агамемнон...**

Gomer
Iliada

Cela dit, il quitte le premier le Conseil. Sur quoi les autres se lèvent: tous les rois porteurs de sceptre obéissent au pasteur d'hommes. Les homes déjà accourent. Comme on voit les abeilles, par troupes compactes, sortir d'un autre creux, à flots toujours nouveaux, pour former une grappe, qui bientôt voltige au-dessus des fleurs du printemps, tandis que beaucoup d'autres s'en vont voletant, les unes par-ci, les autres par-là; ainsi, des nefs et des baraques, des troupes sans nombre viennent se ranger, par groupes serrés, en avant du rivage bas, pour prender part à l'assemblée. Parmi elles, Rumeur, messagère de Zeus, est là qui flambe et les pousse à marcher, jusqu'au moment où tous se trouvent réunis. L'assemblée est houleuse; le sol gémit sous les guerriers occupés à s'asseoir; le tumulte règne. Neuf hérauts, en criant, tâchent à contenir la foule; ne pourrait-elle arrêter sa clameur, pour écouter les rois issus de Zeus! Ce n'est pas sans peine que les hommes s'asseoient et qu'enfin ils consentent à demeurer en place, tous cris cessant.[442]

Homère
Iliade

Por Meio Da Sabedoria É Que Se Constrói Uma Casa E Por Meio Do Entendimento Ela Se Estabelece e Por Meio Do Conhecimento Seus Cômodos Se Preenchem Com Todas As Riquezas Preciosas E Aprazíveis.

Universidade da Virgínia
placa comemorativa

Quando busco orquídeas silvestres
cavando os campos outonais
é a raiz profundamente enterrada
que eu desejo
e não a flor.

Izumi Shikibu

---

[442]O grego (Homero), italiano (Rosa Calzecchi Onesti), alemão (Johann Heinrich Voss), russo (Gnedich) e francês (Paul Mazon) se referem, todos, ao mesmo trecho: "Dito isso, ele se voltou e deixou a assembleia / e todos os outros, os conselheiros portando seus cetros / levantaram e seguiram seu pastor. Do acampamento / as tropas se voltavam agora, numerosas como abelhas / que voam de alguma fenda entre as rochas / derramando-se infinitamente, formando bagas / e enxames sobre as flores de verão aqui e ali, / cintilando e zumbindo, ocupando-se nos ares iluminados. / Como abelhas inumeráveis vindas das naus e barracas / descendo pelo litoral, corriam os regimentos / rumo à assembleia — e a Fama ardia / entre eles como um arauto enviado de Zeus. / Que tumulto nos grandes campos enquanto adentravam / e se assentavam, o clangor das companhias, o chão / gemendo sob seus pés, por toda parte um clamor. / Nove homens, mensageiros, gritavam buscando ordem: / 'Quietos! Quietos! Atenção! Ouvi nossos capitães'. / Então todos tomaram seus assentos e fizeram calar a algazarra". Tradução de Robert Fitzgerald. *A Ilíada.* (Garden City, Nova York: Anchor Books, 1975), p. 38. — Eds

Dicamus et labyrinthos, vel portentosissimum humani inpendii opus, sed non, ut existimari potest, falsum.[443]

Plínio
História Natural
36.19.84

A filosofia se escreve neste grande livro — refiro-me ao universo — que se encontra continuamente aberto ao nosso olhar, mas não pode ser compreendido a não ser que se aprenda, antes, a compreender a língua e interpretar os caracteres no qual o livro foi escrito. Foi escrito na língua da matemática, e seus caracteres são triângulos, círculos e outras figuras geométricas, sem os quais é humanamente impossível compreender uma única palavra ali; sem os quais, o homem é relegado a vagar por um labirinto obscuro.

Galileu
Il Saggiatore

Outros, pela eloquência mais brilhantes / (Eloquência sublime, encanto da alma, / Se és dos sentidos, harmonia, o encanto!), / Num outeiro se assentam afastado / E se engolfam em grandes pensamentos. / Raciocinar da Providência buscam, / Do livre arbítrio, do absoluto fado, / Da ciência infusa, da presciência eterna; / Porém nestas questões não têm saída, / Em labirintos vãos sem tino vagam:

John Milton
Paraíso Perdido

É a personalidade da patroa que o lar exprime. Os homens são eternos convidados em nossos lares, não importa quanta felicidade possam lá encontrar.

Elsie De Wolfe
A Casa de Bom Gosto

La maison, c'est la maison de famille, c'est pour y mettre les enfants et les hommes, pour les retenir dans un endroit fait pour eux, pour y contenir leur égarement, les distraire de cette humeur d'aventure, de fuite qui est la leur depuis les commencements des âges.[444]

Marguerite Duras
La Vie matérielle

---

[443]"Devemos falar também dos labirintos, das riquezas humanas a obra mais assombrosa, mas não fictícia, como se poderia pensar." — Eds.

[444]"Uma casa quer dizer uma casa de família, um lugar especialmente feito para lá colocarem crianças e homens, para retê-los num lugar digno para eles e conter sua tendência de errar, distraí-los de seu desejo de aventura e de fuga, que existe desde o princípio do tempo." Conforme traduzido por Barbara Bray em Practicalities (Nova York: Grove, 1990), p. 42, de Duras. — Eds.

L'homme se croit un héros, toujours comme l'enfant. L'homme aime la guerre, la chasse, la pêche, les motos, les autos, comme l'enfant. Quand il dort, ça se voit, et on aime les hommes comme ça, les femmes. Il ne faut pas se mentir là-dessus. On aime les hommes innocents, cruels, on aime les chasseurs, les guerriers, on aime les enfants.[445]

Marguerite Duras
La Vie matérielle, mais uma vez

Agora, a única mulher para mim é a terra fria . . . Hi-ho-ho . . . O túmulo, quer dizer! . . . Meu filho está morto, e eu continuo vivo . . . Que estranho, a morte veio bater na porta errada.

Anton Tchékov, mais uma vez
"Angústia"

Iam cinis, adhuc tamen rarus. Respicio: densa caligo tergis imminebat, quae nos torrentis modo infusa terrae sequebatur. "Deflectamus" inquam "dum videmus, ne in via strati comitantium turba in tenebris obteramur," Vix consideramus, et nox non qualis inlunis aut nubila, sed qualis in locis clausis lumine exstincto.[446]

Plínio, o Jovem, mais uma vez

Ele voltou seu olhar na minha direção e guiou-me para longe do palácio de Irkalla, da Rainha das Trevas, rumo à casa da qual ninguém que entra jamais retorna, descendo a estrada da qual não há retorno.

"Eis a casa onde as pessoas se assentam em escuridão, a poeira é seu pão, e argila, a sua carne. Vestem-se como pássaros que se cobrem com as asas, nunca veem a luz, assentam-se em escuridão…"

O Épico de Gilgámesh

[445] "Os homens acreditam ser heróis, assim como as crianças. Os homens amam a guerra, a caça, a pesca, motos, carros, assim como as crianças. Quando estão com sono, dá para ver. E as mulheres gostam que os homens sejam assim. Não devemos nos enganar. Gostamos de homens inocentes e cruéis; gostamos de guerreiros e caçadores; gostamos de crianças." Duras de novo, na tradução de Barbara Bray, p. 51 — Eds.

[446] "Já caíam as cinzas, ainda que não tão espessas. Eu olhei ao redor: uma densa nuvem negra vinha por trás de nós, espalhando-se sobre a terra como um dilúvio. 'Vamos sair da estrada enquanto ainda podemos enxergar', eu disse, 'ou seremos derrubados e pisoteados no escuro pela multidão atrás de nós'. Mal nos sentamos para descansar quando caiu a escuridão, não a escuridão de uma noite sem luar ou nublada, mas como se um lampião fosse apagado numa sala fechada." Tradução de Betty Radice, Plínio: Cartas e Panegíricos, Volume 1 (Cambridge, Massachusetts: Harvard University Press, 1969), p. 445. — Eds.

A Mãe das Musas, ensinam-nos,
É a Memória: a mim ela desertara.

Walter Savage Landor
"Memória"

Destes mui longe, silencioso e tardo,
Seus fluidos labirintos vai volvendo
O Letes, rio do torpente olvido:
Quem dele bebe, logo esquece tudo,
Tudo, té mesmo a si; nem mais lhe lembram
Dores, prazeres, alegrias, mágoas.

Paraíso Perdido, mais uma vez

Os cometas
Têm tanto espaço para percorrer,

Tamanha frieza, esquecimento,
Idem os seus gestos que descascam —

Calorosos e humanos, depois sua luz rósea
A sangrar e descamar

Pelas negras amnésias do céu.

Sylvia Plath
"As Danças Noturnas"

Gilgámesh escutou-o e as lágrimas rolaram. Ele abriu a boca e disse a Enkídu: "Quem há dentro das fortes muralhas de Úruk com esta sabedoria? Coisas estranhas foram ditas, por que é que o teu coração fala assim estranhamente? Foi maravilhoso o sonho, mas grande o terror; devemos apreciar o sonho, não importa o terror; pois mostrou-me o sonho que o sofrimento enfim vem ao homem são, que o fim da vida é dor...".

O Épico de Gilgámesh, mais uma vez

Faltam-me inúmeros tons — eram tão tênues, difíceis de traduzir em palavras incolores.

Joseph Teodor Korzeniowski
Lorde Jim

Hige sceal þē heardra, heorte þē cēnre,
mōd sceal þē māre, þē ūre mægen lȳtlað.[447]

A Batalha de Maldon

[447]"Na medida em que possa diminuir-se nossa força, hemos de endurecer nossas mentes, preencher nossos corações e fazer crescer nossa coragem." — Eds.

Eu queria demonstrar que o espaço-tempo não é necessariamente algo a que se possa atribuir uma existência à parte, independentemente dos objetos de fato da realidade física. Objetos físicos não se situam *no espaço*, mas são esses objetos que são *espacialmente estendidos*. Nesse sentido, o conceito de "espaço vazio" perde o sentido.

Albert Einstein
"Nota à 15ª edição"
A Teoria da Relatividade Especial e Geral

Espacemos.

Jacques Derrida.
Glas

L'odeur du silence est si vieille.[448]

O. W. De L. Milosz

Pois toda voz desperta por ele em resposta
Era o eco da sua própria, vinda além
Do lago, dentre as árvores, alguma encosta.
Certa manhã, de algum rochoso litoral,
Ele grita que à vida tem faltado,
Diz ele, um contra-amor, resposta original,
Não o seu próprio amor de volta, copiado.
. . . .
E algo cai, num respingo, nas águas distantes,
Porém, após um tempo, começa a nadar,
Em vez de humano, quando ele se aproximou,
Uma pessoa a mais que estivesse por lá,
Um poderoso cervo é quem se revelou,
A impulsionar as águas vincadas adiante…

Robert Frost
"O Máximo"

Tudo que eu disse e tudo que fiz,
Agora que estou velho e doente,
Torna-se uma pergunta premente,
Para a qual, noite após noite, em vão,
Tento encontrar uma solução.
Tais homens, foi minha obra que fez
Exporem-se ao exército inglês?
Meus escritos fizeram tremer
Os miolos daquela mulher?
Teria o meu verbo descoberto
A casa em ruínas ali perto?

William Butler Yeats
"O Homem e o Eco"

[448]"É tão velho o odor do silêncio." — Eds.

Não nos ocorre? — confundem-nos
Respostas sem procedência;
Ecos vindos de outro mundo,
Reconhecida inteligência!

Nosso ouvido interior
Tais ressaltos flagra além;
Escuta e dá-lhes valor;
São de Deus — e Dele vêm.

William Wordsworth
"Sim, foi o Eco da Montanha"

"O amor devia ser posto em ação!"
grita o velho solitário.
Do outro lado do lago um eco
tenta e tenta confirmá-lo.

Elizabeth Bishop
"Chemin de Fer"

Quando eu retornei da morte
era manhã
a porta dos fundos estava aberta
e um dos botões da minha camisa tinha
desaparecido.

Derrick Thomson
Retorno da Morte

És mortal, Eco, todo homem o sabe, não?
Eco. *Não.*
Acaso não nasceste entre as ramas e folhas?
Eco. *Folhas.*
E dentre as folhas há alguma que ainda perdura?
Eco. *Dura.*
Quais folhas estas são? Pois faz-me esse agrado.
Eco. *Sagrado.*
Sagradas folhas são da graça um eco assim?
Eco. *Sim.*
Diz-me: qual é o prazer supremo, sem ressalva?
Eco. *Alva.*

George Herbert
"Céu"

L'amour n'est pas consolation, il est lumière.[449]

Simone Weil
Cahier VI (K6)

[449]"O amor não é consolação, mas luz." — Eds.

Do que é feita esta casa senão do sol.

Wallace Stevens
"Tarde ordinária em New Haven"

Contamos, com tapas no cenho,
A história que devia ser —
Qual fosse a história de uma casa,
Se isso um dia pudesse ser.

Edwin Arlington Robinson
"Eros Turannos"

Acaso não deveriam ser todos os apartamentos que um homem habita altivos o bastante para criar alguma obscuridade acima, onde as sombras fugazes possam brincar à noite em meio às vigas?

Henry David Thoreau
Walden

Wer jetzt kein Haus hat, baut sich keines mehr.[450]

Rainer Maria Rilke
"Dia de outono"

Eu trouxe a grande bola de cristal;
quem pode erguê-la?
Podes adentrar o grande pericarpo de luz?
Mas a beleza não é loucura
Embora meus erros e ruínas se estendam ao meu redor.
E eu não sou um semideus,
Não posso impor a coerência.
Se não está o amor na casa, não há nada.

Ezra Pound
"Canto CXVI"

É, bem, às vezes uma mão vazia é bem irada.

Donn Pearce e Frank R. Pierson
Cool Hand Luke (Rebeldia Indomável)

[450] "Quem quer que seja que não tenha uma casa agora, jamais terá uma." — Eds.

Apêndice III

Evidências contrárias.

— Os Editores

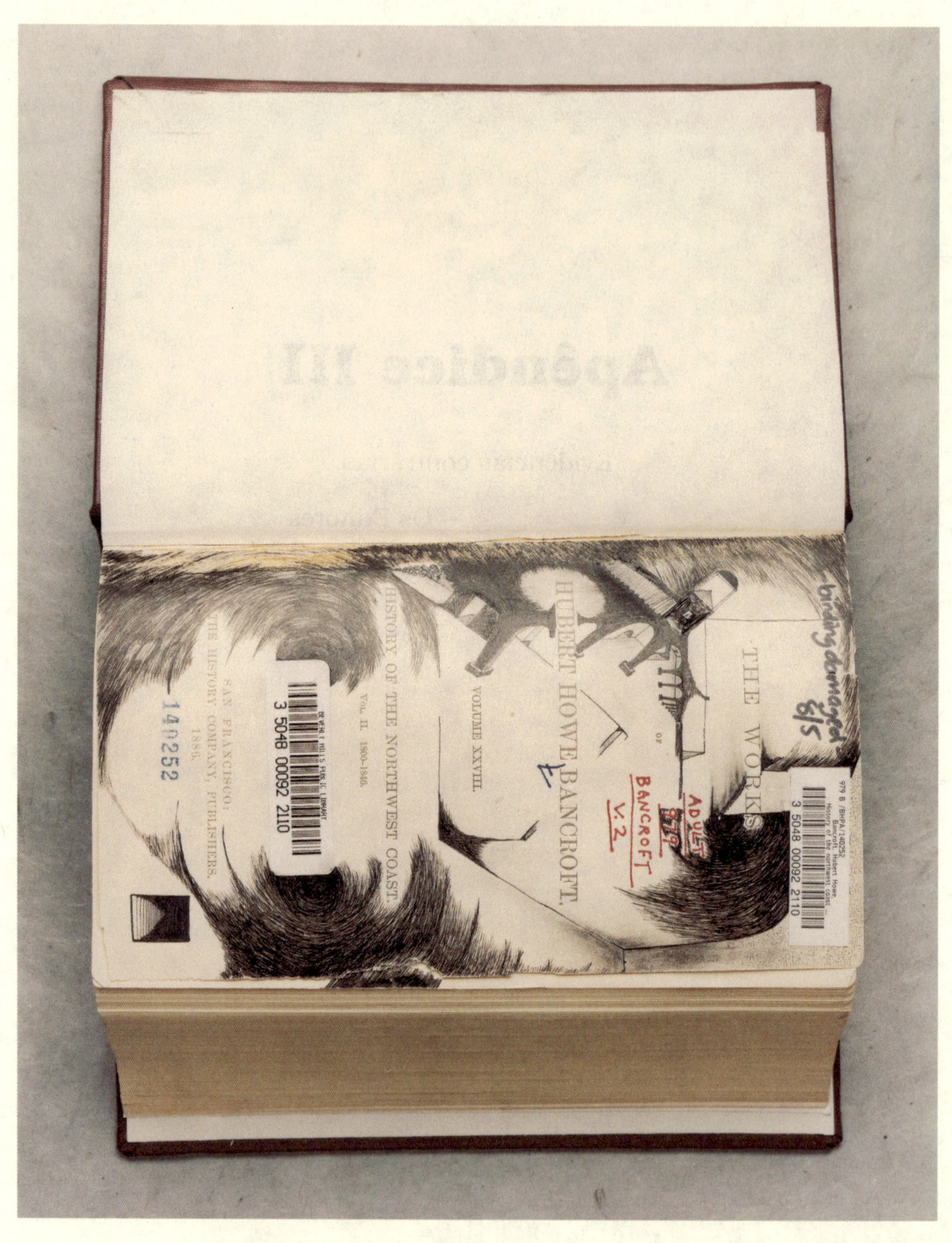

<u>As Obras de Hubert Howe Bancroft, Volume XXVIII</u>
San Francisco: The History Company, Publishers. 1886.

"Resgate: O Registro Navidson", desenhado por Tyler Martin. Magoo Zine. Santa Fé, Novo México. Outubro 1993.

"Outro Grande Salão em Ash Tree Lane", de Mazerine Diasen.
Exposto pela primeira vez no Festival de Artes de Cinema
na Tela de Cale R. Warden, em Nova York, 1994.

"Modelo Conceitual da Casa de Navidson." Faculdade de Pós-Graduação em Design. Universidade de Harvard. 1993.

"Homem olhando para dentro/fora." Título de um frame congelado da "Exploração #4". Talmor Zedactur Collection. VHS. 1991.

Índice Remissivo

B

C

D

E

F

G

H

I

J

K

L

M

N

O

P

Q

R

S

T

U

V

W

X

Y

Z

Créditos

Agradecimentos pela permissão para reimprimir material publicado anteriormente:

Farrar, Straus and Giroux, LLC: Trecho de "Chemin de Fer", de *The Complete Poems 1927-1979*, por Elizabeth Bishop. Copyright © 1979, 1983 by Alice Helen Methfessel. Reimpresso com permissão da Farrar, Straus and Giroux, LLC.

HarperCollins Publishers. Inc. e *Faber and Faber Ltd.*: Trecho de "The Night Dances" de *Ariel*, por Sylvia Plath. Copyright © 1966 by Ted Hughes. Os direitos fora dos Estados Unidos dos *Collected Poems* de Sylvia Plath são gerenciados pela Faber and Faber Ltd., Londres. Reimpresso com permissão da HarperCollins Publishers, Inc. e da Faber and Faber Ltd.

Henry Holt and Company, LLC: Trechos de "The Most of It", de Robert Frost, de *The Poetry of Robert Frost*, editada por Edward Connery Lathem. Copyright © 1942 by Robert Frost. Copyright © 1970 by Lesley Frost Ballantine. Copyright © 1969 by Henry Holt and Company, LLC. Reimpresso com permissão da Henry Holt and Company, LLC.

New Directions Publishing Corporation e *Faber and Faber Ltd.*: "Canto CXVI" de *The Cantos of Ezra Pound*, por Ezra Pound. Copyright © 1934, 1938, 1948 by Ezra Pound. Os direitos no Reino Unido são gerenciados pela Faber and Faber Ltd., Londres. Reimpresso com permissão da New Directions Publishing Corporation e da Faber and Faber Ltd.

Simon Schuster. Inc. e *A.P. Watt Ltd*: Trechos de "The Man and the Echo", de William Butler Yeats, de *The Poems of W. B. Yeats: A New Edition*, editada por Richard J. Finneran. Copyright © 1940 by Georgie Yeats. Copyright renovado em 1968 por Bertha Georgie Yeats, Michael Butler Yeats e Anne Yeats. Os direitos fora dos Estados Unidos são gerenciados em nome de Michael B. Yeats pela A.P. Watt Ltd., Londres. Reimpresso com permissão da Simon Schuster. Inc. e da A.P. Watt Ltd.

Vintage Books: Trecho do poema presente em *The Ink Dark Moon*, de Jane Hirshfield e Mariko Aratami. Copyright © 1990 by Jane Hirshfield e Mariko Aratami. Reimpresso com permissão de Vintage Books, uma divisão da Random House. Inc.

Agradecimentos especiais ao Talmor Zedactur Depositary por fornecer uma cópia em VHS da "Exploração #4."

Todas as fotografias internas são de Andrew Bush, exceto as das páginas 571 e 684, feitas por Gil Kofman, e a da página 681, escaneada por Tyler Martin.

A traduções de citações da edição brasileira, bem como de todo o livro, de modo geral, provêm da primeira edição de *House of Leaves*, publicada pela Random House em 2000. Copyright © 2000 by Mark Z. Danielewski.

As exceções são as citações do *Paraíso Perdido*, de John Milton, que foram traduzidas por Antônio José de Lima Leitão, e a de *Frankenstein*, de Mary Shelley, traduzida por Márcia Xavier de Brito.

Os editores da edição brasileira agradecem a Matheus Damasceno, por ajudar na conversão dos cálculos matemáticos, e a Jansey Tura, pela contribuição na busca pela tabela com os códigos de emergência presentes na página 604, proveniente da Caderneta Operacional da Seção de Instrução Especial da Academia Militar das Agulhas Negras.

Os editores agradecem também à editora italiana 66thand2nd.

Os editores agradecem, por fim, à diagramadora Lilian Mitsunaga, ao revisor José Francisco Botelho, ao preparador Alexandre Barbosa de Souza e ao tradutor Adriano Scandolara, pelo trabalho apaixonado na produção deste livro.

●

Ygg

d

r

a

s

i

l

Que milagre é este? A árvore gigante.
Mil metros, ela se ergue ao léu
Porém sem tocar o chão. Ergue-se firme.
Suas raízes detêm o céu.

O

Mark Z. Danielewski nasceu em 1966. É autor do premiado romance *Casa de Folhas*, publicado originalmente em 2000. Publicou também a road novel *Only Revolutions* (2006), e a novela *The Fifty Year Sword* (2005). Entre 2015 e 2017, lançou cinco volumes de *The Familiar*. Com o lançamento da série, o *New York Times* declarou Danielewski "o mago literário mais importante da América". Sua obra mais recente é o livro ilustrado *The Little Blue Kite* (2019). Saiba mais em markzdanielewski.com.

Design da capa por Eric Fuentececilia

Tradução para a língua portuguesa
© Adriano Scandolara, 2024

Diretor Editorial
Christiano Menezes

Diretor Comercial
Chico de Assis

Diretor de Novos Negócios
Marcel Souto Maior

Diretor de MKT e Operações
Mike Ribera

Diretora de Estratégia Editorial
Raquel Moritz

Gerente Comercial
Fernando Madeira

Coordenadora de Supply Chain
Janaina Ferreira

Gerente de Marca
Arthur Moraes

Gerente Editorial
Marcia Heloisa

Editores
Bruno Dorigatti
Paulo Raviere

Adap. Capa e Proj. Gráfico
Retina 78

Coordenador de Arte
Eldon Oliveira

Coordenador de Diagramação
Sergio Chaves

Diagramação
Lilian Mitsunaga

Preparação
Alexandre Barbosa de Souza

Revisão
José Francisco Botelho

Finalização
Roberto Geronimo
Sandro Tagliamento

Impressão e Acabamento
Ipsis Gráfica

DADOS INTERNACIONAIS DE CATALOGAÇÃO NA PUBLICAÇÃO (CIP)
Jéssica de Oliveira Molinari - CRB-8/9852

Danielewski, Mark Z.
Casa de folhas / Mark Z. Danielewski; tradução de Adriano Scandolara. — Rio de Janeiro : DarkSide Books, 2024.
740 p. : il.

ISBN: 978-65-5598-348-7
Título original: House of Leaves: The Remastered Full-Color Edition

1. Ficção norte-americana 2. Horror
I. Título II. Scandolara, Adriano

23-5463 CDD 813

Índice para catálogo sistemático:
1. Ficção norte-americana

[2024]
Todos os direitos desta edição reservados à
DarkSide® *Entretenimento LTDA.*
Rua General Roca, 935/504 — Tijuca
20521-071 — Rio de Janeiro — RJ — Brasil
www.darksidebooks.com